재벌집 막내아들

5

재벌집 막내아들

산경
현대 판타지
소설

테라코타

순양가(家) 가계도

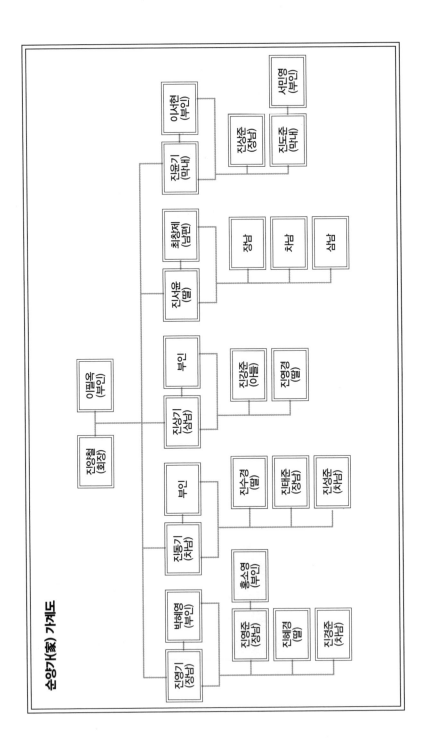

주요 등장인물

진도준 (전생 윤현우) 순양그룹 창업주의 막내 손자이자, 순양그룹 미래전략기획본부에서 총수 일가의 온갖 구린 일을 뒤처리하다가 살해당한 윤현우가 환생한 인물. 전생에 자신을 죽인 진씨 일가를 무릎 꿇리고 순양그룹을 차지하는 것이 이번 생의 목표이다. 자신을 능력자가 아닌 '미래를 조금 아는' 평범한 사람이라 생각하기에 목표를 위해 단 하루, 한 시간도 헛되이 보내지 않는다.

진양철 순양그룹의 창업주이자 총수. 적을 무릎 꿇리고 새로운 영토를 정복하는 왕처럼 순양그룹을 키워 왔다. 사람들은 그를 정경유착의 상징, 편법과 탈법을 일삼는 재벌, 하청업체 쥐어짜서 부를 쌓아 올린 악덕 기업주라고 손가락질하면서도 국가 권력 기관을 줄 세울 정도로 큰 힘과 돈을 가졌기에 두려워한다. 자신의 성정을 쏙 빼닮은 막내 손자 진도준에게만큼은 인자한 할아버지의 모습을 보인다.

이필옥 진양철의 아내. 순양예술재단 이사장으로 한국보다는 유럽에서 미술품을 사모으며 귀족처럼 살고 있다. 유럽에 머무는 또 하나의 이유는 남편 진양철을 증오하여 같은 공기를 마시는 것조차 싫기 때문이다. 남편 대신 아들들에게 집착하여 막내아들을 변하게 만든 막내며느리와 손자들을 매우 혐오한다.

진영기 진양철의 장남. 순양의 창업자 장남으로 태어나 특권의식이 매우 강하다. '망한 다스 손'이라 불릴 만큼 경영자로서 능력이 부족하지만, 본인은 창업자의 장남이니 당연히 그룹을 물려받아야 한다고 여긴다. 그룹의 벽돌 한 장마저 자신의 것으로 생각할 만큼 욕심이 크며 그룹의 주인이 되는 데 방해가 되는 것은 무엇이든 제거할 준비가 되어 있다.

박혜영 진영기의 부인. 순양그룹보다 아래에 있지만 그 이름을 모르는 사람이 없는 재벌가 출신으로 과시욕과 욕망을 마음껏 분출하며 사는 사람이다.

진영준 진영기의 장남. 여자, 술, 갑질… 망나니 재벌 3세가 할 수 있는 사고는 모두 치고 다닌다. 할아버지가 세상을 떠나면 순양그룹은 아버지 것이 되고, 결국 장손인 자신이 모든 걸 물려받을 거로 생각한다. 회장의 장손 앞이라 고개 숙이고 반발하지 못하는 사람들을 보며 자신의 장점이 '사람 관리'라고 착각한다.

홍소영 진영준의 부인. 국내 언론사 중 가장 발행 부수가 많은 한성일보의 장녀다. 순양의 안주인이 되기 위해 장손 진영준과 정략 결혼한다. 진영준의 문란한 여자 문제를 모두 알고 있지만 신경 쓰지 않고, 남편을 회장으로 만든 후 자식도 회장으로 만들겠다는 목표에만 집중한다.

진경준 진영기의 차남. 한때 진영준 못지않은 망나니였지만 유학을 마치고 철이 들었는지 순양물산 호주 법인에서 순양전자의 1호 스마트폰을 알리기 위해 열심히 뛰어다니고 있다. 성질을 죽일 줄도 알고 필요한 것을 얻기 위해서 자존심도 버릴 줄 안다.

진동기 진양철의 차남. 합리적이고 차분하며 신중한 성격의 소유자로 장남에 비해 사업 실적이 뛰어나고 계열사 사장과 임원들에게 평판도 좋다. 그래서 그룹을 이끌어 나갈 사람은 자신밖에 없으며, 자신만이 '회장의 그릇'이라고 자부한다. 무능한 형이 장남이라는 이유로 더 많이 물려받고 더 높은 위치에 있는 것에 늘 불만을 품고 있다.

진태준 진동기의 장남. 큰 사고 안 치고 평범하게 자라 아버지 진동기가 이끄는 순양건설과 준공업 계열 경영지원본부장으로 일하고 있다. 역량이 뛰어나진 않지만 착실하고 성실한 편이라 그룹 내에서 평판이 나쁘지 않다.

진서윤 진양철의 유일한 딸. 딸이라는 한계, 출가외인이라는 한계 때문에 후계 구도에서 일찌감치 떨어져 나갔지만, 호시탐탐 기회를 노린다. 남편을 정계로 진출시켜 정치권력으로 순양의 후계자들을 하나씩 제거한 후 회장 자리에 앉겠다는 야심을 품고 있다.

최창제 진서윤의 남편. 순양가의 사위라는 후광. 남편을 정계로 진출시키려는 아내의 노력으로 승승장구하며 대선까지 꿈꾼다. 하지만 욕심보다 능력이 부족하며 순양의 후광이 없으면 할 수 있는 게 많지 않다.

진상기 진양철의 삼남. 어차피 아버지에게 인정받지 못할 바엔 일찌감치 맏형 진영기와 한배를 타는 것이 유리하다고 판단하여 그 옆에 붙어 있다. '진영기의 따까리'로 불리며 둘째 형 진동기에게는 없는 동생 취급을 받는다.

진윤기 진양철의 막내아들이며 진도준의 아버지. 공부 잘하고 성실하여 아버지에게 가장 큰 기대를 받았다. 하지만 영국 유학 중 연극과 영화에 빠져 눈 밖에 나버리고, 반대를 무릅쓰고 영화배우와 결혼까지 하는 바람에 집안에서 철저히 배제되었다. 사실 진양철의 아들 중 경영자 자질이 가장 충만한 사람이다.

이서현 진윤기의 아내이며 진도준의 어머니. 단 한 편의 영화로 스타 반열에 올랐다가 진윤기의 열렬한 구애를 받아들여 결혼한다. 재벌가 시집 식구들의 괄시와 구박을 받지만 남편에 대한 사랑으로 이를 모두 감내하며, 자식을 위해서라면 두려운 시아버지 진양철 앞에서도 할 말은 하는 강단 있는 모습을 보이기도 한다.

진상준 진윤기의 장남이며 진도준의 형. 아버지를 닮아 예술 분야에 관심이 많다. 진양철 회장에게 미움을 받기에 주눅 들고, 뛰어난 동생 진도준 때문에 기죽어 지내지만 엇나가지 않고 자신의 길을 개척해 나간다.

서민영 진도준의 법대 동기이자 여자친구. 집안사람들만 모여도 법원 하나쯤은 구성하고도 남을 정도의 법조인 집안의 딸로 일찌감치 진양철 회장이 진도준의 짝으로 점찍어 놓은 인물이다. 법대 졸업 전 사시 합격을 목표이자 의무로 여기며 공부에 열중하며, '직진 서민영'이라고 불릴 만큼 하고자 하는 일에 거침없이 달려들고 기어이 해내는 근성을 지녔다.

이학재 순양그룹 비서실장. 그룹의 비밀과 전체 현황을 가장 잘 파악하고 있어 진양철 회장이 장남보다 더 장남처럼 대할 정도로 신뢰를 아끼지 않는 오른팔이다. 어떤 사안이든 그가 거부하면 진 회장도 거부할 만큼 큰 영향력을 가졌기에 순양 일가 사람들은 물론 그룹 임원들까지 그를 두려워하고 불편해한다.

오세현 진도준의 사업 파트너. 친구 진윤기의 부탁으로 어린 진도준을 만나 인연을 맺은 후 투자, 기업 인수 합병의 전면에 나설 수 없는 진도준의 대리인 역할을 해 준다. 세계적인 자산운용사의 대표라고 하기에는 좀 허술해 보일 정도로 동네 아저씨처럼 굴지만, 현명하고, 경험 많고, 전 세계 어딜 가든 꿀리지 않는 경력을 보유하고 있다.

레이첼 진도준이 미국에 만든 투자회사 미라클 인베스트먼트 창립 멤버. 뛰어난 투자 감각으로 미국 법인을 총괄한다. 진도준을 보스로서 존중하면서도 큰누나처럼 조언을 아끼지 않는다.

김윤석 순양그룹 전략실 대리. 전략실 소속이지만 그룹 전략을 짜는 인재들이 모인 진짜 전략실이 아니라 3세들 뒷수발을 담당하는 파트 소속으로 진도준을 수행한다. 성격이 우직하고 매우 성실하다. 문제만 일으키는 다른 재벌 3세들과 다르게 열심히 살아가는 진도준을 존경한다.

우병준 순양시큐리티 상무. 모시는 사람의 가장 깊숙한 곳에 감춰진 추악한 비밀을 알아도 혼자만 알고 죽을 정도의 인물이기에 진양철 회장이 진도준에게 특별히 지정해 준 사람이다. 좀처럼 감정을 드러내지 않으며 잘 벼린 칼처럼 쓸모 있고 무서운 사람이다.

장도형 순양금융 계열사 임원. 40대에 임원이 되어 순양그룹 초고속 승진의 상징이다. 서구식 시스템을 선호하지만 순양에서는 통하지 않는다는 걸 알고, 현재를 있는 그대로 받아들이며 자신만의 방법으로 실적을 쌓아 왔다.

주병해 순양그룹 창업공신. 모종의 사건으로 진양철 회장과 등지고 시골에서 유유자
적한 삶을 살고 있다. 머리가 비상하고 추진력이 뛰어나 순양에 계속 남아 있
었다면 회장 자리에 앉았을 수도 있다는 평가를 받는다.

조대호 순양그룹 임원. 순양자동차 사장을 거쳐 진도준이 만든 HW자동차로 옮겨 가
자동차 개발을 이끈다.

백준혁 장남 진영기의 비서실장. 진영기의 마음을 빨리 읽어 내는 눈치와 실행력으로
그의 오른팔 역할을 하고 있다.

주영일 순양그룹과 재계 유일한 경쟁자인 대현그룹의 회장.

일러두기
이 작품은 회귀, 빙의, 환생 등 판타지 세계관을 가진 '현대 판타지 소설'로 실제가 아닌
가상의 이야기입니다.

1장

수상한 갤러리, 완벽한 그림

"군산 다녀왔다고?"

"네. 할아버지께 인사드리고 왔습니다."

"단지 인사만?"

"보고드릴 일도 있었습니다. 뭐… 좋은 일은 아니지만."

회장 의자에 앉아 결재 서류를 확인하던 이학재 회장은 벌떡 일어나 내 맞은편에 앉았다.

"말해."

"네?"

"그 안 좋은 일이 뭔지 말해 보라고. 그거 확인차 온 거 아냐?"

"꼭 일이 있어야 옵니까? 겸사겸사 안부 인사드리려고 온 거죠."

"대주주가 월급쟁이 회장 감시하러 온 거 아니면 한가하게 안부 인사나 하고 돌아다닐 네가 아니다. 말해."

군더더기가 없어 참 편한 사람이다.

"순양금융그룹 이사회를 잘 막아 낸 건 아시겠죠?"

"잘했다고 칭찬이라도 할까? 듣고 싶다면 해주고."

"거, 어째 무슨 말도 못 꺼내게 하십니까?"

짐짓 볼멘소리 하자 이학재 회장은 싱긋 웃었다.

"잘했다. 됐지? 이제 말해. 뭐냐?"

꺼내기 힘겨운 말을 하자니 쓸데없는 말만 자꾸 하게 된다. 이 사람이 어떻게 생각할지 모르지만 어렵게 입을 열었다.

"할머니 문제입니다."

"여사님?"

"네. 절 순양그룹에서 쫓아내라고 큰아버지들에게 자꾸 떼를 쓰는 모양입니다."

"두 부회장이 어머니 말 잘 듣는 착한 아들은 아니잖아. 떼쓴다고 또 그런 짓 하겠어?"

별것 아닌 것처럼 말하지만, 이학재 부회장의 표정이 어둡다. 이 사람도 할머니에 대해서 뭔가 아는 게 틀림없다.

"제가 알아본 바로는 할머니는 큰아버지들을 움직일 만한 무기가 있어요. 그 무기를 휘둘렀는지, 아니면 아직 밝히지 않았는지는 모릅니다."

"무기?"

"네."

"그 무기가 뭔데?"

"돈입니다."

이학재는 그리 놀라지 않았다. 이미 알고 있었나?

"돈이라…. 순양그룹 안주인인데 당연히 많은 돈을 가졌겠지. 그런데 무기로 쓸 만큼은 아니다. 굵직한 계열사를 손에 틀어쥔 아들 둘이 어머니의 재산 정도에 휘둘리지는 않아."

"상상 이상일지도 모릅니다. 아니, 확실합니다."

이젠 조금 놀라는 것 같다. 아는 게 없었던 모양이다.

"네 입에서 상상 이상이라고 할 정도면 얼마나 큰 돈이냐?"

"정확히 안다면 액수를 말씀드렸겠지요."

"그럼 불확실한 추측일 뿐이네?"

"그래서 확인하는 겁니다. 할머니가 순양예술재단을 맡은 지가 얼마나 됐죠?"

"가만 보자… 신군부가 들어서면서 문화 정책이니 뭐니 하며 억지로 시작했으니까 20년이 넘었네. 그게 왜?"

"20년 넘게 재단으로 흘러 들어간 돈은요?"

이학재 회장은 피식 웃으며 손을 내저었다.

"난 또 뭐라고. 설마 몰라서 하는 소리냐? 물론 재단으로 들어간 돈은 어마어마하지. 탈세 목적으로 기부금을 쏟아부었으니까. 하지만 예술 재단은 영리 활동을 못 해. 뭐, 편법으로 장난을 좀 쳤을 수도 있지만 미미할걸? 돈은 굴리지 않으면 불어나지 않아."

"아니죠. 사실상 어마어마한 재테크를 했습니다. 국내 미술품과 골동품은 물론이고 세계적인 예술품까지 쓸어 담았습니다. 오죽하면 할머니가 런던 소더비와 뉴욕 크리스티 경매장의 VIP 대접을 받겠습니까?"

"예술품은 그 자체로는 가치가 없어. 팔아서 돈으로 바꿔야 무기가 돼."

"바로 그겁니다."

"그게 무슨…."

이제야 뭔가를 알아챈 듯 이학재 회장은 입을 떡 벌린 채 한동안 말을 못 했다.

"확실해?"

한참 만에 다시 나온 첫 말은 재확인이었다.

"증거는 없습니다만, 증언은 있습니다. 물론, 법정에서 써먹을 수는 없지만 말입니다."

"자세히 말해 봐!"

이학재 회장의 굳은 얼굴은 할아버지의 비서실장일 때로 돌아간 듯한 느낌이 들 정도였다.

"순양갤러리의 전시 그림과 순양예술관의 골동품은 1년에 서너 번

교체 전시됩니다. 물론 엄청난 가치를 지닌 건 절대 일반인에게 공개하지 않죠."

"대부분의 예술품은 재단 수장고에 있지."

"제가 순양예술재단의 목록까지 확인했습니다. 20년 이상 모은 예술품입니다. 가격이 수십 배는 기본이고 수백, 수천 배까지 뛴 작품도 많아요."

"목록 확인했다면 아직 현금화를 못 했다는 뜻이잖아?"

"목록만 확인했습니다. 현물은 못 봤죠."

"없다고? 다 팔아 치웠다?"

"아마도요."

"뭐?"

이학재 회장의 깜짝 놀라는 모습을 보는 것도 참 드문 일이다.

"지금 수장고에 들어 있는 작품 대부분은 위작일 가능성이 큽니다. 어차피 대작은 공개하지 않으니까 아예 없을 수도 있고요. 목록 중에 프랜시스 마이어의 프로이트 초상 3부작이 가장 비싼 축에 들어갈 텐데 무려 900억에 매입했어요. 보신 적 있습니까?"

"난 예술에는 문외한이다."

"저도요. 하지만 지금 이 작품의 가치는 1500억입니다."

"그러니까 아예 없거나 가짜로 바꿔치기했다? 진품은 다 팔아 치우고?"

"거의 확실합니다. 진품을 해외로 빼돌리는 데 가담한 밀수업자와 인사동 마법사라고 불리는 위작 전문가의 입에서 나온 말입니다. 직접 위작을 만들었는데 나중에 순양예술재단이 진품을 매입했다는 기사가 뜨더랍니다."

이미 이학재 회장은 파랗게 질린 얼굴이었다.

"심하면 해외에서 진품을 구입하고 아예 가짜를 들고 들어오는 일도 있답니다. 진품은 현지에서 곧바로 처분하고요."

"여사님이 스위스에 오래 계셨던 이유도 혹시…?"

"네. 거기서 여러 가지 일을 했겠죠."

"우병준이 조사한 거냐?"

"네."

"그자라면 틀림없겠지."

이학재 회장은 소파 등받이에 몸을 기대고 한숨을 길게 쉬며 다시 입을 닫았다.

"그렇게 마련한 돈으로 뭘 했는지 파악 중입니다. 그렇지만 차명계좌나 명동에 묻어 뒀다면 알아내기 힘들 겁니다."

다시 몸을 바로 세운 그가 단정하듯 말했다.

"차명주식이다."

"주식?"

"그래. 이 여사는 분명히 주식을 끌어모았을 거야. 돈은 아무리 펑펑 써도 모두 계열사에서 정리해 주니까 돈 필요한 분은 아니지."

"그럼 더욱 이대로 두고만 볼 수는 없겠군요."

"어쩌려고?"

"할아버지께 미리 말씀드렸습니다. 할머니는 스위스에서 노년을 보내도록 하겠다고요. 물론 그 전에 할머니를 빈털터리로 만들어야겠지요. 나중에 화근이 될지도 모르니까요."

이학재는 내게 서늘한 눈빛을 쏘아 보냈다.

"이 여사님은 너의 친할머니다. 그리고 누가 뭐래도 회장님의 조강지처야. 천륜에 어긋나는 짓은 하지 마라. 천벌 받는다."

악당은 언젠가는 천벌을 받아 죽는 게 마땅하다. 하지만 난 천벌을 미리 받았다. 머리에 총알이 박혀 죽었다. 누가 보더라도 천벌이다. 천벌을 미리 받은 악당이니 천벌을 두려워할 이유도 없다.

"경치 좋은 스위스 별장에서 편히 말년을 보내게 해드린다고 했습니다. 이 정도면 자식보다 더 나은 효손이죠."

▲ ▲ ▲

전세기가 코타키나발루 공항에 도착하자 금융 계열사 사장들은 한껏 들뜬 표정이었다. 회사 분위기 쇄신을 위해 모두 3일의 휴가를 줬다. 골프도 실컷 즐기고 리조트에서 푹 쉴 수 있도록 전세기에 모두 태웠다.

"이거, 우리끼리만 골프 쳐도 됩니까?"

장도형 부사장이 난처한 듯 말했으나 그의 입은 찢어질 듯 벌어져 있었다.

"노친네들 노는 데는 별로 끼고 싶지 않습니다. 하하."

나는 그들을 리조트에 몰아넣고 오세현을 만났다.

"진동기 부회장이랑 공동의결권을?"

"네. 당분간은 조용할 겁니다."

"돈은?"

"삼촌이 찾아서 깨끗하게 세탁해 주세요. 흔적 안 남게."

"내가 쓴다?"

"그러시든지요."

"농담 아냐. 리조트 적자라고. 대출로 메꾸는 것보다는 낫잖아."

"그러세요. 그리고 직항 노선 개설되면 좀 낫겠죠."

"하늘길 빨리 열리도록 힘 좀 써라. 여기저기 돈 찔러 준 데 많잖아. 이번에 좀 써먹어."

심각한 오세현의 표정을 보니 우습기도 했다. 적자 따위를 걱정할 이유가 없는 분 아닌가? 편히 쉬면서 적당히 관리만 하면 될 일인데 회계 장부의 빨간 숫자를 견디지 못하는 것이다. 어쩔 수 없는 비즈니스의 본성이 드러난다.

"알겠습니다. 힘 써볼게요. 아무튼, 라부안 돈부터 빨리 정리합시다."

"근데 왜 사람들을 우르르 끌고 왔어? 비자금 정리하는 데 조용히 와야 하는 거 아냐?"

"보험 든 겁니다."

"보험?"

"네. 만약, 진짜 만약에 말입니다. 라부안 비자금 때문에 제가 곤란한 지경에 빠졌을 때 빠져나올 구멍은 있어야죠."

"이, 이런 나쁜 놈을 봤나?"

오세현은 혀를 내둘렀다.

"저들 중에 한 명을 비자금 주인으로 만들려고 데리고 왔어?"

"만드는 게 아니고 스스로 비자금 주인이라며 자처하고 나설 겁니다. 그때를 대비한 알리바이죠."

"이제는 재벌 회장 다 됐구나."

머리를 절레절레 젓는 오세현을 향해 우는소리를 뱉었다.

"어찌합니까? 날 못 잡아먹어 안달인 사람이 한둘이 아닌데? 저도 방탄복 역할을 하는 사람이 있어야죠."

오세현은 조금 화가 난 듯도 하고 나를 동정하는 것 같기도 하다. 아니, 애처롭게 바라본다는 게 맞을 듯하다.

"아무튼, 빨리 돈 찾고 저와 함께 미국 가시죠."

"미국? 왜? 뉴욕 미라클에 볼일 있어?"

"네."

애처롭게 바라보던 눈빛은 순식간에 사라지고 다시 투자자의 눈빛으로 변했다.

"촉이 왔어? 아니면 괜찮은 정보? 이번엔 어디에 투자하게?"

"저도 대부호답게 아트 콜렉트라는 품위 있는 취미를 키워 보려고요. 이번엔 뉴욕의 작은 갤러리라도 인수할 생각입니다."

"뭐? 아트? 푸하하!"

오세현은 터져 나오는 웃음을 참지 못했다. 급기야 눈물까지 흘리며 한참을 웃고 난 뒤에야 가까스로 말을 이었다.

"재테크로 미술품 모으는 거, 아무나 하는 거 아니다. 진짜 안목이 있어야 해. 갤러리에 속아 가치도 없는 그림 사서 돈 날린 졸부 여럿 봤다."

"전 이미 유명한 예술품만 살 겁니다. 이미 목록까지 만들었어요. 웃돈 준다면 얼씨구나 하며 팔 겁니다."

"모르는 소리 그만해라. 유명한 그림을 소장한 사람들은 웬만해서는 그림 안 판다. 그놈들은 돈이 썩어나는 놈들이야. 남아도는 돈 때문에 그림 샀는데 웃돈 준다고 하면 비웃음만 돌아올걸?"

"제 수집 목록의 주인은 다릅니다. 현금이 간절한 사람이에요. 그림 대신 순양그룹 주식을 더 좋아하는 분이거든요."

순양의 주식이라는 말에 웃음기가 싹 사라졌다.

"뭐? 도대체 누굴 말하는 거야?"

"제 할머니입니다."

나는 쓸쓸한 미소를 지었다.

"참 내, 그놈의 집구석은 왜 그 모양이야? 모두 주식에 환장한 사람들만 모였어."

"그러게나 말입니다. 욕을 얻어먹어도 싸죠. 저도 그중 한 명이니까요."

"어이구. 장하다, 인마."

내가 하는 할머니에 관한 이야기를 다 듣고는 오세현은 기가 차는지 한숨만 푹푹 쉬었다.

"그래서? 이 사실을 윤기도 알아?"

"아뇨. 말씀 안 드렸습니다. 아버지에게 더 이상 할머니에 대한 나쁜 감정이 생기면 안 될 것 같아서요."

"이번 일은 조금만 삐끗해도 치명적이야. 집안 최고 어른의 허물을 들추는 건데…. 네 할머니 이름 석 자가 새어 나가면 집안 망신은 물론 이고 순양의 이름에도 먹칠한다."

"이미 순양이라는 이름은 모두가 손가락질할 만큼 더러워질 대로 더 러워졌어요. 흙탕물에 빠진 간판에 먼지 좀 더 묻는 게 두렵지는 않습 니다."

"알았다. 그럼 라부안 비자금 처리하고 바로 미국으로 가자. 나도 간 만에 그쪽 애들 얼굴이나 좀 봐야겠다."

오세현은 여기저기 전화를 돌리고 나더니 아주 오랜만에 컴퓨터 모 니터를 들여다봤다. 라부안의 돈은 은행과 장소만 다를 뿐 비자금이라 는 이름을 유지한 채 세계 곳곳을 돌다 내 주머니로 들어올 것이다.

▲ ▲ ▲

뉴욕 미라클은 큰 변화 없이 평범한 수익률을 내며 굴러가고 있었다. 책임자인 레이첼 아리에프의 하이 리스크 하이리턴보다는 손실 제로를 지향하는 경영철학 때문이기도 하다.

"제임스, 하워드. 우린 되도록 파생상품은 손대지 않으려고 해."

"이유가 뭐죠? 지금 월가에 파생상품 외에는 딱히 투자할 곳도 없을 텐데요?"

내가 웃으며 물었지만, 그녀의 굳은 표정은 풀리지 않았다.

"고액 투자자들의 돈으로 움직이는 헤지펀드가 지금 몇 갠 줄 알아?

10년 전 500개 정도였는데 지금은 1만 개가 넘어. 이놈들이 전부 파생상품을 주물러."

그녀는 점점 흥분하기 시작했다.

"차라리 사모펀드가 점잖아. 이쪽은 기업가치를 판단해서 저평가 기업을 사서 되파니까. 적어도 기업이라는 실체가 존재한다고."

"그래도 고수익은 파생상품이잖아. 리스크 회피 때문에 마냥 외면할 수는 없을걸?"

오세현은 조금 답답한 듯 말했으나 레이첼은 완강히 머리를 흔들었다.

"파생상품은 두 번 정도 비틀어 버리면 그 실체를 확실하게 그려 낼 사람은 그 상품을 만든 놈밖에 없을걸? 나머지는 배당 하나 보고 덤벼드는 불나방이야."

"그럼 레이첼이 직접 파생상품을 만들어 보는 건 어때요? 아주 정확히 그 실체를 아는 상품으로요."

의외의 제안에 조금 당황한 듯 보였으나 레이첼은 이내 고개를 저었다.

"우리 미라클은 안 돼. 직접 파생상품을 만들려면 ISDA(International Swaps and Derivatives Association, 국제스왑파생상품협회)의 승인을 받아야 하거든."

미라클의 규모라면 승인쯤이야 그리 어려운 일이 아니다. 하지만 이런 평계를 대면서까지 거부하는 걸 보면 아예 생각이 없는 것이다.

"우린 건실한 기업, 우량주식, 확실한 채권에 투자해서 고객의 돈을 지키는 게 우선이야."

오세현이 입을 열어 뭐라고 하려 할 때 나는 그의 손을 잡고 저지시켰다. 나는 그녀가 올바른 판단을 한다고 믿었다. 어차피 온갖 리스크를 안고 갈 필요가 없다. 강력한 한 방이 또 오기 때문이다.

"레이첼, 그럼 내 판단을 믿는다면 이건 어때요?"

"말해 봐, 하워드. 난 언제나 하워드의 판단은 믿으니까."

그녀는 눈을 반짝였다.

"통화, 금리, 주식의 파생상품은 손대지 말고 신용 파생상품, 특히 부채담보부증권(CDO: Collateralized Debt Obligation)만 매입하는 거로 하죠."

반짝이던 레이첼의 눈빛이 순식간에 잿빛으로 변했다. 안전을 최우선 하는 그녀에게 가장 위험한 상품을 제시했으니 그럴 만도 하다.

"주택담보채권을 기반으로 하는 상품이 지금 핫하기는 해. 하지만 기초자산이 채권인 상품이 가장 위험하다는 것도 알고 있겠지?"

"물론입니다. 제 판단으로는 앞으로 2년은 끄떡없어요. 2년 뒤는 자신 없으니까 딱 2년만 굴려 보세요."

내 판단을 믿는다는 말을 뒤집을 수는 없으니 순순히 받아들였다.

"몇 퍼센트나?"

"제 예상은 2년간 38퍼센트 정도의 수익이 날 겁니다. 미라클 전체 수익률을 생각해서 판단하세요."

내키지는 않지만, 구체적인 수익률을 알려 주고 투자금액도 일임하니 레이첼의 표정이 한결 밝아졌다.

"오케이. 또 한 번 미라클 보이의 판단을 믿어 볼게. 그런데 이런 사소한 것 짚으려고 여기까지 온 건 아닌 것 같은데? 투자 내역이야 하루도 빠짐없이 메일로 체크하잖아?"

"우리 미라클 보이가 이번엔 예술 한번 하겠다니까 레이첼이 좀 도와 줘야겠어. 하하."

"뭐? 예술?"

레이첼은 파생상품에 투자하라고 할 때보다 백배는 더 놀란 표정이었다.

레이첼은 내가 설명한 그림 입수 프로세스를 듣고는 이해할 수 없다는 표정을 지었다.

"아니, 뭘 그리 복잡하게 일을 해? 그냥 사면 되잖아. 하워드 너 정도면 슈퍼 컬렉터 자격이 충분해. 그냥 뉴욕에 저택 하나 사고 거길 그림으로 채워. 왜 번거롭게 갤러리를 인수해?"

"제가 사고 싶은 그림을 보유한 곳은 절대 제게 그림을 팔지 않아요. 그래서 대리인을 내세워야 하는데⋯. 적당한 곳 알아봐 줘요. 레이첼은 부자들 많이 알죠? 그 부자들은 당연히 예술품을 수집할 테고. 그쪽 인맥으로 고만고만한 갤러리 하나 소개받는 건 어렵지 않잖아요."

"그야 그렇긴 한데⋯."

여전히 미심쩍은 눈빛을 풀지 않는다.

"자자, 너무 궁금해 하지 말고 힘 좀 써주라고. 혹시 알아? 하워드가 산 그림이 폭등할지? 손만 대면 황금으로 변하는 게 하워드의 능력이잖아. 하하."

오세현이 더는 캐묻지 못하게 그녀의 입을 막았다.

"오랜만에 만났으니 오늘 저녁은 화끈하게 보내야지. 진탕 마셔 보자고."

우리는 오세현의 손에 이끌려 화려한 뉴욕의 밤거리로 나갔다. 저녁 만찬을 즐기며 그 비싼 클로 드 그리피어 비유 코냑을 소주처럼 쉴 새 없이 들이켠 오세현은 2차로 옮긴 바에서 꾸벅꾸벅 졸기 시작했다.

"자, 은퇴한 중년 아저씨는 주무시니 현역인 우리끼리 제대로 된 이야기 좀 할까?"

"갤러리?"

"아니. 그건 아무리 봐도 네 사적인 일 같으니까 더 이야기할 거 없어. 내가 최적의 갤러리를 알아봐 줄게. 하고 싶은 이야기는⋯."

"CDO?"

"그래. 지금 월가는 미쳐 돌아가고 있어. 전부 서브프라임모기지론을 기초자산으로 하는 CDO와 신용부도스왑 상품을 남발한다고. 네가 2년 간은 끄떡없다고 했지만, 글쎄…?"

"왜 그토록 위험하다고 생각하죠?"

"서브프라임이야. 명백한 불량 대출이라는 뜻이라고. 그걸 한데 묶어서 상품으로 만들어 놓고는 AAA 등급을 매겨. 이건 사기야."

"성공한 사기는 사기가 아니죠. 실패했을 때 사기라는 게 들통나는 겁니다."

"네 추측으로는 지금부터 2년이나 들통나지 않는다?"

"네. 풍선은 바늘로 찌르지 않는 한 쉽게 터지지 않거든요. 공기를 넣어 터트리려면 미국은 2년간 쉬지 않고 풍선을 불어야 할 겁니다."

"문제는 그 풍선이 터지면 미국 경제는 엉망이 될 거야."

난 걱정스럽게 말하는 그녀를 똑바로 바라보며 말했다.

"그래서요?"

"뭐?"

"레이첼. 당신은 미국 시민이기도 하지만 우리 회사의 대표예요. 미국 경제보다 회사의 수익률을 더 신경 써야 하지 않을까요? 미국 경제는 미 재무부에 맡겨 둬요."

"그들도 한통속이라고!"

"그렇게 미국이 걱정되면 지금 당장 미라클의 CEO 자리에서 물러나서 정치계로 뛰어들어요. 선거자금은 제가 무한대로 밀어줄 테니까. 그럴 생각 없으면 오로지 회사 수익률만 생각하세요."

차갑게 식은 내 목소리 때문인지 그녀는 당황한 것처럼 보였다.

"미, 미안. 내가 프로답지 못했어. 네 말이 옳아. 난 워싱턴이 아닌 뉴욕 시민이지."

"흐름을 꺾을 수 없다면 흐름에 올라타요. 돈과 정의는 결코 만나지 못하는 평행선이니까."

"좋아. 그럼 2년이라는 것은 어떻게 확신하지?"

사실은 3년이지만 만약을 생각해서 2년이라고 했다. 어차피 사실대로 말하지 못하니 질문은 숙제로 던져 주는 게 가장 쉬운 일이다.

"계산해 보세요. 2년 혹은 3년으로 나올 겁니다."

"계산이라…."

"그럼 제가 수정 구슬에 물어봤겠어요?"

난 얼음이 녹아내린 위스키 잔을 들었다. 좀 신비한 동양인처럼 보이려나?

▲ ▲ ▲

"엘리자베스 포터입니다. 친구들은 벳이라고 부르죠. 만나서 반가워요. 미스터 진."

"편히 하워드라고 하세요."

"그럴까요?"

레이첼이 데려온 엘리자베스 포터는 까무잡잡한 피부와 심한 곱슬머리를 봐서 흑인의 피가 조금 섞인 듯한 휜칠한 키의 미녀였다.

"하워드. 벳은 예일에서 역사를, 뉴욕대에서 미술사를 전공한 수재야. 지금 웬트워스(Wentworth) 아트 갤러리 관장이지."

레이첼이 그녀를 슬쩍 치켜세웠다.

"관장이지만 제 역할을 못 해 문 닫기 일보 직전이에요."

씁쓸하게 웃는 그녀를 보며 말했다.

"빚이 얼마나 돼요?"

"…?"

"문 닫지 않으려면 얼마가 필요하냐는 말입니다."

"아, 120만 달러 정도면 숨통이 틔죠."

"1년 예산은요?"

"250만 달러입니다. 하지만 전시 프로그램을 통해 들어오는 수입도…."

난 손을 들어 그녀의 말을 저지했다.

"매년 300만 달러를 지원할 테니 좋은 갤러리로 거듭나세요. 됐죠?"

"…!"

벳 포터는 입을 떡 벌린 채 눈만 깜빡거렸다.

"내가 뭐랬어? 오늘 잭팟 터지는 날이라고 했지? 호호."

레이첼이 크게 웃으며 멍한 표정의 벳 포터를 툭 쳤다.

"자, 잠깐만. 지금 이게 무슨…?"

정신을 차린 그녀는 황급히 가져온 가방을 헤집으며 파일을 잔뜩 꺼냈다.

"우리 갤러리의 현황이에요. 검토부터 하는 게 순서일 것 같은데요?"

난 그녀가 내민 파일을 받아 옆자리에 툭 던졌다.

"꼭 봐야 합니까?"

"혹시 우리 갤러리나 저에 대해서 잘 아시는지…?"

"아뇨. 전혀 모릅니다. 사실 예술은 문외한이나 다름없어요."

"그런데 갤러리에 대한 검토도 없이 매년 300만 달러를 지원한다는 걸 이상하게 여기는 제가 이상한 걸까요?"

"대가 없는 호의는 거절한다는 뜻입니까?"

"공짜 점심은 없는 법이니까요."

예술에 푹 빠져 지내는 현실감 없는 여인이 아니다. 비즈니스의 기본을 안다. 이런 여인이 운영하는 갤러리가 적자에 허덕인다는 것은 규모의 문제가 분명하다. 하긴, 적자에 시달리지 않는 예술이 어디 있으랴?

"누가 공짜라고 했습니까? 제가 원하는 걸 가져와야 제 약속은 유효합니다."

난 작품 목록을 잔뜩 적은 종이를 내밀었다.

"일단 한번 보시죠."

벳 포터는 목록을 확 낚아챈 후 황급히 읽어 내려갔다. 목록을 훑어보는 그녀의 얼굴이 점점 상기되더니 결국에는 탄성을 터트렸다.

"Holy Shit! WOW!"

"그 정도로 대단한 겁니까?"

"아니, 이걸 모른다는 거예요? 마크 로스코, 폴 세잔, 얀 반 에이크, 티치아노…. 게다가 데미안 허스트까지. 이건 전부 인류의 유산이라고요!"

"그 작품의 공통점이 뭔지 압니까?"

"말했잖아요. 엄청난 걸작이라고."

그녀는 흥분을 가라앉히지 못했다. 그래서 목록을 적은 종이 아래에 선명하게 찍힌 순양갤러리라는 이름은 보지 못한 것 같았다.

"그걸 전부 매입해요. 물론 다 팔지 않을 테지만 최대한 많이 매입하도록 해요. 그게 내 조건입니다."

그녀에게는 엄청난 충격인가 보다.

"아, 그 작품 매입 비용은 내가 전액 델 테니까 돈 걱정은 하지 않아도 됩니다."

"그, 그것보다 이 작품을 누가…?"

그녀는 눈을 반짝이며 다시 종이를 들여다보았다.

"순양갤러리! 이 작품은 전부 순양갤러리에 있는 거군요."

"네."

이름을 확인한 벳 포터의 얼굴에는 실망이 가득했다.

"포기하세요. 그 갤러리에 들어간 작품은 두 번 다시 햇빛을 보지 못하는 거로 유명해요. 영원히 수장고에서 잠들죠."

이젠 실망을 넘어 분노까지 보였다.

"걸작은 절대 전시하지 않는 악명높은 갤러리예요. 상시 전시는 아니더라도 최소한 1년에 한 번은 전시해야죠. 작품을 감춰 놓고 보관만 하는 건 갤러리의 의무를 저버리는 겁니다."

"전시는 하지 않아도 팔기는 할 겁니다. 물론 전부 팔지는 않겠지만."

"그게 무슨 뜻이죠? 순양갤러리는 매매상이 아니에요."

"제 말을 믿고 진행해 봐요. 손해 보는 일 없잖아요?"

그녀는 나와 만난 이 짧은 시간 동안 믿을 수 없는 이야기만 오고 갔으니 여전히 혼란스러운가 보다. 하지만 벳 포터는 일생일대의 기회를 잡았다. 이처럼 기회는 예고하지 않고 단번에 모습을 드러낸다. 그 기회를 잡을지 말지 고민하는 시간은 많지 않다. 기회는 아주 짧은 시간만 기다리는 매정한 놈이다.

"아, 순양갤러리와 접촉할 때 그쪽 작품만 매입한다는 인상을 주지 않도록 다른 곳 작품 몇 개를 함께 사들여도 됩니다. 비용 걱정은 하지 않아도 돼요."

"잠깐만 실례해도 될까요?"

벳 포터는 황급히 레이첼의 손을 잡고 밖으로 나갔다. 두 사람은 10여 분이나 이야기를 나눈 후에 다시 나타났다.

"미안해요, 하워드. 제가 좀 무례했어요."

"아뇨. 괜찮습니다. 내가 누구나 당황할 만한 말을 했으니까요."

"하나만 묻겠습니다. 만약 내가 순양갤러리의 작품을 구매하지 못한다면 웬트워스 아트 갤러리의 지원은 무산되는 것인가요?"

"이미 말했을 텐데요? 난 예술에는 문외한이라고. 없었던 일이 될 겁니다."

벳 포터는 입술을 깨물었다. 덥석 물기에는 뭔가 찝찝한 조건임은 분명하다.

"마지막으로… 사적인 질문이 될 텐데, 괜찮을까요?"

"말씀해 보세요. 대답하기 곤란한 질문이라면 노코멘트하죠."

"하워드는 순양그룹의 오너 가족이라고 들었어요. 순양갤러리 역시 그 그룹이 운영하는 재단이고요. 그런데 왜 이리 복잡하게 일을 하는 거죠?"

"복잡한 집안 문제니 노코멘트."

그녀는 내 대답에 어깨를 으쓱했다.

"좋아요. 한번 해보죠."

"그 정도로는 안 돼요."

"네?"

"한번 해본다? 그럼 마음으로 순양갤러리에 접근했다가는 변변한 답변조차 못 얻어요. 바늘구멍 하나 없는 완벽한 계획으로 접근해야 순양갤러리의 빗장이 풀릴 겁니다. 순양이라는 이름 뒤에 앉아 있는 것들은 전부 괴물입니다."

난 손가락을 들어 나를 가리켰다.

"날 봐요, 내가 상식적인 놈으로 보입니까?"

▲ ▲ ▲

레이첼이 진도준에게 벳 포터에 대해 소개할 때 실력도 있고 야심도 있지만 보수적인 미술계에서 급진적인 성향이 있는 그녀에게 운이 따르지 않았다고 했었다. 레이첼의 말은 사실이었다. 벳 포터는 자신의 야심을 위해 조금도 지체하지 않고 빈틈없는 계획을 세웠고 곧바로 실행에 옮겼다.

첫 번째는 바로 소문이었다. 웬트워스 아트 갤러리는 엄청난 후원자를 만났고, 뉴욕 메트로폴리탄 뮤지엄에는 한참 미치지 못할지라도 사설 갤러리 중에는 세 손가락 안에 꼽힐 규모로 성장하는 것도 꿈은 아니라는 소문이었다.

소문을 뒷받침이라도 하듯 미국은 물론, 세계 곳곳의 갤러리는 웬트워스 아트 갤러리의 메일을 받았다. 각 갤러리의 소장품 중 매입하고 싶은 작품 목록도 함께. 이런 짓을 장난삼아 할 수 없다. 그냥 한번 찔러보며 가격만 확인하는 정도라면 웬트워스 아트 갤러리는 물론 벳 포터 역시 이 업계에서 매장된다는 것은 상식이기 때문이다.

물론 순양갤러리 역시 같은 메일을 받았다. 순양갤러리 운영진들은 메일 때문에 그리 큰 고민을 하지 않았다. 진위는 순양그룹 뉴욕 법인에서 조사하고 확인해 줬기 때문이다.

"이건 뭐 새롭게 탈바꿈한다는 의미로 보면 되겠네요."

"그렇습니다. 이미 뉴욕 바닥에 소문이 쫙 깔렸다고 할 정도면 정식 제안이라고 봐도 무방하겠죠."

"그런데 이사장님이 그림을 팔까요? 예술에 대한 욕심은 아무도 못 말리지 않습니까?"

"그래도 보고는 해야죠. 늘 입버릇처럼 말씀하시지 않았습니까? 그림 사겠다는 제안은 꼭 보고하라고요. 그래야 작품의 실질적인 현재 가치를 알 수 있다고 말입니다."

"그럼 보고 올리죠. 엘리자베스 포터 관장은 뉴욕에서 평판이 좋다고 합니다. 이 기회에 관계를 맺어 두는 것도 나쁘지 않겠죠."

그들은 뉴욕 법인의 조사 자료와 메일을 재단 이사장인 이필옥 여사에게 올렸다. 이필옥 여사는 갤러리 운영본부장이 올린 보고서를 유심히 살펴보다 입을 열었다.

"확실해? 우리 그림 사고 싶다는 거? 살 능력은 있고?"

"그렇게 보입니다. 뉴욕 법인이 확인한 사실이니까요."

"그래? 알았어. 나가 봐."

"네, 이사장님."

운영본부장이 머리를 숙이고 나가자마자 그녀는 인터폰을 눌렀다.

"송 비서 들어오라고 해."

1분도 지나지 않아 40대로 보이는 사내 한 명이 들어와 허리를 숙였다.

"찾으셨습니까?"

"이거 한번 봐."

그녀는 보고서를 쓱 내밀었다.

송 비서는 메일까지 꼼꼼히 확인한 뒤 머리를 들었다.

"어때? 괜찮지 않아?"

"이사장님, 이 목록 중에 이미 은밀하게 매각한 것도…."

송 비서는 목소리를 착 가라앉혔다.

"알아. 그러니까 우리가 가진 것으로 다시 목록을 만들어 봐. 값나가는 거로 골라서."

"네."

송 비서가 나가려 했지만 이필옥 여사의 지시는 끝나지 않았다.

"뉴욕 가야겠지? 거기 메일 보낸 포터인지 트럭인지 하는 애도 직접 만나 봐. 우리 조건을 받아들일지 아닌지도 확인하고."

"네, 이사장님."

송 비서가 나가자 그녀의 얼굴에 화색이 돌았다. 아낌없이 퍼부어야 할 때 딱 적당한 물주가 등장했으니 이 기회를 잘 살리고 싶었다.

▲ ▲ ▲

"기다리고 있었습니다, 미스터 송. 비행은 어떠셨습니까?"

"좋았습니다. 이렇게 환대해 주셔서 고맙습니다."

벳 포터는 순양갤러리에서 이처럼 빠른 반응을 보이리라고는 예상치 못했다. 메일에 신속하게 회신하고, 직접 만나서 논의하자고 할 만큼 서두르는 걸 보니 진도준이 말한 복잡한 사정이 있는 듯했다.

"미술품 매입에 꽤 공격적이시던데, 갤러리의 정책입니까?"

"정책이라기보다는 새롭게 태어난다는 게 정확한 표현이 되겠군요. 전폭적인 후원자가 나타났거든요."

그녀의 설명에 송 비서의 눈이 반짝였다.

"혹시 그 후원자가 누군지 말씀해 주실 수 있으실까요?"

벳 포터는 처음 보자마자 대뜸 심문하듯 말하는 그의 말에 눈을 살짝 치떴다.

"유감스럽게도 그건 말씀드릴 수 없어요. 이상하군요. 그림을 매입하는 곳은 후원자가 아니라 우리 갤러리입니다."

"아, 실례했습니다. 사실 우리 순양갤러리는 개인에게만 작품을 판매해 왔기 때문에 그렇습니다."

"갤러리의 주요 고객이 개인인 건 잘 알려진 사실 아닙니까? 혹시 우리를 통해 후원자와 거래하시려는 생각입니까?"

"외람되지만 그렇습니다. 가능할까요?"

벳 포터는 이해하기 어려웠다. 어차피 그림 매입 대금은 후원자를 통해 나온다. 후원자와 직접 거래하더라도 후원자가 갤러리에 그림을 기증하면 같은 결과 아닌가? 멀리 한국에서 날아온 이 남자는 지금 무의미한 말을 하고 있을 뿐이다. 갤러리와 개인 거래의 차이라면 단 하나, 공공장소에 그림을 걸어 두는가 아니면 사적인 공간에 걸어 두는가 하는 차이뿐이다. 벳 포터는 드디어 이 남자가 원하는 거래를 눈치챘다.

"혹시… 그림의 대중 공개는 불가, 그리고 거래 사실도 비밀리에 진행하고자 하는 건가요?"

송 비서의 표정이 밝아졌다.

"정확합니다. 그게 우리가 원하는 거래입니다."

"개인 간 거래에서는 흔한 조건이기도 하죠."

수많은 예술품이 이런 식으로 사라진다.

"그렇다면 우리 갤러리가 매입하더라도 그 조건만 지킨다면 문제없다는 의미이기도 하죠?"

"그렇습니다만, 갤러리가 대중 공개를 하지 않을 수 있을까요?"

"이사회에서 논의해야 하겠지만 불가능한 건 아닙니다. 순양갤러리가 보유한 작품은 걸작이니까요. 보존을 생각한다면 가능할지도…."

그녀가 긍정적인 반응을 보이자 송 비서는 대화를 조금 더 진척시켰다.

"이걸 한번 보시겠습니까?"

그는 가방에서 두툼한 서류철을 꺼냈다.

"요청하신 작품 중에는 우리가 팔 수 없는 것도 있습니다. 판매 가능한 작품 목록입니다. 검토 부탁드립니다."

벳 포터가 목록을 받자 송 비서는 가볍게 머리 숙였다.

"그럼 결론 나는 대로 연락 부탁드립니다. 얼마나 걸리겠습니까?"

"늦어도 모레까지는 알려드리죠. 괜찮을까요?"

"물론입니다. 그럼."

송 비서가 나가자 벳 포터는 짧은 한숨을 쉬었다. 휴대전화로 유명한 한국의 회사에서 도대체 무슨 일이 벌어지는지 참 궁금했다.

▲ ▲ ▲

"역시 그런 조건이군요."

벳 포터가 알려 준 거래 조건을 들어 보니 우병준 상무의 보고가 사실임을 알 수 있었다. 과연 순양갤러리의 수장고에는 몇 점의 작품이 보관되어 있을까? 특별 전시 때 잠시 걸리는 몇억 원대의 작품이 전부라는 걸 장담할 수 있을 것 같다.

"그쪽에서 가져온 목록 좀 봅시다."

난 우병준 상무가 조사한 순양갤러리의 작품 목록과 비교하며 빠진 것만 따로 정리해서 벳 포터에게 건넸다.

"그건 순양갤러리가 팔지 않을 것 같은데, 어느 정도의 가치일까요?"

손가락을 까닥이며 목록을 살펴보던 그녀는 점점 벌어지는 입을 다물지 못하더니 움직이던 손가락을 멈추고 고개를 저었다.

"지금 크리스티에서 경매에 부친다면 이 작품들의 낙찰가를 예측할 사람은 아무도 없어요. 만약 한날한시에 경매한다면 세계적인 부호들의 경쟁심이 불붙어서 천정부지로 뛸걸요?"

"정확한 가격을 물어본 게 아닙니다. 대략적인 예측가를 알려 줘요."

다시 생각에 잠기더니 마침내 그녀의 입에서 숫자가 나왔다.

"최소 20억 달러."

오래전 이미 팔아 치운 것도 많을 테니, 절반만 잡아도 할머니는 1조 원 이상의 돈을 주식에 묻어 두었다는 결론이 난다. 이제 숨어 있는 할머니의 전 재산을 까발려 봐야겠다.

"그럼 순양갤러리에서 가져온 작품을 전부 매입하려면 얼마면 될까요?"

20억 달러라는 말에 눈도 깜짝하지 않는 나를 희한하게 바라보던 그녀는 또 한 번 놀랐다.

"전부요?"

"네. 물론 저쪽에서 가격을 제시하겠지만 무조건 받아들일 수는 없잖겠어요? 그러니까 거래가 깨지지 않을, 가장 최적의 금액을 생각해야죠."

"6억 달러."

이미 계산을 끝냈는지 조금도 망설이지 않고 대답한다.

"전부 매입합시다."

나도 망설이지 않았다.

벳 포터는 놀랍고 기쁜 표정이었지만 난 곧바로 제동을 걸었다.

"잠깐만, 벳. 이건 기부가 아닙니다. 그럼 매입자는 미라클이거나 내가 될 겁니다. 단지 무상으로 웬트워스 아트 갤러리에 임대하는 형식입니다. 이건 정확히 해야 해요."

그녀의 표정에 실망이 스쳤으나 이것 역시 기부의 흔한 방식이니 머리를 끄덕였다. 하지만 곧 얼굴을 찌푸렸다.

"이런… 우리 갤러리가 그 작품들을 받아도 전시를 못 하니 이 모든 게 무슨 의미가 있어요?"

그녀의 안타까운 마음이 전해졌다. 걸작을 꽁꽁 싸매 지하 깊숙이 보관만 하는 것은 작품에 대한 모독이라고 생각하는 사람 아닌가?

난 그녀를 향해 조용히 웃으며 말했다.

"길어 봤자 1년입니다. 1년 뒤에는 그 작품들이 세상에 모습을 드러낼 수 있도록 만들어 드리죠."

"정말요?"

"물론입니다. 하지만 그 전에 거래부터 성사시켜야죠?"

"저쪽 조건을 들어준다면 거래는 이미 성사된 것과 다름없어요."

"거래 처음 하시나…. 저쪽 조건은 들었으니 이제 이쪽 조건도 제시해야죠."

내가 실실 웃으며 말하니, 그녀의 얼굴에 혼란한 심정이 고스란히 드러났다.

"벳, 블랙마켓의 은밀한 거래는 보통 어떤 방식으로 하죠?"

"작품 감정하고 진품이라는 게 확인되면 판매자가 원하는 방식으로 지불하죠. 거액의 경우 계좌 송금, 아닐 때는 캐시."

"계약서는?"

내 질문이 어리석었는지 그녀는 코웃음을 쳤다.

"말 그대로 블랙마켓이에요. 계약서 따위가 있을 리 없죠."

난 할머니의 거래 방식을 생각했다. 위작 전문가와 밀수조직까지 굴리는 할머니다. 이번에도 위작을 만들어 보관할지는 미지수지만, 그림을 이곳 뉴욕에 가져오려면 밀수는 피할 수 없을 것이다.

벳 포터는 생각에 잠긴 날 보며 큰 눈을 동그랗게 떴다.

"혹시 순양갤러리가 블랙마켓처럼 거래할 거로 생각하는 거예요?"

"네. 그러니 웬만한 조건을 내걸어도 다 들어줄 겁니다."

"설마! 순양갤러리 정도 되는 곳에서 왜 그런 짓을…? 일반 공개 불가와 계약 내용을 비밀에 부치는 건 이해할 수 있지만, 거래 자체를 불법으로 할 이유가 없을 텐데요?"

복마전도 이런 복마전이 없는 우리 집안을 평생 예술만 생각하며 살던 사람이 어떻게 이해할까?

"벳, 궁금하더라도 불필요한 곳에 호기심을 갖지 말아요. 이 거래로 얻는 것만 생각하면 돼요. 매년 300만 달러의 후원금, 그리고 어쩌면 영원히 전시할 수도 있는 걸작들! 호기심 때문에 이런 걸 놓치면 안 되겠죠?"

웃으며 이야기했지만 엄중한 경고라는 걸 알아챈 벳 포터는 굳은 얼굴로 입을 다물었다.

"자, 이제 우리가 제시할 조건입니다. 저쪽이 일을 편하게 할 수 있도록 적당히 양보할 겁니다. 금액까지도 양보할 수는 있지만 절대 물러설 수 없는 한 가지는 바로 계약서예요."

"하지만 지금 예상으로는 불가능할 것 같은데요?"

"계약서가 없다면 거래도 없습니다. 또한 그 계약서에 반드시 순양갤러리의 최고 책임자, 형식적인 갤러리 관장이 아닌 실질적인 주인의 친필 사인까지 받아야 합니다."

"실질적인 주인? 그게 누구죠?"

"순양아트파운데이션의 이사장."

그녀는 머리를 싸매고 싶은 심정일 것이다. 불법적인 거래에 재단 이사장의 친필 사인을 요구한다는 건 거래하지 말자는 의미니까.

난 그녀가 뭐라 말하기에 앞서 손을 들어 그녀의 입을 막았다.

"합니다. 거래 한 번으로 6억 달러가 들어와요. 순양재단 이사장은 이런 기회를 놓칠 사람이 아니에요."

"혹시 아는 사람? 아, 가족…?"

"내가 말했죠. 불필요한 호기심은 금물이라고."

조심스럽게 묻던 그녀가 다시 입을 닫았다.

"한 가지 팁을 주자면 이런 말을 하세요. '아시안 기업, 특히 일본과 한국 기업은 담당자의 권한이 없다는 걸 잘 안다. 최고 책임자의 결정이라는 것을 직접 확인해야 믿을 수 있다. 물론 계약서는 철저히 비밀에 부칠 것이고 절대 공개하지 않는다. 계약 내용의 비공개 조항을 계약서에 명시해도 좋다.' 이 정도면 저쪽에서도 받아들일 겁니다."

"만약 거부하면?"

"거래는 없다고 못 박으세요, 밀리지 말고. 그럼 계약서를 받을 수 있을 겁니다."

나와 진동기 부회장이 공동의결권을 약속했다는 걸 모를 리 없는 할머니는 순양의 주식을 조금이라도 더 모으기 위해 가진 돈을 다 털어 넣을 것이다. 그러니 무려 6000억이라는 거금을 뿌리치기는 힘들다. 내키지는 않겠지만, 펜을 들어 계약서에 이름 석 자를 분명히 적을 것이다.

▲ ▲ ▲

　"6억 3000달러."

　"6억 달러. 이건 냉정한 평가입니다. 이 이상 받으려면 크리스티나 소더비에 맡기세요. 분명 6억 3000달러 이상 받을 수 있을 겁니다. 하지만 경매장이 가져갈 어마어마한 수수료를 생각하면 6억 달러가 더 실속 있을 텐데요?"

　송 비서는 벳 포터의 자신만만한 표정을 보며 그녀의 판단이 틀리지 않았다는 걸 느낄 수 있었다.

　"잠시만 실례하겠습니다. 아무래도 제가 결정하기는 힘들고… 승인을 받아야 할 사항 같군요."

　"얼마든지."

　송 비서가 황급히 휴대전화를 꺼내 밖으로 나가는 모습을 본 벳 포터는 피식 쓴웃음을 지었다. 진도준의 말이 한 치도 틀림이 없었다. 머나먼 미국까지 날아왔지만 아무런 결정권이 없다.

　그녀의 상식으로는 이해하기 어려웠다. 결정권 하나 없다면 굳이 출장까지 올 필요가 없지 않을까? 결정권자가 아니더라도 그 권한을 위임받고 모든 걸 책임졌을 때 미팅도 하고 협상도 하는 게 상식 아닐까? 이런 생각을 하고 있을 때 밖으로 나갔던 송 비서가 웃으며 돌아왔다.

　"좋습니다. 6억 달러로 하죠."

　마치 자신의 결정인 양 선심 쓰듯 말하는 사내의 태도 때문에 벳 포터는 웃음이 터지려는 걸 겨우 참았다.

"힘든 결정, 감사합니다. 이제 한고비 넘겼나요?"

"네? 무슨 뜻인지…?"

"글쎄요. 거래를 끝내려면 굉장히 힘든 고비를 많이 넘어야 할 것 같은 느낌이 들어서요."

벳 포터는 숨을 한 번 들이쉬고는 송 비서를 향해 말했다.

"지난번 미스터 송이 하신 말씀으로 추측하건대, 정상적인 거래는 아닌 것 같으니 제가 먼저 거래 조건을 말씀드리죠. 적어도 이쪽 바닥에서의 커리어는 제가 훨씬 긴 것 같아 보이니까요."

그녀는 진도준의 생각과 말을 떠올리며 말했다.

"작품 대금은 그쪽에서 원하는 계좌로 송금합니다. 선금 10퍼센트를 먼저 보내고, 작품은 이곳 갤러리 수장고에서 받고 싶군요. 물론 우리 쪽 전문가들의 감정을 거쳐야겠죠? 감정이 끝나고 진품이라는 것을 확인하면 잔금을 즉시 보내드리죠. 물론 비밀 거래입니다. 어떻습니까?"

송 비서의 얼굴이 환해졌다.

"눈치가 빠르시군요. 바로 우리가 원하는 방식입니다."

"그쪽이 원하는 대로 했으니 제가 원하는, 아주 사소한 조건은 들어주시리라 믿습니다."

"말씀하세요."

"방금 제가 말한 내용 그대로 계약서를 만들어야겠죠? 대금 지급 방법, 작품 인도 시기…."

"계, 계약서를…?"

"아직 제 말 끝나지 않았습니다."

그녀의 단호한 음성에 송 비서는 입을 닫았다.

"마지막으로 계약서에 친필 사인을 해주세요. 이런 불확실한 비밀 거래는 작품 소유주의 확인이 있어야 하니까요."

"작품 소유주는 바로 순양갤러리의…."

"아뇨. 진짜 소유주를 말하는 겁니다. 조금 전에 미스터 송이 통화하신 바로 그분 말입니다. 순양아트파운데이션의 이사장, 마담 리."

송 비서는 대꾸할 말이 떠오르지 않아 눈만 껌뻑거렸다.

"물론 사인은 제가 직접 받을 겁니다. 마담 리가 뉴욕으로 오시기 번거롭다면 우리 측 사람이 한국으로 갈 겁니다."

"그건 아무래도 힘들 것 같은, 아니 불가능합니다."

가까스로 입을 열었지만 벳 포터는 잔잔한 미소를 지으며 말했다.

"추적 불가능한 계좌로 6억 달러를 송금하는 일입니다. 제가 무리한 요구를 하는 것 같지 않은데요? 그리고 그쪽의 힘든 요구를 다 받아들였습니다. 이런 기본적인 계약서 사인도 못 하겠다면 제가 뭘 믿고 거래하죠?"

"아, 아니… 그런 뜻이…."

벳 포터는 짧게 손을 저어 그의 말을 끊었다.

"외람되지만 미스터 송은 결정권이 없지 않나요? 차라리 지금 또 전화해서 승인받는 게 어떨까요? 참, 이 말은 꼭 전해 주세요. 제 조건을 받아들이지 않는다면 이 거래는 없었던 일로 하겠습니다."

송 비서는 안색이 흑빛이 되어 다시 휴대전화를 꺼내 들며 밖으로 나갔다.

▲ ▲ ▲

"진짜? 너 미쳤냐? 아예 할머니를 잡으려고 작정했구나!"

"뭘 또 그리 심하게 말씀하십니까?"

"계약서에 사인하는 순간 밀반출, 차명계좌… 아니지, 6억 달러나 받을 정도면 분명 해외계좌가 분명하니까 외환관리법 위반, 마지막으로 재단 재산을 빼돌렸으니 횡령이잖아. 이 정도 금액이면 집유는 불가능할걸? 아무리 좋은 변호사라도 5년이야."

뉴욕에서 또 다른 휴가를 즐기던 오세현은 사정을 다 듣고 난 후 혀를 내둘렀다.

"그 정도 되어야 강제 은퇴하시지 않겠습니까?"

"강제 은퇴라…."

오세현은 여전히 미심쩍은 표정이었다.

"그런데 도준아."

"네."

"주식을 차명으로 갖고 있다면 찾아내기 힘들걸? 만약 네 할머니가 이 악물고 옥살이하겠다면? 감방에서도 차명주식 움직일 수 있어."

웃음이 났다. 오세현은 아직 우리 가족을 잘 모른다.

"삼촌."

"응."

"우리 할머니는요, 감방은커녕 검찰청 취조실도 못 견뎌요. 30년 넘게 손가락 하나 까닥하지 않고 사신 분입니다. 수백만 원짜리 바르셀로나 체어가 아니면 엉덩이를 못 붙이는 분인데 취조실의 의자에 어떻게 앉겠어요?"

"그런데… 진짜 계약서에 사인하겠어? 너희 집 식구들, 책임 안 지려고 인사 문제 외에는 사인 안 하잖아."

"무려 6억 달러예요. 돈 필요한 사람에게 이 액수는 굉장한 유혹일 겁니다. 그 비싼 그림 30점을 한 번에 다 팔아 치우는 겁니다. 안전하게 하나씩 팔려면 몇 년은 걸릴 텐데, 절대 거절 못 해요."

내 추측은 틀리지 않을 것이다. 만약 직접 사인하지 않겠다면 다른 방법을 써야 한다. 플랜B는 세련되지 못한 거친 방법이지만, 뭐 어떠랴? 고상한 척하는 할머니에게 무식하게 막 나가는 손자의 모습을 보여주는 재미도 있을 것이다.

▲ ▲ ▲

"일은 똑바로 잘하네."

"그쪽에선 유능한 여인으로 소문이 자자합니다. 뉴욕 아트센터에서 책임자로 스카우트하려 했지만, 전통과 관습에 얽매이는 게 싫어서 마음대로 운영할 수 있는 작은 갤러리를 맡았다고 합니다."

"내가 왜 그 여자가 잘났다는 이야기를 듣고 있어야 하지?"

"죄, 죄송합니다."

이필옥 여사에게 보고하던 남자는 황급히 머리를 조아렸다.

"잘난 척해 봤자 어차피 그림 장사하는 여자야. 그 갤러리는 단지 중개상에 불과해. 전시가 목적인 갤러리가 걸지도 못할 작품에 6억 달러씩이나 쏟아부어?"

이필옥 여사는 확신했다. 이건 미국의 부호가 수집하는 것이라고.

"우리 그림 전부를 개인이 사는 거야. 그 여잔 이 거래로 두둑한 중개 수수료 챙길 생각에 만전을 기하는 거지. 돈 많은 스폰서에게 신용 잃으면 돈벌이는 끝나니까. 뉴욕 아트센터 관장 자리는 이런 돈벌이를 못 하니까 걷어찬 거야."

실력 있고 그 실력을 인정받는 사람이 명예로운 자리를 거절한 이유는 오로지 돈 때문이라고 믿는 이필옥 여사였다. 머리를 조아리던 사내는 그녀의 눈치를 살피며 조심스레 입을 열었다.

"어떡할까요? 인사동 마법사 불러서 작업 지시할까요?"

"됐어. 30점이나 되는 걸 언제 작업해? 올해 안으로 끝내지도 못할 텐데. 영기에게 연락해서 전세기나 준비하라고 해. 오랜만에 뉴욕 바람이나 좀 쐴 테니까."

"네, 이사장님. 이번 건도 역시 같은 방법으로…?"

"그래. 아, 송 비서에게 말해서 뉴욕 총영사관과 식사 자리 준비하라고 해. 그 애들 도움이 필요하니까 아쉬운 소리 좀 해야겠어."

"알겠습니다. 뉴욕 아파트 깨끗이 정리해 놓도록 준비하겠습니다."

"아냐. 그럴 필요 없어. 이번엔 호텔에서 지내고 싶어."

"네, 이사장님."

사내가 나가자 이필옥 여사는 돋보기를 쓰고 수첩을 펼쳐 빼곡히 적힌 내용을 살피다 수화기를 들었다. 수화기 너머 공손한 목소리가 들리자 노인답지 않은 빠른 목소리로 말했다.

"순양전자, 순양중공업, 순양생명…."

한동안 순양계열사의 이름을 계속 말하더니 수첩을 덮고 안경을 벗었다.

"주식 시세와 시장 물량 변동량 파악해. 대량 매집 가능한 기관도 알아보고."

통화를 끝낸 이 여사는 6억 달러로 사들일 수 있는 주식을 생각하니 오랜만에 심장이 뛰는 걸 느꼈다.

▲ ▲ ▲

벳 포터는 부글거리는 속을 달래기 위해 연거푸 물을 마셨다.

미술계의 큰손인 순양예술재단 이사장은 대리인을 앞세워 경매장을 싹쓸이했기에 벳 포터가 실제로 마주한 건 처음이었다. 하지만 자신에게 눈길조차 주지 않고, 내려다보는 듯한 섬뜩한 태도는 백인 우월주의자가 까무잡잡한 자신의 피부를 대하는 것과 다르지 않았다.

"계약 내용은 별문제가 없으리라고 생각합니다. 다만 우리가 좀 더 강력한 조항을 추가했는데 확인해 주시죠."

이사장과 함께 온 변호사가 아니었다면 판을 엎어도 벌써 엎었을 것이다. 유창한 영어와 신사다운 정중함이 그녀의 인내를 지탱하게 했다.

"거래 내용의 공개와 불이행, 그리고 그 원인이 웬트워스 아트 갤러리라는 게 확인된다면 세 배의 위약금을 지급해야 합니다."

벳 포터는 진도준의 당부를 잊지 않았다. 계약서의 친필 사인! 그것만 얻을 수 있다면 모든 걸 다 양보해도 좋다는 다짐이었다.

"좋습니다. 하지만 이 조항은 쌍방 간에 마찬가지로 적용되어야 할 것 같은데요?"

그녀의 대답에 변호사는 눈을 반짝였다.

"아, 그렇죠. 그런데… 이 작품을 원하는 분이 갤러리가 아니라 개인인가요? 웬트워스 아트 갤러리는 단지 대리인…?"

"그건 계약서에 없으니 대답하지 않아도 되겠죠?"

그녀는 새침하게 앉아 있던 늙은 여인의 눈썹이 꿈틀거리는 걸 놓치지 않았다. 저 할망구, 영어를 알아듣는 게 틀림없다.

"아, 실례했습니다."

변호사는 가볍게 머리 숙인 뒤 다시 서류를 꺼냈다.

"이건 보험증서입니다. 우리 측 문제로 계약 내용이 공개되었을 때, 그리고 계약 내용 중 하나라도 위반했을 때 거래금액의 세 배, 즉 18억 달러를 즉시 지급한다는 증서입니다. 계약 위반으로 법정에 서서 다투는 번거로운 일은 피하고 싶습니다만."

이 정도까지 준비해 올 줄 예상하지 못했다. 변호사는 벳 포터가 보험증서를 멍하니 바라보자 입꼬리가 살짝 올라갔다.

"뉴욕의 작은 갤러리의 재정 상태를 생각한다면, 이 정도 안전장치는 당연한 것 아닐까요? 우린 당신이나 웬트워스 갤러리가 18억 달러나 되는 거금을 물어낼 수 있을 거라고는 생각하지 않습니다. 그러니 확실한 안전장치가 필요하죠. 이해하시죠?"

"아, 네."

"우리 재단의 신용도는 세계적이라 보험 가입에 큰돈은 들지 않았습니다. 540만 달러니까… 싸게 먹혔죠."

벳 포터는 자신의 갤러리를 생각하니 눈앞이 아득했다. 한국 굴지의 대기업인 순양그룹의 백그라운드를 갖고도 540만 달러라면, 자신의 보험료는 1000만 달러를 훌쩍 넘길 것이다. 그녀는 송 비서를 비웃었던 자신이 똑같이 부끄러웠다. 결정권 없는 대리인의 모습을 이들 앞에서 보여야 한다.

"잠깐만 실례해도 될까요? 전화 좀…."

그녀가 핸드폰을 꺼내자 함께 앉아 있던 송 비서가 피식 웃으며 말했다.

"얼마든지."

벳 포터는 붉게 달아오른 얼굴로 황급히 밖으로 나왔다.

그녀가 사라지자 이필옥 여사가 입을 열었다.

"지금 쟤가 누구에게 전화하는지 모르겠지만, 그 상대가 바로 물주야."

"그렇군요. 대단한 스폰서 하나 잡은 것 같습니다."

"결국 얼굴 반반한 것들은 머리보다 몸이 무기인 셈이지. 천박한 것들."

벳 포터가 육체를 이용해서 성공 가도를 달리고 있다고 확신한 이 여사는 혀를 차며 와인으로 입술을 축였다.

잠시 후 벳 포터가 한결 가벼운 걸음으로 들어왔다.

"지금 즉시 보험 가입할 겁니다. 늦어도 내일까지 전해 드리겠습니다."

"그쪽 결정권자께서는 일 처리가 빠르시군요."

송 비서의 이죽거림이 귀에 꽂히자 벳 포터는 자리에서 벌떡 일어났다.

"일전의 제 무례를 사과합니다, 미스터 송."

송 비서가 정중한 사과에 당황하는 사이 그녀는 모두를 향해 말했다.

"내일 보험증서를 갖고 올 테니 그때 계약서에 사인하죠. 그럼."

벳 포터가 계약서를 챙기는데 거친 목소리가 들렸다. 분명한 영어로!

"Wait a Second."

이필옥 여사는 테이블 위에 놓인 계약서를 자기 앞으로 가져가더니 거침없이 사인해 나갔다. 그녀는 사인을 끝마친 후, 의자를 밀고 일어섰다.

"내가 당신을 두 번이나 만날 필요는 없겠지?"

또렷한 영어로 말을 끝낸 이필옥 여사는 송 비서에게 뭔가를 지시하고 곧바로 사라졌다.

"우리가 내일 계약서를 들고 갤러리로 가겠습니다. 그때 보험증서를 건네받죠. 괜찮겠습니까?"

"물론입니다."

벳 포터는 두 남자와 악수를 하고 도망치듯 빠져나왔다.

▲ ▲ ▲

6000억 원대의 사기! 그 사기의 확실한 증거가 지금 내 손에 들어 있다. 물론 그림을 받고 돈을 보낸 뒤에야 효력이 발생하겠지만.

"그림은 언제 들어온답니까?"

"보름 뒤에 도착한다고 합니다."

"보름?"

"네."

보름이면 위작을 준비할 시간도 없다. 급하긴 급한가 보다. 게다가 배가 아닌 비행기로 들여온다는 뜻인데…. 보통 밀수라고 하면 배가 떠오르는데, 도대체 어떤 방법을 쓰기에 항공편을 이용할 수 있을까?

"그럼 감정은 시간이 얼마나 걸릴까요?"

"두 달은 걸릴 거예요. 물론 진품이라면 더 짧을 테지만."

"진품이면 더 짧다?"

"그래요. 보통 블링크(Blink)의 법칙이라고 하는데…."

블링크라면 눈을 깜빡거리는 걸 말하는데 이게 무슨 법칙이라는 걸까?

"전문가들은 처음 딱 보자마자 느낌이 와요. 아무리 정교한 위작이라고 해도 뭔가 거부감이 생기죠. 대신 진품이라면 아무리 낡았어도 저절로 탄성이 나와요."

"그러니까 느낌이 이상할 때 정밀한 검사를 시작한다는 뜻입니까? 진품이라면 검사도 하지 않고?"

벳 포터는 작게 미소를 지었다.

"아뇨. 진품이라고 믿을 만해도 검사는 해야죠. 대신 위작 같은 느낌이 나는데 모든 검사를 동원해도 진품이라는 결과가 나올 때가 있어요. 그런 경우가 시간을 많이 잡아먹죠. 그림의 판매 경로까지 역추적해야 하니까요."

"검사 결과가 진품인데도 못 믿는다는 말입니까?"

"아직은 인간의 심미안이 물리, 화학보다 더 정확할 때가 많답니다."

내 손에 쥔 계약서가 확실한 무기가 되려면 석 달은 걸린다.

"그렇군요. 그럼 일은 마무리됐군요. 고생하셨습니다. 후원금은 이번 달부터 지원할 테니 좋은 갤러리로 거듭나기 바랍니다."

비록 이상한 일에 엮였지만, 결과가 좋으니 그간의 일을 다 잊은 듯 벳 포터의 표정은 더할 나위 없이 밝았다. 그녀가 돌아간 뒤, 한국으로 전화를 걸었다.

"우 상무님, 낯선 곳에서도 길을 잃어버리지 않을 똘똘한 친구들 데리고 뉴욕으로 오십시오. 휴가 며칠 즐기시고 보름 뒤부터 일 좀 합시다."

내 연락을 받고 유병준 상무는 한달음에 뉴욕으로 날아왔다.

"네? 이필옥 여사님이 직접요?"

"네. 상무님이 조사해서 짐작만 했던 일이 현실로 나타났어요."

우병준 상무는 한동안 말을 잃었다. 그가 생각했던 규모를 훌쩍 뛰어넘는 일이며 금액은 상상하기조차 어려웠을 것이다.

"그럼 이번엔 6000억 원대의 밀수입니까?"

"네."

금액을 확인한 우 상무의 표정이 어두워졌다.

"실장님. 이 여사의 약점을 잡는 일이라고 해도 6000억 원은 너무합니다. 회장님이 남겨 주신 비자금이 아무리 많다고 해도 출혈이 너무 커요."

할머니를 공격하는 일이라 께름칙하게 생각하는 줄 알았는데 그게 아니었다. 내 돈을 걱정하는 것이었다.

"상무님."

"네."

내가 웃으며 말해도 그의 표정은 여전히 좋지 않다.

"바늘에 찔려 피 몇 방울이 맺히면 그걸 출혈이라고 합니까?"

"네? 그게 무슨…?"

"6000억 원은 제게 그 정도밖에 안 됩니다. 그리고 할아버지께서 이런 데 쓰라고 남겨 주신 돈이 아니죠. 그 돈은 철저히 한국에서 내 위치를 굳건히 하는 데만 쓸 겁니다."

그제야 감을 잡은 우 상무는 입을 떡 벌렸다.

"저 돈 많습니다. 돈 싸움으로 흘러갔다면 순양그룹 회장 자리는 이미 제 것이 됐을 겁니다. 돈으로도 못 사는 주식이 많으니 이 고생을 하는 거죠."

여전히 입을 벌린 채 아무 말 못 하는 우 상무의 이런 표정을 잠시 즐겼다.

"아무튼, 상무님."

"아, 네."

"며칠 뒤면 갤러리로 그림이 들어옵니다. 상무님께서는 직원들과 그림 배달꾼 뒤를 밟아 주십시오."

"밀수 운반책?"

"네. 도대체 이해할 수 없는 게 바로 항공편입니다. 그림 밀수하는데 어떻게 비행기로 실어 올 수 있는지…."

"항공편은 모르시죠?"

"네. JFK공항인지 NEWARK공항인지도 모릅니다. 그러니 운반책을 추적하는 수밖에 없어요."

"알겠습니다. 애들 준비시키겠습니다. 그런데 해외계좌는 어떻습니까?"

"버진아일랜드 계좌라는 것밖에 모릅니다. 이건 우리 힘으로는 찾지 못해요. 할머니를 통해서 파악하는 수밖에요."

"어찌 됐든 이제 여사님은 실장님 손아귀에서 벗어나지 못하겠군요."

"욕심을 조금 더 내봅시다. 운반책을 캐다 보면 뭔가 더 나오지 않겠습니까? 이번 기회에 할머니의 재산 목록을 싹 까봐야겠어요."

그림이 도착했다는 소식을 듣고 갤러리로 달려가 그림을 보고 싶은 마음은 굴뚝같았지만, 호텔에 남아 있었다. 이제 갤러리에서 그림 감정이 시작될 텐데, 당연히 할머니 측 사람들도 그 자리에 입회하여 마지막까지 자리를 지킬 것이다. 혹시라도 내 얼굴을 아는 사람이 있으면 일이 틀어질 수도 있어서 호텔에 남아 초조하게 전화를 기다릴 수밖에 없었다.

가장 먼저 전화한 사람은 다름 아닌 벳 포터였다. 그녀는 거의 울먹이며 말했다.

"하워드, 세상에! 이런 걸작을 직접 볼 기회를 줘서 어떻게 고마움을 전해야 할지 모르겠어요."

"진품입니까?"

"네. 입회한 모든 전문가들의 공통된 의견입니다. 확실한 진품이에요.

더 들을 것도 없었다. 벳 포터의 전화를 끊고 곧바로 한국으로 전화를 걸었다."

"김 대리, 지금 순양예술재단의 공식적인 작품 목록을 구해서 메일로 보내 줘요."

전화를 끊고 바로 순양갤러리 홈페이지를 확인했다. 공지 사항이나 알림 글을 다 뒤졌으나 그림 판매에 대한 글은 없다. 지금 당장 돈을 입금하고 불법 거래를 마무리하고 싶었지만 의심스러운 상황을 내가 만들 수는 없으니 두 달을 기다려야 한다.

우병준 상무는 밤늦은 시간이 다 되어서야 호텔로 돌아왔다. 그의 표정은 완전히 굳어 있었다.

"실장님, 외교부를 이용한 것 같습니다."

"외교부요?"

"네. 운반책은 두 팀이었습니다. 순양 뉴욕 법인 직원들과 뉴욕 총영사관입니다. 그들의 집까지 확인하느라 좀 늦었습니다."

어이가 없었지만, 우리 할머니, 참 대단하다는 생각이 먼저 들었다.

"할머니 수족 중에 외교부까지 줄 닿는 사람이 있다는 건데, 그 사람이 누군지만 알면 이 싸움은 끝나겠군요."

"어쩌면요. 그 정도 되는 사람이면 최측근일 테고… 여사님이 쌈짓돈을 어디에 숨겨 뒀는지도 알 테니까요."

우 상무는 내 눈치를 슬쩍 보며 말했다.

"영사관 직원들을 만나 보겠습니다. 그놈들이 어디까지 아는지, 이곳 책임자가 어느 정도 선인지 파악하면 좀 쉬울 것 같지 않습니까?"

공무원은 참 쉽다. 일반인보다 더 엄격한 룰을 적용하니 조금만 위협하면 술술 불기 때문이다. 거기에 퇴직 연금에 해당하는 돈까지 얹어 주면 언제든 배신을 선택한다.

"당근은 제가 준비할 테니 채찍은 상무님이 쓰십시오."

"이런 놈들은 채찍이면 충분합니다. 모가지가 붙어 있는 것만으로도 충분한 당근이 되거든요."

참으로 든든한 사람이다. 일도 잘하고 돈까지 아낄 줄 안다. 이 사람의 퇴직금은 아주 넉넉하게 챙겨 줘야겠다.

▲ ▲ ▲

나는 한국으로 돌아와 진품 감정이 마무리되기만을 기다렸다. 오세현은 감정이 끝나는 대로 버진아일랜드 계좌로 송금하기 위해 뉴욕에서 돈을 이리저리 돌리고 있을 것이다.

내심 정교한 위작이라도 하나 나오기를 기대했지만 두 달이 다 되어갈 무렵 모두 진품이라는 결과를 받았다. 그리고 괜히 툴툴거리는 오세현의 연락도 받았다.

"야! 6억 달러 송금했다. 그 돈 씻느라고 돈 많이 썼어. 손해 보는 짓하지 말고 잘해."

"고맙습니다. 삼촌."

"내 일은 끝났지? 나 이제 돌아간다?"

"한국… 은 아니죠?"

"당연하지. 깨끗한 바다 보며 좀 쉬어야겠다."

"뉴욕에서도 푹 쉬지 않으셨어요?"

"이놈아. 네가 시킨 일 하느라 놀지도 못했어!"

"아, 예. 돌아가셔서 푹 쉬십시오. 가실 때 면세점에서 숙모님 드릴 선물 듬뿍 사십시오. 오랫동안 집 비우셔서 화가 잔뜩 나셨을 텐데."

전화기를 통해 한숨이 흘러나왔다.

"너도 어서 결혼해라. 30년쯤 지나면 알게 될 거다. 오랫동안 집을 비운 남편이 선물을 잔뜩 사가는 건 집을 비웠기 때문이 아니야. 집으로 돌아가기 때문에 사는 거다."

중년 남자의 신세 한탄을 다 들어 주고 통화를 끝냈다. 이제 무대는 준비됐고 본 공연을 시작해야 한다. 가장 먼저 장도형 부사장을 불렀다.

"순양증권을 비롯한 여의도와 명동 인맥을 총동원해서 알아보셔야 할 게 있습니다."

심각한 내 표정 때문인지 장 부사장은 마른침을 꿀꺽 삼켰다.

"아마 다수의 명의로 순양그룹 주식, 특히 전자와 중공업, 건설, 물산, 상사의 주식을 집중적으로 매입할 겁니다."

"네? 그게 무슨! 설마 누군가 적대적 M&A를 시도한다는 겁니까?"

"아뇨. 단순한 주식 확보가 목적입니다. 6000억 원 이상의 자금이 움직일 테니 분명히 눈에 띌 겁니다."

다시 한 번 마른침을 삼켰다.

"6000억 원이나요? 도대체 누가?"

"그걸 찾아내라는 말입니다."

"아, 네."

"다수의 차명계좌가 움직일 겁니다. 그놈들을 추적해야 하는데 가능하시겠죠?"

불법적인 거래는 불법적인 방법으로 찾아내야 한다. 각 증권사의 인맥을 동원해서 순양그룹 주식을 대량으로 매집하는 계좌 주인의 개인 정보를 얻는 것, 명백한 불법이다. 하지만 장도형 부사장은 앓는 소리를 하지 않았다. 위기를 한 번 겪고 나니 우리가 하는 모든 일이 바로 생존과 직결된다는 걸 깨달았기 때문이다. 돌이킬 수 없는 강을 건넜고 마지막까지 살아남기만 하면 부의 왕국을 차지할 수 있다. 왕국을 얻기 위해 불법을 저지르는 것쯤은 사소한 일일 뿐이다.

"문제없습니다. 개미를 찾는 것도 아니고 6000억이 움직이는 거래 아닙니까? 100명이라고 해도 60억, 그것도 전부 순양그룹 주식. 이 정도면 무조건 눈에 띄죠. 전체 명단을 입수하겠습니다."

"꼭 찾아내야 합니다. 그럼 그 주식을 전부 제 것으로 만들겠습니다."

할머니가 6억 달러를 위해 새로운 차명계좌를 만들지는 못한다. 분명 기존의 차명계좌를 활용할 것이고, 그 계좌에는 6000억이 아니라 이미 은밀히 쓸어 담았던 주식까지 들어 있다. 우리 할머니, 주머니 탈탈 털면 얼마나 나올까?

한 달이 지난 후, 순양그룹 주력 계열사 주식이 조금씩 오르기 시작했다. 6억 달러 정도의 거금을 한 달 만에 한국으로 반입했다는 건 할머니 밑에 대단한 실력자가 있다는 의미다. 차명계좌를 두드리면 그도 모습을 드러낼 것이다.

주가 상승이 눈에 띄지 않게 매집하려면 꽤 오랜 시간이 걸린다. 대단한 실력자는 인내심도 대단해 순양그룹 주가 상승이 경제 뉴스에 나오지 않을 만큼 아주 천천히 쓸어 담았다.

"차명계좌 파악이 힘든 건 아닙니까?"

걱정하는 나와 다르게 장도형 부사장은 여유를 보였다.

"시간이 걸릴 뿐 파악하는 건 문제없습니다. 100여 개의 차명계좌가 돌아가면 패턴이 보입니다. 게다가 순양그룹이라는 특정 종목만 바라보고 있으니까 그리 힘들지 않습니다."

"확실하죠?"

재차 물었지만, 장도형은 조금도 주저하지 않고 고개를 끄덕였다.

"자신 있습니다. 염려하지 않으셔도 됩니다."

이 바닥에서 평생을 보낸 사람이니 그를 믿어야 한다. 이제 슬슬 움직여 볼까?

2장

종신유배

할아버지 댁 대문 앞에 서니 감회가 새로웠다. 참 자주 들락거린 집이었지만, 장례식이 끝나고 나서는 처음이다. 내게 이 집의 주인은 영원히 할아버지이기를 바랐지만, 현실은 이필옥 여사의 집으로 변해 버렸다.

초인종을 누르자 문이 열렸다. 보통은 현관까지 차로 달렸지만, 오늘은 천천히 걸어 들어갔다. 눈여겨본 적 없었던 정원수와 꽃이 잘 가꿔져 있었고 석등의 은은한 불빛이 여름밤을 비추고 있었다. 할아버지와 산책했을 때는 이런 것이 보이지 않았다. 조금은 신선하다는 맘도 들었지만, 함께 거닐던 할아버지가 계시지 않으니 아름다운 정원이 슬프게 다가왔다.

현관문을 열고 거실에 들어서자 노기 가득한 할머니가 일하는 사람들을 꾸짖는 중이었다.

"내 허락도 없이 아무나 들여보내? 제정신인 게야?!"

사람들은 어쩔 줄 몰라 연신 머리만 조아렸다.

나와 눈이 마주친 할머니는 이를 악문 채 말했다.

"여기가 어디라고 함부로 들어와? 썩 나가지 못해!"

핏줄로 이어졌지만 따뜻한 말 한마디 해주기는커녕, 늘 매서운 눈빛만 쏘아 대던 할머니에겐 어차피 정이라고는 눈곱만큼도 없다. 게다가 난 전생의 기억도 고스란히 갖고 있다 보니 이 노파는 할머니라기보다는 할아버지의 부인일 뿐이며 날 죽이려 했던 완전한 타인이다.

난 슬쩍 웃으며 말했다.

"조용히 드릴 말씀이 있으니 서재로 옮기시지요."

"시끄럽다. 냉큼 나가지 못해?!"

저런 태도를 보이는 할머니에게 예의 있는 손자의 모습을 보여 주는 건 불가능하다. 어쩔 수 없이 본론부터 꺼내게 만든다.

"무려 6억 달러어치나 물건을 사준 고객인데 차 한 잔쯤은 괜찮지 않습니까? 그 까다로운 조건을 전부 들어주는 고객이 그리 흔치 않을 텐데요?"

순간 새하얗게 질려 버린 할머니의 얼굴을 보니 아차 싶었다. 나이도 많은데 이대로 쓰러지면 큰일이다. 차명계좌의 주식도 찾아야 하고 꿍쳐 놓은 돈도 다 찾아야 하는데 말이다. 다행히 건강만큼은 자신하는 할머니답게 핏기 사라진 안색 외에 다른 변화는 없었다.

"아랫사람들 다 듣는 앞에서 할머니와 손자 사이의 거래를 다 까발릴 필요는 없지 않습니까?"

"너… 너…!"

제대로 말을 잇지 못하는 할머니를 못 본 체하며 주방 아주머니께 말했다.

"저 커피 한 잔만 가져다주시겠어요? 서재로."

할머니를 돌아보지도 않고 나는 서재로 들어갔다. 내 말이 무슨 뜻인지 모를 리 없는 할머니는 분명히 따라 들어올 것이다. 할아버지와 많은 이야기를 나눈 장소였지만 처음 보는 물건이 곳곳에 놓여 있어 낯설다. 할머니의 손을 탄 만큼 할아버지의 체취가 사라진 것 같다.

자리를 잡고 기다리고 있으니 할머니가 들어왔다. 할아버지의 의자에 앉으려는 그녀를 노려보며 말했다.

"중요한 이야기를 할 건데 웬만하면 마주 보고 앉으시죠? 지금 윗사람한테 보고하러 온 거 아닙니다. 제 말이 무슨 뜻인지 짐작하실 텐데요?"

할머니는 입술을 짓씹듯 깨물며 발걸음을 돌려 맞은편에 앉았다.

"하고 싶은 말이 뭐냐?"

"이미 짐작하시지 않습니까?"

"이놈이! 어디서 감히 건방을 떠는 게야?"

꼿꼿한 저 자존심이 얼마나 갈지 두고 보는 것도 재미다. 오늘 완전히 무너뜨려야 한다.

"세상 사람들이 상상이나 했겠습니까? 대 순양그룹 안주인이 그림을 팔아먹고 위작으로 갤러리를 채워 놓았다는 걸요. 이건 진짜 엄청난 스캔들이 될 겁니다."

"흥! 무슨 헛소리를 하는지 알아듣지도 못하겠구나."

"아직도 감을 못 잡으셨습니까? 아니면 모른 척하시는 겁니까? 뉴욕의 웬트워스 아트 갤러리와의 거래는 제가 파놓은 함정이란 말입니다. 벳 포터는 제 대리인이었고, 그림값 6억 달러는 제 주머니에서 나온 돈이라고요."

"…."

"할머니. 이미 끝났습니다. 제 손엔 할머니가 직접 사인한 비밀 계약서가 있어요. 또한 버진아일랜드의 비밀계좌번호까지 기억합니다. 이럴 때 시치미 떼고 모른 척할 게 아니라 상대가 뭘 원하는지 확인하는 게 우선입니다."

"시끄럽다. 어디서 헛소문을 듣고 와서 나를 협박하는 게야?"

담대한 척 나를 노려보고 있지만 가늘게 떨리는 손끝은 어찌할 수 없나 보다. 나는 가져온 계약서 사본을 할머니 앞에 던졌다.

"재단 소유의 수천억 원대 자산을 팔아먹었으니 횡령, 그림을 미국으로 밀반출했으니 밀수, 해외 유령회사를 세워 놓고 돈을 빼돌렸으니 외국환관리법 위반! 제가 장담하는데 이 정도면 할머니는 더 이상 쇼핑할 필요가 없을 겁니다. 여생을 수의(囚衣) 한 벌로 지내야 하니까요."

"네… 네놈이…!"

"할머니는 이 손자를 잘 모르시죠? 아니다, 잘 아시려나? 제가 피도 눈물도 없는 할아버지와 똑같다는 걸? 전 제 손으로 할머니를 법정에 세우고 감방에 보내는 데 눈곱만큼의 거리낌도 없어요. 왜 그런 줄 아십니까?"

감방이라는 말이 나오자 할머니는 더욱 심하게 손을 떨기 시작했다.

"할머니가 날 트럭으로 죽이려 한 것 때문이 아닙니다. 할아버지께서 제게 주신 걸 자꾸 뺏으려 하기 때문입니다."

하얗게 질린 할머니의 입술이 파르르 떨렸다. 내 입에서 트럭 사건이 나올 줄은 상상도 못 했을 것이다.

"할아버지는 다 알고 계셨지만, 당신 잘못이라며 묻어 두셨어요. 제게도 그러시더군요. 할머니를 용서하라고. 그래서 제 기억에서 지웠습니다. 하지만 순양그룹에서 절 밀어내려고 하시기 때문에 어쩔 수 없어요. 끝장을 봐야겠습니다."

딱딱하게 굳은 내 표정과 말투에서 내 뜻을 읽었는지 할머니는 한동안 아무 말도 못 했다. 어쩌면 제정신을 차리기 위한 시간일지도 몰랐다.

한참 만에 입을 연 할머니는 다시 본래의 모습을 보였다.

"그래서? 네놈이 날 어찌할 수 있을 것 같으냐? 네가 가진 증거라는 걸 만천하에 까발리려고 해도 뜻대로 안 될 거다. 순양그룹의 힘은 네놈이 쥐고 있는 게 아니라 내 아들이 쥐고 있어. 신문, 방송에 기사 한 줄 나오지 않을 거다."

"대단한 아들을 두셨습니다."

비꼬는 내 말이 들리지도 않는지 아들의 힘자랑이 계속되었다.

"오히려 네놈이 당해. 버진아일랜드? 그 계좌를 네놈 것으로 만들어

널 구속시킬 거야. 6억 달러나 빼돌린 천하의 잡놈으로 만들어 주지.”

가능성 없는 것도 아니다. 큰아버지들이 모든 연줄을 동원하고, 언론에 돈을 뿌려 그들의 입을 틀어막으면 가능할지도 모른다. 할머니가 이 싸움을 나와 큰아버지의 싸움으로 만들어 서로 피 흘리는 동안, 그녀는 차명주식을 정리하고 해외로 도망가 버리면 되는 일이다.

하지만 할머니도 생각하지 못하는 게 하나 있다. 모든 일이 그렇게 단순하지는 않다. 여러 가지가 서로 얽혀 결과를 만들어 낸다. 사회 경험이 없으니 전체를 읽는 눈이 있을 리 없다.

“순양그룹의 전 재산을 모두 때려 부어도 언론을 못 막을 겁니다. 왜냐하면 이건 정치 싸움으로 변질하기 때문이죠.”

할머니는 내 말을 이해하지 못해 미간을 찡그리기만 했다.

“전 이 일을 언론이 아니라 야당에 흘릴 겁니다. 총선에서 진 야당은 호시탐탐 정부 여당을 공격할 건수만 찾고 있어요. 그런데 할머니는 외교부를 이용했더군요. 밀수나 하는 외교부, 이걸 야당이 보고만 있을 것 같습니까? 특검과 청문회가 열릴 겁니다.”

또다시 할머니의 표정이 변했다.

“야당 정치인이 순양의 돈을 아무리 많이 받아먹었어도 이건 안 덮어 줘요. 자기들도 살아야 하니까요.”

당황한 할머니를 보며 웃었다.

“재미있겠죠? 할머니 때문에 나라가 시끄러워질 테니까. 하하.”

“어림없는 소리!”

큰소리는 치지만 할머니는 내 눈을 똑바로 바라보지 못했다. 내 말을 믿어서가 아니다. 맞는지 틀린지 판단 자체를 못 하기 때문이다. 사건을 가장 크게 확대하는 방법은 정치를 이용하는 것인데 할머니는 정치가 어떻게 돌아가는지 알지 못한다. 이런 쪽으로는 뉴스나 신문을 제대로 본 적 없는 평범한 노파일 뿐이다.

"하나 더 말씀드릴까요? 진짜 최악의 상황을?"

큰아버지였다면 이런 말은 필요도 없었을 것이다. 척하면 착 아닌가?

"야당이 국회에서 순양갤러리의 미술품 밀수에 외교부가 개입됐다고 터트리는 순간, 이건 한국과 미국의 외교 문제로 번집니다. 한국 정도의 국가가 밀수 같은 걸 하리라고는 미국도 생각 못 했겠죠? 할머니는 그걸 이용한 것일 테고요."

할머니의 생각이겠는가? 누군가 알려 준 것이겠지.

"이제 미국은 우리나라에 대한 꼬투리 하나 잡은 겁니다. 미국은 이걸 덮어 주지 않습니다. 웬트워스 아트 갤러리부터 조사를 시작할 테고…. 전 그 그림이 전부 가짜라고 할 겁니다."

"그림은 진짜야!"

"압니다. 하지만 밀수나 일삼는 순양갤러리의 말을 누가 믿겠습니까? 특검에서 순양예술재단의 소장품 전수 검사를 시작하겠죠? 그럼 몰래 팔아먹은 그림 대신 가지고 있는 위작이 쏟아져 나올 테고, 웬트워스 아트 갤러리의 주장은 진실이 됩니다."

가짜 그림을 가진 순양갤러리. 이는 세계적인 뉴스가 될 테고 미술계는 발칵 뒤집힌다. 지금까지 순양갤러리의 그림을 은밀히 사들인 고객들도 가만있지 않을 것이다. 그럼 국제적인 소송이 줄을 잇는 건 어떻게 막을 방법이 없다.

"아 참, 계약서에 나와 있죠? 위약금은 거래액 6억 달러의 세 배, 뭐… 괜찮겠죠? 보험사가 처리해 줄 테니까."

우리 할머니, 이제야 이 일이 얼마나 커질지 감을 잡았는지 꽉 쥔 손의 떨림이 멈추지 않았다.

"네놈은 고작 위약금이나 받으려고 이런 짓을 한 게야?"

"설마요? 돈 버는 방법은 얼마든지 있습니다. 그래서 제가 말씀드렸지 않았습니까? 이런 협상 테이블에서는 상대가 뭘 원하는지 확인하는 게 우선이라고요."

"그, 그래서? 네놈이 원하는 게 뭐냐?"

"하나 더 알려드리죠. 칼자루를 쥔 자는 원하는 게 뭔지 먼저 말할 필요가 없어요. 제가 원하는 게 뭔지 알고 싶으시면 할머니가 뭘 줄 수 있는지부터 말씀하세요. 그게 순서입니다."

아직 진짜 알아내야 할 것이 남아 있기에 이쯤에서 할머니와 대화를 마무리했다.

"생각할 시간을 드리죠. 똘똘한 아랫사람을 불러 상의하든지, 자랑스러운 아들을 불러 상의하든지 하세요. 그래야… 나라가 시끄러워지는 일이 없을 테니까요."

의자에서 일어나 서재를 먼저 나가는 사람이 진짜 강자라는 걸 할머니도 알 것이다. 나는 나오기 전에 꼼짝도 못 하는 할머니에게 마지막으로 한마디를 던졌다.

"거, 손자가 왔는데 커피 한 잔도 내주지 않는 건 너무 야박한 거 아닙니까? 할머니 맞아요?"

다시 천천히 정원을 둘러보며 걸어 나왔다. 저택 밖에서 초조하게 기다리던 김윤석 대리와 직원들이 내 모습을 보고는 황급히 차에서 내려 달려왔다.

"사람 더 충원하세요. 오늘부터 이 집 드나드는 사람을 확인해야 합니다. 혹시 모르는 사람이 나타나면 끝까지 뒤쫓아요. 단 한 명도 빠짐없이 정체를 파악해야 합니다. 아시겠죠?"

"네, 실장님."

"그럼 수고 좀 해주세요."

누구든지 가장 빨리 오는 놈, 그놈이 이필옥 여사의 브레인이다.

▲ ▲ ▲

서재에서 안절부절못하던 이필옥 여사는 마침내 수화기를 들었다. 이 혼란스러운 상황은 자신의 힘만으로 정리하기 어렵다.

"천 이사, 급해. 지금 당장 집으로 와줘야겠어."

그녀가 연락한 지 30분쯤 지났을 때, 중년 사내가 얼굴을 내밀었다.

"무슨 일입니까? 여사님."

"아, 천 이사. 어서 와."

급히 달려온 천 이사는 물 한 잔 마실 틈도 없이 이필옥 여사의 이야기를 들어야 했다.

"진도준이? 이게 전부 그놈이 꾸민 함정이었다는 말씀입니까?"

"아무래도 그래. 이걸 봐."

이필옥 여사는 계약서 사본을 내밀었다.

"그걸 그놈이 쥐고 있더라고. 아무래도 거짓말하는 것 같지는 않아."

천상필 순양예술재단 이사는 영문 계약서 사본을 보자마자 얼굴을 찌푸렸다. 자신이 수십 번이나 검토한 계약서니 힐끗 보기만 해도 가짜가 아님을 알았다.

"이걸 야당에 뿌리겠다고 했습니까?"

"그래. 특검이니, 청문회니, 외교 문제가 될 거라느니 하면서 협박까지 하더라고."

"언론이 아니라 야당? 거참… 허허."

천상필 이사는 어이가 없는지 너털웃음까지 터트렸다.

"똑똑한 놈이네요. 손에 쥔 무기를 어떻게 써야 가장 큰 효과를 얻을 수 있는지 아는군요."

이필옥 여사의 눈꼬리가 올라갔다.

"지금 내가 그놈 칭찬이나 들으려고 천 이사 부른 거야?"

"죄송합니다. 진도준이 핵심을 찔러서 그만…."

천 이사가 고개 숙이며 입을 다물자 서재는 침묵만 감돌았다. 한참의 침묵 끝에 참지 못한 이필옥 여사가 먼저 입을 열었다.

"하나만 이야기해 봐. 그놈이 이거 야당에 흘리면 정말 외교 문제로 번질까?"

"외교도 외교지만 국내 문제가 더 심각합니다. 총선에서 패배한 야당에 이것보다 더 좋은 기회는 없을 겁니다. 없던 문제라도 더 키우려고 발악할 겁니다."

"내가, 이 순양의 안주인이 눈을 시퍼렇게 뜨고 있는데도?"

"내년에 재보궐선거가 있습니다. 그때 야당이 이기면 여당의 과반의 석을 무너뜨릴 수 있습니다. 지금 여당은 간신히 딱 두 석 앞서 있으니까 역전도 가능합니다."

"그놈 말이 사실이라 이거지?"

"유감스럽게도 그렇습니다."

"알았어. 나가 봐."

"네, 이사장님. 제가 진도준을 한번 만나 보겠습니다."

"당연히 그래야지. 해결하기 전까지는 내 얼굴 볼 생각하지 마."

천상필 이사는 자신을 쳐다보지도 않는 이필옥 여사에게 머리를 숙이고 서재를 빠져나왔다.

▲ ▲ ▲

"이야, 이 자식, 선수군, 선수야. 할머니 잡으려고 6억 달러짜리 함정을 파?"

이학재 회장은 내 이야기를 다 듣고 나더니 혀를 내둘렀다.

"네 할머니 이제 큰일 났다. 이건 순양그룹의 힘으로 못 덮을 정도야. 휠체어 타고 검찰청 출두는 피할 수 없을 것이고, 야당이 쩍쩍대면 실형이야. 빠져나오려면 집행유예 혹은 병보석뿐이다. 허허."

"순양예술재단은 문 닫아야겠죠?"

"그건 덤이고."

이학재 회장은 웃음을 멈추고 말했다.

"그런데 재판 3심까지 가는 데 몇 년이나 걸릴지 몰라. 내년 재보궐선거 끝나면 네 할머니 사건은 흐지부지…. 그 안에 지분 싹 정리해 버리면? 넌 얻는 거 하나 없다."

"재판 가기 전에 끝내야죠."

"무슨 방법이라도 있어?"

"할머니의 해결사가 있습니다. 이 사람 한번 보시죠."

인화한 사진 한 장을 내밀었다. 밤에 찍은 거라 선명하지는 않지만, 얼굴을 알아볼 정도는 된다.

"혹시 아십니까? 누군지?"

이학재 회장은 사진을 유심히 보더니 한참을 생각했다.

"아! 이 친구. 천… 상필. 맞아 천상필 이사다."

"아는 사람입니까?"

"그래. 이 친구 그만둔 지 꽤 오래됐는데? 예술재단 이사였지 아마?"

"어디 출신입니까?"

"그룹 법무팀에 있다가 재단으로 차출됐지. 똑똑한 친구였는데 몇 년 근무하지도 않고 그만뒀어. 비주류로 밀려나서 그만둔 거로 알고 있는데?"

"법무팀이면 변호사겠군요."

"아마도 그렇겠지? 그런데 이 친구는 왜?"

"제가 할머니에게 선전포고하자마자 그자가 가장 먼저 달려왔습니다."

"그래? 그럼 그 친구가 최측근인 건가?"

"브레인이겠죠. 할아버지께서 곤경에 빠졌을 때 가장 먼저 찾은 분이 바로 회장님이셨듯이요."

이학재 회장은 자신을 가리키는 내 손을 보며 피식 웃었다.

"수족을 자르면 이필옥 여사는 꼼짝을 못 하지. 여분으로 가진 수족이 없거든."

"머리도 하나겠죠? 천 이사는 브레인이니까요. 여분이 있으면 곤란합니다."

이학재 회장은 머리를 절레절레 흔들었다.

"독한 놈. 할머니 머리를 잘라 네 손에 철컥 붙이겠다는 거지?"

"왜요? 설마 천상필 이사가 이 회장님처럼 엄청난 힘을 가진 건 아니죠?"

"힘은 상대적인 거다. 꼭두각시 같은 할머니 대신 순양예술재단을 마음대로 움직였다면, 힘은 순양의 이인자였던 나와 크게 다르지 않아. 아니 더 크지. 난 용 꼬리, 천 이사는 뱀 대가리니까."

됐다. 얻을 정보는 다 얻었다.

"용 꼬리를 자르려면 용을 잡기 위해 대규모 원정대가 필요하지만, 뱀 대가리 자르는 건 땅꾼 한 명이면 충분해요. 그게 뱀 대가리의 한계입니다."

"땅꾼은 있어?"

"네. 무시무시한 땅꾼 하나가 있죠. 흐흐."

이학재 회장은 손을 휘휘 내저었다.

"그만 가라. 널 보고 있으면 내가 용 꼬리였다는 게 얼마나 다행인지 모르겠다."

갑자기 걸려온 낯선 전화, 순간 느낌이 왔다.

"진도준 씨?"

이놈, 뱀 대가리다.

"그렇습니다만."

"이필옥 여사님, 그러니까 진도준 씨 할머님 문제로 만나고 싶습니다만…. 시간 좀 내주실 수 있겠습니까?"

머리 아프고 귀찮은 일은 전부 아랫사람에게 미루는 할머니의 습성을 잠시 깜박했다. 이 정도 큰 사안이면 단번에 해결할 수 있는 사람을 움직이는 게 당연하고, 그런 사람은 브레인이지 팔다리 역할은 아니다.

"누군지 모르겠지만, 최소한의 예의부터 구경합시다. 누굽니까? 당신?"

칼자루는 내 손에 있다는 걸 뱀 대가리가 똑똑히 알도록 해줘야 한다.

"아, 이런 죄송합니다. 순양예술재단의 이사, 천상필이라고 합니다."

"천상필? 재단 이사 중에 천상필이라는 이름은 없는 거로 알고 있습니다. 누구요? 당신?"

"아… '과거에'라는 말을 빼먹었습니다그려. 하하."

뱀 중에 능구렁이 과에 속하는 놈이다.

"좋습니다. 할머니의 대리인이라 치고, 얼마를 들고 와야 하는지 잘 생각하고 다시 연락하세요. 끊습니다."

전화는 끊었지만 뱀 대가리가 '어린놈이 싸가지는 어디에다 밥 말아 처먹었나.' 하고 구시렁거리는 소리가 들리는 듯했다. 이제 우리 할머니와 뱀 대가리의 그릇이 얼마나 큰지 두고 볼 일이다.

순양호텔의 방 하나를 빌렸다. 능구렁이가 마음 놓고 능청을 떨려면 주변에 아무도 없는 게 편할 것 같아서였다. 50대 중반으로 보이는 천상필은 능구렁과에 어울리지 않는 날카로운 인상이었다.

"처음 뵙겠습니다, 진도준 실장님. 천상필입니다."

"진도준입니다. 앉으시죠."

"뭐 좀 아시네. 이런 밀실도 준비하실 줄 알고 말입니다. 하하."

"재벌 나오는 드라마 흉내 좀 내봤습니다. 마음에 든다니 다행입니다."

자리에 앉아 테이블에 놓인 커피잔을 보자 그가 또다시 웃었다.

"이럴 땐 커피보다 위스키 한잔이 더 어울리지 않겠습니까?"

"당신이 가져온 숫자가 마음에 들면 발베니를 박스째 가져다 드리죠."

"역시 뭐 좀 아시네. 오늘 허리띠 풀고 거하게 한잔하게 생겼습니다 그려."

"김칫국은 그만 마시고, 가져온 숫자부터 들어 봅시다."

실실 웃던 천상필의 표정이 순식간에 굳어졌다.

"원하는 걸 들으러 왔습니다. 단지 숫자뿐이라면 이런 큰 함정을 팔 이유를 못 찾았으니까요. 함정 파는 비용으로 6억 달러나 퍼부은 분이 돈을 원한다? 농담은 그만하시죠."

난 내 눈을 똑바로 바라보는 그를 향해 말했다.

"갑작스러운 통화 때문에 제 생각을 정확히 전달 못 했군요."

"이제야 말이 통하겠습니다. 그래, 원하는 게 뭡니까?"

"원하는 건 숫자가 맞습니다. 단지 내가 원하는 숫자가 아니었을 뿐입니다. 천상필 이사, 당신이 원하는 숫자를 들고 오라는 뜻이었습니다."

순간 능구렁이 아저씨는 능청스러운 표정은 싹 지우고 날카로운 인상에 어울리는 표정이 되었다.

"돈으로 날 사겠다? 외람되지만 전 그리 가치 있는 사람이 아닙니다.

순양예술재단에서의 인연으로 이 여사님의 법률 자문이 고작인 일개 변호사일 뿐입니다.”

“얼마 받아요?”

“네?”

“우리 할머니한테 법률 자문하고 얼마 받느냐고요?”

“몰라도 됩니다.”

노골적이며 다소 천박하기까지 한 질문에 마음이 상했는지 목소리가 조금 높아지기 시작했다.

“쓸데없이 쿡쿡 찌르지 말고 원하는 걸 말씀하세요. 호텔 방에서 남자 둘이 밤샐 일 있습니까?”

일단 이 사람에게 자신의 처지를 알려 줄 필요가 있다. 할머니의 지시를 잘 처리하려면 바짝 엎드려 빌어도 부족할 판이라는 걸 확실하게 각인시켜야 한다.

“잠깐 실례할게요. 급히 전화 한 통만 하겠습니다.”

찌푸린 상대의 표정을 무시하고 전화 스피커를 켰다. 신호가 울리고 곧 낮고 굵은 음성이 흘러나왔다.

“여보세요?”

“안녕하십니까? 수석님. 순양의 진도준입니다.”

내 이름을 밝히자마자 반가움이 확 묻어나는 음성이 스피커를 울렸다.

“아이고, 이게 누구야! 그래, 진 실장. 오랜만이에요.”

“잘 지내시죠? 수석님.”

“서러운 야당 생활이라 못 지낸다오. 구박이 심해. 허허.”

“그래도 총선 후 영전하셨지 않습니까? 원내수석부대표님. 하하.”

제1야당의 원내수석부대표. 통화 상대의 정체를 알자 천상필 이사는 당혹감을 감추지 못했다.

"수석님, 제가 선물을 하나 드리려고 하는데 말입니다. 영전 축하선물인 셈이죠."

"아이고, 선물은 무슨… 보내 준 난(蘭)이면 충분해요."

"이 선물은 좀 반가우실 겁니다."

"그게 뭘까? 좀 색다른 느낌이 드는데?"

"제가 얼마 전 뉴욕 출장을 다녀왔는데 뉴욕 총영사관의 수상한 행동을 발견했습니다."

"총영사관?"

"네. 아무래도 우리나라 국보급 문화재의 밀반출에 뉴욕 총영사관 직원들이 관계된 것 같습니다."

"뭐요? 밀반출? 그거 밀수를 말하는 거요?"

"네. 명백한 밀수죠. 아시다시피 외교 행낭은 세관의 검사를 받지 않으니까요. 그 점을 이용한 것 같습니다."

"이런 미친놈들! 배를 갈라 간땡이부터 확인해야겠구먼!"

스피커를 통해 고성이 흘러나왔다. 이미 천상필은 사색이었다.

"흥분 가라앉히시고요. 이 건을 긴히 말씀드리고 싶은데 내일 저녁 식사 같이하시죠."

"물론. 하늘이 두 쪽 나도 시간 비워 놓겠소. 자세한 이야기 좀 들려주시구려."

"네. 그럼 이만…."

스피커를 끄자 천상필의 고함이 터졌다.

"지, 지금 뭐하자는 거요? 국보급 문화재? 이건 또 무슨…!"

"문화재 밀반출이 미술품 밀반출보다 좀 더 파괴력이 있으니까요. 결과는 이렇게 되겠죠. 총영사관의 국보급 문화재 밀반출은 사실무근이나 그와 버금가는 고가의 미술품을 밀반출했다. 뭐… 엎어 치나 메치나 그게 그거죠."

"당장 그만둬요. 이런 식이면 당신이 원하는 건 단 하나도 가지지 못할 거요!"

"이봐요, 천상필 씨. 그 머리로 우리 할머니 곁에서 어떻게 살아남은 거요?"

"뭐? 보자 보자 하니까…."

"아직도 내가 원하는 게 뭔지 모르겠습니까?"

굳은 내 표정에 소리치던 그가 입을 다물었다. 그러고는 한동안 나를 노려보더니 한숨을 쉬었다.

"젠장… 멈추지 않을 생각이군."

그의 한숨 소리에 나는 인터폰을 눌렀다.

"준비해 둔 술 좀 가져와요."

호텔직원은 발베니 위스키와 술잔, 얼음을 가져와 테이블 위에 내려놓았다.

"대충 이야기 끝난 것 같으니 한잔하시죠."

천상필은 한 잔에 무려 35만 원이나 하는 술을 연거푸 두어 잔 들이켰다. 그러고는 뜨끈한 술기운으로 속을 달랬는지 차분한 목소리로 말했다.

"멈추지도 않을 거면 날 왜 만난 거요? 그냥 진행해 버리면 될 텐데."

"멈추지 않는 건 원하는 걸 얻기 위한 행동이죠. 원하는 건 따로 있습니다."

"이제 말장난은 그만하죠?"

"우리 할머니, 이필옥 여사의 모든 것."

천상필은 다시 술을 따랐다.

"가능한 걸 말해요. 이 여사님은 순양 부회장이라는 두 아들이 있어.

그분들이 가만있지 않을 겁니다. 무슨 수를 써서라도 이 일을 무마할 거요."

"저도 그렇게 생각합니다. 우리 가족에게 허용된 경계는 바로 검찰청이니까요. 검찰 출두는 해도 법정에 서는 일은 없어요. 법정엔 항상 최측근이라는 사람들이 서서 선고를 기다렸습니다."

"그래야 밖에서 힘을 쓰니까. 집행유예든, 병보석으로…."

그가 갑자기 입을 다물었다. 눈치가 빠르고 머리가 돌아가는 사람이니 앞으로 펼쳐질 일이 머리에 다 그려졌을 것이다.

비밀 계약서를 작성한 사람은 바로 천상필이며, 이필옥 여사는 영어를 전혀 못 하기 때문에 신뢰하는 변호사가 시키는 대로 사인했을 뿐이다. 그 계약서도 그림을 몰래 파는 게 아니라 뉴욕 갤러리 전시를 위한 임대 계약서인 줄 알았다. 지금껏 그림을 전부 몰래 팔아먹은 사람은 바로 천상필이며 이필옥 여사는 이 사실을 이제야 알았고, 믿었던 측근의 배신에 충격을 받고 쓰러져 병원에 입원했다.

대단히 정교한 그림 아닌가?

"지금까지 재단의 작품을 빼돌린 걸 지휘한 분이 바로 당신이죠? 그럼 화살은 누구에게 향할까요? 가장 적절한 과녁은 바로 천 이사님, 당신입니다."

천상필은 술을 연거푸 마셨지만, 정신은 더욱 또렷해 보였다. 이는 비싼 고급술이기 때문이 아니라 곧 닥칠 피하기 어려운 위험이 불안하고 겁나기 때문일 것이다. 그런 그를 보며 물었다.

"뭘까요?"

"뭐가 말이요?"

"스스로 최측근이라고 생각하는 사람들의 엄청난 희생정신, 아니 대타 정신이라고 해야 하나? 고작 순양그룹에서 월급 받는 존재에 불과한 사람인데 인생을 망쳐 가며 대신 덤터기를 쓰는 이유 말입니다."

"당신 같은 어린애는 죽었다 깨어나도 모를 거요. 살아온 세월이 그 이유를 알게 해줄 테니⋯."

"으하하⋯!"

죽었다 깨어나니 그 이유를 알게 된 내가 이런 말을 들으니 터져 나오는 웃음을 참을 수 없었다.

"실례했습니다. 옛날 생각이 나서 그만⋯."

얼굴을 잔뜩 찌푸리고 있는 그에게 가볍게 머리를 숙였다.

죽었다 깨어나면? 아니⋯. 죽기 전에 알 것이다. 그냥 병신 같은 노예 근성이었다는 것을.

"이제 쓸데없는 소리는 그 정도만 하고, 가능한 걸 말해요. 이 여사님의 모든 걸 가지는 건 불가능하오. 적절한 선에서 타협합시다."

"절충안은 없습니다. 할머니의 모든 걸 다 가질 것이고, 할머니가 콩밥을 먹지 않는다면 누군가 대신 먹겠죠. 그것도 아주 오랜 세월을 말입니다. 전 이 두 가지를 전부 원합니다."

그가 어이없다는 듯 머리를 흔들 때, 남은 한마디를 더 던졌다.

"특히 차명주식은 제가 꼭 가져야겠습니다."

천상필은 차명주식이라는 말에 놀라기보다는 오히려 속 시원한 표정이었다.

"그거였군! 주식!"

갑자기 무슨 생각이 들었는지 모르겠지만, 표정이 변했다. 마치 승기를 잡았다는 표정이었다.

"그렇다면 이야기가 달라지지. 어떻게 차명주식의 존재를 알았는지는 모르겠지만, 어차피 그 주식은 두 부회장님 수중으로 들어갈 거요. 당신도 알지? 당신 집안사람들은 주식이라면 환장하고 달려든다는 거?"

"물론이죠. 그러니 저도 할머니까지 압박하며 그거 가지려고 이러는 거 아닙니까?"

"알면서 이딴 짓을 해? 주식만 쥐여 주면 두 부회장이 모든 걸 해결할 거요. 물론 누군가는 감옥에 가겠지. 하지만 나는 아냐. 주식 실명 전환하려면 내가 꼭 필요하거든. 으하하."

어이가 없다. 고작 이 정도로 만족하며 모든 게 다 해결됐다고 생각하는 어쩔 수 없는 저 노예근성. 한 걸음만 더 나아가 생각하면 모든 게 달라진다는 걸 왜 모를까?

"천 이사님, 당신을 제외하고 감옥에 갈 만큼 충성스러운 사람은 없습니다. 순양의 회장님이라면 몰라도 고작 할머니를 위해 누가 감옥에 갈까요? 계열사 사장 정도의 자리를 보장해 줄 리도 없지 않습니까?"

"그건 당신이 신경 쓰지 않아도 돼요. 돈도 아주 괜찮은 보상이니까."

천상필 변호사는 아주 개운한 표정으로 술잔을 비웠다. 협상은 없다는 걸 확인했고 내가 원하는 게 뭔지도 알았다. 남은 건 대책을 세우는 것뿐인데, 이 대책이라는 것도 간결해졌다. 내가 멈추지 않을 것이니 적당한 머슴 하나 구해서 그의 등에 모든 걸 올려놓으면 끝이다.

술잔을 깨끗이 비운 천상필은 입맛을 다시며 일어섰다.

"좋은 술, 잘 마셨소. 병째 마시고 싶지만 그건 다음 기회로 미루지."

"그런데 아직 대답하지 않은 게 있는데 그건 알려 주고 가시죠?"

내 계획이 이미 망가졌다고 생각하는 천상필이지만, 여전히 여유만만한 내 표정 때문인지 쉽게 방을 떠나지 못했다.

"뭘 말하는 거요?"

"당신도 잘 모르는 당신이 진심으로 원하는 숫자."

"그만하지? 추해 보여."

"아니, 돈 이야기가 왜 추합니까? 돈 싫어하는 사람 있습니까?"

"내 손에 차명주식이 있어. 그 주식의 가치가 얼만 줄은 아나? 내가 마음만 먹으면 그 주식을 내가 꿀꺽할 수도 있었어. 난 돈에 흔들리지 않으니까 포기해."

"주식은 돈이 아니죠. 그리고 감히 차명주식을 꿀꺽해요? 불가능하니까 그대로 관리만 한 것이겠죠. 그거 꿀꺽했다가는 목숨이 위험하니까요. 대단한 충신인 척하지 마시죠. 역겨우니까."

진실은 늘 속을 후벼 판다. 그 고통 때문인지 천상필의 얼굴이 일그러졌다.

"내일 야당에 자료를 건네면 더는 돌이킬 수 없어요. 그리고 이 일이 크게 번지면 어마어마한 공돈이 생깁니다."

"무슨 소리요?"

"비밀 계약서를 만든 분이 아직도 모르겠습니까? 보험금 말입니다."

"보, 보험…?"

"비밀 거래가 세상에 드러나면 계약 위반이죠? 그럼 보험금을 청구할 수 있습니다. 무려 18억 달러! 현재의 환율이면 2조 원이 넘어요."

그가 침을 꿀꺽 삼켰다.

"난 본전만 찾으면 됩니다. 6억 달러. 그럼 12억 달러가 남습니다. 어떻습니까? 이 정도 숫자라면 당신도 잘 모르는 당신의 깊은 진심에 어울리지 않겠습니까?"

1조 3000억. 이 압도적인 숫자에 천상필은 호텔 방을 나서던 발걸음을 멈추고 멍하니 서 있었다.

"당신은 주식을 지킬 힘이 없지만 난 있습니다. 차명주식을 전부 내 앞으로 옮겨도 난 쥐도 새도 모르게 죽을 일은 없어요. 그리고 당신의 안전도 보장하죠. 참, 12억 달러는 해외계좌에 넣어 두면 되겠죠? 그 방법은 당신도 잘 알 테니까 알아서 하시고요. 주식은 못 삼켜도 돈은 삼킬 수 있는 분 아닙니까?"

지금까지 커피만 마시던 나도 술 한잔을 따라 단숨에 들이켰다. 짜릿한 향이 목을 타고 흐르자 순식간에 몸이 후끈 달아올랐다.

"오늘은 이렇게 따로 축배를 들었습니다만, 다음에는 잔을 부딪치며 함께 축배를 들죠. 난 주식을, 당신은 1조 3000억을 갖는 순간을 위하여."

여전히 멍하니 서 있는 천상필을 호텔 방에 남겨 두고 먼저 빠져나왔다. 내가 쥔 칼자루를 함께 쥘 것인지 아닌지는 두고 볼 일이다. 하지만 그가 내 제안을 받아들일 것이라는 건 믿어 의심치 않는다. 1조 3000억을 단칼에 거절할 사람이었다면 애초에 할머니 밑에서 온갖 지저분한 짓을 하지 않았을 테고 이미 순양과의 인연을 끊었을 것이다.

그는 지금 온갖 생각이 뒤엉켜 머릿속이 복잡하겠지만, 시간이 지날수록 간단명료한 하나의 숫자만 남을 것이다. 숫자는 절대 오해를 불러일으키지 않는 진실한 언어다. 그리고 1조 3000억이라는 숫자가 주는 달콤함은 누구도 의심하지 못할 만큼 진실하다.

▲ ▲ ▲

진도준이 나가고 혼자 남은 천상필은 다시 의자에 털썩 주저앉았다. 아직 잔뜩 남아 있는 술병을 들어 잔에 부었다. 많이 녹아 버린 얼음 몇 개를 떨구고 잔을 흔들었다.

"제기랄… 조 단위라니… 저 어린놈의 새끼는 진짜 미쳤어."

그는 독한 위스키를 물 마시듯 들이켰다. 하지만 머릿속에 맴도는 조 단위 돈 때문에 취하지도 않았다. 자신이 관리하는 차명주식도 자꾸 머릿속에 파고들었다. 물론 차명주식 역시 조 단위다.

이필옥 여사는 돼지저금통에 동전을 모으듯 20년 가까이 야금야금 주식을 사 모았다. 천상필이 이필옥 여사의 차명주식 목록을 처음 봤을 때 그냥 그러려니 했다. 하지만 순양그룹의 지배지분구조의 단면을 엿봤을 때 주식 시장의 거래가로 이 여사의 주식 가치를 계산하는 건 중단했다.

초창기에 진 회장이 주식을 분산하기 위해 증여한 주식은 비상장 상태였지만, 20년이 지난 지금은 그룹 지배지분으로 둔갑했다. 거래는 없지만 가치는 어마어마한 주식, 그리고 꾸준히 사 모은 주요 계열사의 주식, 이 주식은 꾸준히 오른 우량주들이다. 천상필은 이것들을 관리하고 이필옥 여사가 돈을 주면 추가로 매집했다. 그리고 골고루 분산하는 일을 10년 넘게 도맡아 왔다.

물론 충분한 보수를 받았다. 주변의 잘나가는 변호사 친구들과 골프 치며 그들이 돈 자랑할 때 속으로만 웃었다. 친구들이 렉서스나 벤츠에서 골프백을 꺼낼 때 그는 그랜저 트렁크를 열었지만 조금도 부럽지 않았다. 벤츠나 렉서스보다는 10여 채의 강남 아파트를 가지는 게 더 현명하다는 걸 알았기 때문이고, 10여 채의 강남 아파트 수십 배에 달하는 달러가 든 해외계좌가 더 든든했기 때문이다. 하지만 지금 그가 뿌듯해 하던 강남 아파트와 달러 계좌가 너무나 하찮다고 느껴졌다. 강남 아파트 대신 비벌리 힐스의 대저택과 마이애미 빌라가 생각났고, 벤츠나 렉서스 대신 보잉사의 자가용 비행기가 손에 잡히는 듯했다.

지금껏 유지했던 가치관이 '조(兆)'라는 단 한 자 때문에 무너져 버렸다. 兆는 점괘 또는 조짐이라는 뜻이다. 이 얼마나 적절한 뜻인가? 너무 커서 정확히는 알지 못하고 추측으로만 가늠할 수 있기에 이 단어를 단위로 쓰는 것이다. 천상필은 1조 원이라는 돈의 크기를 측량하기는 어려웠지만, 그 돈으로 무엇을 얻을 수 있는지, 무엇을 할 수 있는지는 구체적으로 상상할 수 있었다.

그는 위스키 한 병을 다 비울 동안 호텔 방을 떠나지 못했다. 어린놈의 미친 제안을 받아들이기 전에 확인해야 할 것이 남아 있었다.

▲ ▲ ▲

이필옥 여사의 장남과 차남은 망연자실한 채 계속 한숨만 내쉬었다. 어머니가 아니고 아내였다면 머리카락을 죄다 뽑아 버리고 싶은 심정이었다.

"좋습니다. 그런데 도대체 그 많은 돈을 어디에 썼습니까? 쇼핑이든 뭐든 전부 회삿돈으로 처리하지 않았습니까? 현찰은 어디에 쓰시려고 그런 짓까지 저지른 겁니까?"

진영기 부회장은 부글부글 끓는 속을 누르며 최대한 공손한 어조로 물었다. 평소의 이필옥 여사 같았으면 이런 말투조차 거슬린다고 소리칠 법도 한데 지금은 지은 죄가 있으니 고분고분히 대답했다.

"너희를 위해 그런 거지 날 위해 그랬겠냐?"

"그러니까 그게 뭐냐고요?"

"주식이다."

진영기는 또 한숨을 쉬었다.

"그거, 별반 소용없다는 거 모르십니까? 시답잖은 계열사 주식 아무리 끌어모아 봤자 경영권 방어에 도움 안 됩니다. 몇 번이나 말했습니까?"

"지배지분의 3퍼센트 이상, 5퍼센트 이하. 이게 내가 가진 주식이다. 이래도 도움이 안 돼?"

두 아들은 숫자를 듣자 숨이 멎을 듯했다. 뒷방 늙은이로 돈이나 써 대며 돌아다니는 줄 알았는데…. 큰 문제를 일으켰지만, 충분히 가치 있는 일이다.

놀라는 아들을 보자 이필옥 여사는 다시 순양의 안주인다운 표정으로 변했다.

"동기 네가 도준이 그놈이랑 공동의결권을 맺지만 않았어도 내가 이런 무리수는 두지 않았다. 마음이 조급해서 그리된 게야."

아들의 책망에서 벗어난 모친은 비난의 화살을 돌렸다. 입 다물고 있던 진동기가 말했다.

"도준이는 적당히 타협 보는 놈 아닙니다. 그놈은 항상 마음먹은 대로 끝까지 가는 놈입니다. 저도 그놈에게 당한 터라 잘 알아요. 빨리 대책부터 세워야 합니다."

"이놈이 딴소리는…."

"딴소리가 아니라고요. 제게는 공동의결권을 요구했지만, 어머니에게 요구한 거 있습니까? 없죠? 그럼 이걸 크게 터트리겠다는 겁니다."

진영기가 고개를 흔들었다.

"그놈 영악한 거 몰라? 곧 뭔가를 요구하겠지."

"답답한 소리 좀 그만해. 몰라서 그래? 이건 복수라고! 형도 눈치챘잖아. 교통사고…. 아버지와 도준이가 죽을 뻔한 그 사고!"

진동기가 소리 지르자 진영기도, 이필옥 여사도 얼굴을 굳히며 입을 다물었다.

"도준이 말대로 이 내용을 야당으로 흘리면 우리 순양의 힘으로도 못 막아. 그놈들도 지금 전쟁 중인데 우리 사정 봐줄 리 만무하잖아."

동생과 같은 생각인지 진영기도 이견을 내지 않았다. 여의도는 지금 목숨과도 같은 과반 숫자 확보 싸움에 전력을 다하는 중이니까.

"그, 그래서? 지금 이 에미가 밀수범으로 감옥에라도 가야겠냐? 이, 이놈들이 진정…!"

두 아들은 기가 막혀 부르르 떠는 모친의 심정 따위를 배려할 여유가 없었다.

"그 뒤로 도준이는 아무런 연락 없습니까?"

이필옥 여사는 냉정한 두 아들의 태도가 섭섭했으나 그만큼 위급한 상황이라는 걸 받아들였다.

"오늘 사람을 보냈다. 지금쯤 만나고 있을 거다."

"누굴 보냈습니까?"

"내가 가장 믿는 사람이다. 천상필 이사야."

두 아들은 서로를 바라보며 확인했지만, 기억에 없는 사람이다. 어머니의 신뢰는 그리 중요한 게 아니다. 그자가 얼마나 충성스러운지가 중요하다. 항상 간신을 신뢰하는 주인이 더 많았다. 진영기, 진동기 형제는 서로의 눈빛을 교환하는 것으로 대책이 하나뿐이라는 걸 확인했다.

"그 천상필 이사가 어머니 대신 이 사태를 책임질 만큼 믿을 수 있는 사람입니까?"

쉽게 대답이 나오지 않았다. 믿을 만한 사람인 건 틀림없다. 일 처리도 빠르고 자세히 말하지 않아도 원하는 게 뭔지 파악한다. 때로는 이필옥 여사 자신도 잘 모르는 진심까지 읽어 내는 사람이다. 하지만 지금 아들이 말하는 믿음은 옥살이를 대신할 수 있느냐 하는 것이다. 주저하는 어머니의 모습에 두 아들은 얼굴을 찌푸렸다. 단 1초의 망설임도 없이 대답이 나와야 한다. 그렇더라도 몇 번이나 더 확인하고 대가를 약속하고 신신당부해야 가능한 게 대신 옥살이하는 것이다. 천상필은 대타로서 적임자가 아니다.

"천상필 외에 미술품 판매한 거 아는 놈은 몇이나 됩니까?"

"서너 명 된다."

"그놈들은요? 천상필보다 낫습니까?"

의미 없는 질문이었다. 진도준과 담판 지으러 갔다는 건 그자가 가장 믿을 만하다는 것이다. 두 아들은 고개를 젓는 어머니를 보고는 한숨을 쉬었다. 하지만 다행히도 그들은 이런 일을 여러 번 처리해 봤다. 두 사람은 눈을 마주치며 가볍게 고개를 끄덕이고는 동시에 휴대전화를 꺼냈다.

"순양예술재단에서 일했던 천상필이라는 놈이 있다. 그놈 인적사항 파악해서 먼지 좀 털어. 치명적인 걸 찾아야 한다. 한칼에 무릎 꿇을 정도로 강력한 거 말이야. 그래, 시간 없다. 인력 전부 동원해."

두 사람은 같은 내용의 통화를 끝내고 어머니를 향해 말했다.

"차명주식 관리도 천상필이 했습니까?"

"그래."

"그럼 지금 짐 챙겨서 출국하세요. 이 일이 잠잠해질 때까지 귀국은 꿈도 꾸지 마시고요. 입 무거운 놈들로 붙여드릴 테니까 그놈들과 움직이세요."

이필옥 여사는 입이 달싹거렸으나 차마 불만을 말하지 못했다. 두 아들의 표정을 보고 아끼던 천상필마저 날려야 하는 아주 심각한 상황이라는 걸 알았기 때문이다.

▲ ▲ ▲

"이거 정확한 겁니까?"

야당의 원내수석부대표는 내가 전한 서류를 흔들었다.

"그 서류에 나온 날짜에 영사관에서 나온 트럭이고, 그걸 운전한 사람은 영사관 직원입니다. 외교부를 통해 영사관 업무일지를 확인하십시오. 그들은 적절한 대답을 못 할 겁니다."

"진 실장, 이거 확실하지 않으면 내가 곤란해져요."

"수석님. 제가 실수할 일을 하겠습니까? 믿으세요."

원내수석부대표는 여전히 수상쩍은 눈빛이었다.

"진 실장. 솔직히 털어 놔요. 이거 마지막 과녁이 어딥니까?"

"수석님. 그거 파기 시작하면… 제가 장담하는데 최소 외교부 장관과 청와대 외교 특별보좌관은 옷 벗습니다. 또한 미국에서 엄청난 항의도 쏟아질 겁니다. 최종 과녁이 어디든 청와대 기둥 하나는 뽑을걸요?"

파괴력은 놓치기 아까울 정도니 부대표의 눈빛이 달라졌다.

"찜찜하시면 그냥 식사나 하고 돌아가십시오."

"그냥? 그럼 이거 묻어 버리려고?"

"아뇨. 다른 계파의 저격수에게 던져 주죠, 뭐. 머리 조아리며 받아 갈 의원은 많습니다."

'머리 조아리며'라는 말에 부대표는 당황한 듯 황급히 손을 내저으며 목소리를 높였다.

"아이고, 그건 또 무슨 말씀이시오? 오해하신 듯한데, 미덥지 못하다는 뜻이 아닙니다. 묵직한 한 방이니 확인차 물어보는 겁니다. 허허."

"이해합니다. 아무튼, 그 날짜에 있었던 그 일, 그거 하나만 파시면 외교부가 발칵 뒤집힐 겁니다. 참, 트럭을 직접 운전한 직원 이름도 있으니까 여차하면 그 직원을 소환해서 국회에 세우십시오."

이름까지 있다고 하니 원내수석부대표가 만족한 듯 보였다. 그가 다시 수저를 들 때 휴대전화가 울렸다. 진동기 부회장의 전화다.

'아이고, 우리 할머니. 든든한 아들까지 불렀구나.'

"네. 큰아버지."

"뭐 하는지 모르겠지만, 지금 좀 보자."

"죄송합니다. 지금 손님과 식사 중이라 움직일 수 없습니다만."

"그럼 밥 먹고 와. 술 한잔하자. 삼청동 알지? 그리 와라."

통화를 끝내고 식사를 서둘러 끝냈다. 공동의결권을 가진 파트너 아닌가? 무시하면 안 된다.

▲ ▲ ▲

천상필 변호사는 불안해지기 시작했다. 신호가 가면 곧바로 전화를 받던 이필옥 여사의 전화기가 꺼져 있다. 수행비서도 마찬가지였고 문자를 보내도 회신이 없다. 위기를 느끼자 해외 도피라도 한 것일까?

그렇다고 해도 연락까지 끊어 버린 건 심하다는 생각이 들 때, 이필옥 여사를 대신해서 나서는 사람이 누군지 알 수 있는 전화가 왔다. 진영기 부회장의 비서실에서 온 전화는 조금 강압적인 느낌이었다.

'아들한테 뒤처리를 맡기고 도망쳤다 이거지?'

천상필은 단단히 마음먹고 순양그룹 사옥으로 향했다.

"우리 처음 보나? 낯이 익은데?"

대뜸 반말로 맞이하는 진영기 부회장의 태도가 불쾌했지만, 이 집안 사람 중에 예의 차리는 놈이 없다는 건 예전 그룹 법무팀 시절 익히 들어서 알고 있었다.

"예전 그룹 법무팀 소속이었습니다. 그때 몇 번 뵌 적 있습니다."

"어쩐지, 초면은 아닌 것 같았어. 하하."

진영기는 호탕하게 웃으며 천상필의 손을 잡았다.

"이거, 어머니 밑에서 애쓴다고 들었는데, 내가 고맙다는 말도 못 했어."

"아닙니다. 제 일이었을 뿐입니다."

"성격 한번 깔끔하군. 그럼 구질구질한 거 빼고 담백하게 가보자고."

"그런데 여사님께서는…?"

"아, 혹시나 해서 비행기 태워 보냈어. 어머니 걱정은 안 해도 돼요."

"역시 그렇군요."

"일단 천 변호사 당신이 관리하는 차명주식 있지?"

"네."

"그거 목록부터 줘봐. 명동 애들에게 뿌렸지? 싹 거둬서 실명전환부터 해야겠어."

'이것 봐라? 옆집에 빌려준 그릇 되돌려받는 것처럼 대수롭지 않게 말을 해!'

천상필은 미간을 찌푸리며 생각했다.

"왜? 어머니 몰래 하는 짓 같아서?"

진영기는 굳은 표정의 천상필을 보며 피식 웃었다.

"이 친구… 내가 누군지 몰라? 당신이 모시던 분의 장남이야. 순양의 장남. 내가 어머니 재산이나 가로채는 후레자식으로 보여?"

"아, 아닙니다. 너무 갑작스러운 일이라…."

"자네도 지금 상황 알잖아. 집안의 망나니 같은 놈 하나가 사고 치기 일보 직전이야. 그전에 정리해 두려는 것뿐이야. 물론 어머님도 아셔. 전세기도 내가 띄웠어."

"하지만 이건 증여 문제입니다. 부회장님 실명으로 전환하기 전 다른 자제분들도 알아야 합니다. 그래야 나중에 상속 문제가 생기는….."

"이런, 오해했군. 내 이름으로 전환하자는 게 아니야. 자네가 관리하는 차명에서 그룹이 관리하는 차명으로 전환하는 걸세. 증여니 상속이니 하는 문제는 신경 쓰지 않아도 돼."

천상필은 이 집안사람들이 자신이 가진 유일한 힘을 뺏으려 한다는 걸 깨달았다. 진도준의 제안이 아니더라도 이런 상황에서 칼자루를 뺏길 수는 없는 노릇이다. 그냥 물러나면 모르되 팽당하는 건 피해야 한다.

"알겠습니다. 그럼 차명 변경할 준비하고 다시 찾아뵙겠습니다."

"그래. 수고 좀 해주게."

천상필이 일어서자 진영기 부회장은 손을 들어 그의 발길을 잡았다.

"잠깐만 기다려 보게."

진영기 부회장은 인터폰을 눌렀다.

"들어와."

이미 대기하고 있었는지 두 명의 젊은 사내가 들어와 머리를 숙였다.

"이 친구들과 함께 움직여. 비서실 직원인데 똘똘해. 데리고 다니면서 심부름도 시키고 궂은일도 시켜. 급한데 손 하나라도 더 있어야 하지 않겠나?"

너무 노골적이다. 24시간 붙어 감시하겠다는 것이다. 마침내 천상필이 폭발했다.

"부회장님. 지금 뭐 하자는 겁니까?"

"뭐?"

"제가 감시까지 받으며 이 여사님 뒤처리나 할 머저리로 보이십니까?"

"무슨 소리야? 감시라니!"

이미 서로의 속셈을 다 읽었는데 시치미 떼고 구구절절 말해 봤자 입만 아프다.

"차명주식, 제가 관리합니다. 당신 집안 망나니가 저지른 일을 해결하십시오. 깔끔하게 정리되고 이 여사님 귀국하시면 그때 차명 정리하겠습니다. 부회장님이든 누구든 원하는 대로 해드리죠. 그 전엔 어림없습니다."

천상필의 단호한 말에 진영기 부회장은 턱을 쓰다듬었다.

"이거, 주식 쥐고 있다고 큰소리가 대단한데? 흐흐."

진영기는 천상필을 세워 둔 채 수화기를 들었다.

"아, 지검장. 나요. 뭐 하나 물어봅시다."

지검장이란 말에 천상필은 가슴이 철렁했다. 진도준이 했던 말, 그리고 자신이 예상했던 최악의 상황으로 흘러가는 게 분명하다.

'본심을 이런 식으로 드러내나? 어떻게 이놈의 집안 새끼들은 예측을

벗어나지 않는군.'

그런데 이것이 순양의 힘이기도 하다. 아무도 예상 못 하는 방법을 쓸 필요가 없다. 누구나 예측 가능한 방법을 쓰지만 대응할 방법이 없다. 압도적인 권력으로 밀어붙이니 누구라도 속수무책으로 당한다.

"재단 직원이 몰래 재단 자산을 처분하면… 응, 그래. 무려 몇천억이나 해먹었더라고. 간땡이 부은 놈이지. 뭐? 무기? 그 정도까지는 필요 없고 15년 정도는 문제없겠지?"

천상필은 이대로 가면 고가의 미술품을 팔아먹은 도둑놈이 된다. 그가 유일하게 예측 못 한 제안을 한 사람을 떠올렸을 때 통화를 끝낸 진영기의 경고가 들렸다.

"이봐! 천상필. 잘 들어. 지금부터 내가 쓴 시나리오대로 해. 그럼 3년 안에 출소할 거야. 형기 마치고 나오면 찌그러져 조용히 살아. 먹고사는 일은 내가 책임질 테니까 걱정하지 말고."

"그게 마음대로 될까? 진도준은 당신 어머니의 친필 사인한 비밀 계약서가 있어. 그건 가장 확실한 증거야."

"아직 내 시나리오 안 봤지? 거기에는 엑스트라가 한 열 명 정도 등장해. 전부 재단 사람들이지. 그들이 증언할 거야. 세상 물정 모르는 여든 넘은 노파를 살살 꼬드겨서 그림 팔아먹은 게 바로 당신이라고, 재단 일은 전부 당신이 맡았다고 증언하면?"

눈도 침침한 할머니가 영어로 작성한 계약서를 꼼꼼히 읽었다고 우기는 꼴이 더 우습다. 게다가 천상필은 이필옥 여사의 최측근이다. 믿음직한 직원이 내미는 계약서라서 믿고 사인했다는 주장이 어색하지도 않다. 진영기의 여유는 허세가 아니다. 그럴듯한, 아니 확실한 시나리오다.

"이게 끝이 아니야. 무대장치도 좋아. 지금 당신의 과거를 살살이 뒤지고 있어. 먼지 한 톨 없이 살았다면 안심해도 돼. 아… 아니다. 없던 과거도 만들어 볼까 생각 중이지. 당신은 검찰 소환장보다 언론 기사를 먼저 볼걸? 보통 추문, 스캔들이라고 하지. 혼외자식이라도 하나 만들어 줘?"

하얗게 질려 버린 천상필을 보며 진영기는 승리의 미소를 보였다.

"그 친구들 데리고 가서 빨리 시키는 일이나 해. 3년 약속한다니까!"

진영기 부회장의 손짓에 젊은 두 사내는 어깨가 늘어진 천상필을 데리고 나갔다. 진영기는 진도준이 고마울 지경이었다. 덕분에 어머니가 꿍쳐 둔 귀한 지분을 챙기는 셈이었다. 이제 그의 단 하나 고민은 동생과 나누지 않고 어떻게 혼자 꿀꺽하는 것이다.

▲ ▲ ▲

"다 들으셨습니까?"

"그래. 각오하고 하는 짓인지 모르겠지만 넌 이제 우리 집안의 적이다."

진동기 부회장은 이미 몇 잔 마신 듯 얼굴이 불그스름했다.

"언제는 가족이었습니까? 아니, 어차피 우리 집안은 가족이란 게 존재하지 않았죠. 누가, 얼마나 많은 지분을 가졌는가? 그걸로 어른 대접받고 머슴 대접받는 집 아닙니까?"

"그렇다고 다 늙은 할머니를 꼭 그렇게 해야겠어?"

둘째 큰아버지는 테이블 위에 놓인 잔에 술을 따랐다. 아무리 정이 없다고는 하나 친모가 옥살이하게 생겼는데 너무 침착하다. 이미 대책을 다 세웠다는 의미인데….

"혹시 할머니… 비행기 탔습니까?"

"지금쯤 이륙했을걸?"

"그렇군요. 빠르시네요."

"네가 아무리 용을 써도 여기까지다. 할머니를 어찌할 수 없어."

"고맙습니다. 둘째 큰아버지."

내가 머리를 꾸벅 숙이니 둘째 큰아버지는 손에든 술잔을 내려놓았다.

"무슨 뜻이야?"

"할머니가 옥살이할 것이라고는 생각하지 않았습니다. 명색이 순양의 대왕 대비마마 아닙니까? 제 목적은 여기까지였습니다. 할머니가 영원히 한국 땅을 밟지 못하는 것, 아무것도 못 하고 숨만 쉬며 사는 것, 그걸 앞당겨 주셨으니 감사하지요. 지금쯤 귀양 가는 심정으로 비행기 안에서 훌쩍거리고 계시겠죠."

진동기는 내려놓은 술잔을 들어 단숨에 들이켰다.

"너도 참 독하다. 지극히 현실적이기도 하고."

"주제를 아는 거죠."

"네가 원하는 대로 됐으니 순양그룹에 먹구름 끼는 짓은 그만해."

"이미 늦었습니다. 그리고 제가 멈추면 할머니는 곧바로 귀국하시겠죠?"

"뭐? 늦었다니? 무슨 짓을 한 거냐?"

"방금 함께 저녁 먹은 사람이 바로 저격수입니다. 실탄을 받았으니 쏠 겁니다."

"지독한 놈…"

다시 잔을 드는 그에게 말했다.

"가만히 한번 돌이켜 보십시오. 저와 저희 가족에게 누가 가장 지독한 짓을 했는지. 할머니가 제 어머니께 한 짓, 제게 한 짓을 생각해 보십시오. 제가 지독하다면 할머니는 악독했습니다."

"좋게 끝낼 수 있으리라는 실낱같은 기대를 한 내가 멍청했던 것 같다. 좋아. 한번 해보자. 이번엔 우리 형제가 손잡고 네가 저지른 짓을 막을 거다. 네가 네 어머니를 생각하듯 우리도 어머니를 생각해야겠지? 올해가 가기 전에 네 할머니가 다시 집으로 돌아오시도록 할 거다."

나도 내 앞에 놓인 잔을 비웠다.

"잘 생각하세요. 단지 할아버지와 우리 가족이 싫어 온갖 진상만 부리는 할머니입니다. 차라리 외국에서 가만히 숨만 쉬며 여생을 보내는 것도 나쁘지 않습니다."

"그래도 어머니다. 그렇게는 못 하지."

나를 향해 웃으며 말하는 그에게 머리 숙였다.

"먼저 일어나겠습니다. 이제 바쁠 것 같으니까요."

"같이 나가자. 나도 여유 부릴 시간 없다."

둘째 큰아버지는 내 어깨 툭 치며 앞장서서 나갔다.

야당이 내가 알려 준 정보를 터트리는 건 최소한 이틀쯤 걸릴 것이다. 그들은 바보가 아니다. 적어도 뉴욕 총영사관에 줄 닿는 사람을 이용하여 최소한의 사실 확인은 거칠 것이다. 그동안 큰아버지들이 여기저기 전화를 넣겠지만 어긋난 톱니다. 문화재 밀수와 미술품 판매의 차이 때문에 약간의 시간은 벌었다.

중요한 것은 그 이틀의 시간 안에 천상필이 결단을 내려야 한다는 점이다. 그런데 오늘 큰아버지의 행동으로 봐서는 이미 천상필과 접촉한 것 같다. 할머니의 대타를 요구했을 테지만 진정으로 그들이 원하는 건 바로 차명주식이다. 일이 벌어지기 전 재빨리 주식을 옮기고 싶을 것이다.

일이 빨리 처리되는 경우는 두 가지다. 막힘없이 자연스럽게 흘러가는 것, 막힘없도록 모든 수단을 동원하는 것. 보통 모든 수단이란 정상적이지 않은 것이다. 나는 천상필이 큰아버지의 비정상적인 압력을 피해 내게 달려오기만을 기다렸다. 내가 내건 조건은 단순한 도피처가 아니라 꿈의 엘도라도였으니까. 그리고 그리 오래 기다리지도 않고 그의 연락을 받았다.

"진 실장님. 제게 말한 그 약속 믿을 수 있습니까?"

한밤중에 전화를 건 천상필은 확답부터 원했다.

"사람 말을 믿습니까? 일단 제가 안전한 곳으로 모시겠습니다. 차명 주식은 당연히 보험금을 타낸 다음 제게 옮겨 주시면 됩니다."

잠깐 말이 없었다. 내 말의 진의를 파악하려 애쓰는 것이다.

"제가 보험금만 먹고 주식을 넘기지 않을 수도 있습니다. 반대로 말하죠. 절 믿으십니까?"

"잊으신 게 있군요. 저도 순양가의 사람입니다. 제 돈 먹고 도망친 사람을 가만히 놔둘 것 같습니까? 목숨이 두 개라면 몰라도."

또다시 침묵이다. 그리고 잠시 뒤 그는 내가 예상치 못한 말을 했다.

"이미 목숨을 저당 잡힌 것 같습니다. 저 좀 빼 주시죠."

나는 천상필과 전화 통화 후 우병우 상무를 급히 호출했다.

"감시가 붙었다는 말이군요."

"네. 진영기 부회장이 두 명을 붙였답니다. 회사에서 만났을 때부터 감시를 시작했습니다. 천상필 변호사는 회사에서 나와 곧바로 집으로 갔는데 아파트 입구에서 출입을 감시한답니다."

우병준 상무는 그리 심각한 표정이 아니었다. 겨우 두 명이다. 이건 감금이 아니라 감시일 뿐이니 사람 빼내오는 건 손쉽다고 생각할 것이다.

"천 변호사만 데리고 오면 됩니까?"

"아뇨. 아예 가족 전부를 챙기는 게 좋겠습니다."

"그럼 일단 동남아 휴양지로 보내겠습니다."

"그러세요. 아, 천 변호사는 제 여의도 오피스텔로 데려오십시오. 아직 끝내지 못한 이야기가 남아 있습니다."

"알겠습니다. 그럼 놀라지 않도록 미리 언질 주십시오. 지금 출발하겠습니다."

우병준 상무가 출발하고 난 전화를 들었다.

"천상필 변호사님."

"네. 어떻게 됐습니까?"

"지금 우리 측 사람들이 출발했습니다. 신분증과 여권만 챙기십시오. 카드는 잘라 버리고 휴대전화도 부숴 버리세요. 몸만 이동합니다."

"네? 어, 어디로 간다는…?"

"가족분들은 동남아 휴양지로 모실 겁니다. 다시 말씀드리는데 괜히 짐 싸고 귀금속 챙기는 짓 하지 마십시오. 그야말로 사라지는 겁니다. 몸만 나오세요."

"그, 그래도… 돈이라도 좀 챙겨야…."

"천상필 변호사님."

"네."

더듬거리는 그의 입부터 막았다.

"곧 1조 원의 거액을 차지하게 됩니다. 변호사님 재산이 얼만지 모르겠지만, 그거 꼭 챙기고 싶습니까? 1조 원과 비교하면 만 원짜리 몇 장에 불과합니다. 필요한 경비는 제가 준비할 테니까 몸만 나오세요."

"아, 네."

통화를 끝내고 나는 여의도로 미리 달려갔다.

잔뜩 겁먹은 천상필이 오피스텔에 들어서자마자 질문을 던졌다.

"오늘 그 사람들 다 누굽니까?"

"궂은일 하는 직원입니다. 일 잘하는 분들이니 가족은 걱정하지 않아도 됩니다."

"참, 우리 가족은 어디로 간 겁니까?"

그동안 그가 보여 줬던 능청스러움은 전부 연기라고 생각될 만큼 잔뜩 겁먹은 표정이다.

"인도네시아 발리로 갔습니다. 바닷가 리조트에서 며칠 쉬면서 지내도록 조처했으니 안심하세요. 제 부하직원이 함께 갔으니 현지에서 불편하지 않게 살필 겁니다."

"그, 그럼 전…?"

"여기 일 끝나고 원하는 곳으로 가십시오. 그곳으로 가족분들 보내드리겠습니다."

순간 천상필의 표정이 확 변하며 소리쳤다.

"설마 내 가족을 인질로 잡은 거요?!"

영화를 너무 많이 본 것일까? 아니면 큰아버지의 위협이 그만큼 두려웠던 걸까?

"제가 조폭 두목인 줄 아십니까? 생뚱맞게 인질은 무슨… 혹시 모를 위험 때문에 피신시킨 겁니다. 아직 공항 도착 전일 텐데, 차 돌려요?"

"아, 아닙니다. 제가 말실수를 한 것 같군요."

"상황이 상황이니만큼 온갖 생각이 다 들 테지만 진정하세요."

그에게 위스키 한 잔을 내밀자 숨도 안 쉬고 들이켰다.

"부회장님과 무슨 대화를 나눴는지 말씀해 주실 수 있습니까?"

"진영기 부회장… 그 새끼는 대놓고 협박부터 합디다."

천상필은 분통을 터트리며 나눴던 이야기를 털어놨다. 진영기는 돈, 힘을 다 가진 사람이며 가진 걸 아껴둘 사람이 아니다. 이번에 그는 힘을 썼다. 그의 이야기가 다 끝났을 때 나는 그에게 결정권을 주었다.

"자, 변호사님. 이제 어떻게 하시겠습니까?"

"네?"

"결정하십시오. 주식을 어떻게 할 건지부터, 전부를 말입니다."

그는 아무 말도 하지 않았다. 침묵 끝에 그는 내게 말했다.

"차라리 실장님께서 제안해 보십시오. 판단은 제안을 듣고 난 후 하겠습니다."

모함, 협박, 공포, 안전 그리고 욕심… 천상필의 마음속에는 이런 감정들이 뒤엉켜 있으니 생각을 이어 나갈 수 없을 것이다. 어떤 결정을 내려야 할지 모르기 때문에 내게서 기준점을 찾으려 한다.

"전 이미 야당에 정보를 흘렸습니다. 이 일이 드러나는 건 넉넉잡아 이틀 뒤, 전 그 전에 모든 걸 정리하고 변호사님께서 이 나라를 뜨는 게 좋다고 생각합니다."

"정리라면… 주식 말입니까?"

"네. 이틀 안에 실명전환 가능합니까?"

"그렇긴 합니다만…."

대답의 끝을 흐리는 이유는 단 한 가지뿐이다. 바로 돈이다. 아니, 이 경우는 꼭 돈 때문이라고만 할 수는 없다. 인생을 바친 충성의 대가, 할머니에 대한 믿음이 조각나고 밀려드는 배신감, 큰아버지의 협박이 만든 공포… 이 모든 것에 대한 보상을 받지 못한 상태에서 손에 쥔 것을 내놓으려니 당연히 주저하는 것이다.

"이렇게 하시죠. 제 손을 잡으시면 지금 당장 1억 달러를 먼저 드리겠습니다. 그 돈으로 원하는 곳에 정착하십시오. 설마 초기 정착 자금으로 부족하다고 생각하는 건 아니겠죠?"

"아, 아닙니다."

"나머지는 보험금을 타는 대로 드리겠습니다. 이제 결심하셨습니까? 만약 제가 나중에 약속을 어기더라도 1000억 원 이상의 자산가가 되는 겁니다. 더 고민하셔야 합니까?"

한쪽은 옥살이 3년과 생활비, 다른 한쪽은 최소 1000억 원이다. 천상 필은 멍청한 사람이 아니니, 지금 즉시 돈을 준다는 것도 그의 결심을 앞당기는 요인이 될 것이다. 그는 가져온 가방을 열어 두꺼운 서류철을 모두 쏟아 내고 노트북을 열었다.

"주식 현황부터 먼저 보시죠. 전 해외계좌 좀 봐야겠습니다."

그가 던진 서류를 뒤적이며 전화를 들었다.

"삼촌, 라부안 자금 지금 좀 써야겠습니다. 준비 좀 해주세요."

오세현의 고함이 터져 나오기 전, 재빨리 전화를 끊어 버렸다. 통화할 곳이 많다.

"장 부사장님, 지금 제 여의도 오피스텔로 급히 좀 와주셔야겠습니다."

김윤석 대리에게도 지금부터 비상 대기하라는 지시를 내렸다. 통화를 끝내고 천상필에게 다시 한 번 확인했다.

"주식 실명전환은 내일 아침부터 시작할 거죠?"

"네. 실장님 명의로…."

"아뇨. 그 주식의 주인은 따로 있습니다. 제가 인적사항 알려드리고 필요한 서류 준비해서 아침에 드릴게요."

할머니가 필사적으로 모은 주식이다. 난 그 주식을 가질 자격이 없다.

▲ ▲ ▲

짝! 짝!

연이은 따귀 소리 뒤에 진영기 부회장의 고함이 터져 나왔다.

"이 병신같은 새끼들. 뭐 하느라 놓쳐?"

따귀 정도로는 화가 풀리지 않는지 주먹질과 발길질도 이어졌다. 잔뜩 얼어붙은 백준혁 비서실장은 폭력을 보며 미간을 찌푸렸다.

"어쭈? 인상 써? 이게 지금 남 일 같아? 넌 도대체 뭐 하는 놈이야?"

진영기의 손이 백 실장을 향해 날아들자 그는 어쩔 수 없이 눈을 꼭 감았다. 하지만 뺨을 툭 건드리는 느낌에 눈을 떴다.

"잘하자. 응? 잘 좀 하자고!"

"죄송합니다. 부회장님."

백 실장이 머리를 꾸벅 숙이자 진영기는 차분한 음성으로 말했다.

"그놈 빨리 잡아 와. 혹시 모르니까 공항에 인력 배치하고."

직원들이 우르르 빠져나가고, 연락을 받고 달려온 진동기가 들어왔다.

"튀었다고?"

"그래. 훼방꾼이 등장하셨다네?"

"도준이 쪽 애들?"

"그렇겠지? 지금 그놈 챙길 필요 있는 건 도준이뿐이잖아. 어머니가 저지른 범죄의 가장 큰 조력자니까 말이다."

중요한 인물을 놓쳤지만, 진영기 부회장은 여유가 넘쳤다.

"뭐, 외국으로 튀더라도 상관없으니까. 범죄 혐의를 받으니 도망간 거로 생각할 수도 있잖아."

"주식이 더 큰 문제지, 그놈 행방이 중요한 건 아니잖아?"

"명동에서 작업하는 놈들에게 이미 약 쳐놨어. 천상필이 나타나면 바로 연락 올 거야."

진영기는 걱정만 하는 동생을 못마땅하게 바라보며 말했다.

"천상필도 단번에 도준이에게 붙지 않아. 그놈도 자기 목숨줄이 바로 주식에 걸려 있다는 걸 아는데 단번에 안 넘겨. 뉴스 확인하면서 제 살길 찾을 때까지는 주식 꼭 쥐고 있을 거야. 아직 시간 여유 있다."

이것저것 따져 묻기만 하는 동생을 보며 진영기가 말했다.

"이제 네가 뭘 했는지 숙제 검사해 보자. 도준이 만난 건 어떻게 됐어?"

"차명주식에 대해서 아는지 모르는지는 확실하지 않아. 다만 그놈은 어머니에 대한 증오만 가득하더라고. 어머니가 제수씨 구박한 거, 트럭 사고…. 하지만 도화선이 된 건 자신을 그룹에서 쫓아내려는 어머니의 노골적인 행동 같아. 어찌 됐든 순양의 안주인인 어머니가 사방팔방 떠들어대는 게 부담이었겠지."

진동기는 진도준과 술을 마시며 나눴던 이야기를 자세하게 말했다. 이야기가 끝나자 진영기의 눈이 날카롭게 빛났다.

"차명주식은 모른다?"

"확실하지 않아. 그놈 음흉한 건 못 당하잖아."

방안을 서성이던 진영기는 갑자기 미소 지었다.

"야, 이거 잘하면 의외로 허무하리만치 쉽게 끝낼 수도 있겠는데?"

"무슨 소리야?"

"도준이 그놈 원하는 대로 해주고 이번 일 덮으면 되잖아. 그럼 천상필이 그놈을 몰아세울 일도 없어지고. 어때?"

"뭐?"

"그렇잖아. 도준이 그 자식이 원하는 건 어머니의 유배 생활 아니냐? 솔직히 유럽 별장 몇 군데 돌며 여생을 보내는 게 어머니한테 나쁠 것도 없잖아? 그리고 사시면 얼마나 사시겠어?"

"그걸 지금 말이라고 하는 거야? 나이 들면 고향 땅에서 살고 싶은 게 노인들 마음이야. 낯설고 물설고, 음식도 안 맞는 외국에서 여생을 보낸다는 게 말이 돼?"

진동기가 버럭 소리 질렀지만, 진영기는 오히려 비웃는 표정이었다.

"안 맞긴? 어머니 프랑스 귀족 흉내 내는 거 몰라? 된장찌개, 김치찌개 입에 안 댄 지 오래다. 유럽이 오히려 고향 같으실걸? 아버지 살아계실 때 스위스에서만 지낸 게 7년이야. 별걱정을 다 한다."

진동기는 달리 대꾸할 말이 생각나지 않았다. 돌이켜보면 어머니는 이 땅을 지긋지긋하게 여겼다.

"그러니까 어머니만 외국에 계시면 모든 게 끝이 나. 윈윈이 바로 이런 거 아니겠어? 우린 주식 챙기고, 어머니는 편히 살고, 도준이는 복수하고, 천상필도 평범한 생활 계속하고, 순양예술재단은 지금처럼 잘 돌아가고. 세상 시끄럽게 할 필요가 뭐 있어?"

진영기는 여전히 미간을 찌푸린 동생이 답답하기만 했다.

"야! 너도 착한 척 그만해. 솔직히 어머니가 옆에서 잔소리해대는 게 귀찮기만 하잖아. 안 그래?"

"그래서? 도준이한테 가서 네 할머니 영원히 한국 땅 안 밟게 해줄 테니 입 닥치라고 해? 만약 그놈이 차명주식의 존재를 안다면? 그리고 진짜 목적이 바로 그 주식이라면 어쩌려고?"

"그럼 작살내야지. 그러니까 확인해 보자고. 그놈 진심이 뭔지."

진동기는 이런 형의 모습이 늘 마음에 걸렸다. 아니, 어쩌면 두렵다고 하는 게 맞다. 원하는 걸 갖기 위해서는 철저하게 냉혹해진다. 목표물에만 집중할 땐 머리 회전도 빠르다. 자신이 합리적이라고 생각하는 진동기로서는 도저히 흉내 낼 수 없는 모습이다.

"난 못해. 내가 도준이 그 자식에게 어머니 모셔오겠다고 큰소리쳤는데 어떻게 말을 바꿔? 제대로 해보자고 했는데 다시 살살거리라고?"

"아이고, 그놈의 자존심…. 알았어. 내가 하지. 서둘러야 야당의 폭로를 막을 수 있잖아."

진영기는 거침없이 수화기를 들었다.

▲ ▲ ▲

처음 전화가 울렸을 때는 받지 않았다. 이렇게 노골적으로 나올 거라고는 생각 못 했기에 당황한 건 사실이다. 하지만 두 번째 울렸을 때는 바로 전화를 받았다. 이미 둘째 큰아버지를 통해 적의를 드러낸 이상 더 나빠질 것도 없기 때문이다.

"네. 큰아버지."

"오, 우리 도준이. 많이 바쁘지?"

'이건 또 뭐지?'

버럭 고함부터 지를 줄 알았는데 마치 안부라도 묻는 양 부드럽기 그지없다. 화를 억누르는 것일까? 아니면 나를 구슬리려는 것일까?

"아닙니다. 말씀하십시오."

"네가 데리고 있는 그 천상필인가 뭔가 하는 놈, 내놓으라고 안 할 테니 좀 만나자."

천상필을 가로챈 것을 따지지 않겠다는 건 왜일까? 내가 대답을 못 하고 주저하자 큰아버지는 한결 더 부드러운 목소리가 되었다.

"어쩌면 우리가 지금 이 상황을 아주 깔끔하게 처리할 수도 있을 것 같단 말이지. 너무 겁먹지 말고 와."

"알겠습니다, 큰아버지. 그럼 내일 아침 일찍 찾아뵙겠습니다."

시간을 버는 방법이기도 하다. 내일 오전, 내 사람들이 움직일 때 그를 묶어 두는 것도 나쁘지 않다.

"그래. 아침이나 같이하자. 집으로 와라."

"아뇨. 집은 좀 불편합니다. 순양호텔에 자리 준비해 놓겠습니다. 괜찮으시죠?"

"그래. 8시까지 가마."

"네. 내일 뵙겠습니다."

통화를 끝내자 천상필, 장도형, 김윤석 그리고 우병준까지 모두의 시선이 내게 쏠렸다.

"진영기 부회장님인데, 신경 쓰지 않아도 됩니다."

하지만 천상필의 눈빛은 흔들리고 있었다. 내가 진영기 부회장과 모종의 협의를 하고 자신을 다시 넘기지나 않을까 하는 걱정이 보였다.

"천 변호사님. 내일 오전 최대한 빨리 실명전환 하세요. 변하는 건 없습니다."

"좋습니다. 믿겠습니다. 어차피 믿을 수밖에 없기도 하고요. 그런데 실명은 누구로 해야 합니까?"

"이서현. 관련 서류는 제가 준비하겠습니다."

모두 눈만 깜빡거렸다. 누군지 짐작하지도 못하는 것 같다.

"아, 저희 어머니예요."

할머니가 가장 증오하는 며느리였지만, 내일이면 할머니가 가장 사랑하는 며느리로 둔갑할 것이다. 전 재산을 물려준 며느리니까 말이다.

왜 어머니 명의로 하는지 모두 궁금해하는 가운데 우리 가족 일을 훤히 아는 우병준 상무만 이마를 탁 치며 웃음을 터뜨렸다.

"하하. 이거 참… 뭐라고 해야 할지…. 여사님이 아시면 거품 물고 쓰러질지도 모르겠군요."

"그렇게 된다면 더할 나위 없죠."

내 말속의 진심을 읽은 우병준 상무는 급히 웃음을 거뒀다.

"죄송합니다. 너무 절묘한 한 수라 제가 그만…."

"사과까지 하실 일은 아닙니다. 괜찮습니다."

우리의 대화가 무슨 내용인지 짐작하게 된 사람들은 애써 서류를 들추며 못 본 척, 못 들은 척했다. 실내의 무거운 공기를 걷어내기 위해 나는 천상필을 향해 큰소리로 말했다.

"약속한 돈은 지금 처리 중입니다. 완료 즉시 알려드릴 테니 너무 걱정할 필요 없습니다. 내일 일 처리나 잘 해주십시오."

머리를 끄덕이는 그를 보며 주식 현황 파일을 펼쳤다. 내일 오전, 할머니는 빈털터리가 될 것이다.

진영기 부회장은 어울리지 않게 온화한 미소를 머금은 채 호텔 레스토랑을 둘러보며 들어왔다.

"네 고모가 쫓겨나지 않으려고 애쓰는구나."

그는 의자에 앉으며 만족한 표정을 지었다.

"무슨 말씀이신지?"

"호텔 말이야. 내가 여기 오랜만에 왔는데 예전과 많이 달라. 훨씬 세련돼졌고 모던해 보여. 직원들 표정도 좋고, 발전했어."

"백화점 매출도 계속 상승세라고 들었습니다. 고모님은 잠재력이 대단한 분인 것 같아요."

"네 역할은 없었고?"

어느 정도 심증도 있겠지만, 어차피 넘겨짚는 말이다. 진지하게 대답할 필요는 없다.

"저야 미라클에 투자한 돈이 있지만, 한 다리 건너입니다. 제 역할이야 뭐… 자주 이용해서 매상 올려 주는 것 정도…?"

"능청도 자연스럽고…. 좋아. 흐흐."

물 한잔을 마시자 음식이 나왔다. 한식이라 반찬이 많이 차려졌지만, 큰아버지는 젓가락을 거의 대지 않았다. 짧은 식사를 끝내고 그가 물었다.

"진짜 원하는 게 뭐냐?"

"이미 둘째 큰아버지께 다 말씀드렸습니다. 혹시 못 들으셨습니까?"

"할머니 꼴 보기 싫다는 거?"

사안을 단순화하는 건 발군이다. 이렇게 간단하게 한마디로 정리해 버릴 줄이야.

"그렇게 말할 수도 있겠네요."

"사실 어머니가 좀 심하긴 했지. 우리 제수씨를 못 잡아먹어서 안달이었는데 너한테까지 그렇게 이어질 줄이야…. 보는 내가 다 얼굴이 찌푸려질 때도 있었어."

이렇게 너스레를 떠는 이유가 뭘까? 아직 내가 차명주식에 대해 모른다고 생각하는 걸까?

"그럼 절 이해하시겠군요."

"물론이지. 그래서 내가 이 집안의 최고 어른으로서 깔끔하게 정리할 생각이다."

"말씀하십시오."

"네가 원하는 대로 어머니는 두 번 다시 한국 땅을 밟지 않게 해주마. 여생을 외국에서 유배 생활하듯 지내실 거다. 물론 움직이지도 못할 만큼 쇠약해지시면 우리가 모셔야겠지. 어차피 병원에서만 지내실 것 아니냐?"

"외국에도 좋은 병원 많습니다."

"뭐?"

부드럽게 웃던 얼굴이 순식간에 일그러졌다.

"이놈이 보자 보자 하니까. 이 자식아! 그게 할 말이냐? 아무리 미워도 그렇지, 객사가 가당키나 해?"

"큰아버지, 원하는 걸 물어보셔서 솔직한 마음을 말씀드린 겁니다. 손자를 트럭으로 밀어 버린 할머니 아닙니까? 아무리 손자가 미워도 그렇지, 이건 가당한 일입니까?"

이 집안사람들은 트럭 이야기만 하면 입을 다문다. 그때 할아버지도 함께 계셨기 때문이다.

"큰아버지, 그냥 하실 말씀 있으시면 하십시오. 지금 제 생각은 중요한 게 아닌 듯 보입니다만."

날 노려보며 물 한 잔을 쭉 마신 그가 말했다.

"어머니는 계속 외국에서 지내도록 하마. 그렇다고 진짜 유배 생활하시도록 놔둘 수는 없다. 지내시는 데 불편함이 없도록 충분한 돈은 지원할 생각이다. 이건 네가 막을 수 없는 일이야."

한국에서 가장 돈 많은 집안에서 아들이 효도한다는데 막을 생각은 없다.

"이게 네가 원하는 거 맞지? 그러니까 네가 야당에 흘린 거 다시 주워 와라. 우리 순양 이름이 세상에 오르내리는 게 좋지 않다는 것쯤 알 거 아니냐?"

"그게 전부입니까?"

"천상필 그자를 네가 데리고 있지? 어머니가 실수한 거 그자가 많이 안다고 들었다. 괜히 그놈 이용할 생각 말고 입단속이나 잘 시켜. 예술재단은 뒤탈 없도록 내가 정리하마."

차명주식에 대해서는 입도 벙긋하지 않는 걸 보니 내가 그걸 모른다고 생각하든지, 아니면 차명주식은 내 관심 밖의 일이라고 여기는 듯하다.

내가 아무 말 없이 있자 큰아버지는 자기 생각이 모두에게 득이 되는 최상의 방법이라는 것을 구구절절 늘어놓았다. 난 그의 말을 듣기만 했다. 이렇게 떠들어대며 시간이나 축내는 게 내게 얼마나 다행인지 모른다. 단 하루 만에 속전속결로 끝내 버리는 내 행동을 알면 어떤 표정을 지을까? 한참을 신나게 떠들어대던 그가 말을 멈추고 상의 안주머니에서 휴대전화를 꺼냈다.

"잠깐만."

부르르 떠는 휴대전화의 폴더를 열었다.

"무슨 일이야?"

알아듣기 힘든 다급한 상대편의 목소리가 새어 나왔다.

"뭐?"

큰아버지는 얼마나 놀랐는지 의자를 쓰러트리며 벌떡 일어섰다. 그러고는 전화를 귀에서 떼지 않고 나를 쏘아보기 시작했다. 명동에서 주식이 움직이는 걸 눈치챈 건가? 눈과 귀가 될 사람을 이미 여기저기 뿌려 놓은 게 틀림없다.

"너, 이 자식…!"

전화를 끊지도 않고 손을 부르르 떨며 내게 물었다.

"지금 우리 순양의 주식이 대거 움직인다는데, 네놈 짓이냐?"

어른이 서 계시는데 앉아 있는 건 예의가 아니라, 나는 천천히 일어서며 말했다.

"큰아버지께서 천상필 변호사에게 무슨 말씀을 하셨는지는 모르겠지만, 제게 도움을 청하더군요. 그래서 빼 왔는데 대뜸 주식을 팔겠다고 하잖습니까? 전 우량주라면 꼭 사두는 습관이 있어서… 시세보다 조금 더 쳐준다고 했습니다."

"처음부터 노린 게 주식이냐?"

"덤이죠. 제가 원하는 게 뭔지는 입이 닳도록 말씀드렸는데요?"

"야!"

"야당에도 정보는 계속 흘릴 생각입니다."

"주식도, 어머니도 네 뜻대로 안 될 거다. 네가 아무리 까불어 봤자 내 전화 몇 통이면 잠잠해져. 네놈이 내게 맞서려면 백 년도 부족해!"

"그렇다고 해두죠. 하지만 지금까지의 일은 프롤로그에 불과합니다. 야당이 멈추면 검찰을 움직일 겁니다. 그것도 막으시면 미국에서 터질 겁니다. 한국 총영사관이 밀수에 관여했다면 외교 문제 아닙니까? 큰아버지께서 미국도 막을 수 있다면… 할머니는 귀국하시겠네요."

"아주 미쳤구나. 뭐? 미국?"

"주식은 어떻게 가져가실지 사뭇 기대되는군요. 시나리오는 대충 그려지는데…."

쉬운 일이 없다는 걸 알려 주고 싶다.

"영화가 어디 시나리오대로 개봉하나요? 제작사의 입김, 감독의 수정, 배우의 변덕… 그래서 시나리오와 전혀 다른 내용으로 상영관에 걸리는 일이 많습니다. 영화는 최종 편집이 끝나야 압니다."

큰아버지는 피식 웃었다. 여전히 자신감이 넘치는 모습이다.

"까불지 말고 내 제안, 받아. 아직 늦지 않았어."

"죄송합니다. 아침 드신 거 소화는커녕 체할지도 모르는 말씀을 드려서요. 제안은 감사하지만 안 되겠습니다. 그냥 마음 가는 대로 쭉 가보려고요."

'아차, 아직 큰아버지는 전화를 끊지 않았군. 누군지 모르지만, 우리 대화를 전부 들었으면 똥줄 좀 타겠는데.'

전화를 한 사람은 주식 감시 잘하라고 많은 돈을 받은 사람일 텐데… 실패로 돌아갔으니 다 게워내야 할 것이다.

▲ ▲ ▲

"실명전환 끝냈습니다. 전부 실장님 어머니 명의로 돌렸습니다."

장도형 부사장이 두툼한 서류뭉치를 내밀었다.

"고생하셨습니다."

난 개운한 표정의 천상필에게 말했다.

"계좌, 확인하셨죠?"

"네. 계약금은 잘 받았습니다."

1억 달러로 만족하지 않는 모습, 이 양반도 평범하게 살기는 틀렸다.

"잔금도 틀림없이 드릴 겁니다."

그에게 손을 내밀었다.

"이제 가족도 만나고 쉬면서 어디에 정착할지 결정하십시오. 마지막까지 살펴드리겠습니다."

"신경 써주셔서 고맙습니다. 진도준 실장님."

천상필이 내게 머리 숙이자 우병준 상무가 말했다.

"이제 출발할까요? 인천이나 김포 국제공항은 진영기 부회장의 사람들이 진을 치고 있을 겁니다. 천상필 씨는 부산항에서 배편으로 일본으로 건너가고 거기서 발리행 비행기를 타게 될 겁니다."

"밀항하는 겁니까?"

천상필의 얼굴에 두려움이 서리자 우병준 상무가 웃음을 터트렸다.

"영화 많이 보셨군요. 일본으로 가는 여객선 많습니다. 후쿠오카까지 세 시간이면 가요. 여권이나 잘 챙기세요. 하하."

천상필이 부산으로 출발하는 걸 확인하고 부모님 집으로 향했다. 이 일의 가장 어려운 부분이 아직 남아 있다.

오랜만에 고향 집에 돌아온 느낌이었다. 어머니는 저녁 준비하느라 분주했고 바쁜 아버지도 일찍 돌아오셨다.

"부모 얼굴 보러 온 건 아닐 테고 무슨 일이야?"

"겸사겸사 온 겁니다. 안부 인사도 안 드리는 불효자식으로 생각하십니까?"

"넌 우리 얼굴 보고 싶으면 식당부터 예약하잖아. 네 어머니 부엌에서 일하는 거 보기 싫다고."

아버지는 부엌에서 부지런히 요리를 하는 어머니를 가리켰다.

"그러니까요. 하지만 오늘은 집에서 밥 먹겠습니다. 밖에서 말씀드리면 식당이 시끄러워질 것 같아서 말입니다."

"또 뭐야? 무슨 사고를 쳤길래?"

"저녁 먹고 말씀드리겠습니다."

어머니가 차려 준 저녁을 맛있게 먹고 나서, 두 분과 거실에 앉았다.

"그래 할 이야기가 뭐냐?"

나는 일단 할머니의 미술품 거래부터 말씀드렸다. 순양예술재단이 완전히 망가져 있었다는 걸 들은 아버지는 얼굴이 굳어졌다.

"그러니까 그림을 다 팔아서 그룹 주식을 샀다는 말이냐?"

"네. 아주 오래전부터 차곡차곡 사들였습니다. 그중에는 비상장 주식도 있고요. 할아버지께서 창업 공신들에게 쪼개 준 주식도 몰래 사들여서 가치가 상당합니다."

차마 내가 함정을 팠다는 말은 하지 못했다.

"그 주식 전부 차명이겠지?"

"네."

아버지는 이미 내가 무슨 말을 하려는지 눈치챈 것 같다.

"그리고 어떤 방법을 썼는지는 모르겠으나 네가 그 주식을 차지했고?"

"맞습니다. 어떻게 아신 겁니까?"

"그 주식이 큰아버지들 수중으로 들어갔다면 굳이 우리에게 보고하지는 않을 테니까."

아버지는 별것 아닌 것처럼 담담하게 말했다.

"형님들이 내게 소리 지를지도 모르니 대비하라는 뜻이냐?"

"네. 이번엔 어머니도 마음 단단히 잡수셔야 합니다."

어머니는 큰 눈을 동그랗게 떴다.

"내가?"

"네. 이번 할머니의 차명주식을 전부 어머니 명의로 옮겼습니다. 정확한 지분은 이학재 회장님께 확인해야겠지만 그룹 지배지분의 3퍼센트 이상은 될 겁니다."

"어, 어머님 지분을 내… 내 앞으로 옮겼다고?"

"네."

숫자보다 그룹 지분을, 게다가 시어머니의 지분이라는 것이 훨씬 충격이었을 것이다. 어머니는 비록 더듬더듬 말이라도 했지만, 아버지는 너무 놀라 입만 떡 벌리고 있었다.

"가장 고생한 며느리가 물려받는 게 당연한 것 아니겠습니까? 어머니는 충분한 자격이 있습니다."

그런데 어머니는 예상과 달리 빠르게 충격에서 벗어났다. 아무리 봐도 주식을 부담스러워하거나 친척들의 공격을 걱정하는 것 같지 않다.

"도준아."

"네."

냉정함을 되찾은 어머니는 차분한 음성이었다.

"내가 시집와서 겪었던 수모와 모멸감은 네 아버지 덕분에 견뎠어."

아버지는 어머니 말씀이 마음 아픈지 어머니의 손을 꼭 잡았다.

"하지만 오늘, 네 덕분에 그 기억을 싹 지웠다. 지금처럼 개운한 기분은 처음이야. 고맙다, 내 아들."

전혀 예상하지 못한 어머니의 말에 나와 아버지는 숙연해졌다. 기뻐하는 어머니를 보니 평생 맺힌 응어리의 크기를 알 것 같았다. 어머니는 감정을 노골적으로 드러낸 것이 마음에 걸렸는지 아버지의 눈치를 슬쩍 보며 일어섰다.

"난 들어가서 조금 쉬다 나올게."

어머니가 거실을 떠나자 아버지가 민감한 질문을 쏟아 내기 시작했다. 어머니는 일부러 자리를 피해 주신 것 같다.

"할머니는 지금 어떠시냐?"

"수사 확대를 걱정하셨는지 이미 외국으로 떠나셨어요."

"그 정도야? 형님들이 못 덮을 것 같아?"

어차피 아시게 될 일, 솔직하게 말씀드렸다.

"제가 덮지 못하게 막고 있습니다."

"왜지?"

아버지의 표정이 굳어졌지만 화난 것 같지는 않다.

"할머니께서 한국에 계시면 제가 힘듭니다."

"마주치는 게 힘들어서?"

"아뇨. 절 그룹에서 쫓아내고 싶어 자꾸 사람들을 부추깁니다. 지금까지는 큰아버지들만 부추겼는데 범위를 넓힐 겁니다. 대표이사나 임원들까지요. 그들은 할머니의 말씀을 무시하기는 힘들 테니까, 이래저래 저에 대한 안 좋은 말이 나돌 겁니다."

"그래서? 할머니를 꼭 범죄자로 만들어야겠다?"

"검찰출두도, 법정에 서는 일도, 더욱이 옥살이할 일도 없습니다. 할아버지 생전에 할머니는 늘 외국에 계셨습니다. 그 생활의 연장이라고 생각합니다."

"하지만 원할 때 집으로 돌아오지 못하는 건 달라. 그건 유배 생활이다."

"호화로운 유배 생활이죠. 제가 원하는 겁니다."

혹시라도 아버지가 화를 낼까 봐 조마조마했지만, 아버지는 곤혹스러운 표정만 지었다. 부모와 자식 사이에서 이러지도 저러지도 못하는 난처한 상황으로 아버지를 밀어 넣은 꼴이 돼버렸다.

"죄송합니다. 아버지."

"됐다. 그만해라."

아버지는 한동안 물끄러미 나만 바라보다가 천천히 입을 열었다.

"무슨 일이 있더라도 팔순 넘은 할머니, 감옥 가는 일은 없도록 하자. 그것만 지켜 줘."

"네. 유럽에서 이 나라, 저 나라 도망 다닐 일도 없도록 하겠습니다."

아버지는 내 어깨를 두드려 주고는 어머니가 있는 방으로 들어갔다. 아버지는 당신의 어머니가 아니라 아들인 내 편에 섰다. 자식 이기는 부모 없는 법이다.

▲ ▲ ▲

"이서현? 이서현이 누구냐?"

"진윤기 사장님 부인입니다. 진도준 모친…."

"뭐? 제수씨라고?"

"네. 관련 거래세금까지 완납하고 실명전환 끝났습니다."

"이 개노무 자식. 하필이면…."

진영기 부회장은 분노보다 어이가 없었다. 하필 막내 제수씨라니, 어머니가 아시면 졸도할 일이다.

"법무팀 전원 집합시켜. 차명주식은 어머니 소유였으니까 증여 과정의 위법성을 찾아내서 실명전환 무효로 만들라고 해."

"네, 부회장님."

백준혁 비서실장이 머리를 숙이고 나갔다.

진도준이 말한 목적은 거짓이 아니었다. 차명주식은 덤이었고, 할머니에게 그동안 당했던 수모의 대가를 치르게 하는 것이 그놈이 원했던 것이 맞다. 가장 미워하는 며느리가 당신의 유산을 몽땅 가져가 버리는 것만큼 분통 터지는 일이 어디 있을까? 어떻게 생겨 먹은 놈이길래 사람 속을 이렇듯 잔인하게 후벼 팔 생각을 했는지, 진영기는 이놈의 머릿

111

속을 열어 보고 싶을 정도였다.

"부회장님. 야당 대표님 전화입니다."

진영기는 인터폰을 통해 들리는 비서 목소리에 진도준의 생각을 떨쳤다.

"대표님. 바쁘실 텐데 결례를 무릅쓰고 연락드렸습니다."

"아닙니다. 그렇지 않아도 부회장님께 확인할 일이 하나 있어서 연락해 보려던 참이었습니다."

"네."

"순양그룹에서 소스가 하나 들어왔는데 이거 괜찮은 거요?"

"철없는 어린 조카 놈이 어디서 잘못된 이야기를 주워들었나 봅니다. 제 딴에는 야당에 도움이 될까 해서 전해 드린 것 같은데, 죄송….."

"응? 아닌데? 아, 문화재 밀반출은 아니고 고가의 미술품이더군요. 우리가 뉴욕 총영사관에 확인했어요. 관계자 몇 놈이 사실을 털어놓았고. 그런데 말입니다. 의외의 이름이 나와서 확인해야겠다 싶더군요. 부회장님 모친 존함이….."

진영기는 배 속이 뜨거워졌다.

'큰일이다! 급하다!'

"대표님. 전화로 이럴 게 아니라 식사라도 하면서 말씀 나누시죠. 잘못된 정보는 바로잡아야 하고 오해도 풀어야죠."

"그럴까요, 그럼? 제가 스케줄 확인해서 바로 연락드리겠습니다."

통화를 끝낸 진영기는 수화기를 던져 버렸다.

"거머리 같은 새끼들!"

약점을, 그것도 매우 큰 약점을 손에 든 여의도 놈들이 이걸 빌미로 얼마나 뜯어 갈지 생각하니 머리가 지끈거렸다.

▲ ▲ ▲

통화를 끝낸 야당 대표의 표정을 살폈다. 입꼬리가 올라가는 걸 보니 만족한 듯 보인다.

"뭐라고 합니까? 대표님?"

원내수석부대표도 궁금함을 참지 못했다.

"우리 진 실장님 제보가 정확한 듯하네. 진영기 부회장이 당장 만나 자는군."

당 대표는 나를 빤히 바라보며 말했다.

"진 실장은 이미 이 여사가 연루된 사실을 알고 있었던 것처럼 보이 는데, 아닙니까?"

"아주 작은 가능성 정도만 짐작했을 뿐입니다."

"에이, 아닌 것 같은데?"

당 대표는 웃으며 술잔을 들었다.

"이거 아무래도 순양그룹 집안일에 말려든 것 같은데, 어떡하나?"

"유리한 쪽으로 생각하십시오. 지금 야당이 누구 사정 봐줘 가며 있 을 때는 아니지 않습니까?"

그가 웃음을 거뒀다.

"원하는 게 없다?"

"제가 원하는 대로 움직여 주실 리는 없고, 어차피 서로의 방향이 같 아야 앞으로 가는 법 아닙니까? 제 생각에는 야당의 유리한 쪽이 제가 원하는 것과 일치할 듯합니다."

"작고하신 진 회장님께서 가장 아끼던 핏줄이라더니, 보통이 아니군 요. 허허."

"과찬이십니다."

"이거 원, 어려운 선택인데…. 존경하는 회장님의 장남이냐, 아니면 회장님이 가장 아끼신 막내 손자냐…."

이미 결정을 내려놓고 고민하는 척한다. 노회한 정치인의 뻔한 수법이지만 모른 척 넘어가 줘야 한다.

"참, 일전에 자제분 수술하셨죠? 병원에서는 잘 됐다고 하던데, 어떻습니까?"

"아, 부친이신 진윤기 이사장님 배려로 건강하게 회복 중입니다. 내가 선거 때문에 경황이 없어 인사도 못 드렸어요. 부친께 내가 고마워하더라는 말은 꼭 좀 전해 주세요."

"당연히 병원에서 할 일 아닙니까? 아무튼, 아버지께 전해 드리겠습니다. 그리고 언제든 필요하면 말씀하십시오. 순양의료원 VIP 병실 비워 놓겠습니다."

이만하면 생색도 냈고, 남은 건 저 영감이 원하는 말을 해주는 것이다.

"정치와 경제는 떼려야 뗄 수 없는 관계라는 건 저도 잘 압니다. 하지만 정치인과 기업인은 언제든 헤어질 수 있는 연인 같은 사이죠. 가끔 투정도 부리고 삐진 척도 하면서 밀고 당기는 맛이 있어야 상대가 방심하지 않습니다."

"그러다 진짜 헤어지면?"

당 대표는 진영기 부회장과의 관계가 완전히 틀어지는 걸 염려했다.

"매력 있는 사람은 언제나 새로운 인연을 만나지 않습니까? 혹시 압니까? 더 젊고 능력 있는 상대가 나타날지."

당 대표는 웃으며 술을 들이켰다.

"난 양다리도 좋아하네만…."

'욕심 많은 영감탱이. 하나라도 포기하는 법이 없군.'

"그건 능력의 문제죠. 선택의 문제가 아닙니다."

"어떤 능력이 있으면 둘 다 잡을 수 있는지 혹시 아오? 젊고 잘생겼으니 연애 잘할 것 같은데, 좀 알려 주시오. 흐흐."

"너무 뻗대면 안 되겠죠. 그러다 둘 다 놓치는 낭패를 당하니까요."

난 물 한 잔을 마시고 티슈로 입을 훔쳤다. 식사는 끝났고 할 이야기도 다 했다는 신호를 보낸 것이다.

"한 가지 정보를 더 드리겠습니다. 미국에서 움직일지도 모릅니다. 그럼 도저히 숨길 방법이 없어질 테고, 저나 진영기 부회장님도 손 쓸 수 없어집니다. 순양그룹의 힘은 '국내용'이니까요."

어차피 터질 일, 잘 이용하라는 충고를 던졌다.

"죽 쒀서 개 주는 일은 막아야지. 잘 먹었습니다. 진도준 실장님."

야당 대표는 잘 알아들었다는 듯 가볍게 머리를 숙였다.

▲ ▲ ▲

주인 없는 집에 아들들이 모이니 일하는 사람들만 분주했다. 그들은 아들 중 누구라도 이 집에서 살기를 간절히 바랐다. 그럴 리야 없겠지만, 혹시라도 집을 팔아 버리면 모두 쫓겨날 수도 있다. 그들은 회장님 살아계실 때보다 더 지극 정성으로 식탁을 차렸다.

"야당 놈들이 내 전화를 안 받는다. 만나기로 한 당 대표는 지역구에 내려갔다는 구라까지 쳐."

"그놈들, 이 기회를 버리지 않겠다는 뜻이군."

진윤기는 자신을 노려보는 두 형님의 눈길을 피하지 않았다.

"도준이 막아. 너도 어머니가 타향살이하는 걸 원하지는 않겠지?"

"어머니 주식도 되돌려 놔. 그건 어머니 뜻대로 하시도록 해야지."

두 형의 명령 같은 소리에 진윤기가 말했다.

"도준이가 내 말 들을 놈이야? 그리고 애 엄마도 내 말 안 들어. 형수들이 형님들 말에 고분고분하지 않은 것과 똑같다고. 우리는 마누라 눈치 보며 사는 나이잖아."

"지금 네 농담 받아 줄 생각 없다. 말 들어!"

진동기는 대수롭지 않게 말하는 진윤기를 향해 소리 질렀다.

"농담 아냐. 그리고 어머니 휴대전화나 어떻게 좀 해봐. 연락은 할 수 있도록 해놔야 할 거 아냐."

진윤기의 불만에 진영기가 움찔했다. 주식을 차지하려고 어머니 주변을 완전히 차단한 것인데 혹시 눈치라도 챈 게 아닌가 걱정됐다.

"너나 제수씨, 이제 욕심 많아졌구나. 손에 들어온 주식 아까운가 보지?"

"도준이 거 보관하는 거로 생각해. 그래서 함부로 못 하는 거지. 이런 이야기나 하려고 나 불렀어? 시간 낭비야. 주식은 도준이하고 결판 내."

진윤기는 두 형을 향해 단호하게 말했다.

"하나만 물어보자. 도준이가 어머니는 절대 귀국 못 하는 조건으로 주식 다 내놓는다고 하면? 어떡할 거야?"

진윤기의 말에 진영기의 눈빛이 달라졌다.

"그게 도준이가 원하는 거 확실히 맞아?"

큰형의 반응에 진윤기는 코웃음을 쳤다.

"어머니보다 주식을 더 원하는 이상 형님들도 내게 이래라저래라할 자격 없어. 안 그래? 차라리 가져간 주식 포기할 테니 어머니만이라도 집으로 돌아오시도록 하자고 했으면, 시끄러운 일 벌어지지 않도록 내가 도준이를 설득했을 거야."

머쓱해진 진영기가 입을 다물었다.

"어머니 끌어들이지 마. 어차피 유산 싸움 아냐? 승자가 전리품 챙기는 싸움. 내가 보기엔 도준이가 이긴 것 같은데?"

진윤기의 말을 가만히 듣고 있던 진동기가 말했다.

"아직 끝난 거 아니다. 기나긴 법정 싸움이 기다리고 있어. 법적으로 누가 옳으냐의 싸움이 아닌 건 알지? 변호사 잘 쓰고 판사 잘 고르는 쪽이 이겨. 그 둘 다 도준이보다는 우리가 더 낫다는 걸 모르지는 않겠지?"

"착각하지 마. 도준이 거 보관하는 사람이 내 와이프야. 내가 강 건너 불구경하듯 할 것 같아? 법정으로 끌고 가면 이건 내 싸움이야."

동생의 태도에 두 형님의 얼굴이 굳어졌지만, 아직 그들이 꺼내지 않은 카드 한 장이 있었다. 두 사람은 눈빛을 교환하더니 진동기가 카드를 꺼냈다.

"이 집, 도준이에게 주마."

"뭐?"

"도준이에게는 이 집의 의미가 특별하지 않아? 특히 이 서재는 그 애에게 시나이산(모세가 하나님으로부터 십계명을 받은 산)이나 다름없잖아. 아버지의 선택을 받은 곳이니까. 안 그래?"

"이 집과 주식을 바꾸자고? 어이가 없네. 형님이 이 집 주인이야?"

진윤기의 목소리에 힘이 빠졌다. 아버지가 돌아가시고 이 집은 어머니의 소유다. 주식을 준다면 어머니는 집을 내놓을 것이 틀림없다. 그리고 진윤기는 자기 아들이 이 집을 얼마나 끔찍이 여기는지도 안다.

"주식 달라고는 안 했다. 이 집 받으면 도준이도 뭔가를 내놓아야겠지? 그건 도준이가 결정할 테니까 말이나 전해."

진 회장 저택에서 일하는 사람들이 정성껏 차린 음식은 결국 자신들 입으로 들어갔다. 주인집 아들들 모두 식사도 하기 전에 성난 표정으로 돌아가 버렸기 때문이다.

▲ ▲ ▲

『…참담한 일이 아닐 수 없습니다. 이번 미술품 밀반출 사건은 총영사관 직원까지 동원하여 조직적으로 움직인 정황이 확인되었습니다. 이 정권의 공직 기강이 얼마나 해이한지, 단적으로 드러난 것입니다.

우리 야당은 외교부 장관의 즉각적인 해임을 요구하며 더불어 임명권 자인 대통령의 공식적 사과를 요구합니다. 또한 이 사건을 철저히 조사하기 위해 특검을 발의할 것입니다…』

아직 순양이나 할머니 이름을 거론하지는 않았지만, 야당 대변인은 결전의 의지라도 보여 주려는 듯 주먹을 움켜쥐고 쩌렁쩌렁한 목소리로 회견을 진행했다. 저녁 뉴스 역시 미술품 밀반출 사건을 첫 꼭지로 다루며 야당을 도와 청와대를 공격했다.

"지금쯤 형님들이 부들부들 떨겠는데?"

"괜찮으시겠습니까? 차라리 어머니와 외국에라도 잠시 나가 계시는 게 어떨까요?"

"죄지었냐? 왜 피해?"

아버지는 대수롭지 않게 웃어넘겼다.

"그런데… 할아버지 집은 아깝지 않아?"

"큰아버지들은 그 집이 무슨 상징이라도 되는 것처럼 생각하겠죠. 할아버지를 부모라고 생각하기보다는 그룹 회장으로만 여겼을 테니까요. 그러니 그 집을 무슨 순양그룹 본관으로 생각한 겁니다. 하지만 제게는 하나의 장소에 불과합니다. 할아버지와 함께한 장소, 중요한 건 할아버지였지 장소는 아닙니다."

"가치로 계산한 건 아니고? 흐흐."

"차라리 할아버지 산소를 순양미술관으로 이장하고 미술관을 제게 준다고 했다면 진짜 고민했을 겁니다."

갑자기 아버지가 헛기침했다. 당신도 미처 생각하지 못했던 일일 것이다. 멀리 떨어진 무덤⋯. 할아버지의 역사가 시작된 순양박물관이니 그 장소도 괜찮다고 생각했을 것이다.

"자식보다 손자가 더 낫다. 이거, 갑자기 부끄러워지는데⋯."

"그러실 필요 없습니다. 말씀드렸듯이 장소라는 건 지극히 주관적이니까요. 세상도 군산이 가장 적합한 장소라고 생각하지 않습니까?"

"그렇게 생각해 주면 내가 덜 부끄럽고. 그건 그렇고⋯. 이제 어떡할 생각이냐? 야당이 저 정도로 소리 내고 외교부 직원의 자백까지 있다면 특검은 피하기 어렵겠는데?"

"어떻게 막느냐는 큰아버지들이 해야 할 일이죠. 전 할머니가 이 사건의 주요 참고인이든, 피의자든 관계없습니다. 몇 년간은 귀국할 엄두가 안 날 정도면 됩니다."

"다시 한 번 말하지만 할머니가⋯."

"네. 그런 일은 없을 겁니다. 염려하지 마세요."

걱정하는 아버지를 안심시켰다. 내가 아니더라도 일은 더 커질 것이다. 이 사태를 진정시키는 가장 쉬운 방법이 있었지만, 항상 그렇듯 소란을 더 키우는 건 편법을 쓰기 때문이다. 큰아버지들은 호미로 막을 것을 가래로 막았다. 이런 게 돈 많은 사람들의 습성 아닌가?

▲ ▲ ▲

"이 명단 사람들로 특검 구성하세요. 그리고 순양재단이라는 이름이 나오면 안 됩니다."

"특히 우리 어머니 이름이 나오는 건 결단코 막아야 합니다."

여야 원내대표 두 사람은 순양그룹의 두 아들이 내미는 명단을 받아 들었다.

"그동안 우리 순양그룹이 여야 불문하고 얼마나 많은 협조를 했습니까? 이번엔 여야가 합심해서 우리 그룹을 좀 도와주셔야겠습니다."

진동기 부회장의 노골적인 생색내기에 야당 원내대표는 난처한 표정이 되었고 여당 원내대표는 화색이 돌았다.

"우리 입장을 먼저 말씀드리겠습니다."

여당 원내대표는 기다렸다는 듯 입을 열었다.

"외교부 장관 경질, 뉴욕 총영사 경질, 해당 직원은 사법처리. 그러나 대통령님의 직접 사과는 불가. 이건 야당이 더는 청와대를 공격하지 않아야 한다는 뜻입니다. 그리고… 순양예술재단의 책임 있는 사과문 발표. 이렇습니다."

바보가 아닌 다음에야 이 불똥이 가장 두려운 곳은 순양그룹이라는 걸 안다. 여당은 순양을 걸고넘어져야 유리한 협상을 진행할 수 있다는 계산이 섰다.

"장난하나! 미술품 밀수에 외교부 자원이 동원됐어요. 우리나라가 뭐, 아프리카 후진국이요? 콜롬비아 마약상이냐고? 이런 엄청난 일을 저질러 놓고 청와대는 쏙 빠진다? 말 같잖은 소리!"

"말조심해요. 지금 외교부 장관, 당신네가 추천한 인물이야. 당신네 추천 인사 세 명을 내각에 포함하지 않으면 장관청문회 거부한다는 협박 때문에 장관 임명한 거 아니요!"

"지금 와서 옛날이야기 들추면 뭐하나? 장관 관리는 엄연히 대통령이 할 일인데…!"

서로 으르렁대며 싸우는 것처럼 보여도, 겁먹은 개는 짖기만 할 뿐 물지 않는다. 주인이 뛰어나와 말려 주기를 기다리는 것이다. 진영기, 진동기는 두 정치인의 말싸움을 한동안 지켜보기만 했다. 넓게 보자면 여당이나 야당이나 한통속이다. 이 싸움은 적당히 흠집 좀 내고 전리품이나 잔뜩 챙기면 끝날 일이라는 걸 두 원내대표가 모를 리 없다. 저 둘에게 순양은 공통의 먹잇감이다.

"적당히들 합시다. 속 보이는 말싸움 그만하고 빨리 합의해요. 대통령이든 장관이든 우린 관심 없어. 그리고 순양재단의 책임 있는 사과? 꿈도 꾸지 마쇼. 도둑질한 직원 몇 놈 옥살이하는 거로 마무리할 겁니다. 아시겠어요?"

진영기가 책상을 탕 치며 소리치자 두 원내대표는 입을 닫았다.

"이미 벌어진 일이라 이 정도로 끝내자는 겁니다. 야당이 이 일을 더 키우려는 생각이라면 우리도 가만있지 않습니다. 물타기 할 것도 많고 정국을 단번에 뒤집을 건수도 많아요. 언론이 누구 편에 설지 다 아시지 않습니까?"

진동기가 슬쩍 덧붙였다.

이 집안의 막내인 진윤기가 물타기 할 소스는 엄청나게 쥐고 있다. 딱 일주일만 연예계 대형 스캔들을 터트리면 여의도는 뉴스에서 빠질 것이고, 여야 할 것 없이 의원들 뒷덜미를 잡고 있는 손이 바로 순양 아닌가?

"그리고 청와대도 놀고 있으면 안 됩니다. 미국에서 이 문제를 더 크게 키울 수도 있지 않습니까? 그쪽 언론이 떠드는 것쯤이야 우리 언론이 받아쓰기만 하지 않으면 국내는 알 도리가 없으니 괜찮고…."

진동기는 여당 원내대표를 노려보며 말했다. 청와대에 정확히 전달하라는 압박이 숨어 있는 눈빛이었다.

"정치적 부담이 크겠지만, 워싱턴에서 이 문제를 더는 거론하지 않도록 힘 좀 쓰십시오. 외교 문제가 아니라 범죄자 개인으로 초점 맞추면 될 일 아닙니까? 우리 힘이 필요하면 말씀하세요. 적극적으로 돕겠습니다."

하지만 두 의원이 서로 눈치만 보며 즉답을 피하자 참고 있던 진영기가 폭발해 버렸다.

"4년 남았다 이거요?"

"네? 그게 무슨 말씀인지…?"

"총선 아직 4년 남았으니 자리보전은 문제없다 이거 아니오?"

"부회장님, 오해십니다. 우리도 이 문제를 원만하게 풀려고…."

야당 원내대표가 달래듯 말했지만 터져 버린 진영기를 막을 수 없었다.

"좋아. 마음대로 하시오. 청와대도 불러내고 외교부도 불러내. 순양재단도 불러내고 원한다면 우리 어머니 이름도 밝혀. 대신 다 같이 진흙탕에서 뒹굴 각오는 해야 할 거요."

진영기는 자리를 박차고 일어났다.

"4년 뒤가 아니라 의원직 박탈당할 인간들 명단부터 작성해서 내년 재보궐선거 준비하는 게 우선일 거요. 그냥 하는 말 아니니까 명심해요!"

미리 입 맞추지 않아도 역할은 분명하게 나뉜다. 배드캅 진영기가 씩씩대며 나가자 굿캅 진동기가 차분하게 말했다.

"이거, 미안합니다. 우리 형님 급한 성격은 잘 아시지 않습니까? 그리고 뒤끝도 없어요. 저러다 맙니다."

하지만 그의 태도도 형과 별반 다르지 않다.

"여기저기 알아보니까 이번 선거에서 불법을 저지른 의원님들 많더군요. 특히 야당 의원님들 숫자가 꽤 되던데… 검찰이 기회만 노리고 있습디다. 괜히 검찰 자극하지 말고 조용하게 끝냅시다."

순양에 줄 닿는 검사들을 움직이겠다는 명백한 협박이다.

"올 하반기, 순양그룹 공채 인원 두 배로 늘리겠습니다. 그리고 의원님들 지역구에 공장도 올리죠. 미리 지역구 내려가셔서 자랑 좀 하십시오. 순양그룹 투자를 유치한 공적이면 지역민들이 좋다고 할 겁니다."

두 원내대표의 눈이 마주쳤다. 그들은 준비해 온 마지막 카드를 던졌다.

"순양그룹으로 향하는 화살을 막으려면 특단의 조치도 필요합니다."

"특단?"

"네. 순양예술재단을 해체하십시오."

"뭐요?"

"우리도 감사원을 통해 보고받았습니다. 드러난 재단의 재산은 얼마 되지도 않더군요. 어차피 미술품과 부동산이 전부 아닙니까? 부동산은 순양그룹에서 헐값에 매입해서 그 돈은 사회에 환원하고 미술품은 국립미술관에 기증하십시오."

"이봐요!"

진동기가 소리쳤지만, 여당 원내대표는 눈도 깜짝하지 않았다.

"어차피 진품은 다 팔아 버렸다는 거… 업계의 공공연한 비밀이더군요. 그거 정리하시라는 말입니다. 감사원에서 미술품 하나하나 조사하면 재단 이사장님이신 이필옥 여사는 보호 못 합니다. 제 말, 무슨 뜻인지 모르시겠습니까?"

이번 사건이 아니라 이미 저지른 범죄를 덮어 주겠다는 선의다. 정부도 이 일이 더 크게 번지는 것은 원하지 않는다. 진동기는 선택의 여지가 없다는 것을 깨달았다. 정부가 나서서 어머니의 범죄를 지워 주겠다는데 그깟 부동산 수백억 정도야 미련 가질 필요가 없다.

"좋습니다. 그룹 차원에서 긍정적으로 검토하겠습니다. 대신 정리할 시간은 충분히 주셔야 합니다."

혹시 모를 알짜배기 재산을 빼돌릴 시간을 달라는 뜻이다. 여당 원내대표는 머리를 끄덕였다.

"당연합니다. 대신 더는 잡음 나지 않도록 말끔히 지워 주세요."

"대신 확실히 해야 합니다. 순양의 이름은…."

"재단 해체 발표 하나로 끝입니다. 약속드립니다."

진동기는 확답을 받고 일어섰다.

"두 분 차 트렁크에 약소하나마 선물 좀 넣어 뒀습니다. 특별 당비라 생각하시고 부담 없이 쓰십시오."

특히, 당비라는 단어에 힘주어 말하는 걸 보니 혼자 꿀꺽하지 말라는 뜻이다. 대신 다 같이 나눠 쓸 만큼 넉넉하다는 의미이기도 했다. 두 원내대표의 입가에 미소가 걸렸다.

하지만 진동기는 참담한 심정이었다. 이것이 바로 진도준이 바라는 것 아닌가? 그놈은 친할머니의 모든 흔적을 한국에서 지워 버렸다.

그렇게 시끄럽게 떠들던 야당이 특검이 시작되자 입을 닫았다. 언론도 공정한 수사를 기대한다는 마지막 코멘트를 남기고 미술품이나 그림이라는 단어를 쓰지 않았다. 대신 행정수도 이전 문제가 정가와 언론의 최대 쟁점이었고 순양예술재단 밀수 사건은 조용히 덮이는 듯했다. 재단의 해체와 사회 환원 발표도 언론에 반짝 등장하고 사라졌다.

물론 밖에서 볼 때만 그렇다. 그룹 내부는 발칵 뒤집힌 지 오래다.

"신용 등급이 떨어지는 건 각오했지만 이건 너무 심한 거 아냐?"

국제신용등급의 표준이라고 할 수 있는 무디스, 피치, S&P 등 빅3는 일제히 순양그룹 계열사 전체의 등급을 하향 조정해서 발표했다. 국내 기업 중 유일하게 A플러스 등급인 순양전자가 A로 떨어졌고, 나머지 계열사는 전부 A마이너스도 아닌 BBB 등급이었다. 해외 보험업계는 순양그룹 전체를 아예 BBB마이너스 이하로 취급하며 모든 보험요율을 높여 버렸다.

"도대체 원인이 뭐야? 이놈들이 갑자기 왜 우리를 못 잡아먹어서 안 달이냐고?"

"그게…."

"빨리 말 안 해?"

"그 그림 사건 때문에 18억 달러를 지급한 사실이 업계에 퍼졌습니다. 금액이 많다 보니 세계적인 보험사 서너 군데가 리스크를 분산했다고 합니다. 그놈들이 우리 순양의 2차 보험요율을 올려 버려서 어쩔 수 없다고…."

진영기 부회장은 머리를 싸맸다.

수출의 해상 보험은 새 발의 피다. 보험료의 몸통은 바로 해외에서 벌어지는 모든 사업이 의무적으로 가입하는 보험이다. 각국의 사정에 맞춰 크고 작은 필수 보험이 한둘이 아니다. 자신뿐만 아니라 진동기는 더하다. 해외 건설 수주 때 1달러라도 줄여서 견적을 넣어야 하는데 보험료가 껑충 뛰었으니 그만큼의 경쟁력을 잃었다.

진영기는 이를 악물었다. 어머니의 주식을 되찾기 위한 법적 절차도 미뤘다. 지금 정권은 아무래도 거리를 좁히지 못했다. 서민의 대통령이라는 이미지 때문인지 노골적으로 편드는 일은 일절 없었다. 정권의 도움을 받아야 하는 건 전부 다음으로 미루고 때를 기다리는 중이다.

"도준이, 이 새끼…."

진영기는 그놈 때문에 손해 본 돈을 생각하니 갈아 마셔도 분이 풀리지 않을 것 같았다.

3장

복마전

겉으로는 예의 바른 조카와 그런 조카를 흐뭇하게 바라보는 큰아버지들의 모습이지만, 속으로는 서로를 향한 칼을 품고 엎치락뒤치락하는 동안 시간은 속절없이 흘러갔다. 그사이 나라 안팎으로 여러 가지 일들이 일어났다. 2005년에 호주제가 폐지되고, 박지성 선수가 한국 선수 최초로 꿈의 무대인 '잉글랜드 프리미어 리그'에 진출했으며, 서울시장의 숙원 사업인 청계천 복원이 2년간의 공사 끝에 완성되었다. 2005년 말부터 시작된 황우석 교수의 논문 파동으로 나라가 뒤숭숭한 가운데 맞이한 2006년은, 12월 30일 이라크의 독재자인 사담 후세인의 사형이 집행되며 마무리 되었다.

2007년 내 나이 서른이 되자 집안에서 결혼하지 않은 사람은 나와 상준 형만 남았다.

"뭐, 넘쳐나는 돈으로 이 여자, 저 여자 탐내며 방탕한 생활하는 것도 아니고… 연애할 시간 없이 자기 일하느라 바빠서 못하는 결혼, 재촉할 생각 없다."

아버지는 대수롭지 않게 넘기며 부담 주지 않았다.

"근데 여자친구가 계속 기다려 준대? 여자 나이 서른이면 많이 초조할 거야."

"판사는 딴생각할 겨를도 없을 만큼 일에 치여 사는 공무원입니다. 그다지 초조해 보이지 않습니다."

"과연 그럴까?"

"자신감도 있으니까요. 저 아니더라도 손 내밀면 쪼르르 달려와 떠받들어 모실 남자들이 번호표 받고 기다립니다. 아쉬울 게 없는 친구라니까요."

아버지는 한심한 눈빛으로 변했다.

"몰라서 하는 소리라면 연애결혼 포기하고 중매결혼하는 게 답이고, 알고도 하는 소리라면 독신으로 살겠다는 뜻이구나. 그런데 난 내 아들이 독거노인으로 늙어 가는 꼴은 못 본다."

결혼도 유용하게 써먹을 수 있는 카드다. 모든 일이 잘 풀려서 이 카드를 내가 원하는 곳에 쓰고 싶다. 그러기 위해서는 지금 열심히 뛰어다니며 일해야 한다.

특히, 올해는 황금 같은 시기다. 치밀한 계획을 세우고 한 치의 오차도 없이 차근차근 밟아 나가야 한다. 자꾸 성급한 욕심이 앞섰지만, 머리를 흔들며 욕심을 떨쳐 냈다. 계획의 바탕이 욕심이 되어서는 안 된다. 항상 그렇듯, 욕심은 계획에 구멍을 낸다. 구멍 난 부분을 채우는 게 바로 욕심이기 때문이다.

흐르는 물 위의 배처럼 물살에 맡기고 자연스럽게 흘러가다 보면 기회가 온다. 그 기회를 놓치지 않기 위해 준비를 철저히 해두는 게 승리의 비결이다. 준비는 다가올 위험을 미리 아는 자에게는 너무나 쉬운 일이다. 다행히 난 HW그룹의 주요 사업에 대한 보고서를 빠짐없이 확인했고 언제든 위험을 경고할 수 있는 위치에 있다.

"회장님. 중동 진출은 보류하는 게 좋겠습니다."

이학재 회장은 어이가 없는지 짧은 탄식부터 내뱉었다.

"후유. 새해 첫 출근이다, 이놈아. 아직 시무식도 안 했는데 초를 쳐?"

"그러니까 미리 드리는 말씀입니다. 중동 두바이 진출에 총력을 다하자…. 이런 말씀 하셨다가 다시 취소하면 회장님으로서 면이 서질 않잖습니까?"

진중한 내 표정을 확인한 이학재 회장은 인터폰에 대고 말했다.

"시무식은 각 계열사 사장들이 진행하라고 해. 사내 방송은 없을 테니까 기다리지 말라고 전하고. 참, 사장단 회의도 미뤄. 오후에 결정할 테니까."

그는 다시 나를 바라보며 말했다.

"자, 이제 말해 봐. 지금 건설업계가 들썩이는 건 알고 있겠지? 제2의 중동 붐이라고까지 말해. 오일머니를 잔뜩 벌어들일 절호의 기회라고. 그런데 그걸 발로 차버려?"

"차는 게 아니라 들어가지 않는 겁니다."

"그게 그거다. 이유가 뭐냐?"

"지금 두바이 호재는 모래 위의… 아니 거품 위에 건설하는 모래성입니다. 바닥도, 기둥도 전부 위태롭기 짝이 없어요. 두바이는 모래 폭풍으로 변해서 우리를 덮칠 겁니다."

"거품과 모래라…. 근거는?"

"미국이 무너지고 있기 때문입니다."

이학재 회장은 어처구니없는 표정으로 한동안 말이 없었다. 하지만 그가 다시 입을 열었을 때, 아주 진지하고 차분한 표정과 말투였다.

"지구상에서 그 어떤 헛소리를 해도 내가 귀담아들어야 하는 유일한 사람이 너라는 걸 알아. 그렇지만 이건 좀 심하다. 미국이 무너지다니?"

"사실입니다. 지금 미국은 수십조 달러에 달하는 부실 빚더미 위에서 돈 잔치를 벌이고 있습니다. 부실은 무게를 이기지 못하면 무너지지 않습니까? 이제 곧 돈 잔치의 무게를 이기지 못하고 침몰할 것입니다."

"계속해."

그는 귀를 세우며 내 말에 집중했다.

"미국 주택 가격이 작년부터… 정확히는 2006년 9월부터 주춤하면서 하락세를 보입니다. 딱 10년 만에 두 배로 뛰었지만, 더는 아닙니다."

"10년 동안 두 배 뛴 것이 그렇게 이상한 거냐? 2000년, 닷컴 버블이 끝나서 돈이 부동산으로 몰려서 그런 거잖아. 자연스러운 현상이지. 그건 부실이 아니라고. 실제 돈이 이동한 거니까 말이야."

"실리콘 밸리 투자자들의 돈이 아무리 많아도 닷컴에서 빠져나간 돈이 미국 집값을 두 배까지 끌어 올릴 정도로 많다고 보십니까? 이건 평균 인덱스예요. 미국 깡촌을 제외하고 괜찮은 주택가는 세 배 이상 뛴 겁니다."

"그렇다 쳐도 그게 왜 부실이지?"

"다들 빚내서 집을 샀으니까요."

"그건 우리나라도 마찬가지야."

"우리나라 은행은 백수에게 집 사라고 대출해 주지는 않죠. 또한 건실한 직장인이라도 집 한 채를 담보로 은행 서너 곳이 너도나도 돈을 빌려주지는 않습니다."

미국 은행이 한국과 달리 공격적인 대출도 마다하지 않는 건 알지만, 이건 숫제 돈을 버리는 행위다. 한국에서 이런 식의 대출을 했다가는 부정 대출로 감옥행을 피하지 못한다.

"그게 사실이야?"

이학재 회장이 눈을 치켜떴다.

"네. 이런 짓이 수년째입니다. 이제 무게를 못 견딜 때가 왔습니다."

"도대체 넌 이런 사실을 어떻게 알고 있는 게냐?"

"뉴욕 미라클은 투자회사입니다. 매일 제게 보고서를 보내옵니다. 전 그걸 분석하고요. 그리고 뉴욕 직원들은 꽤 유능합니다. 그들은 진작부터 위험 신호를 감지하고 있었어요."

미국의 자금 경색이 가져올 파장, 그 파장이 중동에 미칠 영향에 대해 들은 이학재 회장은 굳은 입매로 잠시 생각에 빠졌다.

"회장님. 위험이 도사리고 있다는 것만 아시면 됩니다, 우린 그 위험을 피하고…."

"딴 놈들은 몽땅 빠트려야지."

역시, 이 양반도 할아버지와 다를 바 없는 악당이다.

"그런데 너만 위험하다고 주장하고 있어. 어디에서도 경고를 보내는 놈이 없다. 우리 미국 지사도, 순양그룹 미주법인도 아무 말 안 해. 네 말이 틀려 버리면 우리만 잔칫상에 못 앉고 남들이 배불리 먹는 모습 손가락 빨면서 구경만 해야 한다."

"IMF 때를 생각하십시오. 단 한 놈도 위험하다고 말한 적 없습니다. 그런데 전 그때 순양자동차를 챙겼고 아진그룹과 대아건설을 인수했습니다. 저 혼자 돈 잔치했죠. 잊으셨습니까?"

"그러니까 지금 헛소리나 다름없는 네 말을 귀담아듣는 거다. 믿기지는 않지만…."

"믿기지는 않지만 믿으실 거잖습니까?"

"일단은. 나도 좀 알아봐야 확신이 설 것 같다. 부실이 쌓여도 연착륙할 가능성을 버릴 수는 없어. 미국이 쌓아 올린 부는 우리나라와 비교가 안 돼. IMF 사태와 비교하는 건 무리라고 생각한다."

보류하는 것처럼 보여도 내 뜻대로 할 것이다. 리스크가 클수록 신뢰하는 사람의 목소리가 더 진하게 다가오는 법이다.

"네 말이 옳다고 치면 순양건설은 타격이 클 거야. 회복하기 어려워."

"건설 하나로 되겠습니까? 건설, 중공업, 토목, 물산까지 휘청거리게 해야죠."

이학재 회장은 또다시 생각에 잠겼다. 그가 다시 입을 열 때는 야릇

한 미소마저 보였다.

"당분간 건설 실적은 바닥을 치겠군."

"대주주로서 그 실적 부진에 대한 책임은 묻지 않겠습니다."

"내가 진동기 부회장에게 머리를 숙여야 하는 건?"

이 사람이 가장 싫어하는 일은 바로 모시던 사람의 자식들에게 아쉬운 소리 하는 것, 대를 이은 머슴같이 느껴지는 것이다. 이건 대단한 보상을 받아야 풀릴 마음이다.

"진동기 부회장이 백수가 되면 HW건설 사장 자리 제안할 생각인데… 그 제안을 직접 하시면 어떨까요? 그러면 마음이 좀 풀리시겠습니까?"

이학재 회장의 입꼬리가 올라가더니 의미심장하게 씩 웃었다.

"그거 좋은 생각인데?"

▲ ▲ ▲

"누구?"

"HW 이학재 회장님입니다."

"연결해."

진동기 부회장은 크게 숨 한번 쉬고 수화기를 들었다.

"아이고, 이게 누구 십니까? 이학재 실장… 아니 회장님, 죄송합니다. 아직 회장이라는 직책이 입에 익지 않아서 실수했습니다그려."

"실장일 때가 더 좋았을지도 모르겠군요. 구멍가게 같은 회사 회장이 되니까 걸리는 일이 뭐가 이리 많은지 모르겠어요. 이거, 신세 한탄하려고 연락한 건 아닌데…."

"말씀하십시오, 회장님."

"저녁 식사나 한번 할까요? 내가 긴히 할 이야기가 있는데 진 부회장도 솔깃할 겁니다만."

솔깃한 이야기? 감정이 상해 멀어진 친구가 다시 연락하는 이유는 보험 들어 달라고 부탁할 때 외에는 없다. 절대 솔깃하거나 도움 되지 않는 이야기가 뻔한데도 진동기는 순순히 응했다.

"솔깃한 이야기 없어도 회장님께서 식사하자는데 마다할 제가 아닙니다. 오랜만에 만나서 그간의 회포나 좀 풀죠."

"그럼 오늘 저녁 어떨까 합니다만."

"그러시죠. 쇠뿔도 단김에 빼라는데… 하하."

진동기는 자기 형제들을 무시하던 이학재의 눈빛, 아버지의 신임을 등에 업고 늘 지시만 하던 태도를 모두 기억한다. 그런 그가 급히 만나자는 걸 보면 분명히 부탁하고 싶은 게 있다. 그는 아쉬운 소리를 하는 이학재를 만나 한껏 비웃어 주고, 적선하듯 조금 도와주며 비굴한 그의 얼굴을 보고 싶었다.

진동기 부회장은 이학재를 만나 두 번 놀랐다. 오랜만에 만나 그의 변한 모습이 첫 번째였다. 외모는 그리 달라진 것 같지 않은데 아버지를 모시던 때의 그 날카롭고 차가운 모습은 온데간데없이 사라졌다. 온화한 미소로 소탈한 표정을 보이는 그가 완전히 다른 사람처럼 보였지만 어색하지 않았다. 이 사람에게 이런 면모가 있었나, 궁금할 지경이었다.

두 번째는 그가 만나자고 한 용건 때문이었다. 아쉬운 말을 꺼내고 어려운 부탁을 할 줄 알았다. 그런데 부탁인 건 분명한데 어떻게 보면 양보에 가까웠다. 진동기는 마음가짐을 고쳐먹었다. 이학재 회장의 마음이 변하지 않도록 꼭 붙잡아야 한다.

"그러니까 두바이 프로젝트를 위해 손을 잡자는 말씀입니까?"

"결론은 그런 셈이죠."

"이유를 여쭤봐도 될까요?"

이학재는 진동기의 의심 가득한 눈길을 피하지 않았다.

"실력 문제죠, 다른 이유가 있겠습니까?"

"실력? 설마 대아건설 실력이 미진하다는 뜻입니까?"

이학재는 한숨을 내쉬고 술 한 잔을 들이켰다.

"큰 프로젝트는 상암동이 전부고, 경험 많은 대아건설 초기 멤버들은 전부 짐 싸서 나갔고…. 알차고 내실 있는 건 맞는데 경험 있는 사람이 없어요. 두바이에서 빌딩 한두 개쯤이야 문제없겠지만, 달랑 그거 먹으려고 나설 수는 없으니까."

해외의 큰 프로젝트는 내수와 견줄 수 없는 리스크를 안는다. 리스크가 큰 만큼 크게 움직이고 크게 먹어야 하는 판인데, 이건 경험이라는 자산 없이는 불가능하다.

"경험 많은 대아의 초기 멤버들은 전부 돈 빼먹다가 걸린 놈들이니 회사 차원에서도 놔둘 수는 없었을 테니까요. 허허, 그거참."

진동기는 기쁨을 감추기 위해 안타깝다는 듯 너털웃음으로 대신했다.

"그럼 손잡는 형식은 생각해 두신 게 있습니까?"

"HW와 순양의 컨소시엄은 어떨까 생각합니다만."

진동기는 협상의 시작이 컨소시엄이면 마지막은 하청으로 끝내면 된다고 생각했다. 그는 두 회사가 나눠야 할 파이를 재빨리 계산하기 시작했다.

인근 중동 국가와 달리 석유 자원이 거의 없는 두바이는 중동의 물류 허브로 일찍부터 발전해 왔다. 2000년대 들어 외국 자본의 대규모 차입과 거대 토목공사에 의존한 두바이의 발전은 초고속 성장의 상징이 되어 버렸다.

2006년 7월, 아랍에미리트연합(UAE) 소속 자치정부인 두바이는 이 거대한 재건 프로젝트를 도맡을 기업의 필요성을 느껴 두바이월드(DubaiWorld)를 설립했다. 두바이월드는 국영기업으로서 이 엄청난 발전의 선두에서 지휘하고 이끄는 역할을 했다. 그들은 세계 최대 인공섬 '팜 주메이라'를 비롯하여 팜 제벨 알리 교량 공사, 7성급 호텔로 알려진 '버즈 알 아랍'을 시작으로 두바이 월드 센트럴 계획을 발표했다.

두바이월드 센트럴은 두바이 알 막툼 국제공항과 공항 주변에 여러 시설을 건설하여 문자 그대로 세계의 중심 도시를 만들 계획이며, 공사가 끝나면 연 1억 6000만 명의 승객과 1200만 톤의 화물을 취급할 것으로 전망했다. 또한 제벨 알리 자유무역지역의 물류시설에 26억 달러를 투입하고, 거대한 도심 재개발 프로젝트를 진행하며 뉴욕에 버금가는 세계적인 마천루의 도시를 만든다고 발표했다. 확정된 금액만 300억 달러에 이르고 앞으로 얼마나 더 많은 자금이 흘러 들어갈지 모르는 황금… 아니, 오일의 땅이 전 세계 기업을 유혹하는 중이었다. 그런 곳에 손을 잡고 함께 가자는 이학재의 제안이 진동기는 기꺼웠다.

"순양건설, 토건 그리고 물산이 지금 '부르즈 두바이' 공사에 많은 자원을 쏟아부은 거로 아는데…?"

2004년 착공한 부르즈 두바이는 두바이 마천루의 상징이다. 첨탑을 포함하여 829.8미터, 건물 높이로만 따지면 828미터, 163층이며 완공되면 인간이 만들어 낸 최고의 높이를 자랑하는 건물이 된다.

이학재의 말에 진동기는 뜨끔했지만 변함없는 표정으로 말했다.

"노가다 인부만 대거 투입했지 핵심 인력은 여유 많습니다."

부족한 인력, 자원, 돈을 HW그룹에서 끌어올 수만 있다면 훨씬 여유롭게 움직일 수 있다. 하지만 약한 모습을 보이면 교활한 이학재가 무슨 술수를 부릴지 모른다. 늘 여유 있는 모습을 보이는 것, 그것이 협상에서 가장 중요하다.

"그럼 다행이고. 아무튼, 내 제안을 진지하게 생각해 주기 바랍니다."

"회장님께서 생각하시는 규모는 어느 정도일까요? 공항? 신도시? 아니면 물류?"

"다다익선 아니겠습니까? 턴키로 전부 먹을 수만 있다면 그것도 좋고."

이학재의 입에서 뻔한 이야기가 나오자 진동기는 미간을 찌푸렸다.

"다 아시는 분께서 그런 두리뭉실한 말씀을 하시다니요."

"자금이야 얼마든지 갖다 대리다. 우리 뒤에는 미라클이라는 든든한 물주가 떡하니 버티고 있고, HW그룹의 사내 유보금도 만만치 않아요. 이미 말했듯이 우린 경험이 부족하고 기술력이 조금 못 미친다, 이 뜻입니다. 서로 부족한 걸 메워 줘야 컨소시엄 아니겠습니까?"

이학재는 이쯤에서 옵션 하나를 내밀었다.

"옛정을 생각해서 제안하는 건데, 내키지 않으면 지금 말씀하시죠."

객관적인 사실만 본다면 당장 손잡아야 한다. 좋은 사업 계획이 있으니 돈 대달라는 놈은 피해야 하지만, 빵빵한 자금을 들고 동업하자는 사람을 거부하는 장사꾼은 없다. 그런데 옛정을 생각하면 제안하지 않는 게 정상이다.

'이자가 노리는 게 뭘까?'

순양그룹에는 좋은 기억이 있을지 몰라도 순양의 부회장인 자신과 형에 대해서는 나쁜 기억만 있을 이학재가 다른 꿍꿍이가 있는 건 아닌지 진동기는 의심할 수밖에 없었다.

자신을 훑듯이 살피는 진동기를 보며 이학재 회장은 피식 쓴웃음을 흘렸다.

"내키지 않으면 못 들은 거로 하고."

"단번에 결정할 문제가 아닌 거 잘 아시지 않습니까?"

"아는데, 우리 부회장님 표정이 반기는 것 같지는 않아서 말이요."

"나눠 먹는 걸 좋아하는 사람이 있겠습니까?"

"혼자서는 다 못 먹을 만큼 양이 많으니 나눠 먹지 않으면 구경만 해야 할지도 몰라요. 아무튼… 잘 생각해서 빨리 알려 줘요. 언제까지 기다리고만 있을 수는 없으니까."

"제가 거절하면 당연히 다른 곳과 손잡으시겠지요?"

"물론, 사실 이 제안은 대현에서 먼저 왔어요. 내가 성호그룹과 남광그룹 같은 순위 좀 떨어지는 회사들 모으려고 깃발 준비 중이었다는 걸 어디서 들었나 봅디다."

진동기는 둘 다 미래형을 과거형으로 바꾼 거짓말이라는 걸 안다. 순양이 거절하면 저런 식으로 움직이겠다는 뜻을 내비치는 것이다.

"긍정적인 검토, 빨리 끝내고 곧바로 연락드리겠습니다, 회장님. 그래도 순양그룹이 이 회장님 친정 아닙니까? 우리가 함께하는 게 가장 보기 좋을 겁니다."

"보기만 좋아서야 되겠습니까? 서로 실속도 챙겨야죠. 그럼 이야기는 이쯤에서 끝내고 식사나 마저 합시다."

남은 식사를 하면서 분위기는 좋았다. 하지만 진동기는 이학재가 던진 제안이 왠지 덫일지 모른다는 느낌을 지울 수 없었다. 고소한 치즈가 놓인 쥐덫. 하지만 쥐덫의 모습은 그려지지 않고 치즈의 고소한 향기만 선명했다.

▲ ▲ ▲

"무리한 부탁은 안 들은 거로 하겠습니다, 큰아버지."

"이게 왜 무리한 것이지? 합리적인 거 아냐?"

"합리와 부당의 문제가 아닙니다. 제 권한 밖의 일입니다."

나이 먹을수록 뻔뻔해지는 건 남자의 특징인가? 아니면 우리 집안 남자의 특징일까? 둘째 큰아버지는 두바이 특수를 위해 미라클이 HW그룹에 투자할 자금을 아예 순양으로 돌리자고 말한다. 이학재 회장과 만난 사실을 나도 안다는 걸 모를 리 없건만 이렇게 새치기를 할 줄이야.

"미라클도 손해 보는 게 아닐걸? HW그룹에 괜히 쿠션 먹는 꼴밖에 더 돼? 프로젝트 메인은 우리 순양인데?"

"저도 압니다, 큰아버지. 하지만 한국 미라클은 이제 이사회에서 결정을 내린 뒤 미국의 최종 승인에 따라 움직입니다. 오세현 대표가 은퇴나 다름없이 지내니 미국 측에서 내린 결정이라고요. 전 한국 미라클의 이사회에도 참석 못 합니다. 심사 역이 제 역할입니다."

"내 생각엔 네게 그것보다는 더 결정권이 있지 싶다."

"네, 더 있어요. 발언권 강한 심사 역, 그게 전부라고요."

미심쩍어하는 그를 향해 못을 박았다.

"그리고 HW의 대주주가 미라클입니다. 제 식구 밥벌이를 더 챙기지 우리 순양을 왜 챙겨 줍니까?"

"그래? 이거… 괜한 기대를 잠시 했군."

그의 표정이 변했지만 실망한 모습은 아니다.

"그럼 이렇게 하는 건 어떻겠니?"

이거였다. 둘째 큰아버지가 나를 떠본 진짜 목적은 지금부터 나올 것이다.

"너도 알겠지만, 두바이 신도시 건설은 엄청난 자금이 선 투입되어야 한다. 이학재 회장이 제안한 컨소시엄이라는 게 물주 하겠다는 거다. HW, 예전 대아건설은 이런 대규모 공사에 아무짝에도 쓸모없어. 돈 좀 대주고 우리 순양의 노하우를 빼가려는 술책이야."

잘못짚어도 한참 잘못짚었지만 난 동의하듯 고개를 끄덕이며 귀를 기울였다.

"돈은 어디서든 구할 수 있어. 하지만 외부 자금을 끌어 쓸 이유가 없다고 봐."

"그렇죠. 그룹 자금 쓰고 부족분만 끌어들이면 되죠."

"그런데 지금 중공업 부문은 이미 중동에 돈을 쏟아부었거든. 자금 여력이 없어. 남은 곳은 전자, 그리고 금융 부분이다."

사실일까? 과연 주력인 건설과 중공업의 자금이 씨가 말랐을까?

"전자의 자금을 끌어오는 건 좀 그렇고… 금융 부분에서, 그러니까 네가 돈을 준비해 주면 어떻겠니? HW를 굳이 끌어들이지 않아도 되잖아."

대답을 잘해야 한다. 정말 그룹 내부자금으로 하고 싶은 것인지, 아니면 이학재 회장이 먼저 접근한 이유가 나 때문인지 확인하기 위해 제안하는 것인지 아직은 알지 못하겠다. 이럴 때는 먼저 나와 무관한 일이라는 걸 알리는 게 우선이다.

"저도 여유 자금이 없습니다."

대답은 짧게. 긴 설명은 변명으로 혹은 거짓으로 들리는 법이다.

둘째 큰아버지는 믿지 못하는 표정이다.

"금융 기업이 돈이 없다? 나와 함께 사업 진행하는 게 싫은 게냐?"

"아닙니다. 정말입니다. 2년 전부터 여유 자금 전부를 미국 파생상품에 투자 중이거든요. 미심쩍으시면 직접 확인하셔도 됩니다."

"파생상품?"

"4퍼센트대의 시중금리보다 두 배 이상의 수익을 꾸준히 내는 안정적인 투자처입니다."

"분산투자가 아니라 올인?"

"네. 분산하는 게 정석이지만 선택지가 없어요. 투자 상품 중에 트리플 A등급만 고르다 보니 그렇습니다. 회사 자금이니까 안전이 우선이죠."

"금리의 두 배, 트리플 A등급이면 너무 좋은데?"

'이건 또 뭐지? 하여간에 돈벌이라면 눈빛부터 달라진다니까.'

"그러니까요. 제가 왜 회사 여유 자금을 전부 썼겠습니까?"

그룹의 자금을 쓸 수 없다면 진동기 부회장은 이학재 회장을 선택할까? 아니면 욕심을 덜 부리고 할 수 있는 능력만큼만 진행할까? 쉬운 방법을 선택한다면 장사지 사업이 아니다. 누가 뭐래도 진동기 부회장은 사업가 아닌가?

그런데 진동기 부회장이 이학재 회장에게 보내온 제안서를 보니 그는 내 예상을 벗어나 결정을 내렸다.

"이거 한번 봐라. 진동기가 던져 준 합작 제안서다."

이학재 회장은 조금 화가 난 듯 보였다. 제안서를 살펴보니 HW를 완전히 호구로 생각한다는 것이 읽혔다.

"돈 대고 수익이나 좀 챙겨라, 이 말이군요."

"그것도 은행이자보다 조금 더 얹었어."

"뉘앙스가 싫으면 말고. 딱 이건데요?"

"그러니까. 여유 부릴 처지가 아닐 텐데… 나랑 마주치기 싫다는 건지, 원."

"돌다리 두드리는 것 같습니다."

"확인? 날?"

"네. 회장님께서 선의를 갖고 다가올 리가 없다는 걸 전제에 두고 생각하는 거죠. 뭔가 있는 게 분명한데 그걸 모르니 불안하기도 하겠죠."

이학재 회장은 머리를 살짝 흔들었다.

"HW와 순양건설이 손잡는 건 틀렸다. 이놈, 안 물어."

그럼 물게 만들어야겠다.

"미끼가 약한가 보죠. 큼지막한 거 하나 던지죠."

"뭐? 돈도 싫다는데?"

"하지만 남이 돈 버는 건 더 싫을 겁니다."

"뭔 말이야? 정확히 말해."

이학재 회장은 내 얼굴에 걸린 웃음의 의미를 아직 눈치채지 못했다.

"3000억 정도면 덥석 물지 않겠어요?"

내 말을 못 알아듣겠다는 듯 이학재가 짜증스러운 표정을 보이기에 얼른 말했다.

"3000억 날린다 생각하고 단독으로 들어가시죠. 다시 말씀드리지만 들어가는 척하는 게 아니라 진짜 들어갑니다. 어차피 공사 대금은 못 받습니다. 아니, 받을 수도 있겠지만 아주 오랫동안 악성 채권으로 남아 있을 겁니다. 하지만 우리가 단독으로 들어간다면 이게 진심이라고 생각하겠죠."

3000억을 버린다고 해도 그리 놀라지 않는다. 가진 게 돈밖에 없다는 건 이럴 때 정말 편리하다. 판세를 언제든 바꿔 버릴 수 있는 수단을 마음 놓고 쓸 수 있기 때문이다. 남들이 보기엔 미친 것처럼 보이지만, 그게 돈 가진 자의 특권이며 힘이다.

"미끼 더 큰 거로 하자."

이학재 회장이 웃으며 말했다.

"내가 이미 던져 놓은 구라가 있는데 그걸 사실로 만들면 판이 더 커져. 성호그룹과 남광그룹을 끌어들이마. 각각 3000억씩 내서… 아니, 딱 1조 원 맞추고 두바이로 들어가면 진동기 부회장도 앗! 뜨거라 할걸?"

고만고만한 놈들 셋이 모여 잔칫상에 덤벼들면 재빨리 달려와 대장 노릇 하고 싶어진다는 것이다. 이학재 회장 혼자가 아니니 의심도 사라질 것이고…. 무릎이라도 탁 치고 싶었다.

'우리 학재 회장님, 역시 선수다, 선수!'

▲ ▲ ▲

「성호토건, HW건설, 남광개발. 두바이 특수를 위한 컨소시엄 확정. 컨소시엄
은 항시 열려 있으며 자격을 갖춘 건설사라면 언제든 함께할 계획이라고 발표.
업계, 최소 2조 원대 이상 수주 예상.」

"하! 이것 봐라… 이학재. 진심이었나?"

진동기 부회장은 조간신문을 툭 던지고 인터폰을 눌렀다.

"두바이팀, 전부 회의실로."

순식간에 모인 열 명 안팎의 사람들에게 신문을 던졌다.

"모두 이거 봤지?"

"넵."

"어때? 바람 들어간 회사 많아?"

"모두 들썩이기는 하는데 이 컨소시엄에 합류할 만한 규모의 회사는
몇 안 됩니다. 커트라인을 상당히 높게 잡았다고 모두 투덜거리더군요."

"그러니까 언론 플레이다?"

"그렇게 예상합니다."

진동기는 두 갈래 길을 생각 중이다.

먼저, 독야청청!

"우리 자금 사정, 별로지?"

가장 취약한 곳을 물어보니 모두 눈치만 살폈다.

"인천 신도시에 묶은 돈은 언제 풀릴 것 같아?"

장밋빛 미래가 확실하다며 그 지역을 선점하기 위해 온갖 로비를 벌
였고, 그 결과 가장 넓은 구역을 확보했다. 하지만 장미꽃은 고사하고
가시밭길만 걷는 중이다. 정부 차원의 제반 인프라는 언제 깔릴지 모르
고 회색 시멘트의 고층 건물만 즐비한 유령도시 같은 결과만 남았다. 미

분양이 속출했고 꽁꽁 묶인 자금은 언제 풀릴지 기약도 없다. 정권이 바뀌면 정부에 책임을 떠넘길 속셈으로 근근이 버티는 중이다.

"다음 정권에서 돌파구를 열지 않을까 예상합니다만."

"정권 안 바뀌면?"

"그건 장담할 수 있습니다. 여당은 강력한 대선후보 없이 고만고만한 사람들이 도토리 키 재기 중이고 야당은 강력한 두 후보 중 하나가 경선에서 이기기만 하면 됩니다. 본선보다 예선이 더 어려운 형국입니다."

"손에 쥔 건 어음인데… 당장 현찰이 필요하니, 이거 미치겠군."

회의실에 모인 사람들은 그들이 모시는 상전이 진영기가 아니라 진동기라는 것에 감사했다. 인천 신도시 사업을 강력히 밀어붙인 사람은 진동기 부회장이었다. 자신의 판단으로 시작된 어려움이니 아랫사람을 들들 볶지는 않는다. 진영기 부회장이었다면? 자신이 밀어붙였다는 사실은 까마득히 잊고 미분양 물량 털어 내라고 매일같이 닦달했을 것이다. 물론 애먼 사람에게 책임을 물어 열댓 명은 목이 날아갔을 것이다.

"부회장님, HW 이학재 회장이 먼저 손을 내밀었는데 못 이기는 척 받아들이시죠."

두 번째, 동맹. 이건 아랫사람들도 생각하는 방법이다.

"이제 와서?"

"컨소시엄은 열려 있다. 이건 우리 순양을 향한 구애가 아니겠습니까?"

진동기는 회의실을 둘러보며 말했다.

"모두 같은 의견이야? 얘들하고 손잡아?"

신문을 흔들며 묻자 모두 고개를 끄덕였다.

"그럼 금융권에서 최대한 돈 땡겨. 부족분만큼만 얘들하고 나눌 거야."

"더는 무립니다, 부회장님. 금융 여신은 여유가 없어요. 이미 인천 신도시와 부르즈 두바이 공사에 전부 끌어다 썼습니다. 회사채마저 불가능한 상황입니다."

곧바로 날아온 대답의 주인공은 회의실에서 가장 젊은 사내였다. 당돌한 대답이었으나 회의실은 얼어붙지 않았다. 더 시건방진 소리를 해도 진동기 부회장이 화를 내지 않는 상대이기 때문이다.

"확실해? 그 발언, 책임질 수 있어?"

"네. 남은 방법은 그룹 지분을 담보로 빌리는 수밖에 없습니다."

"그럼 그거 맡기고 빌려."

진담인지 아닌지 알 수 없는 진동기의 표정을 보며 젊은 사내가 말했다.

"예상 수주 규모를 줄이는 게 안전합니다. 묶인 돈이 풀릴 때까지는 소극적인 경영이 낫다는 게 제 의견입니다."

"지금 두바이 같은 기회는 언제 다시 올지 모른다. 안전하게 소극적으로 가는 건 어리석은 일 아닐까?"

"9회 말 투 아웃 만루 풀카운트 상황에서 안타나 만루 홈런의 역전극은 거의 나오지 않습니다. 대부분 아웃으로 경기가 끝나죠."

한마디도 지지 않고 꼬박꼬박 말대답하는 사내를 보며 진동기 부회장은 슬쩍 미소 지었다.

"제안서 다시 만들어서 이학재 회장에게 넣어. 컨소시엄은 우리 순양이 주도하는 그림으로 그리고. 모두 나가 봐."

사람들이 일어서자 진동기는 조금 전의 젊은 사내를 바라보며 말했다.

"진 상무는 좀 남고."

두 사람만 남자 진동기의 표정은 한결 부드러웠다.

"태준아, 자금 사정 정확하게 파악한 거 맞아?"

"네, 아버지. 시중 은행 전부 접촉했고 그들의 공식적인 답변입니다."

진동기의 장남 진태준은 경영지원본부장으로 건설, 중공업 계열의 자금을 총괄한다. 비록 30대 중반의 젊은 나이지만 아버지와 본부장이라는 직책이 주는 후광으로 단기간에 그룹의 살림을 휘어잡았다.

"태준아. 우리 컨디션 좋을 때만 공격적인 경영을 해서는 발전이 없어. 항상 공격적인 자세를 취해야 한다. 9회 말 투 아웃 만루 풀카운트 상황에서 타자를 보지 말고 투수를 봐. 투수도 이미 지칠 대로 지쳤어. 100개가 넘는 공을 던졌는데 어깨가 멀쩡하겠어? 모두 다 지치고 힘든 거다. 우리만 그런 게 아니야."

진동기는 타이르듯 말했다. 그나마 착실한 편에 속했고 성실하기도 한 아들이지만 겁이 많다. 늘 안전부터 확인하고 발걸음을 뗀다. 경영지원본부장으로서는 더할 나위 없지만 최고 경영자가 되기에는 부족한 그릇이다. 10년 안에 그릇을 더 키우고 싶은 게 진동기의 마음이었다.

"힘들 때 이가 상할 만큼 악물고 던져야 에이스다. 우리 상황이 좋지 않다면 장롱 속 돌반지라도 팔아서 자금을 구해 와야 하는 게 경영지원본부장이 할 일이야. 돈 구하기 어렵다 같은 우는소리는 과장 입에서나 나올법한 소리다. 명심해."

진태준 상무는 아들이 아니었다면 한소리 들었을 것이라는 걸 안다.

"죄송합니다. 공식 회의에서 부족한 모습을 보여 드려서…."

"괜찮아. 다음부터 잘하면 돼. 같은 실수 두 번 하는 건 용서 못 한다. 알겠지?"

"네."

"그래. 나가 봐. 자금 다시 한 번 챙겨 보고."

진동기는 아들의 어깨를 두드렸다. 부족하긴 하지만 뒤처지지도 않는 아들이다.

▲ ▲ ▲

"실장님. 진태준 상무님께서 찾아오셨습니다."

문을 빼꼼히 연 비서의 조금은 당황스러운 목소리가 들렸다. 갑자기 찾아오는 사람은 단칼에 거절하지만 오너 가족이니 그녀도 어려웠을 것이다.

"들어오라고 해요. 괜찮습니다."

'웬일로 왔을까? 자기 아버지 심부름일까?'

"도준아, 내가 방해한 건 아닌지 모르겠다."

"아냐. 괜찮아."

다들 서른이 넘어가니 슬슬 한자리씩 꿰차기 시작했다. 이 집안 장손인 진영준은 이미 순양전자 부사장으로 초고속 승진했다. 진태준도 벌써 상무를 달았던가? 애들이 하도 많으니 어디서 임원 놀이하고 있는지 도무지 외우지도 못하겠다.

"태준 형은 본사 온 지 얼마나 됐어? 건설 현장 돌아다니며 업무 익혔잖아?"

"1년 다 되어 간다. 같은 건물에 있는데 우린 너무 뜸하구나. 그치?"

"그러네. 현장은 어땠어? 고생 많았지?"

"내가 제대로 굴렀겠냐? 대충 수박 겉핥기만 했지. 호리가다, 우찌바나시, 시아게 같은 현장 용어 익숙해지니까 3년 지났더라. 하하."

무슨 말인지는 모르겠지만, 현장 좀 구른 걸 저렇게 꼭 티를 낸다.

"제대로 한 거 같은데?"

오랜만에 얼굴 봤지만 그다지 친하지 않은 사촌이니 인사는 이쯤에서 끝내야겠다.

"그런데 갑자기 찾아온 거 보니 급한 일인 것 같은데?"

"아, 너도 알겠지? 두바이."

147

하긴 이 건이 아니면 일부러 찾아올 놈이 아니다. 하지만 이놈 저놈 경영진 흉내 내는 걸 일일이 다 맞춰 줄 수는 없다. 일찌감치 선을 그어 줘야겠다.

"태준 형. 일 이야기하기 전에 하나만 묻자."

"응. 말해."

내 입에서 어떤 말이 나올지, 그는 조금 긴장한 듯 보였다.

"나와 일 이야기하려면 책임 못 질 말은 하지 마. 그리고 권한을 갖고 말해야 해. 가부 결정 권한 없이 승인 받아야 할 이야기는 아예 꺼내지도 마. 이 방은 결정권자들이 모이는 방이거든. 아니면 누군가가 내게 보고하는 장소야."

진태준의 표정이 굳어졌다. 자신과 나의 위치가 다르다는 걸 이렇게 노골적으로 드러내리라고는 생각 못 했을 것이다.

"순양 본관에서 결정을 내릴 수 있는 방은 네 개야. 이 방, 두 부회장님 방 그리고 비어 있는 회장님 방. 태준 형이 결정권자라면 용건을 말하고 아니면 담당자와 이야기해. 그럼 그 담당자가 내게 보고하겠지. 그럼 난 결정을 내리고."

단풍 든 듯 붉어진 진태준의 안색을 보니 우습기도 했다. 그래, 그나마 둘째 큰아버지 자식들이 싸가지는 있었다. 첫째 큰아버지 자식들이었다면 자존심이 상해 소리부터 질렀을 것이다.

"그런 표정 지으면 내가 미안하잖아. 아무튼, 오늘은 태준 형이 처음 내 방에 온 날이니까 이런저런 조건 없이 하고 싶은 이야기 편하게 다 해도 돼."

박차고 나가지 않은 것만 해도 점수를 주고 싶다. 참을성이 굉장하다. 나이를 먹어서일까? 아니면 그만큼 다급하다는 의미일까?

"그래, 오늘만 좀 봐줘라. 다음부터는 결정권을 손에 들고 올 테니까.

하하.”

태준 형은 굳은 얼굴을 펴고 어색하게 웃었다. 다음은 없다. 결정권을 손에 넣는 건 10년은 지나야 가능할 거다.

“결론만 말할게. 건설이 걸쳐 놓은 프로젝트가 많아서 자금이 많이 부족해. 지금은 씨 뿌리는 계절이니까 수확하면 곧바로 돌려준다.”

“구휼미(救恤米)는 아니고 환곡(還穀)이라는 거야?”

“응? 그게 무슨 말이야?”

“아, 아냐. 농사 이야기를 해서 생각난 거야. 그런데 이미 큰아버지께 말씀드렸어. 우리 금융계열사도 여유 자금이 없어. 힘들어.”

“네 개인 돈도 좋아. 처음으로 하는 부탁인데 단칼에 거절하지 말고 생각이라도 한번 해봐. 이자 듬뿍 쳐줄게. 너 돈 많은 거 다 알잖아.”

“그래. 생각은 해보겠지만, 너무 기대하지 마. 소문만큼은 아냐.”

“수재민 돕기에 수백억씩 쾌척하면서 돈이 없다? 기준을 낮춰. 꿔줄 돈은 충분히 있을 거야.”

“아이고, 그게 언제 적 이야긴데? 그때는 우연히 투자 이익이 좀 많이 나서 그랬던 거고, 이젠 푼돈 굴리는 수준이야.”

명백한 거절이라고 생각하는 진태준은 점점 더 얼굴이 굳어 갔다.

“태준 형. 정말 급하다면 꿍쳐 놓은 쌈짓돈부터 먼저 꺼내서 써. 돈 빌려주는 사람이 제일 궁금한 게 뭔지 알아? 저 사람은 자기 돈은 안 쓰고 남의 돈 빌리러 다니는 건 아닐까? 자기는 손해 보기 싫고 남은 손해 봐도 된다는 생각 아닐까? 이런 거야.”

“그런 거 아냐. 말했잖아! 생각이라도 한번 해보라고.”

“알아. 하지만 두바이가 정말 기회라고 생각한다면 올인해. 그래야 나도 믿음이 가지.”

“그러기에는 내가 아직 결정권이 없어.”

이 정도 바람을 집어넣었으면 충분하다. 이젠 저들의 결정만 남았다. 두바이의 화려한 스카이라인이 주는 유혹은 그 누구도 피할 수 없다. 전 세계 건설업계가 그 유혹을 못 이겨 불나방처럼 덤벼드는데, 저들만 예외일 리가 있나?

"일단 내가 금융권을 한번 만나 볼게. 순양건설이나 중공업이라면 여신 한도를 더 늘릴 수 있을 거야."

"이미 확인했어. 그놈들 다 고개를 흔들더라."

난 웃으며 태준 형을 똑바로 바라보며 말했다.

"순양그룹 금융 계열사를 꽉 쥐고 있는 내가 말하면 무시하기 힘들 걸? 말의 무게가 다르거든."

진태준의 눈빛에 감춰진 생각…. 만약 내게서 듣고 싶은 말이 이것이었다면, 꽤 선방했다. 아직 제 무덤을 파고 있는지를 모르니까 말이다.

▲ ▲ ▲

"이거 진심입니까? 순양그룹의 공식적인 의견이오? 아니면 일 잘한다는 소리 들으려고 순양건설 직원들이 쥐어짠 생각이오?"

"진동기 부회장님 결정 사항입니다."

"이게 컨소시엄이오? 하청이지! 어이가 없네, 정말…!"

"진정하시고, 마저 들으세요."

이미 컨소시엄을 결성한 세 회사의 담당자들은 순양그룹에서 제시한 조건을 듣자마자 너나 할 것 없이 소리를 질렀다.

"뭘 더 들어요? 결론 났구먼. 순양 이름값 하는 거잖아, 지금!"

"조무래기들이랑 겸상은 못 하겠으니 주는 돈이나 먹고 졸졸 따라다니면서 시키는 일이나 해라. 이거 아니오?"

세 회사가 불만을 터트리자 순양의 담당자는 그들의 말을 자르며 말했다.

"솔직히 언론에서 떠들어댄 2조 원, 그거 뻥튀기한 숫자라는 거 업계 사람들은 다 압니다. 잘해 봤자 절반 정도 수주하겠죠."

"그래서요? 순양건설은 언론 발표 때 포장 안 합니까? 주가 띄우려고 누구나 다 하는 거잖소. 새삼스럽게…."

"현실적으로 생각하시라는 뜻입니다. 세 회사가 두바이월드에 수주해도 어차피 하청 아니오? 유럽 기업들이 설계하고 기술 공법 전부 대고, 귀사들은 공사판 십장 역할 아닙니까?"

정확히 꼬집는 순양 담당자에게 다른 회사 사람들은 얼굴만 붉힐 뿐 대꾸도 못 했다.

"노가다 일당을 유럽놈에게 받으나 우리 순양에서 받으나 뭐가 다릅니까? 우리가 후하게 쳐주는 게 더 낫지 않을까요?"

자존심과 실속, 둘 중 하나밖에 고르지 못하는 것이 약한 놈들의 숙명이며 마지막 자존심을 슬쩍 내세우지만 결국 대부분은 후자를 선택한다.

"일단 윗선으로 토스는 하겠지만 기대는 마쇼. 순양 없이 우리끼리 나누는 것도 나쁘지 않으니까."

먼저 일어서는 사람들을 향해 순양 담당자들은 머리를 숙였다. 이들의 마지막 자존심을 치켜세워 주는 게 강한 자의 아량이다.

"아무쪼록 말씀 잘 드려 꼭 성사되게 해주십시오. 우리 모가지도 간당간당합니다."

하지만 상대가 떠나자 그들의 얼굴엔 비웃음이 가득했다.

"얼마나 더 준다고 했지?"

"2퍼센트 더 쳐줬습니다."

"그 정도면 감지덕지하겠군."

"고심하는 척하는 기간은 넉넉잡고 3일, 그 뒤에 연락 오겠죠."

성호토건과 남광개발이 고심하는 척하는 기간은 그리 길지 않았다. HW그룹의 파격적인 제안 때문에 그들의 얼굴에는 웃음꽃이 피었다.

"두바이 공사 다 끝나고 마지막 잔금 받을 때까지 순양은 계속 어음이나 던져 줄 거 아닙니까? 2퍼센트 더 얹어 주는 거, 솔직히 은행 금리도 안 나옵니다."

"우리가 밑에서 받쳐 주면 순양의 수주 실적이 두 배는 뛸 겁니다. 그럼 순양 주가도 껑충 뛰겠지요. 재주는 우리가, 실속은 순양이 챙기는 꼴 아닙니까?"

불만을 터트릴 때는 유리한 건 기억나지 않는다. 이학재 회장은 두 그룹의 불만을 가만히 듣다 그들이 빠트린 걸 말했다.

"대신 수주 금액은 우리끼리 할 때보다 두 배는 더 커지지 않을까요?"

"그럼 뭐 합니까? 자금만 더 쪼들리는데…."

그들의 불만이 한층 더 커지자 이학재 회장은 슬쩍 웃었다. 자신이 나서서 좀 더 유리한 조건으로 만들어 달라는 부탁의 의미를 읽어서다.

"그럼 이렇게 하면 어떨까요?"

두 그룹 회장들의 눈빛이 달라졌다.

"순양이 던져 주는 어음 우리 HW가 다 안고 가겠습니다. 그럼 자금문제는 없으시겠죠?"

"이 회장님께서 어음할인을 해주시겠다는 뜻입니까?"

"네. 순양 어음이야 현찰 아닙니까? 은행에 밀어 넣으면 즉각 할인해 주겠지만, 두 분이 원하는 건 최소한의 금리 부담일 테니까 우리 HW가 은행보다 싸게 해드리죠."

"얼마나 싸게…?"

"절반이면 되겠지요?"

두 회장의 얼굴이 활짝 폈다.

"우리가 순양의 하청으로 전락하지만, 결제는 제가 책임지겠습니다. 더럽고 아니꼬워도 어쩌겠습니까? 우리도 이번 기회에 덩치를 좀 키워야죠. 놓치기는 아깝지 않습니까?"

"역시 이 회장님이십니다. 화끈하게 지르시는군요."

"그렇게만 해주신다면 더 바랄 게 없습니다. HW그룹이 승승장구한다더니, 혹시 넘쳐나는 돈을 처치 못 하시는 거 아닙니까? 하하."

"돈 쌓아 두고 경영하는 기업이 어디 있습니까? 단지 우리는 미라클이라는 투자사가 대주주 아닙니까? 외국 자본이 많으니 이 기회에 좀 쓰려고요. 외국 돈 끌어다 쓰는 게 바로 애국입니다. 애국자 흉내 내는 거죠."

두 회장은 부러운 눈으로 이학재를 보며 머리를 끄덕였다. 마르지 않는 우물같이 단비를 내려 주는 든든한 물주가 떡 버티고 있으니 얼마나 마음 편할까? 비록 이학재가 오너인 자신들과는 달리 전문 경영자인 월급쟁이지만, 웬만한 그룹 회장보다는 훨씬 팔자 좋은 사람으로 보였다.

"그럼 이견이 없는 거로 알고 제가 진행하겠습니다. 앞으로 함께 고생 좀 합시다."

두 회장이 웃음을 터트리고 돌아가자 이학재의 표정은 단번에 굳어졌다.

"도준이 이놈, 예측이 틀리기만 해봐, 어디…. 가만두나 봐라."

두바이가 위기에 빠지지 않으면 순양도, 남광도, 성호도 꽃노래를 부른다. 하지만 HW는 큰 이득 없이 본전치기가 고작이다. 재계에서 자신을 호구라고 비웃는 소리가 들리는 듯했다.

"분하냐?"

"아닙니다."

"아니긴, 이마에 쓰여 있는데. 흐흐."

진동기는 아들을 보며 대견한 듯 웃었다.

"도준이가 한 말… 틀린 거 하나 없다. 넌 도준이 아랫사람을 만나는 게 당연해. 장도형 부사장? 그래, 그 정도면 네가 쳐지지는 않겠다."

"저도 그렇게 생각합니다. 다만….'

"다만? 사촌이니까 동등하다?"

"네. 너무 쉽게 생각했습니다."

"순양의 임직원 중에 도준이를 쉽게 생각하는 사람은 아무도 없다. 심지어 도준이가 나이만 좀 많았다면 순양의 모든 걸 계승했을 거로 생각하는 사람도 많아. 나도 그렇고."

"아, 아버지."

"자존심 상하겠지만, 보고 배워라. 머리를 숙이더라도 그놈이 움직이는 방향을 따라가."

진동기는 아들의 어깨를 두드렸다.

"그리고 네가 도준이에게 우는소리를 해서 그런지 몰라도 HW그룹 컨소시엄이 우리 조건을 다 받아들였어. 우리 밑으로 들어와서 두바이로 함께 간다. 덕분에 자금 부담이 많이 줄었다."

진태준이 놀라서 물었다.

"도준이가 이학재 회장에게 부탁했다는 말씀입니까?"

"그건 모르지. 아무튼, 타이밍이 정확하게 맞아떨어졌잖아. 우연이라고 해도 사람들은 네 덕분으로 알 거다. 네가 도준이와 괜찮은 협상을 했다고 생각해. 이미 임원들이 널 칭찬하더라. 자존심 버리고 회사를 위해 동생에게 머리 숙였다고 말이야."

부자는 내심 그럴 리 없다고 생각했다. 진도준은 그 정도로 정이 많은 놈이 아니다.

"너도 이제 본사 생활이 익숙해졌을 테니 여유를 갖고 도준이를 자주 만나. 그놈 지금 미국 금융상품에 올인했어. 나도 유심히 살펴봤는데 뭔 놈의 금융 파생상품이 그렇게나 많은지 모르겠더라."

"회사에 돈이 없는데 금융상품은 왜 보신 겁니까?"

"회삿돈은 없어도 개인 돈은 있잖아. 그걸 알차게 불려 놔야 급할 때 긴급 수혈이라도 하지. 지나가는 말로 쓱 물어봐. 나는 큰애비라 자세히 묻기도 머쓱하지만 넌 다르잖아. 괜찮다 싶으면 네가 가진 돈 묻어 둬. 네 총알이 많아야 나중에 지분 승계 작업할 때 편하다."

"알겠습니다."

돈 잘 버는 놈 옆에서 무임승차하는 것만큼 쉬운 일은 없다. 빨대라도 꽂아 놓는다면 더할 나위 없고.

"자주 술자리 갖겠습니다. 도준이가 다른 사촌들은 싫어하지만, 우리 형제에게는 그런 감정이 없어요. 다 같이 모여 어울리다 보면 더 가까워지겠죠."

진동기는 말귀를 잘 알아듣는 아들을 흐뭇하게 바라보았다.

▲ ▲ ▲

"컨소시엄 조건, 좋은데요? 성호, 남광은 무조건 돈 벌고, 우린 양손에 순양 어음 잔뜩 쥐고, 순양은 회장님 앞에서 살려 달라고 머리 숙이게 될 테고. 최상의 시나리오 아닙니까?"

"그 전에 HW건설이 먼저 부도날걸? 성호, 남광에 꼬박꼬박 돈 줘야 하고, 받아야 할 돈은 1조가 넘을 텐데, 부도 안 나고 버티겠어?"

밝은 표정의 나와는 달리 이학재 회장은 잔뜩 찌푸린 얼굴이었다.

"제가 열심히 벌어 구멍 난 자금 채워드리겠습니다."

"HW 구멍가게 아니다. 자금 계획 빡빡하게 돌아간다고. 삐끗하는 일 없도록 너도 준비 단단히 해야 해."

"네, 그래서 미국 좀 다녀오려고요. 돈 벌어야죠."

"뭐? 미국?"

이학재 회장은 눈을 부릅뜨며 소리 질렀다.

"야! 너 미국 망한다고 했잖아! 망조 든 곳에서 뭔 돈을 벌어? 이 자식 이거… 대형 사고 치는 거 아냐?"

"무너지는 진영에서 공을 세울 때 더 큰 훈장을 받습니다. 마찬가지로 위기에서 기회를 찾는 사람은 어마어마한 돈을 법니다. 10년 전 IMF를 생각해 보세요."

여전히 미덥지 못한 표정의 이 회장에게 말했다.

"아, 혹시 회장님 개인 재산 중에 미국 관련한 금융상품에 투자한 거 있으시면 얼른 정리하세요. 올해 하반기부터 폭락할 겁니다."

"그런 곳에 투자할 만큼 내가 돈이 많아 보이냐?"

"회장님이 돈 없다고 하시면 누가 믿어요?"

"월급쟁이 인생이다. 월급 뻔한데 무슨…."

당황하는 그의 표정을 보니 짐작할 수 있었다.

"땅이나 건물이군요. 가장 안전한 투자처죠. 흐흐."

"쓸데없는 소리 말고 가서 일이나 잘해. 조금만 잘못되면 망신살 뻗쳐 얼굴 들고 다니지 못한다."

"절대 그럴 일 없을 테니까 두바이 공사 최대한 크게 벌이세요. 이번이 순양의 건설, 중공업 부문을 차지할 마지막 기회일지도 모릅니다."

행여나 불안 때문에 소극적으로 변할지 몰라 다시 한 번 당부하고 미국으로 떠날 준비를 시작했다.

진태준은 양손에 테이크아웃 커피잔을 손수 들고 아침 일찍 내 사무실 문을 두드렸다.

"태준 형, 요즘 부쩍 자주 오네."

"돈 빌려 달라는 소리 하려고 오는 건 아니니까 염려 마. 커피나 한잔하려고 왔어. 참, HW그룹과 컨소시엄 맺었다. 네 덕분에 자금 문제가 많이 해결됐어. 고맙다는 말은 빼먹지 말아야지."

"아, 나도 들었어. 이학재 회장님이 결정한 거지, 그거 내가 나선 거 아냐. 어쨌든 감사의 말은 내가 전할게."

계속해서 내 눈치를 살피는 모습을 보니, 단지 이 말을 하려고 온 것 같지는 않다.

"미국 출장 간다면서?"

"응. 월가의 투자사에 우리 금융그룹 자금을 좀 묻어 뒀는데 그거 좀 살펴보고 오려고."

"전 세계 돈이 미국 금융상품으로 몰린다고 들었는데 진짜 괜찮은가 봐?"

"왜? 형도 거기에 투자하려고?"

"글쎄, 이리저리 좀 알아봤는데 괜찮다는 말은 들었어."

"남의 말 믿지 말고 스스로 판단하고 결정하는 게 투자야. 조심해서해."

단순한 인사말이나 하려고 온 게 아니다. 내가 미국 간다니까 부랴부랴 달려온 거다. 얼마 전에 둘째 큰아버지에게 흘린 말을 놓치지 않은 거다.

"그렇긴 한데, 마음이 쏠리더라고. 그래서 네 의견을 좀 들어 보고 싶어서. 말해 줄 수 있어?"

저 집안사람들을 순양에서 쫓아내기 전에 마지막 선물이라도 하나 던져 줄까?

"지금 뜨겁게 달아오른 파생상품들은 대부분 미국 주택담보대출을 근간으로 만든 거야. 집을 담보로 대출받은 건 확실하게 갚잖아. 아니면 쫓겨나니까. 부실이라도 집이라는 확실한 담보가 있으니 안전하기도 하고."

"안전하다 이거지?"

"남의 말 믿지 말라니까! 형이 판단해야 하는 거야. 혹시 알아? 대규모 부실 대출이 드러나서 박살 날지?"

딱 여기까지만 말하면 된다. '박살'이라는 말보다 '안전'이라는 말이 이미 꽂혔으니까.

사실 은행의 업무는 굉장히 단순하다. 돈 맡기는 사람과 빌려 가는 사람 사이에서 예대마진(대출 금리와 예금 금리의 차)이라고 이름 붙인 수수료를 챙기는 게 전부다. 매뉴얼대로 한 치의 오차 없이 진행하는 단순한 업무, 안정적인 월급, 정년보장이라는 장점 때문에 예전에는 은행원을 마치 공무원처럼 생각했다. 대신 고리타분한 이미지를 벗어나지 못했다.

하지만 어느 분야에든 번쩍이는 재기를 숨기지 못하는 사람이 존재한다. 이런 단순한 은행권에도 천재들이 숨어 있었고 그들의 천재성은 어떻게 하면 단번에, 엄청난 돈을 벌 수 있는지에 집중했다.

1980년대 초, 미국의 천재 세 명이 머리를 맞대고 기상천외한 돈벌이를 생각해 냈다. 투자은행 살로먼 브라더스(Salomon Brothers)의 채권 부서장인 루이스 라니에르, 자산 운용사 블랙록(Black Rock)의 설립자 래리핑크, 미 연방주택저당공사의 CEO 데이비드 맥스웰은 MBS(Mortgage Backed Security), 즉 주택저당증권이라는 기발한 상품을 만들었… 아니, 창조했다.

이전까지만 해도 주택담보대출은 집을 담보로 돈을 빌려주고 10년, 20년 동안 원금과 이자를 꼬박꼬박 받아 내는 단순한 업무였다. 은행으로서는 안정적이기는 하지만, 큰돈을 빌려주고 장기간 푼돈으로 나눠 받는 하품 나오는 일일 뿐이다. 게다가 목돈이 묶여 버리는 업무이기도 했다. 이 세 명의 천재는 은행의 시선이 아닌 상품의 시선으로 주택담보대출을 들여다봤다. 주택담보대출은 비록 적은 돈이기는 하지만 장기간 안정적인 수익을 낸다. 이것은 바로 은퇴한 노인, 금융소득자, 원금 손실을 가장 꺼리는 자산가들이 원하는 안정적인 투자 상품과 일치한다는 것을 발견했고, 주택담보대출을 MBS라는 상품으로 만들었다.

사실 이들이 이런 생각을 하게 된 원인은 바로 금리 때문이었다. 1979년 연방준비제도이사회가 금리를 올리면서 금융권은 '돈'맥경화에 걸렸고, 주택담보대출 시장은 흔들리기 시작했다. 고금리 시대에 대출해서 집 사는 사람은 없으니까.

하지만 정치가는 늘 돈 많은 사람들의 편에 서서 그들이 손해 보는 일은 절대 없도록 법으로 막아 준다. 1981년 9월 30일, 미국 의회는 아끼는 금융권을 위해 법안을 하나 통과시켰다.

금융권이 주택대출을 정리하면 세금을 미뤄 주며, 더욱이 이 과정에서 일어난 모든 손실을 국고에서 보상해 주는 법안이 통과된 것이다. 대출 채권을 팔아 버리기만 하면 돈이 굴러들어오는 시스템이 된 것이고, 이른바 채권의 증권화 시대가 열린 것이다. 이제 은행은 주택을 담보로 돈을 잔뜩 빌려주고는 수수료를 챙긴 다음 그 채권을 다른 사람에게 넘겨 버리기 시작했다. 원금 회수의 걱정도 사라졌고, 대출금이 장기간 묶이는 일도 없었다. 은행은 주택담보대출을 메인으로 내걸고 사활을 건 영업에 전력을 다했다.

투자은행인 살로먼 브라더스는 이 채권을 리스크별로 나누고 재포장해서 판매하며 엄청난 중개 수수료를 챙겼다. 안전한 대출 하나에 위험한 대출 서너 개를 섞어도 신용 등급 AAA를 받는 마법까지 부리니 1983년 한 해만 2억 달러가 넘는 순이익을 거뒀다.

이제 금융가의 사람들은 주말을 골프와 함께 보내지 않는다. 호화 요트에서 선상 파티를 즐겼고 맛있는 피자를 먹기 위해 자가용 비행기를 띄워 베네치아로 날아갔다.

그들의 흥청망청한 파티도 끝낼 때가 다가왔고, 난 그 파티가 끝날 때쯤 등장해 파티 비용을 청구할 생각이다. 물론 파티 비용은 은행가들이 지불하지 않는다. 미국 국민들이 그 비용을 낼 것이다.

▲ ▲ ▲

뉴욕 미라클의 CEO 레이첼 아리에프는 오랜만에 만난 반가움은 잠시였고 곧바로 심각한 얼굴로 변했다.

"그러니까 투자자들의 선택에 맡기자는 뜻이지?"

"네. 제 판단이 늘 옳을 수는 없으니까요. 계속해서 MBS가 안정적이라고 믿는 투자자들은 놔두고 리스크가 크다고 생각하는 투자자들의 돈만 빼면 되겠죠."

"투자금을 빼는 사람들은?"

"그 역시 그들이 선택하라고 하세요. 안정적인 국채도 있고, 할리우드 펀드도 있으니까요."

"넌 주택담보대출증권이 폭락한다는 쪽에 베팅하고?"

"네. 만약 날 따라서 베팅하겠다는 투자자가 있다면 그 역시 그들의 선택이겠죠."

"널 따라갈 투자자는 없을 것 같은데?"

"레이첼은요? 어디에 베팅할 거예요?"

레이첼은 이마를 찡그렸다.

"MBS가 하이 리스크라는 건 알아. 하지만 붕괴는 없을 거로 생각해. 연착륙하겠지."

"붕괴는 미국 금융의 몰락이니까?"

"그래. 연방정부는 무슨 수를 써서라도 추락 못 하게 떠받칠 거야. 월가의 몰락은 미국뿐만이 아니라 세계 경제를 침몰시킬 테니까."

지금 이 순간, 미국 경제가 무너진다는 생각은 미국이 자본주의에서 사회주의 국가로 단번에 변한다고 말하는 것과 다르지 않을 만큼 황당한 의견이다.

"그럼 레이첼은 서스테인(sustain)?"

"아니, 웨이팅. 전부 빼서 일단 보관. 다음 투자는 좀 더 지켜본 다음에."

"그럼 고객들에게 메일 돌리죠. 리스크 등급 분류 확실하게 해서요."

"네 투자는 리스크 등급이 얼마나 된다고 생각해?"

미국 경제의 몰락에 올인하는 게 황당하기는 하지만, 하필 그 투자 장본인이 바로 단 한 번의 예측도 틀린 적 없는 나였기에 진심으로 궁금한가 보다. 나는 확신, 확실 같은 단어는 쓰지 않았다.

"언제나 그렇듯 반반이죠. 이게 진리 아닙니까?"

"50퍼센트에 올인? 네 전 재산을?"

"전 재산은 아니고 미국에 있는 재산이죠. 그리고 저 아직 젊어요. 다 날려도 다시 시작할 시간과 돈이 있으니까."

레이첼은 여전히 한숨을 내쉰다.

"네 돈이 움직이는 것만으로도 월가가 긴장할 텐데? 월가 역사상 단 한 번에 이만큼 큰돈이 이동한 적이 있었을까 싶다."

"절반만요."

"응?"

"제 자산의 절반만 월가에 뿌릴 겁니다."

레이첼의 얼굴에 미소가 번졌다.

"확률 50퍼센트니까 절반만 건다? 너무 정석 아냐?"

"무슨 말씀이세요? 조금 전 말했죠? 월가가 긴장할 거라고? 그러니까 긴장하지 않도록 절반만 푸는 겁니다. 나머지 절반은 런던에 풀어야죠. 설마 세계의 금융이 월가가 전부라고 생각하는 건 아니죠?"

"The City?"

더 시티는 시티 오브 런던(City of London)을 간단히 부르는 이름이다. 런던의 가장 작은 행정 구역으로, 런던 역사의 중심이며 금융가의 중심이기도 하다. 또한 독자적인 자치권을 누리는 자치법권 지역이다.

잉글랜드 은행을 비롯해 JP모건체이서, 골드만삭스, 모건스탠리, 아메리카은행, 시티그룹, HSBC 등 5000개가 넘는 금융기관이 밀집해 있는 곳이다. 더 시티의 넓이는 정확히 여의도의 면적과 일치하지만, 움직이는 돈의 규모는 차원이 다르다.

"네. 그쪽에서도 절반은 소화할 수 있을 겁니다. 웬 호구 하나 등장했다고 다들 좋아하겠죠."

레이첼의 눈빛이 흔들렸다. 만약 월가의 폭락이 일어난다면 그 방아쇠는 내가 당기는 셈이 될지도 모른다는 걸 알아챘기 때문이다. 수십억 달러의 폭탄을 한 번에 떨어트리는 꼴이니까 말이다.

가장 먼저 해야 하는 건 주택저당증권에 묻어 둔 돈을 회수하는 것이었다. 한 번에 빼버리면 월가가 술렁인다. 아주 조금씩 상품을 갈아타며, 평상시의 거래와 다르지 않도록 주의하며 주택저당증권을 팔아 치웠다. 인기 상품이라 매도물량을 소화하는 데는 큰 문제가 없었다.

"MBS는 다 처분했어. 이제 이 돈으로 뭘 할 거야?"

"베팅이죠. 모기지 채권은 전부 휴지로 변한다는 것에 올인!"

"언제 그 베팅의 결과를 알 수 있을까?"

레이첼은 여전히 믿지 못하는 표정이었다.

"내년요."

너무 빨리 도래하는 것이라 더 믿지 못하는 표정이다. 만약 내가 10년이라고 했으면 고개를 끄덕였을지도 모른다. 10년이면 악성 채권이 발생하기 시작해도 수습할 시간을 벌지만, 내년이면 불가능하다. 불가능하다는 건 그만큼 희박한 확률의 다른 말일 뿐이다.

"2005년부터 본격적으로 물량이 쏟아지기 시작했어요. 2년간은 2퍼센트대의 고정금리지만 올해부터는 변동금리가 적용됩니다. 10퍼센트 이상의 이자를 내야 하는데 미국 시민들은 그럴 여력이 없어요."

"집을 보유할 만큼 안정적인 사람들이야. 위태롭기는 하겠지만 단번에 무너지지는 않을걸?"

"누가 안정적이랍니까? 서브프라임, 말 그대로 프라임이 아닌 등급이하, 후보 수준이라고요. 문제는 여력도 없는 사람들이 집을 서너 채씩이나 갖고 있어요. 세 채만 갖고 있어도 지급해야 할 이자가 30퍼센트로 뜁니다."

안정적인 투자만 계속해 온 레이첼은 월가의 탐욕스러운 본질을 제대로 보지 못했다. 망하든 말든, 리스크가 크든 작든, 눈앞의 돈만 챙기기에 급급한 그놈들은 번호표를 뽑고 창구에 나타난 사람이면 주택담보대출을 승인할 정도다.

"좋아, 그렇다 쳐. 그럼 베팅은 어떤 방식으로 할 거지?"

"신용부도스왑(CDS. Credit Default Swap)."

신용부도스왑은 부도날 때를 대비한 보험의 일종이다. 예를 들어 애플사의 채권 1억 원을 갖고 있는데 만약 애플사가 부도나면 그 채권 1억 원은 허공으로 날아간다. 이런 위험을 피하려고 보험을 드는 것이다. 보험 방식 역시 간단하다.

10년 내 부도가 나면 보험사가 1억 원 전액을 지급하는 조건으로 매년 20만 원의 보험료를 낸다. 보험료가 싼 이유는 애플은 매우 건실한 기업이고 10년 안에 부도날 확률이 없기 때문이다. 위험이 없으니 보험료가 싸고, 신용도가 낮고 건실하지 못한 기업이라면 당연히 보험료는 올라간다.

여기서 재미있는 건 바로 탐욕스러운 월가의 인간들이 보험을 도박으로 바꾼 것이다. 애플사의 채권을 10원짜리 하나 갖고 있지 않은 사람도 보험 가입이 가능하다. 누구라도 매년 20만 원씩 내고 10년 이내에 애플이 부도나면 1억 원을 받을 수 있다. 애플의 주식, 채권 하나 없어도 망한다 아니다를 놓고 베팅할 수 있는 것이다. 매년 내는 보험료가 바로 베팅 칩이며 이기면 1억을 번다.

레이첼은 고개를 흔들었다.

"아직 금융상품에 대한 신용부도스왑은 발행한 적이 없어. 하워드 넌 지금 존재하지도 않는 상품을 사겠다고 하는 거야."

결론이 허망하자 레이첼은 한숨을 쉬었다.

"만들면 되죠. 주택저당증권이 안전하다고 믿는 금융권 사람들은 내가 보험료를 낸다면 공돈이라고 생각하며 쌍수 들고 환영할 겁니다. 보험료 책정하는 게 어려워서 그렇지 문제는 없다고 봐요."

"이런 황당한 이야기를 들어줄 그 금융권 사람들이 누굴까?"

"골드만삭스, 도이체방크, 모건스탠리, 바클리스캐피털, 메릴린치, 씨티그룹, 뱅크오브아메리카, 크레디트스위스, JP모건, UBS. 수없이 많습니다."

"베어스턴스와 리먼브라더스는 왜 빼? 이들도 최상위 그룹인데?"

내 입에서 월가를 장악한 초거대 금융기업의 이름이 줄줄이 나오자 레이첼은 기가 차는지 비꼬는 듯 말했다.

"아, 그 두 회사는 지급 불능에 빠질 겁니다. 신용부도스왑 계약을 체결해 봤자 돈이 없어서 못 받아 내요."

미국의 초거대 금융이 내년에 망한다고 단정 짓자 레이첼은 입만 떡 벌렸다.

▲ ▲ ▲

"왜 이따위 짓을 하는지 도저히 이해할 수 없다는 건 잘 아니까 근본적인 질문은 사양합니다. 여러분은 숫자에 집중하고 금융사의 지급 능력만 정확히 산출하면 됩니다. 아시겠죠?"

회의실에는 각 금융사의 회계 자료와 PC, 노트북에 둘러싸인 애널리스트와 펀드매니저들이 눈을 반짝이며 내 말을 귀담아듣고 있었다. 그들 중에는 몇 년 전, 내게 펀드와 금융 파생상품에 대한 것을 가르쳐 준 사람들도 있었지만, 그들 역시 가만히 경청하는 건 마찬가지였다. 도저히 이해할 수 없지만 주어진 미션을 해내야 하는 것, 이것만큼 답답한 일도 없다. 모두 의구심만 잔뜩 드러내고 있는 가운데 참다못해 입을 연 사람도 있었다.

"하워드. 이 회사들은 월가의 메인스트림이에요. 우리 미라클보다 수십 배나 많은 돈을 굴리는 곳인데 지급 능력의 한계치를 산정한다는 게 조금 우습지 않습니까?"

이들은 전 세계의 돈을 주무르는 기업 리스트를 흔들며 정말 무의미한 일이 아닌지 확인했다. 이들이 전부 이해하기를 바라지는 않지만 최소한의 가능성은 설명해 줘야 한다.

"이렇게 생각해 보세요. 우리 미라클의 모든 고객들이 일시에 돈을 빼버립니다. 여기까지는 문제없죠?"

"그렇겠죠. 갑작스러운 인출로 고객이 손해 보는 걸 스스로 감수한다면요."

아주 정상적인 대답이다. 우린 고객의 돈을 굴릴 뿐이지 도박은 하지 않으니까.

"그런데 갑자기 누군가 나타나서 신용부도스왑 계약서를 내밀며 1억 달러를 청구합니다. 이 1억 달러는 고객의 돈이 아니라 우리 미라클의 돈으로 지급해야 해요. 가능합니까?"

전제가 잘못된 질문이다. 모든 고객이 약속이라도 한 듯 일시에 돈을 빼 가는 일은 없다. 하지만 지금은 숫자만 생각해야 할 시간이다. 이들은 이미 알고 있는 대답을 입 밖으로 꺼내는 건 꺼렸다.

"우리 미라클은 가능합니다. 하지만 여러분은 올해 보너스를 포기해야 하고 몇몇은 짐 싸서 이곳을 떠나야 하죠. 1억 달러의 손실은 누군가 책임져야 할 금액입니다."

그들의 불편한 표정을 보며 말을 이었다.

"똑같은 일을 골드만삭스, 도이체방크, 모건스탠리, 메릴린치 등이 당한다고 생각해 보세요. 단, 청구 금액은 100억 달러입니다. 우리처럼 보너스 못 받고 인원 감축으로 버틸 수 있습니까?"

10조 원이 넘는 100억 달러라는 숫자가 자신감을 잃게 만들었는지 그들은 여전히 입을 열지 못했다.

"이게 내가 원하는 겁니다. 대형 금융사들이 고객의 돈이 아니라 회사가 보유한 돈으로 얼마까지 지급할 수 있는가? 지급할 여력은 있지만, 아예 디폴트 선언을 하고 파산이라는 극단적인 선택을 할 만큼 몰아붙일 금액은 얼마인가…?"

잠자코 듣기만 하던 그들 중 한 명이 입을 열었다.

"유괴범이 몸값을 계산해야 하는 시간이군요."

모두의 시선이 그를 향했다.

"아, 학교에서 진행했던 연구였어요. 자녀를 유괴하고 부모에게 돈을 요구할 때, 부모가 경찰에 알리지 않고 건네줄 적정 금액을 산출하는 연구였죠."

눈길을 받은 그는 조금 당황했지만, 어깨를 으쓱하며 설명했다.

"부모의 자산에 비해 몸값을 너무 낮게 부르면 유괴범이 안고 가야 할 범죄의 리스크에 못 미치고, 지급 능력 이상으로 부르는 것도 멍청한 짓이죠. 또 하나, 부모의 캐릭터도 파악해야 합니다."

"부모의 캐릭터?"

난 그의 말에 호기심이 생겼다.

"네. 보통의 유괴는 면식범이죠. 불의를 못 참는 부모의 경우, 지급 능력은 있지만 조금만 과하다고 생각하면 경찰에 알리죠."

"그럼 이 경우 부모는 해당 금융사의 CEO들인가?"

"그렇기도 하겠지만 그들의 경영 철학, 명예, 주주들, 사회적 인식 등도 고려해야죠."

"숫자만 봐서는 절대 최대치의 지급 능력을 파악하기 어렵다는 뜻?"

"지급 적정치는 숫자만으로 가능하겠지만, 최대치까지 미치지 못할 겁니다."

더 생각할 것도 없이 난 그를 가리켰다.

"당신이 이 TF의 팀장입니다. 기한은 2주, 적정치가 아닌 최대치의 숫자를 뽑아서 내게 보고하세요."

내가 가리킨 사람뿐만이 아니라 모두가 당황한 표정이었지만 내 결정은 변하지 않았다.

한쪽에서 금융사들의 지급 능력을 파악하고 있을 때 난 또 다른 전문 가들을 어시스턴트로 두고 스왑 계약서를 작성하고 있었다. 주택저당증 권은 단일 상품이 아니라 수많은 부채를 뒤죽박죽 섞어 놓은 것들이기 때문에 각각의 증권에 대한 기준치 설정이 꼭 필요했기 때문이다.

가장 높은 값에 거래되는 상위 50개를 추려 AAA라는 자체 등급을 매겼다. 다른 이들에게 AAA는 안전의 상징이지만 내게는 가장 큰 배당 금을 제시할 수 있는 로또나 다름없었다. 증권 분석에 한창일 때 레이첼 은 몹시 다급한 표정으로 나를 조용히 불러냈다.

"무슨 일인데 그래요? 표정이 영….."

"월가를 돌며 정보를 입수했는데…. 하워드, 너랑 똑같은 생각을 하 는 사람들 몇몇을 발견했어."

당연히 존재한다. 난 그들이 어떤 방식으로 돈을 벌었는지 이미 알 고 그들과 똑같은 방식을 따르고 있으니까. 하지만 짐짓 놀란 척하며 물었다.

"벌써요? 누구죠?"

"그렉 리프먼, 스티브 아이스먼, 존 폴스, 벤 호켓…. 개인도 있고 기 관도 있는데…."

"그들은 언제부터 시작했어요?"

"빠른 사람은 이미 2년 전부터. 본격적으로 돈이 몰린 건 작년이야."

"그 사람들, 돈 많이 잃었겠네요. 흐흐."

모기지 채권 상품의 가치가 오를수록 손해 보는 베팅이다. 2년이나 계속 베팅했으니 기관 투자라면 고객의 항의가 빗발치거나 많은 투자 금이 빠져나갔을 것이다.

"골드만삭스가 주택담보부증권으로 운용하는 자금만 2000억 달러가 넘어. 반대에 베팅한 그들 중 가장 큰 금액은 7억 달러에 불과해. 단순

비교만으로도 그들은 지금 엄청난 손실을 보고 있을 거야. 어쩌면 반 토막 났을 수도 있고."

2000억 달러라면 200조 원이다. 2007년 올해 우리나라 예산이 230조 원인데 일개 금융회사가 한 국가 예산을 주무르다니 역시 미국은 미국이다. 난 레이첼을 향해 말했다.

"반 토막 났으니 불안한 겁니까? 그래서 말리려고 알려 주는 거예요?"

"아니. 네 예측이 어쩌면 틀리지 않을 거라고 말하고 싶었어."

"그럼 저와 함께 베팅?"

웃으며 말했지만, 그녀는 여전히 딱딱한 표정을 풀지 않았다.

"난 내 소신을 지키고 싶어. 베팅이 아니라 투자, 안정적이고 꾸준한 수익을 내는 투자만 할 거야. 이미 대부분 고객들은 내 방식을 지지했고, 주택담보부증권 투자에서 철수하는 것도 찬성했어. 하지만 베팅은 원하지 않더라고. 고객들의 요구대로 가는 게 내 방식이니까."

레이첼은 공격수가 아니라 수비수를 원한다.

"그러세요. 저도 레이첼의 경영 방식을 지지합니다. 그러니 계속 미라클의 CEO로 남아 주세요."

이 말은 진심이다. 뉴욕 미라클은 내 돈을 보관하는 금고 역할이 최우선 아닌가? 투자 수익보다는 눈에 띄지 않게 조금씩 불려 나가는 게 내가 원하는 것이다. 물론 이번 베팅 때문에 미라클이라는 이름이 월가에서 크게 오르내리겠지만, 그 공로는 고스란히 이곳 사람들이 차지하면 된다. 이들은 명성을, 난 돈을.

그리고 레이첼의 불안한 눈빛이 무슨 의미인지도 안다. 위태위태한 미국 금융시장에 내가 거금을 투여하는 순간이 바로 폭락의 시작이라는 걸 그녀가 알아 버렸기 때문이다.

스왑 계약서를 완성한 후 작전을 개시하는 마음으로 직원들 앞에

섰다.

"명심하세요. 동시에 신용부도스왑 계약을 체결하는 겁니다. 순차적
으로 하나씩 계약하면 분명 우리 계약서를 조사하는 사람이 나옵니다.
정보가 새기 전 순식간에 해치워야 합니다."

계약서를 든 사람들이 어이없는 듯 웃음이 터지려는 걸 참는 게 보였
다. 이런 바보 같은 계약은 언제 어디서든 대환영이지, 의심하며 조사할
놈은 없다는 생각일 것이다.

"뉴욕은 금요일 오전, 런던은 금요일 오후입니다. 런던팀은 거기서
주말을 즐겨도 됩니다."

런던으로 떠나는 사람들의 얼굴에 소리 없는 웃음이 번졌다. 눈먼 돈
갖다 바치는 계약서 들고 가니 상대는 대환영일 테고, 손쉽게 계약을 체
결한 뒤 주말 내내 즐기다 돌아오면 되는 휴가 같은 출장이다. 그들은
환호성을 지르고 싶은 마음을 억누르며 출발했다. 난 모든 준비를 끝마
치고 작은 바에서 레이첼과 함께 술을 마시며 금요일을 기다렸다.

"전부 얼마지? 총투자 금액이?"

레이첼이 칵테일로 입술을 축이며 물었다.

"보험요율을 조금 높게 잡았어요. 지금쯤 이 위기를 조금은 감지한
사람도 있을 테니까요. 그 불안이 눈멀 정도의 돈은 줘야죠."

"몇 퍼센트나?"

"미니멈 4퍼센트에서 맥시멈 7퍼센트요."

"기간은?"

"5년."

"뭐…. 네 생각대로라면 5년이나 10년이나 차이는 없겠지? 어차피 내
년이니까."

레이첼은 자조적인 웃음을 보였다.

"그렇죠. 1년 치 보험금만 내면 되니까요."

"전체 금액은?"

"평균 보험요율 5퍼센트로 잡는다면 35억 달러 정도…."

"넌 이번 베팅으로 35억 달러의 20배를 버는구나. 700억 달러인가?"

술잔을 채우던 바텐더가 미간을 잔뜩 찌푸리며 돌아섰다. 중년 여성과 젊은 동양 남자가 헛소리처럼 말하는 숫자 때문일 것이다. 사실 나도 헛소리처럼 들렸다. 700억 달러, 우리 돈으로 70조는 내게 동그라미가 잔뜩 붙은 암호나 디지털 신호나 다름없는 현실감 없는 숫자다.

"700억 달러는 월가가 지급할 수 있다고 보는 거지?"

"레이첼 생각은요? 너무 낮게 잡았나요?"

그녀는 곰곰이 생각하다 입을 열었다.

"지금이라면 조금의 문제도 없을 만큼 낮아. 하지만 내년이라면 높게 잡은 금액 아닐까 하며 염려할 것 같은데?"

"런던과 뉴욕으로 분산했으니 안전할 겁니다."

"내년이면 넌 워런 버핏을 따라잡거나 누를 거야. 단숨에 세계 1위의 부호 자리에 앉을걸?"

"제가 드러나지 않았듯이 이 세상에는 드러나지 않은 부자가 많습니다. 그러니까 내년 포브스지 부호 순위 1위는 여전히 워런 버핏이고 2위는 빌 게이츠겠죠."

한국 재벌 회장들도 드러나지 않은 사람들에 속한다. 개인 재산이야 3조, 4조 정도로 발표하지만 수백조의 가치를 지닌 기업들을 금고처럼 사용하고 숨겨 놓은 돈은 또 얼마나 많은가?

"평생 숫자에만 파묻혀 살았는데 사고의 경계를 넘어가 버리는 숫자가 현실 앞에 나타나니까 혼란스럽기까지 해."

레이첼은 또다시 술잔을 비웠다.

"그 돈으로 뭐 할 건지 계획은 있어?"

물론 있다. 레이첼에게 말할 수는 없지만 말이다.

"존경하는 제 할아버지께서 이런 말씀을 하신 적 있어요."

술잔을 응시하던 레이첼의 시선이 나를 향했다.

"돈이라는 건 버는 게 목적이다. 그 돈을 어디에 쓸지는 생각하지 마라. 살다 보면 어차피 그 돈을 써야 할 때가 꼭 나타난다. 돈 쓸 고민은 그때 하면 된다."

그녀는 조용히 웃었다.

"역시 거부들은 생각이 달라. 네 할아버지께서도 엄청난 부자셨지?"

"네. 하지만 그분도 살아계셨다면 엄청나게 놀라셨을 겁니다. 1년 만에 700억 달러를 버신 적은 없거든요."

"자본주의 등장 이후로 네가 처음이지 싶은데?"

그런가? 분명 또 있었을 것 같은데?

"나폴레옹의 워털루 전투 때 로스차일드 가문이 영국 전체를 살 만큼 돈을 벌었다는 이야기도 있지 않아요?"

레이첼은 고개를 저었다.

"음모론에서 줄기로 뻗어 나온 이야기야. 그냥 국채 투자로 큰돈을 벌었고, 지금 시세로 따져도 10억 달러를 넘지 않았어."

로스차일드 가문이 번 10억 달러도 결국 국민의 세금이고 내가 벌어들일 돈도 미국 국민들의 주머니에서 나온다. 그나마 대한민국 국민이 아니라서 마음은 한결 가볍다.

▲ ▲ ▲

미국의 투자은행이자 전 세계 금융시장의 최대 기업인 골드만삭스 그룹 주식회사(The Goldman Sachs Group, Inc.)는 독일계 유대인 마르쿠스 골드만이 세운 어음 거래 회사로 출발해서 21세기에는 금융시장을 장악했다. 23개국 50개 사무소에 총 3만 명이 넘는 임직원이 국경과 화폐의 종류를 가리지 않고 돈을 쓸어 담는다. 또한 빌 클린턴과 조지 부시 대통령 시절에는 이곳 출신이 재무장관을 역임하며 미국 재무장관 사관학교라는 말이 있을 정도였고, 그들은 온갖 규제를 풀어 버리며 골드만삭스에 날개를 달아 주기도 했다.

이들은 그리스가 유럽연합에 가입할 수 있도록 금융 장부를 조작했고 그 결과, 그리스의 파산과 이어진 유럽 금융위기의 주범으로 꼽힌다. 하지만 이 회사는 그 과정에서 엄청난 수익을 남겼기에 신자유주의와 금융자본의 폐해를 상징한다.

마침내 D-day인 금요일 아침, 골드만삭스의 본사 앞에 서니 이 회사의 미래가 떠올랐다. 미국의 금융 몰락으로 1000만 명에 가까운 미국 국민이 직장을 잃어도, 600만에 가까운 국민이 집을 잃어도, 이들은 수천억 원씩 배당금을 챙기고 보너스를 챙기며 샴페인을 터트린다. 무너져 가는 회사는 어차피 국민의 혈세로 다시 세워 줄 것이고, 또다시 사기나 다름없는 파생상품을 만들어 내며 돈을 쓸어 담을 것이다.

침이라도 한 번 뱉어 줄까 하다가 관뒀다. 나 역시 이들과 방식만 다를 뿐 똑같이 돈을 챙기는 놈이라는 생각이 퍼뜩 들었기 때문이다.

"갑시다."

함께 온 TF 팀장은 마른침을 꿀꺽 삼키며 나를 따랐다. 10억 달러짜리 계약에 잔뜩 긴장한 모습이었다.

"이런 미친 새끼들…."

로비에 들어서자마자 엉겁결에 한국 욕이 튀어나왔다.

골드만삭스의 로비는 논현동 명품 가구점보다 더 비싼 것들로 가득했다. 바닥과 벽의 대리석은 참을 만했지만 안내 데스크까지 대리석으로 만들 생각은 누가 했을까? 아주 잠깐 로비에서 기다리는 사람들을 위해 준비한 의자도 하나에 기백만 원이 넘는 명품이다. 그런 명품 수십 개가 지하철역 의자처럼 쭉 놓여 있다. 돈 지랄도 이런 돈 지랄이 없다. 다시 한 번 입에서 욕이 튀어나오려 할 때, 함께 온 팀장이 손을 번쩍 들며 누군가에게 인사를 건넸다.

그를 따라 회의실로 들어가니 이미 세 사람이 우리를 기다리고 있었다. 한 명의 임원, 두 명의 매니저, 이들은 눈을 번뜩이며 내 돈을 삼키기 위해 혀를 날름거렸다.

"꼭 하시겠다면 말리지는 않겠습니다만, 도의상 알려드릴 것이 있습니다."

가장 젊어 보이지만 이미 임원 자리까지 올라간 사내가 웃으며 말했다.

"말씀하세요."

"이미 이와 비슷한 스왑이 있습니다. 2년 전에 계약한 건데…."

레이첼이 말한 뛰어난 안목을 가진 사람들 중 한 명일 것이다.

"차이라고는 2년 전 계약한 건 연 단위가 아니라 매월 보험료를 낸다는 겁니다. 처음엔 낮은 보험료였지만 주택저당증권의 가격이 오를수록 보험료가 올라갔죠. 지금은 9퍼센트대의 보험료를 낼 정도죠. 엄청난 손실을 보고 있습니다."

"그래서 우리 조건도 연 단위가 아니라 월 단위로 하고 싶다는 겁니까?"

"아뇨. 단지 알려드리는 겁니다. 모기지론이 부실 덩어리라는 루머를 믿으시면 큰 손해를 보실 겁니다."

"올해부터 주택담보대출에 변동금리가 적용되는 건 아시죠? 이미 연체율이 증가하고 있는데 부실이 없다고 생각하세요?"

이들이 어떤 생각을 하는지 확인하고 싶었다. 정말 안전하다고 믿는 것인지, 아니면 부실을 감추려는 것인지 궁금하다.

"미스터 진, 증권은 대출이 아닙니다. AAA등급이 기본이며 부실한 대출도 조금 섞여 있어요. 그래서 좋은 상품이라는 겁니다. AAA등급이 B등급의 손해를 충분히 메워 주니까요. 완벽한 스테이크에 질긴 힘줄이 한 가닥 박혀 있다고 해서 스테이크를 버리지는 않겠죠?"

"지금은 주택 가격이 너무 올라서 약간의 조정기를 거치는 중입니다. 폭락은 없어요."

매니저 한 명도 슬그머니 말을 보탰다.

"골드만삭스의 생각은 잘 알겠습니다. 하지만 우리 생각을 철회할 정도는 아닙니다. 아, 물론 정보를 주신 건 감사드립니다."

젊은 임원은 어깨를 으쓱한 뒤 손바닥을 짝 맞부딪쳤다.

"그럼 미라클의 생각을 구체적으로 한번 들여다볼까요?"

세 사람은 우리가 준비한 요약본을 펼쳐 순식간에 읽어 내려갔다.

"상품 분석이 굉장히 탁월합니다. 역시 미라클이군요."

"두 가지 사항만 원만히 합의한다면 계약은 문제없겠습니다."

그들의 만족한 얼굴을 확인하고 난 천천히 입을 열었다.

"보험료를 매월 낸다고 해도 받아들이겠습니다. 또한, 이미 전례가 있으니 그 방식을 따르겠습니다."

함께 온 팀장이 걱정스러운 표정으로 내 눈치를 살폈다. 매달 보험료를 내는 방식이라면 증권의 가치가 오를 때 지급해야 할 보험료가 급격히 올라간다. 보험료는 순식간에 감당하기 힘들어질지도 모르는 수준까지 치솟을 수도 있다. 난 그를 향해 가볍게 머리를 끄덕였다. 안심하라는 신호였지만 그의 얼굴에서 걱정은 사라지지 않았다.

"우리가 해야 할 말을 대신해 주시니 술술 풀리는 느낌인데요? 하하."

젊은 임원의 웃음이 끝나기 전에 다른 조건을 말했다.

"마찬가지로 전례가 있으니 보험은 4.8퍼센트로 하죠."

웃음을 거둔 그가 난색을 보였다.

"이런, 2년 전과 같은 조건을? 그건 좀 힘들겠는데요?"

"왜 힘들죠? 주택보증증권의 가치가 떨어졌다면 리스크가 오른 것이니 보험금도 올라야겠지만 2년 전보다 증권의 가치는 꾸준히 상승하지 않습니까? 이 말은 리스크가 줄었다는 의미 아닙니까? 같은 조건이라고 해도 문제없어 보입니다만…?"

혀를 날름거리던 세 사람은 양해를 구한 뒤 자기들끼리 귓속말을 주고받았다. 잠시 후, 헛기침으로 목청을 가다듬고 말했다.

"스왑 금액은 어느 정도 생각하십니까?"

"금액에 따라 제 조건을 받아들이겠다는 뜻으로 들리는데요?"

"그렇습니다. 1억 달러를 넘기신다면 4.8퍼센트로 체결하겠습니다."

"됐다!"

5퍼센트 아니, 6퍼센트라고 해도 받아들였을 것이다. 골드만삭스처럼 한 번에 큰 금액을 소화해 주는 곳은 드물다.

"이런, 한 번에 남은 문제가 싹 해결되는군요."

환하게 웃는 내 모습에 세 사람은 어리둥절한 표정을 지었다.

"10억 달러니까 전체 금액도, 보험률도 단번에 정리한 거 아닐까요?"

이들의 표정은 참으로 볼만했다.

엄청난 금액에 놀라기도 했고, 10억 달러의 4.8퍼센트니 4800만 달러라는 거액의 공돈이 굴러들어온다는 기쁨도 감추지 못했다. 그리고 아주 조금, 마치 포커판에서 에이스 포카드를 쥐고서 뻥카에 흔들리는 약한 모습도 엿보였다.

"아무 말씀 없으시다는 걸 좋게 해석해도 될까요?"

"아, 실례했습니다. 물론 좋게 해석해도 됩니다. 아니, 우리가 부탁해야 하나요? 하하."

나와 함께 온 팀장은 끊임없이 문자를 보내기도 하고 받기도 했다. 다른 금융사를 방문한 직원들의 상황을 실시간 점검하는 중이다.

나는 두꺼운 계약서 공란에 4.8퍼센트 그리고 10억 달러라는 숫자를 적었다. 계약서에 사인을 끝내는 순간 나도, 그들도 함박웃음을 지었다. 양쪽 모두 이처럼 만족하는 계약이 어디 흔한가?

의자를 밀고 일어나 한 명씩 악수했다. 저절로 손에 힘이 들어간다.

이때 함께 온 팀장이 귓속말로 속삭였다.

"런던까지 포함해서 스물여섯 곳 모두 계약 체결했답니다."

한층 더 환해진 내 미소를 보며 골드만삭스의 젊은 임원이 말했다.

"좋은 소식이라도 온 것 같군요."

"네. 아주 괜찮은 계약을 체결했다는 소식입니다."

"아, 축하합니다. 혹시 어떤 내용인지 귀띔이라도 해주실 수 있을까요?"

"곧 아시게 될 겁니다. 어차피 이런 건 숨기기 힘드니까요. 월가는 비밀을 감추는 벽(Wall)이 없지 않습니까?"

금방 입소문 퍼지는 것은 두 가지다. 누군가 대박을 쳤거나, 아니면 쪽박 찼거나.

"귀를 활짝 열어 둬야겠군요. 미라클이라면 성공적인 투자로 소문나지 않았습니까?"

그는 자기가 한 말이 얼마나 큰 모순인지 깨닫지 못한다. 계약서에 사인까지 했으니 이제 돌이킬 수 없는 일이다. 그에게 약간의 힌트를 던졌다.

"성공적인 투자로 유명한 우리 미라클입니다. 그렇다면 오늘, 이 자리에서 체결한 이것도 성공적인 계약 아닐까요?"

난 두꺼운 계약서를 가볍게 흔들었다. 우리의 성공은 저들의 실패를 의미한다. 양측 모두 만족하는 성공적인 계약은… 아주 드물다. 그제야 그들의 얼굴에서 웃음이 사라졌다.

인간은 나쁜 일에 대해서 생각하는 걸 꺼린다. 그래서 가능성도 축소해 버린다. 저들은 지금까지 일어나지 않을 일처럼 여기며 최소한으로 줄여 버린 가능성, 즉 미국 주택시장이 붕괴된다는 최악의 악몽이 스멀스멀 새어 나오는 걸 느끼고 있을 것이다.

"뭐, 이 계약이 누구에게 성공적인지는 시간이 알려 주겠죠. 그럼…."

얼어붙은 그들을 뒤로하고 회의실을 나왔다. 화창한 뉴욕 하늘이 오늘따라 더욱 아름답다.

그날 오후, 나의 즐거운 마음을 조금이라도 나누고 싶어 미라클의 전 직원에게 두둑한 보너스를 안기고 일찍 퇴근시켰다. 생각지도 못했던 돈과 그 돈을 쓸 수 있는 여유로운 시간이 주어진다면 최고 아닌가. 그리고 나는 혼자 자축이라도 하고 싶어 레이첼과 함께 갔던 바에 갔다. 맥주를 홀짝이며 실없이 웃고 있을 때, 바 곳곳에서 수군대는 소리가 들렸다.

"미라클이 오늘 하루 동안 미친 짓을 하고 돌아다녔다는 거 들었어?"

"물론이야. 그 소식 모르는 사람이 있을까?"

"도대체 얼마를 뿌린 거야?"

"정확한 금액은 모르지만 미라클 덕분에 전부 돈 잔치하게 됐을걸? 우리 도이체방크만 해도 1200만 달러라고 들었어."

"젠장, 임원들은 또 보너스 챙겼겠네."

"불안하지 않을까? 미라클의 미친 짓이 성공하면 2억 4000만 달러를 줘야 해. 그 계약 체결한 부서는 전부 모가지라고."

"미친 짓이 성공하는 거 봤어? 앞으로 어마어마한 보험료를 내야 하는데… 미라클도 문 닫게 생겼어."

하지만 그들은 나의 미친 짓에 웃지 못했다. 한 곳만 생각하면 미라클이 미친 짓 한 게 맞다. 그러나 월가에 뿌린 돈이 어마어마하다는 건 다들 짐작한다. 전화 몇 군데만 돌려도 몇십억 달러라는 걸 알게 될 테고 미친 짓도 정도를 넘으면 모두 진지하게 생각하기 시작한다. 이 때문에 바 곳곳에서 걱정스러운 속삭임은 있어도 웃음은 나오지 않았다.

"런던에도 같은 짓을 했다는 거 알아?"

"런던? 더 시티?"

"그래. 잉글랜드뱅크에 6억 달러짜리 신용부도스왑 계약서를 던졌다고 들었어. 진짜 수백억 달러 스왑을 진행한 거 아닐까?"

"만약, 진짜 만약에 말이야. 미라클의 베팅이 맞는다면 어떻게 되는 거야?"

"어떻게 되긴? 월가 전부 망하는 거지."

금요일 저녁, 지금부터 월요일까지 이틀이 남았다. 경고등을 빨리 읽어 낸 놈들은 정보를 모으고 긴급회의를 하며 바쁘게 일할 것이고, 여전히 날 미친놈으로 생각하는 놈들은 큰 건 하나 걸렸다고 흥청망청할 것이다.

▲ ▲ ▲

골드만삭스의 리스크 매니지먼트 총괄 부사장 윌 에머슨(Will Emerson)은 지난주 금요일 체결한 계약서를 한참 뚫어지게 쳐다보고 있었다. 그의 곁에 서서 부사장이 입을 열기만 기다리던 붉은빛 머리의 사내는 결국 참지 못하고 먼저 입을 열었다.

"미라클 인베스트먼트에 먼저 연락해 볼까요?"

"잠깐 기다려. 전체 금액을 정확하게 파악하는 게 먼저야."

윌 에머슨 부사장은 턱을 괴고 여전히 계약서에서 눈을 떼지 않았다. 그는 핸드폰이 울리자 기다렸다는 듯이 말했다.

"불러 봐."

펜을 든 그는 휴대전화를 통해 들리는 숫자를 빠르게 적어 나갔다.

"이거 확실하지?"

윌 에머슨은 숫자가 나열된 종이를 펜으로 툭툭 치며 다시 한 번 확인한 뒤 통화를 끝냈다. 그리고 사색이 되어 곁에 서 있던 붉은 머리의 사내에게 말했다.

"전원 회의실로. 지금 당장!"

붉은 머리 사내는 부사장의 말이 떨어지기 무섭게 밖으로 달려 나갔다.

윌 에머슨은 다시 숫자를 확인했다. 펜으로 동그라미 친 700억 달러라는 숫자가 무섭게 가슴을 짓눌렀다.

에머슨 부사장이 회의실로 들어서자 10여 명의 눈길이 그를 향했다. 에머슨은 다른 말 없이 한 사내를 향해 질문부터 던졌다.

"마이클, 현재의 채무 불이행 현황은?"

"네?"

"서브프라임 모기지론! 변동금리 적용 뒤의 채무 상환 상태 말이야!"

"3퍼센트 언저리일 겁니다."

마이클의 자신 없는 대답에 에머슨 부사장은 눈살을 찌푸렸다.

"언저리? 일 겁니다? 추측 말고 정확한 숫자 말해. 5분 준다."

마이클은 노트북 자판을 미친 듯이 두드리기 시작했다.

"지난 금요일, 미라클이 모기지 저당증권이 휴지가 된다는 데 베팅한 돈이 28억 달러다. 저들의 계획은 35억 달러였는데 몇 군데에서 베팅

금액을 좀 낮췄다. 계약 내용은 우리와 다르지 않다는 걸 짐작할 수 있으니까 그들이 이기면… 거의 560억 달러를 가져가는 거야."

회의실의 사람들은 모두 입을 다물지 못했다. 미라클의 행적이야 주말 내내 술자리의 화제였으니 모르는 사람은 없었지만, 전체 베팅 금액은 처음 들었다. F로 시작되는, 욕 같은 감탄사가 터질 법도 했지만, 부사장의 굳은 표정 때문에 모두 가까스로 참았다.

그들은 미라클이 28억 달러나 쏟아부었는데 골드만삭스는 겨우 4800만 달러밖에 챙기지 못했기에 부사장이 저렇게 화를 내는 것인가 하는 생각도 들었다.

"이전에도 미라클과 같은 생각인 놈들도 있었어. 하지만 금액이 많지 않았지?"

부사장의 말에 누구는 머리를 끄덕였고 누구는 생소한 듯 눈치만 보기도 했다.

"미라클은 안정성을 최우선으로 하는 곳이야. 원금 손실을 극도로 꺼리는 곳인데 28억 달러나 쏟아부었다는 게 이상하지 않아?"

"에머슨, 매년 모기지론 증권 상품으로 벌어들이는 돈이 5000억 달러예요. 28억 달러가 거금이긴 하지만 상대적으로 푼돈에 불과합니다."

누군가 반론을 제기하자 용기를 얻는 또 다른 누군가는 낙관론을 펼쳤다.

"라스베이거스 증권화 포럼에서 서브프라임 모기지 관련 증권의 손실률은 5퍼센트에 불과하다고 발표했어요."

"누가?"

"베어스턴스의 브루스 밀러 사장의 기조연설에서…."

에머슨 부사장은 그의 말을 끊고 물었다.

"5퍼센트의 근거는? 확인했어?"

낙관론을 펼친 이가 대답 못 하고 꾸물거릴 때 채무 불이행 현황을 파악하던 마이클이 그를 살렸다. 하지만 그가 파악한 숫자는 회의실의 모든 사람을 죄인으로 만들었다.

"애머슨, 올해부터…."

"얼마야? 숫자만 말해!"

"8퍼센트…."

위기감은 마이클이라는 자가 가장 확실하게 느끼기 시작했다. 그는 상환 불이행의 그래프가 가파르게 상승하는 걸 봤기 때문이다.

"이 추세라면 다음 달은 9퍼센트 이상 될 겁니다. 10퍼센트 선이 눈앞이에요."

마이클은 숨겨서는 안 될 중요한 사실도 알렸다.

"변동금리는 이미 고정금리의 네 배가 넘었습니다. 이대로 가다가는 저당 잡힌 주택은 전부 넘어갈 판인데…."

윌 에머슨 부사장의 눈썹이 떨렸다. 증권화 포럼의 기조연설에서 나온 숫자는 근거가 없다고 봐도 무방하다. 포럼은 더 많은 파생상품을 팔기 위해 좌판을 까는 장사치들의 모임일 뿐이다. 장밋빛 미래, 안전한 투자, 돈 잔치…. 이런 미사여구만 늘어놓기 바쁜 놈들 아닌가?

윌 에머슨이 리스크 매니지먼트 업무만으로 부사장까지 오른 건 그의 세심한 통찰력 때문이다. 거대한 댐에서 매우 작은 개미구멍을 찾아 댐이 무너지는 걸 막을 정도의 세심하고 꼼꼼한 성격이었다. 하지만 그는 오늘 사직서를 써야 할 것 같았다. 개미구멍이 아니라 이미 커다란 균열이 일어났고 물이 줄줄 샌다. 댐이 곧 무너질 것 같았다. 화려한 돈 잔치에 눈이 멀어 아무 일도 하지 않은 자신을 책망하기에는 이미 늦었다.

그는 지금부터 자신이 해야 할 일을 정확히 알았다. 리스크를 사전에 감지하지는 못했지만 이미 닥친 리스크를 최소로 해야 한다. 이제 짐을 싸서 댐이 무너지기 전 피난길에 오르는 것이다.

월 에머슨 부사장은 회의실 테이블의 전화를 들었다.

"경비원 다섯 명을 즉각 올려 보내."

갑작스러운 그의 행동에 회의실에 모인 사람들은 어리둥절했지만 입을 열지는 못했다. 부사장의 굳은 표정이 예사롭지 않았기 때문이다.

경비원이 도착하자 에머슨이 말했다.

"내가 다녀올 동안 모두 여기서 꼼짝도 하지 마. 휴대전화는 테이블에 올려놓고."

서로 눈치만 보자 그가 소리를 질렀다.

"빨리. 아니면 이 자리에서 해고야!"

사람들은 재빨리 휴대전화를 꺼내 테이블에 올렸다.

부사장은 경비를 향해 말했다.

"휴대전화 전부 끄고 사용 못 하게 해. 노트북도 마찬가지. 그리고 전화선을 뽑아 버리고, 이 사람들이 회의실 밖으로 못 나가게 막아. 잠시면 끝나."

경비가 휴대전화를 수거하기 시작하자 월 에머슨은 골드만삭스의 회장실을 향해 달려갔다. 회의실은 외부와 완전히 차단한 고립된 섬으로 변해 버렸다.

"존. 긴급 상황입니다."

"일단 앉아. 물 한 잔 마시고."

존 로저스(John Rogers) 골드만삭스 회장은 급히 달려온 월 에머슨 부사장을 진정시켰다.

"미라클 때문에 그러는 거지?"

"그렇습니다만, 진짜 문제는 다른 곳에….."

로저스 회장은 손을 들어 TV를 가리키며 에머슨의 입을 막았다.

"저거부터 보라고."

TV에는 CNN 긴급 속보가 나오는 중이었다.

『서브프라임 업체 2위인 뉴센츄리 파이낸셜은 2일 델라웨어 윌링턴 소재 법원에 파산보호 신청을 냈습니다. 이날 회사는 직원의 54퍼센트인 3200명을 감원하고, 계열회사를 매각하는 등의 구조조정 내용도 발표했습니다.

최근 서브프라임 모기지의 이자율이 올라가고 주택 가격이 내려가자 부실이 커지며 어려움을 겪어 왔고, 작년 거의 600억 달러에 달하는 론을 제공했지만, 지난달부터 대출을 정지시켰습니다. 또한 CIT그룹 및 그리니치캐피털이 1억 5000만 달러의 자금 지원에 합의했다고 설명했습니다만 이미 주가는 작년 대비 97퍼센트나 하락했습니다.』

윌 애머슨은 눈을 질근 감았다.

'아뿔싸! 이미 터져 버렸군.'

"뉴센츄리의 최대 채권자가 누군지 알지?"

회장의 물음에 에머슨은 머리만 끄덕였다. 바로 골드만삭스다. 그리고 세계 10위권 안의 모든 금융기관이 주요 채권자들이기도 하다.

"미라클이 10억 달러 스왑을 계약했다고?"

"그렇습니다."

"레이첼 그 여자는 직감이 뛰어난 건가? 아니면 치밀한 수학자야? 딱 하루 전에 치고 빠지는군."

"존, 미라클의 10억 달러는 아무것도 아닙니다, 우리가 가진 CDO(부채담보부증권)부터 빨리 정리해야 합니다."

다급한 부사장과는 달리 로저스 회장은 아직 여유가 있었다.

"우리가 CDO를 정리하기 시작하면? 다른 곳에서 보고만 있을까? 모기지론 베이스의 모든 증권이 순식간에 쏟아져 나올걸?"

"그렇다고 가만히 지켜볼 수만은 없는 일 아닙니까?"

"윌."

"네."

"미라클이 왜 10억 달러만 계약한 줄 아나?"

에머슨은 느긋하게 뜬금없는 질문을 던지는 회장 때문에 속이 타올랐다.

"10억 달러가 적은 금액은 아닙니다."

"아니지. 전체 금액이 600억 달러라면서?"

"560억 달러입니다."

"560억이라고 해도 어차피 2퍼센트도 안 돼. 미라클은 우리의 지급 능력을 정확히 파악한 거야. 우린 이미 신용부도스왑 계약을 꽤 많이 체결했거든."

"도, 도대체 얼마나…?"

"250억 달러."

에머슨 부사장은 회장의 느긋함이 '포기'에서 나오는 것임을 알았고, 리스크 매니지먼트 부사장인 자신이 할 수 있는 일은 '아무것도 없다'라는 것도 깨달았다.

넋 나간 에머슨을 보며 로저스 회장은 껄껄대며 웃었다.

"너무 그러지 마. 그중에 100억 달러는 우리 거니까."

"네? 그게 무슨…?"

"혹시나 해서 우리도 보험을 들었지. 우리 회사로부터 분사한 게리 트러스트 알지?"

"네. 독자적인 성격의 투자팀 아닙니까? 뛰어난 인재들로 구성한….”

"그래, 그 회사와 우리 골드만삭스가 신용부도스왑을 체결했어. 자회사가 100억 달러는 벌어들인 셈이니 숨통은 좀 틜 거야.”

어이가 없어 아무 말도 나오지 않았다. 본사는 주택시장이 승승장구할 거라고 떠들어대고, 자회사는 주택시장이 망한다는 데 베팅했다. 골드만삭스의 주주들이 알면 어떻게 생각할까? 분명 기업 윤리를 배반한 꼴이다.

만약 100억 달러 중 1000만 달러는 존 로저스 회장 개인이 계약한 것이라는 것을 에머슨이 알았다면 그는 절망했을 것이다.

존 로저스는 소파를 툭 치며 일어났다.

"늦었지만 우리가 선수 치는 게 맞겠지? 가진 휴지 쪼가리들, 최대한 빨리 처분하도록 지시하지. 자네는 이 사실이 퍼지는 걸 최대한 막아주게.”

회사 내부는 어찌해 보겠지만, 외부는 이미 글렀다. 다른 기업들도 바보가 아니다. 미라클이 휩쓸고 지나간 이유를 분석할 것이고 그들도 자신과 같은 결론을 낼 것이다. 월가는 이미 폭탄이 터졌다. 단지 이 사실을 개인 투자자들이 최대한 늦게 알도록 하는 수밖에 없다. 항상 그렇듯 최대 피해자는 일반 투자자들 아닌가?

▲ ▲ ▲

"골드만삭스가 가장 빨라. 물량을 쏟아 내며 소화하려고 발버둥 치는데?”

온종일 걸려오는 전화에 시달린 레이첼은 커피를 마시며 숨을 돌렸다.

"내일이면 모든 곳에서 던지겠죠. 또 그걸 사겠다고 덤비는 멍청한 곳도 나올 테고요.”

"이제 미국 주택담보대출은 채권 회수가 불가능하다는 걸 모두가 알 때까지의 시간만 남았어."

레이첼의 얼굴에는 어두운 그림자가 사라지지 않았다.

"하워드. 내가 파악한 바로는 주택저당증권은 권총에 지나지 않아."

"파생상품 말씀하시는 거군요."

"응. 복합 CDO, 스퀘어 CDO, 더블 CDO 등 CDO를 묶은 합성 파생상품의 규모가 얼마인지 알아?"

"네. 20배 이상이죠."

레이첼은 담담하게 말하는 나를 보며 고개를 절레절레 흔들었다.

"왜요? 세계 경제가 무너지는 소리가 들리니까 나도 호들갑을 떨어야 해요?"

"아니. 세계 경제가 무너지는데 넌 엄청난 돈을 긁어모았어. 그런데 별다른 감흥을 느끼지 못하는 것 같아서 말이야."

"기쁨과 안타까움이 서로 부딪혀 상쇄해 버렸어요. 560억 달러를 벌었지만 증발해 버릴 미국의 부 때문에 수백만에 이르는 선량한 시민이 길거리를 전전할 겁니다. 언제까지나 즐거워할 수는 없죠."

사실 돈을 번 것은 그리 기쁜 일이 아니다. 진짜 기쁜 일은 이 경제 위기가 진동기 부회장을 쓰러트릴 총알이라는 것이다.

중동 두바이의 지불유예선언과 한국 금융권의 경색, 진동기 부회장은 이런 이중의 압박은 견디지 못한다. 한국 금융권은 채권 회수에 열을 올릴 것이고 기존 대출의 연장은 없을 것이다. 행여나 벗어날 길목이 있다면 내가 차단할 것이다.

"하워드. 무슨 생각해?"

"아, 별거 아닙니다. 이번 사태가 한국에는 어느 정도의 영향을 미칠지 잠시 생각해 봤어요."

"참, 넌 순양그룹의 경영자이기도 하지. 계속 깜빡해."

"일단은 그렇죠."

"무슨 걱정이야? 이번 사태로 순양그룹 전체가 피를 흘려도 넌 충분히 수혈할 수가 있는데? 아니, 한국 전체 금융을 구제할 수도 있을걸?"

"전 그런 영웅 놀이는 사양입니다. 아 참, 말 나온 김에… 필요할 때 언제든 한국 미라클로 자금을 보낼 수 있게 준비해 두세요."

"560억 달러 전부?"

"아뇨. 그 정도까지 필요할 것 같지는 않아요."

"그런데 스왑 체결한 돈이 당장 들어오지는 않아. 알지?"

"물론입니다. 계약한 금융사마다 다르겠지요. 내년 상반기가 끝나야 모든 돈이 다 들어온다는 게 제 예상입니다. 미국 금융계는 침몰하는 데도 꽤 오랜 시간이 걸릴 만큼 거대하니까요."

1912년 4월 14일 오후 11시 40분, 빙산과 충돌한 5만 2000톤의 타이타닉호는 뚫린 구멍으로 물이 들어오기 시작한 후 완전히 침몰하는 데는 세 시간밖에 걸리지 않았다. 마지막까지 버티는 회사도 있겠지만 560억 달러 대부분은 내년 봄 이전까지 거둬들일 것이다.

"그럼 한국으로 보내고 남은 돈은? 어디에 투자하는 게 좋을까?"

"늘 하시던 대로 하세요. 파생상품 쪽은 거들떠보지도 마시고 우량주를 사놓는 것이 좋겠어요. 특히 애플사를 유심히 살펴봐요."

"유심히 살펴보라는 건 꼭 사야 한다는 말로 들리는데?"

레이첼은 곧바로 시세부터 확인했다.

"주당 15달러 수준을 유지하네."

"장기투자 종목으로는 나쁘지 않을 겁니다."

"혹시 올해 초, 샌프란시스코에서 개최된 맥 월드를 봤어?"

"아뇨. 맥 월드에서 새로운 게 나왔어요?"

"정전기 터치식 셀폰인데, 아이폰이라고. 곧 정식 판매에 돌입할 거야."

'벌써 나왔나? 내년이 아니었던가?'

"그래요? 그럼 그거 하나 사서 가지고 돌아갈까…."

나중에 안 사실이지만 최초의 아이폰인 1세대 iPhone OS는 한국에 들어오지 않았다. 우리는 두 번째 모델부터 사용하기 시작했다. 순양전자는 휴대전화 시장에서 막강하지만, 스마트폰 시대에는 패스트 팔로워일 뿐이다. 이번에도 시장 우위를 지킬 수 있을까? 온갖 복잡한 생각에 빠져 있을 때 레이첼은 내 눈치를 슬쩍 보더니 조심스레 말했다.

"혹시 중국은 어떨까?"

"중국이요?"

"응. 사실 홍콩과 상해에 사무실을 내고 싶은데 네 의견이 궁금해."

올바르게 판단하는 CEO의 의견은 따라야 한다.

"뜻대로 하세요. 장기적인 안목으로 투자한다면 절대 손해 보는 일은 없을 테니까요."

한 10년 묵혀 뒀다가 열 배 이상의 수익을 거둔 후, 한국 연기금이 보유한 주식을 왕창 사버릴까?

4장

붕괴의 신호탄

월가에서 펀드런(펀드 대량환매)이 시작되는 걸 확인하고 한국행 비행기에 올랐다. 이젠 그 누구도 이 사태를 막을 수 없다. 쏟아지는 펀드는 아무도 거들떠보지 않을 테고 가격은 폭락할 것이다. 주택담보대출의 채무 불이행이 15퍼센트가 넘어가면 미국의 주택시장이 망했다는 걸 언론에서도 떠들어댈 것이다. 물론 금융사들은 악착같이 부인하겠지만. 그들은 자신들의 손에 든 펀드를 조금이라도 더 환매하기 위해 마지막까지 뻔뻔한 거짓말을 일삼을 것이다.

한국에 도착해서 신문과 뉴스를 눈여겨봤다. 아직 서브프라임 모기지론에 대한 기사는 단 하나도 찾을 수 없었고 오로지 야당의 대선후보 경선에 관한 기사만 넘쳐났다.

"환매 현황은 어떻습니까?"

"시장에 영향을 주지 않도록 소량씩 정리했습니다. 아직 조금 남았고요."

장도형 부사장은 순양금융그룹이 쥐고 있던 금융상품 리스트를 내밀었다. 완벽한 결과는 의심을 불러일으킨다. 손해 보는 부분이 있더라도 전체 수익이 플러스가 된다면 모른 척 내버려 둬야 할 때도 있다.

"곧 주식 시장이 폭락할 겁니다. 순양그룹의 주식을 제외하고 정리하세요. 주가가 떨어지면 다시 사들이면 됩니다."

"남아 있는 펀드는 어떡할까요?"

"그냥 쥐고 있으세요."

"손해를 감수하시겠다는 말씀입니까?"

장도형은 의외라는 듯 또다시 확인했다.

"남들이 피 흘릴 때 우리는 땀이라도 흘려야 하지 않겠습니까? 운 좋은 놈이 되어야지, 뭔가 이상한 놈이 되어서는 안 됩니다."

"아, 무슨 뜻인지 알겠습니다."

"앞으로 국내 시장이 요동칠 겁니다. 직원들에게 절대 흔들리지 말고 섣부른 단기 투자에 빠져들지 말라고 철저히 주의 주세요. 올 하반기 실적에 대해서는 어떤 평가도 하지 않습니다. 아무리 좋은 성적을 내더라도 인사고과에 유리하지 않다는 걸 각인시키세요."

기관 투자가 개인 투자보다 유리하다고 생각하는 건 착각이다. 개인은 아주 유리한 점이 있다. 시장 상황이 좋지 않을 때는 투자할 필요 없이 은행에 돈을 넣어 두면 된다. 최소한 이자라도 챙길 테니까. 하지만 기관은 그럴 수 없다. 경제가 엉망이라도 돈을 굴려야 한다. 그래야 수수료를 챙기고 기업의 이익을 만든다. 은행에 돈을 넣어 둔다는 건, 일하지 않고 논다는 뜻이다.

또한 개인 투자자는 1년이고 2년이고 한 종목에 돈을 묶어 둘 수 있다. 떨어진 주식을 끝까지 쥐고 기다리다 올랐을 때 매도할 수 있다. 하지만 기관은 떨어지는 주식을 마냥 쥐고 있을 수 없다. 빨리 손 털고 다른 우량주를 찾아내야 한다. 쥐고 있어도 괜찮다는 걸 알지만, 연말 실적 때문에 어쩔 수 없다. 개인 투자가 기관 투자의 흉내를 내니 실패하는 것이다.

"실장님, 관망도 좋지만 일은 해야 하지 않겠습니까?"

"아뇨. 놀아야 합니다. 폭락하는 장에서 압박을 받다 보면 온갖 실수를 저지르기 마련입니다. 아, 전부 휴가 쓰라고 하십시오. 연월차 전부 소진하는 것도 좋겠군요."

"정말 그래도 되겠습니까?"

장도형 부사장은 직원이 놀아도 좋다는 말을 처음 들어 낯설기도 하지만, 반갑기도 할 것이다.

"혼란스러울 때 실적이라는 놈이 어깨를 짓누르면 올바른 판단을 하기 힘듭니다. 냉정을 되찾았을 때 일해도 늦지 않습니다."

이 결정은 얼마 지나지 않아 순양금융그룹 직원들에게 큰 도움이 되었다.

야당의 대선후보 경선 며칠 전, 코스닥지수가 10퍼센트 넘게 급락했다. 오전 한때 선물시장 급락으로 사이드카가 발동됐고, 오후에는 주식과 선물의 매매를 일시 정지하는 서킷브레이커가 사상 두 번째로 발동됐다. 무려 293개 종목이 하한가를 찍었고 코스피 역시 전 업종이 하락했다. 특히 대형 증권주는 무려 10퍼센트 넘게 급락했고 순양 증권도 피하지 못했다.

유가증권시장에서 외국인은 1조 원 넘게 팔아 치웠는데, 기관 투자가는 무려 1조 5000억 어치를 사들였다. 펀드런 현상도 일어나지 않았다. 아직 한국은 미국 증시 폭락의 현상만 봤을 뿐 원인이 뭔지는 모르는 것이다. 아니, 알면서 쉬쉬하는 것인지도 모른다. 폭탄을 일반인에게 떠넘기기 위한 시간을 벌기 위해서 뻔뻔한 거짓말이 난무하는 것일 수도 있다.

미래에셋운용 측은 '자사 대형 주식형 펀드에는 큰 이상이 없다.'라고 말했고 UBS의 아시아 담당은 매력적인 밸류에이션 운운하며 한두 달이면 안정될 것이라는 달콤한 말도 속삭였다. UBS 미국 본사는 폭탄이 터져 정신을 못 차리는 상황인데도 말이다.

"얼마나 됩니까?"

간단한 내 질문에도 장도형 부사장은 사색이 되어 더듬거리며 대답했다.

"지, 지난주에만 35억 달러를 매입했습니다. 어쩌려고 이런 짓을 했는지…."

"우리는 아니니까 괜찮아요. 그리고 또?"

"국내 주식형 펀드만 11조 원 이상이 쏟아질 겁니다. 해외주식형 펀드는 15조 원이 넘고요."

"국내는 반토막, 해외는 휴지가 될 테니까 20조 원이 증발하는군요. 미국 파생상품의 규모는 어떻습니까?"

"한심하게도 한국 금융권에서는 정확히 파악하지도 못합니다. 워낙 복잡한 상품이다 보니 어떤 구성인지도 몰라요. 무디스나 S&P가 AAA라고 했으니 무작정 사들인 겁니다."

"그거 듣던 중 반가운 소리군요. 하하."

"네? 그게 무슨…?"

"아, 아닙니다."

황당한 표정의 장도형을 못 본 체하며 웃음을 거뒀다.

"장 부사장님. 지금부터 정확히 알아봐야 할 것이 있습니다."

"말씀하십시오, 실장님."

"진동기 부회장님 산하 계열사들의 거래은행을 철저히 조사하십시오. 각 은행마다 부채가 얼만지, 담보는 뭔지, 그리고 은행들이 이번 사태에서 받을 타격이 어느 정도인지 말입니다. 지점 단위까지!"

"계열사가 아닌 은행을요?"

"네. 이유를 아시겠습니까?"

장도형은 내 시선을 피하지 않더니 살짝 미소 지었다.

"은행의 자금 압박을 진동기 부회장으로 돌리려는 생각이시군요."

"빙고."

돈이 말라버린 은행은 은행이 아니다. 이미 IMF를 거치며 은행도 망할 수 있고 공중분해될 수도 있다는 끔찍한 경험을 했다. 이번 외환위기는 그들에게 과거의 끔찍한 기억을 되살려 줄 것이다.

"그럼 우리 금융그룹의 여유 자금을 지금이라도 그 은행에 넣어 줘야 하겠군요."

장도형은 눈치가 빨라서 좋다. 은행 금고가 비어 갈 때 우리가 맡겨 놓은 돈마저 빼버린다. 금고를 다시 채우기 위해서는 채무자를 쥐어짜는 수밖에 없다. 은행의 BIS 비율, 즉 자기자본비율을 맞추지 못한 은행은 악덕 사채업자보다 더 흉포하다. 사채업자는 개인을 파멸시키지만, 은행은 기업을 파멸시킨다. 기업에 딸린 식구가 몇인지, 조금의 여유만 주면 충분히 되살릴 수 있다는 사실 따위는 까맣게 잊은 채 자기가 생존하기 위해 무자비한 회수 작업에 들어간다.

"나도 한국 미라클의 자금을 그 은행에 예치할 겁니다. 가장 최적의 타이밍에 전량 빼버리면 정신을 못 차리겠죠."

장도형 부사장은 잠시 생각하다 조용히 입을 열었다.

"진동기 부회장님… 이번에 고생 좀 하겠군요. 그런데 실장님, 이번 목표는 어디까지입니까? 예전엔 순양카드였는데… 이번엔 어떤 계열사를 노리시는 겁니까?"

"계열사가 아닙니다."

"네?"

장도형 부사장은 내 생각을 읽으려는 듯 눈을 반짝였다.

"이번엔 제대로 대어를 낚을 생각입니다. 회사가 아니라 사람이죠."

그의 눈이 확 커졌다.

"혹시 진동기 부회장…?"

"네. 우리 둘째 큰아버지, 참 열심히 일하셨는데 이젠 좀 쉬셔야죠. 완전히 은퇴하시든가, 아니면 제 밑에서 전문 경영인으로 계속 부회장직을 맡으시든가 결정해야 할 겁니다."

자존심 강한 둘째 큰아버지가 허울뿐인 부회장직을 계속 맡을 리 없다. 나도 일말의 정은 남겨 둘 생각이다. 그의 두 아들은 순양의 일꾼으로 계속 일할 기회는 줄 것이다.

▲ ▲ ▲

"미국은 잘 다녀왔어?"

"네."

"꽤 오래 있었지? 이번 미 증시 폭락과 관계있는 일이었어?"

"그렇습니다. 아, 저 때문에 미 증시가 폭락한 건 아닙니다."

"네가 그 정도로 영향력 있는 놈은 아니지. 변방의 왕자 주제에."

웃으며 말하는 이학재 회장의 표정이 마냥 밝지만은 않았다. 무슨 일이라도 있는 걸까?

"한국 증시도 엉망인데 내가 꼭 알아 둬야 할 게 있으면 말해. 나중에 내가 잘못했다고 책임 묻지 말고."

"유동성 자금 문제가 생길 텐데, 그건 제가 문제없게 하겠습니다."

"기업 하는 사람이 돈 문제 해결해 주는 든든한 물주 있으면 게임 끝이지. 그럼 신경 끊는다?"

"네. 그런데 무슨 일 있으십니까? 어째 표정이 좋지 않으십니다?"

이학재 회장은 집무용 책상에서 일어나 내 곁의 소파에 앉았다.

"진영기 부회장이 대형 사고를 칠 것 같다. 아니, 확실해."

대형 사고라고 하니 한숨부터 나왔다. 또 무슨 짓을 꾸미는 걸까?

"또 지주회사니 뭐니 작당합니까? 저와 진동기 부회장님의 공동의결권이 손들어 주지 않는 한 힘들 텐데요?"

"아니. 이번엔 승계 작업이다."

"네? 승계요?"

이학재 회장이 고개를 끄덕였다.

"아들놈에게 지분 물려주는 작업에 착수했다는 정보를 들었어. 그쪽 그룹 기획실 놈들이 비밀리에 작업한다고."

"네? 영준이 형에게요?"

"그래. 지분 물려주는 건 집 한 채 물려주는 것과 다르다는 건 너도 알잖아. 아주 오랜 시간 천천히 준비해야 하니 그리 이른 것도 아냐. 영준이 나이도 이미 마흔이다."

안 본 지 오래되어 까맣게 잊었다. 그놈 나이가 벌써 마흔이라니.

"퍼뜩 판단이 안 섭니다. 어차피 큰아버지의 지분이 이동하는 것이니 변수가 될 것 같지는 않은데, 맞습니까?"

이학재 회장도 쉽게 대답하지 못한다. 그만큼 복잡한 문제라는 뜻이다.

"이런 식으로 생각 한번 해보자. 네가 미라클을 이용하듯 진영준이 법인 하나를 설립하고, 진영기 부회장이 그 회사에 자신의 지분 일부분을 팔아 버리면?"

"팔아 버리는 지분은 비상장 회사의 지분이겠죠?"

"그렇지. 그런데 그 비상장 회사는 순양그룹의 지분을 잔뜩 쥐고 있겠지?"

"그럼 그 새로 설립한 법인의 가치는 폭등하겠네요."

"그래. 문제는 진영기는 그 지분의 51퍼센트만 갖고 있어도 그룹 지배력은 여전한 거야. 새로 설립한 그 법인으로 일감 잔뜩 몰아주거나 중간에서 이익만 챙겨도 실적은 하늘을 찌를 테고…."

"그 법인을 상장하면 다시 엄청난 돈을 챙기는군요. 49퍼센트만 주식 시장에 내놓으면 되니까."

이런 식으로 단지 지분만 쥐고 있는 회사가 늘어나면서 돈을 챙긴다. 직접 돈을 벌어들이는 순양그룹을 이용하여 단지 지분을 쥐고 있는 정체 불분명한 수많은 회사가 탄생하는 것이다.

"그렇게 번 돈으로 분명 2단계 전략을 시작할 거다. 내가 썼던 방법이니까."

전환사채 발행, 신주인수권부사채 저가 배정 등이 2단계다.

"그들의 지분이 늘어날 가능성은 없습니까?"

"확답하기 어렵다. 아주 아래 등급의 계열사를 껍데기만 남기고 알맹이를 빼먹을 수는 있을 거야. 그런 계열사들은 지배지분의 영향력에서 꽤 벗어나 있으니까."

자신 없는 말투였다.

"그게 전부는 아닐 것 같은데요?"

"사실 잘 모르겠다. 아주 똑똑한 놈 하나가 뭔가 허점을 발견했다면 새로운 방법을 쓸 수도 있겠지. 나도 그쪽에서 손 뗀 지 오래됐으니까 말이다. 법도 많이 바뀌었을 테고…. 이럴 때는 번뜩이는 아이디어 하나가 굉장히 큰 변수가 될 수 있어."

많은 생각이 오고 갔다. 지분을 진영준이 갖는 게 좋을지도 모르겠다. 진영준은 그의 아버지보다 더 수월한 상대다. 부잣집은 대를 내려갈수록 더 성격이 고약해지고 참을성도 부족하다. 어릴 때부터 그렇게 자랐으니까. 하지만 이학재 회장의 말대로 예상하지 못한 일이 일어난다면 그것도 낭패다. 막아야 하나?

"회장님. 어떤 일이 생길지 예측할 수 없을 때, 가만히 두고 보며 진행되는 상황을 지켜보는 것보다는 초기에 막아 버리는 게 낫지 않을까요?"

"승계 작업을 막겠다는 거냐? 어떻게?"

놀란 눈으로 날 보는 이학재 회장에게 웃음을 보냈다.

"회장님. 검찰청 출두, 마지막으로 한 번 해주실 수 있습니까?"

"뭐?"

"이번엔 과거와 다른 이유로 말입니다. 피의자가 아니라 참고인이겠죠. 기억나지 않는다, 모른다로 일관하는 게 아니라 기억나는 대로 매우 소상히 말씀하시는 겁니다. 참고인으로서."

"도대체 무슨 소리를 하는 게냐?"

검찰청이라는 말에 경기를 일으킬 것 같아 재빨리 손을 저으며 진정시켰다.

"밀린 세금 내는 셈 치죠, 뭐. 할아버지께서 주신 유산, 법대로 세금을 내야 한다면 진영기 부회장님이 어떤 표정을 지으실까요?"

"너 설마?"

이학재 회장은 이미 내 생각을 읽었다.

"전 국세청과 적당히 합의 볼 생각 있습니다. 하지만 진영기 부회장님은 두 번의 승계 작업을 거치니까 세금도 두 배겠죠? 물론 세금 안 내려고 발버둥 치다 보면 구린 구석이 자꾸 드러날 테고…."

"그러다 너도 수천억의 세금을 내야 할지도 모른다."

"항상 그래 왔지 않습니까? 문제 생기면 적당히 사과 기자회견하고, 추징금 대신 사회 환원이니 하며 몇백억 던져 주는 식으로요. 하지만 제가 세금 내겠다고 하면 더 임팩트 있을걸요? 5000억 정도 던져 줄 생각도 있습니다."

재벌들은 같은 돈이라도 세금으로 내는 것보다는 사회 환원이라는 명목으로 던지는 기부가 낫다고 생각한다. 세금은 전례를 남기며 앞으로 계속될 승계 작업의 걸림돌이 된다. 또, 다른 재벌가의 승계 작업과 비교되어 끊임없이 세금 문제로 시끄러워진다. 재벌은 증여세와 상속세를 내지 않는다는 것이 전례로 남길 바란다.

"그래서? 네가 얻는 건 뭔데?"

"굉장히 많은 걸 얻습니다. 일단 대중의 환호."

"그런 걸 얻어서 뭐하려고? 최초의 재벌 3세 연예인 되려고?"

"그럴 리가요. 대중의 환호는 정치를 압박하죠. 정치를 압박하면 공무원이 움직이고."

이학재 회장은 피식 웃음을 터트렸다.

"국세청이 움직이지 않을 수 없겠군. 흐흐."

"이것도 타이밍의 문제입니다. 가장 절묘할 때 기자회견을 하겠습니다. 자진 납세라는 국민의 의무를 보여 줄 겁니다."

"그 타이밍은 순양그룹의 자금줄이 말랐을 때를 말하는 거지?"

"네. 얼마 남지 않았어요. 미국 금융이 무너지면 순양도 가뭄이 들거든요."

▲ ▲ ▲

돈 만지는 놈들은 뻔뻔할 뿐만 아니라 지독한 악당이다. 이와 반대로 일반 대중들은 너무나 순진하다. 10년 전, IMF 때도 그랬지만 지금도 속고 있다. 미국은 서브프라임 모기지론 사태로 5조 달러가 증발하는 중이었고 뉴욕 센트럴 파크에는 집 잃은 사람들의 텐트가 늘어났지만, 한국의 코스피 지수는 2000을 넘기며 사상 최고치를 경신했다.

투자사와 금융사가 손에 쥔 폭탄을 일반인에게 떠넘길 때까지 한국 경제는 순항 중이라는 걸 과시하는 것이다. 언론도, 정치도 같은 목소리를 내며 순진한 사람들에게 불붙은 생명력이 끝난 증권을 팔아 치웠다.

게다가 한국은 대통령 선거를 코앞에 두고 있으니 미국발 금융위기를 숨기는 데는 더할 나위 없이 좋은 상황이었다. 단 한 번도 좋았던 적이 없었던 서민 경제를 지금에 와서 살리겠다고 외치는 후보를 철석같이 믿는 이도 서민이었다. 미국의 금융위기는 입에 올리지도 않으며 7퍼센트의 경제성장과 300만 개의 일자리 창출을 약속한 후보가 이런 서민들의 압도적인 표를 받고 대통령으로 당선되었다.

그 대통령이 취임식도 올리기 전인 2008년 1월, 뉴욕상업거래소에서 국제유가(WTI)가 사상 처음으로 배럴당 100달러를 돌파하며 물가가 급등하기 시작했지만, 뉴스는 숭례문 방화 사건으로 도배되었다.

"나는 헌법을 준수하고 국가를 보위하며⋯."라는 대통령 취임선서가 끝나기도 전, 미국 달러화도 폭락했다. 한국이 미국발 금융위기를 체감하기 시작한 것은 바로 미국 5위 투자은행인 베어스턴스의 부도가 알려지기 시작한 때였다. 그나마 정보를 빨리 습득하는 측은 바로 부자들이었다.

내 방에 뛰어든 진태준은 손끝까지 떨고 있었지만 태연함을 가장했다.

"요즘 많이 힘들지? 이럴 때 내가 도와줘야 하는데 그다지 해줄 게 없네?"

"진짜 돌아 버리겠어. 아무 일도 못 하고 손 놓은 지 오래야. 알잖아? 순양투자나 증권이 잔뜩 움츠린 거."

"소문 들었다. 직원들이 전부 휴가까지 다 썼다면서?"

"응. 일하면 뭐해? 손대면 폭락인데."

"그래도 다른 그룹에 비해서는 성적이 나쁘지 않던데? 손실도 적고, 주가 방어도 잘했고."

"아이러니하지? 가만있으면 중간은 갈 거로 생각해서 작년 삼사분기 때부터 놀았거든. 그런데 업계 1위야. 내가 잘해서가 아니라 딴 놈들이 못해서. 하하."

진태준은 내 웃음소리를 들으며 눈치만 계속 살핀다.

"그런데 태준 형, 혹시 내게 할 말 있는 거 아냐? 표정이 별론데?"

그는 마른침을 꿀꺽 삼키고 어렵게 입을 열었다.

"사실 내가 투자한 게 좀 있는데 그게 말썽이야."

장도형 부사장이 보고하기로는 작년 9월 펀드가 쏟아질 때 진태준이 꽤 많은 물량을 털어 냈다고 했다. 물론 엄청나게 손해 본 건 두말하면 잔소리다.

"무슨 투자? 설마 금융파생상품은 아니겠지? 아니… 잠깐만."

내가 수화기를 들자 진태준의 눈이 화등잔만 해졌다.

"너 어디에 전화하는 거냐?"

"순양투자 사장. 형의 거래 내역부터 좀 봐야…."

"도, 도준아, 끊어. 거긴 아무것도 몰라."

그럼 그렇지. 이제 진짜가 나온다.

"응? 순양 말고 다른 회사를 이용했던 거야?"

"그건 아니고…. 여러 곳에 분산했어. 순양에 맡긴 건 다 팔아 치웠지. 그런데 작년 10월쯤 주가가 오르길래 또 투자했어. 순양은 부정적인 의견이라 다른 회사와 거래했지."

손해 보고 팔아 치우니 주가가 올랐다. 땅을 치고 후회할 만큼 본전 생각이 간절하니 또 지른다. 전형적이다. 착실했던 태준 형이 도박의 맛을 알아 버렸다. 도박은 잃을 때 더 흥분된다고 했던가?

"이젠 본전은 고사하고 똥값에 내놔도 산다는 사람이 없지?"

진태준이 힘없이 고개를 끄덕였다.

과연 잃은 돈은 얼마이며 그 돈의 출처는 어디일까? 내가 믿을 놈은 못 된다는 걸 알면서도 찾아온 걸 보면 회사 자금에 손댄 게 틀림없다. 급히 메꿔야 하는데 돈 나올 구멍이 없으니 지푸라기라도 잡는 심정으로 찾아온 것이다.

"태준 형. 급한 건 알겠는데 내가 어떻게 해줄 방법은 없어. 지금 모든 금융상품이나 펀드는 쓰레기야. 고철 판다 생각하고 빨리 처분해. 나중엔 고철값도 못 건져."

"알아. 나도 그걸 네게 떠넘길 생각은 없어."

"그럼?"

"지금 좀 빌려줘. 회사가 아니라 개인 대 개인으로."

재빨리 머리를 굴렸다. 돈을 빌려주고 이놈에게서 받아 낼 만한 게 있을까? 가만히 놔두면 회삿돈에 손댄 게 드러날 테고 또 한바탕 야단법석이 날 텐데….

"은행을 이용하지 그래? 얼만지 모르겠지만, 사적으로 돈거래 하는 건 좀 그렇다."

"은행이 지금 대출해 주겠어? 전부 발등에 떨어진 불 끄느라 씨알도 안 먹혀."

그의 안색이 점점 더 어두워졌다.

"얼만데? 몇십억 박았어?"

쉽게 말하지 못하는 걸 보니 몇백억이다.

"말해. 그래야 방법을 찾아보지."

"급한 건 600억이야. 그거면 돼."

'급한 게 600억? 요놈, 회삿돈만 600억이구나.'

당연히 빌려줘야겠다. 순양건설 무너트릴 때 600억이면 수류탄 정도는 된다. 폭탄은 많을수록 좋은 법이다.

"600억?! 우와…. 태준 형 돈 많구나!"

"놀리냐? 진짜 알짜 부자는 너잖아. 뭘 놀라는 척해?"

"난 600억을 날릴 만큼 부자는 아니거든."

"야! 염장질 그만해!"

웃는 내 모습에 속이 타는지 소리를 버럭 지른다.

"혹시 영준이 형에게는 부탁해 봤어? 순양전자라면 600억 정도는 기밀비로 빼내 올 수 있을 텐데?"

진태준은 손부터 내저었다.

"미쳤냐? 그 인간이 어떤지는 잘 알잖아? 절대 남 도와줄 인간이 아니야. 대신 빌려줄 듯 말 듯 사람 속이나 태우겠지."

"진짜 그 이유야? 영준이 형에게 말했다가는 600억 날린 게 흘러 흘러 둘째 큰아버지 귀에 들어갈까 봐 말 안 한 건 아니고?"

"너도 영준이 형 닮아 가냐? 줄 듯 말 듯 자존심 밟아 가며…. 애태우는 내 모습이 그렇게 보고 싶어?"

여기까지가 진태준의 인내심이다. 600억이라는 큰 사고를 쳤지만 수습하는 데는 잠깐의 부탁이 전부다. 자존심은 잠시 묻어 두고 끈질기게 매달리는 보통 사람의 인내는 기대하기 어렵다.

"형은 날 핏줄로 봐? 진짜 사촌 동생으로 생각하는 거야?"

"무슨 말이야, 그게?"

"몰라서 그래? 내가 둘째 큰아버지와 지분 놓고 티격태격하잖아. 진심으로 도와줄 그런 사이는 아니지 않아?"

인내를 잃고 인상 쓰던 진태준이 심각한 표정으로 변했다.

"그만큼 급하다면 대답이 되겠냐?"

이달 안에 지급해야 할 돈이 분명하다. 거래처에 줘야 할 돈을 차일피일 미뤘거나 어음으로 돌려막기 했을 것이다. 그렇게 몇 달을 버티다 더는 미룰 수 없어진 상태, 즉 600억 날린 게 모두의 귀에 들어갈 지경까지 궁지에 몰린 것이다.

"명동도 있잖아. 순양의 신용이면 문제없을 텐데?"

"그 즉시 아버지 귀에 들어간다. 이것도 대답이 됐어?"

잠깐 그의 심각한 표정을 보다 웃으며 말했다.

"6개월. 이자는 안 받지만, 기한은 지켜."

진태준의 표정이 환해졌다.

"도준아."

"됐어. 나중에 밥이나 한번 사."

그에게 손을 내저으며 수화기를 들었다.

"장 부사장님. 600억 인출 준비해 주세요."

진태준이 안도의 한숨을 길게 쉴 때 그를 향해 말했다.

"형은 순양건설 어음 준비해 줘."

"응? 아…. 그렇군. 차용증이 필요하다, 이거지?"

"기한 지키는 가장 확실한 방법 아냐? 그리고 태준 형도 어음이 좋지 않아? 공금 손댄 거 들킬 염려도 없고."

그의 안색이 붉게 물들었다.

"너 눈치 빠른 걸 깜빡했다."

"걱정하지 마. 비밀은 지켜 줄 테니까. 적어도 우리가 고자질할 만큼 싫어하는 사이는 아니잖아."

나는 그를 향해 눈을 찡긋했다. 600억짜리 폭탄을 선물로 준 것에 대한 감사의 마음을 담아서.

▲ ▲ ▲

고등학생을 중심으로 미국산 쇠고기 수입 반대 촛불이 하나둘 모여들기 시작했을 때, 18대 총선이 시행되었다. 작년까지 집권 여당이 맞나 싶을 정도로 맥없는 모습을 보여 준 야당은 아나나 다를까 처참한 패배를 기록했다. 투표율이 46.1퍼센트밖에 안 되어 전국단위 선거 사상 최악이었지만 여당과 그 지지 세력이 의회마저 장악했다.

금융위기의 진정한 쓰나미가 아직 한국을 덮치지 않았지만, 전국이 정치에 매몰되어 있는 동안 체력 약한 지방이 먼저 쓰러지기 시작했다. 약한 체력이다 보니 은행이 조금만 돈줄을 쥐어도 버티지 못하는 것이다. 그리고 쓰러진 빈자리는 대기업이 야금야금 먹어 치웠다.

"사람 욕심은 끝이 없어. 그렇지?"

신임 대통령과 첫 경제인 만찬을 끝내고 돌아온 이학재 회장은 고개를 절레절레 흔들며 말했다.

"진동기 부회장님 말씀입니까?"

"그 사람도 포함해서."

"청와대 반찬이 입에 맞지 않으셨습니까? 불만이 많아 보이십니다."

"지방 아파트 건설에 뛰어들고 싶어서 규제 좀 풀어 달라고 다들 난리 치더라."

"새삼스럽게 왜요? 규제 때문에 못 들어간 것도 아니면서. 대기업 아파트가 지방마다 다 들어서지 않았습니까?"

"경치 좋고, 입지 조건 좋은 곳은 전부 그린벨트니까. 그거 규제만 풀어 주면 노다지 아니겠어? 개발제한구역이니 땅값은 바닥이고 아파트만 세우면 수도권과 비교도 안 될 만큼 이익이 많이 남잖아."

"그래서 청와대는 뭐라고 해요?"

"적극 검토. 사실 해준다는 말이지. 지방 경기가 안 좋으니 그걸로라도 부양책을 쓰겠다는 건데…."

"잘됐네요. 지방은 아파트 브랜드를 중요하게 생각하지 않습니까? 순양과 대현, 두 이름이면 어딜 가더라도 밀리지 않으니까요."

이학재 회장은 내 말의 진의를 알아채고 슬며시 웃었다.

"넌 이번 기회를 절대 놓치지 않으려고 작정했구나."

"두 번 다시 오지 않을 기회니까요. 둘째 큰아버지와 이야기 나누셨죠?"

그가 고개를 끄덕였다.

"그래. 이번에 완공한 버즈 두바이, 그거 때문에 순양건설의 위상이 대현을 누를 정도잖아. 세계 최대의 빌딩이니까. 주가도 상당히 뛰었고. 진동기도 이 기회를 놓치고 싶지 않은 거지."

"원하는 건 우리 HW가 시공해 달라는 거겠죠?"

"그래. 두바이에서 돈 들어오려면 아직이고, 있는 돈마저 두바이에 다 쓸어 박았잖아. 엄두도 못 낼 지경인데 청와대에서 가장 강력하게 요구하더라."

"어차피 순양건설은 제 손에 들어올 테니까 원하는 대로 들어주죠, 뭐."

"그게… 재미있는 일이 생겨서 말이야. 선뜻 결정할 필요가 없어."

"재미있다니요?"

"똑같은 제안을 대현에서도 했다."

"네?"

깜빡했다. 대현도 두바이에 올인했고 지금 사정은 순양과 마찬가지다. 대현그룹도 아들 여럿이 그룹을 나눠 가진 채 서로 기회만 노리며 언제든 찌르고 뺏어 오기 위해서 품 안의 칼을 꼭 쥐고 있다.

"둘 중 하나를 선택하라면 대현이다. 두바이 몰락이라는 네 예측이 맞는다면 대현건설은 부도야. 두바이에 물린 돈만 2조 8000억인데 어떻게 버텨?"

"순양이 아니고 왜 대현이죠?"

"냉정한 기업 평가지. 순양건설이 대현과 나란히 서는 건 아직이야."

"그럼 둘 다 인수하면 어떻습니까? 초대형 건설사가 탄생하는 건데 경영이 버겁다면 안 되겠지만요."

이학재 회장은 그리 놀라지도 않았다. 내 말처럼 두 번 다시 오지 않을 기회에 돈을 잔뜩 들고 있으니 부도 날 회사를 인수하는 건 식은 죽 먹기 아닌가?

"자신만만한 걸 보니 미국에서 돈 많이 벌었나 보네?"

"좀 벌었습니다. 두 건설사 인수할 정도는 충분해요."

이학재 회장의 눈빛이 날카로워졌다.

"검토 시작할게. 두 회사 인수해서 겹치는 부분은 팔아 치우든지, 정리하면 괜찮을 거야."

"그런데 HW건설이 이 모든 걸 감당하겠습니까? 인력이나 장비가 턱없이 부족하지 않아요?"

"돈만 준다면 우리 밑에서 일할 회사 수두룩하다. 지금 건설 경기로 보면 우리가 가뭄의 단비라고."

"날씨를 돈으로 조절할 수 있다면 단비 정도가 아니라 소낙비라도 가능합니다."

우리는 서로를 바라보며 웃었고 두 회사의 인수 이후를 논의했다.

그 뒤로 아예 HW그룹 회장실로 출근하다시피 했다. 두바이에 쏟아붓는 자금, 바로 폭탄이 되어 진동기 부회장 머리 위로 쏟아질 자금을 매일 점검하기 위해서였다.

"도준아, 이거 괜찮은 거야? 미국발 금융위기가 생각보다 약한 거 아냐?"

이학재 회장은 조간신문을 휙 던졌다.

"미국 금융위기 충격파가 약하면 우리가 진동기 어깨에 날개 달아 주는 꼴이야. 자금 유동성에 문제없어지면 내년에 떼돈 벌어. 더욱 굳건하게 지금 위치를 지킬 거라고."

그가 던진 신문을 펼쳐 보고는 눈이 튀어나오는 줄 알았다. 도대체 세상 돌아가는 걸 이렇게 모르다니? 한국 금융을 이끌어 간다는 놈들의 안목이 겨우 이 정도밖에 안 되나?

「산업은행, 미국 거대 금융그룹 리먼브라더스 인수 타진.

이미 구체적인 인수 조건 제안.

주당 23달러, 18달러, 6.4달러, 세 차례에 걸쳐 지분인수를 제안.」

"미친놈들. 호흡기 달고 오늘내일하는 걸 인수해서 뭐하려고…."

"확실하지?"

"물론입니다. 리먼브라더스는 미 정부의 구제금융 혜택도 못 봅니다. 여긴 정말 구제불능이라니까요. 곧 파산입니다."

리먼브라더스는 파산 후 세계적인 투자은행을 목표로 하는 노무라 증권이 리먼브라더스의 아시아, 유럽 부문만 인수한다. 인수금액은 유럽 부문의 경우 전 직원 고용 승계 조건으로 단돈 2달러, 아시아 부문은 2억 2500만 달러다. 자기자본이 11조 원이나 되는 노무라 증권은 세계적인 투자은행으로 발돋움할 기회라고 여겼기 때문에 저 정도 인수금액은 아낌없이 투자할 수 있었을 것이다.

단돈 2달러에 인수할 수 있는 회사를 주당 23달러로 지분인수 하겠다는 건, 바보이거나 뭔가 더러운 거래를 숨겼다는 뜻이다. 산업은행이 그만큼의 바보는 아니니 지금 어떤 거래가 오고 가는지 뻔하다. 산업은행은 국책은행이다. 파산할 리먼 브러더스를 인수하면 엄청난 손실이 발생할 것은 불 보듯 뻔하고, 그 손실은 결국 국민의 혈세로 부담해야 한다. 국민의 혈세를 엉뚱한 곳에 쓰는 거야 내 알 바 아니지만, 이건 아주 좋은 기회다.

"기자회견 한번 해야겠어요."

"뭐? 산업은행 막으려고?"

"그건 핑계고, 진짜 목적은 따로 있습니다. 미국의 금융 사태가 쓰나미가 되어 한국을 덮칠 것이라는 예언이자 경고죠."

이학재 회장은 인상을 찌푸렸다.

"경고가 아니라 폭탄을 미리 터트리려는 속셈이구나."

"며칠 남지도 않았어요. 리먼이 파산하는 그 순간이 세계 경제의 붕괴를 알리는 신호탄입니다. 제가 쏘아 올리나 CNN 뉴스가 쏘아 올리나 차이는 없지만, 이 기회에 제 신뢰도를 올려야겠습니다."

"정치할 거냐? 신뢰를 쌓아서 어디에 쓰게?"

"그래야 나중에 순양그룹 승계 과정의 비리를 폭로할 때 여론이 제 편을 들지 않겠습니까?"

"하여튼, 잔머리 하나는…."

내 계획에 놀란 모습을 감추려는 듯, 괜한 핀잔이다.

"이틀 뒤에 기자회견 해라. 지금 지방 아파트 단지 진행 중이다. 순양, 대현 둘 다 진흙탕에 발 담갔으니 내가 밀어 넣으마."

짐작은 했지만, 이학재 회장, 나와 손발이 꽤 잘 맞는다.

이틀 뒤 나는 세계 경제의 붕괴를 알리는 신호탄을 쏘아 올리기 위해 기자들 앞에 섰다.

"부시 행정부가 수천억 달러의 공적 자금을 투입할 지경입니다. 800만 채가 넘는 집이 흉가로 변했고 베어스턴스는 회생불능, 모기지 주택담보대출의 회수불능 판정으로 미국 전역이 얼어붙었습니다. 장담하건대 리먼브라더스는 파산을 피할 수 없습니다."

"진도준 실장님. 말씀하신 리먼브라더스가 현재 산업은행이 인수 협상을 진행 중인 바로 그 회사가 맞죠?"

"그렇습니다. 리먼브라더스는 하나뿐입니다."

"산업은행의 인수 협상이 잘못된 거라는 뜻으로 해석해도 됩니까?"

"잘못돼도 한참 잘못됐죠. 아무리 생각해 봐도 도대체 이해할 수 없습니다. 기업이 파산하면 주식의 가치는 0입니다. 무가치한 자산을 주당 26달러나 주고 산다? 그 돈으로 차라리 길가에 버려진 돌멩이를 사는 게 낫습니다. 화날 때 힘껏 던질 수 있는 도구라도 되니까 더 가치 있습니다."

기자회견을 진행할수록 슬슬 화가 치밀어 올랐지만, 목소리를 낮췄다.

"10년 전의 일을 벌써 잊었습니까? 달러를 홍청망청 써댄 결과, 고통은 고스란히 국민의 몫으로 돌아왔습니다. 이미 미국의 금융위기가 세계 경제에 먹구름을 끼게 했습니다. 대비해도 부족할 판에 망할 기업에 달러를 쏟아붓는 건 매국 행위나 다를 바 없습니다."

"혹시 이번 미국발 금융위기를 IMF와 비교하시는 겁니까?"

"본질적으로 같습니다. 단지 진원지가 아시아가 아니라 미국이라는 차이만 있을 뿐이죠."

"진도준 씨, 지금 IMF와 같은 위기가 다시 시작된다는 뜻입니까?"

IMF는 역시 강하다. 영원히 벗어날 수 없는 국가의 트라우마 같은 거다.

"어떻게 대응하느냐에 따라 다르겠죠. 특히 각 기관의 엄격한 분석이 필요합니다. 절대 느슨하게 여유를 보이면 안 됩니다."

나는 현재 한국의 젊은 워런 버핏이라고 일컬어지고 있다. 그러다 보니 나의 기자회견을 경제지는 1면 톱으로 실었다. 중앙지는 경제면에 내 얼굴을 실었고 연예지나 다름없는 스포츠 신문도 내 얼굴을 찍어 냈다. 방송사도 다르지 않았다. 젊은 천재 투자자이며 순양 3세라는 타이틀은 시청률을 보장하는 확실한 카드라는 걸 그들도 안다. 첫 꼭지는 아니지만, 나의 회견을 비중 있게 다뤘다.

재벌이 지금껏 국가 기관에 경고를 보내는 일은 없었다. 대부분 대학이나 경제연구소에서 이 역할을 맡았을 뿐이다. 아주 보기 드문 일이니 국민의 관심을 끄는 데도 성공했고 여론도 내게 호의적이었다.

산업은행은 단 하루 만에 리먼브라더스 인수를 포기하는 듯한 태도를 보였다. 단지 검토 수준이었지 구체적인 계획은 없었다고 한발 물러섰다. 내가 진짜 원했던 결과도 얻었다.

입 다물고 있던 대학의 경제학 교수들이 일제히 포문을 열었고 많은 경제연구소도 암울한 미래를 경고하는 연구논문을 쏟아 냈다. 더욱이 2008년 9월 14일 리먼브라더스가 700조 원이라는 천문학적 숫자로 파산 신청한 사실이 주요 외신을 통해 긴급 뉴스로 터져 나오니, 내 이름도 다시 오르내렸다. 덕분에 부가적인 이익도 얻었다.

"실장님. 기자회견은 정말 신의 한 수였습니다. 하하."

장도형 부사장은 기분 좋은 웃음을 터트렸다.

"언론 기사 보셨습니까?"

"예언자라는 거요?"

"네. 투자 천재, 예언자…. 지금 실장님께는 이런 별칭이 따라다닙니다. 그리고 사회 지도층은 늘 장밋빛 미래만 말하며 주식 사라, 집을 사라… 돈 빼먹기 좋은 소리만 일삼는데, 실장님께서는 위기를 말하고 지갑을 닫으라는 입바른 소리를 하신 유일한 분이라고요."

"칭찬은 쓸데가 없어요. 이득 본 게 있어야죠."

"가장 양심적인 경영인의 회사, 그게 우리 순양금융그룹이 득 본 겁니다. 주가도 오르고 고객들도 몰려듭니다. 웬만한 TV 광고 수백 번 한 것보다 더 큰 효과를 봤습니다. 하하."

리먼브라더스의 파산은 우리나라 금융 시장도 공황 상태에 빠트렸다. 코스피, 코스닥 시장을 합쳐 시가 총액은 하루만에 51조 원이 증발했고, 증권 업종의 주가가 12퍼센트 넘게 폭락했지만, 순양증권은 주가가 오르는 기적을 보여 준 유일한 금융사였다.

장도형 부사장은 시원하게 웃으면서도 내 눈치를 슬쩍 살폈다.

"기자들이 후속 취재를 하고 싶어 하는데 어떠십니까? 인터뷰 스케줄 좀 잡을까요?"

"아뇨. 더 말하면 밑천 들킵니다. 딱 그 정도가 적당해요. 대중의 호기심이 남아 있어야 계속 내 말에 귀를 기울입니다. 그보다 산업은행은요? 지시한 건 처리했습니까?"

"네. 행장과 임원들에게 식사 대접했고, 선물도 좀 안겨 줬습니다. 이 일로 꽁하지는 않을 만큼 충분히요."

"잘하셨습니다. 이제 만전을 기해야 합니다. 세계 경제 몰락의 도미노가 시작됩니다. 모든 투자를 신중하게 결정하세요."

당장 미국의 실업률이 최소 10퍼센트 증가할 것이라는 예측이 나왔고 유럽도 예외일 수 없다. 미국 부동산 압류 주택이 이미 900만 채를 넘었다는 기사도 나왔다. 미국 내수 경제는 완전히 얼어붙을 것이다.

세계 최대의 소비국인 미국이 얼어붙으면 세계의 공장이라 불리는 중국도 어마어마한 타격을 입는다. 이미 중국 제조업이 붕괴하는 조짐도 보였다. 실직자가 1000만이 넘었다. 이 실직자들은 월급 칠팔십 달러가 고작인 노동자들이다. 이렇게 상류의 물길이 흔들리면 항상 가장 가난한 사람들이 가장 큰 고통을 받는다.

기술자들은 컴퓨터를 만들고 우주선을 만들었다. 금융 기술자들은 부자가 될 수 있다는 꿈을 만들었고, 그 대가로 기술자보다 수십 배가 넘는 연봉을 받았다. 하지만 꿈이 악몽으로 바뀌면 꿈을 산 사람은 망한다. 꿈을 판 사람은 아무런 피해를 보지 않고 말이다.

이 비극의 원인 제공자인 미국 월가의 금융 기술자들은 10월 4일, 조지 부시의 7000억 달러 정부지원금으로 또다시 흥청망청한 파티를 열었다. 미국 정부는 1600억 달러로 AIG생명의 주식을 사들여 최대주주가 됐고 골드만삭스에는 150억 달러를 수혈했다. 모건스탠리는 정부의 지원금을 받자마자 임원들에게 140억 달러의 보너스를 지급했고, 골드만삭스는 정부 수혈금 전체를 보너스라는 명목으로 임원들이 나눠 가졌다.

마지막으로 뉴욕 미라클의 레이첼은 560억 달러라는 어마어마한 숫자가 찍힌 계좌를 사진으로 찍어 메일을 보냈다. 딱 한 줄의 메시지와 함께.

[Congratulation! World's Richest Person!]

대선을 앞둔 미국은 이번 금융위기를 진화하기 위해 이미 7조 달러를 넘게 투입했고 앞으로도 이 정도 금액을 더 투입할 계획이었다. 기축 통화로서의 자격이 흔들릴 정도였지만, 이 덕분에 위기의 쓰나미는 유럽에서 멈추는 듯했다.

아시아는 강력한 태풍 정도로 그치는 것이 확실해지자, 모두 안도의 한숨을 내쉬었고 감춰 둔 탐욕을 다시 드러냈다. 위기가 닥치면 항상 그렇듯이 부자는 더 부자가 되고 가난한 자는 더 가난해진다.

신정부는 경기 둔화와 내수 위축을 극복하고자 대대적인 감세 정책을 폈고 재건축 규제를 완화했다. 이 덕분에 재벌 대기업은 다시 꽃노래를 부르기 시작했다.

"어쩌면 네 계획은 망한 것인지도 모른다. 이러다가 순양건설만 부자 만들어 주겠어."

이학재 회장은 안절부절못하며 현황판을 살폈다.

"빚내고 외상거래하는 겁니다. 외상값 못 받으면 끝납니다. 염려 마시고 순양건설이나 대현건설이 원하는 대로 하십시오. 아파트 올리라면 올리고, 쇼핑센터 짓자고 하면 지어 주세요."

"두바이가 멀쩡하잖아! 미국 위기에 쓰러진다고 하지 않았어?"

"곪아가는 중이죠. 썩어 문드러지려면 아직 시간이 필요합니다."

"우리가 두 회사에 물린 돈만 3조 원이 넘으려고 해. 내년이면 5조가 될지도 몰라."

"그 돈으로 순양그룹의 중공업 부문과 대현의 건설 계열을 다 먹을지 모릅니다. 싸게 사는 거죠."

불안에 떠는 이학재 회장에게 난 여유를 보였다. 더 지르고 더 퍼주어야 한다. 돈은 넘쳐난다. 난 또다시 돈을 쓰러, 아니 맡겨 두기 위해 시중 은행장들을 잇달아 만났다. 그들은 나를 보자마자 구세주를 만난 듯 머리를 조아렸다.

"그, 그러니까 원하는 금액만큼 채워 주시겠다는 말씀입니까?"

"뭘 그리 놀라십니까? 이미 순양금융그룹의 예금이 적지 않은 거로 아는데요?"

"그러니까 놀라는 겁니다. 저희 은행이야 고마울 따름이지만…."

진한은행의 행장은 의심을 한가득 품은 눈빛을 감추려 눈알을 이리저리 굴렸다. 개인이야 이자라도 벌어 볼 심산으로 은행에 돈을 맡기지만, 기업은 다르다. 여러 군데 분산 투자하는 게 정석인데 왜 또 돈을 넣겠다는 건지 의심하는 게 당연하다. 하지만 거절하기는 더 어렵다. 연말 실적과 자기자본 비율을 맞추려면 머리를 더 조아려야 한다.

"형편 어려운 거로 아는데 사실이 아니군요. 꺼리시는 걸 보니 말이죠."

"아, 아닙니다. 실장님. 형편이야 엉망인 거 잘 아시지 않습니까? 전국 지점들이 죽을 것 같다고 아우성칩니다. 순양 같은 대기업이야 기초가 탄탄하니 이 고비를 넘기지만, 중소기업은 줄도산이에요. 올해 손실로 떨어야 할 채권이 산더미처럼 쌓이고 있습니다.”

은행장은 내 눈치를 살피며 한참 동안 우는소리를 늘어놓더니 조심스레 말했다.

“실장님. 우리 진한은행 측에 원하는 것이 있으시면 툭 터놓고 말씀하시지요. 그래야 제가 편히 원하는 숫자를 말씀드릴 수 있을 것 같습니다.”

“필요할 때 말씀드리겠습니다. 그러니까 행장님께서도 간절히 원하는 숫자, 바로 지금 말씀하세요. 생각은 나중에 하시고요.”

예상하지 못한 대답인지 행장은 눈만 동그랗게 떴다.

“기업과 은행입니다. 조건 없이 부탁을 들어줄 관계는 아니지요. 들어줄 만하고, 상응하는 대가가 있다면 언제든 부탁해도 괜찮지 않습니까?”

“그야 그렇지만….”

“오늘 제가 행장님의 힘든 점을 해결해 드린다고 해서 다음에 행장직까지 걸고 절 도와주시지는 않을 거 아닙니까? 그러니 제가 원하는 걸 미리 말씀드려 봤자 소용없습니다.”

은행장은 조금 불쾌한 기색을 드러냈지만 금방 본래의 표정으로 돌아왔다.

“제가 불필요한 말을 너무 많이 했습니다그려. 허허.”

그는 어색한 웃음 뒤에 숫자를 말했다.

“빠듯하게 말하면 6000억, 여유 있으시다면 8000억 정도 부탁드립니다.”

“사람 보내겠습니다. 8000억 들고 갈 겁니다.”

은행장이 머리를 숙였다.

“고맙습니다, 실장님. 그리고 지금이 아니라 다음인 것도 꼭 기억하겠습니다.”

"다음…?"

"말씀하셨지 않습니까? '다음에'라고… 아무쪼록 제가 행장이라는 자리를 지키고 있을 때 부탁하셨으면 합니다. 허허."

은행장은 능글거리는 웃음을 뒤로하고 사라졌다.

눈치 빠른 영감, 돈 많은 사람 앞에서는 머리를 숙일 줄 아는, 뼛속까지 은행원인 사람이다. 그리고 난 4대 시중은행의 최고 은행원을 차례차례 만났다.

▲ ▲ ▲

미국 최초로 아프리카계 미국인이자 하와이 출신으로 제44대 대통령에 당선된 버락 오바마는 선거 유세 내내 "월스트리트와 워싱턴이 탐욕에 빠져 책임을 방기하는 동안 미국인은 금융위기로 내몰렸습니다."라고 부패한 월가를 비난했다.

하지만 대통령 버락 오바마는 친 월가 인물로 알려진 티모시 가이트너를 재무장관으로 임명했고, 골드만삭스의 수석 이코노미스트였던 윌리엄 더들리를 연방준비은행의 신임 총재로 임명했다. 이 외에도 경제 관련 관료 대부분이 골드만삭스 출신의 사람들로 채워졌다. 월스트리트를 개혁하겠다는 그의 공약이 진심이었는지 아니었는지는 모를 일이지만, 한 가지 사실은 확실하다. 워싱턴은 미국 금융계가 지배한다. 재벌이 한국을 지배하는 것처럼.

너무 노골적으로 들리는 친재벌 정책보다 훨씬 순화된 용어인 '기업 프렌들리'라는 신정부의 기조는 재벌에게 날개를 달아 준 셈이었다. 미국 재무부가 월가의 족쇄를 풀어 준 것처럼 정부는 온갖 규제의 빗장을 풀어 주며 전국을 토목 현장으로 만들었다. 실물 경제는 바닥을 기는데 건설업계는 더할 수 없는 호황을 누렸다.

"순양건설 먹기 전에 우리 HW건설이 더 커지겠다."

이학재 회장은 어이가 없는지 너털웃음을 터트렸다.

"순양, 대현은 두바이에 올인하고 한국에서는 이름만 빌려주는 꼴이야. 이제 건설도 OEM 시대가 된 거라고."

"곧 옵니다. 유럽이 독일의 힘으로 버티는 거 안 보이십니까?"

"이미 조짐이 보인다. 대현건설이 아파트 분양 대금에 손댄 게 분명해."

"네? 대현이요?"

"그래. 자꾸 결제를 미뤄서 우리 쪽에서 심하게 따졌어. 시행사가 분양대금 받으면 시공사 결제가 최우선 아니냐? 그런데 분양 광고, 설계, 떴다방까지 결제를 미뤘다는 거야. 두바이에 돈 때려 박느라고."

드디어 썩은 내가 솔솔 풍긴다.

"그 말씀은 두바이에서 들어와야 할 돈이 들어오지 않았다는 뜻 아닙니까?"

"그렇지. 두바이 현지 분위기는 정말 험악해. 유럽 기업들은 소송도 불사할 정도로 막바지에 몰린 것 같아. 자국 경제도 엉망인데 두바이에서 돈 떼이면 끝장이거든. 저쪽 놈들이 사활 걸고 덤비니까 순양이나 대현은 명함도 못 내밀고 구경만 하는 신세야."

반가운 소식이다. 두바이의 모래 폭풍이 얼마나 매서운지 모두 호되게 당할 때를 준비해야겠다.

"회장님. 두 건설사에 받을 돈 확실하게 뽑아 두십시오. 전 인수를 준비하겠습니다. 높은 분들께 약도 좀 쳐놔야겠어요."

"받을 수는 있는 거냐? 끝장난 두바이가 돈 챙겨 주겠어?"

금액이 상상을 초월하다 보니 배짱 좋은 이학재 회장도 불안한 표정을 지우지 못했다.

"시간은 걸리지만 다 받습니다. 국내 아파트는 손해 좀 보겠지만, 그 정도는 감당할 수 있습니다."

"후… 지금은 네 말을 믿는 수밖에. 우리 HW도 모래 폭풍에 휩쓸려 가지 않으려면 총알 든든해야 할 거다."

"마음 편히 가지시고 믿으세요. 저 돈 많아요."

이 회장은 자신만만한 내 모습에 한숨을 거두고 표정을 폈다.

"알았다. 아 참, 인테리어 직원 보낼 테니까 네 집 뜯어고쳐라."

이건 또 무슨 소린가? 집을 왜 뜯어고쳐?

"너 새로 나온 5만 원권 구경했냐?"

"구경했죠. 보여 드려요?"

내가 지갑을 꺼내자 이 회장은 나를 몹시 깔보는 눈빛으로 웃었다.

"지폐 말고 박스, 인마. 흐흐."

아직 그의 말뜻을 이해하지 못해 눈알만 굴리고 있으니 이 회장이 5만 원 한 묶음을 서랍에서 꺼내 내게 툭 던졌다. 올해 6월 말에 나온 빳빳한 신권이다.

"그게 100장이야. 비타오백 박스 하나에 그거 열한 개 들어간다. 사과 상자에는 12억까지 담을 수 있어. 끝내주지 않냐?"

정말 즐거워하는 표정이다. 하긴 만 원짜리를 가득 담은 박스를 얼마나 많이 배달했던 사람인가? 이젠 웬만한 떡값은 한 손으로 가볍게 들수 있는 비타오백 한 박스… 아니, 한 통이면 끝이다. 만 원권으로 겨우 2억을 채울 수 있었던 사과 박스에 5만 원권으로 꽉 채워 넣으면 12억, 007가방에는 3억 이상 넣을 수 있다.

나도 잘 안다. 얼마나 많이 들었다 놨다 했던가? 5만 원권이 가득한 상자를 자동차 트렁크에 실은 횟수는 헤아리기 어려울 정도다. 나 같은 사람에게 5만 원권은 정부가 준 선물이었다. 고된 업무가 5분의 1로 확

줄었으니까.

"그거랑 제 집을 뜯어고치는 건 무슨 관곕니까?"

"이번에 처음 찍어 낸 5만 원권이 1조 원가량 된다. 혹시 몰라서 좀 챙겨 뒀다. 집에 뒀다가 필요할 때 써. 약칠 곳 많다면서?"

할아버지가 물려주신 비자금 통장에 든 돈을 모를 리 없는 분이다. 굳이 이렇게 번거로운 일을 할 필요가 없다는 걸 모르나?

내 생각을 읽은 그가 말했다.

"올해 건설 일거리가 좀 많았어? 이런 기회 좀처럼 오기 힘들다. 현금은 많을수록 좋아. 챙겨 둘 수 있을 때 챙겨 두는 거다."

"그래서 집을 뜯어고쳐 현금 쌓아 둘 공간을 만들라는 겁니까?"

"그럼? 창고 빌려서 쌓아 둘래? 집도 넓잖아. 내 말 들어."

대한민국에서 이런 쪽의 경험은 가장 많이 한 분의 말이니 따를 수밖에 없다.

"네. 그런데 얼마나 커야 합니까?"

"일단 50개 확보해 뒀다. 앞으로 100개 정도는 쌓아 둬야지."

일단이라는 말이 무섭게 다가왔다. 시중에 5만 원권을 구경하기 힘든 이유도 알았다.

"그럼 우리 집 인테리어 공사하는 동안 잘 곳도 없으니 호텔에서 지내야겠군요."

"하루면 끝나. 집 비워 줄 일은 없을 거다."

"핑계 삼아 두바이 호텔에서 며칠 자는 거죠. 아, 회장님도 함께요."

"뭐?"

"한방 쓰자는 말은 아닙니다. 특실로 준비해 둘 테니까 며칠 쉬다 오자고요."

영문을 몰라 놀란 이 회장의 표정을 구경하는 재미도 쏠쏠하다.

▲ ▲ ▲

순양 본관 대회의실은 한 달 넘게 순양건설과 두바이 TF가 차지하고 있었다. 시간이 갈수록 그들의 안색이 어두워지는 건 단지 쌓인 피로 때문만은 아니었다.

"부회장님. 이 상태로 사사분기가 넘어가면 올 스톱입니다."

"HW의 이학재 회장도 위기를 느꼈는지 더는 자금 동원이 어렵다고 합니다."

이미 진동기 부회장도 잘 아는 사실이다. 처음부터 붉은 경고등이 끊임없이 울렸지만, 기회는 늘 위기 속에 있지 않은가? 살 떨리는 위험을 헤쳐 나가야 금덩이 가득한 동굴을 발견하는 법이다.

그러나 두바이의 상태가 심상치 않다. 유럽 업체들은 이미 위기의 조짐을 현실로 받아들인 것 같다. 동굴이 무너져 갇히기 전에 보물을 포기하고 탈출해야 하나? 그러기에는 지금까지 투입한 자원과 노력이 아깝다. 더 큰 문제는 그중에 얼마나 건질 수 있는지도 미지수다. 이 미지수를 정확히 알려면 발주처인 두바이 월드와 서로 칼날을 겨누고 담판을 지어야 한다.

두바이 월드는 순양건설이 공사를 중단했을 때 일어나는 일을 감당하기 어렵다. 짓다가 만 건물은 콘크리트 더미의 흉물에 불과하다. 세계적인 도시를 계획했지만, 포탄 떨어진 전쟁터 같은 황량함만 남는다. 대신 순양건설은 지금까지 투입한 자원과 돈을 헛되이 날려 버릴지도 모른다. 돈을 받고 건설을 재개하는 데 걸릴 기간 동안 극심한 자금난에 허덕여야 한다. 하지만 이 상태라면 곧 자금난에 빠진다. 같은 결과를 마주하게 될 테니 담판 짓는다고 해서 더 나빠질 것은 없다.

"지금부터 공사 중단할 경우를 시뮬레이션해 봐. 그리고 태준아."

"네."

진태준은 화들짝 놀랐다. 회사에서는 직책이 아닌 이름으로 자신을 부른 적이 한 번도 없었던 아버지였는데 얼마나 속이 타들어 가면 이런 실수를 하겠는가?

"넌 캐시 플로우 확실하게 그려. 단돈 10원이라도 착오 나면 안 된다."

"알겠습니다, 부회장님."

진동기는 회의실의 누구라고 할 것 없이 말했다.

"지금 건설 사장 두바이에 나가 있지?"

"네."

"두바이 월드에 경고 날리라고 해. 빨리 돈 내놓지 않으면 언제든 철수할 수 있다고."

▲ ▲ ▲

주체할 수 없을 만큼 많은 돈을 가진 자가 불가능한 상상을 할 때 어떤 일이 벌어지는지 확인할 수 있는 곳이 바로 두바이다. 두바이 국제공항에서 아랍의 타워라는 뜻인 '부르즈 알-아랍' 호텔까지 가는 동안, 리무진 창밖으로 보이는 두바이 야경은 사막이라는 느낌은 조금도 발견하지 못했다. 여기는 미래의 낙원이다.

이학재 회장은 입을 떡 벌리고 야경에서 눈을 떼지 못하는 날 보며 한심하다는 듯이 혀를 찼다.

"숫자만 뚫어지게 쳐다보며 사니까 촌놈 다됐구나. 지금 여기야말로 숫자에 불과한 돈이 현실로 바뀐 모습이다. 디지털로 쌓아 두는 것보다는 훨씬 괜찮지 않아?"

"그러네요. 제가 오일 달러만큼 돈이 없어서 이런 도시는 못 만들겠지만, 타워 하나쯤은 가능합니다. 여기 일 끝나면 타워 하나 올리죠. HW타워."

진지한 내 표정에 이 회장은 손을 휘휘 저었다.

"무슨 말을 못 해요. 그냥 해본 말이다. 그런 낭비를 왜 해?"

"뭐, 어떻습니까? 돈 많을 때 쓰는 재미도 좀 있어야죠. 빌딩도 남으니까 낭비는 아닙니다."

이미 내 머릿속에는 HW타워의 모습이 그려지기 시작했다.

"그럼 순양 본관보다 딱 한 층만 더 높게 지어."

"거봐요. 회장님도 그런 욕심 생기시죠? 하하."

경쟁자를 내려다보는 우월감. 그것 역시 숫자다. 한 층이라도 더 높이, 1미터라도 더 높이…. 단지 1이라는 숫자에 불과하지만, 이 숫자를 얻기 위해서는 천문학적인 돈이 들어간다.

"아무튼, 여기 일 잘 끝내면 시작해."

속내를 들킨 이 회장은 대답을 하며 슬그머니 얼굴을 돌렸다.

내일 저녁에 만날 사람 앞에서는 저런 표정이 나오지 않을 것이다. 숨길 것도 없으니 들킬 것도 없다.

"그럼 오늘은 또 다른 사치를 즐겨 볼까요? 7성급 호텔에서?"

"공식적으로는 5성급이다. 다른 5성급 호텔과 너무 차이 나서 그렇지."

"숙박비도 엄청나더군요. 1박에 3000만 원이 넘다니."

"그러니까 이런 리무진으로 우릴 모시러 온 거 아니겠어?"

이학재 회장이 리무진의 루프를 손으로 툭 쳤다. 호텔에 도착하자 우리가 묵을 동안 서비스를 담당할 여남은 명의 직원이 입구에 늘어선 채 머리를 숙였다. 그들의 안내를 받으며 호텔 로비로 들어가니 온통 금으로, 진짜 금으로 도배한 인테리어 때문에 또다시 입을 다물지 못했다.

"침 흘리겠다. 쪽팔리게 하지 말고 입 좀 다물어."

호화로움의 극치를 보는 것 같았다. 두바이의 모라토리엄 선언은 당연하다. 먼 옛날부터 현재까지 사치의 끝은 파멸이라는 건 역사가 말해 준다. 여긴 파멸의 역사가 재현된 곳이기도 했다.

하룻밤을 푹 쉬고 나서 아침이 밝았을 때, 이학재 회장은 빵 한 조각만 급히 먹고 나서 나갔다.

"현장 좀 둘러보고 올 테니까 쉬고 있어. 오후에 연락하마."

함께 갈까 하다가 관뒀다. 권위가 나뉘는 것은 그리 바람직하지 못하니까 말이다. 이 회장이 올 때까지 또 다른 사치의 극치를 보여 주는 170만 평의 인공섬 '팜 주메이라'에서 뜨거운 열기와 푸른 바다를 만끽했다.

오후 늦게 돌아온 이 회장은 표정이 굳어 있었다.

"분위기 엉망이야. 이미 철수하는 유럽 업체까지 등장했어. 현장 직원들 사기도 엉망이라 다독이느라 좀 늦었다."

"이제 우리만 살아남는다는 걸 알면 사기도 올라가겠죠."

"그렇게 만들어야지. 서둘러 가자, 비록 돈을 안 주는 업자지만 슈퍼 갑 아니냐. 기다리게 해서는 실례니까."

우리는 화려한 불빛을 뿜어내며 바다에 떠 있는 호텔 소유의 요트로 이동했다. 조용히 이야기를 나누는 곳으로 이만한 데도 없다.

'아메드 빈 사에드 알 막툼'이라는 긴 이름의 중년 사내는 중동 남성의 전통복장인 '깐두라'와 '케피야'라는 두건을 쓰고 나타날 줄 알았는데 깔끔한 서구식 정장 차림으로 등장했다. 그는 두바이 월드의 재무이사에 불과했지만, 두바이 왕가의 핏줄이라 단순한 임원 이상의 힘을 가졌다. 막툼 가문의 사에드의 아들 아메드. 이것이 긴 이름의 뜻이다. 뭐라고 불러야 할지 잠깐 고민했지만, 이미 그를 만난 적이 있는 이학재 회장이 내 고민을 날려 주었다.

"다시 뵙습니다. 제임스."

"반갑습니다, 미스터 리. 오래 기다리신 건 아니죠?"

완벽한 미국식 영어 발음이었다. 그도 어릴 때부터 미국에서 유학한 것이 틀림없다. 이 회장이 날 소개했을 때 나도 영어 이름을 말했다.

"뵙게 돼서 영광입니다. 하워드 진입니다."

조금 의아스럽게 바라보는 그를 향해 이학재 회장이 설명했다.

"하워드는 우리 HW건설의 최대주주인 투자사 미라클의 책임자입니다."

최대주주 그리고 투자사, 이 단어에 그는 흥미를 느낀 듯 눈빛이 달라졌다. 서로 본심은 숨긴 채 의례적인 대화를 조금 나눈 후 아메드 이사가 물었다.

"혹시 HW건설도 철수하려는 겁니까?"

"우리야 순양건설의 뜻에 따를 수밖에요. 그쪽에서 빠진다고 하면 함께 돌아가야 합니다."

"그럼 특별히 날 만날 이유도 없는데… 그 말 전하려고 한국에서 오신 건 아니겠죠?"

"제임스가 반가워할 이야기는 이 친구가 할 겁니다. 난 단지 오늘 두 사람이 나눌 대화의 끝이 궁금할 뿐이고요. 하하."

"그렇습니까? 그럼 어디 한번 들어 볼까요?"

그의 시선이 나를 향했을 때 난 두 개의 숫자를 먼저 말했다.

"800억 달러, 그리고 600억 달러. 맞습니까?"

두 사람은 동시에 놀랐지만, 이 숫자가 무얼 의미하는지는 알았다.

단지 이 회장은 숫자가 예상보다 커서 놀랐고, 아메드 이사는 거의 정확한 숫자라서 놀란 것이다.

"이미 지불 능력을 잃었다는 게 우리 회사의 판단입니다. 지금 두바이 월드는 아마도 모라토리엄 선언을 하느냐 마느냐에 대한 논의가 뜨거울 거로 예상합니다만."

내 말에 아메드 이사는 입술을 굳게 다물고 아무 말이 없었다. 기분이 상했는지 표정도 점점 딱딱해졌다.

"분명히 말씀드리지만 저는 미스터 리가 말한 것처럼 제안을 하러 왔습니다. 그 제안을 미스터 아메드가 반가워하실지, 아닌지는 아직 모르겠습니다만."

"들어 보죠, 그 제안. 모쪼록 반가운 이야기였으면 합니다."

"두바이 전체 부채가 800억 달러, 그중 두바이 월드의 부채가 600억 달러…."

"정확히는 590억 달러요. 물론 이 숫자는 올해 말 기준입니다. 추정치이기도 하고."

"네. 더 늘어나지는 않으리라는 것 또한 우리 회사의 예상입니다."

더 늘어날 리가 없다. 이 부채를 감당 못 해 모라토리엄을 선언하니까.

"다행히 우리 회사는 아직 자금 여력이 있습니다."

"좋은 소식입니다. 그런데 그쪽 회사… 미라클이라고 하셨죠? 미라클의 자금 여력이 우리와 무슨… 가만… 혹시 뉴욕의 미라클 인베스트먼트와…?"

"네. 같은 회사입니다."

아메드 이사의 눈이 더할 수 없이 커졌다. 그도 이번 미국발 금융위기에서 미라클만이 초토화된 월가에서 살아남았을 뿐만 아니라, 몇백억 달러에 달하는 천문학적인 수익을 올린 유일한 회사라는 걸 이미 들었을 것이다. 그리고 방금 내가 말한 여력이 어느 정도라는 것도 깨달았을 테고.

"그렇군요. 계속 말씀하시죠."

이제 내 제안이 몹시도 궁금한지 바짝 다가앉았다.

"만약 한국의 순양, 대현 두 기업이 철수를 결정했을 때 어떻게 하실 생각입니까?”

“받아들여야죠. 방법이 없습니다.”

돈 많은 사람이 앞에 앉아 있으니 옳는 소리를 서슴지 않는다.

“두 회사가 맡은 지역은 핵심인 알 막툼 국제공항과 두바이 월드 센트럴이죠. 기타 신도시 거주 지역도 있고.”

“하워드. 혹시 우리 두바이 월드에 자금을 융통해 줄 테니 두 한국 기업의 철수는 막으라는 뜻입니까? 그럼 HW건설도 계속….”

“아닙니다. 전 우리 회삿돈으로 순양과 대현을 먹여 살릴 만큼 너그럽지 못합니다. 다만 두 회사가 철수하면 진행 중인 프로젝트를 HW건설에 맡겨 주실 생각이 있으신지 묻고 싶습니다.”

“반대할 이유가 없어요. HW건설의 역량은 우리가 이미 눈으로 확인했으니까요. 하지만….”

돈이 없다. 눈앞의 중동 왕족은 끝내 이 말은 꺼내지 못했다.

“그렇다면 우리가 준공식의 테이프 커팅까지 책임지겠습니다. 돈은 신경 쓰지 마십시오.”

“신경 쓰지 말라는 의미를 구체적으로 말씀해 주시겠습니까?”

“충분한 유예 기간을 드리겠습니다. 두바이 월드는 국영기업 아닙니까? 게다가 중동의 보석…. 월가보다 훨씬 더 믿음 가는 AAA등급의 채권입니다. 그리 길지 않은 시간 내에 충분히 해결하리라 믿습니다.”

아메드는 갑자기 반가움이 물씬 묻어나는 표정으로 변했다.

“그렇게만 해주신다면 큰 걱정 하나는 덜었습니다. 혹시 금액은 정확히 알고 계신 겁니까?”

“네. 순양과 대현, 현재 미지급된 금액이 합쳐서 70억 달러가 조금 넘는 거로 기억합니다.”

“완공까지 100억 달러가 넘을 거라는 것도 알고 있겠지?”

지금껏 듣기만 하던 이학재 회장이 끼어들었다. 내게 경고하기 위해서가 아니라 중동의 왕족 앞에서 생색을 내기 위한 목적이다.

"물론입니다. 감당할 여력은 있습니다."

거절하기에는 너무나 달콤한 제안이지만 이유를 알 수 없는 호의는 항상 의심하는 것이 정상이다. 아메드 이사가 조심스레 물었다.

"넘칠 것 같은 관대한 제안은 뭐라 말할 수 없을 만큼 감사합니다. 하지만 모두 철수하려는 이때 이런 제안을 하는 이유를 말씀해 주실 수 있습니까?"

여기서는 둘러댈 필요가 없다. 내 저의를 안다고 해서 달라질 것도 없다.

"순양과 대현, 두 회사는 HW보다 한참 앞서가는 경쟁사입니다. 그들을 제치고 우리가 신도시를 건설한다면 그들을 뛰어넘는 기회가 되겠죠. 우린 지금 여력이 있고 그들은 없습니다. 우리의 강점을 살려 경쟁하는 게 당연한 것 아니겠습니까?"

경쟁이라는 단순한 이유지만 이보다 더 강력한 것도 없다.

"더불어 두바이와 우리 HW그룹의 끈끈한 유대를 기대합니다."

이학재 회장은 또 한 번 생색냈다. 이유야 어떻든 어려울 때 도와주는 사람이 진정한 친구 아니겠는가? 긴 이름의 두바이 왕족은 무척 만족한 미소를 보였다.

"식사도 잊다니, 제가 멀리서 온 친구에게 큰 결례를 범했습니다."

그리고 아주 긴 식사가 이어졌다.

▲ ▲ ▲

서형균 순양건설 사장은 진동기 부회장의 발탁으로 대표이사가 되었다. 그리고 대표이사 취임 후 가장 큰 프로젝트인 두바이를 맡아 문제없이 진행했지만, 오늘 가장 큰 문제를 담판 지어야 했다. 하지만 첫 느낌으로 알 수 있었다. 가장 큰 문제는 해결하지 못하겠구나, 두바이 월드에서 돈 받는 건 물 건너갔구나 하고.

비즈니스의 마지막은 수금이다. 아무리 매출이 높아도, 이문이 많이 남아도 돈을 받지 못하면 전부 헛수고한 꼴이 돼버린다. 두바이 월드를 대신한 아메드 이사는 단 한마디로 담판을 끝내 버렸다.

"곧 두바이 정부에서 공식 발표가 있을 겁니다. 그때까지 기다리세요."

"어떤 내용인지 말씀해 주시죠. 또다시 마냥 기다릴 수는 없습니다."

"제가 정부를 대신해서 말할 수 있는 내용이 아닙니다."

단호하지만 여유도 넘쳤다. 서형균 사장은 그의 여유로운 표정 때문에 실낱같은 희망을 버리지 못했다. 서형균 사장이 듣지 못한 두바이 정부의 공식 발표는 대현건설도 듣지 못했다. 체납액 지급을 약속하지 않으면 모든 공사를 중단하고 철수하겠다는 마지막 카드를 던졌지만 돌아오는 대답은 똑같았다.

"귀사의 선택을 존중합니다만, 지금 현시점에서는 그 어떤 약속도 할 수 없음을 양해 바랍니다."

순양과 달리 대현은 두바이 월드의 태도가 여유가 아니라 포기라는 것을 읽었다. 궁지에 몰린 자가 마지막으로 하는 말 '배 째', 대현은 이 말을 똑똑히 들었다.

얼마 지나지 않아 두바이 월드는 전 세계를 향해 '배 째'라고 외쳤다. 모라토리엄 선언이라는 그럴듯한 표현으로!

[무너진 사막의 기적]

이 표제는 세계 언론이 공통으로 표현한 두바이 사태였다. 기적도 무너졌고 한국 증시도 무너졌다.

2009년은 참 많은 것이 사라진 한 해다. 존경받던 추기경이 세상을 떴고, 두 명의 전직 대통령 국장을 치렀다. 그리고 두 번 다시 만나기 힘든 세계적인 팝스타가 팬들의 눈물 속에 떠나갔다.

진동기 부회장은 빽빽한 숫자가 적힌 종이를 들고 부르르 떨었다. 책임질 수도, 감당할 수도 없는 금액이 마치 사망 선고처럼 느껴졌다. 그는 망연자실한 채 아무것도 할 수 없었다. 그와 똑같은 심정의 또 다른 사람도 있었다. 대현건설의 회장이었다.

시간이 흐르자 그들은 정신을 차렸고 자신을 구해 줄 사람이 누군지 정확히 알았다. 마지막으로 그에게 모든 희망을 걸었다.

"청와대에 전화 넣어. 꼭 뵙고 싶다고 전해. 조용히."

▲ ▲ ▲

"아이고, 말도 마십시오. 실장님 덕분에 우리가 얼마나 깨졌는지 아십니까? 기껏 언론을 눌러 놨는데 난데없이 순양의 젊은 스타가 떡하니 등장해서 국가 경제가 흔들린다고 발표해 버리니… 손쓸 틈도 없었어요. 하하."

"그러셨군요. 이거… 죄송하게 됐습니다. 저로서는 워낙 다급했던 터라…. 경제 위기가 또 터지면 제가 맡은 금융사부터 위험해지니 말입니다."

"아닙니다. 지나간 일이라 웃자고 하는 소립니다."

청와대 경제수석은 나의 정중한 사과에 황급히 손을 내저었다.

"그런데 또 이런 일이 터져 버리니 돌아 버리겠어요. 실장님께서 만나자고 연락 주셨을 때, 까무러치게 놀랐다니까요. 이제 더 큰 일이 터지는 건가… 걱정이 태산입니다."

이미 큰일은 터지지 않았던가? 아직 심각성을 모르는 걸까?

"사실 국내 굵직한 건설사 사장님들의 면담 요청이 빗발치고 있습니다. 순양을 포함해서 말이죠. 하지만 전 실장님의 연락이 가장 반가웠습니다. 일단 사태 파악이 중요하니까요."

경제수석은 내 표정을 유심히 살폈다.

"굵직한 건설사라면 순양과 대현을 말씀하시는 거죠?"

"네."

"두 회사가 물린 액수를 아십니까?"

"아뇨. 아직 확인 못 했습니다."

"거의 100억 달러, 우리 돈 10조입니다."

경제수석은 입으로 가져가던 찻잔을 그대로 든 채 눈만 껌뻑거렸다. 체감하기 힘든 숫자라 그럴 것이다.

"아, 아니… 10조? 확실합니까?"

"제가 순양의 일원입니다. 그리고 HW건설에도 손가락 하나 정도는 담갔고요. 여러 경로를 통해 입수한 정보니까 정확합니다."

경제수석은 찻잔을 내려놓고 급히 휴대전화를 꺼냈다.

"수석님. 제 이야기 끝나고 통화하시는 게 어떻습니까?"

"아, 네."

그가 휴대전화를 다시 집어넣었다.

"두바이가 끝이 아닙니다. 국내 지방에 벌여 놓은 아파트 건설, 그곳으로 불똥이 튈 겁니다. 건설사 대표들이 수석님께 면담 요청을 하는 이유가 뭔지 아시겠죠?"

막연히 대출 알선 부탁 정도로 짐작했을 테지만 이건 그 범위가 넘었다. IMF 때처럼 기업 구제금융이 필요할 정도다. 그가 열심히 머리 굴리는 게 훤히 보였다. 곧 집권 3년 차로 넘어간다. 악재가 터지면 터질수록 레임덕은 빨리 온다. 내년 지방 선거에서 청와대의 입김이 작용하려면 최소한의 충격으로 이 사태를 진정시켜야 한다.

"그들이 만나자고 한 이유보다는 실장님께서 만나자고 한 이유가 더 궁금해지는군요. 혹시 해결책을 들고 계십니까?"

"좀 과격하지만 깔끔한 해결책이 있습니다."

'과격한'이라는 표현 때문에 내 말이 그리 반갑지 않게 들렸나 보다. 해결할 수 있다고 했지만, 그의 표정이 밝아지지 않았다.

"시끄러워지면 곤란합니다."

"청와대로서는 시끄러울수록 좋은 겁니다."

"네?"

"지난 2년간 야당의 공세가 주로 기업 프렌들리, 즉 친재벌 정책 아닙니까? 아, 조금도 비난하려는 의도는 없습니다. 전 수혜자니까요."

친재벌이라는 말에 그의 표정이 굳어져서 난 손까지 내저으며 말했다.

"지금까지는 정책이었지만 이번 사태는 특혜라고 할 겁니다. 그러니 아예 시장에 맡겨 버리시면 어떻겠습니까?"

"시장에 맡긴다…?"

"네. 미국발 금융위기와 두바이 모라토리엄이라는 이중의 충격파를 견디지 못하면 망하는 거고, 버티면 살아남는 거죠. 정부의 개입 없이 말입니다."

"잘 아실 만한 분이 그런 소리를 하십니까? 두 회사가 부도라도 나면 걷잡을 수 없습니다."

난 그의 걱정은 무시하고 말을 이었다.

"정부는 무너지는 지방 중소기업을 챙기는 모습을 보여 주십시오. 그럼 야당도 머쓱해질 테고, 내년 지방 선거에 엄청난 도움이 될 겁니다."

"거참, 좋은 의견이긴 한데 대형 건설사가 무너지면 그까짓 것들은 전부 무용지물이라는 걸 모르고 하시는 말씀입니까?"

대현과 순양의 부실은 정부의 중소기업 지원과 비교할 수 없을 만큼 파장이 크다. 정부의 생색내기는 순식간에 묻혀 버린다.

"시장은 전혀 영향을 받지 않을 겁니다. 두 회사를 고스란히 인수할 곳이 있으니까요."

"인수?"

"네. 매우 좋은 조건일 겁니다. 부채 감면, 대출 연장 등의 특혜는 바라지 않고 그 기업의 힘으로만 인수할 겁니다."

경제수석은 이제야 내가 만나자고 한 까닭을 눈치챘다. 도와 달라거나 특혜를 달라는 다른 사람들과 달리 난 끼어들지만 말라고 요청하는 것이다.

"그 기업이 어딥니까?"

"HW그룹입니다."

"아…!"

"특히 두바이에 물린 돈은 대부분 HW그룹이 떠안고 있어요."

"그렇습니까? 처음 듣는 소립니다만."

"HW그룹이 쥐고 있는 어음을 던지는 순간이 바로 두 회사의 최종 부도일입니다. 연쇄 부도는 불 보듯 뻔한 일이죠."

청와대 경제수석이라는 자리에 있는 사람이다. 이 정도면 큰 그림으로 그린 시나리오를 들여다본 것이나 다름없다.

"HW가 두 기업의 인수 전략을 치밀하게 세운 것이었군요. 그러니 청와대는 다 된 밥에 재 뿌리지 말고 보고만 있어라, 이 뜻 아닙니까?"

"그럴 리가요. 사전 시나리오라면 HW그룹이 두바이의 모라토리엄을 1년 전부터 알았다는 뜻인데…. 세계적인 기업도 예측 못 한 일입니다. HW가 그 정도로 뛰어나지 않죠."

경제수석에게 내 반론은 중요하지 않다. 청와대가 개입하지 않는 것, 이것도 청와대의 아주 중요한 역할이다. 청와대가 순양과 대현을 돕는다면 HW의 인수 전략은 수포로 돌아가기 때문에 가만히 보고만 있는 것은 바로 HW그룹에 주는 특혜다.

경제수석의 표정과 태도가 갑자기 달라졌다. 이젠 내가 특혜를 구걸하는 다른 재벌과 다름없는 처지고, 자신은 청와대를 대표해서 민원을 접수하는 위치라는 걸 알았기 때문이다.

"어찌 됐든 제가 결정할 사항이 아닙니다. 특히 한국을 대표하는 두 기업의 부도를 보고만 있기에는 부담이 크거든요."

경제수석은 결정을 미루고 난 뒤 고개를 갸웃했다.

"그런데 실장님. 순양의 간판 기업 중 하나가 다른 곳으로 넘어가는 일인데… 왜 앞장서시는지 궁금하군요."

난 쑥스러운 표정으로 머리를 슬쩍 긁었다.

"이거, 오늘 가정사까지 말씀드려야 하나요? 하하."

"아이고, 불편하시면 말씀 안 하셔도 괜찮습니다."

"아뇨. 온 세상이 다 아는 이야기인데요. 사실 제가 HW그룹과 손잡았습니다. HW가 대현과 순양을 인수하면 제가 순양건설을 다시 가져오는 거로 말입니다. 큰아버지 회사를 조카가 직접 인수하는 건 아무래도 좋은 모양새가 아니라서요."

다시 그의 머리 굴리는 소리가 들렸다. 청와대는 현 상황에서 최선의 것만 챙기면 된다. 머리 굴리는 그에게 나는 꼭 고려해야 할 사항을 강조했다.

"순양전자와 대현자동차가 흔들리지 않는 한 순양도, 대현도 건재합니다. 단지 HW건설이라는 초대형 기업이 탄생하는 거죠. 이건 여러모로 이득 아니겠습니까?"

전자, 자동차 그리고 건설. 정치권이 기댈 곳이 또 하나 생기니까 잘 생각하라는 의미였다.

그는 여전히 입을 다물고 생각 중이었다. 내가 줄 수 있는 선물 보따리를 더 풀라는 행동이다. 이럴 때는 개인적인 작은 선물을 던져 주는 게 효과적이다. 난 호텔 카드키 여러 장을 꺼내 테이블 위에 놓았다.

"요즘 보는 눈들이 많아 힘드신 거 압니다. 오늘처럼 은밀한 이야기를 나눠야 할 때 쓰십시오. 수석님들께 한 장씩 돌리십시오. 365일 비워 놓을 테니까 언제든 사용할 수 있으실 겁니다."

"이건 호텔…?"

"네. 전담 매니저도 하나 붙여 뒀습니다. 출발하실 때 전화하시면 불편함이 없도록 만반의 준비를 해놓을 겁니다."

청와대 수석들은 기자를 만나 어르기도 하고 청탁도 해야 한다. 여당 의원을 만나 청와대의 의중을 알려 줘야 하고, 야당 의원을 만나서 용돈도 건네야 한다. 이들에게 필요한 것은 비밀 장소다. 10년 전만 해도 관행이었지만, 어느새 사라져 버렸다. 불법을 자행하는 장소를 없애버린 것이다. 그간 매우 아쉬웠는지 경제수석의 표정이 활짝 피었다.

"이거, 정말 가려운 데를 긁어 주시는군요. 감사히 잘 쓰겠습니다."

"그리고 기자들 점심 사주는 데 보태시라고 약소하나마 박스 하나씩 놔두겠습니다. 시간 나실 때 들러 가져가세요."

"아이고, 이거… 먹고 탈 나는 건 아닌지 모르겠습니다그려."

"제가 돌아가신 할아버지께 경영 수업을 받았습니다. 선물은 선물로 끝내야 한다는 거 잘 압니다. 염려하지 마세요."

경제수석은 만족한 표정이었다. 기업인들은 전부 수석들을 통해 대통령 면담만 요청한다. 그리고 면담 주선비 명목으로 봉투 하나 휙 던지고 가는 게 전부다. 나처럼 가려운 데 긁어 주는 물주를 잡는 게 그들에게는 쉬운 일이 아니다.

"모쪼록 청와대의 현명한 판단을 기다리겠습니다."

정중하게 머리를 숙이니 그도 황급히 허리를 숙였다.

"시장의 흐름에 맡기는 게 우리 정부의 가장 큰 기조 아니겠습니까? 애써 보지요."

아무것도 하지 않는 것, 가장 쉬운 선택이다. 그는 굳이 어려운 길로 가지는 않을 것이다.

▲ ▲ ▲

"당신들 도대체 뭐하는 거야? 내가 돈을 가져오랬어? 아니면 어음 되찾아 오랬어? 청와대 미팅 주선하는 게 그렇게 힘든 일이야?"

진동기 부회장이 소리쳤지만 모두 머리를 숙인 채 입도 뻥긋하지 못했다.

"그간 정치자금이네 뭐네 하며 가져간 돈이 얼마야? 작년 총선 때 가져간 돈만 해도 이번 사태 다 막았을 거다. 배달 사고라도 낸 거야? 전부 인 마이 포켓 했어!?"

괜한 화풀이라는 걸 진동기 부회장 자신이 가장 잘 안다. 청와대는 자신이 직접 전화해도 피하기만 하는데 하물며 임원들 전화는 오죽하겠는가? 아예 받지도 않을 것이다.

"빨리 연결해! 여의도도 쑤시고 정부청사도 털어. 그동안 내 돈 먹은 놈들 총동원해서 청와대 문을 두드리라고. 늦어지면 늦어질수록 은행이 먼저 움직인다."

아직 포기하기엔 이르다. 대마를 죽이는 모험은 청와대도 부담이다. 진동기는 썩은 동아줄이라도 잡는 심정으로 형님을 찾았다. 하지만 그가 말을 꺼내기도 전 진영기 부회장은 손부터 내저었다.

"말도 꺼내지 마. 나 돈 없다. 금융위기가 너만 때리는 거 아냐. 나도 지금 정신없다고. 미국과 유럽이 자빠졌어. 가장 큰 시장 두 개가 박살이 났는데… 버티는 것만도 힘들다고."

"형님. 순양전자 돈을 달라는 게 아니라고요. 은행, 은행 금고 좀 열어 달라고."

"발등에 불 떨어진 건 은행이 더 해. 순양전자 이름으로 대출 땡기는 건 포기해라."

"형님!"

"소리 지르지 마. 지금 사태 모르는 거 아니야. 그러니까 각자 제 앞길에 놓인 돌은 본인이 치우면서 가자고. 너만 힘들어? 나도 죽겠다고!"

진동기는 형이 등을 돌렸다는 게 새삼스럽지는 않았다. 하지만 자신의 위기가 형의 기회가 될지도 모른다는 것이 가장 두려웠다. 순양의 건설, 중공업 계열을 형이 차지할 수 있는, 두 번 다시 오지 않을 기회라는 걸 진동기 자신이 가장 잘 안다. 진영기의 음침한 눈빛이 은행보다 더 두려웠다.

형제가 고성을 주고받고 있을 때 이학재 회장은 부지런히 전화를 돌리고 있었다.

"언제까지 기다릴 수는 없지 않습니까? 제가 순양건설이나 대현 쪽으로는 연락도 안 했어요. 받을 돈 줄 형편이 안 되는 걸 뻔히 아는데 전화해서 뭐합니까?"

이학재 회장은 시중 대형은행의 행장들과 부드러운 목소리로 통화했다. 진도준이 다 차려놓은 밥상이다. 숟가락, 젓가락을 들고 있는 건 자신뿐이고, 은행들이 그 밥상을 들고 자신 앞에 내려놓는 일만 남았다. 마지막으로 밥상 엎을 힘을 가진 청와대는 이쪽으로는 눈도 돌리지 않는다. 그러니 맛있게 먹는 일만 남았다.

이학재 회장은 채권단 모임을 요청했다. 순양과 대현이라는 거대 기업의 눈치를 보던 은행들은 얼씨구나 하며 달려왔다. 고양이 목에 방울을 달겠다고 나서 주니 마다할 이유가 없었다. 하지만 모임에서 던진 이학재의 말에 그들은 등골이 서늘해짐을 느꼈다.

"난 그리 너그럽지 못해요. 공짜로 실컷 부려먹은 사람의 사정을 왜 고려해야 합니까?"

가지고 있는 어음을 전부 던진다는 말에 은행장들은 이구동성으로 손을 내저었다.

"이 회장님. 순양건설과 대현건설의 자금 사정은 우리가 잘 압니다. 그거 전부 던지면 못 막아요. 부도가 확실합니다."

"회장님. 부도나면 채권 회수는 불가능합니다. 정상화하는 데 몇 년이 걸릴지도 모르고요."

"채권 회수 방법을 찾자고 모인 건 줄 알았습니다. 두 기업 문 닫게 하려고 모인 건 아니지 않습니까?"

이학재 회장은 화들짝 놀란 은행장들에게 고개를 저었다.

"망할 놈은 망해야죠. 부실 덩어리인 놈들, 덩치 크다고 사정 봐주다가 무슨 일이 있었는지 벌써 잊으셨습니까?"

10여 년 전의 기억이 아직도 생생한 은행원들이다. 그때부터 철밥통이라고 생각했던 은행도 망하기 시작한 것 아닌가?

"그리고 받을 돈 안 받아도, 아니 못 받아도 됩니다. 대신 두 회사 문 닫고 길거리에 나앉는 꼴을 보며 실컷 비웃어 주렵니다."

못 받은 돈이 최소 조 단위라는 걸 모르는 사람이 없다. 그걸 내던질 배포가 어디서 나오는지 모두 잘 안다. 든든한 물주가 있으니 저런 배짱을 부릴 수 있다. 하지만 은행은 다르다. 부도나는 순간 채권 회수는 물 건너가며, 두 건설사 밑으로 줄줄이 딸린 자회사들의 연쇄 부도는 기정사실 아닌가? 은행은 또다시 엄청난 손실을 보고 휘청거릴 테고 이 중에 몇몇은 은행장이라는 명함을 뺏긴다.

가장 무서운 일은 정부가 부실 은행 퇴출 및 통폐합 카드를 만지작거리는 거다. 살아남은 은행은 두 배로 덩치가 커진다. 그러나 살아남은 놈만 더 잘 먹고 잘사는 것보다 조금 덜 먹더라도 다 같이 먹고사는 게 동종업계의 의리 아닌가?

모두 기를 쓰고 이학재 회장의 기분을 풀어 주며 그를 만류했지만, 그는 요지부동이었다. 오히려 뜻을 같이하는 사람까지 불렀다. 또 한 명의 인물이 등장했을 때, 아무도 이들을 막을 수 없다는 걸 은행장들은 알아 버렸다.

▲ ▲ ▲

"여러분들은 이 친구에게 꽤 많은 채무가 있으실 겁니다."

이학재 회장은 이런 말로 날 은행장들에게 소개했다.

"채무라니요? 그게 무슨…?"

은행장 한 명이 말 같지도 않은 소리를 들었다는 듯이 발끈했다. 하지만 이학재의 말은 틀린 말이 아니다.

"제 돈, 은행에 빌려준 거 맞지 않나요? 돈을 빌려줬으니 은행에서 꼬박꼬박 이자 준 거 아닐까요? 빌려준 게 아니면 투자라는 뜻인데, 투자자에게 이자를 주는 경우도 있습니까?"

예금주는 모두 빚쟁이고 통장은 차용증이다. 돈을 은행에 맡긴다, 혹은 예금한다는 그럴듯한 말로 슬쩍 바꿔 놨지만, 빌렸다는 말이 정확하다. 그래서 갖가지 금융 상품을 만들어 빚쟁이들인 예금주를 유혹한다. 더 많은 수익을 얻을 수 있다는 달콤한 말로 꼬드겨야 빌린 돈을 안 갚아도 되기 때문이다. 난 금융 상품에 투자한 투자자가 아니라 단순한 예금주이기 때문에 빚쟁이가 맞다.

"제가 은행에 큰돈을 빌려줬습니다. 그런데 그 돈으로 부도날 게 뻔한 회사를 살리겠다면 어쩔 수 없죠."

은행장들은 내 뒷말을 예상했는지 안색이 흙빛으로 변했다.

"순양금융그룹이 빌려준 돈, 제 개인이 빌려준 돈, 전액 돌려받고 싶습니다. 내일 아침 영업 시작하면 찾겠습니다."

은행장들은 어음을 던지겠다는 이학재 회장과 예금을 전액 찾아 버리겠다는 내 말에 아무 말도 하지 못했다. 지금 말린다고 될 일이 아니라는 걸 눈치챘다면, 진짜 원하는 목적이 뭔지 정확히 알려 들 것이다. 우리 두 사람이 막무가내 고집부릴 만큼 명청한 사람은 아니라는 건 잘 알 테니 말이다.

한동안 침묵하던 그들이 조심스레 입을 열었다.

"저기, 이 회장님 그리고 진 실장님. 혹시 우리가 중요한 토픽을 놓치고 있는 겁니까?"

"이 회의는 순양과 대현의 부도 대책이 아니라 인수 방법을 논의하기 위한 것인지요?"

이학재와 나는 저절로 지어지는 미소를 감추지 않았다.

"HW그룹은 무려 10조 원에 육박하는 돈을 때려 박았습니다. 전 여러분의 은행에 수조 원대의 돈을 빌려드렸고요. 이걸 시간으로 환산하면 초당 수백억은 될 겁니다. 이제야 황금 같은 시간을 헛소리나 하며 때우지 않겠군요."

"그러니까 두 건설사를 가지려고 그 많은 돈을 쓰신 겁니까?"

"그건 투자라고 해주십시오. 본전은 물론이고 두둑한 수익까지 챙길 생각이니까 모두 놀라지 않으셔도 됩니다."

은행장들은 안도감에 긴 한숨을 내쉬었다. 부실 채권 때문에 구조조정 당하는 일은 없을 테고, 은행장이라는 보직에서 멀어질 일도 없을 터이다. 단, 이 인수 건이 잘 마무리된다면 말이다.

"하지만 정상적인 인수 절차에 들어가기 전에 여러분들은 얼마를 안고 가실지 말씀해 주시기 바랍니다."

"무슨 말씀이신지…?"

다 알아들었으면서 모른 척 시치미를 떼는 영감들, 손해는 절대 안 보려는 은행원답다.

"아시면서 그러십니까? 부도난 회사 되살릴 때 은행도 거들어야죠. 두 건설사의 채권 감면, 어느 선까지 하시겠습니까?"

노골적인 물음에 모두 입을 다물었다.

"누가 봐도 적당하다고 할 만한 금액. 그 정도는 은행도 지고 가셔야죠. 단 한 푼의 채권 감면도 못 하겠다고 생각하는 분은 이 자리를 뜨셔도 됩니다. 튼튼한 은행이라는 뜻이니까 제 돈을 다 빼도 괜찮으시겠죠?"

또다시 침묵이 이어졌다.

"아, 혹시라도 말입니다. 정부가 나서서 구제금융이라도 던져 주지 않을까 하는 생각은 접으세요. 청와대가 두 건설사의 전화는 일절 받지 않습니다. 여의도 국회의원 보좌관들조차 피하는 전화니까요."

단 한 명도 자리를 뜨지 못했다.

그들을 향해 이학재 회장이 입을 열었다.

"최대 채권자인 제가 키를 잡겠습니다. 여러분들은 제 손끝이 가리키는 방향으로 열심히 노 젓기만 하세요. 이의 없으시겠죠?"

▲ ▲ ▲

대현자동차 그룹의 주태식 회장은 조간신문을 보며 끙하는 앓는 소리를 냈다. 언론은 연일 두바이 사태를 다루며 폭락하는 주가를 앞세워 순양과 대현의 위기를 증폭시켰다. 대현그룹과 순양그룹의 힘으로 언론 기사를 못 막았다는 건 되돌릴 수 없는 지경이라는 뜻이다.

주태식 회장이 신문을 내려놓자 머리를 푹 숙인 채 소파에 앉아 있는 동생이 보였다.

"두바이가 전부야?"

"응?"

"이거만 막으면 다 해결되는 거냐고?!"

건설 부문을 물려받은 고 주영일 회장의 삼남 주민식은 대답을 못 했다. 지방에 벌여 놓은 아파트 공사, 재건축 쇼핑몰 등 전부 빚으로 진행 중이다. 쉬쉬하지만 누구나 아는 비밀도 있는 법이다. 분양대금으로 돌려막기 할 정도로 여기저기 구멍이 숭숭 뚫렸다.

"정부가 외면한다는 거 금융권에서 다 알아. 이거 네가 막아야 해."

"큰형님. HW에서 어음 돌리면 부도 못 피합니다. 그룹 차원에서 해결하는 방법밖에…."

주민식이 가까스로 입을 열었지만 돌아오는 건 큰형의 냉담한 반응뿐이었다.

"그룹 차원? 대현건설그룹이라고 떠들고 다닌 건 너 아냐? 난 자동차 그룹이라면서? 우린 한 가족이 아니다. 그룹 차원이라면 건설그룹에서 해결하면 되겠네."

"형님. 그런 뜻이 아니지 않습니까?"

"아닌 거 안다. 하지만 우리가 동네 슈퍼 주인이냐? 딸린 식구만 수만 명이다. 너 구하자고 우리까지 굶어 죽을 수는 없다. 우린 순양과 달라. 계열사 분할까지 끝냈어. 네가 망한다고 해서 대현자동차그룹이 피해 볼 일은 없을 거다."

"형님! 건설은 대현의 모태 아닙니까? 이걸 죽이는 건 돌아가신 아버지…."

"지랄한다. 네가 언제부터 아버지 명예를 생각했어? 이 자식이 어디서 함부로 아버지를 끌어들여! 나가, 이 새끼야!"

주태식 회장은 동생을 쫓아내고도 한참을 씩씩거렸다. 대현건설의 위기 때문에 화가 난 게 아니다. 저런 멍청한 놈에게 그룹의 모태였던 건설을 물려주고 돌아가신 아버지에 대한 분노였다.

흥분한 마음을 좀 가라앉혔을 때 비서가 조용히 문을 두드렸다.

"회장님. 이학재 회장과의 약속 시각입니다. 출발하시겠습니까?"

"가자. 기다리시게 하면 안 될 양반이다."

주태식 회장은 이학재와의 약속을 위해 서둘러 사무실을 나갔다.

"아이고 형님. 이게 얼마 만입니까?"

이학재 회장은 환히 웃으며 주태식 회장의 손을 덥석 잡았다.

"이 회장. 엄청난 돈을 물린 사람치고는 신수가 훤하네. 아직 쟁여 놓은 돈이 많나 봐. 허허."

"그런 말씀 마십시오. 죽겠습니다. 돌려받지도 못할 어음만 잔뜩 쥐고 골머리 썩히는 중입니다."

굳게 악수를 한 두 사람은 서로를 향해 환히 웃었다. 잠깐 서로의 안부와 신변에 대한 가벼운 이야기를 나누고 오늘의 비밀 회동의 목적을 꺼냈다.

"이 회장. 이 사태만 해결하면 다시 정상으로 돌아가는 건 확실한가?"

"물론입니다. 이미 미국 정부가 천문학적인 돈을 퍼부었어요. 두바이에 물린 돈은 넉넉잡고 2년이면 회수 가능합니다."

"HW건설은 두바이에 눌러앉았더군."

"네. 회생을 믿지 않는다면 저도 철수했을 겁니다."

"두바이가 살아나면 HW 형편은 확 피겠어. 의리 지킨 기업을 나 몰라라 하지는 않을 테니까 말일세."

"그놈들도 장사치입니다. 돈 안 되면 의리고 뭐고 없죠. 하하."

찻잔을 든 주태식 회장은 부러운 눈길로 이학재를 지그시 바라보며 말했다. 든든한 돈줄이 대주주인 그룹을 맡아 장기적인 안목으로 회사를 이끈다. 자신도 충분히 가능한 일이지만, 눈앞에 닥친 자식 놈들의 승계 작업 때문에 여유가 없다. 이학재 같은 전문 경영인이 대현을 위해 일한다면 얼마나 좋을까 잠깐 생각했다.

"아무튼, 형님. 건설을 살릴 생각은 없으신 거 맞습니까?"

"그렇다네. 그거 살리자고 천문학적인 돈을 때려 박는 멍청한 짓은 못해. 알다시피 자동차그룹도 대현산업이라는 건설사를 쥐고 있어. 그 돈으로 내 회사 살찌우는 게 더 낫지."

"그럼 제 제안을 받아들이는 거로 알겠습니다."

"그러니까 이 자리에서 이 회장과 웃으며 이야기 나누는 거 아닌가?"

이제 이학재 회장이 주태식 회장의 요구를 들어야 할 차례다.

"그럼 원하시는 회사 말씀하십시오."

주태식 회장은 주머니에서 곱게 접은 종이 한 장을 꺼냈다.

"이게 우리 애들이 꼭 챙기라고 신신당부한 거야. 한번 보시게."

그가 내민 종이를 펴니 회사 이름 몇 개와 그 회사의 가치를 평가한 숫자가 적혀 있었다.

대현토건, 대현시멘트, 대현개발 등 전부 삼남인 주민식의 계열사 명단이다.

"너무하십니다. 건설만 가져가라는 말씀입니까?"

"오해는 마시게. 우리 대현산업에 꼭 필요한 회사만 적은 거야. 돈 되는 회사만 뽑은 건 아니라고. 그리고 대현건설의 알짜배기 자회사는 고스란히 넘겨줌세."

"대현건설의 자회사는 당연히 넘겨받아야죠. 돈은 우리가 다 썼고 청와대도 우리가 막았습니다. 은행도 우리 손에 있는데 이건 너무 야박한 거 아닙니까?"

"이 사람아, 이 회장. 우리 부친께서 일군 거야. 내가 이 악물고 나서면 대현건설까지 지켜낼 수 있다고. 그거 양보하는 건데 야박하다니? 도대체 얼마나 가져가야 성에 차겠는가? 설마 절반은 챙겨야 만족하시는가?"

"형님. 이럴 때는 눈 딱 감고 반으로 가르는 게 정석입니다. 코흘리개 어린애들도 아는 규칙 아닙니까?"

이 회장은 절반이나 가져올 생각은 없었다. 욕심 많은 주씨 일가를 상대할 때는 훅 지른 다음 조금 양보하는 방법이 언제나 통했다. 이번에도 마찬가지, 두어 개만 더 얻어 내면 만족할 만한 협상이다.

"참 내, 별소리 다 꺼내는군. 좋아, 우리 이 회장께서 원하는 건 뭘까? 툭 터놓고 말씀하시게."

"시멘트."

주태식 회장은 펄쩍 뛰며 난색을 보였다.

"아이고, 이 친구야. 그건 안 돼. 시멘트는 우리 동생 밥벌이라도 하게 놔둬야지. 그나마 돈 좀 버는 곳인데 그걸 홀라당 가져가면 쭉정이만 남잖아."

"동생이라면 주민식 회장…?"

"그래. 못난 놈이라 해도 피붙이야. 백수로 살며 한량 노릇이나 하도록 놔둘 수는 없지 않은가?"

"그럼 종합설계와 로템을 더 얹어 주십시오. 더는 요구하지 않겠습니다."

"로템?"

갑자기 튀어나온 회사, 대현로템은 철도차량과 방위산업 분야의 기업이다. 건설 부문이 아니라 자동차 계열사, 주태식 회장이 생뚱맞은 표정을 보이는 게 당연했다.

"방산이야 알짜 사업이니 달라는 거 아닙니다. 철도차량 부문만 넘기십시오."

주태식 회장은 쉽게 받아들이지 못했다. 그리 돈 되는 사업도 아니고 규모도 크지 않기 때문에 욕심낼 만한 회사가 아니다. 굳이 그걸 원하는 이유가 궁금했다.

"가뜩이나 HW자동차가 바짝 따라와서 쪼그라드는데 철도까지 가져가겠다고? 에이, 날강도 같은 친구야."

"형님. 전 자동차는 조금도 관여하지 않습니다, 조대호 사장 혼자 하는 독립 기업이라고 봐도 무방해요. 그런 분이 슬쩍 부탁하더라고요. 철도차량 기술을 확보하고 싶다나요? 명색이 제가 회장인데 체면 좀 세워 주십시오. 큰 돈벌이도 아니지 않습니까?"

종합 자동차 회사의 구색을 갖추려면 뒷받침하는 중공업이 필수다. HW자동차의 취약점이 바로 중공업의 부재…. 조대호 사장은 약점을 정확히 알고 있다.

"그럼 로템만 가져가는 거로 하지. 종합설계는 남겨 두고. 어떤가?"

곁가지 몇 개를 올렸다 내렸다 했지만 결국 두 사람 다 원하는 것을 얻었다.

"좋습니다. 그렇게 하시죠."

이학재 회장은 흔쾌히 머리를 끄덕이고는 웃음을 거뒀다. 이제 주 회장의 약속을 확인해야 한다.

"그런데 동생의 경영권은 어떻게 정리하실 생각입니까?"

"그놈이 가진 지분 전량 내가 인수해야지. 이 사태를 해결하는 조건으로. 부도나서 공중분해가 되는데 제 놈이 뾰족한 수 있겠어?"

"차질 없으리라 믿겠습니다."

"염려 말게. 지분 인수하고 건설과 나머지 계열사 잘 포장해서 자네에게 넘김세. 참, 사람 너무 많이 쳐내지 않도록 부탁하네. 그래도 대현 밥 오래 먹은 사람들이니."

"그건 제가 알아서 하겠습니다. 구조조정은 피할 수 없으니까요."

빈말이라도 모든 사람을 다 안고 가겠다는 말은 하지 않는다.

"하여튼… 칼이라니까. 회장씩이나 됐으면 좀 무뎌질 만한데…."

"형님 앞에서 제가 회장 흉내 내봤자 무슨 소용 있습니까? 하하."

호탕하게 웃는 이학재를 보며 주태식 회장은 인상을 슬쩍 찌푸렸다.

"순양이 걱정되는군. 진동기, 그 친구…. 설 자리를 잃겠는데?"

"동생들 수난 시대죠. 저도 회사 하나쯤은 남겨 두겠습니다. 밥벌이는 해야죠."

이학재가 남겨 둔다는 회사가 뭔지 궁금해지는 주태식 회장이었다.

▲ ▲ ▲

"다, 당신들이 감히…."

진동기 부회장은 차오르는 분노에 말을 잇지 못했다. 하지만 그를 에워싼 은행장들은 진동기 부회장의 기분 따위는 아랑곳하지 않은 채 냉담한 태도로 압박했다.

"이건 신중한 결정입니다. 함부로 말하지 마세요. 진 부회장님."

"순양건설 하나로 끝나는 문제가 아닙니다. 지급 보증 선 다른 계열사는 물론, 순양그룹 전체가 흔들리는 일입니다. 우리 금융권에서 그 충격파를 가벼이 여긴다고 생각하시는 건 아니겠죠?"

"10년 전 외환위기를 잊으셨습니까? 수백억이 없어 재계 10위권 그룹 몇 개가 공중분해 됐습니다. 겨우 10년 지났습니다. 무려 100배가 넘는 조 단위의 부도가 날 지경이라고요. 막을 자신 있습니까? 진동기 부회장님!"

진동기 부회장은 말문이 막힐 지경이었지만, 순순히 굽힐 수는 없었다. 경영 일선에서 물러나는 건 그룹을 포기하라는 말과 같다. 아버지 진 회장이야 문제가 터지면 심복들을 허수아비로 앉혀 놓고 수렴청정 했지만, 지금 금융권이 요구하는 건 경영진 전체의 사퇴다. 심복 하나 심어 놓지 못하고, 심복들과 함께 회사를 나가고 그 자리에 채권단의 사람으로 꽉 채워진다면 복귀는 불가능하다.

"자구책을 내놓을 시간이라도 줘야 하는 것 아닙니까? 도대체 이러는 이유가 뭐요?"

진동기 부회장은 은행장들의 본심을 알고 싶었다. 단순한 경고 차원인지 아니면 회사를 조각내어 정리할 만큼 극단적인 상황인지 도무지 알기 어려웠다.

주 채권자인 진한은행장이 말했다.

"우리도 살아남아야 하지 않겠습니까?"

"뭐요?"

"순양만 야박하게 대하는 거 아닙니다. 이미 대현에도 최종 통보했어요. 두 그룹의 부도는 우리 은행 모두를 위협할 지경입니다. 생존이 걸린 문제입니다."

"우리 개인의 생존을 말하는 게 아닙니다. 은행 자체가 흔들리고 있어요. 또 외국 자본이 금융권을 잠식하는 지경까지 갈 수는 없지 않습니까?"

"이거 혹시 청와대 지시 사항이요?"

진동기가 가장 묻고 싶은 질문이었다. 청와대가 은행을 통해 자신에게 최후통첩했다면 일단은 순순히 따르는 수밖에 없다.

"청와대는 절대 관여하지 않겠다는 입장만 되풀이했습니다. 아시겠습니까? 혹시라도 정부 차원의 금융 지원을 기대하신다면 포기하십시오."

최후통첩이 맞았다. 더는 이들과 협상할 필요도 없다. 채권단이 회사를 점령하기 전, 이들의 발을 묶어 버릴 방법을 찾는 게 우선이다.

"일주일만 기다려 주시오. 설마 그 정도 시간도 거절하지는 않겠죠?"

진동기는 은행장들의 대답을 기다리지도 않고 자리를 떴다.

"그놈들 말, 맞아. 정부는 손 뗐다. 자빠진 중소기업 일으켜 세우는 데 들어가는 돈도 부족하다고 징징대. 우리나 대현은 그룹 차원에서 막을 수 있다고 판단한 거야."

"막아 줄 거요?"

"그게 청와대의 착각이지. 우리가 한 가족이라고 생각하는 거. 대현도 별반 다르지 않을걸? 주태식 회장이 주민식을 쫓아내려고 작정하고 말려 죽인다는 소문이 자자해."

진영기 부회장은 무척 재미있는 드라마라도 보는 듯한 표정이었다.

"그럼 형님은? 내가 말라 죽기를 기다리는 거야?"

"당연하지. 내가 왜 널 살려줘야 하는데? 설마 동생 챙기는 형제애라도 기대했던 거냐?"

실실 웃으며 속을 쿡쿡 찌르는 형님을 보며 진동기는 입술을 깨물었다.

"순양종합화학, 순양정밀기계. 두 개 챙겨 줄게. 그리고 너와 네 가족 개인 재산은 고스란히 가져가. 대신 그룹 주식은 다 내놓고. 그럼 내가 이 사태 책임진다."

큰소리는 땅땅 치지만 진영기 부회장도 조 단위의 부실을 막을 수 없다. 계열사 구조조정을 자구책이랍시고 생색내며 시간을 끌 것이고, 열심히 로비해서 다시 은행 돈을 끌어다 쓸 것이 뻔하다. 부실은 더욱 커지겠지만 말이다.

진동기는 자신의 지분 강탈만이 목적인 형과 더는 이야기할 필요성을 못 느꼈다. 그는 최대 채권자를 찾아가 협상하는 게 더 낫다는 걸 알았다. 형제보다 빚쟁이가 더 너그럽기를 바랄 뿐이다.

"진 부회장님 개인 소유 주식은 손대지 못하겠지만… 순양건설과 중공업이 가진 주식, 그건 우리 HW가 가질 겁니다. 그럼 두 회사 밑에 줄줄이 딸린 자회사, 그리고 계열사 몇 개는 우리 손에 들어오겠죠."

형은 진동기 자신이 가진 건설과 중공업 주식을, 빚쟁이는 건설과 중공업이 보유한 다른 계열사 주식을 원한다. 그래 봤자 부도나면 은행이 전면 재배치부터 하겠지만 말이다.

"이 회장님. 그 생각 바뀔 리는 없겠죠?"

진동기는 구차하게 매달리고 싶지 않았다. 매달리고 애원한다고 해서 부탁을 들어줄 사람이 아니라는 걸 잘 안다. 그나마 냉철하고 이성적인 협상이 통하는 사람이다. 형처럼 무조건 지분부터 내놓으라고 떼쓰는 말은 꺼내지 않을 것이다.

"안 바뀝니다. 최소한 순양 계열사 25퍼센트는 먹을 수 있는데 인정에 끌린다면 전문 경영인의 자격 미달이죠."

진동기는 이 사람이 가장 두려웠다. 순양그룹의 지배구조를 훤히 꿰뚫고 있는 사람 아닌가? 뭐부터 가져올 수 있는지 계열사에 번호 매겨놓고 계산 끝낸 게 분명하다.

"그룹 지배지분은 절대 내놓을 리 없다는 것도 잘 알아요. 그러니 별수 있습니까? 하나하나 찢어서 가져오는 수밖에."

진동기는 마음을 다잡고 말했다.

"내가 전력을 다해서 막을 겁니다. 절대 쉽게 가져가지는 못할 거요. 긴 싸움이 될 거고 서로 많은 피를 흘릴 겁니다. 나 진동기, 아직 그 정도 힘은 있습니다."

"그 말은 여전히 정치권의 힘을 빌려 생명을 연장하겠다는 뜻인 거 같은데… 과연 아직 힘이 남아 있을까요? 저놈들 등 돌리는 거 한순간입니다. 잘 아실 텐데요?"

"확인하고 싶으면 해보시든가. 난 서로가 흘릴 땀과 피를 아끼자고 하는 겁니다. 원하는 게 뭔지 말씀하세요. HW는 중공업 계열이 부족하니 채권 연장만 해주신다면 관련 회사 몇 개는 그냥 드릴 수도 있습니다."

이학재 회장은 피식 웃었다.

"순양의 영광은 진양철 회장님이 돌아가셨을 때 관 속에 함께 묻혔습니다. 그걸 아직도 모른다면 알게 해드리죠."

이학재 회장은 스마트폰을 테이블 위에 올려놓고 스피커를 켰다. 액정 화면에는 총리라는 두 글자가 선명했다.

"총리님. 이학재입니다."

"아, 이 회장. 또 무슨 일인가? 설마 지난 주말 골프 설욕전이라도 하겠다는 건 아니지? 허허."

"아이고, 총리님, 이제 골프는 접었습니다. 실력 차이가 너무 확연해서 설욕전은 엄두도 못 내겠어요."

화기애애한 전화 통화를 듣는 진동기의 표정이 굳었다.

"총리님. 제가 대현 주태식 회장과는 이야기를 끝냈습니다. 건설 계열은 우리 HW가 전부 인수해서 살리기로 말입니다. 그러니 대현그룹 때문에 불길이 번질 일은 없을 겁니다."

"그거 다행이네그려. 고맙소이다. 또 한 번의 IMF 같은 사태가 벌어질까 노심초사했는데…. 혹시 순양도 정리 끝냈나?"

"아직입니다. 대현은 계열 분리가 확실해서 큰 어려움이 없는데 순양은 지배지분이 얽혀 있어서 말이죠. 아무튼, 조기에 해결하도록 힘쓰겠습니다."

"부탁하네. 그렇지 않아도 진동기 그 친구가 동네방네 쑤시고 다녀서 여간 난처한 게 아닐세. 그만하면 우리 정부 입장은 명확히 전달한 거로 아는데… 눈치가 없는 건지, 욕심이 많은 건지… 에이, 물러날 때를 몰라요."

"제가 부족해서 그렇습니다. 총리님 심기, 불편하게 해서 죄송합니다."

"아, 아닐세. HW그룹이 쫄딱 망한 건설업계를 떠받쳐 주니 도리어 우리가 고맙지. 그리고 이 회장 말씀대로 미라클이 120억 달러를 국내로 들여온 거 확인했어. 덕분에 우리가 한숨 놓았네, 고마워."

"별말씀을 다 하십니다. 환율 방어를 위해서는 당연히 해야 할 일이죠."

"그럼 수고 좀 해주게. 순양 일은 계속 알려 주고. 혹시라도 진동기 그 친구가 말 안 들으면 연락해. 국세청이라도 동원해서 탈탈 털어 버릴 테니까. 손바닥으로 한번 쓱 닦기만 해도 묵은 때가 시커멓게 나올 텐데…. 망신살 뻗치고 싶다면 그렇게 해줘야지."

통화를 끝낸 이학재 회장은 웃으며 진동기를 바라보았다.

"자, 부회장님 힘으로 총리부터 설득해야 할 것 같은데? 물론 총리의 뜻이 청와대의 뜻이라는 것쯤은 알겠지만…."

하얗게 질린 진동기는 통화가 끝난 스마트폰 화면에서 눈을 떼지 못했다.

"진동기 부회장님!"

이학재 회장이 테이블을 '탕' 하고 치자 그가 고개를 들었다.

"혹시나 해서 하는 말… 아니 경고인데, 계열사 간 순환출자구조 때문에 서로 쥐고 있는 주식, 함부로 이동하면 안 됩니다. 부도나기 전 회사 소유의 자산을 손대는 건 명백한 배임 횡령이라는 거 아시죠?"

건설의 부도로 순양건설의 소유 지분이 채권단으로 다 넘어가면 계열사 지배력이 무너진다. 진동기가 지배하는 모기업 역할은 건설과 중공업인데, 중공업으로 모든 지분을 이동하고 껍질뿐인 건설만 날려 버리는 수작은 일찌감치 생각지도 말라는 뜻이다. 지금까지야 검찰이 눈감아 줘서 이런 일이 비일비재하게 일어났지만 조금 전 총리가 말하지 않았던가? 여차하면 국세청까지 동원하겠다고. 국세청 동원까지 생각하는 정부가 검찰을 못 움직이겠는가? 정권이 등을 돌리면 재벌도 보통의 기업과 다르지 않다.

"중공업이 건설의 지급 보증을 많이 섰죠? 우리 HW가 가진 중공업 어음도 상당해요. 건설이 무너지면 중공업도 휘청, 어차피 살아나지 못합니다."

마침내 진동기가 입을 열었다.

"그만하면 협박은 충분합니다. 원하는 걸 말씀하세요."

"내가 왜?"

"네?"

"당신이 원하는 걸 말해야지. 그걸 들어줄지 말지 결정하는 게 나야. 아직 멀쩡한 순양그룹 부회장이라고 착각하는 거야?"

이학재 회장은 고개를 저었다.

"당신의 선택은 딱 하나뿐이야. 당신 형 진영기에게 모든 걸 다 주고 휙 던져 주는 뼈다귀나 챙기는 것, 아니면 HW가 원만한 인수를 할 수 있도록 조용히 돕는 것. 어느 쪽이야?"

듣고 싶지도, 믿고 싶지도 않은 현실에 진동기는 치가 떨렸다. 딱 2년만, 아니 1년만 버티면 다시 회복할 수 있다. 중동 법인에서 부지런히 뛰어다니며 모은 정보를 종합했을 때 두바이는 예상보다 빨리 모라토리엄에서 벗어난다. 미국 금융위기는 꽤 오래가겠지만, 아시아는 그 충격이 덜하다는 것이 전문가들의 중론이다. 겨우 1년이라는 시간 때문에 모든 걸 잃어버린다고 생각하니 받아들이기 힘든 것이다.

"꼭 다 가져가야겠소? 조금의 시간만 주면 이 문제는 내가 해결할 수 있소."

"보기에 없는 건 선택할 수 없다는 걸 잘 아시면서…."

이학재 회장은 조금은 안타까운 표정이었다. 그래도 오랫동안 호형호제하며 지낸 사이 아닌가?

"시간, 바로 그 시간이 없어서 기업이 사라집니다. 진 회장님이 기업을 인수할 때 돈으로 인수한 줄 알아요? 인수할 수 있는 타이밍을 놓치지 않았고 회복할 시간을 주지 않았기 때문에 지금의 순양그룹을 만들어 낸 겁니다."

"그래서? 기어이 순양건설의 부도를 뉴스 톱으로 때리겠다는 뜻입니까?"

"말하지 않았나? 원활한 인수를 돕겠다면 조용히 처리한다고?"

진동기는 한숨을 쉬었다.

"도대체 왜 이렇게까지 하는 거예요? HW그룹의 주인도 아니면서. 월급쟁이 회장일 뿐이잖아. 차라리 실속 챙기는 게 더 나을 거 아니요? 그래서 내가 원하는 게 뭔지 말하라고 한 거고…."

"월급쟁이니까."

"뭐요?"

"내 주인이 진동기 부회장의 순양을 원하니까. 난 지금 밥값 하는 중이라니까. 하하."

투자사가 기업을 삼켜? 도저히 받아들이기 힘든 말이다. 진동기는 아버지의 그림자였던 이학재가 순양을 넘보는 게 분명하다고 믿었다. 이 인자가 숨긴 착각, 바로 자신이 순양을 키웠다고 생각하며 순양의 회장 자리는 자신이 받았어야 했다고 믿는 것이 아닐까 생각했다.

"진 부회장. 암 환자가 시한부 선고를 받으면 5단계를 거친다고 해요. 부정, 분노, 타협, 우울, 수용. 부회장은 지금 어느 단계까지 왔는지 모르겠지만, 좀 더 영리하게 행동하는 게 나을 거요. 다 건너뛰고 현실을 수용하고 하나라도 더 건지는 게 좋지 않겠소? 진영기 부회장보다야 내가 훨씬 더 많은 걸 남겨 줄 거요."

이학재가 부드러운 음성으로 설득했으나 진동기는 떫은 미소만 지었다.

"아버지 밑에서 시다바리나 하던 놈이 감히 훈계질을 해? 남들이 회장, 회장 하니까 모셨던 아버지 흉내라도 내고 싶은 거야? 어디서 건방을 떨어."

낮은 목소리였지만 터질 것 같은 분노를 억누르며 말했다.

"내가 쪽박을 차면 당신도 깨져. 뭐? 암 환자? 5단계? 어이가 없어서, 원…."

진동기는 자리를 박차고 일어났다.

"내가 알거지가 되더라도 내 형… 조카에게 던져 줄지언정 당신은 순양의 벽돌 하나도 손에 넣지 못할 거요."

진동기 부회장이 선언하듯 소리치고 밖으로 나가 버리자 이학재 회장은 피식 웃음이 새어 나왔다.

"분노라… 아직 2단계구면."

분노는 사람의 눈을 멀게 만든다. 조카에게 던져 주면 두고두고 땅을 칠지도 모르는 일인데 말이다. 아닌가? 형이든 조카든 후회는 어쩔 수 없는 일인가?

▲ ▲ ▲

"HW가 채권단을 지휘한다고요?"

"그래. 이학재는 순양을 원해."

'잘못짚으셨습니다, 큰아버지.'

아직 눈치채지 못한 건 처한 상황이 워낙 다급해서일까? 아니면 내가 이 정도까지 큰 그림을 그리고 실행할 만한 돈이 없다고 생각해서일까?

"두바이에 물린 돈이 워낙 커서 제가 어떻게 할 수 있는 게 없을 것 같은데요?"

"하나 있다."

빠져나갈 구멍이 아직 남았나?

"너도 알다시피 우린 주요 계열사 지분과 지주회사 역할 하는 껍데기 회사의 지분만 쥐고 있잖아."

"그렇죠."

"계열사들은 순환출자로 서로의 지분을 잔뜩 쥐고 있고. 지금 이학재가 노리는 건 바로 계열사들이 잔뜩 쥐고 있는 지분이다. 그자가 그 지분을 다 확보해 버리면 우리가 쥔 지분은 지배력을 잃어."

"그렇죠."

"계열사들이 가진 주식을 뺏기면 큰일이야. 그러니까…."

"그거 함부로 손댔다가는 채권단이 걸고넘어질 텐데요?"

"적정 가격에 팔고 그 돈으로 채무를 일부 해결하면 돼. 그럼 걸고넘어질 것도 없는 자구책의 일환이야."

"적정 가격에 그 주식을 다 살 곳이 있습니까? 천문학적인 돈이 들어갈 텐데요?"

"그러니까 네게 부탁하는 거다. 너와 난 지배지분의 공동의결권자 아니냐? 계열사 지분이 사라지면 네가 가진 지배지분의 힘도 약해져."

같이 죽는다는 말을 하고 싶은 건가? 협박처럼 들리기까지 하다.

"순양금융그룹의 자금을 총동원해서 건설 계열의 회사가 소유한 지분을 확보해. 그래야 이학재의 계획이 수포로 돌아가."

"그 돈으로 건설 계열의 부채를 갚겠다는 말씀이시죠?"

"그래. 일거양득이다."

부채도 갚고, 지분도 지키고, 일거양득 맞다. 단, 내가 아니라 둘째 큰아버지에게 말이다. 어차피 내 것이 될 지분을 사느라 나는 엄청난 추가 비용만 지불할 뿐이다.

"싫습니다."

"뭐?"

진동기 부회장이 매섭게 쏘아보았다.

"첫째 큰아버지께도 똑같은 제안을 하셨습니까? 순양전자와 순양물산의 자금력이 금융그룹과 비교해서 뒤처지지 않습니다."

"그, 그건…."

"특히 순양물산은 건설과 함께 중동 진출했습니다. 첫째 큰아버지도 불구경하듯 나 몰라라 할 때가 아닙니다. 분명 논의하셨을 거 아닙니까?"

날 쏘아보던 그의 눈빛이 흔들렸다.

"왜요? 계열사 지분 매입은 싫고 아예 그룹 지배지분을 내놓으면 생각해 보겠다고 하셨습니까? 대신 비주력 계열사 두어 개 적선하듯 던지셨고요?"

입을 굳게 다문 그의 아픈 곳을 찔렀다.

"분명 책임져야 할 분도 거절했는데 제가 왜 해야 하죠?"

"네가 가진 지분이 무용지물이 될 수 있으니까 하는 말이다."

"그건 모두에게 적용되죠. 하지만 전 걱정 없습니다. 제 지분은 제가 지킬 수 있으니까요."

전혀 생각지 못했던 말인지 그의 눈이 커졌다.

"HW가 순양 계열사 주식을 가져간다면 금융그룹 지분만 다시 거둬올 겁니다. HW그룹의 주인은 미라클입니다. 전 미라클에 상당히 많은 돈을 투자했고요. 아주 싼 가격에 넘겨줄 겁니다."

이제 내 계획을 눈치챘나 보다. 떨리는 목소리로 조심스레 묻는다.

"너, 혹시 이번 기회에 그룹에서 완전히 분리할 생각이냐?"

"당연하죠. 호시탐탐 제 회사를 뺏으려는 큰아버지들, 그리고 두 분의 사업이 흔들리면 저도 위험해진다는 걸 알았는데 가만히 있을 거로 생각하셨습니까?"

"도준아! 그건 안 된다. 계열 분리라니…. 순양을 이렇게 깨버릴 수는 없어!"

건설 계열의 주요 회사가 HW로 넘어가고 금융그룹은 분리 독립하면 순양은 더 이상 순양이 아니다. 난 둘째 큰아버지가 이런 걱정을 하는 게 우습기까지 했다. 이미 순양에서 떨어져 나가는 건 돌이킬 수 없는 사람이 아직 순양 운운하다니….

"큰아버지. 첫째 큰아버지는 이미 승계 작업에 들어갔습니다. 영준이 형에게 그룹 지배지분을 넘겨준다는 것 자체가 계열 분리를 의미하지요. 가진 건 확실히 지키겠다는 의지 아니겠습니까? 순양이 찢어지는 건 피할 수 없어요."

진동기 부회장은 입을 다물었다. 그도 승계 절차를 진행하려 했고 이번 두바이 월드 프로젝트가 끝나면 벌어들인 돈을 아들에게 줄 생각이었기 때문이다. 이젠 다 틀어져 버린 일이지만.

"죄송한 말씀이지만 큰아버지께서 선택하실 수 있는 일은 별로 없어

요. 지분을 전부 넘기고 순양이 다른 이의 손에 넘어가는 일만큼은 없도록 하든지, 아니면 채권단에 협조해서 회사가 망하는 일은 피하든지….”

믿고 싶지 않은 냉혹한 현실 앞에서 망연자실한 그에게 마지막 옵션 하나를 슬쩍 던졌다.

“이런 방법도 있습니다.”

그가 머리를 퍼뜩 들고 내 입만 바라보기 시작했다.

“첫째 큰아버지 대신 제게 모든 지분을 넘기십시오.”

“뭐야?”

“화내지 마시고 잘 생각하십시오. 전 첫째 큰아버지와 큰 차이가 있습니다. 바로 태준이 형을 챙길 수 있거든요.”

아들 이름이 나오자 그의 눈이 커졌다.

“첫째 큰아버지가 그룹을 장악하면 영준이 형 그 가족 외에는 순양 본관에 발을 들여놓을 수 없을 겁니다. 하지만 전 달라요. 태준 형과 성준 형 모두 순양의 중책을 맡을 겁니다. 3세 공동 경영, 이것 하나는 약속드립니다.”

“네 밑에서 말이지?”

비웃듯이 말하는 그에게 고개를 흔들었다.

“이미 아실 텐데요? 전 금융 그룹 사장들에게 보고받지 않습니다. 이번 미국 금융위기 정도 되는 큰일이 생겼을 때만 함께 논의하죠. 두 형은 독립적인 전문 경영인이 될 겁니다. 물론 성준 형은 능력을 검증해야 하지만, 태준 형은 이미 충분하다고 생각합니다.”

회사보다 자식이 더 중요한가 보다. 진동기 부회장은 붉게 달아오른 얼굴로 씩씩대며 나가 버렸다. 냉철하게 이성적으로 판단해야 할 때 자존심을 버리지 못하는 걸 보니 아직 멀었다. 더 처절하게 현실을 느껴야 한다.

5장

천사의 가면

"숨길 건 숨기고 가릴 건 가렸습니다만, 6000억 이상은 나올 것 같습니다."

장도형 부사장은 머뭇거리며 서류를 내밀었다.

"많이 숨겼네요. 매출액 2조 원도 안 되는 조그마한 식품회사 하나 승계하면서 1500억이나 세금 낸 기업도 있는데요, 뭐. 전 13억밖에 안 냈어요. 1조 원은 넘어야 정상이겠죠."

"이미 끝난 일입니다. 굳이 자진 납세라는 형식으로 6000억이나 쏠 필요가 있겠습니까?"

"부사장님. 전 성실 납세자가 아닙니다. 아깝긴 하지만 필요한 일입니다. 이건 상속세를 내는 게 아니라 상속을 막는 일입니다."

"후… 그렇긴 하지만…."

장도형 부사장은 아무래도 아까운지 긴 한숨만 자꾸 내쉬었다. 돈은 액수가 중요한 게 아니라 어떻게 쓰느냐가 중요하다. 하긴, 돈 없는 사람에게는 액수도 중요한 법이지만.

"제 방법이 악수(惡手)로 보일 수는 있습니다, 하지만 꼼수를 상대할 때는 악수가 정공법이 될 때도 있죠. 돈 아까워하는 건 그만합시다. 준비는 차질 없죠?"

"네. 순양건설 채권단의 공식 발표 후 기자회견 준비 중입니다. 이틀 뒤쯤 생각하는데 어떻습니까?"

"그렇게 하죠. 기사 덮으려고 난리 칠 때 제가 불을 붙여 버리면 방법이 없을 겁니다."

장도형 부사장은 어이없는 표정이었다.

"불붙이는 정도가 아니죠. 연말 연초의 TV 방송은 실장님 이름으로 도배될 겁니다. 기업 역사상 세금 덜 냈다고 스스로 자백하고 천문학적인 돈을 낸 기업인이 어디 있습니까?"

"절세, 탈세 없이 성실하게 세금 내는 사람이 대부분입니다. 정상으로 돌아가는 걸 뉴스가 떠들어대는 게 비정상이죠."

장도형은 무릎을 탁 쳤다.

"그거 좋은데요?"

"네?"

"방금 그 말씀 기자회견 때 꼭 하십시오. 하하."

아, 깜빡하고 있었다. 통신사가 아이폰을 팔기 시작했고 이제 본격적인 스마트폰 시대가 열린다. 스마트폰은 SNS의 비약적인 성장 동력이다. 누군가는 SNS가 인생의 낭비라고 했지만, SNS는 스타를 만들어 내는 또 하나의 창구다. 그리고 긍정적인 인식의 스타는 여론을 움직인다. 이번부터 시작해 볼까?

난 아버지께 전화했다.

"아버지. PI 전문가 소개 좀 해주세요."

"PI? 갑자기 왜? 설마 네가…?"

나의 PI(Personal Identity)를 우리나라 재계의 존경받는 스타 경영자 정도로 관리해 놓으면 여론을 움직이는 데 편리하지 않을까?

나는 놀란 아버지에게 웃으며 장난을 쳐봤다.

"네. 왜요? 안 됩니까? 흐흐."

"도대체 뭔 생각이냐? 연예인 할 거냐?"

"연예인은 아니지만, 스타는 돼야겠어요. 괜찮은 사람 있을까요?"

"알아보마. 업계 최고라야겠지?"

"네. 최고인 만큼 대우도 최고로 해주겠습니다."

"몇 명 보내 줄 테니 직접 만나 보고 결정해."

"고맙습니다, 아버지."

내 말 한마디로 누군가를 영웅으로 혹은 쓰레기로 만들 수 있을 만큼 영향력을 키워야 한다. 그 전에 친척부터 쓰레기로 만들고….

아버지의 소개로 온 두 명의 전문가는 내 설명을 듣고는 눈만 껌뻑거렸다.

"왜들 그러십니까? 이미지 구축에 별 도움이 안 될 것 같아요?"

"아, 아닙니다. 너무 의외라서요."

"그, 그렇습니다. 몇 년 전에 끝난 일인데… 게다가 6000억이라는 돈을 쓰시다니…."

"6000억을 쓰니까 화려하고 우아하게 등장해야겠죠? 누구라도 칭찬을 아낄 수 없도록 말입니다. 자신 없으십니까?"

"그럴 리가요."

누구라고 할 것 없이 이구동성으로 펄쩍 뛰었다.

"상품 퀄리티… 아, 죄송합니다. 업계 용어라 습관이 돼서…."

"괜찮으니까 업계 용어로 편히 말씀하세요."

"아, 네. 아무튼, 진 실장님의 퀄리티가 보통 사람과 비교할 바도 아니고, 6000억이라는 숫자가 주는 위압감, 그리고 안 내도 될 세금을 스스로 내는 도덕성, 이 정도 재료면 굳이 저 같은 업계 사람이 필요 없을 정도예요."

"그렇습니다. 언론도 크게 떠들어댈 수밖에 없는 기삿거리고. 사실만 나열해도 드라마입니다. 덧붙일 일이 없을 정도니까요."

이들의 칭찬이나 듣자고 부른 게 아니다.

"전 이번 일 하나 때문에 여러분과 만나는 게 아닙니다. 오랜 시간 동안 이미지를 구축하려는 게 목적입니다."

"구체적으로 어떤 이미지를 원하시는지…?"

"간단합니다. 제가 1조 원이 넘는 금액을 탈세했거나 회사 자금을 횡령해도 일반 대중은 절대 그럴 리 없다고 철석같이 믿는 무한하고 무조건적인 믿음, 신뢰…. 이것이 제 목표입니다."

지금까지와는 상반된 내용이 흘러나오자 두 전문가는 종잡을 수 없는 얼굴이었다. 내지 않아도 될 세금을 내면서 탈세와 횡령을 입에 담으니 그럴 만하다.

"업계 톱이라고 하시던데, 어렵습니까?"

천하에 둘도 없는 악당이 될 수도 있는데 천사 옷을 입혀야 하니 쉽게 대답하지 못한다.

"약 빨고, 술버릇 더럽고, 여자관계 복잡한 연예인도 엄친아로 비치는 게 여러분의 능력 때문이라고 들었습니다만…."

두 사람 중 한 명이 조심스레 입을 열었다.

"장기적인 이미지 구축에는 꼭 필요한 게 있습니다."

"말씀하세요, 어려워 말고."

"무조건적인 신뢰가 필요합니다."

"신뢰라…."

"네. 불필요해 보이고 괜한 짓 아닌가 하는 생각이 들어도 전문가의 지시에 정확히 따르는 것, 이건 상당히 어려운 일입니다."

"성공한 사람의 경우에는 더 그렇죠. 자신만의 방식으로 성공했기에 주변의 조언이 그리 달갑지 않거든요."

두 사람의 걱정이 무슨 뜻인지 안다. 스타 연예인보다 더한 재벌 3세의 안하무인, 이들이 가진 내 이미지일지도 모른다.

"계약합시다."

"네?"

"두 분 다 계약하겠습니다. 계약서는 두 분이 상의해서 보내 주세요. 무조건 지시대로 따른다는 조항이 들어 있어도 됩니다. 대신, 계약 기간은 1년. 제 잣대로 평가해서 부족하다 싶으면 1년으로 끝내겠습니다."

또다시 눈만 껌뻑거리는 그들에게 내 명함을 건넸다.

"계약서 사인하는 즉시 기자회견 어떻게 할지 계획서 준비하세요."

▲ ▲ ▲

2010년은 한국을 대표하는 두 거대 기업이 쓰러질지도 모른다는 증폭된 위기로 시작했다. 위기의 당사자인 진동기와 주민식이 매우 똘똘한 언론 플레이를 한 것이다. 두 건설사가 부도가 난다면 마치 제2의 IMF가 올 것처럼 호들갑을 떨었다. 언론 기사가 건설사를 위한 것임이 분명한 게 기사 말미에 항상 정부의 구제금융이 절실하다는 논조가 빠지지 않았다. 부정적인 기사 때문인지 증시도 흔들리기 시작했다.

"썩어도 준치라더니…. 쎄다. 녹록지 않아."

이학재 회장은 불안한 표정을 숨기지 못했다.

"뭡니까? 할아버지와 함께 지낸 세월이 몇 년인데 이런 약한 모습 보여 주십니까?"

"회장님과 함께 보낸 시간이 있으니까 불안한 거다. 여론을 여기까지 끌어올리면 정권도, 은행도 흔들리거든."

"두 건설사의 부도를 마치 정부의 책임처럼 몰아간다, 이 말씀이시죠?"

"그래. 한국 건설계의 얼굴이다. 정부도 책임에서 자유로울 수는 없어."

"카운터 펀치 날릴 겁니다. 기대하십시오."

"카운터 펀치?"

"네. 일전에 한 번 말씀드렸죠? 검찰청에 참고인으로 출두하시게 될 거라고요."

"야!"

소리 지르는 그를 향해 웃으며 손을 내저었다.

"아주 당당하게 들어가시면서 검찰청으로 몰려든 기자들이 내미는 마이크에 대고 한마디만 하시면 됩니다."

"…?"

"누구나 알지만 모른 척하는 불편한 진실, 그 민낯을 보시게 될 겁니다…. 뭐, 이 정도? 그리고 지검장이랑 커피 한잔하고 나오세요."

"정말 다 드러낼 생각이냐?"

"설마요. 필요한 만큼만 드러내야죠. 일반인이 보기에 우리 큰아버지들이 도둑놈으로 보일 만큼만."

"충격은 있겠지만 KO를 시킬 만큼 강력한 카운터는 아닌 것 같은데?"

"연타가 있어요. 그건 세상에 감춰야 할 거라서 검찰에게만 알려 줄 겁니다."

"두 부회장의 비리는 별반 소용없어. 쓰레기 더미를 다시 뒤지진 않아."

"아들이라면 달라지죠."

"뭐? 아들? 누구 말이냐?"

"진태준, 진동기 부회장님의 장남. 순양건설의 재무담당 이사. 그가 사고 친 돈 600억. 이 정도면 진동기 부회장이 항복할 겁니다."

"태준이가?"

전혀 생각지도 못한 이름이 나오자 이학재 회장은 입을 떡 벌렸다.

"지금 회장님이 놀란 것처럼 둘째 큰아버지도 충격받으실 겁니다. 더욱이 검찰의 칼끝이 향하니까 수습할 틈도 없다는 게 더 두렵겠죠."

"그 600억, 네가 판 함정이냐?"

"아뇨. 돈에 눈이 먼 거죠. 투자가 아닌 투기는 도박이라는 걸 알면서도 말이죠. 흐흐."

큰아버지들의 민낯을 보여주는 날 아이러니하게도 난 메이크업 아티스트에게 얼굴을 맡기고 화장을 해야 했다.

"화장까지 해야 합니까?"

"지시대로 따른다고 하지 않으셨습니까? 참으세요."

얼핏 보기에는 수수한 정장이었지만 떨어지는 실루엣은 감탄이 나올 만큼 잘 빠졌다. 머리를 한 시간이나 만졌고 화장까지 하니 카메라 마사지가 무슨 말인지 알 것 같았다.

"틀이 좋으니까 수고가 아깝지 않습니다. 기자회견 영상이 뉴스만이 아니라 연예 프로그램에도 나갈 겁니다. 시청률은 뉴스보다 그런 쪽이 훨씬 잘 나오니까요."

"내용이 부각되어야 합니다. 아주머니들도 화가 치밀어 오를 만큼요."

"그건 회사 홍보팀과 조율했습니다. 당분간 이 뉴스로 세상이 시끄러울 겁니다."

김윤석 대리가 긴장한 표정으로 대기실 문을 두드렸다.

"실장님, 나가실 시간입니다."

회견장은 기자들로 꽉 차 있었다. 이미 뿌려 놓은 떡밥 때문에 언론은 오늘 회견이 엄청난 특종이 될 거라고 예상한 듯 끝없이 카메라 셔터를 눌러댔다. 간단히 인사말을 끝내고 준비한 원고를 읽어 내려갔다.

"…지금까지 애써 외면한 제가 부끄럽지만, 부끄럽다고 언제까지 숨길수는 없었습니다. 그래서 매우 엄격하고 정밀한 객관적인 잣대로 평가한 결과, 약 6000억 원 정도의 증여세가 타당하다는 결론을 내렸습니다."

눈을 들어 기자들의 반응을 보니 원했던 모습이었다.

"하지만 증여 당사자인 제가 납세 금액을 결정하는 건 모순입니다. 정확한 금액을 산정하기 위해 이미 모든 자료를 국세청에 넘겼고, 증여 과정의 위법, 또는 불법 사항은 없는지 확인하기 위해 검찰 금융조사부에도 동일한 자료를 넘겼습니다. 또한 이 회견이 끝나는 대로 참고인 자격으로 검찰청에 출두할 생각입니다."

슬슬 마무리해야 할 시간이다.

"물론 증여 과정에서 불법과 위법은 없었다고 장담할 수 있습니다. 단지 법의 맹점을 이용한 편법은 있었습니다. 이러한 편법이 국민 정서에는 많이 어긋날 것입니다. 이 점, 고개 숙여 사죄드립니다."

허리를 깊숙이 숙이자 기자들의 질문이 터져 나왔다. 뻔한 질문과 뻔한 답변만 오갔고, 기다렸던 질문은 거의 막바지가 돼서야 나왔다.

"현재 순양그룹의 부회장이신 두 분도 진도준 씨와 같은 시기에 물려받았습니다. 그 과정에서도 편법이 있었다고 생각하십니까?"

"저보다 세 배 이상 그룹 지분을 받았다는 것만 말씀드리죠. 질문의 답은 부회장님들이 하셔야 할 것 같습니다만."

필요한 말은 했으니 회견도 끝이다. 기자들의 이어지는 질문을 무시하고 회견장을 빠져나왔고 곧바로 서울 중앙지검으로 향했다. 이미 검찰청 앞에도 기자들이 진을 치고 기다렸다. 기자들에게 할 말은 다 했으니 코앞에 들이미는 마이크는 무시하고 검찰청 안으로 들어가는 발걸음을 멈추지 않았다.

취조실에 앉아 물 한 잔을 마시고 있는데 문이 열리며 젊은 검사 한 명이 들어왔다. 그는 손에 든 서류를 책상 위에 툭 던지며 말했다.

"오랜만이네. 졸업하고 처음이지?"

"노안은 장점이 있구나. 하나도 안 변했어. 김지훈 검사님."

"야! 그 노안이라는 단어, 금기어라고 말했지? 검사 기분 나쁘게 해서 좋을 거 없다. 몰라?"

동창인 김지훈은 터지는 웃음을 참느라 입술을 깨물고 있었다.

"근데 너, 내 이름 용케도 기억하네?"

김지훈은 조금 신기하다는 듯 말했다. 아주 잠시 스쳐 지나간 인연이라고 생각할 것이다. 꼬박꼬박 학교와 도서관을 오간 그를 시험 때 잠깐 얼굴 비친 내가 이름까지 기억한다는 게 쉬운 일은 아니니까 말이다.

"널 오늘 이 자리에 나오도록 한 게 나거든. 기억 못 하는 게 더 이상하지."

"뭐?"

"중앙지검 금융조사부, 대한민국 그 누구의 계좌라도 뒤져볼 수 있는 막강한 자리. 누가 이 자리에 널 앉혔다고 생각해?"

공안부, 특수부 그리고 금융조사부. 중앙지검의 3대 보직이다. 물론 김지훈의 출신학교와 성적이 부족한 건 아니지만, 최소 2년 차 이상의 검사가 넘볼 수 있는 자리다. 성적 좋은 서울대 출신의 검사가 어디 한둘인가? 하지만 김지훈은 검사 인생 첫날부터 이 보직을 꿰찼다.

금융조사부에서는 김지훈의 뒷배가 누구인지 궁금해했지만, 시골 출신인 그의 뒤를 아무리 뒤져도 과수원 농부나 시골 학교 교감 선생이 전부였다. 당사자인 김지훈도 발령장을 들고 놀랐을 것이다. 중앙지검 형사부 정도가 최고의 보직이라 기대했는데 느닷없이 요직에 발령 나니 어찌 놀라지 않겠는가?

김지훈이 혹시나 하는 생각을 했을 수도 있다. 동기 중에 한국 최고의 재벌가 손자놈이 그가 아는 유일한 권력자였으니까. 하지만 그러기에는 인연의 깊이가 너무 얕다. 아니, 없다고 말하는 게 더 정확하다. 그런데 내가 그 앞에서 빙글빙글 웃으며 나타나 말하니 입도 벙긋 못할 만큼 놀랐을 게 틀림없다.

"내가 손 쓴 게 기분 나쁘거나 자존심 상한다면 말해. 원하는 자리로 옮겨 줄 테니까. 괜히 드라마 흉내 낸답시고 주먹 날리면 폭행으로 고소할 테니까 주먹에 힘 빼."

여전히 말을 못 하던 그가 가까스로 입을 열었다.

"너였어? 모두가 궁금해하던 내 백이…?"

김지훈 검사는 아차 하는 표정으로 뒤를 돌아봤다. 이중 거울 너머로 높으신 분들이 지켜보고 있을 게 뻔하니 눈치를 보는 것이다.

"괜찮아. 아무도 없어. 너랑 조용히 이야기하려고 미리 부탁했다."

그는 머리를 절레절레 흔들며 맞은편 의자에 털썩 주저앉았다.

"뭐냐? 나랑 조용히 해야 할 이야기가?"

"자식아, 그전에 보직이 마음에 들면 고맙다는 말 정도는 해야 하지 않겠냐?"

"동기라고 마음 쓴 거 아니잖아. 필요할 때가 있을 거로 생각해서 날 이곳에 꽂은 거 아냐? 네가 원하는 대로 움직여 주는 게 고맙다는 말보다 백번 낫잖아."

"말보다는 행동으로 보여 주겠다, 좋은데? 내가 원하는 대로 해줄 거야?"

"들어 보고. 재벌 편에 서는 검사는 모양 빠지거든. 흐흐."

처음 그대로다. 도서관 앞에서 처음 만났을 때 김지훈은 서먹서먹함을 느끼지도 못할 만큼 친근한 말투와 태도를 보였다. 지금도 마찬가지다. 학교 다닐 때 몇 번 마주치지 않았지만, 무척이나 친했던 동기를 만

난 것처럼 자연스럽다.

"그보다 이런 짓을 벌인 이유부터 말해. 뭐냐? 돈이 썩어나서 버릴 데 가 없어 세금 내는 거냐?"

"세상에 버릴 돈이 어디 있어? 아까워서 피눈물이 나는데."

"그럼 왜 그랬어? 설마 노블리제 어쩌고는 아니지?"

"그건 가정사다. 묻지 말고, 검토는 했어?"

"자식아. 그 방대한 양을 3일 만에 어떻게 봐? 부장님도 그러시더라. 순양 진도준이 쇼하는 거니까 국세청과 입이나 잘 맞추라고!"

김지훈은 내려놓은 서류 더미를 툭 쳤다.

"그럼 더 할 거 없지?"

"안 내도 될 세금을 6000억이나 내는 재벌에게 뭘 더해? 진도준 씨의 결단에 찬사를 보낸다는 내용으로 부장님이 발표할 거다."

검찰청에서 더 할 일은 없다. 이제 여론에 떠밀려 두 큰아버지들의 증여 절차를 검토하는 건 국세청의 몫이다.

"그럼 이제 내 볼일을 이야기할까?"

그는 고개를 끄덕이며 귀를 세웠다.

"회삿돈 600억으로 외국 파생상품에 투자했어. 그리고 그걸 홀라당 날려 먹었지. 그거 메꾸느라 회사 어음 돌려서 겨우 돈을 융통했어. 이 정도면 서울중앙지검 검사님께서 덤벼들 만해?"

"600억 날려 먹었다는 걸 보니 넌 아니구나. 600억을 벌었다면 너였 겠지만."

"진태준! 진동기 부회장의 장남. 순양건설과 중공업 계열의 재무 파 트 총괄 임원이며 내 사촌 형이다. 다섯 살 많은."

검사로서의 피가 돌기 시작하는지 김지훈은 조금 흥분한 듯 보였다. 수첩을 꺼내고 볼펜은 손에 쥐었다.

"600억은 단독이야? 아니면 진동기 부회장도 알아?"

"단독. 아니라면 내게 돈을 꾸러 오지 않았겠지."

부지런히 끼적이던 김지훈의 손이 멈췄다.

"돈 융통해 준 사람이 너야?"

"응."

"그럼 어음도 네 손에 있겠네?"

"그래. 어음이 단서야."

"단서는 무슨, 물증이지."

그는 펜과 수첩을 주머니에 집어넣었다. 확실한 물증이 있으니 정황 파악은 필요가 없어졌다.

"어떻게 해줄까?"

"어디까지 해줄 수 있는데?"

"네가 원하는 대로는 안 될 것 같고, 내 능력과 권한의 범위를 벗어나지 않는 선까지."

참 희한한 놈이다. 재벌의 편에서 표적 수사하는 걸 대수롭지 않게 여기는 것 같다.

'이 자식, 혹시 비리 검사 아냐? 금융조사부에서 온갖 검은돈 파헤치며 뒷돈 받아먹고 덮어 주는 그런 부류?'

"너 표정이 왜 그러냐?"

내 마음이 표정에 다 드러났나 보다.

"아, 아냐."

김지훈 검사는 피식 웃으며 말했다.

"왜? 내가 너무 순순히 하겠다고 대답해서 이상해?"

"아니라고."

내가 손을 내젓자 그는 웃음을 거뒀다.

"딱 봐도 너희 집안싸움에 검찰을 이용하는 게 뻔하니까 내가 못하겠다고 하면? 넌 지검장 만나서 칼잡이를 또 구할 테고, 우리 금융조사부 검사들은 전부 출세 지향적이니 서로 하겠다고 나서지 않겠어?"

"어차피 누군가 할 일, 네가 직접 하겠다?"

"그런 셈이지."

"그렇다면 너도 출세 지향적인 검사라는 거지? 원하는 게 뭐야? 검찰 총장? 법무부 장관?"

그는 머리를 흔들었다.

"성공이야 하고 싶지만 그런 꿈은 없어."

"그건 또 무슨 뜻이냐?"

"공무원은 말이야, 뚜렷한 꿈을 가지면 삽질하게 돼 있어."

"응?"

"꿈을 좇는 게 아니라 꿈만 좇거든. 내가 총장이 목표라면 오로지 요직만 찾아다니게 된다고. 만약 형사부로 가면 일은 안 하고 보직 이동하려고 로비나 인사만 하고 다니게 되거든. 그럼 아웃이야."

"흐흐, 공무원은 성실해야 한다?"

"그렇지. 그게 출세의 첫걸음이야."

"그럼 내게 원하는 건 없어?"

김지훈은 내 눈을 빤히 들여다보더니 천천히 입을 열었다.

"지금은 없다. 나중에라도 생기면 말하지."

"그 말은 영원히 원하는 게 없을 수도 있다는 뜻이야?"

"그건 모르지. 아, 하나 있다."

"뭐지?"

"네가 원하는 대로 내 보직을 마음대로 바꾸지 마. 윗선에 요구하기 전에 내게 먼저 확인해라. 영문도 모른 채 다른 자리로 가는 건 이제 사양이야."

"꼭두각시는 싫다?"

"판단과 선택은 내가. 넌 내 힘이 부칠 때 도와주면 된다."

"좋아. 그렇게 하지."

김지훈은 다시 서류를 챙기며 일어섰다.

"이만하면 시간도 충분히 보냈고, 할 이야기는 대충 끝난 것 같지?"

"그래. 부탁한 거나 잘 처리해 줘."

"600억?"

"응."

"그거 어디까지 파는 거야? 딱 봐도 협박용인데?"

"맞아. 멈춰야 할 때는 지검장이 말해 줄 거다. 채권단이랑 협의가 끝나면 종결이야."

김지훈은 머리를 끄덕이며 서류를 들었다. 내가 취조실 문을 열고 나가려 할 때 그가 물었다.

"야, 근데 너… 혹시 얼굴에 화장했냐?"

화장까지 하고 한 기자회견 이후 여론은 내가 원하는 방향으로 흘러갔다.

"졸지에 국민 영웅이네. 꼼수 써서 빼먹은 세금 다시 내는 건데…."

"그러게요. 탈세에 대한 분노가 먼저인데…."

"그 분노는 네 큰아버지들에게 쏟아지는 중이다. 아무튼, 축하해. 넌 오늘부터 재벌들에게는 공공의 적이 된 거야. 재벌의 상속세와 증여세를 전면 재조사해야 한다는 여론이 커지고 있어. 흐흐."

이학재 회장은 대기업 회장 중 세금과 상관없는 유일한 사람이다. 그에게는 이번 일이 강 건너 불구경일 뿐이다.

"넌 가봐. 순양 사옥은 지금 어떤 꼴인지 잘 보고 와서 이야기해 줘. 나도 검찰 조사받으러 가야 한다."

"지검장 만나는 겁니까?"

"그래. 국세청장도 온다고 했으니 만나서 머리라도 한 번 숙여 줘야지. 번거롭게 해서 미안하다고 말이야."

"대신 제가 6000억의 세금을 냈으니 번거로운 보람은 있을 겁니다."

모두 만족하는 일이었지만 불만을, 그것도 아주 큰 불만을 터트리는 사람도 있었다. 바로 진영기, 진영준 부자였다.

▲ ▲ ▲

"그 새끼 때문에 다 망쳤어. 갑자기 이런 미친 짓을 벌이다니."

아직 국세청에서 아무런 태도를 보이지 않았지만, 진영기 부회장은 지금 자신이 그룹을 물려받을 때와 똑같은 방법을 또 쓰고 있기 때문에 신경이 쓰였다. 언론을 통해 3세 승계 작업이 조금씩 거론되고 있으니 미친 진도준의 의도가 무엇이든지 간에, 국세청은 자신들을 유심히 관찰하지 않을 수 없게 되어 버렸다.

"아버지. 이학재 그 양반도 검찰 조사 받는다고 출두했습니다. 검찰에서 쓸데없는 이야기하면 어쩌죠?"

"총장과 통화했다. 자진 납세라 수사 확대는 없을 거야. 단지…."

진영기 부회장은 백준혁 실장을 향해 말했다.

"지금 어떻게 돼가고 있어?"

"일단 지분 이동은 보류했습니다. 국세청이 순양그룹 지분 변동 사항을 정밀 조사할지도 모르니까요. 이 바람이 멈추면 다시 진행하겠습니다."

"그래. 잘했어."

진영기는 긴 한숨을 한 번 내쉬고는 함께 논의하는 사람들을 향해 천천히 입을 열었다.

"진동기 부회장은 살아나오기 힘들어. 검찰의 집중 수사 대상에 이미 올랐다는 이야기도 나오고…. 부도 직전인데 국세청과 검찰의 공격을 받는다는 건 정권도 등 돌렸다고 봐야 해."

진영기 부회장의 최측근이라고 할 수 있는 사람들은 남몰래 마음을 놓았다. 무너지는 진동기 부회장의 모든 것을 챙겨 오라는 요구가 아니다. 파편 맞지 말고 조심하라는 말이 나올 것 같다.

"그래서 내가 곰곰이 생각 좀 해봤는데 말이지…. 이참에 계열 분리를 해버리면 어떨까 해."

"아, 아버지…!"

그나마 진영준은 아들이라 목소리라도 냈다. 나머지 사람들은 터져 나오는 소리를 막으려고 입술까지 깨물었다. 몸조심이 아니라 담벼락을 쌓고 도망치는 모양새이니 기가 막힌 것이다.

"물산 봐라. 피해 금액만 2000억 원이 넘어. 내가 관리하는 것도 아닌데 리스크는 똑같잖아."

"하지만 아버지. 순양이 쪼개지면 재계 순위가 확 떨어집니다."

"기업은 등수 놀이 하는 곳이 아니다."

"그만큼 영향력도 떨어진다는 말입니다."

"순양 돈 먹은 놈들은 그대로다. 그놈들이 살아 있는 한 우리 순양의 영향력은 변하지 않아. 그리고 백 실장!"

"네, 부회장님."

"전자의 보유 자금으로 자체 확장 계획을 세워 봐. 일단 동기 계열사 몇 개 먹고, 쓸 만한 다른 회사도 인수하자고. 그럼 계열사 지배도 더 쉽지 않겠어?"

"순양전자가 다른 계열사의 지주회사 노릇을 한다면 지배구조가 좀 더 탄탄해질 겁니다. 또한 중동과 미국발 금융위기 때문에 자금난에 허덕이는 회사가 많습니다. 주가도 많이 내려갔으니 지금이 기업 사냥의 최적기이기는 합니다."

백준혁 실장의 긍정적인 답변에 진영기 부회장은 흡족한 표정을 지었다.

"대현을 보라고. 완전히 쪼개졌지만, 자동차그룹이 규모를 키우니까 결국 대부분 흡수하잖아. 우리도 주태식의 방식을 배울 필요가 있어."

진영기 부회장의 자신감과는 다르게 측근들의 머릿속에는 오로지 하나의 생각만 떠올랐다.

'진영기 부회장은 진도준을 무서워하는 건지도 모른다.'

"아무튼, 동기가 어떻게 대응하는지 잘 지켜봐. 저쪽이 시끄러울 때 우리는 계열사 기반을 확실히 다져야 해."

측근들에게 새로운 지시를 마치고, 부자 두 사람만 남았을 때 진영준은 참았던 불만을 터트렸다.

"아버지. 그룹 쪼개면 절반 이하로 떨어집니다. 반토막 내서 회장 하면 무슨 의미가 있습니까?"

"한발 물러날 때도 있는 법이다. 지금이 바로 그때야."

진영기 부회장은 아들의 볼멘소리에 화를 내지도 않았고, 호통치지도 않았다.

"HW는 미라클의 엄청난 자금을 업고 순양건설의 최대 채권자가 됐어. 내 생각에는 미라클, HW그룹, 그리고 도준이까지 합세해서 건설을 압박하는 거야. 건설은 못 지킨다."

마흔 살 넘은 진영준도 건설을 지키지 못한다는 게 어떤 의미인지 알고 있다. 건설이 쥐고 있는 중공업의 지분이 넘어간다는 말이며 중공업이 쥐고 있는 정밀기계와 화학의 지분도 넘어간다는 의미다. 그룹을 지배하기 좋은 구조인 계열사 간의 순환출자구조는 누구에게라도 마찬가지다. 건설과 중공업을 쥐면 고구마 넝쿨처럼 다른 계열사도 줄줄이 엮여 손에 들어오는 것이다.

"내가 확인한 사실인데, HW는 순양건설과 대현건설을 먹기 위해 무려 10조에 달하는 돈을 쏟아부었어."

"헉, 10조나요?"

"그것뿐만이 아니다. 은행을 제 편으로… 아니, 말 잘 듣는 충견으로 만들려고 100억 달러를 긴급 외환으로 국내에 들여왔어. 그것 때문에 은행도 고개 숙였고 정권도 그놈들 편을 드는 거야."

HW그룹의 돈이 아니라 바로 미라클의 돈이라는 걸 진영기 부회장 부자는 알고 있다.

"또 있다. 도준이 그놈이 순양금융 계열사의 돈을 잔뜩 은행에 예치했어. 투자가 아니라 단지 예금만 한 거다."

"돈을 한꺼번에 찾아 버리면…?"

"그래, 은행이 난리 나겠지? 바로 미라클과 손잡은 거야."

진영준은 아버지가 왜 진도준의 이름을 입에 올렸는지 알았다. 진도준은 순양의 얼굴마담이고, HW그룹은 행동책이며, 미라클은 자금 담당이다. 이 세 곳의 완벽한 동맹으로 순양의 한 축을 차지하는 계획이었으며, 미국과 중동의 금융위기를 이용해 성공했다.

"내가 왜 계열 분리를 서두르는지 알겠어? 일단 네게 물려줄 회사부터 확실하게 지키기 위해서다. 우리 계열사 중에 하나라도 휘청인다면 건설 꼴이 되지 않는다고 장담할 수 없어."

손에 쥔 계열사부터 자물쇠를 채우겠다는 아버지의 생각에 진영준은 더는 반발하지 못했다.

"전자와 물산은 지주회사나 다름없다. 이 두 곳은 어떤 일이 있더라도 흠집 나면 안 돼. 이참에 확실히 해둘 거다. 그리고 대현자동차 그룹처럼 다시 확장하면 된다. 딱 10년, 네 나이 쉰이 넘어갈 때쯤 지금의 그룹 규모로 만드는 건 네 몫이다."

계열사의 숫자가 중요한 게 아니다. 주축이 되는 계열사 몇 개를 확보하느냐가 관건이며 부자는 이미 그룹의 코어를 가졌다. 장기판에서 밀고 밀리는 싸움은 빈번한 법, 그들은 최종 승리를 위해 차, 포쯤은 희생할 각오를 다졌다.

▲ ▲ ▲

"부회장님! 지금 검찰에서 압수수색영장을 들고 들이닥쳤습니다."

"뭐?"

"경영지원본부가 타깃인 것 같습니다. 곧장 그리로 향하고 있습니다!"

아들과 회생 자구책을 논의하던 진동기 부회장은 자리를 박차고 달려 나갔고, 진태준도 급히 아버지의 뒤를 따랐다. 검찰청 직원들은 이미 경영지원본부 사무실을 장악하고, 서류와 컴퓨터를 쓸어 담고 있었다.

"이것들이! 모두 그만두지 못해? 여기가 어디라고 감히…!"

진동기 부회장이 부들부들 떨며 소리 지르자 젊은 사내 하나가 앞으로 쓱 나섰다.

"잘 아실 만한 분이 이러신다는 건 그만큼 초조하다는 뜻이겠죠?"

"누구야? 넌?"

"아, 죄송합니다. 서울중앙지검 금융조사부 검사, 김지훈입니다."

"지검장이 시켰어? 나 빨리 두 손 들게 만들려고 먼지 터는 거냐?"

"혹시 진동기 부회장님 아닙니까?"

김지훈 검사는 무슨 소린지 영문을 모르겠다는 듯 머리를 갸우뚱했다.

"뭐야? 이놈이 지금⋯ 무슨 헛소리를 하는 거야?"

"진동기 부회장님은 수사 대상이 아닙니다. 검찰은 회사 말아먹은 사람은 관심 없으니까요. 우리 소관도 아니고요. 그러니 우리 지검장님께서 부회장님 두 손을 들게 하려는 건 아니겠죠?"

"이, 이놈이⋯!"

실실 웃는 게 자신을 향한 비웃음이라고 생각한 진동기는 몸이 떨려 말도 제대로 나오지 않았다.

"아, 저기 계시네요."

김지훈 검사는 진동기의 뒤에 서 있는 진태준을 가리켰다.

"진태준 씨 맞죠?"

"⋯네."

"조사할 게 좀 있는데 함께 가주시겠습니까? 임의동행이니까 거절하셔도 됩니다. 그런데 다음엔 체포영장을 들고 올 겁니다. 그러니 피차 번거로운 일은 피하는 게 어떻겠습니까?"

검사가 아들을 지목하자 진동기 부회장은 고개를 돌렸다. 당황한 듯, 그리고 불안한 듯 떨리는 아들의 눈동자가 보였다. 이때 김지훈 검사의 협박 같은 말소리가 들렸다.

"체포영장 들고 올 때는 기자들도 잔뜩 데리고 올 겁니다. 아시겠지만 체포할 때는 수갑도 찹니다. 굳이 그 모습을 신문이나 방송에 보이고 싶다면 지금 안 가셔도 되고요. 어떻습니까?"

"이유가 뭐야? 내 아들이 왜?"

다시 돌아선 진동기가 소리쳤다.

"회삿돈 600억을 파생상품에 투자해서 홀라당 날려 먹었더군요. 아버지는 무리한 사업에 남의 돈 끌어다 꼬라박고, 아들은 제 주머니 채우겠다고 거금을 갖다 쓰니 회사가 멀쩡할 리가 없죠."

600억이라는 말이 나오자 진태준의 안색은 흙빛으로 변했다. 그 모습을 본 진동기는 눈을 질끈 감았다. 아들의 표정을 보니 검사의 말이 명백한 사실이다.

"빨리 결정하시죠. 우리도 퇴근해야죠."

웃음기가 쏙 빠진 검사의 말에 진동기 부회장은 주변 사람들에게 말했다.

"변호사들 호출해. 한 명도 빠짐없이 전부."

"네, 부회장님."

직원들이 휴대전화를 꺼내자 진동기는 아들을 향해 말했다.

"넌 입 다물고 한마디도 하지 마. 변호사 올 때까지 기다려."

"…네."

진태준이 가까스로 대답하자 김지훈 검사는 머리를 흔들었다.

"묵비권 좋죠. 그런데 입 다물고 말하지 않는 건 통상 범죄 사실을 시인하는 것과 다르지 않다는 걸 모르시나? 뭐, 아무튼… 협조해 주셔서 감사합니다."

김지훈 검사는 박스를 챙겨 든 검찰 직원들에게 말했다.

"얼른 갖다 놓고 퇴근들 합시다."

박스를 든 검찰 직원들이 빠져나갈 때 진태준은 아버지 진동기 부회장의 귀에 대고 뭔가를 잠시 속삭였고, 진동기 부회장의 표정은 차츰차츰 일그러지기 시작했다.

▲ ▲ ▲

"다 쓸어갔어요?"

"네, 실장님. 진태준 상무도 순순히 따라갔습니다."

김윤석 대리는 왠지 신이 난 표정이었다.

"순순히?"

"네. 검사가 체포영장 들고 다시 오겠다면서 협박하니까 따라나섰다고 하더군요."

김지훈이 일은 잘하는 것 같다. 안하무인인 재벌을 다루는 솜씨가 보통이 아니다.

"수고했습니다. 저쪽 움직임 잘 감시하고 계속 보고해요."

"네, 실장님."

"참, 나가면서 차 두 잔 준비하라고 해요."

"두 잔요?"

"손님 올 겁니다. 막지 말고 놔두라고도 전하고요."

차를 준비할 시간도, 손님 온다는 사실을 밖에 알릴 틈도 없이 손님이 문을 박차고 들어와 씩씩대며 소리쳤다.

"야, 이 새끼야! 감히 내 아들을 건드려?!"

큰아버지에게는 김윤석 대리가 보이지 않나 보다. 체통 따위는 집어던지고 쌍스러운 말을 서슴지 않고 내뱉었다.

"김 대리는 나가 봐요."

그에게 고갯짓을 한 뒤 자리에서 일어났다.

"일단 앉으십시오. 차라도 드시면서…."

역시 가족은 건드리면 안 된다. 늘 이성적이던 둘째 큰아버지가 내 멱살부터 움켜잡았다.

"이 새끼야! 이런다고 해서 내가 순순히 포기할 것 같아?"

나는 아무 말 하지 않고 그의 눈을 바라보며 진정하기만을 기다렸다.

아들의 횡령은 그가 체념하는 계기일 뿐이다. 이미 포기하고 무너졌다. 그 사실을 받아들이는 건 바로 자신의 힘으로 아들을 구하지 못하는 현실을 깨닫는 순간이다. 이곳저곳 급히 전화를 돌렸겠지만 모두 피하거나 난색을 보이니 내 방으로 달려와서 아들을 빼오라고 난리 치는 것 아니겠는가? 시간이 지날수록 나를 노려보는 눈빛이 흔들렸고 멱살을 잡은 손에 힘이 빠져나갔다.

"이제 앉으시죠. 차 드시면서 진정하시고요."

진동기 부회장은 소파에 털썩 주저앉았다. 한참을 멍하니 앉아 있다가 목이 타는지 물부터 들이켰다.

"먼저 오해는 풀어야겠습니다. 전 파생상품 투자, 말렸습니다. 거액을 벌 수도 있지만, 리스크가 너무 크다고요. 그리고 그 돈 메꾼다고 제 돈 600억 가져갔습니다. 쓸데없는 짓 말렸고, 돈까지 빌려줬어요. 남 탓을 하고 싶으시겠지만… 태준 형 욕심 때문에 빚어진 일입니다."

"네놈이 파놓은 함정이지. 순진한 태준이는 덥석 물었을 테고."

"맞습니다."

"뭐야?"

멍한 얼굴이었던 진동기 부회장의 눈에 불꽃이 튀었다.

"함정이라고 말했습니다. 빠지면 죽는다고 경고했고요. 그런데도 뛰어들었습니다. 이래도 제 탓입니까?"

"순진한 게 아니라 멍청하다고 말하고 싶은 거야?"

"아뇨. 말씀드렸지 않습니까? 욕심이 과했다고."

큰아버지는 다시 입을 굳게 닫았다. 그의 입에서 '네 힘으로 내 아들을 집으로 돌려보내 달라.'는 말이 나오면 지루한 버티기가 끝날 것이다.

"순양을 남에게 넘기는 게 그리 좋으냐? 아니, 내가 그리 싫은 게냐? 건설이 지금 흔들린다고 해서 남에게 훌쩍 던져 줄 만큼 가벼운 회사가 아니다."

조금 망설였지만, 마음을 굳혔다. 완전히 체념하고 내게 머리를 숙이게 하려면 좀 더 강력한 한 방이 필요하다.

"남에게 왜 줍니까?"

"…?"

"둘째 큰아버지께서 가진 모든 게 제 손으로 들어오는 겁니다. 제가 할아버지를 얼마나 존경하고 사랑했는지 아시지 않습니까? 할아버지의 순양을 남에게 단 하나라도 넘겨줄 것 같습니까?"

"채권단이 건설을 차지하고 계열사 주식을 손에 넣으면 못 찾아온다. 네가 가진 돈으로 그 주식을 다시 사들일 수 있을 것 같으냐? 억만금을 준다 해도 팔지 않으니 지배지분인 거다. 이학재는 절대 그 지분을 내놓지 않아. 미라클은 바로 우리 순양을 노리는 거다."

큰아버지는 아직도 눈치채지 못했다. 하긴, 지금처럼 심란한 상태에서 몇 마디 말만 듣고 모든 걸 꿰뚫어 볼 통찰력을 기대하는 건 무리다.

"그게 아닙니다. HW그룹의 최대주주는 바로 접니다. 아니, 미라클이군요. 바로 그 미라클의 최대주주가 바로 접니다. 방금 큰아버지께서 하신 말씀 전부 맞습니다. 지배지분은 절대 남에게 팔지 않을 것이며 순양그룹 전체를 노리는 것도 맞습니다."

진동기 부회장은 더 할 수 없이 놀랐는지 입을 떡 벌린 채 숨도 쉬지 못하고 있었다.

'강력한 한 방이 되었겠지!'

"순양자동차도 뺏긴 게 아니라 바로 제 손으로 더 키운 겁니다. 아진 그룹을 인수했고 대아건설도 먹었습니다. 그 회사 모두 순양이라는 이름을 달아도 됩니다. 우리 가족 중에 할아버지처럼 남의 것을 차지한 사람이 있었던가요? 모두 물려받고 보관하는 데만 급급할 때, 전 남의 것을 뺏었습니다."

"네… 네가…?"

"할아버지가 절 가장 예뻐하시고 아끼신 데는 다 그만한 이유가 있었던 겁니다. 순양의 회장 자리에 저만큼 적합한 핏줄이 없었기 때문이죠. 두 분 큰아버지께서 순양의 부회장이 되고 회사를 물려받기 위해 하신 일이라고는 할아버지의 아들로 태어난 것뿐입니다."

여전히 멍한 그에게 중요한 교훈 하나를 말했다.

"쉽게 얻은 건 쉽게 뺏기는 법입니다."

나도 모르게 한숨이 나왔다.

"뭐… 그리 쉬운 건 아니었습니다. 할아버지께서 워낙 탄탄하게 벽을 쌓았으니까요. 제가 아니었다면 그 누구도 순양을 뺏을 수는 없었을 겁니다."

말하고 나니 너무 잘난 척한 것 같아 몇 마디 덧붙였다.

"아, 제가 잘났다는 게 아니라, 제게 강한 운이 따르니 가능했다는 뜻입니다."

몇 마디 덧붙일 필요가 없었다. 진동기 부회장에겐 이미 내 말이 들리지 않는 것 같았다. 얼마나 충격을 받았을지 짐작은 간다. 그가 받은 충격이 가실 때까지 조용히 기다렸다.

"그, 그럼 미국 미라클 본사에 달러 지원을 요청한 것도 너였어? 은행을 바짝 죄려고?"

한참 만에 입을 연 그는 미국과 나를 연결하지 못했다.

"요청이 아니라 지시였습니다."

"뭐?"

"뉴욕 미라클 인베스트먼트의 최대주주이며 운용 자금 대부분이 제 돈입니다. 쉽게 말해서 제 돈 굴리려고 만든 회사라고요. 이제 이해하셨습니까? 한국은 별도 법인이지만 현지 사무소 정도에 불과합니다."

그는 다시 말을 잃은 듯했다. 아들이 검찰에 출두했다는 사실마저 잊어버릴 정도로 어안이 벙벙한 상태일 것 같아 인내를 가지고 기다리다가, 다시 설명을 이어갔다.

"지금 제가 가진 돈으로 사지 못하는 기업은 없을 겁니다. 스마트폰으로 최고 기업의 자리에 다시 올라선 애플도 전체 주식 절반 이상 확보하는 데 어려움이 없습니다."

이젠 그가 듣든 말든 상관하지 않고, 할 말을 해나갔다.

"순양전자? 시가총액 100조 조금 넘어요. 제 돈을 전부 끌어모으면 충분히 가능합니다. 하지만 애플보다, 마이크로소프트보다 더 어려운 게 바로 순양그룹 주식 매입 아닙니까?"

100조라는 숫자에 벼락이라도 맞은 듯 눈을 번쩍 뜨는 큰아버지를 보니 내 말을 듣기는 했는가 보다.

"이해는 합니다. 애플의 스티브 잡스야 돈 많고 존경받는 기업가일 뿐 권력이 없죠. 하지만 우리 순양은 세계 경제 10위권인 우리나라를 쥐락펴락하는 권력이 있으니까요. 순양은 기업이 아니라 권력이니 아무나 침범하지 못하도록 철옹성을 쌓아야죠."

"지, 진짜냐? 네가 진정 그 모든 걸 가졌다는 거냐?"

"그렇습니다."

"도대체 왜…?"

"네?"

"그 엄청난 자산을 가진 네가 뭐 때문에 순양에 집착하는 거야? 그 돈으로 HW그룹을 더 키우면 될 일 아니냐? 권력? 순양의 권력이 어디서 나오는 줄 몰라서 그래? 바로 돈이다. 그 돈으로 권력을 사고 기업을 사. 그럼 순양보다 더 큰 힘을 가질 수도 있다."

'그러게 말입니다. 전생의 악연만 아니었다면 당신이 말한 대로 했을지도 모르겠습니다. 몇십 년 동안 할아버지가 구축한 거미줄처럼 촘촘한 인맥을 단기간에 구축하는 것이 어렵긴 하지만 돈으로 가능하고, 순양 정도의 규모로 계열사를 늘리는 것은 더 쉬운 일이죠. 하지만 난 순양을 차지하고 당신들을 내 발아래 두는 게 목적인 걸 어떡하겠습니까?'

내 본심을 다 드러낼 수 없어 대신 다른 이유를 말했다. 이것 또한 진심이긴 하다.

"전 할아버지가 남긴 유산을 원합니다. 저도 그분의 피를 이어받았으니까요. 순양이 아니라면 제게 아무런 의미도 없습니다."

반쯤 넋이 나간 진동기 부회장에게 말했다.

"이제 포기하십시오. 계열사가 보유한 주식이 HW그룹으로 넘어가면, 큰아버지가 가진 지분은 곧 영향력이 확 줄어듭니다. 더는 순양그룹에 자리 하나 마련하기 어려울 겁니다."

"그래서? 이대로 퇴장하라는 말이냐?"

"아닙니다. 고모를 보세요. 여전히 백화점과 호텔을 호령하고 있습니다."

"뭐?"

"고모를 만나 확인하셔도 좋습니다. 제가 백화점 경영에 관여한 적 있는지…. 전 경영은 관심 없습니다. 단지 갖고 싶을 뿐입니다."

"지, 지금 나더러 네놈 밑에서 머슴살이라도 하라는 거냐?"

"부탁하는 것도 아니고, 요구하는 것도 아닙니다. 단순한 제안일 뿐입니다. 싫으시면 물러나십시오."

담담한 말투 때문인지 그도 조금은 진정하는 듯 보였다.

"다 끝났습니다. 남은 건 큰아버지께서 현실을 받아들이는 것뿐입니다. 천천히 생각하시고 답을 주십시오."

진동기는 온몸에 힘이 빠져 내 방에서 걸어 나가는 것조차 힘들 것이다. 내가 자리를 비켜 주는 게 그를 위해 베푸는 마지막 아량이다.

▲ ▲ ▲

"대현은 정리했다. 주태식 회장이 동생 뒤통수에 꿀밤 좀 먹이고 지분 정리했어."

이학재 회장은 서류를 내밀었다.

"대현건설과 철도차량, 그리고 대현기계 가져온다. 기계와 철도차량 부문은 HW자동차에 붙일 거다. 건설은 합병할 거고."

"언론에 발표는 언제쯤 하실 겁니까?"

"순양 정리하면 한 번에 해야지. 어때? 진동기는?"

"체념, 그리고 순응, 이제 결단만 남았습니다."

"결단? 뭘 결단해?"

"전문 경영인이 될 것인지, 아니면 은퇴할 것인지 생각 중일 겁니다."

이학재는 인상을 찌푸렸다.

"착한 척하지 마. 역사가 알려 주는 교훈을 믿으라고."

정변이 일어나면 귀양 후 사약이다. 지금은 사약은 불가능하니 귀양으로 끝내야 한다.

"발도 못 붙이게 할까요?"

"당연하지. 순양에 눌어붙어 있다 보면 언제 무슨 짓을 꾸밀지 모른다. 진동기는 회장님 핏줄이다. 힘 빠지고 돈 없어도 그 친구를 위해 나서 줄 사람이 없을 것 같아?"

"지분 하나 없는 사람이 뭘 할 수 있겠습니까?"

"형이 있잖아. 진동기가 너보다야 친형인 진영기 편에 서지 않겠어? 그에게 힘을 실어 주는 멍청한 짓은 절대 하지 마."

우리 이 회장님도 할아버지께 단단히 배웠다. 인정 때문에 후환이 될 일은 애초에 만들지 않아야 한다는 걸 잘 안다. 하지만 난 인정 때문에 진동기 부회장을 그 자리에 두는 게 아니다. 내 눈치를 보며 내게 머리 숙이는 모습을 누리기 위함이다.

"명심하겠습니다."

지금은 이렇게 대답하는 것이 적당한 것 같다. 그리고 재빨리 화제를 돌렸다.

"그런데 검찰 조사는 어땠습니까?"

"조사는 무슨, 승계 과정을 슬쩍 알려 주고 진영기 부회장이 장남에게 승계하는 과정이나 잘 살펴보라고 말했지. 이번에도 편법을 방관했다가는 여론의 뭇매를 맞을 거라고 단단히 일러뒀어."

그 덕분인지는 몰라도 일단 진영준으로의 승계 작업은 멈췄다. 하지만 좋은 일만 생기라는 법은 없다. 이학재 회장은 곤란한 표정으로 나쁜 소식도 전했다.

"문제는 진영기 부회장이 바짝 겁먹었다는 거야."

"겁먹은 게 나쁜 소식입니까?"

"승계 작업은 멈췄지만, 계열 분리 작업에 박차를 가하고 있어. 가진 거 들고 도망가려는 거다."

"저도 일단은 분리를 생각하고 있었습니다만…."

"분리보다 지분 계산을 다시 하고 이번에 좋은 포지션이라도 차지하는 게 낫지 않을까?"

"가능할까요? 계열사 지분을 많이 확보했지만, 첫째 큰아버지의 전자 계열과 서비스 계열, 무역 계열 지분은 그리 많지 않을 텐데요?"

"워낙 규모가 커서 그런 게지. 대신 금융권과 공공기관이 소유한 지분을 네 편으로 만들면 불가능한 것도 아니다."

"그룹 전체를 차지할 만큼 확실한 겁니까?"

이학재 회장은 쓸쓸한 미소를 보였다.

"절대 네 편을 들어주지 않을 곳과 기권이 분명한 놈들을 빼면 네가 순양전자를 늘 감시할 만큼의 지분은 확보할 수 있을 거다."

"그럼 한번 시도해 보는 것도 나쁘지 않겠군요. 리스트를 작성해 주십시오. 제가 만나야 할 사람을 피하지는 않겠습니다."

"그래. 나도 만나 볼 사람은 챙기도록 하마."

우리는 차분히 다음 단계를 구상했다.

▲ ▲ ▲

청와대와 금융기관의 수장들은 순양건설이 법정관리에 들어간다는 기사가 나는 건 피하고 싶었다.

"대현건설을 보세요. 깔끔하게 물러나니까 언론이 띄워 주지 않습니까? 주인 바뀌었다는 이야기는 한 자도 나오지 않았습니다. 모두 대기하고 있어요. 부회장님만 결단을 내리시면 됩니다."

"돌아가신 진양철 회장님을 생각해서 지금까지 기다려 드린 겁니다. 순양이라는 이름에 먹칠하는 건 우리도 안타까우니까요."

"내가 뭘 하기를 바라는 거요?"

낙담하고 포기한 듯한 태도에 채권단의 얼굴에는 화색이 돌기 시작했다.

"일단 보유한 건설 주식부터 소각하세요. 중공업의 주식은 자사주로 돌려야 합니다. 그리고 나머지 계열사 주식은 처분하시든 갖고 계시든 뜻대로 하십시오."

자신의 지분을 없애버림으로써 그 가치를 다른 주주에게 분산하는 것이다. 경영 실패를 책임지는 경영자의 모습을 보이는 것이다.

"당신네 채권단은 만장일치로 내 회사를 HW에 맡기겠군."

"물러나는 사람이 신경 쓸 일은 아닌 것으로 보입니다."

진동기 부회장은 한동안 채권단 대표들을 노려보다 긴 한숨을 쉬었다.

"서류 준비해서 다시 오시오. 원하는 대로 해줄 테니까."

채권단은 모두 벌떡 일어나 머리를 숙였다.

"부회장님의 결단에 감사드립니다."

그들은 입에 발린 소리를 잊지 않고 재빨리 빠져나갔다.

진동기 부회장은 모두 나간 텅 빈 부회장실에 앉아 있었다. 이 방도 곧 비워 줘야 한다는 사실이 새삼 서글프게 느껴졌다. 진도준의 말이 틀리지 않았다. 자신은 아버지의 아들로 태어났다는 것만으로 이 방을 차지했다. 별다른 노력이 필요하지도 않았다. 아주 멍청한 짓만 하지 않으면 아버지의 아들은 모두 순탄하게 꽃길 밟으며 부회장실로 직행할 수 있었다. 동생인 상기처럼 아무 생각이 없거나, 윤기처럼 깔아 놓은 꽃길을 거부하지만 않으면 되는 일이었다.

자신이 이 방을 비우면 이제 형과 조카만 남는다. 도망치는 형과 쫓는 조카…. 싸움의 결과는 불 보듯 뻔했다.

이제 자신에게 남은 건 자식들뿐이다. 아주 작은 것이라도 그들의 기회는 남겨 두는 게 부모의 도리다. 3등, 비록 까마득히 뒤처져 버린 3등이지만 실낱같은 기회를 잡으려면 방법은 하나뿐이다. 1등과 2등이 피 터지게 싸우도록 칼이라도 던져 주는 것… 그것뿐이다. 진동기는 남은 지분을 어떤 비율로 넘기면 1등과 2등이 더 격렬하게 싸울지 생각했다. 그는 생각을 끝내고 천천히 일어섰다. 부회장실을 나와 마지막 남은 협상 대상을 향해 발걸음을 옮겼다.

▲ ▲ ▲

"오셨습니까? 큰아버지. 방금 채권단 사람에게 연락 받았습니다. 모든 조건을 받아들이셨다고요?"

"그래. 더 버티는 것도 추하기만 할 뿐, 얻는 게 없으니까."

"이 방으로 오신 건 제게서 얻을 게 남았고, 제가 줄 수 있다고 생각하셔서고요."

"그래. 내가 원하는 건 돈은 아니니까 너무 좋아하지 마라."

돈이 아니다? 그럼 가진 지분을 넘기지 않겠다는 뜻인가? 여전히 녹록지 않은 분이다.

"편히 말씀하십시오. 웬만한 건 다 들어드리겠습니다."

둘째 큰아버지는 찻잔을 들어 목을 축였다.

"중역들 물갈이부터 하겠지?"

"네. 부실 경영의 책임은 중역들도 져야 하니까요."

"너도 알겠지만, 건설은 눈먼 돈이 많이 돌아다닌다. 사장부터 이사까지 털면 먼지 좀 나올 거다. 털지 말고 보내 줘."

중역들이 해먹은 돈 대부분은 둘째 큰아버지 주머니로 들어갔을 게 뻔하다. 중역들의 손에는 떡고물 조금 묻은 게 전부다. 자신이 해먹은 돈은 들추지 말라는 말이다.

"생각해 보겠습니다. 다음은요?"

진동기 부회장은 기대했던 대답이 아닌지 얼굴을 찌푸렸다.

"너 돈 많잖아. 그거 몇 푼이나 된다고 생각해 보겠다는 거냐?"

둘째 큰아버지가 해먹은 돈은 범죄다. 공짜로 덮어 줄 수는 없다. 덮어 주더라도 내가 얻을 건 얻고 난 후에나 해줄 수 있다.

"생각한다고 했습니다. 따지지 마시고 두 번째를 말씀하세요."

위압적인 내 태도에 자신의 처지를 다시 한 번 깨달았는지 그는 힘 빠진 한숨을 내쉬었다.

"이름은 어떻게 할 거냐? 순양을 지킬 거냐? 아니면 HW에 합병할 생각이냐?"

"대현그룹에서 인수하는 회사들은 HW와 합병하는 쪽으로 가닥을 잡았습니다만, 순양은 아직 결정하지 못했어요. 이 부분은 첫째 큰아버지와 이야기를 해봐야 할 것 같습니다. 물론 이학재 회장께서 담판 지을 겁니다."

"왜? 네가 미라클과 HW의 주인이라는 걸 숨기고 싶어서 이학재 회장을 내세우는 거냐?"

내 정체를 정확히 아는 그의 눈이 빛났다. 착각에 빠지는 거 같아 웃으며 말했다.

"숨길 이유도 없고 그럴 생각도 없습니다. 건설을 인수하는 주체가 바로 HW그룹이라서 이 회장이 나서는 것뿐입니다. 첫째 큰아버지께 제가 미라클의 주인이라는 걸 말씀하셔도 상관없습니다."

"숨기는 게 나을 텐데? 네게 품은 경계심이…."

"큰아버지, 원하는 걸 말씀하십시오. 충고는 감사히 받겠습니다."

끙하는 짧은 신음을 내더니 어렵게 말을 꺼냈다.

"네 사촌들은 문제없게 하고 싶다."

결국, 마지막은 자식 걱정이다.

"어떻게 해드릴까요? 큰아버지께서 자회사라도 원하신다면 생각해 보겠습니다."

"더는 날 모욕하지 마라!"

순양 창업주의 둘째 아들로 자식들 중 가장 낫다고 평가받았고, 부회장으로서 그룹의 한 축을 맡았다. 차라리 명예로운 은퇴가 낫지 구멍가게 주인장 처지는 죽음보다 더한 치욕일 것이다.

"죄송합니다. 생각이 짧았습니다. 그럼 그룹 일을 계속하는 걸 원하십니까?"

"가능하겠어?"

"태준이 형이야 평판이 좋으니 문제 될 거 있겠습니까? 그런데 성준 형은 아직 그룹 일에 손댄 적 없지 않습니까?"

"유럽 지사에서 1년 일한 게 전부지만 떠돌이로 지낼 수는 없지 않겠어?"

"알겠습니다. 상의해서 자리 만들겠습니다. 그런데 전 해당 계열사 대표에게 분명히 말할 겁니다. 맡은 자리를 감당할 능력이 없다면 언제든 정리해도 된다고 말입니다."

냉정한 말이었지만 그는 고개를 끄덕였다. 진동기 부회장의 힘만으로도 조그만 자회사 정도야 얼마든지 만들 수 있다. 그건 자식들이 마지막 궁지에 몰렸을 때 생각해 볼 문제고, 지금 당장은 몸통에 붙어 있는 것이 더 중요하다.

"아버지 뒷배가 없으니 당연하겠지. 그 정도면 족하다. 대신⋯."

"염려하지 마십시오. 중요한 직책을 약속드립니다."

의미 없는 한직에 앉혀 두고 세월이나 보내게 할까 봐 걱정하는 그를 안심시켰다.

"더 필요한 게 있으십니까?"

둘째 큰아버지는 서류 한 장을 내밀었다.

"그게 내가 가진 지분이다. 계열사가 쭉 빠져나가 버렸으니 가치 없는 지분이 대부분이지만, 아직 쓸 만한 게 좀 남아 있다."

난 재빨리 지분 리스트를 훑었다. 쓸 만하다는 건 바로 전자와 물산 지분이지만 그리 많지는 않았다. 하지만 마지막 싸움에서는 주식 한 주도 아쉬울 터, 반갑기도 했다. 이 지분을 내게 보여 주는 건 거래하자는 뜻이다. 돈을 원할 사람이 아니다. 그 정도로 단순한 분은 아니니까.

"내가 이 지분은 묻어 두마. 네 큰아버지에게도 넘기지 않을 거다. 잊지 마라."

"제가 가장 필요할 때⋯ 물론 첫째 큰아버지도 가장 필요할 때겠죠."

"역시 눈치 빠르구나. 그때 이 지분이 어느 정도 가치가 있을지 궁금해지는데?"

그의 얼굴에 미소가 서렸지만 나도 마찬가지다.

"잘 생각하십시오. 가치가 없을 수도 있습니다. 그 정도 지분으로 대세가 바뀌지 않을 확률이 높아요."

"네가 확률만으로 투자하는 건 아니겠지? 나도 내 감을 믿어 보마."

마지막 기회를 놓치고 싶지 않은 마음은 이해한다. 하지만 자신이 늙어 간다는 사실은 잊은 듯하다. 세월이 지나면 마음도 바뀌는 법이다. 변하지 않는다면 자신만 괴로울 뿐이다.

"그러세요. 큰아버지의 예측이 정확할지 궁금해지는군요."

우린 서로를 바라보며 미소 지었다. 둘 중 하나는 쓴웃음이었지만.

▲ ▲ ▲

"우리 이 회장을 보면 말이야, 참 부러워. 든든한 물주… 아니지, 어마어마한 물주 하나 잡고 있으니 이럴 때 싹쓸이하잖아. 참! IMF 때도 그랬지? 아진, 대아 전부 돈 없어 쩔쩔맬 때 돈질해서 다 먹었잖아. 맞지?"

진영기 부회장은 이학재 회장 앞에서 너스레를 떨었다. 그의 눈에 이학재는 아버지의 영원한 따까리일 뿐이다. 그런 자가 지금 순양이라는 솥단지를 받치는 세 다리 중 하나를 가져가려 하니 그의 마음은 불편하기 짝이 없었다.

"단지 돈만으로 그렇게 되겠습니까? 기회를 놓치지 않은 거겠죠. 기회를 살리는 게 경영의 기본 아닙니까? 하하."

기회를 놓친 진영기를 비꼬자 그의 눈꼬리가 올라갔다. 그러나 지금은 옛 영화를 떠올리며 성질부릴 때가 아니니 순식간에 표정을 풀었다.

"아깝지. 이런 기회가 올 줄은 꿈에도 생각 못 했다니까."

"지나간 건 잊고 파편 정리나 잘 끝냅시다. 괜히 얽힌 지분 때문에 서로 얼굴 붉힐 일은 없어야 하지 않겠습니까?"

"내 생각도 바로 그래. 동기야 내 형제니까 그렇다 쳐도 HW나 이 회장은 완전히 남남 아닌가? 아니, 완전한 남은 아니군. 그래도 한때 이 회장이 우리 집 행랑채의 주인이었으니 말이야."

이번엔 이학재의 눈꼬리가 올라갔다. 행랑채의 주인이라니! 자신을 머슴이라고 빗대어 말하는 것 아닌가.

"그때가 참 좋았지요. 제대로 된 주인을 만나 순양은 화려한 자태를 뽐낸 시절 아닙니까? 그때와 비교하면 지금은 겨우 반쪽짜리에 불과하니 내 마음도 편하지 않습니다."

이학재도 진영기는 제대로 된 주인이 아니라고 비꼬아 응수했다. 하지만 서로 날 선 대화만 주고받고 있을 수 없다는 걸 두 사람 모두 잘 알기에 약속이나 한 듯 찻잔을 들어 어색한 공기를 전환했다.

"서로가 가진 주식 내역은 한식구였으니 모를 리 없고, 어떻게 정리하면 좋겠나?"

어느새 찻잔을 내려놓은 진영기가 부드럽게 말했다.

"부회장님이야 잘 아시겠지만 저는 모릅니다. 제가 순양… 아니, 행랑채를 떠난 뒤에 지분구조가 많이 변했다고 들었는데, 자세한 내용도 모르고 함부로 말할 수는 없습니다."

"그야 서로의 주주 명부를 까면 될 일이고, 교환 비율을 말하는 걸세."

이학재는 진영기 부회장을 노려보며 슬쩍 웃었다.

"완전한 분리를 원하는군요. 그렇다면 이 자리에 꼭 함께해야 할 사람이 한 명 더 있지 않을까요?"

"또? 누구?"

"진도준 말입니다. 순양건설과 중공업이 순양금융 계열사 주식을 조금 쥐고 있더군요. 순양과 HW가 확실하게 선을 그으려면 도준이도 와야 하는 것 아닙니까?"

삼자가 서로 꼬리를 붙잡고 있는 형국이니 세 곳을 한 번에 자르지 않으면 결국 연결은 끊어지지 않는다.

"그야 HW와 도준이 관계는 두 사람이 알아서 할 문제지. 난 이 회장과 정리하고 도준이와 따로 정리할 생각인데…?"

"그건 안 됩니다. 도준이와 부회장님이 확실하게 선을 자르지 않으면 결국 완전한 분리는 없는 셈이니까요."

"그러니까 이 회장은 확실한 분리를 원한다는 말이군. 이건 순양을 셋으로 쪼개자는 뜻 같은데?"

이학재는 진영기의 입가에 아주 작은 미소가 걸리는 걸 놓치지 않았다.

"싫으시다면 이런 어정쩡한 관계를 계속 유지하는 수밖에요. 전 확실한 분리가 아니면 지분 정리할 생각이 없습니다."

"이거 원… 어쩔 수 없이 삼자대면 해야겠군. 알았네. 다시 자리 한번 만드세나."

"그전에, 하나만 알아두십시오. 전 주식의 거래가로 정리하지 않습니다. 우리 HW에 도움이 될 만한 조건으로 거래할 겁니다. 말씀하셨다시피 든든한 물주가 있으니 돈이 그리 아쉽지가 않아서요."

이학재 회장은 진영기에게 몹시 어려운 숙제 하나를 툭 던지고 일어섰다.

▲ ▲ ▲

이학재 회장과 진영기 부회장이 계열 분리를 협상할 때 나는 하나로 뭉치는 가능성을 타진하며 돌아다녔다.

"진 실장님, 우리가 순양전자나 순양물산의 주식을 쥐고 있는 건 꾸준하게 수익을 내고 안전하기 때문입니다. 고객의 돈을 굴리는 건데 수익과 안전을 버릴 수는 없어요."

"행장님, 돈 맡긴 고객은 그런 거 안 따집니다. 수익만 내면 돼요. 은행이 어떤 곳에 투자했는지 관심도 없다는 건 잘 아시지 않습니까?"

"그렇다고 시장에 팔아 버리는 건 더 위험합니다. 그 많은 물량이 쏟아지면 주가가 내려가요. 당장 손실 발생합니다."

전자와 물산의 주식 5퍼센트 이상을 쥐고 있는 은행장은 난처한 표정만 지었다. 주가가 높다 보니 마치 적금 넣듯 주식을 확보한 곳이 많다. 이들은 쉽게 시장에 던지지 않으니 시장에서 거래되는 물량은 전체의 20퍼센트도 안 된다.

"그 주식을 사겠다는 투자사가 있습니다. 던지는 대로 족족 사들일 테니 오히려 주가가 올라갈 겁니다."

"혹시 그 투자사가 미라클입니까?"

"그중 하나가 미라클입니다만…."

은행장은 나를 잠시 노려보더니 천천히 입을 열었다.

"진 실장님이 우리 금융권에 얼마나 큰 역할을 하는지 잘 압니다. 당장 저부터 실장님의 부탁이라면 뭐든 들어드리고 싶습니다. 하지만 순양전자는 우리의 오랜 파트너라고 생각하십시오. 아니, 시중 4대 은행은 전부 파트너입니다. 안방마님처럼 거래하는 겁니다. 우리가 주가를 받쳐 주고 전자와 물산은 막대한 수수료와 이자로 우리를 받쳐 줍니다."

은행장은 다시 짧은 숨을 내쉬고 말을 이었다.

"미라클이 순양을 노린다는 건 공공연한 사실 아닙니까? 실장님도 한몫 거들고 계시죠? 그런데 외국 자본이 한국의 상징을 차지하는 건 받아들이기 어렵습니다. 죄송합니다."

그럴듯하게 말하지만, 배신의 보복이 두려운 것이다. 장남 진영기 부회장이 바로 순양이라고 생각하기 때문에 그를 주군처럼 여긴다. 이학재 회장이 했던 "세다! 정말 세다."라는 말이 내 입에서도 맴돌았다. 순양공화국이라고 하더니 그보다 더한 '순양왕국'이다. 장자 계승의 원칙이 뿌리까지 박혀 있다. 이 정도까지 한국을 집어삼킨 할아버지가 원망스러울 정도다.

다른 곳도 별반 다르지 않았다. 프리미엄을 얹어서 팔겠다고 하는 곳도 있었지만, 그런 곳의 지분은 저울에 모래 한 알 올리는 정도에 불과했다. 물론 그런 곳도 남김없이 긁어 와야 했다.

나는 계열 분리는 정말 신중해야 한다고 생각을 바꿨다.

"진영기 부회장은 완전한 독립을 원해. 네게 잔뜩 겁먹은 게 틀림없다."

"우리가 놓친 게 하나 있어요."

"놓친 거?"

"네. 겁먹고 도망치는 것도 있지만 절대 건너지 못하도록 다리를 불태우는 겁니다."

이학재 회장은 눈을 크게 떴다.

"그 정도야?"

"네. 이번에 계열 분리를 끝내면 절대 흔들리지 않을 철옹성처럼 만들 완벽한 지배구조를 짜놓은 게 틀림없어요."

"어쩐지… 분리하자는 말에 너무 티 나게 좋아하더라니."

"걸치고 계속 갑시다. 그래야 빈틈이 있을 테고 언젠가는 그 빈틈이 더 크게 벌어질 겁니다."

"빈틈 메우려다 실수도 하고?"

"네. 초조해지면 판단마저 흐리게 되니까요."

이학재 회장은 골똘히 생각하다 말했다.

"기관들은 어때? 완고해?"

"네, 제 예상을 뛰어넘더군요. 그들을 제 뒤에 줄 세우는 방법은 하나 뿐입니다."

"진영기 부회장이 약해 보여야겠지?"

"그렇습니다. 결국, 하나로 통합니다. 공격하고 또 공격해서 진영기 부회장이 쓰러질 수도 있다는 인식을 심어 주면 됩니다. 그럼 이 싸움은 단번에 끝납니다."

"벼락이 떨어지는 것처럼 한 번에 끝난다."

많이 듣던 말이다.

"할아버지께서 입버릇처럼 말씀하셨죠. 아무리 어렵고 힘들어 보여도 모든 일은 허무하리만치 단번에 정리된다고 말입니다."

의지를 담아 말하니 이학재 회장이 내 등을 툭 치며 웃었다.

"일단은 절반의 성공부터 축하하자. 고생했잖아."

▲ ▲ ▲

진영기 부회장은 뭐가 그리 좋은지 싱글벙글하였다.

"자자, 얼른 해치우고 술이나 한잔하자고. 우리가 남도 아니고 조금씩 양보하면 될 일 아니냐? 아버지가 가장 신뢰했던 이 회장, 끔찍이 아꼈던 손자 그리고 맏아들인 나, 이렇게 함께 일하면 좋았을 텐데…."

저 말은 분명 진심일 거다. 단, 이학재 회장은 할아버지께 했던 것처럼 여전히 궂은일을 도맡아 하는 비서여야 하고, 똑똑한 조카는 자신의 개인 재산을 열심히 불려 주는 개인 펀드매니저여야 한다.

"미안하지만 전 함께 일하는 모습은 단 한 번도 상상해 본 적 없었습니다."

이학재 회장 역시 웃으며 대답했지만, 큰아버지 얼굴에서 순식간에 웃음이 지워졌다.

"꼭 그딴 식으로 말을 해야겠나?"

서로를 향한 두 사람의 눈에 불꽃이 튀었다. 이 회장이 큰아버지의 속을 긁으려 던진 말인지 진심인지는 모르겠지만, 처음부터 삐걱거리는 소리가 요란하다.

"그만합시다. 빨리 조건이나 말하고 협의 끝내죠."

이 회장은 큰아버지의 눈길을 무시했다.

"흠…. 뭐, 빨리 끝내지. 몇 배를 원하나?"

건설, 중공업 계열이 보유한 전자와 물산의 주식은 전자와 서비스 계열이 보유한 건설, 중공업의 주식보다 훨씬 높은 가격이다. 큰아버지는 일단 두 주식 가치의 차이를 물었다. 이 차이만 동의한다면 거래는 쉽게 이뤄진다.

"지금 시장 거래가의 두 배부터 출발하시죠."

"뭐?"

"순양전자의 주가는 계속 상승세지만 건설주는 계속 하락세입니다."

순양건설과 중공업 주가는 1만 원대이고, 순양전자 주가는 100만 원에 육박하니, 거래가는 이미 100배의 차이인데 이것의 두 배라면 200배다. 전자 주식 하나 주면 건설 200주를 내놓으라는 소리니 진영기 부회장은 입을 떡 벌릴 수밖에 없을 것이다.

주가 1만 원도 순양건설이 수습 상태라는 게 알려지면서 조금 오른 것이다. 하지만 전반적인 건설주 하락은 여전히 계속된다.

"지금 뭐하자는 거지? 주식 교환으로 한몫 잡을 속셈인가? 우린 서로의 지분을 되찾는 게 목적 아닌가? 거래가의 두 배? 그걸 말이라고…!"

"시장 경제의 간판인 우리 기업 대표들은 시장 가격에 기준을 두는 게 당연한 것 아니겠습니까? 이게 마음에 들지 않으시면 부회장님이 원하는 비율을 말씀해 보시죠."

"이 회장. 일단 주식 전량 교환하자고, 그리고 추가금을 주겠네. 그 금액만 말해. 200배 같은 말도 안 되는 소리는 하지 마."

"200배는 시작이라고 말씀드렸을 텐데요?"

"뭐?"

"건설주는 잠시 반짝했다가 다시 떨어지고 있습니다. 미라클의 예상은 당분간 5000원대를 유지한다고 하더군요."

이학재 회장은 아직 저의를 눈치 못 챈 진영기 부회장이 답답한 듯 이맛살을 찌푸렸다.

"주식 교환을 서두르지 않을수록 교환 비율은 제게 유리합니다. 그러니 시작인 거죠."

서로가 가진 주식을 훤히 안다. 진영기 부회장은 추가로 부담해야 할 돈이 얼마인지 계산이 섰다. 그리고 감당하기에 힘든 금액이라 꽉 막힌 것이다.

피처폰에서 스마트폰으로 넘어가는 시대다. 한국뿐만 아니라 세계 곳곳에 널려 있는 생산 공장을 스마트폰 시대에 맞추기 위해 천문학적인 투자 중이다. 그룹 유보자금이 그리 많지 않다.

이학재 회장은 거래를 무산하기 위해 가장 보편적이며 좋은 방법을 썼다. 바로 '돈이 안 맞다'이다. 기타 조건이 아무리 좋아도 돈이 맞지 않으면 거래는 성사되지 않는다. 협상은 돈을 맞추는 과정이고, 계약은 서로가 받아들일 수 있는 금액일 때 이루어진다.

"부회장님, 아무리 자기 회사 주식 가져가는 게 중요하다 해도 돈은 맞아야죠. 더 달라는 것도 아닙니다. 시세에 맞추자는 건데… 난색을 보이면 거래하지 말자는 뜻 아닙니까?"

이학재 회장은 내게 시선을 돌렸다. 내 의견을 말하라는 뜻이다.

"솔직히 전 순양건설과 중공업 주식은 관심 없습니다."

나마저 부정적인 의견을 내자 큰아버지의 표정은 더욱 일그러졌다.

"전 이미 순양건설과 순양중공업 주식을 잔뜩 사 놨거든요."

"뭐?"

두 사람이 동시에 나를 봤다.

"바닥 치는 주식을 왜 안 사겠어요? 전 1년 봅니다."

"1년이라니?"

큰아버지가 물었다.

"1년 정도 지나면 정상화 되지 않겠습니까? 그럼 예전 가격인 3만 원 대는 훌쩍 넘을 테니까요. 1년에 대여섯 배를 버는 투자는 그리 흔하지 않습니다. 순양증권도 꽤 많이 매입했습니다."

기관 투자의 문제점은 실적이다. 단기간이라도 항상 실적을 내야 하니 장기 투자는 엄두도 못 내지만, 사주인 내가 단기 실적에 목메지 말라고 하니 그들도 안정적인 장기 투자를 시작했다.

"또 하나, 전 두 분이 보유한 순양금융 계열의 주식이 그다지 아쉽지 않습니다."

이미 셋의 거래는 깨졌다는 걸 눈치챈 큰아버지의 입술이 일그러졌다.

"순양금융 계열의 주식을 단 한 주라도 쥐고 있는 개미들은 이미 절 지지하고 있습니다. 한국의 젊은 투자 귀재를 쫓아낼 정도로 그들은 명청하지 않거든요. 제가 금융그룹을 맡고 주가가 세 배 이상 뛰었잖습니까. 개미들이 절 지지하는 이상 우호지분은 경영권 방어에 문제없을 정도죠."

난 두 사람을 쓱 둘러본 뒤 책임을 미뤘다.

"두 분께서 합의하지 않는데 제가 나설 필요는 없습니다. 두 분 합의

하시고 다시 모이죠. 단, 시세대로 주식을 내놓지는 않을 겁니다. 전 장기적인 투자로 얻을 수 있는 이익을 포함한 프리미엄을 원합니다."

판은 깨졌다. 아쉬운 사람은 한 명뿐이니 세 사람이 머리를 맞대고 논의해도 결론은 나지 않는다.

"두 분께서는 말씀 나누십시오. 아무래도 시간이 필요한 것 같군요."

큰아버지가 나를 붙잡고 장황한 이야기를 하기 전에 재빨리 빠져나왔다.

▲ ▲ ▲

이학재 회장이 회의실로 들어오자 수십 명의 사람들이 벌떡 일어났다. 이 회장이 상석으로 걸어가 의자에 앉고 난 후에야 사람들은 의자 끄는 소리도 내지 않기 위해 조심하며 다시 앉았다.

이 회장은 사람들을 쭉 둘러보며 감회가 새로운지 한동안 말이 없었다. 이 자리에 모인 사람들은 한동안 자신에게 머리를 숙였다. 하지만 그들의 시선은 항상 자신의 뒤에 있는 진양철 회장을 향했다. 오늘은 다르다. 이들의 시선은 오로지 자신을 향해 있었다.

"오랜만에 보니 반가운 얼굴이 많군요."

'반가운'이라는 말이 참 모호했다. 기쁜 마음인지 이를 악문 반가움인지 사람들마다 그 뜻이 달랐다.

"먼저 인수 과정에 적극적으로 협조해 주신 점 감사합니다. 그리고 당분간 순양이라는 이름은 버리지 않을 생각입니다. 하지만 이름 외에는 굉장히 많은 것이 달라질 겁니다."

회의실의 사람들은 이름을 지킨다는 건 반갑지만 달라진다는 말은 달갑지 않았다. 먼저 사람부터 달라진다는 뜻이니, 이건 인력 교체를 말한다.

"첫째, 모든 자회사를 원점에서 재검토합니다. 정확한 역할도 없이 돈만 빼먹던 자회사는 모두 정리할 것이며, 그 과정에서 비리가 드러나면 모두 형사 고발 진행합니다."

이미 안색이 창백해진 사람도 보였다.

"모회사도 마찬가지, 감사팀은 회사 부실에 한몫한 사람을 철저히 밝힐 것입니다. 또한 능력도 없으면서 오너 가족에 충성한 대가로 과한 자리에 앉은 사람은 즉각 책상을 비우게 될 것입니다."

진동기 부회장의 측근부터 정리한다는 말이니 많은 임원이 옷을 벗게 될 상황이다.

"난 HW그룹의 회장이지만 단 한 주의 HW그룹 주식도 없습니다. 완전한 전문 경영인입니다. 이제 여러분도 그리될 것입니다. 그룹 인사가 마무리되면 매출, 이익, 주가 등 오로지 실적만으로 평가할 것이고, 업무 지시를 위해 제가 이 건물을 다시 찾는 일은 없을 겁니다."

순양 사옥의 대회의실은 쫓겨나는 사람과 그 자리를 차지할 사람들의 감정들이 뒤섞여 실망과 환희, 두려움과 설렘으로 가득했다.

▲ ▲ ▲

이학재 회장이 대회의실에서 점령군 놀이를 할 때 내 방에는 쫓겨난 왕의 아들이 불안한 얼굴로 앉아 있었다.

"고생했지? 구치소에서 며칠이나 있었지?"

"얼마 안 있었어. 조사는 계속 받았지만."

"기소 유예라면서?"

"그래. 아버지가 채권단에 항복하니까 그리 결론 나더라."

진태준은 이미 현실을 받아들인 듯 내게 화를 내지도 분노를 보이지도 않았다.

"큰아버지께 이야기는 다 들었겠네?"

"응. 네 진짜 모습도 알았어."

알았으면 존경의 눈빛 정도는 보여야 하는데, 회사를 뺏긴 아버지 때문인지 영혼이 빠져나간 눈빛이다.

"그럼 큰아버지의 생각과 계획 말고 형의 생각을 말해. 원하는 대로 해줄 테니까."

"네가 우리 아버지와 한 약속 진심이야?"

"형의 자리를 계속 지키도록 한다는 거? 응. 진심이야."

"아무런 조건 없이?"

"아니. 있어."

진태준의 맥없던 눈빛이 달라졌다.

"모든 업무 보고는 나와 이학재 회장에게만 할 것."

"우리 아버지에게는 회사에 관계된 건 입 다물라는 뜻이구나."

"당연한 거 아냐?"

"그리고?"

"가장 중요한 건 일을 잘할 것. 매우 잘해야 할 거야. 난 눈이 높거든. 능력에 부친다고 생각하면 그 순간 해임이야."

"또 있어?"

"난 없어. 하지만 이학재 회장님은 있을지도 모르지."

이제 재벌 3세가 아니다. 재벌의 사촌, 이것이 그가 가질 수 있는 특혜의 한계다. 그 특혜로 평범한 사람이라면 엄청난 시간과 노력을 들여야 차지할 수 있는 자리를 손쉽게 얻었다. 하지만 지키는 방법은 똑같다. 자리에 어울리는 능력을 보여 줘야 한다. 진태준은 지금까지 특혜 없는 냉정한 평가를 한 번도 받아 본 적 없겠지만, 이젠 남에게 평가받는 일이 일상이 될 것이다.

그는 굳은 얼굴로 일어서며 입을 열었다.

"이학재 회장님부터 만나야겠군."

"면접 보고 알려 줘."

"그래."

밖으로 나가려는 그를 불렀다.

"태준이 형."

그가 천천히 돌아섰다.

"앞으로 형은 그동안 한 번도 하지 않았던 말을 입에 달고 살아야 할 거야. 보통의 사람들처럼 말이야. 그 말이 뭔지 생각해 내지 못한다면 이 회장님 면접은 보나마나야. 절대 통과하지 못해."

생각지도 못한 말에 놀랐는지 그는 한동안 가만히 서 있었다. 하지만 머리 나쁜 사람은 아니라, 자신이 평생 한 번도 쓰지 않아 잊고 있던 말을 기억해 내고는 씩 웃었다.

"고마워. 도준아. 기회를 줘서…."

저 정도면 일 못 한다는 평가는 듣지 않을 것 같다.

6장

가치 있는 사람

"어떻습니까? 태준 형은?"

"차분하더라? 사고 안 치고 평범하게 자란 놈이라 신경 쓴 적이 없었는데."

"일 맡겨도 되겠습니까?"

"솔직히 그 정도 사람은 수두룩하잖아. 핏줄이니 챙겨 주는 거 말고 특별한 이유가 있겠어?"

"둘째 큰아버지의 부탁이니 들어주긴 하겠지만, 회장님께서 내키지 않으시면 제가 데리고 있겠습니다. 재무이사와 동급의 자리는 얼마든지 있으니까요."

"아니다. 특별히 잘못한 일도 없으니 약속은 지켜야지. 좀 더 지켜보자."

이 회장도 진동기 부회장을 생각하며 너무 냉정하게 굴 생각은 없어 보였다.

"그런데 도준아."

"네."

갑자기 목소리를 낮추며 내 표정을 살폈다.

"순양물산 주식 2.8퍼센트를 쥐고 있는 곳이 있어. 내가 접촉했는데, 어때?"

"물어보실 필요가 있습니까? 무조건 매입해야죠. 어딥니까?"

"한국토지신탁이야."

한국토지신탁은 국토해양부 산하 한국토지주택공사의 종합부동산투자금융업 전문 자회사다. 그런데 이번 정권이 들어선 후, 주택공사가 가진 지분을 민간에게 넘기면서 민영화에 박차를 가하고 있다.

"거긴 국내 아파트 건설과 밀접한 관계가 있으니 이제 우리와 좋은 관계를 유지하려는 속셈이겠지."

순양과 대현을 인수하며 건설업계 1위가 된 HW다. 한국토지신탁의 저런 반응은 당연하다.

"그런데 저쪽에서 널 좀 만나고 싶어 하더라고."

'응? 나를 왜? 건설은 내 영역이 아닌데?'

"저를 뭐 때문에…?"

"우리나라 투자의 대명사가 너 아니냐?"

"이상한데요? 회장님께서 절 띄워 주는 말씀을 다 하시고…."

"내가 아니라 저쪽에서 한 말이다. 물어볼 게 좀 많다고 하더라. 너도 알지? 주택공사가 지분 매각 계속하는 거?"

"네, 민영화 아닙니까?"

"그래. 여기저기서 한국토지신탁 먹으려고 접근하니까 궁금한 게 많은가 보더라."

짐작할 수 있는 게 있다.

"혹시 미라클도 인수 의향이 있는지 확인하려는 걸까요?"

"직접 묻지는 않았지만, 아닌 것 같아. 미라클은 외국 자본이라고 생각하니까, 아무리 민영화라 해도 국영 기업이나 다를 바 없는 걸 넘기겠어?"

"그도 그렇군요."

이 회장은 명함 하나를 내밀었다.

"토지신탁 사장이다. 그 자리가 마지막 공직일 거야. 민영화되면 물러나야 하니까. 그리고 그 양반, 집안 좋다."

"금수저입니까?"

"돈은 아니고, 집안 전부가 여의도 아니면 청와대를 거쳤어. 알아 둬서 나쁠 건 없을 거다. 정중하게 대해."

"뭐 말씀하지 않은 거 있으십니까? 오늘따라 걱정이 많으신 거 같은데요?"

"그 양반 캐릭터가 좀… 그래, 네 첫째 큰아버지랑 비슷해."

왜 이리 조심하는지 알았다. 안하무인이라는 의미니 나와 충돌이 생길 걸 염려하는 것이다.

"아하, 알겠습니다. 그분 캐릭터가 할머니와 같다고 해도 꾹 참고 주식 받아 오겠습니다."

자신 있게 큰소리치고 명함을 챙겨 와 전화를 걸었다.

"안녕하십니까, 사장님. 순양의 진도준입니다."

"오, 안녕하시오. 전화 기다렸습니다."

전화기를 통해 걸걸한 중년 사내의 목소리가 흘러나왔다.

"이학재 회장님께 말씀 들었습니다. 주택공사가 보유 중인 귀사의 주식 매각 때문에…."

"아이고, 복잡한 이야기는 만나서 하는 게 어떻겠습니까?"

"아차, 물론입니다. 스케줄 맞춰 제가 회사로 방문하겠습니다."

"음… 회사에서 이야기하는 것보다 식사나 하면서 편히 얘기하는 게 어떻겠소?"

밥 한 그릇 사달라는 건가? 지분만 챙겨올 수 있다면 한 그릇이 아니라 백 그릇이라도 사줄 수 있다.

"그것도 괜찮습니다."

"오늘도 괜찮은지 모르겠소만…?"

물론 괜찮지만 너무 안달하는 모습은 보여 주고 싶지 않았다.

"죄송합니다. 선약 때문에 오늘은 힘들고… 잠시만요…. 모레 점심 어떨까요?"

"그러시죠. 내가 예약하고 알려 드리겠습니다."

'2.8퍼센트의 주식으로 무엇을 얻으려는 걸까?'

이 양반은 지금 끝물이다. 민영화 전환 후 설 자리를 잃는 예정된 은퇴자라면 원하는 게 뭔지 선하다. 게다가 정치인을 수두룩하게 배출한 집안이라면 돈보다는 권력과 명예를 원한다. 이런 부류의 사람들은 권력이 돈을 불러온다는 것을 아주 잘 안다. 자기 것이 아닌 회사 소유의 주식을 대표의 권한으로 슬쩍 팔아 치우면서 일신의 영달을 챙기는 것이 바로 권력의 장점 아닌가?

적당한 자리 몇 개를 생각했다. 만만한 게 외교관인데 저 정도 인물이면 동남아 정도가 적당하고, 공공기관장 자리는 중급 아래나 가능하다. 원하는 건 그 이상일 테니 힘 좀 써야 할 것 같다. 혹시나 해서 가족 현황도 살펴보니 아들 하나, 딸 하나다. 아들의 취업청탁이면 더할 나위 없이 좋겠지만, 너무 약하다. 돈과 아들의 미래를 패키지로 묶어서 생각해 봤다. 이것도 쉬운 일이니 제안해 볼 만하다. 몇 가지 옵션을 두고 그를 설득해야겠다.

이틀 뒤 토지신탁 사장이 예약한 레스토랑으로 향했다. 중년이 훌쩍 넘은 아저씨가 이탈리안 레스토랑이라니 조금 이상했다. 하지만 그를 아는 사람이라면 이런 젊은 취향의 레스토랑을 들락거리지는 않을 테니 은밀한 이야기를 나누기에는 그리 나쁘지 않은 장소다.

연장자에 대한 최소한의 예의를 지키기 위해 약속 시간보다 10분 먼저 도착했지만 소용없었다. 레스토랑 매니저는 이미 예약한 분이 기다리고 있다고 귀띔했다. 안내를 받아 별실에 들어서니 쉰이 넘은 남자가 벌떡 일어났다.

"마침내 순양의 대들보를 뵙게 되는군요. 변도식입니다."

변도식 사장의 인사가 들리지 않았다. 그와 함께 일어선 젊은 여성 때문이었다. 그녀는 옅은 화장의 단아한 모습이었으나 몸에 걸친 옷과 가방만 봐도 중형차 한 대 가격이다. 씨는 속일 수 없다고, 젊은 여인의 얼굴에는 변도식의 흔적이 남아 있다.

'이것 봐라… 딸을 데리고 나와? 이런 자리에?'

완전히 굳은 나를 향해 젊은 여인이 가볍게 머리를 숙이며 인사했지만 아무 소리도 들리지 않았다.

"아이고, 이거… 결례가 아닌지 모르겠습니다. 하지만 우리 딸이 진도준 실장님을 꼭 만나게 해달라고 어찌나 조르는지… 허허."

"아빠… 내가 언제…."

그녀는 기어들어 가는 목소리였고, 변도식 사장은 조금도 결례라고 생각하지 않은 게 분명했다. 연신 웃음을 터트렸다.

"젊은 사람이니 격식이니 뭐니 크게 생각하지 않았습니다. 그냥 서로 인사만 하라고 데리고 나왔어요. 순양 가문에는 한참 못 미치겠지만, 우리 집안도 어디 내놔도 부끄럽지 않을 정도는 됩니다. 제 딸과 알고 지내도 괜찮을 겁니다."

"아, 네. 지인이야 많을수록 좋겠죠."

일단 자리에 앉았지만, 표정이 펴지지 않았다. 불편하지만 참아야 한다. 할머니보다 더한 사람이라고 해도 꾹 참겠다고 하지 않았던가?

"이거, 방송에서 몇 번 봤지만, 실물이 더 훤칠하군요. 방에 들어오는데 난 연예인인 줄 알았소. 허허."

맞장구치기도 한심한 말이라 슬쩍 웃기만 했다.

"사장님, 회사가 보유한 순양그룹 주식은 물산이 전부입니까?"

"아, 그렇지. 이거 내가 괜한 주책을 부렸구려. 바쁜 사람 앞에 두고 쓸데없는 소리나 하고….”

"아닙니다.”

"일단 식사 주문부터 할까요?”

부녀가 메뉴판을 집으려 할 때 그들을 막았다.

"식사는 본론부터 끝내고 하는 게 어떨까요? 식사하면서 숫자 이야기가 나오면 따님도 불편하지 않겠습니까?”

"아, 그럼 그럴까요?”

변도식 사장은 내 눈치를 보며 종이 한 장을 꺼냈다.

"순양물산 주식만 딱 집어서 매각하는 건 아무래도 모양새가 빠집디다. 그래서… 이거 한번 보시겠습니까? 순양그룹 주식 리스트를 뽑은 겁니다.”

그가 내미는 종이를 받아 쭉 훑었다. 소소한 지분은 있으나 대세에 영향을 줄 만한 주식은 순양물산 2.8퍼센트가 전부였다.

"순양그룹 주식은 제가 전량 매입하겠습니다. 모양새 빠지는 일은 없을 겁니다. 아, 깔끔하게 처리하려면 투자 신탁이 보유한 다른 회사의 지분을 전부 매각하는 것도 나쁘지 않겠죠. 필요한 게 있으시면 말씀하십시오.”

"아닙니다. 순양그룹만 매각해도 됩니다. 전부 몰아 버리면 또 특혜라고 말들이 많으니까요.”

사고팔 물건은 정해졌고 가격만 남았다.

"매각 가격은 어느 정도면 적당할까요? 이사진이나 감사원에서 트집 잡을 일 없도록 해드릴 생각입니다.”

"아, 그리 어렵지 않아요. 전임 사장도 회사 보유 주식을 정리한 사례가 있으니까요. 우량주일 경우에는 15퍼센트 프리미엄을 붙였고, 비우량주일 경우에는 15퍼센트 인하해서 매각했습니다."

이미 아는 내용일 뿐 새로운 건 없다. 남은 건 진짜 프리미엄이 얼마인지 들어야 한다. 자연스럽게 변도식 사장이 속내를 들어내도록 옵션을 말했다.

"무리한 조건은 아니군요. 합당한 조건을 제시해 주셔서 감사합니다. 그럼 제가 뭘 더 해드리면 될까요? 편하게 말씀하십시오."

"아이고, 회사 방침이 민영화라 그 전에 자산을 처분하는 건데 뭘 더 바랍니까? 흔쾌히 회사 조건을 받아 주시니 그것만으로도 만족합니다. 허허."

이자가 원하는 옵션은 돈도, 자리도 아닌 관계다. 맞은편에 앉아 나를 힐끔힐끔 곁눈질하는 딸, 그녀와 그럴듯한 관계를 시작하는 게 바로 옵션이다.

"사장님."

"네, 말씀하세요."

"혹시 제가 오해해서 실수하는 일은 없었으면 해서 말씀드리는데, 제게 따님을 정식으로 소개하실 생각이셨습니까?"

"아이고, 소개는 무슨…. 두루두루 알고 지내라는…."

"조금의 흑심도 없다는 말씀입니까?"

순간 두 사람의 얼굴에서 웃음이 사라졌다.

"흑심이라니! 무슨 그런 말을…!"

딸의 눈꼬리도 바짝 올라갔다.

"집안도 내세울 만하고, 예쁘다는 소리도 들을 만하니 저와의 인연을 기대해 볼 만하다… 이런 생각 없었습니까?"

"이봐요. 진 실장! 도대체 사람을 어떻게 보고 그런 막말을…!"

"오해했다면 죄송합니다. 그럼 계약 협의는 끝났으니 이만 일어설까요?"

의자를 뒤로 밀자 변도식 사장은 당혹감을 감추지 못했고 그의 딸은 입술을 깨물었다. 그들은 자존심이 상했지만 수백 번의 로또 당첨이나 다름없는 이 기회를 박차고 나가지 못하는 것이다.

이상하리만치 화가 나서 참을 수 없었다. 이보다 더한 일도 내색하지 않고 견뎠는데…. 화를 참지 못해 일을 그르치는 실수는 말아야 한다. 지금 자리를 박차고 나가면 2.8퍼센트의 순양물산 주식은 절대 가져올 수 없다. 마음을 진정하고 협상을 다시 시작했다.

"변도식 사장님. 사장님의 조건은 잘 알았습니다. 이제 제 조건을 말씀드릴 테니 잘 판단하시기 바랍니다. 제안은 이번이 마지막입니다."

"뭐요?"

이미 그의 얼굴은 시뻘겋게 달아올랐지만 아랑곳하지 않았다.

"따님을 조건으로 내세웠으니 제가 생각하는 따님의 가치를 말씀드리겠습니다. 적정하다 싶으면 고개를 끄덕이세요. 100억!"

"이 친구가 지금 뭐하는 게야!"

"200억."

"이봐요! 진도준 씨! 지금 내 가격을 매기는 거예요? 돈으로?!"

참고 있던 그의 딸이 마침내 폭발했다.

"이봐요, 아가씨. 사람의 가치를 돈 말고 뭐로 환산합니까? 연봉으로 남자 가치를 판단하는 게 결혼정보회사가 하는 일이죠. 교통사고로 사람 죽여도 합의금으로 털고, 몇천만 원 수술비가 없어 죽음을 피하지 못하는 게 우리가 사는 세상입니다."

세상사를 모르는 철부지 젊은 애가 입을 다물지 못하고 내 말을 듣고 있다.

"돈으로 목숨값도 매기는데 사람 가치는 당연히 돈이라는 숫자로 판단하지요. 몇 살인지 모르겠지만, 철이 덜 들었군요. 300억."

변도식 사장은 딸을 멸시하는 내 눈빛에 소리 질렀다.

"이놈이! 어디서 감히 내 딸한테…! 야! 돈이면 다 되는 줄 알아!"

"제가 생각하는 따님의 가치를 말씀드린다고 했습니다만 이 제안…
곧 끝날 것 같습니다. 500억."

재미있는 것은 숫자가 올라갈수록 내 마음이 더 차분해졌다. 지금 나
는 변도식 사장 딸의 가치를 말하면서 누군가의 가치도 함께 생각하는
듯하다.

"아가씨는 자기애가 강하군요. 난 이미 바가지요금이 아닐까 하는 의
심이 드는데 말입니다. 800억."

"이 새끼가! 당장 그만두지 못해!"

변도식 사장이 의자를 넘어트리며 벌떡 일어섰지만, 밖으로 나가지
는 못했다. 그의 딸이 옷자락을 잡았기 때문이다. 재미있는 여자다.

"이쪽은 결정한 것 같고 변 사장님만 고개를 끄덕이면 되겠군요. 판
단하기 쉽게 만들어 드리죠. 1000억."

이번에는 내가 식탁을 짚으며 일어섰다.

"자, 이대로 나갈까요? 아니면 고개를 끄덕이시겠습니까?"

그의 눈을 뚫어지게 노려보며 말하자 변 사장은 눈길을 피하며 슬그
머니 자리에 앉았다.

"고개를 끄덕이신 거로 생각하겠습니다."

난 웃으며 휴대폰을 꺼냈다.

"김 대리, 잠깐 들어와 봐요."

직원의 안내를 받으며 김윤석 대리가 달려왔다.

"김 대리, 은행에 가서 무기명 양도성 예금증서 하나 만들어 와요."

"네, 실장님. 금액은 어떻게 할까요?"

"1000억. 그리고 그 예금증서는 이분께 드리면 됩니다."

"알겠습니다."

김 대리는 1000억이라는 금액에도 눈 하나 깜짝하지 않았고, 그런 그를 보는 두 사람은 입을 다물지 못했다.

"그럼 천천히 식사하세요. 식사 끝나기 전 1000억을 받으실 겁니다. 그리고 내일 회사로 사람 보내겠습니다. 순양그룹 주식 양도 계약은 문제 생기면 안 됩니다. 아시겠죠?"

그제야 고개를 끄덕이는 변 사장을 남겨 두고 레스토랑을 나왔다. 대기하던 차에 올라타고 말했다.

"서초동으로 갑시다."

오늘 숫자를 부르는 내내 머릿속에서 떠나지 않았던 이름을 만나야겠다.

서초동 서울중앙지방법원에 도착하자 차에서 내렸다.

"혹시 모르니 시동 끄지 말고 대기해요. 여차하면 총알처럼 도망쳐야 할지도 모르니까."

무슨 뜻인지 몰라 눈만 깜빡거리는 수행원들을 남겨 두고 법원 계단을 뛰어올랐다. 서너 번 왔던 곳이지만 여전히 어색하다. 스쳐 가는 사람들이 날 힐끔거리는 것도 편하지 않았지만, 오늘은 신경 쓸 여유도 없었다. 7층 판사실 중의 하나를 찾아 문을 열고 들어갔다.

"아, 오셨어요? 오랜만이네요."

나를 보자마자 벌떡 일어난 사내는 환하게 웃으며 반겼다.

"계장님, 서 판사 계십니까?"

"이런, 약속 안 하셨어요? 지금 재판 중이신데…."

"어디죠?"

"425호입니다."

"단독이군요."

"네. 가만있자… 곧 끝날 것 같긴 한데….'"

"알겠습니다. 수고하세요."

다시 아래층으로 내려갔다. 425호 법정의 문을 조용히 열고 들어가자 판사석의 그녀와 눈이 마주쳤다. 싱긋 한번 웃어 주고 방청석의 뒷자리에 앉았다.

재판을 지켜볼 여유가 없었다. 손을 들어 목을 긋는 시늉을 몇 번 하자 그녀는 미간을 찡그렸다. 이때만큼 그녀가 판사인 게 다행이라고 생각한 적이 없었다. 적어도 지금 425호 법정에서는 그녀가 회장이며 총수다. 가장 강력한 힘이 있다. 몇 분 후 그녀는 시계를 슬쩍 보더니 말했다.

"한 시간 동안 휴정하겠습니다. 증언은 오후에 이어서 하도록 하겠습니다."

어리둥절한 검사와 변호사를 못 본 척하며 그녀는 재빨리 일어섰고, 나도 방청석을 나왔다.

"뭐야? 연락도 없이 갑자기?"

법정 밖에서 만난 그녀는 조금 짜증 섞인 목소리였다. 배가 고프거나, 재판이 답답하게 진행된다는 뜻이다. 아니면 내가 짜증 나거나.

"점심 먹었어?"

"아니."

"밥 먹자. 맛있는 거 사줄게."

"못 들었어? 한 시간이 전부야. 대충 먹어."

"대충 뭐 먹어?"

"몰라서 물어? 요 앞에 곰탕집 가는 거지."

뭐라 말할 틈도 주지 않고 그녀는 법복을 벗어 팔에 걸치고는 휘적휘적 앞장서서 걸었다.

'젠장, 그냥 가버릴까? 내가 어떤 마음으로, 왜 갑자기 달려왔는지 조금도 눈치채지 못하는구나.'

하긴, 그녀가 섭섭한 표정을 지을 때마다 내가 입버릇처럼 한 말이 "말을 해. 말하지 않으면 어떻게 알아? 마음은 읽을 수가 없는 거라고." 였으니 어쩔 수 없다.

식당에 들어서자 식사 중이던 사람들의 시선이 우리를 향하더니 수군대기 시작했다. 그러려니 하며 곰탕 두 그릇을 시켰다.

"너 오늘 무슨 일 있었어? 표정이 영⋯."

"내 표정이 어때서?"

그녀가 뭐라 말하려 할 때 뜨거운 김이 모락모락 나는 곰탕이 나왔다. 깍두기와 김치를 잘라 접시에 놓자 그녀는 밥 한 공기를 곰탕에 그대로 말았다. 밥때가 한참 지나서인지 그녀의 숟가락이 바삐 움직였다.

그런 그녀의 모습을 가만히 지켜보다 천천히 말했다.

"결혼하자."

"큭, 푸!"

입안의 밥을 고스란히 뱉어 낸 서민영에게 얼른 냅킨을 뽑아 건넸다. 그녀는 고개도 들지 못한 채 입가를 몇 번 훔치고는 다시 숟가락을 들어 곰탕만 괜히 휘저었다.

"싫어? 왜 대답이 없어?"

"기다려 봐. 지금 찾고 있잖아."

"뭘 찾아?"

"반지. 이 곰탕 안에 반지 없으면 넌 죽을 줄 알아."

'아차차. 큰일 났다.'

그제야 그녀가 머리를 들어 나를 빤히 노려보기 시작했다.

"서로 죽이네 살리네 싸우며 이혼 법정에 들어서는 막장 부부 중에 곰탕집에서, 반지도 없이 청혼받은 사람이 몇이나 될 것 같아?"

차분한 목소리였지만 눈에서는 불꽃이 튄다.

"단 한 명도 없어. 그 사람들도 처음엔 로맨틱하게 출발했다고. 지금 이 상황이 말이 돼?"

앞으로 평생 우려먹을 빌미를 줄 수는 없다. 무사히 넘겨야 한다.

"방금 내게 엄청나게 비싼 다이아몬드 반지를 내밀며 유혹하던 사람이 있었는데, 그거 내던지고 왔어. 하지만 후회 안 한다."

그녀의 눈빛이 흔들렸다.

"얼마짜린데 그래?"

"1000억."

그녀의 눈빛에 일렁이던 불꽃이 사그라들었다.

"대충 둘러대느라 거짓말하면 법정 구속한다."

"증인 있다. 내 말이 진실이라고 증언할 사람이 있다고."

"누군데?"

"김윤석 대리."

"그 사람은 네 수족이잖아. 증언의 신빙성이 떨어져."

"증거도 있는데 그건 차명계좌 비자금이라 제출 못 해. 어쩌지?"

"이 식당 손님들 전부 판검사야. 입 닫아."

목소리를 확 낮춘 그녀는 내가 처음 보는 표정으로 변했다. 전에 없이 진지한 얼굴이다.

"네게 결혼은 뭐지? 꼭 거쳐야 할 과정이야? 여러 가지 업무 중의 하나? 아니면… 보통의 사람들이 생각하는 결혼과 같아?"

이건 전략을 잘 짜서 대답해야 한다. 솔직한 내 생각도 좋은 대답일 수 있지만, 그 정도로는 부족하다. 진솔한 대답이 아니라는 걸 그녀가 알아도 상관없다. 지금 필요한 것은 바로 로맨틱이다.

"민영아."

"말해."

"연애는 3인칭의 여자를 2인칭의 그녀로 만드는 과정이고, 결혼은 당신에게 2인칭인 내가 '당신만의 2인칭'으로 존재하겠다는 약속이야. 이게 내가 생각하는 결혼이다."

그녀의 얼굴에 번지는 환희를 발견했다. 이 정도면 상한가 친 대답이다. 서민영이 벌떡 일어났다.

"나가자."

"어딜?"

"지금부터 한마디라도 토 달면 청혼은 거절이야."

난 손을 들어 입술에 지퍼를 채웠다.

식당 밖으로 나온 그녀는 택시를 불러 세웠다.

"기사님, 서초구청요."

'구청? 설마?'

그녀의 팔을 툭 치고 눈을 깜빡거리자 입 여는 걸 허락받았다.

"말해."

"이렇게 해치워도 돼?"

"네가 늘 말했지? 눈앞에 어른거리는 걸 보고 망설이면 다 놓친다고. 빠른 판단, 과감한 결단, 신속한 행동, 이 세 가지는 한 덩어리라고 하지 않았어?"

그녀는 살포시 미소 지으며 내 어깨에 머리를 기댔다. 구청에 도착할 때까지 난 그녀의 손을 꼭 잡고 있었다.

구청에서 혼인신고서를 작성했다. 빈칸을 빼곡히 채웠지만 채우기 어려운 것도 있었다.

"증인 인적 사항을 적어야 하는데?"

서민영이 입술을 삐죽 내밀었고 난 스마트폰을 꺼냈다. 문자를 보내자마자 답신이 날아왔다.

"이거 적어."

"누군데?"

"법원에서 날 기다리는 수행원들이야."

"굿!"

재빨리 빈칸을 채우고 서류를 접수하자 나를 알아본 구청 직원이 입을 떡 벌렸다.

"더 필요한 거 있어요?"

서민영이 날카로운 눈빛을 보내며 말하자 구청 직원이 더듬거렸다.

"아, 아니에요. 접수됐고요. 처리하는 데 3일 정도 걸려요."

"네. 수고하세요. 절대 빠트리시면 안 돼요."

그녀는 신신당부를 잊지 않았고, 우린 다시 법원으로 돌아왔다. 택시에서 내리자마자 그녀는 다시 덜렁대는 서민영으로 돌아가 시간을 확인하더니 호들갑을 떨었다.

"어머, 큰일 났네. 재판에 늦었어. 나 먼저 간다."

"야! 방금 결혼했는데 일하러 간다고?"

그녀의 눈꼬리가 확 올라갔다.

"결혼? 우리가 언제 결혼했어? 혼인신고만 했지. 순서만 바뀌었을 뿐이라고! 얼렁뚱땅 넘어가면 죽는다."

불끈 쥔 주먹을 보이더니 법원으로 달려갔다. 난 그녀의 등을 향해 외쳤다.

"오늘은 빨리 일 끝내고 집으로 와! 알았지?"

그녀는 뒤도 돌아보지 않고 손을 들어 휙 흔드는 게 전부였다. 나는 저런 여인과 방금 결혼한 것이다. 늘 곁에 있었고, 가족을 제외하고 단

한 번도 뭔가를 요구한 적이 없는 유일한 타인이다. 결혼했음에도 변한 게 없다고 느껴질 만큼 자연스럽다. 절로 미소가 나왔다.

대기하던 승용차에 타자 두 명의 수행원이 룸미러를 통해 무슨 일인지 호기심이 잔뜩 드러난 눈빛을 보내다가 결국, 참지 못하고 조심스레 물었다.

"저기, 실장님. 저희 신상명세는 왜…?"

"아, 증인 필요해서요. 심각한 일 아니니까 걱정 말아요."

"증인요?"

그들의 눈동자가 확 커졌다.

"네. 혼인신고 하는 데 증인 두 명이 필요하더라고요."

"호, 혼인신고…!"

"그렇게 됐어요. 방금 결혼한 셈이군요. 하하."

두 사람은 아무 말도 못 할 정도로 놀란 것 같았다. 출발할 생각도 않고 서로 바라보며 눈만 깜빡거렸다.

"자자, 그만하고 출발합시다."

"아, 네."

운전대를 잡고 있던 수행원은 대답은 했지만, 차는 여전히 움직이지 않았다. 운전석의 그가 더는 참지 못하겠다는 듯 몸을 돌려 흥분한 목소리로 소리쳤다.

"아니, 실장님. 실장님이 뭐가 아쉬워서 그런 걸 해요?"

이 친구는 유부남이다. 그의 눈에는 안쓰러움이 가득했다. 슬슬 겁이 나기 시작했다.

'가만있자, 처리하는 데 사흘 걸린다고 했던가?'

▲ ▲ ▲

재판을 끝낸 서민영이 재판정을 나오자 기다리던 변호사가 앞을 막았다.

"서 판, 왜 그래? 무슨 일 있어?"

"아, 선배님."

"멍하니 앉아서 딴생각했지? 우리말은 하나도 안 듣는 것처럼 보이던데?"

"다 들었어요. 서류 검토도 완벽했고요. 설마 날 못 믿는 거예요?"

아무리 친한 선후배 사이라도 판사와 변호사다. 판사가 감정 상하는 순간 재판은 묘하게도 불리하게 돌아간다.

"아이고, 그럴 리가 있겠습니까? 우리 서 판사님 재판이야 공정하기 이를 데 없다는 평판이 자자한데, 변호사 나부랭이가 괜한 오버를 했습니다."

변호사가 너스레를 떨자 서민영은 생긋 웃었다.

"사실 딴생각했어요. 선배님이 이해하세요. 혼인신고 처리가 잘못되면 어떡하나 계속 찜찜해서요."

"혼인신고? 판사가 왜 그런 걸 신경 써?"

"제 혼인신고니까 신경 쓰죠. 구청장에게 슬쩍 전화할까? 하루 만에 되려나?"

아직 무슨 말인지 이해 못 하는 변호사 선배는 이미 서민영 눈앞에 없는 사람이다. 멍하니 서 있는 변호사를 뒤로하고 그녀는 부장 판사실로 걸어갔다.

"부장님."

"아, 서 판."

서민영 판사가 완전히 굳은 얼굴로 나타나자 부장 판사는 마른침을 꿀꺽 삼켰다. 뼛속까지 성골인 서민영 같은 평판사는 부담스럽다. 그녀의 집안사람들만 모여도 법원 하나쯤은 구성하고도 남는다. 개중에는 자신의 인사권을 쥔 사람도 있다. 부장 판사는 그녀가 맡은 재판 중 외부의 압력이나, 힘 있는 피고인이 있는지 재빨리 되새겨 봤지만 그런 일은 기억나지 않았다.

"그래, 무슨 일이야?"

"부장님. 혹시 제가 구청장에게 전화해서 민원서류 하나 빨리 처리해 달라고 부탁하면 이것도 공직자 윤리에 어긋나는 행동이겠죠?"

"민원? 어떤 민원?"

"혼인신고요."

"혼인? 에이, 그 정도야 뭐… 청탁이라고 보기에는 무리 아닐까? 빨리 법적 인정을 받고 싶은 부부의 애틋한 마음? 그 정도니까. 위법도 아니고, 뇌물 주고 빨리 해달라는 것도 아닌데."

부장 판사는 별것 아닌 내용이라 한시름 놨지만, 이런 것까지 확인하는 저 고지식함이 더욱 부담스럽긴 했다.

"누군데? 친구야? 아니면 동기?"

"아뇨. 제가 당사자라 더 꺼려지긴 해요."

부장 판사는 손에 든 안경을 툭 떨어트렸다.

"서, 서 판…. 뭐라고? 혼인? 언제 결혼한 거야? 아니, 갑자기 이게 무슨…?"

"아, 그렇게 됐어요. 오늘 갑자기 해치운 거라서요."

"지, 지금 비밀 결혼했다는 말이야?"

"아뇨. 혼인신고부터 먼저 한 거예요. 당연히 결혼 휴가는 챙겨 먹을 거고요."

서민영은 아직 얼떨떨한 부장 판사에게 머리를 꾸벅 숙였다.

"아무래도 전화 한 통 정도는 해야겠어요. 계속 신경 쓰여서 일이 손에 안 잡혀요."

그녀가 나가자 한동안 멍하니 있던 부장 판사는 이럴 때가 아니라는 걸 깨닫고 재빨리 수화기를 들었다.

"고등법원장님 연결해, 빨리…! 야! 어디긴 어디야? 서울고등법원이지!"

부장 판사는 자신이 가장 먼저 신부의 친인척 중 현직에서 가장 높은 분께 이 사실을 알리고 싶었다.

▲ ▲ ▲

"돈은 좀 썼지만, 순양물산 2.8퍼센트 확보했습니다."

"그렇지 않아도 통화했다. 토지공사 사장, 말을 더듬더듬하던데 무슨 일 있었어?"

이학재 회장은 궁금함과 걱정이 섞인 눈빛이었다.

"그 양반… 뭐라고 해야 하나…. 자부심이라고 해야 하나, 아니면 착각이 심하다 해야 하나. 딸을 데리고 나왔더라고요."

"딸? 변 사장 딸?"

"네."

"그 새끼 또라이 아냐? 일 이야기 하는 자리에 딸내미를 왜 데리고 나와?"

"제게 슬쩍 밀어 넣으려는 속셈이더군요. 인사나 하라고 데리고 나왔다고 했지만…."

"미친 새끼. 사위 욕심이 아무리 많아도 그렇지, 깜도 안 되는 놈이 언감생심 널?"

"스스로 생각할 때는 그럴 만하죠. 성골 정치 집안이고 딸도 성형 티는 좀 났지만 예쁘장하더군요. 저야 2세도 아닌 3세, 욕심낼 만했을 겁니다."

"그래서 얼마 더 얹어 줬어?"

"1000억입니다."

"그래? 변 사장은 자신의 가치도 모르고, 딸의 가치도 모르고, 주식의 가치도 모르는군."

대형마트의 빵은 1000원의 가치뿐이지만 난파선이 도착한 무인도에서는 같은 부피의 금덩이보다 더 가치 있다. 지금은 전쟁이 시작됐고 놋그릇이 무기로 바뀌는 중이다. 순양 주력 계열사의 주식 가격은 회사의 가치 표현 수단이 아니라 전투 부대의 화력이다. 2000억을 요구했더라도 줬을 것이다.

"그걸 알 정도면 딸을 데리고 나오지도 않았겠죠."

이학재 회장은 슬쩍 웃으며 말했다.

"그 여자애가 네 맘에 들지 않았구나. 그냥 사귀는 척하고 주식 공짜로 받으면 되잖아. 그다음 헤어지고. 하하."

'아, 이 중늙은이의 얍삽한 생각이라니.'

"회장님. 언론사가 저와 그 딸이 데이트하는 장면을 포착해서 내보내기라도 하면 어떻게 되겠습니까? 아니, 어쩌면 변 사장이 언론 플레이할 수도 있겠죠. 자기 딸이랑 순양의 진도준이 진지한 만남을 한다. 아니면 좋은 감정으로 서로를 알아가고 있다…."

상상만 해도 무섭다. 서민영이 눈에 불을 켜고 날 잡으러 다녔을 것이다.

"그건 좀 그렇다. 이왕 정략결혼할 생각이라면 이 여자 저 여자 찝쩍댄다는 소문은 없는 게 좋지."

"정략결혼이라니요?"

"응? 아냐? 넌 그 누구냐… 판사 여친, 오래되지 않았어? 너랑 동기지?"

"네."

"나이도 꽤 먹었는데 결혼 이야기 나오지 않는 걸 보면 연애로 끝 아니야?"

'뭐라고 대답해야 하나?'

사실, 정략결혼도 생각했었다. 내 마음 깊은 곳에 숨어 있던 진심을 오늘 그 부녀가 일깨워 주지 않았다면, 순양그룹 주식을 잔뜩 쥐고 있는 공공기관이나 금융기관의 수장을 장인으로 모셨을지도 모른다.

"저기… 회장님."

"응."

"절대 놀라시면 안 됩니다."

"뭐가?"

"사실… 아, 이거 참…."

"뭐야, 인마! 말해."

"사실 저… 오늘 결혼… 아니 혼인신고 끝마쳤습니다."

갑자기 결혼 날짜 잡았다고 해도 놀랄 일이고, 약혼하겠다고 해도 놀랄 일인데, 혼인신고를 했다는 말은 듣고도 믿지 못할 말이다.

"상대는 당연히 서민영입니다. 판사 여친 말입니다."

"너… 너…."

계속 버퍼링 중인 컴퓨터처럼 버벅대고 있는 이 회장에게 머리를 슬쩍 숙여 보이고는 곧바로 회장실을 나왔다. 생각해 보니 할 일이 한두 개가 아니다. 이러고 있을 시간이 없다.

혼인신고 이야기를 들은 PI 전문가들도 마찬가지였다. 눈도 깜빡이지 않고 입만 벌린 채 아무 말 못 했다.

"그러니까 이 일을 아주 멋지게 포장해야 합니다. 잘나가는 재벌 3세, 구청에서 혼인신고부터 했다!"

이들이 내 말을 듣고 있길 바랄 뿐이다.

"영화 보면 나오죠? 서로 손잡고 구청으로 막 달려가서 혼인신고 하고 격렬히 키스하는 그런 거…."

손잡고 달려가는 대신 택시를 탔고, 격렬한 키스 대신 사무실로 돌아갔지만….

"시, 실장님. 저, 정말입니까?"

"진실이 중요한 게 아니고 그림이 중요합니다. 혼인신고 한 건 사실이니까 멋진 그림 나오게 잘하세요."

"혹시 결혼식도 건너뛸 생각이신지…?"

"그게 가능하리라 생각하세요? 순백의 웨딩드레스를 포기할 여자가 지구상에 존재하긴 하는 겁니까?"

이들은 오히려 다행이라고 생각하는 듯 안도의 한숨까지 내쉰다.

"그렇죠. 그런 이벤트는 절대 놓치면 안 되죠. 신부의 웨딩드레스가 화룡점정인데."

"이 사실을 아는 외부인이 있습니까?"

PI 전문가들은 수첩을 꺼냈다. 벌써 일을 시작한 것이다.

"음… 서초구청에서 신고했으니 그쪽은 소문이 쫙 퍼졌을 겁니다. 접수한 공무원이 절 알아본 것 같았어요."

그들은 동시에 낭패한 표정이 되었고 한 명이 재빨리 곁에 있던 직원에게 말했다.

"서초구청장에게 전화해. 진 실장님 혼인신고는 개인 정보니까 유출하면 법적 책임 묻겠다고 해. 담당 공무원 입막음 확실하게 해달라고 부탁하고."

"네."

직원이 달려 나가자 그들은 내게 몇 가지 사실을 더 확인했다.

"결혼식은 외국에서 하는 게 어떻습니까? 화보 좀 만들어야겠는데…
잡지사에서 난리 날 것입니다."

이러다 끝이 없겠다.

"그냥 전체적인 계획을 짜서 알려 주세요. 언론사에 보도자료부터 잘
써주시고요. 가능한 한 계획대로 움직이겠습니다."

"아, 그럼 일주일 안에 보고드리겠습니다."

그들이 물러났을 때, 진짜 힘든 일만 줄줄이 남았다는 생각에 머리가
아파 왔다. 우리 부모님, 그리고 서민영의 부모님을 만나야 한다. 반대하
실 리 없으니 별일이야 있겠냐마는 결혼식 없이 혼인신고부터 한 게 마
음에 걸린다. 일단 저녁에 집으로 간다고 알리려 휴대전화를 꺼내는데
드르륵 진동이 느껴졌다. 그새를 못 참고 전화하다니, 여자는 여자다.

"응, 민영아."

"우리 혼인신고 한 거 처리됐어."

이건 또 무슨 상황이지?

"사흘 정도 걸린다고 하지 않았어?"

"내가 서초구청장에게 민원 하나 넣었지. 곧바로 처리해 주더라고.
우리 이젠 정식 부부야."

전광석화가 따로 없다. 엄청난 행동력 아닌가?

"뭐지? 이 반응은? 좋아해야 하는 거 아냐?"

"네가 못 봐서 그렇지 지금 나 엄청 웃고 있다."

"오케이. 그럼 전화 끊는다. 저녁에 봐. 참, 좀 늦을 거야."

판사가 퇴근이 늦다고 하면 그건 자정을 넘긴다는 뜻이니 부모님께
말씀드릴 시간은 충분하다. 학교에서 사고 친 청소년이 된 기분이다.

▲ ▲ ▲

"뭐? 혼인신고?"

"야! 도준아. 인마!"

어머니와 상준 형은 소리부터 질렀지만, 아버지는 달랐다.

"푸하하! 이야, 진도준, 대단한데?"

다행히 부모님은 단지 놀랐을 뿐 화를 내진 않았다. 특히, 어머니는 시댁의 반대를 무릅쓰고 비밀 결혼식까지 올린 사람 아닌가? 피는 못 속인다는 아버지 말에 쑥스러웠는지 결국 미소 지었다. 그리고 마음이 바빠진 게 훤히 보였다.

자식의 결혼은 양가의 어머니들이 지휘하는 가장 큰 행사다. 길일도 잡아야 하고 사주 궁합도 봐야 한다. 예물에, 혼수에 준비해야 할 일이 한둘이 아니다 보니 어머니는 조급해 했다. 더욱이 혼인신고까지 마쳤으니 빨리 날을 잡아야 한다고 서둘렀다. 혹시 속도 위반이라는 소문이라도 돌면 집안에선 바로 어머니를 향해 쑥덕거릴 게 분명해서 그러는 것이리라. 나는 그런 어머니를 진정시켰다.

"어머니, 양쪽 집안에서 준비할 건 그리 많지 않을 겁니다. 회사에서 종합 계획을 짜서 보고할 테니까요. 그 계획에 맞추면 됩니다."

아버지도, 상준 형도 내 말이 무슨 뜻인지 단박에 알아들었다. 톱스타의 결혼은 바로 최고의 마케팅 아니던가? 확실한 콘셉트로 마치 프로모션 하듯 진행하는 게 스타의 결혼이다. 내 결혼도 그룹과 내 개인의 이미지 광고와 다를 바 없다는 걸 엔터테인먼트 세계에 종사하는 두 사람은 당연하게 받아들였다.

"저쪽 집안에는 인사드렸냐?"

"아뇨. 아직 정식 인사 전입니다."

"서둘러. 서로 인사드려야 상견례를 하지."

"네."

희한한 점은 형보다 동생이 먼저 장가가는 걸 아무도 신경 쓰지 않는다는 것이다.

줄줄이 법조인을 배출한 명문가 자제, 대한민국에서 가장 머리 좋다는 사람만 모인 대학의 법대에서, 그 어렵다는 재학 중 사시 합격에 성공한 재원, 사법연수원 성적이 상위권이 아니면 불가능한 판사 임용, 그 중에 톱이 아니면 발도 디딜 수 없다는 서울중앙지방법원 입성…. 스펙만 놓고 보면 흠잡을 데가 없는 신붓감이다. 그리고… 우리 부모님 앞에 단정히 앉아 살짝 미소 띤 얼굴로 질문에 차분히 대답하는 모습도 흠잡을 데가 없다, 가증스럽게도.

내가 서민영의 집으로 갔을 때도 상황은 같았지만, 부모님의 표정이 달랐다. 그녀의 부모님은 죽은 자식이 살아 돌아온 것처럼 기뻐하며 나를 반겼다. 처음에는 순양이라는 한국 제일의 재벌가이며 언론에도 자주 등장하는 젊은 경영자라는 간판 때문이라고 생각했다. 하지만 딸을 시집보내는 것이 속 시원해서 그러는 듯했다. 보통 외동딸을 시집보낼때 섭섭해 하지 않나?

"이왕에 혼인신고까지 끝마쳤으니 날은 빨리 잡는 게 좋겠지?"

"네. 최대한 서두르겠습니다."

"그럼 됐지, 뭐. 술이나 한잔할까?"

전직 헌법재판관이며, 현재 법대의 석좌교수이자 가까운 미래의 장인은 기분이 좋은지 연신 술잔을 기울였다. 그는 취기가 상당히 올랐을 때 웃으며 말했다.

"자네, 우리 딸 민영이를 감당할 자신은 있는 건가?"

"아빠!"

서민영이 눈을 흘기며 소리를 빽 질렀지만, 그의 웃음은 끊이지 않았다.

"하긴 뭐… 혼인신고까지 끝마쳤으니 게임 끝난 거지. 으하하."

▲ ▲ ▲

"식은 순양호텔에서, 신혼여행은 코타키나발루로 정했습니다. 실장님의 결혼식장이며 신혼여행지라는 것만으로 두 곳의 매출은 껑충 뛸겁니다."

"조금은 비밀스럽고 신기루 같은 느낌을 주기 위해 언론은 통제할 생각입니다. 대신 잡지사 한 곳과 웨딩 화보 촬영만 계약했습니다. 순수하고 수수한 콘셉트로 잡았으니 실장님께서도 마음에 드실 겁니다. 다만…."

"말씀하세요. 괜찮습니다."

"신부님이 마음에 들어 할지 모르겠어요. 일생에 한 번이니 고급스럽고 화려한 웨딩드레스를 원하는 게 당연하니까요."

신부를 몰라서 하는 소리다. 결혼식에 대해 상의하자고 했을 때 그녀의 반응은 예상과 달리 "PI 전문가가 계획 짠다고 하지 않았어? 전문가들이 어련히 잘하겠어? 그럼 그 사람들 계획대로 움직여 줘야지. 웨딩드레스 대신 거적때기 걸치라고 해도 따를 테니까 그분들 마음대로 하라고 해."였다.

서민영이 했던 말을 고스란히 전하자 그들의 얼굴에는 화색이 돌았다.

"이거 다행이군요. 그런 마인드를 가진 분이라면 우리도 한결 일하기 수월하죠. 하하."

수월하고 별일 없이 상견례도 끝냈고 화보 촬영도 끝냈다. 그리고 축하 화환과 축의금은 일절 받지 않은 결혼식도 문제없이 끝냈다. 우리 둘은 진이 다 빠졌지만….

▲ ▲ ▲

죽음과 탄생, 애도와 축하, 검은 상복과 새하얀 웨딩드레스.

장례와 결혼은 이처럼 상반된 의식이지만 공통점도 있다. 많은 사람이 모이고 한동안 연락도 뜸했던 사람이 얼마나 많이 변했나 확인할 기회도 온다. 더 냉혹한 현실은 자신의 사회적 위치가 어떤지 확인도 할수 있다는 것이다. 장례식과 결혼식에서 가장 많은 사람들이 달려가서 머리를 조아리는 대상은 상주도, 혼주도 아니다. 그 장소에서 가장 성공한, 힘 있는 사람이다.

진도준의 결혼식은 재계와 법조계가 한자리에 모였다고 해도 과언이아니었고, 그 권력들은 등급별로 자리가 나뉘어졌다. 법조계야 당연히대법원장, 헌법재판장, 검찰총장의 삼두마차와 대형 로펌의 대표로 나뉘었지만, 재계는 조금 미묘했다.

제힘으로 세운 공장 하나 없이, 오로지 인수 합병으로만 커온 HW그룹이 대현자동차그룹의 주태식 회장과 순양의 진영기 부회장과 비교해도 절대 뒤지지 않았다. 이학재 회장이 등장하자 정재계의 대부분 인사들이 머리를 숙였고, 주태식 회장이 먼저 달려와 그를 같은 테이블로 안내할 정도였으니 말이다. 홀로 동떨어진 진영기 부회장은 가족석에 있어야 한다는 그럴듯한 핑계로 마음을 달랬다.

"이 회장, 그나저나 이상한 소문이 돌던데 그거 사실이요?"

대현의 주태식 회장은 귓속말하듯 목소리를 깔았다.

"무슨 소문 말입니까?"

"오늘의 주인공인 진도준이 미라클의 실질적인 주인이라고 하던데?"

"누가 그래요? 그리고 투자사의 주인은 실속 없습니다. 투자사가 아무리 크다 한들 굴리는 돈의 임자는 돈을 맡긴 투자자들 아닙니까?"

"그 정도라면 내가 말을 꺼내지도 않았어. 금융회사 창업자야 펀드매니저와 다를 바 없으니까. 그런데… 미라클의 운용 자금 대부분이 바로 진도준 그 친구 돈이라고 하더라고."

"도준이도 미라클에서 꽤 큰손이긴 할 겁니다. 하지만 형님 말씀처럼 그 정도야 되겠습니까? 초대 사장은 오세현 아닙니까? 미국 본사의 대표는 따로 있고."

주태식 회장은 손을 들어 멀찍이 떨어져 있는 크고 둥근 테이블을 가리켰다.

"저기 앉아 있는 저 외국 여자, 미라클 대표라던데? 얼마나 돈이 많은지 대통령까지 만난다는군."

청와대를 시작으로 굵직한 금융인들과의 미팅이 줄줄이 이어진다는 뉴스도 나왔다.

"내일 청와대 오찬에 초대받았죠? 그럴 만합니다. 잊으셨습니까? 지난 금융위기 때 무려 100억 달러를 한국으로 보냈습니다. 덕분에 우리나라 은행이 무사했고 환율도 지키지 않았습니까? 그 정도면 IMF 총재 급이라고 봐야겠지요."

"그 덕에 이 회장도 재미 많이 봤잖은가?"

주태식 회장은 팔꿈치로 이 회장을 툭 쳤다.

"그 모든 걸 조율한 인물이 진도준이라고 하던데?"

"그건 사실입니다. 중간에서 다리 노릇한다고 고생 많이 했죠."

이학재 회장은 시치미 뚝 떼고 대화를 이어갔지만, 진도준의 비밀이 그리 오래가지 않을 것이라는 걸 직감했다.

이 결혼식장에 모인 사람들은 누구보다 정보를 빨리 접하고 그 정보를 이용하는 사람들이다. 이들에게 진도준의 정체가 소문으로 돌고 있다는 건 더는 숨기기 어려운 지경에 이르렀다는 의미이기도 했다.

'다음 청와대 오찬은 도준이가 가겠군. 더는 숨기기 힘들겠어. 하

긴…. 이제는 숨길 이유도 없어진 건가?'

주 회장의 표정을 슬쩍 살피니 그는 미국 미라클의 CEO를 노려보고 있었다.

"젠장, 세상이 변했어."

"늘 변하지 않습니까?"

"아니, 우리같이 공장 돌리며 물건 만들어 팔아먹는 놈들의 시대는 끝난 거 같아. 이젠 돈놀이하는 놈들의 시대 같다고. 나도 단독으로 청와대에서 밥 먹은 적은 없거든."

"아이고, 형님. 그건 특혜 시비가 나올까 봐 그런 거죠."

"아니야. 미국 보라고. 월가가 경제를 좌지우지하잖아."

전혀 다른 두 상황을 끌어와 비교한다. 이런 자가 한국을 대표하는 기업을 이끌다니. 이학재는 한숨이 나올 지경이었다.

항상 돈을 쥔 자가 칼자루를 쥐는 것이다. 한국은 재벌이 돈을 쥐고 있으니 항상 칼자루를 쥐고 있다. 진도준도 아주 잘 벼린 칼의 칼자루를 쥐고 있다.

'그런데 도준이는 재벌일까, 아니면 돈놀이를 하는 놈일까?'

이학재는 갑자기 이런 의문이 들었다.

▲ ▲ ▲

"아이고, 힘들어."

서민영은 결혼식을 끝내고 호텔에 준비한 특실에 들어서자마자 침대에 벌렁 누웠다. 곁에 눕자 그녀는 내 품속으로 파고들었다. 나는 그녀의 머리카락을 결 따라 쓰다듬으며 말했다.

"한숨 자고 가자."

"비행기 시간은… 아, 전용기라고 했지?"

"그래. 우리가 탑승하기 전에는 안 뜨니까 쉴 만큼 쉬고 가도 돼."

그녀는 안심한 듯 눈을 감았지만 몇 분 지나지 않아 벌떡 일어났다.

"가자."

"벌써? 더 쉬어도 돼."

"아니, 공항 말고."

"그럼 어디?"

"군산. 할아버님께 인사드려야지."

누워 있을 수 없어 상체를 일으켰다.

"신혼여행 다녀와서 인사드리러 가도 돼. 어른들 뵙는 건 그때 해도 늦지 않아."

"말은 그렇게 하지만, 속으론 기특하지? 가고 싶지 않아? 가장 마음에 걸리는 분이잖아. 오늘 할아버님이 이 자리에 계셨다면 얼마나 좋을까, 몇 번이나 생각했어?"

"지금 나 웃고 있냐? 어떻게 그리 잘 알아?"

"그만 웃고 짐 챙겨. 후딱 다녀오자. 너무 늦으면 내일 출발해도 되고. 이 방, 오늘 밤 쓸 수 있지?"

"전용기가 얼마나 쓸모 있는지 보여 주지. 기대해!"

영문을 몰라 눈을 동그랗게 뜬 서민영을 두고, 결혼과 신혼여행 전부를 관장하는 스태프를 불렀다.

"지금 할아버지 뵈러 군산으로 갈 거니까 준비해요. 그리고 군산에서 바로 뜰 수 있도록 전용기 이동하라고 해요. 군산에도 공항 있죠?"

"확인하고 바로 알려드리겠습니다. 군산까지는 차로 이동하실 거죠?"

"그게 편하겠죠?"

"준비되는 대로 말씀드리겠습니다. 쉬고 계십시오."

스태프가 나가자 그녀는 엄지손가락을 척 세웠다.

"오호, 이제야 내가 진짜 재벌이랑 결혼했다는 게 실감 나네."

다시 내 옆에 걸터앉은 그녀는 눈을 반짝이며 말했다.

"며칠 전에 부모님께서 진짜 재미있는 걸 말씀해 주셨어."

"뭔데?"

"너랑 나 엮으려고 강남에서 유명한 마담뚜가 붙은 거 모르지?"

"응? 그게 무슨 말이야?"

"너 대학 가자마자 할아버님이 신붓감을 물색했다더라. 내가 1순위로 뽑혔고."

"진짜?"

서민영은 힘차게 머리를 끄덕였다.

"응. 요즘 중매인은 대놓고 선보게 하지 않는대. 자연스럽게 자리를 계속 만들어서 호감을 갖게 한 뒤에 선을 주선한다고 하더라고. 마담뚜도 우리가 같은 학교 같은 과니까 아주 쉽게 생각했을 거야."

"으흐흐. 계산 착오군."

"그렇지. 네가 학교에 안 온다는 걸 몰랐을 테니까."

이제야 그녀가 군산부터 다녀오자고 말한 이유를 알았다. 할아버지 뜻대로 이뤄졌다는 걸 보여드리고 싶은 거다.

이때 스태프가 조심스레 들어왔다.

"준비 끝마쳤습니다. 그런데 군산 공항 이용은 어렵고, 근처의 무안 국제공항을 이용할 수 있습니다. 괜찮겠습니까?"

"괜찮아요."

우린 기자들의 눈을 피해 은밀히 군산에 왔다.

"어때? 기분이?"

괜히 비석을 쓰다듬는 나를 보며 그녀가 웃었다.

"어차피 이렇게 될 거였으면 할아버지 살아계실 때 결혼할 걸 그랬어."

"후회는 아무리 빨라도 늦어. 그러니 후회할 짓 안 하며 살아야지."

"어쭈, 벌써 훈계질이야? 그거 혹시 바가지?"

그래, 후회할 짓은 하지 말아야 한다.

"가자. 이왕 여기 왔으니 인사드리고 가자."

"인사? 어디?"

"할아버지 의동생쯤 되는 분이야. 가끔 인사드리러 내려왔었는데 오늘 안 오셨거든. 청첩장도 보냈는데… 할아버지도 자주 찾아뵈라고 신신당부하셨어."

난 그녀의 손을 잡고 작은할아버지나 다름없는 주병해 할아버지의 집으로 향했다.

"그것참, 기특한 애로구나. 신혼여행도 미루고 할아버지께 인사를 먼저 드리다니! 네 녀석, 장가 한번 잘 갔다."

그는 연신 웃으며 한동안 덕담을 건넸다. 그러다 나를 보며 조용히 물었다.

"동기를 쫓아냈다면서? 그놈이 가진 것도 다 네 손에 넣고."

멀리 지방에 있지만 듣는 귀는 서울에 많은가 보다.

"부실 경영의 책임을 지고 물러나신 겁니다."

"표면적으로는 그렇겠지. 욕심만큼 능력이 따라가는 놈은 너밖에 없다고 형님이 말씀하셨는데 틀리지 않았구나."

"할아버지께서 틀리신 적이 있었습니까?"

"많았다, 이놈아!"

주병해 할아버지는 한바탕 웃고 난 뒤 말했다.

"대신 틀린 걸 맞도록 확 뒤집어 버렸지. 당신이 맞고 당신 외에 모든 사람이 다 틀리게 한 거야. 너도 그 정도는 해야 순양을 차지할 거다."

"명심하겠습니다. 작은할아버지."

호칭이 마음에 드는지 흐뭇한 미소가 지워지지 않는다.

"참, 부탁 하나 하자."

"네. 말씀하십시오."

"네 할아버지 묘는 이제 천천히 이장 준비하도록 해라."

이제 내가 그 정도 힘이 있다는 것까지 아는 것이다. 할머니도 없고 반쪽이 된 순양을 거머쥔 큰아버지만 남았으니 내가 이장하겠다고만 하면 막을 사람은 없다.

"내가 기운 빠져서 벌초도 힘들어지면 말마. 그때 서울로 옮기거라."

"네. 그때 작은할아버지도 함께 모시겠습니다."

"듣기 좋은 말 하는 것도 배웠구나, 영악한 놈. 허허."

그는 웃으며 일어섰다.

"어여 가라. 결혼한 날 늙은이가 너무 오래 붙잡고 있었다."

"다시 찾아뵐게요. 작은할아버지."

서민영이 공손히 머리 숙이자 그는 다시 환히 웃었다.

"이야, 새신랑! 결혼 축하한다."

코타키나발루에서 기다리던 오세현은 나를 보자마자 덥석 껴안았다.

"너의 화려한 상한가도 이렇게 마감치는구나. 이젠 내리막만 남았다."

조용히 귓가에 대고 속삭인 그는 우리를 리조트로 안내했다. 만약 서민영이 눈을 부라리며 그를 쫓아내지 않았다면 우리는 신혼여행 첫날 밤을 술로 지새웠을 것이다.

딱 일주일, 여한 없이 쉬었다. 일과 지분 생각을 완전히 지우고 지낸 건 처음인 것 같았다. 그렇게 일주일이 지나고 다시 돌아왔다. 난 전쟁터로, 아내 서민영은 일터로.

7장

거수기 확보

신혼여행 후 출근 첫날 몇 사람에게 인사를 하고 이학재 회장과 마주 앉았다. 그는 사업자등록증 수십 장을 내 앞에 툭 던졌다.

"이게 다 빨대 꽂고 꿀 빨던 놈들입니까?"

"그래. 건설, 중공업, 기계, 화학 등등 무지하게 많다."

그룹 내부 사정을 누구보다 잘 알던 이 회장이니 불필요한 자회사 또는 협력업체라는 이름으로 돈을 빼돌린 곳을 찾아내는 건 어려운 일이 아니었을 것이다.

"이건 이 빨대 꽂은 놈들과 관련 있는 회사 인물들이고."

명단을 건네는 그가 내 눈치를 슬쩍 봤다. 왜 저런 눈짓인지 안다. 미안하지만, 이번에는 이 회장의 뜻을 들어줄 수 없다.

"인물이라고 말씀하시는 걸 보니 안타까운 사람이 꽤 포함되어 있나 보군요."

이 회장은 뜨끔한지 얼굴을 조금 붉혔다.

"눈치 빠르니 말 꺼내기가 더 편하긴 하다. 개중에는 진동기의 사람도 있고 진 회장님의 사람도 있어. 하지만 오래됐으니 공로를 인정하자는 뜻은 아냐. 능력을 보면 정리하기에 아까운 인물도 꽤 있다."

"다들 임원 이상이죠?"

"대부분. 부장급이야 임원 밑에 줄 서다 보니 동참한 거겠지."

이학재 회장의 사심이 들어 있지 않기를 바라면서 말했다.

"단 한 명도 빠짐없이 정리한다면 회사가 안 돌아갈까요?"

단번에 무슨 뜻인지 파악한 이 회장은 짧은 한숨을 쉬었다.

"임원 목 좀 날린다고 해서 회사가 안 돌아간다면 그게 대기업이냐? 그냥 회사지. 알았다."

"혹시 신세 진 인물이 계시면 그 사람부터 날리십시오. 그래야 목 날아가는 사람들 입에서 딴소리가 안 나옵니다."

"독한 놈. 허허."

"아직 안 끝났습니다. 만약 이번에 옷 벗는 임원들이 경쟁 업체에 들어간다면 회삿돈 빼먹은 거 배임 횡령으로 고소한다고 엄포 놓고 취업 길 막아 버릴 생각입니다."

"그 정도까지 할 필요 있나?"

이 회장의 표정이 좋지 않았다. 평생 몸담은 순양에서 맺은 인연을 매정하게 자르기 힘들다는 건 안다. 하지만 건설은 여기저기 구멍이 숭숭 난 곳이다. 가장 먼저 그 구멍을 뚫은 사람은 주인이며 마름은 티 나지 않게 쥐구멍을 뚫었다. 대기업의 비자금 창구를 담당하는 건설사는 뒷주머니를 채워 주는 효자 역할을 톡톡히 하지만, 항상 터지기 전의 폭탄이다. 검찰이 재벌을 털겠다고 결심하면 가장 먼저 건설사부터 쑤셔댄다. 난 비자금 따위는 만들 필요도 없다. 그러니 누군가 나를 칠 수 있는 아킬레스건은 애초에 도려내는 게 낫다. 주인이 바뀐 지금이 적기다.

직원들은 새로운 바람이 불 거라며 기대 반 걱정 반이다. 기대는 부응하고 걱정은 덜어 주면 된다. 사표 쓰고 회사 떠나면 또 다른 걱정이 생기겠지만, 그건 내 걱정은 아니다. 그리고 난 남의 걱정을 해줄 만큼 한가하지도 않다.

"싹 도려내면 새살이 올라옵니다. 새살은 진급이라는 이름으로 올라오니까 살아남은 사람들은 축제를 즐기겠죠."

"축제라기보다는 살아남아 올라오는 새살들에 대한 경고겠지. HW

라는 이름 아래에서 장난치면 절대 가만두지 않겠다는. 아니냐?"

"회장님도 앞으로 꽃길만 걸으셔야죠. 일부러 지뢰 심으며 길 닦을 필요 없잖습니까?"

이 회장은 머리를 흔들었다.

"알았다. 칼춤 한번 추지 뭐."

"회장님이 왜 그런 궂은일을 하십니까? 승진한 신임 사장 기분 좋을 때 덩실덩실 춤 한번 추라고 하십시오."

"당연하지. 내가 미쳤다고 피 묻히냐?"

이학재 회장은 인터폰을 눌렀다.

"사장들 좀 오라고 해. 아니, HW 말고… 순양."

▲ ▲ ▲

"화, 확실해?"

"청와대 경제수석 입에서 나온 말입니다. 진동기 부회장님이 완전히 포기한 이유도 이것 때문인 것 같습니다. 두바이에 물린 돈 10조 원을 아무렇지도 않게 안고 간다고 하니 더는 손쓸 방법이 없었을 겁니다."

보고하는 백준혁 비서실장도, 보고받는 진영기 부회장도 목소리가 떨렸다. 함께 앉아 있던 진영준은 도저히 믿을 수 없다는 듯 입만 떡 벌린 채 아무 말도 못 했다.

"어떻게 그런 일이… 잘못 안 거 아냐? 한국 미라클의 펀드가 그놈 돈이라면 그나마 그럴듯하지만, 미국 미라클의 자금이 얼만데 그놈 돈이라는 거야?"

"기업 공개가 안 되어 있으니 정확히 파악하기는 어렵습니다. 단지 이번 미국 서브프라임 사태 때 챙긴 돈만 50조에 육박한다는 월가의 소문을 기반으로 대충 가늠하는 것 같습니다."

"미, 미친 새끼. 그런 돈을 쥐고 지금 뭐하는 짓이지?"

정신 차린 진영준의 입에서 가장 먼저 나온 말이 돈이었다. 진영기 부회장의 얼굴이 구겨졌다.

"그래서? 부러워? 산더미 같은 돈 쌓아 두고 펑펑 쓰니까?"

"아, 아버지, 그게 아니라….”

"이놈아. 그놈이 가진 돈이 아무리 많아도 숫자에 불과해. 그 돈을 총알로 바꾸려면 기회를 잡아야 하는 거야! 비우량 대출, 두바이 사태가 아니었다면 건설과 중공업이 무너지지도 않았고 아직 동기가 부회장 자리를 꿰차고 있을 거다."

아들에게 소리를 질렀지만, 진영기 부회장은 개운하지 않았다.

'백 실장의 말이 사실이라면?'

순양 백화점도, 호텔도, 리조트도 진도준의 소유가 됐다. 건설 중공업 계열도 다 먹었고 금융 계열은 이미 누가 가지게 될 것인지 정해진 지 오래다. 전자와 물산의 엄청난 매출과 영업이익이 아니라면 70퍼센트 이상 그놈 손에 들어간 것이나 다름없다. 그나마 전자와 물산이라는 순양의 주력이 아직 자신의 손아귀에 있으니 40퍼센트 이상은 남은 것이다. 물론, 진도준이 미라클과 밀접한 관계가 있다는 것쯤은 그도 짐작했다. 한국 미라클의 이삼십 퍼센트 정도는 진도준의 지분이라고 확신했다.

진영기 부회장은 갑자기 소름이 돋았다. 그는 진도준이 무서운 놈이라는 걸 알았고 두려움을 느낀 적도 있었다. 하지만 지금 바닥에서 올라오는 감정은 바로 공포였다.

지금의 한국 경제는 어쩔 수 없이 세계 경제 속의 일부분이다. 유기적으로 엮인 세계 경제 속에서, 어디 붙어 있는지 정확히 알기 힘든 국가가 무너지면 그 여파가 어떤 형태로 한국을 덮칠지 모른다. 나비효과는 더 이상 기후 이야기가 아니다. 경제도 마찬가지인 셈이다. 그런데 수십조에 달하는 돈이라면 나비의 날갯짓 정도가 아니라 세찬 강풍을 만들어 낼 만한 금액이고, 없는 기회도 만들어 낼 만큼 무지막지한 숫자다. 이제 진도준이 가진 계열사를 어떻게 뺏어 올까 궁리할 때가 아니라 자신이 가진 계열사를 어떻게 지킬까 전전긍긍해야 한다.

"백 실장."

"네."

"좀 더 알아봐. 사람 입에서 나오는 말을 곧이곧대로 믿을 수는 없어. 경제수석은 어디서 들었는지 출처까지 확인해."

"네, 부회장님."

진영기 부회장은 조금 망설이다 아들에게 말했다.

"영준아. 넌 도준이 찾아가서 신혼 재미 어떠냐고 한번 물어봐라."

"네? 아… 알겠습니다."

진영준은 아버지의 의도가 뭔지 알았다.

"너무 앞서지는 말고. 자연스럽게."

▲ ▲ ▲

"우리 새신랑, 생각보다 멀쩡하네? 볼이 푹 패고 눈 밑에 그늘이 잔뜩 껴야 신혼이잖아. 하하."

진영준이 능글능글한 웃음을 지으며 나타났다.

순양전자 부사장이라는 간판을 내년쯤 떼고, 진영기 부회장을 대신해 그룹을 지휘한다는 소문이 돈다. 첫째 큰아버지가 칠순 잔치를 해야 할 날이 몇 년 안 남았다. 일흔이 되면 상왕처럼 명예 회장으로 물러나고, 아들인 진영준이 이름뿐이라 하더라도 회장이나 부회장 명찰은 달 것이다. 이놈은 전경련 모임에 등장해서 큰소리치는 게 삶의 낙이니 명찰 욕심 때문이라도 내년엔 전자를 맡을 것이다.

"형수처럼 집에서 살림만 하면 그럴 시간이 있겠지. 민영이는 판사야. 침대에서 뒹굴뒹굴할 시간은 없어."

"아야. 그깟 판사 때려치우라고 해. 공무원 월급 몇 푼이나 된다고 그 고생을 하나? 그냥 법복 벗고 변호사 하면 되잖아. 순양 법무팀 변호사 연봉이면 평생 공무원 월급 한방에 번다."

이 자식은 남의 말은 잘 듣지도 않으니 속 긁는 말을 해도 효과가 없다.

"그 판사가 우리 집안사람의 재판을 맡을 수도 있어. 형님도 잘 알잖아. 우리 집안사람들은 법정에 서서 사회에 물의를 일으켜 죄송하다는 말하는 게 연례행사라는 거."

그의 얼굴에 웃음이 사라졌다. 나의 아내가 바로 강력한 무기라는 뜻을 이제야 알아들었다.

"그거 듣던 중 반가운 소리다. 다음에 나도 제수씨 덕 좀 보자."

"그 정도는 해야지. 분명 그런 날이 올 거야."

초반 신경전은 이쯤에서 끝내야겠다.

"참, 내년에는 전자 맡는 거지?"

"그래야지. 이젠 스마트폰이 주력이야. 노친네들은 스마트폰 쓸 줄도 모르는데 어떻게 진두지휘하겠어? 내년엔 내가 전자 맡고 임원들 물갈이할 생각이다. 사오십 대로 싹 바꿔야지. 환갑 넘은 노친네들은 집에서 손주나 보는 게 맞아."

"세상이 너무 빨리 변하니까 변화 속도를 따라잡지 못하는 사람은 물러나는 게 맞는다고 봐."

그의 의견에 고개를 끄덕이자 기분 좋은 미소를 보였다.

"그럼 다시 승계 작업 재가동하겠네? 전자를 맡아 인사권 쥐고 큰소리치려면 지분은 좀 있어야 체면이 서지."

"네가 방해만 안 한다면."

진영준이 눈을 부라리며 말했다.

"무슨 소리야? 내가 방해했어? 법이 막았지. 증여세 다 내면 대통령도 승계 작업 못 막아."

"야! 너야 돈이 넘쳐나니까 세금 꼬박꼬박 다 내는 거지. 증여세 똑바로 내면 순양전자 주인은 국가야. 지금 주가를 고려하면 그 엄청난 세금을 어떻게 내냐?"

'돈이 넘쳐나니까, 라고? 왜 이런 말을 하는 거지?'

아니나 다를까, 그의 입에서 내 방을 찾은 이유가 나왔다.

"참, 이상한 소문이 돌더라."

"소문?"

"그래. 우리 막내가 바로 미라클 인베스트먼트의 주인이라는 소문, 넌 못 들었어?"

"아, 들었지. HW가 둘째 큰아버지 회사를 인수했을 때부터 그런 말이 솔솔 나돌던데? 형님도 알잖아. 그런 소문은 여의도 찌라시에서 시작한다는 걸."

그의 눈이 반짝이기 시작했다. 내 입에서 소문의 진위를 듣고 싶은 것이다.

"그래서? 그 소문… 사실이냐?"

나는 살짝 미소 짓는 것으로 대답을 대신했다.

"찌라시 내용을 일일이 확인해 주는 건 바보나 하는 짓이지. 그 소문이 사실인지 아닌지가 뭐 중요해? 난 그 소문을 어떻게 이용할지 그 생각만 하면 돼. 돈 많다고 소문나는 건 나쁜 게 아니거든."

미소처럼 애매한 대답에 진영준은 답답한 속내를 드러냈다.

"말 돌리는 거 보니 맞나 보군. 이야, 이거 대단한데? 미라클은 기본이 조 단위로 움직이잖아. 그 엄청난 돈이 우리 도준이 거라니….”

“마음대로 생각해. 나라면 그걸 궁금해하느니 승계 작업할 때 미라클이 돈으로 방해나 하지 않을까 걱정부터 하겠다. 또 방해 공작을 어떻게 막을지 계획도 세우고.”

참을성 없는 이놈의 본성이 바로 드러나 인상을 팍 구기며 목소리가 높아지기 시작했다.

“너 지금… 나 가르치냐?”

“충고지. 조언이라고 생각해도 좋고.”

“뭐? 이 자식이 오냐오냐 받아 주니까 어디서 건방을 떨어?”

난 어깨를 으쓱했다.

“거슬리면 걸러서 들어. 늘 듣기 좋은 소리만 듣고 싶다면 입 닫을게.”

“걸러서 들으니 하나는 귀에 꽂히는데? 미라클이 내 승계 작업을 왜 방해하지? 네가 주인이라서?”

“미라클은 순양그룹 계열사를 야금야금 먹어 왔어. 미라클의 과녁은 순양그룹인데 주인 따져서 뭐해? 부처님이 그랬어. 화살이 날아올 때는 몸을 숨기는 게 먼저라고. 화살을 누가 쐈는지, 왜 쐈는지 그런 거 따지다가는 화살에 맞아 죽는다고.”

한쪽은 웃으며 말하고, 한쪽은 씩씩대며 말한다. 이런 대화가 길게 이어질 리 없다. 진영준이 벌떡 일어났다.

“너 이 자식, 잘 들어! 넌 내가 어떤 놈인지 몰라. 내가 작은아버지처럼 호락호락하다고 생각하면 오산이야. 난 내 걸 지키고 네 걸 뺏기 위해서는 무슨 짓이든 해. 작은아버지처럼 점잔 떨고 앉아 있지만 않는다고.”

그는 내 방을 나가며 한 번 더 경고했다.

“내 앞에서 까불지 마. 내가 악마로 변하는 걸 보게 될 거다.”

그가 문손잡이를 잡는 순간 나는 그를 불렀다.

"진영준."

"뭐야?

시뻘게진 얼굴로 돌아서는 그를 향해 말했다.

"까불지 마. 내 속에 웅크린 악마가 네 속에 웅크린 악마를 이겨."

▲ ▲ ▲

"말을 빙빙 돌리긴 했지만, 그놈이 돈 많은 건 확실합니다. 미라클의 자산 전부가 그놈 게 아닐 수는 있겠죠. 하지만 수조 원… 아니, 어쩌면 수십조 원을 동원할 힘이 있다는 건 확실합니다."

"그놈 입으로 그렇게 말했어?"

진영기 부회장은 아들의 입만 쳐다보고 있었다.

"아뇨. 직접 말했다면 허풍으로 들었을지도 모릅니다. 태도가 그랬어요."

"태도?"

"네."

진영준은 몇 시간 전에 있었던 일을 전부 다 말할 수는 없었다. 그놈이 노려보며 천천히 뱉어 내던 말, 입가의 미소, 잔뜩 힘이 들어간 눈빛, 그 섬뜩한 모습과 태도 때문에 간이 쫄아 버렸다는 건 더더욱 말하기 어려웠다.

"그렇지. 혀는 거짓말을 해도 몸은 못 해. 그래, 태도가 어땠는데?"

"제 위에서 내려다봤습니다. 이미 전 그놈 안중에도 없더군요."

"여유라 이거지?"

"그 이상입니다."

진영기 부회장은 아들이 보고 느낀 것이 무엇인지 정확히 안다. 주머니가 두둑할 때 뿜어져 나오는 태도, 상대보다 훨씬 강할 때 자연스럽게 보여 주는 여유. 진영기 부회장에겐 평생 이 두 개가 마치 팔다리처럼 몸에 배어 있었다.

한국 최고의 기업, 그 기업의 장남이니 모두 머리를 조아리고 눈을 똑바로 마주하는 이가 없었다. 재벌그룹 2세들과 모임에서도 그들이 아무리 잘난 척해 봐야 우습기만 해 그저 고개를 끄덕이며 맞장구를 쳐주는 시늉을 했다. 하지만 그들을 아래로 보는 눈빛과 태도는 숨기기 어려웠다. 진영기는 대현그룹의 주태식마저 한 수 아래로 봤는데, 그건 자존심 싸움이 아니라 그냥 자연스럽게 나온 행동이었다.

이제 반토막 난 그룹을 손에 쥐고 있으니 확실히 깨달았다. 자신이 바로 그렇게 우습게 봤던 다른 재벌 2세 놈들과 같은 태도를 보인다는 것을. 전경련 모임에서 자신을 바라보는 그룹 회장들의 눈초리가 괜히 신경 쓰였고, 별것 아닌 말 한마디에 자존심이 상했다. 그리고 확실히 느꼈다. 진도준이 자신을 바라보는 눈빛에 담긴 여유와 입꼬리에 맺힌 승리자의 미소를 말이다.

"아버지. 만약 도준이 그놈이 수십조의 돈으로 우리 전자와 물산을 비롯한 계열사 주식을 깡그리 긁어 가면….'

"쓸데없는 짓이지."

"네?"

"깡그리 긁어 가는 짓이나, 네가 지금 걱정하는 것이나 다 쓸데없다는 뜻이다."

진영준 역시 부질없는 걱정이라는 것을 안다. 단지 다시 한 번 확인하고 싶었을 뿐이다.

"주식 시장에서 순양전자와 순양물산의 주식을 쓸어 모은 놈이 회사를 차지한다면 우리나라에 재벌이라는 단어는 벌써 사라졌을 거다. 지금 회장입네 하고 거들먹거리는 2세들은 1퍼센트 정도의 지분을 가진 주주일 뿐이겠지. 매년 배당금 얼마나 주나 하고 침 흘리는 신세를 면하지 못할 거야."

"저도 압니다. 하지만 만약의 경우도 있지 않습니까?"

"그 정도로 허술하지 않다. 전자와 물산을 차지하려면 네 작은아버지처럼 부도가 날 정도로 망해야 해. 채권을 감당하지 못해 우리 스스로 물러나는 일만 아니라면 뺏길 리 없다."

"주식 시장에 나오지는 않지만, 기관이 쥐고 있는 주식도 있잖습니까? 도준이 그놈이 서너 배의 웃돈을 주고 매입한다면…."

"기관 주식은 정권이 결정한다고 보면 돼. 정권이 득이 될 것도 없는데 왜 순양의 주인을 바꿔?"

말은 이렇게 했지만, 진영기 부회장은 일말의 불안을 느끼고 있었다. 이 불안을 없애는 길은 하나다. 무리해서라도 지분구조를 아들에게 유리하도록 승계하는 것이다. 쉽지 않은 일이다. 여기저기서 불만을 터트릴 것이고 반대를 외칠 것이다. 당장 핏줄부터 눈에 불을 켜고 덤벼들지 모르는 일이다.

▲ ▲ ▲

"형님. 저 도준입니다."

"어? 아… 도준아. 어쩐 일이야?"

"신혼여행도 잘 다녀왔고 새살림도 시작했는데 형한테 인사도 못 한 게 영 마음에 걸려서 전화했어."

"뭘 그런 거 갖고… 오히려 내가 미안하지. 결혼식에도 못 갔는데."

순양물산 호주 법인에서 순양전자의 1호 스마트폰을 알리느라 뛰어다니는 진경준이다. 열심히 일하는지, 자리만 지키는지 모르겠지만, 유학을 끝내고 해외 법인만 열심히 뺑뺑이 돌고 있다.

"기념사진 한 장 찍으려고 그 먼 곳에서 어떻게 와? 마음 쓰지 마."

그는 지금 내가 왜 전화했는지 궁금해서 미칠 것이다. 서로 꼬박꼬박 안부 전화할 만큼 살가운 사이도 아니고, 오히려 경영권 때문에 자기 아버지 진영기 부회장과 날을 세우는 관계라는 걸 모를 리 없으니까 말이다.

"그래, 신혼 재미는 어때?"

"연애를 너무 오래 해서 그냥 그렇지 뭐. 여자친구가 집에 늘 있는 것 같은 느낌? 하하."

진경준은 내 웃음을 함께하지 않았다. 긴 통화가 오히려 불편할 것이다.

"그렇구나. 아무튼 전화 고맙고, 또 통화하자. 내가 일이 좀 바빠서 말이야."

"응. 바쁜 사람 붙잡고 너무 오래 통화했지? 곧 들어올 거지? 그때 내가 술 한잔 살게. 또 봐."

"곧? 당분간 한국에 들어갈 일 없는데?"

'걸렸다, 요놈.'

"그래? 큰아버지께서 그룹 승계 절차 다시 시작한다는 소문이 파다하던데, 잘못 알았나?"

진경준은 한동안 말이 없었다. 한참 뒤에 수화기를 통해 들리는 그의 목소리가 딱딱하게 굳어 있었다.

"너 지금 이간질하는 거냐? 아니면 분탕질이야?"

"사실을 전해 주는 거니… 이간질은 아니고 분탕 정도로 해두자."

"너 이 자식…!"

"난 사실을 전해 주는 것뿐이야. 그게 이간질이 될지, 분탕질이 될지는 모르겠고…. 그것보다 더 나쁜 건 차남인 경준 형이 10원 한 장 상속

받지 못하는 것 아니겠어? 그룹에 영향력 하나 없는 핏줄로 해외 법인만 뺑뺑이 도는 게 적성에 맞으면 이 전화 끊든지."

하나, 둘, 셋, 넷, 다섯….

마음속으로 카운팅을 했지만, 전화는 끊어지지 않았다.

"사실이냐?"

"물론."

"네가 또 미친 짓으로 막을 거잖아?"

"아이고, 이젠 못 해. 지난번에 승계 작업 막느라 날린 돈이 6000억이야. 참, 형은 그거 막아 준 나한테 고맙다는 말 한마디 정도는 해야 하는 거 아냐? 섭섭한데?"

"미친 새끼!"

수화기를 쾅하고 내려놓는 소리가 들렸다. 진영기 부회장의 둘째 진경준은 진영준과 다섯 살 차이가 나고, 둘 사이에 딸이 하나 끼어 있다. 이 집안은 딸까지 신경 쓸 만큼 현대적이지는 않다.

사실 전생을 돌이켜보면, 진영기 부회장은 차남인 진경준에게도 적지 않을 만큼 계열사를 나눠 주려 했다. 그때는 진영기가 순양그룹 전체를 다 먹었으니까. 하지만 욕심 많은 진영준이 가만히 있을 리가 있나? 정확히 기억은 안 나지만, 검찰의 압수수색과 잇따른 재판이 있었고, 그 틈을 노린 진영준이 동생의 몫까지 꿀꺽해 버렸다. 집행유예로 풀려난 진경준이 길길이 날뛰던 것이 기억난다. 회장실을 난장판으로 만들며 다 때려 부쉈던가? 그것만 봐도 진경준 역시 보통 욕심은 넘는다는 걸 알 수 있다.

진경준이 바다 건너 멀리 떨어진 자신은 빼놓고 상속 절차를 시작했다는 걸 알면 가만있을 리 없다. 즉시 날아와서 형 진영준이 밥상을 받기 전에 걷어차야 하는데… 생각대로 잘 될지는 두고 볼 일이다.

만약 진경준이 쪽박 깨는 데 힘이 부치면 적극적으로 도와줄 생각이다. 저쪽 집안이 깨지고 쪼개져야 내가 수월하다.

며칠 뒤에 진경준으로부터 걸려온 전화는 국제전화가 아니었다.

"마지막 우리 대화는 욕으로 끝난 것 같은데… 그 대화 계속할 거야?"

"웃자고 하는 소리라면 관둬. 재미없으니까."

만나서 술이나 한잔하자고 하니 그는 은밀한 장소를 원했다. 귀국한 사실을 비밀에 부쳐 달라는 뜻일 테고, 보는 눈을 피하려면 집이 최고다.

"조용히 들어온 거 보면 아직 아무에게도 알리지 않았나 봐?"

"그래. 공항에서 바로 이리 왔어. 집에서도, 회사에서도 몰라. 뉴질랜드 출장으로 말해 뒀다."

"많이 달라졌네?"

"내가?"

"그래. 욱해서 큰아버지께 달려갈 줄 알았는데 나부터 찾은 걸 보니 말이야."

"정확한 데이터 먼저 좀 알고 싶어서. 외국에서 쭉 지내다 보니 정보가 없어."

젊었을 때 신인 가수나 배우를 별장으로 불러 놀던 그 철부지가 아니다. 성질 죽일 줄도 알고 필요한 것을 얻기 위해서 자존심도 버릴 줄 안다.

"이간질이나 하는 내가 전해 주는 정보가 믿을 만하겠어?"

"가려서 들을 거다. 그리고… 미끼 던지는 걸 알면서도 덥석 물어야 할 때도 있어. 미끼인 줄 모르고 무는 것보다는 낫잖아?"

슬쩍 웃는 걸 보니 진태준을 말하는 것이다.

"태준 형 말하는 거야?"

"너 때문에 1000억 날렸다던데? 회삿돈 600억은 네가 메꿔 줬지만."

오늘 알았다. 진태준이 파생상품으로 날린 개인 돈이 얼마인지….

내가 놀라는 표정을 짓자 경준 형은 의외라는 듯 말했다.

"몰랐어? 그놈 돈 날린 거?"

"돈 날린 건 알았지만 400억이나 날린 줄은 몰랐어. 태준 형도 돈 많네."

"세금으로 6000억 던진 네가 할 말은 아니지. 자, 이제 전화로 하던 이야기나 마저 하자. 내가 아버지께 말하면 얻을 수 있는 계열사는 뭐 뭐야?"

"순양그룹에 들어오지 못한 자회사. 순양이라는 이름을 못 쓰는 회사."

"뭐?"

"큰아버지는 할아버지와 같은 실수를 하지 않으려 하실 거야."

진경준이 미간을 찌푸렸다. 무슨 뜻인지 정확히 이해하지 못한 것이다.

"할아버지의 그룹 승계 방식 때문에 이렇게 됐다고 생각하시거든. 지분을 쪼개서 나눠 주니까 HW그룹, 미라클 같은 외부 자본이 그룹을 야금야금 먹어 치운다고 말이야. 만약 할아버지께서 장남인 큰아버지께 전부 물려줬다면 이런 일은 없었을 거로 생각하실 거야."

"나도 듣는 귀는 있다. HW그룹이나 미라클은 네 주머니라고 들었어. 결국 외부는 바로 너. 아냐?"

"어떻게 생각하는지는 내 알 바 아니고. 그보다 대단한데? 본사에 형 사람이 꽤 있나 봐? 이런저런 소문도 다 알려 주고?"

"네가 어떻게 생각하는지도 내 알 바 아냐. 아무튼 아버지 생각이 그렇다는 건 정확한 거야?"

그의 얼굴이 더욱 구겨졌다.

"상속 문제를 단 한 번이라도 형에게 말한 적 있어? 큰아버지 내일모

레면 일흔이셔. 백준혁 실장은 차명주식 정리하느라 명동 뛰어다닌 지 오래됐고."

진경준은 입을 닫았다. 아버지의 생각이 그렇게 굳어졌다면 자신이 할 수 있는 일이 거의 없다. 어린애처럼 아버지 앞에서 떼쓰는 정도가 전부다. 쪽팔려서 그 짓을 어떻게 할까? 욕심을 채울 만큼 현실이 따라 주지 않으니 답답해서 말이 없는 것이다.

나는 그에게 넌지시 말했다.

"방법 하나 알려 줄까? 밥상 엎어 버려."

"뭐?"

"할아버지가 날 처음으로 마음에 들어 한 게 뭔지 알아?"

"무슨 말을 하고 싶은 거냐?"

여전히 찌푸린 얼굴이지만 눈빛에 숨어 있는 호기심이 보였다.

"가질 수 없다면 차라리 부숴 버리겠다. 아마 내가 그런 말을 했을걸."

"뭐? 언제 이야기야?"

이 말을 들은 할아버지의 만족스러운 미소가 아직도 기억에 생생하다.

"아마 할아버지 생신 때였을 거야. 그때 장난감 말을 내게 주셨는데 강준이 형이 그걸 뺏어 타고 내게 줄 생각을 안 하는 거야."

"아… 기억난다. 그때 강준이 다쳤지?"

"응. 내가 강준이 형이 타고 있는 말을 밀어 버렸거든. 다리 부러졌지."

"밀었다고?"

"그래. 아무튼 그때 할아버지가 왜 그런 짓을 했는지 물었을 때 내가 그랬어. 강준 형이 미워서 그랬는데 사실대로 말하면 더 혼날 것 같아서 말이야."

"그래서 둘러댄 말이 가질 수 없다면 차라리 부숴 버리겠다?"

"응. 좋아하시던데? 하하."

어린 시절 추억 이야기가 아님을 진경준도 잘 알 것이다. 나는 변명한 것이었지만, 그는 다르게 써먹어야 한다.

"아버지께 협박이라… 후레자식이 되겠군. 결혼한 뒤로는 아버지 속을 썩인 적이 없었는데…."

내가 모르는 중요한 것이 있는 모양이다. 그의 눈치를 보며 슬쩍 물었다.

"근데… 협박할 만한 거리는 있어?"

"한지붕 아래에서 산 가족이다. 서로 묻어 주고 덮어 주며 살았어."

"내게는 말해 주지 않을 거지?"

"강도한테 칼을 쥐여 주랴? 누구 좋으라고?"

진경준은 피식 웃었다. 한층 여유 있어 보인다.

"그리고 너, 착각하지 마. 난 네 편이 아니야. 앞으로 내가 우리 형이랑 대립각을 세우고 물어뜯을지는 몰라도 너한테 이로운 일은 안 해. 영준이 형이랑 손잡고 네 목을 조르면 몰라도…."

"역시 한 다리가 무섭네. 한배에서 난 형제라 이거지?"

"그만할까? 생산성 있는 대화는 끝난 것 같고, 더 이야기하다가는 지난번 전화 통화 때처럼 험한 소리만 나오겠다."

차남이 계산 빠르다고 했던가? 진영준보다는 훨씬 차분하고 냉정하다.

"그런데 형. 하나만 물어봐도 될까?"

"말해."

"꼭 형제 편을 들어야 할까? 더 이득 되는 쪽으로 붙는 게 낫지 않아?"

"무슨 소리야? 그건?"

"잘 생각해 봐. 영준 형이 전자와 물산을 차지하면 형은 자회사 몇 개 받아서 하청 공장 사장되는 게 전부라고. 그룹에 손가락 하나 담그도록 해줄 것 같아? 그 욕심 많은 우리 집안 장남께서?"

"욕심 많은 우리 집안 막내는 뭐가 다른데?"

"태준 형을 봐. 여전히 건설, 중공업 계열의 재무 총괄 이사야. 바다 건너 호주에서 폰팔이 하는 형보다 낫지 않아?"

"이 자식이 또…!"

그는 눈을 부라렸지만 비웃지는 못했다. 형제만 아니었다면 내 줄을 잡는 게 더 낫다는 건 충분히 느꼈을 것이다. 하지만 피의 농도가 다르다.

"적어도 난 내 손을 잡은 집안 식구는 계열사 사장 자리까지는 생각하고 있어."

"입에 발린 소리 그만해라."

"사실이야. 내가 영준 형과 다른 점이 뭔 줄 알아?"

"…."

그는 말없이 나의 다음 말을 기다렸다.

'조금은 흔들렸으려나?'

"경준 형이든 태준 형이든 능력만 된다면 순양전자 회장 자리도 줄 수 있어. 내게는 사장이든 회장이든 수많은 그룹 자리 중 하나일 뿐이야."

"이젠 아예 순양그룹 주인 행세냐? 기가 차서…."

혀를 차는 그를 똑바로 바라보며 말했다.

"아무리 방이 넓어도 주인이 앉는 의자는 하나야. 나머지는 모두 소파에 앉아야 해. 주인의 의자는 내가 갖겠지만, 소파는 나눠 줄 거야. 난 영준 형처럼 방 밖으로 내쫓지는 않아."

"그건 인정이 많아서냐?"

"아니, 자신감이지. 난 의자를 지킬 자신이 있으니까."

진경준은 입술을 깨물며 일어섰다.

"잘난 척하는 거 잘 들었어. 그 의자, 언제 차지하는지 두고 보지."

"이왕 잘난 척한 거, 하나만 더 해도 될까?"

진경준은 날 한 번 노려보더니 고개를 끄덕였다.

"싸울 때는 두 가지만 기억해. 상대의 욕망과 두려움, 이걸 파악하고 정확히 그곳에 당근과 칼을 찔러 넣어. 칼만으로는 이길 수 없는 싸움이니까."

곰곰이 내 말을 곱씹던 진경준은 싱긋 웃으며 말했다.

"충고는 고맙지만 그렇다고 네 편에 서지는 않아."

▲ ▲ ▲

오랜만에 모인 가족의 저녁 식사 자리는 어색한 기운만 감돌았다. 진영기 부회장은 두 아들을 바라보며 흐뭇해 했지만, 진영준은 갑자기 나타난 동생의 속셈을 몰라 불편한 표정이었고, 그의 아내 홍소영은 노골적인 적의를 드러내고 있었다.

"난 동서가 너무 부러운 거 있죠? 뉴욕, 파리, 런던… 이젠 시드니…. 답답한 서울을 벗어나 그림 같은 도시에서만 생활하니 얼마나 좋아요?"

웃으며 말하지만, 그녀의 눈빛은 날카로웠다. 진경준은 그런 형수를 보며 미소 지었다.

"그렇게 부러우면 뭘 망설이세요? 원하는 곳으로 가면 되잖아요. 전세계 어디든 현지 법인이 있고, 없다면 만들 수도 있어요. 하와이에 순양 지사 하나 만들까요? 형수님 원하신다면 형님도 가시겠죠, 뭐."

진영준은 입으로 가져가던 젓가락을 식탁에 탁 놓았다.

"야! 너 지금 형수한테 말버릇이 그게 뭐야?"

"내가 뭘? 외국 가서 살고 싶으시다잖아. 뭐 어려울 게 있다고?"

"그 말이 아니잖아! 말투 말이야, 말투! 실실 웃으며 비꼬는 거 아냐?"

"그만해라. 밥상머리에서 버르장머리 없이 뭐 하는 게냐?"

진영기 부회장이 버럭 큰소리를 내자 두 아들은 입을 닫았다.

"연락도 없이 갑자기 귀국한 걸 보면 경준이도 할 말이 있다는 걸 안다. 하지만 오랜만에 식구가 모였으니 즐겁게 밥 먹자. 네 이야기는 차차 하기로 하고."

진경준은 가볍게 고개를 끄덕이고 말했다.

"그런데 어머니는요? 전화도 안 받으시던데…?"

모두의 표정이 심상치 않게 변했다. 진경준은 단박에 무슨 일인지 짐작했다. 또 집에 들어오지 않은 지 오래됐구나. 사람을 붙여 놨으니, 어디서 뭘 하는지는 아버지만 알 것이다. 진경준은 괜한 말을 꺼냈나 싶어 잠깐 후회했지만, 오히려 다행이라는 생각도 들었다. 딱히 대화 나누고 싶지 않은 형 내외도 입을 닫았고 아버지도 말없이 수저만 들었다 놨다 했다. 화목한 저녁 식탁을 원했던 아버지에게는 미안한 일이지만 진경준은 불편했던 시간이 후다닥 지나가 버려 후련했다.

저녁 식사 후에 진경준은 진영기 부회장과 서재에서 독대했다. 진영준도 끼고 싶어 안달했지만, 오랜만에 만난 아버지와 단둘이 대화하고 싶다는 진경준의 말이 힘을 얻었다.

"그래, 무슨 바람이 분 게냐?"

"단도직입적으로 말씀드리겠습니다. 이제 저도 본사로 돌아오고 싶습니다."

이미 아들의 생각을 짐작하고 있었다는 듯 진영기 부회장은 별말 없이 고개를 끄덕였다.

"그래야지. 너도 외국에서만 5년 이상 지냈는데 들어올 때가 됐어. 내가 곧 자리 마련해서 불러올리마."

"아버지."

"그래."

"그 곧이 언제인지 말씀해 주십시오."

"원, 녀석도. 뭐가 그리 급해? 우리 순양전자의 스마트폰 사업이 이제 막 시작했잖니. 자리 잡을 때까지 딱 1년만 더 고생해라. 아무리 늦어도 1년은 넘지 않을 거다."

1년이라는 말에 진경준은 분노가 치밀었다. 그룹 승계 작업을 전부 끝내고 자신을 부르겠다는 뜻 아닌가? 아버지에게 배신감마저 들었다.

"전 한 달 안에 귀국하고 싶은데요?"

"경준아, 너무 성급하게 굴지 마라. 그게 그리 쉽게…."

"아버지, 저도 이젠 어린애 아닙니다. 왜 1년이라고 하시는지 모른다고 생각하세요? 형에게 모두 물려주는 데 1년 걸린다는 뜻 아닙니까?"

"경준아!"

"왜요? 겨우 두 개 남은 회사, 쪼개면 큰일이라도 날 것 같아서 형에게 전부 주시는 겁니까?"

"이놈아. 전부라니! 전자와 물산을 제외하고도 스무 개가 넘는 계열사가 있어. 뭘 전부 준다는 말이냐?"

"그 스무 개가 넘는 계열사를 물산과 전자가 지배하고 있지 않습니까? 그리고… 하!"

진경준은 아버지의 말이 기가 차는지 한숨을 쉬었다.

"두 주력이 80퍼센트를 차지합니다. 나머지 다 합쳐봤자 전자의 반도 안 돼요."

그 나머지를 다 준다는 뜻도 아니다. 진도준의 말처럼 자신은 하청 공장 몇 개 받는 것이 전부다.

"그래서? 원하는 게 뭐냐?"

순양전자는 단일 기업으로 재계 순위 10위 안에 든다. 고만고만한 재벌그룹 몇 개를 합쳐도 순양전자 하나를 못 따라온다. 진짜 원하는 것이야 순양전자지만, 자신의 처지를 모르는 바도 아니다. 그는 이미 스스로 타협하고 있었다.

"영준 형이 전자, 제가 물산… 이게 그리도 과한 욕심입니까?"

진영기 부회장은 예상했던 아들의 말을 직접 듣게 되자, 떠올리고 싶지 않은 생각 때문에 울화가 치밀었다.

"네 할아버지가 이리 쪼개고 저리 나눠서 지금 이 모양 이 꼴이다. 화살 한 다발은 부러트리지 못해도 하나씩 부러트리는 것은 식은 죽 먹기야. 애들도 아는 그 간단한 교훈 하나 못 지킨 네 할아버지 때문에 순양 그룹이 어떻게 됐느냐?"

진경준은 아버지의 마음을 충분히 이해한다. 순양의 모든 것을 당신 것으로 생각하며 평생을 살았는데 반토막 난 그룹을 손에 들고 있으니 분통 터질 만하다. 하지만 그 책임을 할아버지에게로 돌리면 안 된다. 싸움에서 진 본인의 책임이다. 이젠 전쟁을 포기하고 도망치려는 나약한 마음 때문이다.

"넌 네 형과 힘을 모아 지금의 순양을 지키고 키워야 해. 전자의 자본과 물산의 힘으로 지금보다 두 배 이상 키워. 그러면 네 몫도 커지는 거야."

아버지의 구구절절한 소리를 가만히 듣고 있던 진경준의 눈이 커졌다.

'힘을 모아'라는 것은 고만고만한 계열사 몇 개를 떼어 주는 것도 아니라 아예 형 밑에서 일하라는 의미다.

"아, 아버지. 설마…?"

"또 뭐?"

"모든 계열사를 전부 형에게 주겠다는 말씀입니까? 아니죠?"

진영기 부회장은 대답할 수 없었다. 이미 본심이 나와 버렸고 아들은 자신의 본심을 읽어 버렸다.

"경준아. 이 애비 말 잘 들어."

듣고 싶지 않았다. 현실성 있는 말이든 논리적인 말이든 자신은 순양의 오너가 되지 못한다는 사실만 각인될 뿐이었다.

"난 대현자동차를 모델로 보고 있다. 우린 10년이면 재계 1위의 자리를 다시 차지할 수 있어. 그때면 물산 하나와는 비교할 수 없을 정도의 거대한 기업에 네 손에 들어갈 거다."

진경준은 귀를 막고 자리에서 일어섰다.

"아버지, 다시 생각해 주십시오. 할아버지께서 아버지께 순양 전부를 물려주셨다면 그걸 삼촌들과 나누셨겠습니까? 고모에게 백화점을 줬겠어요?"

"경준아."

"그래서 할아버지가 나눈 겁니다. 자식들 다 잘 먹고 잘살라고요. 영준 형이 아버지보다 욕심이 적을 것 같습니까? 키운 다음에 나눠요?"

진경준은 고개를 절레절레 흔들었다.

"아버지께서 형에게 다 준다면 전 평범한 부자 소리 들으며 인생 끝나게 될 겁니다. 제 자식들은 더 평범한 중산층으로 전락하겠죠."

"이놈아, 그걸 말이라고 해? 내가 널 그렇게 되도록 놔둘 성싶으냐?"

"아버지!"

진경준은 아버지의 눈을 노려보며 말했다.

"할아버지께 형님이 계셨죠? 그분의 후손들이 어떻게 사는지 아십니까?"

진영기는 아들의 질문을 피하고 싶었다. 아들은 자신의 미래를 가족사를 통해 점친 것이다.

"전 그렇게 사라지고 싶지 않습니다."

진경준은 이 말을 마지막으로 돌아섰다.

"경준아!"

"오랜만에 제 방에서 자고 싶었는데 힘들겠군요. 내일 회사로 가겠습니다. 다시 한 번 생각하시고 대답해 주세요."

서재를 나가자 진영준이 떡 버티고 서 있었다. 이미 큰소리가 오갔으니 다 들었는지 그의 입가에 미소가 서려 있었다. 아버지의 입에서 모든 걸 장남에게 준다는 말이 나왔으니 웃음을 참기 힘들 것이다. 진경준은 형의 미소를 보자 진도준의 말이 떠올랐다. 가지지 못할 것 같으면 부숴 버려라. 그게 어떤 심정에서 나온 말인지 충분히 알 것 같았다.

▲ ▲ ▲

"그러니까, 큰아버지 입에서 직접 나온 말이라는 거죠?"

"그렇다니까요. 집이 떠나가라 소리쳤다는데 못 듣는 게 이상하죠. 정확합니다."

아침 출근길에 김윤석 대리는 나를 보자마자 어제 큰아버지 집에 있었던 일을 폭포수처럼 쏟아 냈다.

"진경준 이사와 진영기 부회장님이 서재에서 독대했는데 모든 걸 다 장남에게 준다고 선포한 것이나 다름없습니다. 계열사는커녕 자회사도 안 준다는 소리였다고 하더군요. 형님 곁에서 일이나 도와라, 이런 뜻 아니겠습니까?"

"서재 바깥에서 들은 사람은 일하는 분들일 테고…."

"요즘 부회장님이 워낙 심부름을 많이 시켜서 머슴놈들… 아, 죄송합니다. 예전 말버릇이 나와 버렸네요."

김윤석 대리는 머슥한 듯 머리를 슬쩍 긁었다.

전략팀이라는 이름 아래 개인 심부름꾼에 불과한 직원들을 그들은 이렇게 불렀다. 머슴! 나도 한때 머슴이었다는 것을 잊어버릴 만하면 이렇게 상기시켜 준다.

"전략팀 직원들이 가정부에게 들었다는 말이죠?"

"네. 아주머니들을 조금 부추겼더니 이야기해 줬다고 합니다."

"그래서요? 경준 형은 어떻게 했답니까?"

"서재를 나와서 집을 나가 버렸답니다."

"영준 형이 좋아 죽겠군."

"부인이 더 좋아했다는데요? 전에 없이 아주머니들에게 싹싹한 태도를 보였답니다."

나한테 당한 것 때문에 그럴 수도 있지만 큰아버지가 너무했다. 뭐라도 손에 쥐여 주고 달래도 시원찮을 판에 아예 형 밑에서 수발이나 들라고 했으니 집을 뛰쳐나갈 만하다.

"혹시 어디로 갔는지 파악했습니까?"

"네. 전략팀 한 명이 잽싸게 따라갔습니다."

김 대리는 점점 더 꼼꼼해졌다.

"어디서 잤습니까?"

"강남 순양호텔입니다."

"그래요?"

하고많은 호텔 중에 순양이다. 진경준이라는 이름을 호텔 직원들이 모를 리 없으니 자신이 어디 있는지 광고하는 꼴이다. 누구에게 광고하는지 뻔하다.

"그리로 갑시다."

"네? 아, 알겠습니다."

호텔에 도착하니 매니저 한 명이 대기 중이었다.

"어서 오십시오, 실장님."

"아침부터 번거롭게 한 건 아닌지 모르겠습니다."

"별말씀을 다 하십니다. 미리 연락 주시고 오시니 번거로울 것도 없습니다. 말씀하신 대로 준비했는데 마음에 드실지 모르겠습니다."

"아침밥 먹는 건데 마음에 들고 안 들고 할 게 뭐 있습니까?"

매니저의 안내를 받으며 최상층 레스토랑으로 올라갔다. 저녁에만 오픈하는 곳이라 아무도 없었지만 얼큰한 냄새가 풍겨 나왔다. 자리에 앉아 다시 한 번 확인했다.

"어제 술 많이 마셨습니까?"

"룸서비스 직원 말로는 와인 한 병과 요리를 가져갔을 때 이미 미니 바의 술을 몽땅 마신 것처럼 보였다고 합니다."

"속 좀 쓰리겠군. 알겠습니다."

매니저가 인사를 하고 물러난 후 나는 룸으로 전화를 걸었다. 술에 곯아떨어졌는지 진경준은 한참 만에 전화를 받았다.

"해장하러 올라와. 얼큰한 거 준비해 뒀어."

"너 어디야?"

술이 확 깼을 것이다.

"엘리베이터 타고 꼭대기로 올라오라고. 아침이나 먹게."

"너, 나 여기 있는 건 어떻게 알았어?"

"순양그룹 전 직원이 알겠다. 소문 안 날 거로 생각했어? 실컷 광고한 거 아니야? 빨리 와."

10여 분이 지나자 초췌한 몰골의 진경준이 천천히 걸어 들어왔다.

"자석 붙였어?"

"자석은 무슨… 형님이 나 기다린 거 아니고?"

그가 말없이 담배 한 개비를 다 피울 때쯤 음식이 나왔다. 해장국과 된장찌개를 보더니 진경준은 허겁지겁 국물부터 마시기 시작했다. 쓰린 속이 풀렸는지 그는 다시 담배를 물었다.

"담판 지었나 보네? 결과는 별로 좋진 않았을 테고."

"그거 확인하러 아침부터 달려온 거냐? 자석 붙인 거 맞네. 모르는 게 없어."

"아니. 내 도움이 필요하면 주저하지 말라는 말 하고 싶어서."

"네가 뭘 도와줄 수 있는지부터 말해. 선택은 내가 할 테니."

"선택은 남은 게 조금이라도 있는 사람만 할 수 있는 거야. 형은 남은 게 없잖아. 큰아버지께서 아무것도 주지 않으면? 영준 형에게 올인해도 형은 보고만 있어야 해."

냉정한 말에 한동안 나를 쏘아보던 진경준이 말했다.

"난 네게 줄 거 없다. 네 말대로 가진 게 없어. 아버지의 약점? 영준 형의 흠집? 엄청나게 쌓여 있지. 하지만 다 사적인 거야. 가십거리 정도로 위험에 빠지진 않아."

아직 배가 부른 놈이다. 아니면 간절히 회사를 원하는 게 아니든지. 진영기 부회장의 핏줄이다. 금수저 한 세트는 손에 쥐고 태어난 셈이다. 그런 놈이 가진 게 없다니. 자신이 뭘 가졌는지도 모르는 것이다.

"그럼 이야기 끝났네. 난 형한테 공짜로 뭔가 줄 생각은 손톱만큼도 없거든. 아, 이 아침 든든히 먹어 둬. 내가 주는 마지막 공짜 밥이니까."

뒤도 돌아보지 않고 레스토랑을 나왔다.

"야! 도준아. 진도준, 인마!"

진경준이 애타게 불렀지만 돌아보지 않았다. 지금 그는 자신의 처지를 절절히 알아야 한다. 그래야 뭘 가졌는지 깨닫게 될 것이다.

김윤석 대리는 이후 진경준의 행보를 놓치지 않고 알려 주었다. 며칠간은 호텔에서 술로 보냈고, 호텔로 찾아온 진영준과는 한바탕 싸웠으며, 아버지 진영기 부회장 앞에서는 대성통곡까지 했다고 한다.

이로써 하나는 명확해졌다. 진영기 부회장의 결심은 확고했고, 장남 진영준이 모든 걸 가진다. 전자 계열과 물산 계열로 나눴다가는 내 공세를 막을 수 없다고 판단한 게 틀림없다.

"그렇단 말이지?"

"네, 승계 작업을 강행할 겁니다."

"갑자기 경준이가 불쌍해지는데?"

이학재 회장은 불쌍하다는 말을 하면서도 흥미로운 표정이었다.

"빈털터리라는 걸 알았으니 기댈 데라고는 저밖에 없을 겁니다."

"에이, 설마?"

아들이 아버지와 형을 배신한다. 드라마나 소설에서는 흔히 볼 수 있는 이야기다. 단! 평범한 집안에서는 그럴 수 있다. 모든 걸 형에게 뺏기고 빈털터리가 된 동생은 이를 악물기도 한다. 하지만 이 집안은 다르다. 모든 걸 형이 가져가도 최소한 수백억 정도는 남는다. 평범한 사람은 꿈도 꿀 수 없는 엄청난 돈, 그 정도는 기본으로 챙기고 시작한다. 군이 아버지와 형이 이를 갈 정도로 적대시하는 사람 곁에 설 필요는 없어 보이는 게 사실이다.

"설마가 아닙니다. 경준 형이 한국에 오자마자 저부터 만났어요. 물론 제가 먼저 속을 긁은 것도 있지만…. 아무튼 가장 먼저 승계 작업이 시작됐는지부터 확인하더군요."

"어이구. 이놈이나 저놈이나 욕심은…."

"어디 우리 집안만 그렇겠습니까? 세상이 그렇게 변해 버린 거죠."

부모의 유일한 재산인 아파트 한 채 갖겠다는 민사 소송이 산더미처럼 쌓였다고 한다. 평당 몇만 원도 되지 않는 시골 밭뙈기를 서로 갖겠다고 머리채 잡고 싸운다. 이런 사람들도 장남입네 하며 우선권을 주장하고 똑같은 자식이라며 공평하게 나누기를 희망한다. 단위가 다를 뿐 서민이나 재벌이나 욕심의 크기는 다르지 않다.

"그래서? 넌 어쩔 생각이냐?"

"경준 형이 가진 걸 제게 주면 월급쟁이 사장 정도는 시켜 줄 생각입니다. 능력 부족이면 잘리겠지만 말이죠."

"그놈이 가진 게 뭐가 있어서? 영준이 놈이 다 차지하면 빈털터린데."

"꽤 쓸 만한 게 있어요. 바로 진영기 부회장님의 아들이라는 거."

"뭐?"

이학재 회장은 이해할 수 없다는 듯 고개를 갸우뚱했다.

"당장은 아니지만, 꼭 필요할 때가 올 겁니다."

"당최 무슨 꿍꿍이인지… 원. 그건 네가 알아서 하고, 말하는 걸 보니 진영기 부회장 승계 작업 이대로 놔둘 생각인가 본데…."

"그걸 상의하고 싶습니다. 지금 지분구조가 철옹성은 아니지 않습니까?"

"판단하는 건 간단해. 지금 당장 전자와 물산 주주총회 열면 돼. 네 지분이면 충분히 임시 주총 소집할 수 있으니까. 그리고 주총 안건 올려 봐. 전자 계열, 물산 계열 대표이사 해임. 통과할까?"

"지금 당장은 안 되죠."

"그럼 철옹성이지."

"만약에 말입니다. 진영준이 회장이 되면 어떨까요?"

"진영기 부회장의 우호지분이 조금은 흔들리겠지? 영준이는 아직 미덥지 못하니까."

"그러니까요. 철옹성이 좀 약해지지 않겠습니까?"

"흠…."

가장 큰 문제는 바로 승계 작업을 서두른다는 것이다. 시간을 두고 천천히, 계열사와 자회사의 숫자를 조금씩 늘려가며 탄탄한 지분구조를 쌓아야 하는데 무너진 진동기를 보며 서두르고 있다. 계열 분리와 승계 작업을 동시에 진행하려면 분명히 더 허술해질 것이다.

"분명히 내년까지는 끝내려 할 테니까 유심히 지켜봐야겠구나."

내년이면 대선이다. 정권이 바뀌면 무슨 일이 생길지는 아무도 모른다. 만약 친재벌이 아닌 정권이 들어서면 사사건건 승계 작업에 딴지를 걸 것이다. 어쩌면 무지막지한 세금을 때려 버릴지도 모를 일이다. 진영기 부회장은 친재벌 성향이 강한 현 정권 아래에서 재빨리 해치우고 싶은 것이다.

"네. 지분구조 변화를 철저히 점검해야죠. 물론 지분 확보는 계속할 겁니다."

이학재 회장은 이미 승기를 잡았다고 생각하는 듯 여유 있는 표정이었다. 서두른다는 건 쫓긴다는 뜻이고, 쫓기는 자와 쫓는 자의 싸움은 늘 쫓는 자가 이긴다. 방심하지만 않는다면. 지분 확보에 힘쓴다는 내 말은 방심하지 않겠다는 의미다.

▲ ▲ ▲

"내가 약속할 수 있는 건 하나뿐이야. 틀림없이 기회는 준다는 것."

마음고생을 심하게 겪은 진경준은 몰골이 말이 아니었다.

"그 기회를 살리지 못한다 해도 최소한 중견 계열사 두어 개는 주지. 애들에게 회사 몇 개 물려주는 아버지 노릇은 할 수 있을 거야."

"그 기회가 공평하기는 한 거냐?"

"불공평하지. 형님이 다른 사람의 절반 정도의 능력만 보여도 사장 자리를 내줄 테니까."

"그 자리, 전자나 물산… 아니, 최소한 주력 계열사인 건 확실하고?"

"물론이야. 사촌인데 설마 생색내려고 구색이나 맞출까…."

진경준은 긴 한숨으로 생각할 시간을 벌었다. 그래 봤자 변하는 건 없을 테지만.

"좋아. 대신 난 뭘 하면 되지?"

"절대적인 복종."

"뭐?"

진경준이 눈을 부라리며 소리쳤다.

"이런 말 해서 미안해. 하지만 내가 적당히 듣기 좋은 표현을 생각해 봤는데 아무리 생각해도 없어. 내 생각을 가장 정확히 표현하는 말은 복종뿐이야."

"이, 이 자식이 진짜…!"

이미 늦었다. 나와 다시 같은 테이블에 앉았다는 건 형과 아버지를 저버리는 대신 실속을 챙기겠다는 의지를 보여 준 것이다. 친형의 수족 역할이나 하며 평생 눈칫밥을 먹느냐? 아니면 사촌 동생에게 머리를 숙이고 온전히 제 것을 챙기느냐의 선택이다. 한 5년 정도 순양전자의 대표 이사를 지내고 계열사 두어 개를 챙겨 독립하는 것, 거절하기 힘든 유혹 아닌가?

자존심에 상처 입은 그를 위해 또 하나의 유혹을 던졌다.

"가족을 배신한 놈이라는 소리는 안 듣도록 해줄게. 버림받은 차남이라는 동정표 잔뜩 얻을 수 있을 거야. 그게 내 방식이거든."

날 노려보던 진경준의 눈빛에서 독기가 점차 사라졌다. 독기가 사라진 곳에 냉정이 깃드는지 진경준은 꼭 물었어야 할 질문을 이제야 던진다.

"네가 순양그룹 전체를 차지한다면 시키지 않아도 복종해야겠지. 할아버지 말을 거역한 사람이 없었듯이 말이야."

"그렇게 돼."

자신감 넘치는 내 태도를 확인한 그가 말했다.

"소문이 사실이구나. 미라클이 네 거고 HW그룹 역시 네가 실질적인 지배자라는 거…."

난 긍정도 부정도 아닌 애매한 미소를 보였다. 어차피 믿고 싶은 것만 믿는 게 인간의 본성이다.

"하지만 네 말만 믿고 결정할 수는 없어. 순양그룹 회장 자리가 돈만으로 차지할 수 없다는 건, 너도 인정하잖아."

슬슬 현실감이 돌아오나 보다.

"보험을 원하는 거야?"

"보험?"

"그래. 내가 순양을 차지하지 못했을 때 낙동강 오리알 되는 건 피하고 싶어서?"

"그러네. 보험이라는 말이 적당하겠어. 가능해?"

"건설이나 중공업 대표이사 해볼래? 아니면 HW자동차? 근데 끌어갈 자신은 있어? 분명히 말했지만, 정량적인 숫자로 성적이 부실하면 해임이야. 물론 다른 사람들보다는 좀 더 관대하겠지만."

"보험은 보험이고… 그 전에 내게 확신을 줘야지."

"확신이라…."

내가 자기 아버지와 형으로부터 그룹을 뺏어 올 수 있을 것이라는 확신을 뜻한다.

"내가 왜 형을 내 곁에 두려는지 알아?"

"그것도 묻고 싶었던 거야. 자신 있다면 굳이 날 원할 필요도 없잖아."

"첫째 이유는 필요 없을지도 모르니까 다음에 말할게. 두 번째가 중요한데, 바로 거수기 역할을 해줬으면 해서야."

"거수기?"

"응. 난 이 집안의 막내야. 역사를 보면 막내가 왕위에 오를 때는 어느 정도의 지지 세력이 필요해. 지분 문제가 아니야. 회장에 적합한 인물은 나밖에 없다는 모두의 인정을 받고 싶거든."

"모든 핏줄이 널 지지하길 원하는 거야?"

"바로 그거야. 친형보다 사촌 동생을 지지한다는 건 꽤 그럴듯해 보이거든."

충녕대군이 세자에 오를 때는 태종이라는 막강한 권력이 존재했다. 난 태종 대신 집안 모든 사람의 지지를 원한다. 그룹 내부뿐만이 아니라 외부 정치권에도 보여 주고 싶은 그림이다.

"그게 내가 확신할 근거는 아닌데?"

"이미 내가 충분히 순양의 회장 자리를 차지할 거라고 믿고 있잖아. 아니라면 내게 찾아오지도 않았을걸? 원하는 것도 못 주는 놈에게 왜 찾아와? 안 그래?"

진경준에겐 아버지와 형을 배신하는 데 명분이 필요한 거다. 온갖 이유와 핑계를 대서 자신은 정당하다는 걸 스스로 세뇌시키는 과정이다.

"날 지켜봐. 아니다 싶으면 언제든 가족에게 돌아가면 되잖아."

"첫 단추를 끼워 버리면 돌이킬 수 없어. 돌아가지 못해."

"그 첫 단추는 어려운 게 아니야. 형 가족들도 쌍수 들고 환영할걸?"

진경준의 표정이 또 달라졌다. 당장 어떻게 해야 할지 갈피를 못 잡을 때 불빛이 반짝이는 등대를 발견한 눈빛이다.

"큰아버지의 결심은 확고해. 형님이 아무리 애원해도 바뀌지 않아. 모든 그룹 지분은 영준 형이 갖게 될 거야."

"그래서? 포기하라고?"

"그래야지. 방법 없잖아. 대신 나머지를 다 받아 내."

"나머지?"

"순양의 장남으로 태어나서 살아온 세월이 70년이야. 가진 게 지분이 전부겠어? 부동산, 증권, 예금, 금괴 등등… 최대한 다 받아 내. 지금이 적기야. 큰아버지가 형에게 미안한 마음을 갖고 있을 때 얻어야 해. 좀 지나면 그 미안한 마음도 사라질 거야. 그 어떤 감정이라도 시간이 지나면 소멸하거든."

"그룹에서 빠지겠다고 공식 선언해라?"

"물러나는 걸 아쉬워 말고 얼마나 많이 받을 것인가만 생각해."

진경준은 입을 닫고 생각에 잠겼다. 지분을 포기하겠다고 말하는 순간 미래가 바뀐다. 이미 결심은 선 듯하고 다음 행동을 계획하는 건가?

"짐 싸서 한국 들어와. 영준 형 옆에서 일 돕겠다고 해."

그의 생각할 시간을 줄여 주기 위해 한 말이었다.

"뭐? 야! 형 옆에서 시다바리 하라는 거냐? 아니면 네 첩자 노릇이라도 해?"

"오해하지 마. 전자 사장 하고 싶지? 최소한 물산 사장이라도 하고 싶은 거 아냐? 그런데 준비도 없이 그 자리를 노려? 내가 장담하는데 그런 식이면 설사 그 자리에 앉더라도 반년도 못 가. 말했지? 능력 없으면 곧바로 자르는 게 내 방침이라고."

진경준은 조금 충격받은 표정이다. 신세 한탄이나 하며 징징대던 자신을 조금은 부끄러워해야 한다. 욕심만 내세우고 능력은 키우지 않는 재벌 3세의 때를 벗길 수 있을지는 지금 결정될 것이다. 월급 받는 전문 경영인이 자기 미래라는 걸 깨닫지 못하면 영원히 철부지 도련님으로 인생 종 친다는 걸 알아야 한다. 진경준은 끙하는 소리를 내며 일어섰다.

"내 선택을 후회하지 않도록 해줘. 아니면 언제든 우리 형의 곁에 설 거다."

"곧 보게 될 거야. 내가 어떤 놈인지."

진경준은 내가 내민 손을 거절하지 않고 꽉 잡았다.

▲ ▲ ▲

"내가… 내가 무슨 말을 하겠느냐? 고맙다, 우리 아들."

"아닙니다. 회사를 지킨다는 게 바로 아버지를 지키는 일이라는 걸 깨달았습니다. 그동안 마음 불편하게 해드려서 죄송합니다."

진영기 부회장은 머리 숙인 차남의 등을 쓰다듬었다.

"이제 이 애비가 뭘 해주면 될까? 우리 아들 원하는 건 전부 다 들어줄 테니 말해. 허허."

진경준은 아버지의 눈치를 살피며 조심스레 말했다.

"영준 형이 그룹에서 자리 잡을 때까지는 저도 돕겠습니다."

"오, 그래?"

진영기 부회장의 얼굴은 더욱 환해졌다. 형제가 뭉쳐 힘을 모으는 모습이야말로 모든 아버지가 흐뭇하게 바라보는 그림 아닌가?

"하지만 영준 형이 반석에 오르면 전 그만둘 생각입니다."

"뭐?"

"저도 아버지 아들 아닙니까? 아무래도 또 분열할 가능성이 있습니다. 저도 그룹에서 자리 잡으면 제가 원하지 않더라도 제 뒤에 줄 서는 임원들이 등장할 겁니다. 아버지도 잘 아시지 않습니까? 월급쟁이들, 윗사람 골라서 동아줄 잡으려고 눈에 불을 켜는 거 말입니다."

"그렇게까지 생각했더냐?"

속 깊은 차남의 말에 아버지는 감격스럽기까지 했고 이런 심지를 가진 아들을 눈여겨보지 않은 것이 안타까웠다. 하지만 이미 되돌리기는 어려운 지점을 지났다. 아버지의 표정을 살피던 진경준은 자신의 전략이 먹혔다는 걸 알고 조금은 자신 있게 말했다.

"제가 그룹을 떠나는 건 괜찮습니다만 애들 생각이 나더군요. 그래도 순양의 핏줄인데…."

"이놈아. 내가 우리 손자들 기도 못 펴고 살게 놔두겠느냐? 걱정하지 마라. 옛날 부모들은 집은 장남에게 돈은 차남에게 물려줬다. 우리 가족에게 집은 순양그룹 아니냐? 그룹은 네 형이 갖더라도, 내가 가진 사재는 전부 네게 주마. 3대가 아니라 몇 대가 지나더라도 떵떵거리며 살 수 있을 거다."

가슴을 탕탕 치며 큰소리치는 아버지를 보며 진경준은 한시름 놨다. 모든 걸 주겠다는 말을 아버지에게서 끌어냈다. 이 정도면 성공 아닌가?

진영기 부회장이 장남을 불러 동생의 결심을 전하자 진영준도 더할 나위 없이 환한 표정을 지었다.

"경준아, 정말 고맙다. 네가 큰 희생하는 거 알아. 내가 절대 잊지 않으마."

차라리 생판 모르는 남이 낫다. 타인을 위해 희생하면 의인이라는 평가라도 받는다. 몽땅 차지하는 형의 입에서 희생이라는 말을 들으니 진경준은 짜증밖에 나지 않았다. 잊지 않겠다는 말보다 하나라도 양보하겠다는 말이 더 진정성 있는 거 아닐까. 빈말이나 일삼는 진영기를 보니 차라리 사촌 동생이 더 낫다 싶었다. 적어도 그 동생은 최소한 중견 계열사 두어 개를 약속하지 않았던가?

"날 돕겠다고 했으니 내일이라도 들어와. 아버지. 그래야겠죠?"

"물론이다. 그 자리 앉을 놈은 천천히 구하더라도 우리 경준이 자리는 내일 당장에라도 마련해야지. 내가 지시해 놓을 테니 넌 가족들 데리고 빨리 들어와라."

"아, 아닙니다. 저만 들어올 생각입니다."

"응? 왜?"

"애들도 있으니까요. 호주에서 학교 졸업하면 영국으로 보낼 생각입니다. 굳이 애들까지 데리고 올 필요는 없습니다."

"그래, 그것도 나쁘지 않지. 네 가족은 네가 알아서 해."

진경준은 무슨 말이든 좋게 받아들이는 아버지에게 약간 미안한 마음도 들었다. 하지만 앞으로 벌어질 험한 싸움 때문에 아내와 자식이 상처받는 건 피하고 싶었다.

▲ ▲ ▲

진경준이 보고 싶었던 내 능력은 아닐지 몰라도 내 이미지를 한층 더 포장할 수 있는 일이 터졌다. 아니 곧 터진다. 메일 한 통을 확인하고 곧바로 전화를 들었다.

"레이첼. 방금 메일 확인했는데 이거 확실한 정보 맞아요?"

"확실한 정보는 아냐. 홍콩 지사에서 들어온 건데… 정확한 정보가 아니니까 공지 메일에 올리지 않고 내게 개인적으로 전달했더라고. 사실 확인한 것도 있고 아닌 것도 있어. 판단은 네 손에 맡길게. 오케이?"

통화를 끝내자마자 장도형 부사장과 증권사 임원 전부를 불렀다.

그들은 모두 긴장한 표정을 감추지 못했다. 내가 모두 모이라고 할 때마다 아주 큰일이 터졌기 때문이다.

"도이체방크가 보유한 우리나라 주식과 금융 상품 현황을 정확히 파악하세요. 그리고 선물투자 전체 금액도 알아내세요."

"도이체방크 한국 지사 말입니까?"

"아뇨. 본사부터 전 세계 지사들 보유 물량 전부 파악해야 합니다. 어떻게 알아보느냐 같은 질문은 하지 않으시겠죠?"

인상을 찌푸리거나 어려움을 토로하는 사람은 아무도 없었다. 미국 금융위기 여진이 또 한 번 한국을 덮치는 건 아닌지 모두 두려운 기색만 보였다.

도이체방크는 골드만삭스와 모건스탠리, JP모건, 씨티그룹, UBS 등과 어깨를 나란히 하는 벌지 브래킷(Bulge Bracket, 전 세계에 고객을 두고 유가 증권 인수, 자금 조달 주선, M&A 자문 등 거의 모든 서비스를 제공하는 초일류 투자 은행)에 해당하는 세계적인 투자은행이다.

자라 보고 놀란 가슴 솥뚜껑 보고 놀란다고, 벌지 브래킷의 이름만 나오면 모두 가슴이 철렁한다. 아직 금융위기는 끝나지 않았기 때문이다.

"여러분께서 무슨 생각이신지 잘 압니다. 아직 정확한 건 아니니까 상황 파악이 먼저입니다. 신중하고, 정확하게 알아보세요."

"알겠습니다."

"그리고 순양금융 홍콩 지사도 조사하라고 하십시오. 아, 미라클 홍콩 지사에 말해 둘 테니 직접 만나서 정보 얻으라고 지시하세요."

"혹시 지금 미라클에서 뭔가 알려 온 겁니까?"

장도형 부사장이 조심스레 물었다.

"네. 홍콩 지사에서 뭔가 들은 소문이 있나 봅니다. 소문이 소문만으로 끝난 적 없다는 걸 여러분도 잘 아시죠? 철저히 체크해야 합니다."

회의를 끝내자 홀로 남은 장도형 부사장이 걱정스럽게 말했다.

"혹시 도이체방크가 파산한다는 소문이라도 난 겁니까?"

"아뇨. 요놈들이 우리 한국 증시를 노리고 있는 것 같아요."

"네?"

"미국에서 서브 프라임때 펑크 난 돈을 채우려고 주식 시장을 뒤흔들 계획인가 봅니다. 어떤 방법을 쓸지 알아내야죠."

"그놈들 왜 하필…."

외국 자본이 한국 증시를 한번 흔들 때마다 수십조의 돈이 증발한다. 더욱이 이 수십조의 돈은 대부분 개미들 돈이며 수많은 가정이 몰락한다.

"한국이 아직 외부의 장난질에 흔들릴 정도로 금융 후진국이라는 말 아니겠습니까?"

분명 한국 금융 시장을 만만하게 본 것이 맞다. 설마 내가 신용부도 스왑으로 도이체방크 돈을 조금 빼먹었다고 해서 앙심 품은 것은 아닐 테니까.

며칠 동안 발에 땀 나도록 뛰어다니며 수집한 정보와 홍콩, 런던에서 떠도는 소문을 토대로 회의를 시작했다.

"도이체방크가 보유한 주식과 기타 증권이 총 2조 3000억입니다."

현재 증시가 상승세라 이상하리만치 많은 건 아니다. 이 수준으로 보유한 다른 기관도 꽤 있다. 그들보다 조금 많은 정도라고 볼 수 있다.

"홍콩 지사는 도이체방크를 수상하게 보고 있습니다. 뭔가를 기획하는 게 확실한데 더는 내용이 없습니다."

여기까지는 평범하다. 한국 주식 2조 3000억 원어치를 쥔 투자은행. 이것만으로는 도이체방크가 어떤 도박을 벌일지 파악하기 힘들었다.

"자, 우리 한번 생각해 봅시다. 우리가 도이체방크라면 지금 가진 거로 어떻게 하면 큰돈을 벌 수 있을까요?"

모두 입을 다문 채 서로 눈치만 보는 게 전부였다. 이들을 탓하고 싶은 생각은 없다. 주식을 잔뜩 샀다면 주가가 오르는 게 가장 쉬운 돈벌이다. 그게 아니라면 딱히 떠오르는 방법이 없기 때문이다.

"엉뚱한 의견이라도 괜찮습니다. 공격적인 서양 애들의 투자 성향을 생각한다면, 어쩌면 전혀 예상하지 못했던 엉뚱한 방법일 수도 있으니까요. 일기 예보도 증권으로 만들어 도박의 수단으로 만드는 놈들 아닙니까?"

최대한 자유로운 의견이 나오도록 유도했지만, 이들은 순양맨들이다. 최소한의 리스크로 최대 이익을 뽑아내는 데는 일가견이 있지만 하이 리스크 하이리턴과는 거리가 멀다. 하이 리스크 하이리턴은 주인만 가능한 것이지 직원은 해당되지 않는다.

"높은 수익을 위해 리스크를 안고 간다면 선물 투자나 파생상품이 제격 아니겠습니까? 그런데 지금 상황은 그런 것도 아닙니다."

주식은 투자라는 탈을 쓴 투기다. 도박의 색깔이 짙지만, 파생상품이나 선물 투자처럼 수십 수백 배의 수익을 내기에는 부족하다. 갑자기 전혀 엉뚱한 패를 놓고 고민하는 게 아닌가 싶었다. 도이체방크가 우리나라 주식 시장에서 한탕 하려는 건 확실하다. 이것만 놓고 추적해야 하는데, 그들이 보유한 주식을 놓고 더듬고 있는 게 아닌가 하는 생각이 번뜩 든 것이다.

"맞습니다."

"네?"

의견을 던진 임원이 오히려 무슨 뜻인지 몰라 눈을 동그랗게 떴다.

"한 방에 확 땡기려면 선물이나 파생상품이죠. 주식 시장에 주식만 있는 건 아니니까요."

몇몇 사람은 무슨 말인지 알아들었는지 짧은 탄성을 냈다.

"하지만 실장님, 우리나라 시장은 그렇게 덤벼들 만한 상품이 없습니다. 도이체방크라면 최하 수백억 이상의 수익을 노리고 들어올 텐데…. IMF 사태, 9.11 테러, 미국 금융 붕괴 정도는 되어야 시장이 흔들리잖습니까?"

바로 그 임원이 고개를 갸우뚱거리며 말했다. 정확한 말이다.

"폭등이 아니라 폭락일 때 큰돈을 벌겠죠?"

"네?"

"대부분 도박에서 이기는 건 폭락에 베팅하는 겁니다. 그럼 우리 주식 시장이 폭락할 가능성은 있을까요?"

그리스가 위태위태하지만 우리나라는 그 영향력이 미미하다. 유럽의 위기가 곧 닥치겠지만, 그 역시 큰 태풍으로 변하지는 않는다. 오히려 한국 증시는 계속 흔들리지 않고 조금씩 상승 중이다. 내년엔 다시 코스피 지수 2000 돌파를 기대할 정도니까 말이다.

"그래!"

나도 모르게 책상을 탕 치며 소리를 질렀다. 모두의 시선이 내게 쏠리는 것도 개의치 않았다.

"급합니다. 도이체방크든 어디든 상관없어요. 선물이든 파생상품 베팅이든 관계없습니다. 주가 폭락에 베팅한 기관 찾아보세요. 말도 안 될 정도의 조건에 베팅한 것부터 우선입니다. 어서요!"

그들의 계획이 무엇인지 어렴풋이 그려졌다. 중요한 것은 언제 베팅하느냐다. 정확한 날짜를 모르면 계획을 알아도 막을 수 없다. 베팅은 찰나의 순간에 끝난다.

11월 11일.

도대체 이날 무슨 일이 벌어지는 걸까? 무슨 일이 터지기에 도이체방크는 주가 폭락을 확신하고 선물에 투자한 것일까? 올라온 보고서를 보며 한참 생각에 생각을 거듭했지만 2010년 11월은 기억에 없다. 지금 신문에서 한창 떠드는 주요 20개국 정상회의, 즉 'G20 회의' 개최가 11일이다. 또 있다면 빼빼로 데이? 이게 전부다.

정부는 G20의 장밋빛 전망 홍보에 열을 올리는 중이다. '2002년 월드컵의 4.3배에 달하는 효과'라며 급기야 수백조의 파급 효과 발생이라는 얼토당토않은 소리까지 나왔다.

수백조는 아니더라도 호재는 맞다. 주요 국가의 정상들이 모여 여러 안건을 다루는데, 막힌 문제 하나라도 해결할 것이 아닌가? 최소한 주가가 내려갈 리는 없다. 세계 정상이 모인 회의장에 폭탄 테러라도 일어난다면 모를까…. 폭탄 테러가 있었다면 내가 기억 못 할 리 없다.

책상을 톡톡 두드리며 모든 데이터를 이리저리 분석했다. 그러다 한 순간 도이체방크가 그리는 그림이 선명하게 드러나기 시작했다.

"이 새끼들⋯ 이건 사기잖아!"

도이체방크가 보유한 2조 원 이상의 주식을 장 마감 직전 동시호가 시간(단일가 매매시간)에 쏟아 버리면 다른 증권사의 프로그램도 덩달아 매도 물량을 쏟아 내고 코스피 지수는 급락한다. 몇 분의 시간 동안 이뤄지는 일이므로 누구도 대처할 수 없다.

기관 투자나 시세 조작은 사기의 전형적인 방법이며 도이체방크가 보유한 주식은 사기의 수단일 뿐이었다. 언제, 어떤 방식으로 사기 치는지 알았으니 충분히 피할 수 있다. 또는 나도 슬쩍 다리 하나 걸쳐 수백억의 돈을 챙길 수 있다. 아니면 아예 이놈들의 장난질을 막아 버리는 방법도 있다. 셋 중의 하나를 골라야 하는데, 길게 생각할 필요도 없었다.

대형 금융 사고가 터지는데 제삼자로 수수방관하는 건 기회를 놓치는 바보짓과 다를 바 없다. 사기에 편승해서 돈을 버는 것도 나쁘지 않지만, 코스피 지수 급락으로 버는 돈은 푼돈에 불과하다. 자연스럽게 세 번째로 마음이 쏠렸다. 희대의 금융 사기를 막아 내는 건 정의감으로 시작해서는 안 된다. 좀 더 그럴듯한 대가가 있어야 한다. 괜히 웃음이 피식 났다. 내가 원하는 대가가 아무래도 좀 오글거린다.

다시 회의실에 모인 사람들은 입을 떡 벌렸다. 외국계 투자은행이 이런 대범한 사기 행각을 꾸미고 있다는 게 믿기지 않고 어이도 없을 것이다.

"도이체방크 같은 대형 투자은행이 이런 고전적인 수법을 쓸 줄은 꿈에도 생각 못 했습니다."

임원들의 허탈한 심정이 고스란히 드러나는 말이었다.

"가장 고전적이고 전형적인 사기가 가장 잘 통한다는 말도 되겠죠."

"어쩌실 생각입니까?"

"우리가 이놈들 장난을 한번 막아 볼까요? 우리나라 개인과 기관이 입을 손실도 막고, 도이체방크가 한 방 먹고 망연자실한 모습도 구경하고요. 흐흐."

내 웃음을 듣고 가장 창백해진 사람은 바로 순양증권 사장이었다. 사기 행각에 한 방 먹이는 역할은 당연히 순양증권이 맡아야 하는데 정말 찰나의 순간에 이 일을 해내야 한다. 장 마감 몇 분 전, 어쩌면 1분이 될 수도 있고 2분이 될 수도 있다. 자칫 타이밍을 놓쳐 실수라도 하는 날에는 어마어마한 돈을 쏟아붓고 도이체방크의 웃는 모습만 구경하게 된다.

걱정스러운 표정의 순양증권 사장을 보며 말했다.

"이 일은 제가 지휘하겠습니다. 폭락을 막으려면 우리도 최소 2조 이상의 자금을 투입해야 합니다. 사장님은 우리 가용자금이 얼마나 되는지 파악해 주십시오. 부족한 돈은 미라클에서 가져오겠습니다.

내가 책임진다는 말에 순양증권 사장의 얼굴에는 화색이 돌았다. 몇몇 기민한 임원은 '가져온다'라는 말의 의미를 알아채고는 놀란 모습을 보였다. '빌려 온다'가 아니라 '가져온다'이다. 떠도는 소문을 내 입으로 확인해 준 것이나 다름없으니 그들의 놀란 표정은 잠시 후 기쁨으로 변했다. 자신들이 잡은 줄은 가늠하기도 힘든 돈을 가진 엄청난 부호다. 회사가 위기에 부닥칠 때 언제든 구원투수로 등판할 것이니 큰 근심 하나가 사라졌다. 돈이 오죽 많으면 한국 증시가 흔들릴 것을 막기 위해 남의 일이나 다름없는 경기에 구원투수로 등판하겠는가.

"자, 회의 끝냅시다. 며칠 남지 않았으니 도이체방크와 도이체증권의 움직임 계속 주시하고요."

보통 이런 회의를 끝내면 긴장해야 하는데 임원들은 왠지 들떠 보였다. 넘쳐나는 돈을 주체 못 하는 주인장의 재미있는 유희를 구경하는 심정이 고스란히 드러난 모습이었다.

회의를 끝내고 내 방으로 돌아오니 몇 사람이 기다리고 있었다. 바로 PI 전문가들과 홍보팀 직원들이었다. 그들은 기대에 찬 눈빛이었다. 신혼 생활을 조금이라도 공개하는 게 어떠냐고 계속 요구했지만 차마 그런 닭살 돋는 짓은 못 하겠다고 거절하던 참이었다. 혹시 마음이 변하지 않았나 하는 그들의 기대에 부응할 수는 없었다.

"지금 언론에서 워낙 떠들어대니 11일이 무슨 날인지 아시죠?"

"네. G20 정상회의 개최 일 아닙니까?"

"맞아요. 그럼 12일은 모든 언론이 G20을 대대적으로 보도하겠죠?"

"당연히 그렇겠죠. 혹시 실장님도 관련 있으십니까?"

"G20은 관련 없는데 11월 11일과는 관련 있습니다."

난 이들에게 도이체방크의 주가 조작 사기 계획에 대해 간략히 설명했다. 보통의 사람들처럼 이들은 외계어를 듣는 표정만 지었다.

"그러니까 실장님… 쉽게 말해서 도이체방크? 그놈들이 주가 조작을 할 텐데 그걸 실장님께서 막아 낼 것이라는 뜻이죠? 맞습니까?"

"그렇습니다."

이들은 좀 더 진지한 표정으로 말했다.

"주가 조작을 막아 버리면 조작이 성립하는 게 아니지 않습니까? 그걸 어떻게 증명할 수 있을까요?"

이미 이들은 내가 무엇을 원하는지 알아챘고, 그 일을 하기 위한 자료를 확인하는 것이다.

"거래 기록이 남아 있어요. 증명은 문제없습니다."

"그렇군요! 하하."

이들은 환하게 웃음을 터트렸다.

"그런데 내 이야기가 나오는 게 어렵지 않을까요? 정부가 G20을 대대적으로 홍보하는 중인데 그걸 뭉개고 내 기사를 실어야 합니다."

"실장님, 언론사는 광고주가 최우선입니다. 잘 아시잖습니까? 정권의 힘이 아무리 크다고 해도 광고주를 이길 수는 없죠."

젠장, 또 돈 깨지는 소리가 들린다. 광고를 얼마나 나눠 줘야 할까?

"그리고 내용이 좋습니다. 외국 자본의 사기 행각을 사전에 감지하고 막아 낸 정의로운 일 아닙니까?"

이들의 표정을 더 밝게 만들 만한 사실도 알려 줘야겠다.

"도이체방크가 쏟아붓는 물량이 2조가 넘을 것이고, 저 역시 그 정도 돈을 쏟아부어 막을 겁니다. 만약 이 일을 막지 못하면 시총 30조 원가량이 증발할 것이고, 개인 투자자 수만 명이 손해를 보고 쪽박을 차게 되는 겁니다. 어떻습니까, 구체적인 숫자로 들으니까?"

더 밝아지라고 한 말인데 놀라기만 한다. 이제 익숙해질 만도 한데….

"아직 조 단위의 숫자는 실감이 나지 않는가 보군요. 그냥 숫자일 뿐입니다. 만질 수도 없고 쓸 수도 없는 숫자예요. 대신 사람들을 놀라게 하는 효과는 크죠. 바로 여러분들이 지금 놀라는 것처럼요."

"아, 죄송합니다. 말씀대로 신기루 같은 느낌이 드는군요. 뭐… 그래서 더 관심이 쏠리는 것이기도 하고요."

"이 정도 숫자라면 언론도 확 쏠리겠죠?"

"물론입니다. 침 흘릴 만한 숫자인 건 확실합니다."

그들의 만족한 표정을 확인하고 홍보팀을 향해 말했다.

"우리 순양금융그룹과 HW그룹 전체 광고 예산 두 배로 늘린다고 언론사에 슬쩍 흘리세요. 그 정도면 불나방처럼 달려들 겁니다."

간만에 언론사를 향해 큰소리칠 건수가 생긴 홍보팀의 표정도 밝아졌다.

1997년, 아시아를 강타한 금융위기로 아시아뿐 아니라 전 세계가 매우 불안정한 시기를 겪으며 금융과 외환 등에 관련된 국제적 위기에 대처하는 체계가 필요하다는 주장이 제기됐다.

1999년, 국제통화기금 연차 총회에 참가한 G7 재무장관들은 전 세계의 경제적 안정을 위해서는 선진국의 모임만으로는 한계가 있고, 다른 나라들과의 협력이 필요하다는 데 뜻을 모았다. 그 결과 같은 해 12월, 독일 베를린에서 처음으로 주요 신흥 경제국들이 참가하는 G20 회의가 창설됐지만, 각국 정상들이 아닌 회원국 재무장관과 중앙은행의 수장들만 참석하는 실무적인 성격이 짙었다.

하지만 위기는 끝이 없다. 2008년 11월에 세계 금융위기가 발생하면서 '정상급 회의'로 격상됐고, 'SUMMIT'를 사용하기 시작했다. 그리고 오늘, 'THE SEOUL SUMMIT 2010'이 한국을 뒤덮었다. 공중파와 라디오는 물론이고 인터넷, 종이신문까지 모든 기사의 시작은 바로 이 영어 단어들이었다. 이런 들뜬 분위기 속에서 주가가 폭락하리라고 예상하는 사람은 단 한 명도 없을 테니 독일 놈들이 타이밍 하나는 기가 막히게 잡았다.

순양증권 직원들은 이슈에서 한발 물러나 실시간 주가 변동에 평상시와 다른 민감한 반응을 보이며 극도로 긴장한 상태였다. 증권 시장 마감 직전에 작전이 시작된다는 걸 모르지 않지만, 여차하면 수조 원의 돈이 물거품으로 변하니 한시도 눈을 뗄 수 없었다. 오늘을 위해 매매 프로그램을 보강했고, 도이체방크의 매도 물량이 쏟아지더라도 충분히 방어할 준비를 끝냈기에 단지 지켜보는 것이 전부일 뿐이지만 말이다. 예상대로 장 마감 직전까지는 별다른 문제 없이 정상적으로 흘러갔다. 주가는 등락을 거듭하며 평이한 차트를 만들고 있었다.

장 마감 30분 전, 선물과 연계된 현물 프로그래밍 매도 물량이 나오기 시작했다는 소식이 공시로 떴다. 그래프가 서서히 가라앉기 시작했다.

이제 시작이다. 묵직한 한 방을 위해서는 서서히 추락하는 그래프를 지켜보기만 해야 한다. 섣불리 끌어올렸다가는 방어 낌새를 눈치챈 도이체방크에서 멈출지도 모르기 때문이다. 여유를 가지고 마지막 3분에 집중하라고 전 직원에게 메시지를 돌렸다. 몇몇 눈치 빠르고 직관이 뛰어난 직원이 즉각적인 반응을 보였다. 국내 증권사 몇 곳이 프로그램 매도를 시작했다는 걸 알려 왔다. 이런 상황을 짐작했기에 충분한 총알을 준비했다. 오늘 최소한 3조 원 이상을 매수해야 할 것이다.

장 마감이 3분 남았을 때 진짜가 시작됐다. 도이체증권에서 풋옵션 대량 매수와 콜옵션 대량 청산으로 인해 프로그래밍 매도 물량이 급격히 쏟아져 나왔다. 우리의 매수 프로그램도 미친 듯이 돌아갔다.

지금부터 깜깜이다. 결과는 동시호가가 끝나는 14시 59분 55초에 판명 날것이다. 3분이 세 시간 같았다. 14시 50분, 동시호가 직전까지 코스피 지수는 3포인트 하락이었다. 내가 쏟아부은 돈이라면 충분히 유지할 수 있을 거라는 확신이 있었지만, 불안은 가시지 않았다.

오후 3시, 마감으로 종가가 떴을 때 모니터를 보지 않아도 성공했다는 것을 알 수 있었다. 순양금융 사옥이 떠나갈 것 같은 환호성이 들렸다. 1963포인트에서 오락가락하던 코스피 지수는 1965포인트로, 코스피200지수는 254포인트를 굳건히 유지한 것이다.

오늘 단 3분 동안 국내 주식시장 시가총액 30조 원가량이 사라지는 걸 순양증권이 막은 것이다. 지금 현재 이 일을 아는 곳은 단 두 곳이다. 환호성을 지른 순양증권과 망연자실하게 모니터를 바라보고 있을 도이체방크와 도이체증권뿐이다.

임원들이 환희에 찬 얼굴로 몰려왔다.

"고생하셨습니다. 실장님."

"여러분도 수고하셨습니다."

서로 노고를 치하하는 건 내 성격과 어울리지 않았다. 간단한 말로 끝내고 해야 할 일을 지시했다.

"직원들에게 금일봉 돌리고, 회식이라도 하라고 하세요. 단, 오늘 일 빨리 정리해서 금감원에 보고하는 건 잊지 않아야 합니다. 독일 애들이 쏟아부은 금액, 만약 우리가 막지 않았다면 입었을 손실을 정확히 파악해서 전달하세요."

아직 끝나지 않았다는 걸 안 임원들은 얼굴을 조금 붉히고 물러났다.

혼자 남아 한숨 돌리려 했지만 내 팔자에 언감생심이었다. 또다시 한무리의 사람들이 몰려 들어왔다.

"실장님, 이야기 들었습니다. 훌륭히 잘 막아 냈다고요? 하하."

PI 전문가와 홍보팀이 먼저 얼굴을 내밀었고 카메라를 든 기자 몇 명이 머리를 꾸벅 숙이며 그들의 뒤를 이어 모습을 드러냈다. 퇴근은 글렀다.

▲ ▲ ▲

"오호! 우리 서방님이 한국 금융의 수호자라고?"

뺨을 건드리는 손길에 눈을 뜨니 이미 출근 준비를 끝낸 아내가 신문을 흔들었다.

"기사 떴어?"

"아주 도배를 했어. 인터넷 실시간 검색 1위도 차지하셨고요. 대통령이 열 받겠어. G20으로 지지율 좀 살려 보려고 그렇게 안간힘을 썼는데 그걸 자기가 홀라당 낚아채 버렸으니…."

그뿐만이 아니다. 세계 경제를 선도하는 20개국 정상들이 모였다. 그들은 분명 오늘 뜬 기사를 확인할 것이고 통역들은 친절하게도 내 활약을 자세히 말해 줄 것이다. 외신도 서울을 향해 촉각을 곤두세운 하루다. 그들도 내 이야기를 그냥 흘려버리지는 않을 것이다. 오늘 각국 정상들의 티타임에 내 이름이 오르내릴지도 모른다. 광고 예산을 두 배 늘린 것보다 훨씬 큰 이익을 봤다.

"홀라당은 사실이지만 거저먹은 건 아냐. 어제는 폭풍 같은 하루였으니까. 그리고 기사는 사실이야. 그 정도면 엄청 좋은 일 한 거라고."

"기자들이 훌륭한 일 했다고 기사 써줘? 맨입에? 설마?"

"광고 예산 두 배로 올렸어. 하지만 나 때문에 증시 폭락을 막은 건 진실이라고."

"기사 내용은 믿어. 너무 노골적으로 쓴 게 낯간지러울 지경이라 도대체 떡값을 얼마나 받아먹었나 궁금했을 뿐이야."

아내는 신문을 휙 던지고 입었던 정장을 벗기 시작했다.

"뭐야? 신문 기사에 난 서방님이 섹시해 보여?"

기름기 흐르는 내 말에 서민영은 어이없다는 듯 콧방귀를 뀌었다.

"미안하지만 그럴 시간 없거든?"

"근데 왜 갑자기 옷을 벗어? 무섭게?"

그녀는 신문을 가리켰다.

"저렇게 떠들었는데 기자들이 가만있겠어? 분명히 법원 앞에서 진치고 있을 텐데… 사진이라도 찍혀 봐. 영구 박제되는 거야. 이왕이면 예쁘게 나와야지."

갈수록 이미지 관리에 신경을 많이 쓴다. 뭐… 내게 나쁜 일은 아니다.

공무원 아니랄까 봐 무채색의 옷만 있는 옷장을 뒤적거리다 그나마 최근에 쇼핑한 옷으로 갈아입는 그녀에게 말했다.

"가다가 미용실이라도 들를래? 전화해 놓을게."

"내가 뭐 연예인이야? 시간 없어. 괜찮아."

후다닥 달려 나가는 그녀를 배웅하고 신문을 쭉 펼쳤다. 경제지는 전부 내 이야기를 1면 톱으로 실었다. 중앙일간지는 차마 정권을 외면할 수 없었는지 1면을 대통령으로 채웠고 경제면은 내 기사로 가득 채웠다. G20과 대등한 비중으로 다뤄 줬으니 돈 쓴 보람은 충분했다.

신문을 보는 내내 얼굴이 달아올라 혼이 났다. 아내의 말이 맞았다. 낯간지러울 정도로 날 추켜세웠다. 함께 실린 사진도 잡지에나 실릴 법한 심한 보정을 거친 것이다.

오늘도 몹시 바쁠 것 같다. 여기저기서 전화가 올 것이고 후속 보도와 2차 매체를 위한 인터뷰가 잔뜩 밀려 있다. 나도 아내처럼 옷차림에 신경이 쓰여 옷장을 뒤져 오늘 같은 날 어울리는 옷을 찾아 입었다.

회사에서 가장 먼저 나를 기다리던 사람은 다름 아닌 진경준이었다.

"신문 보고 왔지? 앉자. 커피 할래?"

"대단하더라, 너. 단번에 스타가 되셨어. 그것도 전 세계 정상들이 주목하는 스타."

"이 정도는 별일 아니야. 3조 원 정도로 막았고 투입한 자금은 전부 주식으로 쥐고 있으니까 손해 본 것도 아니지. 지금 프로그램 매수한 주식 확인 중이야. 쓸 만한 건 남겨 두고 나머지는 시장에 조금씩 풀려고."

"이 정도는 쉬운 일이다?"

"그래. 물론 이런 게 그룹을 차지하는 것과는 별개라고 생각하겠지. 하지만 하나는 알았겠지? 내가 마음만 먹으면 순양그룹 주가를 확 흔들어 버릴 수도 있다는 걸?"

진경준은 짧은 한숨을 쉬며 말했다.

"협박은 그 정도로 끝내. 용건은 다른 거니까."

진경준은 명함 한 장을 꺼냈다.

"오늘부터 순양전자 전략 팀장이다. 인사 공고는 오후에 뜰 거야."

"전략 팀장? 뭐지? 부장급인 것 같은데?"

"아니, 이사야. 영준 형 곁에 딱 붙어서 브레인 역할하라고 만든 자리야."

표정이 어두운 이유를 알았다. 브레인이라고 하지만 자칫 하다가는 궂은일만 도맡아 할 수도 있다. '누군가'의 브레인, 참모 역할을 제대로 하느냐 마느냐는 바로 그 '누군가'의 의지에 달려 있다. 잔심부름이나 시키고 귀찮은 일을 맡기면 심부름꾼으로 전락하고, 중요한 안건이 있을 때마다 의견을 구하면 브레인이 되는 것이다. 진영준은 글쎄… 아무래도 전자이지 싶다. 과거 그의 행적을 돌이켜보면 장차 후환이 될지도 모르는 친동생을 키워 주는 일은 절대 하지 않을 놈이니까 말이다.

솔직히 진경준이 전자에서 인정을 받든 말든 상관없다. 내가 필요할 때 차남이라는 역할만 잘 수행하면 더는 기대하지 않는다.

"경준 형. 이거 하나는 신경 쓰면서 일하는 게 어떨까 하는데?"

"뭘?"

"백준혁 실장."

"응? 백 실장님을 왜?"

갑자기 의외의 이름이 나오자 진경준은 미간에 주름이 잡혔다.

"이학재 회장님을 봐. 지금 누구 편에 서 있지?"

"아…!"

그의 입에서 낮은 탄성이 흘러나왔다.

"전자와 물산 계열의 돌아가는 사정을 가장 잘 아는 사람은 큰아버지도 아닌 백 실장님일 거야. 대지주의 땅과 소작농을 속속들이 아는 건 지주가 아니라 마름이니까."

진경준이 백준혁 실장에게 일을 배우는 것 역시 내 관심사가 아니다. 진영기 부회장이 일선에서 물러나고 진영준이 전면에 나서면 그의 성격상 분명히 백 실장을 쫓아낸다. 바로 그때 나와 백준혁 실장을 연결해 줄 고리 역할을 진경준이 맡아야 한다.

"전자를 맡고 싶다면서? 누가 뭐래도 순양전자는 순양그룹의 간판이야. 거긴 닳고 닳은 영악한 임원들이 득실대잖아. 그 양반들 휘어잡으려면 백 실장의 도움이 절실하게 필요할걸?"

진경준이 눈을 깜빡이기 시작했다.

"HW그룹이 순양건설과 중공업을 인수했지만 잡음 하나 나지 않잖아. 바로 이학재 회장이 손바닥 들여다보듯 훤한 회사들이었으니까 가능한 일이었어."

그의 표정을 확인하고 손뼉을 가볍게 탁 치며 말했다.

"자, 내 의견은 여기까지. 아무튼, 잘해 봐. 확실한 목표가 멀리 있는 건 아니잖아."

진경준도 고개를 끄덕이며 일어섰다. 그런 그에게 슬며시 웃으며 물었다.

"참, 큰아버지께 확답은 받았어?"

"뭘?"

"상속. 그룹 지분 외에는 형님이 다 가져야지."

진경준의 입꼬리가 올라갔다.

"내 주머니까지 들여다볼 생각은 하지 마. 난 너랑 손잡은 게 다야. 내모든 걸 다 보여 준다고 한 적은 없는 것 같은데?"

차가운 목소리로 톡 쏘며 돌아서는 그를 향해 난 손을 들어 슬쩍 내저었다. 동생이 아버지의 전 재산을 가져가는 걸 보고만 있을 형님이 아니라는 걸 알아야 할 텐데…. 진영준이 큰아버지의 대부분을 차지하고 동생은 빈털터리가 되는 게 나로서는 나쁠 게 없다. 자신이 빈손이라는 것을 깨닫게 되면 오로지 나만 바라볼 테니까 말이다.

8장

게릴라전

![crown icon]

2010년 12월 17일, 튀니지의 작은 소도시 광장에서 과일 노점상을 하던 청년이 분신했을 때, 그가 튀니지, 이집트, 리비아의 독재자와 시리아, 예멘, 바레인 정권을 무너뜨리는 도화선이 될 거라고는 아무도 예상하지 못했다.

청년의 분신 소식에 시민들의 시위는 들불처럼 번져 나갔고 정확히 28일 뒤, 튀니지의 대통령은 사우디아라비아로 망명하며 23년간의 독재정치는 막을 내렸다. 이제 시민의 저항 정신의 영향으로 멕시코 사람들이 마약 카르텔의 공포에 맞서고, 그리스 사람들이 무책임한 지도자들에게 반대하는 행진을 하고, 미국인들이 소득 불평등에 반대하며 월가에 모여들 것이다. 2011년은 시위로 시작해서 시위로 끝날 것이며, 타임지도 올해의 인물로 시위자(Protester)를 선택하겠지만, 그런데도 세상은 쉽게 바뀌지 않을 것이다.

작년부터 삐걱거리던 한국 경제는 산업화 이후 처음으로 경제 성장률이 세계 경제 성장률을 밑돌 거라는 암울한 전망이 언론을 통해 흘러나왔다. 정부도 우려하고 국민도 걱정하지만 내 관심사는 딴 곳에 있었다.

"이미지 관리에는 이보다 더 좋은 도구가 없어요. 언론보다 훨씬 더 파급력이 큽니다. 하루에 하나씩 메시지를 올리세요. 제 메시지를 사람들이 매일 기다리는 걸 목표로 합니다."

"연예인 수준으로요?"

"정량적인 목표는 연예인 수준이지만 내용은 품위를 지켜야 합니다. 특히 일반인들은 내게 어떤 주식에 투자해야 하는지 엄청나게 물을 겁니다. 그런 건 철저히 무시해야 합니다."

본격적인 SNS 시대가 열렸다. 지금까지 PI 전문가는 하는 일에 비해서 너무 많은 연봉을 받는다는 일말의 죄책감을 느꼈겠지만, 이제 그 돈값을 충분히 해야 할 때가 온 것이다.

"처음에 말했듯이 제가 경제사범이 되더라도 저를 지지하는 여론이 우세하도록 해야 합니다. 명심하십시오."

연예인과 정치인은 같은 카테고리의 직업이다. 이제 기업인도 그 범주에 들어가는 시대다. 카메라 기자들을 몰고 다니며, 말 한 마디 한 마디가 사회에 영향을 미치는 시대다. 이젠 재벌 하기도 쉬운 시대가 아니다.

"너 연예인이야? 뭔 놈의 쇼맨십이 이리 거창해?"

새해 인사를 받던 이학재 회장이 웃으며 말했다.

"쇼할 만하죠. 30조 원을 세이브했잖습니까?"

"그런 쇼 집안에서도 하나?"

"네?"

"집안 어른들에게 새해 인사드렸을 거 아냐? 집안의 착실한 막내 흉내 내느라고 쇼 안 했어?"

"착실한 막내가 아니고 무서운 막내로 변했죠. 모두 제 눈치만 슬슬 보니까요. 물론 첫째 큰아버지 식구들은 뵙지도 못했습니다만."

환갑 넘은 고모는 은퇴 당하기 싫어 아직 젊다는 걸 내 앞에서 과시했다. 고모의 세 아들은 호텔을 맡고 싶어 전에 없던 아부를 다 떨었다. 둘째 큰아버지 진동기는 초연한 척했지만, 여전히 그룹 내부 사정에 관심을 보였고, 진태준은 민망할 정도로 날 직장 상사 대하듯 했다. 영원히 천대받던 셋째 큰아버지는 핸들을 틀어 버린 게 확실했다. 유난히 아버지 곁에 맴돌며 자신의 동생을 떠받들었다. 어릴 때 내가 다리를 부러 트렸던 그의 아들 진강준이 엔터테인먼트 사업을 하고 싶어 한다는 이 유에서였다.

"힘세고 돈 많은 친척에게 알랑방귀 뀌는 건 재벌집이나 일반 가정이 나 다를 바 없군."

이학재 회장은 고개를 절레절레 흔들었다.

"안부 묻는 건 이만하고 일 좀 할까?"

그는 서류철 하나를 휙 던졌다.

"올해 사업 중에 네가 꼭 알아야 할 거 정리한 거다. 검토하고 네 의 견 알려 줘."

"회장님께서 승인하신 거라면 그냥 진행하시죠."

"내가 승인하기에 좀 모호한 거만 정리했으니까 확인해. 그리고 이건 진영기 부회장의 작년 연말 주식 보유 현황이랑 재산 목록이다. 개인 건 다 털었다고 보면 돼."

사업보다 이게 더 관심 있어 서류를 한동안 꼼꼼히 살폈다. 재산 이 동 경로는 어느 정도 짐작했는데 의외의 내용이 보였다.

"재단을 설립했네요?"

"그래 작년 말에 기습하듯이 만들었더라고. 진영기 부회장 개인 재산 은 전부 그리로 들어갔다고 보면 돼. 재단 이사장은…."

"차남인 경준 형에게 이런 식으로 물려주는군요."

"너무 노골적이야. 보통은 사회 환원이니 뭐니 하며 너처럼 쇼도 좀 하고 은근슬쩍 넘어가는데 이번에는 아예 숨어서 했어. 기사 한 줄 안 나왔거든."

"이건 뭐, 대놓고 증여세 안 내겠다는 말이잖습니까?"

"더한 거도 있다. 재단으로 부동산은 대부분 흘러갔는데 현금은 700억

이 전부야. 내가 아는 것만 해도 현금 3000억 이상은 쥐고 있을 텐데…."

큰아버지가 바짝 쫄았다는 증거다. 혹시 모를 예비비로 남겨 놓았든지 아니면 지분 확보를 위해 재단으로 넘기지 않은 것이다. 재단의 돈으로 주식을 매입하면 차남 소유나 다름없으니까 말이다.

"경준 형이 또 이를 갈겠는데요?"

"그놈이 열 받을수록 네게 유리하잖아. 흐흐."

"내분은 언제나 환영이죠. 그럼 남은 건 계열사 주식 이동이로군요."

"그래. 머리 좀 아플 거다."

"완벽한 지배구조는 안 나오죠?"

"그래. 소위 말하는 우호지분의 확실한 지지가 조금이라도 무너지면 간이 철렁 내려앉을걸?"

"예상되는 대응 방안은요?"

"전자와 물산은 규모가 너무 크기 때문에 손쓰지 못할 테고 두 주력사의 지분을 가진 계열사에서 장난을 쳐야겠지."

"계열사의 지배구조를 더욱 공고히 해서 제가 각개 격파 들어가는 걸 방어한다는 거죠?"

"그래. 획기적인 방법을 찾기 전에는 그게 전부일걸?"

진영기 부회장 주변에 모여 있는 인재의 수준은 어느 정도일까? 그들은 어떤 계획을 세워 성을 방어하고 주인을 지킬까?

"회장님, 승계 작업이 끝나기 전 슬쩍 한번 찔러 볼까요? 새해 선물 겸해서 말이죠. 어떤 대응책을 내놓는지도 한번 보게…?"

푹 찔러 보면 피를 흘릴 것이고, 그 피를 외면하는 자와 닦아 주는 자를 구분할 수 있다. 우호지분이라는 가면을 쓰고 외면하는 자부터 공략해야 한다.

"찔러?"

"네. 흑기사를 등장시켜 저들의 전력을 한번 확인하는 겁니다."

"흑기사라…. 누구? 미라클?"

"네. 순양그룹의 지분도 있으니 자격은 충분합니다. 대신 미국 미라클을 등장시켜 볼 생각입니다."

"본사를?"

"네. 레이첼이 우리나라에서 인지도도 꽤 있고, 우호적이지 않습니까? 그녀도 슬슬 은퇴 생각하던데 짜릿한 일 한번 경험하게 하고 보내드려야죠."

이 회장은 손가락을 꼽아 보더니 혀를 찼다.

"아니, 몇 살이나 됐다고 벌써 은퇴 운운이야? 이제 쉰 넘었나?"

"그 바닥이 은퇴가 빨라요. 그리고 레이첼은 공격적인 성향이 덜해서 이 정도면 오래 버틴 거죠. 이미 나파벨리의 와이너리까지 사놓고 차곡차곡 준비 중이라고 들었어요."

와이너리란 말에 이 회장은 부러운 듯 말했다.

"젠장, 나도 시골 내려가서 막걸리나 만들며 살까?"

"태생이 육식인데 초식 동물로 변하겠습니까? 원하시면 술도가 하나 차려 드릴 테니까 주말 농장처럼 한 번씩 다녀오세요. 괜히 전원생활 꿈꾸지 마시고요. 지겨워서 하루도 못 견딜 분이…."

초식 동물은 시골에서, 육식 동물은 도시에서… 이것이 현대판 정글이다.

▲ ▲ ▲

"내가 또 협박하는 거 좋아하지."

갑자기 연락했음에도 크게 놀라지도 않고 한국으로 들어온 레이첼은 눈을 반짝이며 미소 지었다. 아주 재미있는 놀이를 발견한 표정이다.

"거참, 장난이 아니라니까요. 적절한 경계를 지켜야 합니다. 자칫 잘 못하다가는 정부까지 개입할 수가 있어요. 그만큼 순양전자는 한국을 대표하는 기업이니까요."

"정부까지 개입할 정도로 중요한 기업인데 왜 네 가족이 지배하지? 한 줌도 안 되는 지분으로 말이야."

경영인이 주주의 이익을 위해 최선을 다하는 정상적인 주식회사가 아니라 경영인이 자신의 이익을 위해 주주를 무시하는 한국의 주식회사를 도저히 이해하지 못하는 그녀와 기업 윤리에 대해 토론할 생각은 없었다.

"덕분에 제가 순양그룹을 손아귀에 넣을 수 있는 거죠. 도덕적 잣대를 대는 건 미국에서 해도 충분하지 않아요?"

그녀는 어깨를 으쓱하며 더는 거론하지 않았다.

"그럼 공격적 M&A를 공개적으로 발표할 거니?"

"아뇨. 어차피 지금은 M&A가 불가능해요. 그러니까 비공식 라인을 타고 슬슬 흘리는 겁니다."

"비공식 라인이라면 언론?"

"네. 레이첼이라면 우리나라 주요 언론사가 모두 인터뷰하려고 줄을 설 테니까요. 그리고 그 인터뷰에서 레이첼의 기업에 대한 생각을 말하면 됩니다."

그녀는 대번에 실망한 표정이었다.

"뭐야? 그게 협박이라고?"

"알잖아요. 레이첼이 생각하는 정상적이고 바람직한 기업의 반대편에 서 있는 게 바로 한국의 재벌 대기업이니까."

"이건 단지 비난일 뿐이잖아."

"비난할 때 순양전자를 예로 들면 됩니다. 그럼 기자의 추측과 상상이 더해져서 비난은 어느새 협박으로 변할 겁니다."

전체적인 흐름을 깨달은 레이첼이 웃으며 말했다.

"넌 참 상대하기 힘들겠어. 은근히 괴롭히는 스타일이야."

"그만큼 우리 가족들이 힘든 상대라는 말입니다. 단번에 치고 들어가는 게 너무 어려워요."

나를 바라보는 그녀의 눈빛만으로는 무슨 생각을 하는지 알기 어려웠다. 하지만 하나는 확실히 전해졌다. 그녀는 남들이 부러워할 세계 최고의 부호 자리를 차지했지만, 아직 원하는 걸 갖지 못해 안간힘을 쓰는 날 안타까워한다. 편안하게 사는 건 타고나야 한다는 걸 그녀도 잘 알 것이다.

▲ ▲ ▲

"이번 한국 방문의 목적을 말씀해 주시겠습니까?"

"특별한 건 없습니다. 한국 미라클이 대주주인 HW그룹의 경영 성과를 점검하는 통상적인 업무의 일환입니다."

합동 기자회견장에 모인 기자들은 엄청난 자금을 움직이는 레이첼에게서 특종 하나라도 건지기 위해 끊임없이 질문했다.

"미라클은 한국에 특별한 애정이 있는 것 같습니다. 외화 보유고가 부족할 때 100억 달러를 긴급 지원한 것부터, 한국 기업의 인수에 적극적인 걸 보면 말입니다."

이 질문에 레이첼의 눈동자가 빛났다.

"한국 기업의 기반은 매우 취약하기 때문입니다. 그 때문에 기업 가치가 저평가되어 있어요. 그래서 외부의 충격에 쉽게 무너지죠."

"무슨 뜻인지 정확히 말씀해 주시겠습니까?"

"제 발언 그대로입니다. 좋은 기업을 싸게 인수할 기회가 많다는 뜻이죠."

"저평가되었다는 평가의 근거는 뭡니까?"

레이첼은 자신에게 꼭 필요한 질문을 퍼붓는 기자를 보며 미소 지었다. 아무래도 진도준이 심어 놓은 기자일 거라는 생각이 들었다.

"예를 들면 순양전자, 며칠 전에 주가가 1000달러를 돌파했다는 뉴스를 봤습니다. 하지만 순양전자의 30퍼센트 정도 되는 규모의 미국 기업 10여 개는 이미 1000달러를 돌파한 지 오래됐어요. 순양전자의 주가는 최소한 지금의 두 배가 되어야 정상입니다. 물론 전제 조건이 필요하겠지만."

순양전자 그리고 두 배, 이 단어는 기자들의 먹이가 되었다.

"정상적인 기업 가치를 인정받으려면 경영의 투명성과 주주의 권리를 보장해야 합니다. 지금의 한국 재벌 대기업은 기이할 정도로 변칙적인 지배구조라는 걸 부인하기 어렵습니다."

기자들은 어떤 질문을 해야 더 충격적인 발언을 끌어낼 수 있을지 머리를 굴렸다.

"혹시 순양전자를 인수할 의향이신가요?"

바로 그 기자가 기다렸다는 듯이 질문을 던졌다.

레이첼은 아주 잠깐 숨을 가다듬더니 마이크를 잡았다.

"훌륭한 기업은 늘 M&A 리스트에 올라 있습니다. 순양전자라고 해서 예외일 수는 없겠죠?"

레이첼은 이 정도면 진도준이 원하는 대답이 되었을까, 생각하며 인터뷰를 끝내 버렸다.

▲ ▲ ▲

진영기 부회장의 호출에 두 아들은 아버지의 집으로 달려갔다. 급한 호출의 이유는 두 아들도 알고 있었다. 바로 미국의 한 투자사 대표의 인터뷰 방송 때문일 것이 분명하다.

초조하게 거실을 서성이던 진영기 부회장은 아들들이 도착하자 불안이 조금 가시는 듯했다.

"레이첼인가 하는 여자, 인터뷰 봤겠지?"

"네. 지가 무슨 거물이라도 되는 양 시건방진 소리를 잔뜩 늘어놓더군요."

진영준이 투덜거렸다. 진경준도 그녀의 인터뷰가 거슬렸지만, 아버지의 질문은 이런 답을 원하는 게 아니라는 걸 눈치챘다. 잠깐 속 시원한 험담이 듣고 싶어 아들을 부를 아버지가 아니다.

"너도 그렇게 생각하느냐?"

진경준은 아버지의 눈길을 피하지 않고 응시하며 말했다.

"그 인터뷰가 진심이라고는 생각하지 않습니다. 우리나라 대기업의 지분구조가 단일 기업 하나만 M&A 하는 건 불가능하게 되어 있다는 걸 모를 리 없어요. 순환출자구조를 잘 알면서 그런 말을 했다는 건 다른 의도가 있겠죠."

"의도?"

진영준이 못마땅한 표정으로 동생을 노려보며 말했다.

"그러니까 그 의도가 뭔지 말해야지."

"형님. 미라클이 도준이 거라면서? 그럼 레이첼 아리에프라는 그 뉴욕 미라클의 CEO는 도준이가 시키는 대로 기자회견한 것 아니겠어?"

진영기 부회장이 차남의 말에 무릎을 탁 쳤다.

"내 생각이 바로 그거다. 레이첼 머시기가 그놈이 시키는 대로 말했다면 그건 기자회견이 아니라 우리를 겨냥한 소리 아니겠냐?"

"아버지. 도준이가 한국 미라클 자금의 주인이라는 건 틀림없어 보이지만 미국 자금까지 그놈 돈이라는 건 확신할 수 없습니다. 섣부른 추측은 위험합니다."

진영기 부회장이 차남의 의견에 솔깃해 하는 모습을 보이자 진영준도 동생에게 질 수 없다는 듯 재빨리 다른 의견을 내놓았다.

"관계 깊은 건 확실하니까 기자회견 내용은 도준이의 생각이 들어간 것으로 봐야지. 그게 아니라면 너무 생뚱맞잖아?"

두 아들의 대화를 듣던 진영기 부회장의 표정이 더 어두워졌다. 그는 이미 진도준이 깊이 개입했다고 믿었다.

"이놈이 선수 치려는 거다. 그룹 승계 과정에서 빈틈이라도 나오면 바로 헤집고 들어올 생각인 게야."

진경준은 지나치게 불안해 하는 아버지의 태도가 의아했다. 하지만 장남인 진영준은 짚이는 것이 있었다. 자신은 아버지가 말한 승계의 당사자다. 불안은 불완전에서 기인한다.

"아버지. 너무 걱정하지 마십시오. 미라클 CEO의 인터뷰는 선전 포고도 아니고, 도준이도 불확실한 상황에서 무작정 덤벼들 정도로 무모하지 않습니다."

진영준은 동생을 향해 말했다.

"경준아, 네가 도준이 한번 만나 보는 게 어떻겠니?"

"응? 내가?"

"그래. 음흉한 그놈이 아무리 속을 감춘다 해도 표정이나 태도에서 드러나는 게 있다. 그걸 한번 확인해 봐."

진경준은 형의 말이 아버지를 조금이라도 진정시키려는 뜻임을 눈치 채고 조금 놀랐다. 이래서 부모는 장남을 특별하게 생각하는가? 부모를 위해서 가장 적절할 때 필요한 말이 뭔지 안다.

"그래. 내일 아침 일찍 만나 볼게."

진영기 부회장은 이런 두 아들의 태도 덕분에 굳었던 얼굴이 펴졌다.

"나이 먹으니 괜한 걱정이 많아지는구나. 하지만 너희가 이렇게 듬직하니 한결 마음이 편하다."

진경준은 할 말이 많았지만, 유난히 늙어 버린 것 같은 아버지의 모습 때문에 오늘은 꾹 눌러 참았다.

▲ ▲ ▲

"그게 그리 궁금했어? 아침 댓바람에 이렇게 달려올 만큼?"

"이죽거리지 말고 말해. 왜 괜한 짓을 한 거야?"

"지금 뭐 하는 거지?"

불만을 터트리는 진경준에게 나는 눈살을 찌푸리며 말했다.

"뭐?"

"하나만 해. 아버지와 형님의 심부름이나 하며 효자 소리 듣든지, 아니면 인간 말종 소리를 듣더라도 순양 계열사 몇 개를 차지하든지. 이솝 우화 몰라? 박쥐 새끼 말로가 어떻게 됐더라?"

"야! 그건…."

"레이첼의 기자회견이 내 작업이었는지, 또는 내가 무슨 의도로 그런 짓을 했는지 확인하는 건 효자 소리 듣겠다는 뜻이잖아. 내 편에 서겠다면 다른 말이 나왔어야지. 기자회견에 대한 큰아버지와 영준 형의 반응이나 대응. 안 그래?"

대답 못 하는 그를 향해 다시 쏘아붙였다.

"노선 정했으면 중심 잡아. 지금 이 상황이 가볍게 보여? 단순한 집안 분란으로 보는 거야?"

"도, 도준아."

"우리 집안싸움을 사적으로 본다면 지금 이 순간 빠져. 수조 원의 돈이 한순간에 날아갈 수도 있어. 한 나라의 주식 시장을 흔들 수도 있고. 누군가 교통사고를 당한다 해도 조금도 이상한 일이 아니라고."

교통사고가 어떤 의미인지 알아채지는 못하겠지만, 최소한 누군가의 목숨을 노릴 정도로 큰 판이라는 건 분명히 알아야 한다.

"잘 들어. 형 때문에 내가 위태로워질 것 같으면 언제든 형을 매장할 거야. 영원히 재기 불가능하게. 알아들었어?"

빈말이 아니란 것을 그도 잘 알 것이다. 그의 부친이 물려준 재단, 알맹이는 쏙 빠진 재단 정도는 언제든 폭삭 주저앉힐 수 있다. 으름장이 통했는지 아니면 생각을 고쳐먹었는지는 모르겠지만, 진경준은 한참 만에 입을 열었다.

"네가 선전 포고한 건 아닌지 아버지가 많이 두려워하시더라."

"엄청난 자금으로 주식을 끌어모을지도 모른다고 생각하시는 거였어?"

"아마도. 그만큼 지배구조가 취약하니까 그러신 거겠지."

"그 취약한 곳이 어디지?"

진경준은 잠시 대답하기를 주저하더니 짧은 한숨을 쉬고 말했다.

"정확한 건 아닌데… 내 생각엔 두 곳이야."

"어디?"

"우성MK와 은행 한 곳인데 어느 은행인지는 확신이 안 서."

"우성…?"

10여 년 전 IMF 때 망한 우성그룹이 비자금 수천억 원을 빼돌렸다는 소문이 파다했고, 심지어 1조 원이 넘을 거로 추측하는 사람도 있었다. 이 비자금이 몇 년 동안 해외를 떠돌며 깨끗하게 세탁된 뒤 우성MK라는 투자회사의 창업 자금으로 둔갑했다. 이곳에 순양물산과 주요 계열사의 지분이 꽤 있다는 건 이미 밝혀진 사실이다.

하지만 우성MK의 대표가 예전부터 진영기 부회장과 각별한 사이였다는 건 금융계에서 모르는 사람이 없다. 우성MK의 자금이 우성그룹의 비자금이라고 확신한 검찰이 수사의 촉각을 곤두세웠을 때 검찰을 잠재운 이가 바로 진영기 부회장이었기 때문이다. 나도, 이학재 회장도 우성MK는 확실한 진영기 부회장의 우호 세력이라고 일찌감치 포기하지 않았던가?

"우성MK가 등 돌린 이유, 그리고 어느 은행인지 빨리 파악해서 알려 줘."

"야! 숨 좀 쉬자. 이런 우격다짐이 어딨어?"

"한가한 소리는 그만하지? 응석 받아 줄 생각 없으니까."

심한 소리지만 그가 지금 상황을 빨리 받아들여야 한다. 주저하고 고민하는 시간이 길어질수록 핏줄 편에 서기 마련이다. 돌아갈 다리를 빨리 끊어야 한다.

진경준은 이를 악물고 잠깐 나를 노려봤지만, 별다른 소리 없이 일어섰다.

"큰아버지께 레이첼의 기자회견은 뭐라고 할 거야?"

"내가 알아서 한다. 그런 거 하나하나 다 보고하고 네 허락 맡아야 하나?"

그는 독한 한마디만 툭 내뱉고 나가 버렸다. 도련님은 저렇게 변해가는 법이다.

▲ ▲ ▲

"도준이는 줄 세우기를 하려고 툭 던져 본 말인 것 같습니다."

"줄 세우기?"

진영기 부회장은 차남의 입만 뚫어지게 바라보며 귀를 기울였다.

"그룹 지분을 가진 여러 곳이 있지 않습니까? 그중에 우리와 등 돌릴 가능성이 있는 곳은 없는지 확인하려는 속셈 같았어요. 돈 자루를 풀어 주식 매입하는 건 무식한 짓이라는 걸 아니까요."

"내 그럴 줄 알았다. 그 레이첼 뭔가가 떠든 건 분명히 도준이 그놈과 관계있었던 게야."

진경준은 아버지의 눈을 똑바로 바라보기 어려웠다. 이럴 때마다 박쥐로 변하는 자신에게 짜증도 솟구쳤다.

"그런데 아버지, 우리의 우호지분은 문제없겠죠? 설마 저런 도발에 흔들릴 만큼 약한 관계는 아니지 않습니까?"

진경준은 대수롭지 않은 듯 질문을 툭 던졌다. 그의 눈빛은 아버지의 표정을 놓치지 않았지만….

"꼭 그렇지만은 않아. 그들도 자신들의 이익을 최우선으로 생각하니까. 이 바닥에 끈끈한 인연이나 의리는 사라진 지 오래다."

"설마 그 소문이 사실입니까?"

"무슨 소문?"

"은행 한 군데와 우성MK가 우리를 지지하지 않는다는 거 말입니다."

"넌 그 소문을 어디서 들었어?"

진영기 부회장은 아들의 말에 당황하는 기색이 역력했다. 아무리 굳건한 성이라도 잘못된 소문 하나 때문에 성안의 거주민들은 공포에 떤다. 이 경우는 공포에 떠는 대신에 등을 돌릴 수도 있다.

"제가 지금 전자 전략실에서 일하지 않습니까? 우호지분 확보하느라 직원들이 뛰어다니는데 그런 이야기가 잠깐 돌았습니다."

아들의 말에 진영기는 한시름 놓았다. 내부 실무자들의 소리라면 아직 밖으로 번지지는 않았다.

"넌 그놈들 입단속 단단히 시켜. 안 좋은 이야기는 안에서만 돌게 해."

"네. 그런데 소문은 사실인가 보죠?"

"그래. 아쉽지만 우리 손을 떠날 것 같다."

"이유가 뭡니까? 특히 우성MK 대표는 아버지와 돈독한 사이 아닙니까?"

"불안하단다."

진영기는 이마 주름이 더 깊어졌다.

"네 형이 미덥지 못하다는구나. 과연 그룹을 이끌어 갈 만한 깜냥이 되는지 좀 더 지켜보고 싶다고 하더라."

진경준의 눈이 번쩍 뜨였다. 우호지분이 흔들릴 만큼 형의 능력을 의심한다면 자신에게 기회가 주어지진 않을까, 하는 희망 때문이었다. 하지만 아버지의 표정을 보고 아주 잠깐 품었던 희망을 버렸다. 아버지는 피식 웃고 있었다.

"그놈들, 말은 그럴싸하지만… 돈 냄새 맡은 거다."

"네?"

"전쟁 중의 화살 한 대는 활보다 비싸게 팔아먹을 수 있다는 걸 모를 리 없는 놈들이거든. 게다가 돈은 넘쳐나지만, 화살의 총량이 정해진 전쟁인 만큼 진한 돈 냄새를 놓칠 리 없어."

"그럼 우리가 우성MK가 보유한 주식을 사버리면 되지 않습니까?"

진경준은 아차 싶었다. 괜한 질문을 했다. 시간이 프리미엄이다. 진도준이 발톱을 다 드러내면 매일매일 가격이 뛴다. 진도준 돈 많은 거야 이제 업계 상식 아닌가? 기다리면 판매 가격이 하늘 높은 줄 모르고 뛸 텐데 명색이 투자사인 우성MK가 지금 주식을 팔겠는가?

"표정 보니 대답할 필요는 없겠구나. 허허."

"은행은 어딥니까?"

"진성은행."

"거기도 주식 가격 오르기만을 기다리는 겁니까?"

"아니. 진성은행은 주식 안 팔아. 그들은 선택한 사람의 손만 들어 줄 거야."

"선택…?"

"돈 필요할 때마다 말만 하면 예금 잔고 팍팍 늘려 줄 쪽의 손을 들어 주겠지."

둘 다 진도준에게 유리하다. 돈 싸움에서 진도준을 이길 수는 없다. 진성은행과 우성MK는 진도준의 손을 들 것이다. 난감한 표정의 아들을 보던 진영기가 슬쩍 미소 지었다.

"실망했냐? 우리가 너무 쉽게 무너질 것 같아서?"

"역시 지분은 총알 싸움이군요. 이러다 맥없이 무너지는 거 아닙니까?"

"그랬다면 도준이 그놈이 손잡은 이학재가 지금까지 기다렸겠냐? 벌써 전자를 먹었지."

진영기는 걱정스러운 표정의 아들을 향해 말했다.

"돈으로 사고파는 건 작은 거다. 우성MK든 진성은행이든 그리 많지 않은 지분이야. 하나라도 아쉽긴 하지만 큰 걸 노리면 돼."

"큰 거라니요?"

"그런 게 있다. 그건 돈이 아니라 거래를 하는 거야. 너도 곧 알게 될 거다."

진경준은 돈으로 사고파는 것과 거래의 차이점을 어렴풋이 짐작할 수 있었다. 누구와 거래하는 것인지, 그리고 어떤 거래인지 궁금했지만, 아버지의 이어지는 말 때문에 호기심은 일단 접어야 했다.

"그렇다고 잔잔바리를 무시하면 안 돼. 긁어모을 수 있는 건 다 긁어 와야 한다. 큰 줄기, 작은 가지 전부 중요한 거다. 알겠지?"

머리는 끄덕였지만, 아버지가 말한 거래가 뭔지 도무지 짐작되지 않았다.

"아버지께선 여전히 안심하시는 것처럼은 보이지는 않습니다. 말씀하신 큰 거래도 쉬운 일은 아닌가 보죠?"

"그래. 쉽다면 내가 이리 예민하겠냐?"

진경준이 좀 더 캐물어야 할까 망설이는 순간 진영기 부회장은 매우 민감한 이야기로 화제를 돌렸다.

"그런데 넌 섭섭하다는 말은 않는구나."

"네?"

"재단 말이다. 네 몫으로 만든…."

진경준은 할 말은 무척이나 많았지만 억누르고 있었다. 아버지가 속 빈 강정 같은 재단을 만들어 자신에게 넘겼지만, 화를 내지 않았다. 많은 것을 물려주겠다는 약속을 아버지가 먼저 어긴다면, 부모와 형제를 배신하고 사촌과 손잡은 것에 대한 면죄부가 생기기 때문이다.

"괜찮아요, 아버지. 지금 중요한 건 제가 아닙니다. 우리 가족이 가진 걸 고스란히 지키는 일이 우선이죠. 제 몫은 천천히 남겨 주셔도 됩니다. 너무 마음 쓰지 마세요."

진경준은 자신을 기특하게 여기는 아버지의 눈빛을 읽었다. 달라고 떼쓰지 않아도 부모가 지갑을 여는 다른 방법이 있다는 것을 서른 중반이 되어서야 깨달았다. 그 방법은 바로 부모에게 기대지 않고 내 몫은 내가 챙기는 것이다. 바로 그때 기대하지 않았던 이런 일, 이를테면 굳게 닫혔던 지갑이 스르르 열리는 일이 생긴다.

"그래. 조급해 하지 말고 조금만 기다려라. 다 생각해 뒀고 준비하고 있다. 이 애비에게 섭섭한 마음은 절대 들지 않을 거야. 허허."

진경준은 등을 토닥이는 아버지의 손길에 미안한 마음도 들었지만,

자신이 가지게 될 것을 생각하며 미안함을 털어 버렸다.

▲ ▲ ▲

"진영준이 마누라는 잘 구한 거 같지?"

"이런 거 필요할 때 써먹으려고 언론사와 사돈 맺은 거 아닙니까? 그런데 이 기획은 누가 한 걸까요? 편집국장? 아니면 주필?"

"둘 다야. 환상의 콤비지. 나도 회장님 모실 때 그 양반들과 자주 어울렸는데…."

한성일보는 레이첼의 기자회견 요약으로 포문을 열고 사설로 독자들의 마음을 저격했다. 외국계 투자사의 국내 기업 인수를 국부 유출이 아니라 수탈로 규정짓고 프레임을 짰다. 미라클은 졸지에 '동양척식주식회사'로 변했으며 레이첼은 이 회사의 설립자인 '이토 히로부미'가 되었다. 그리고 여의도의 한국 미라클은 국부 수탈의 앞잡이며 매국노로 변해 버린 것이다.

"그게 바로 모진 세월 속에서도 100년 가까이 버틴 힘이다. 이제 잘 봐봐. 내일이면 외국 자본이 수탈자본으로 변해서 언론을 시끄럽게 할걸?"

"대통령도 나서서 외국 자본 유치하겠다고 광고하는 세상인데, 자기들 멋대로 잣대를 들이대는군요."

"한성일보도 며칠 전까지 외국 자본 끌어와야 우리 경제가 산다고 떠들어댔어. 그런 뻔뻔함이 생존 비결이고 힘이지."

"그 뻔뻔한 아저씨들에게 인사 한번 해야겠습니다. 회장님께서 자리 한번 만들어 주시죠."

이학재 회장은 실소를 참지 못했다.

"아서라. 이놈들은 안 돼. 사주의 사돈댁 편드는 걸 네가 어떻게 막아? 돈으로 샤워를 시켜 줘도 흔들리지 않아."

돈만으로 모든 게 해결된다면 난 벌써 순양그룹 회장이다. 돈은 욕망의 상징일 뿐 전부가 아니다. 중요한 건 욕망이다.

"그리고 그 두 사람은 네 편으로 돌린다고 해도 크게 바뀌는 건 없을 거다. 한성일보는 글쟁이가 많아. 대신할 놈은 금방 나온다."

"현재 한성일보의 대들보가 그 두 사람인 건 확실하죠?"

"그렇긴 해."

"그럼 해볼 만합니다. 대들보를 뽑아 버리면 다음 대들보가 되는 놈들은 한성일보에 뿌리내리지 않을 겁니다. 선례가 있으면 그걸 따라가니까요."

"그게 뭔 말이냐?"

"똘똘 뭉친 한성일보에 균열만 내면 됩니다. 일 마치면 아시게 될 테니까 자리만 잡아 주십시오."

이학재 회장은 긴 한숨을 쉬며 수화기를 들었다. 나는 한성의 두 대들보를 만나기 전 몇 가지 사전 준비를 하느라 바쁘게 뛰어다녔다. 물론 그 시간 동안 한성일보의 맹공은 끊이지 않았고, 다른 언론사도 외국 자본의 침투를 조금 다루기도 했다. 한성일보가 던진 쟁점을 TV토론 프로그램에서 다룰 정도가 되었을 때 그들을 만났다.

"결례를 범하게 됐습니다만, 너그러이 양해해 주시리라 믿습니다."

두 사람은 이학재 회장 대신 내가 나타나자 놀랐으나, 곧 승리자의 미소를 보이는 여유를 부렸다.

"별말씀을 다 하십니다. 이렇게 직접 뵈니 항간에 떠도는 소문이 사실인가 봅니다."

"아, 그 소문요? 제가 미라클의 오너라는 거 말씀이시죠?"

"그렇지 않다면 우리와 겸상할 일이 있겠습니까? 지금 미라클에 맹공을 퍼붓는 곳은 우리뿐이니까요."

우쭐한 태도다. 저들은 내가 자세를 낮추고 타협하기 위해 이 자리에 나왔다고 생각하는 것이다.

"소문의 진위야 차차 밝혀질 테고…. 아무튼 한성일보가 주도권을 장악하는 힘을 잘 봤습니다. 역시 돈보다 펜 끝이 매섭더군요. HW, 순양금융, 순양중공업 계열이 그동안 갖다 바친 광고비만 해도 순양전자와 맞먹을 텐데 말입니다."

순간 그들의 얼굴에 불편한 기색이 비쳤지만, 곧바로 웃음을 되찾았다.

"이거 왜 이러십니까? 설마 광고 물량으로 우리 입을 막을 생각은 아니시겠죠?"

"지면 광고 중에 한성일보만 한 데도 없지 않습니까? 광고 효과는 충분히 보셨을 텐데요?"

여전히 자신감 있는 태도다. 저들의 말이 틀리지는 않는다. 아파트 광고 하나만 해도 한성일보에 게재하면 문의 전화가 폭주한다. 이 나라 돈 많은 부자 대부분이 한성일보를 구독하기 때문이다. 구매력이 가장 큰 계층을 확실한 구독자로 쥐고 있는 한성일보의 힘을 광고 물량으로 협박하는 건 쉬운 일이 아니다.

"아이고, 생색 한번 내본 겁니다. 광고와 기사는 별개의 문제죠. 저, 그 정도로 속 좁은 놈 아닙니다. 하하."

이 정도로 초면 인사를 끝내자 편집국장이 눈을 빛내며 말했다.

"HW와 순양금융, 건설의 광고 물량을 마치 손에 쥔 것처럼 말씀하시는 걸 보니… 더는 감추실 생각이 없나 봅니다."

"형수님이 제게 붙여 놓은 기자가 한둘입니까? 제가 만나는 사람만 확인해도 감추기 어렵죠."

두 사람은 서로를 쳐다보며 헛기침했다.

"아, 보고받지 못하셨나 보군요. 이거… 제가 괜한 말을…."

"우리가 보고받을 이유는 없습니다. 그건 사적인 집안일이니까요."

"그 사적인 집안싸움에 한성일보라는 각목 하나 들고 우리 형수님 돕겠다고 뛰어든 분들 아닙니까? 국장님 그리고 주필님?"

잘 차려진 한정식 식탁에 냉기가 흘렀다.

"밥 한 끼 먹는 게 이렇게 불편해서야 원…."

한성일보 주필이 탁 소리가 날 정도로 수저를 식탁에 내려놓았다.

"온 세상이 칭송하는 젊은이라 기대가 많았는데… 이거, 실망입니다. 고작 기사가 마음에 들지 않는다고 해서 빈정거리는 게 전부요? 그 빈정거림 들어주며 밥 먹을 만큼 마음 넓은 사람이 아니니 먼저 일어나겠소."

편집국장도 주필의 눈치를 보며 엉덩이를 뗐다.

"회사 이야기는 그만하고 개인적인 이야기 시작하려는데, 듣고 가시죠. 손해 보는 일은 아닐 겁니다."

그들의 눈을 외면하고 빈 잔에 술을 채웠다. 똑바로 바라보면 자존심을 굽히기 힘들다. 눈싸움이야말로 자존심 싸움 아니던가? 보지 않아도 알 것 같았다. 편집국장이 주필에게 눈짓하며 소매를 끌 것이다.

다시 자리한 두 사람은 채운 술잔을 들어 들이켰다. 먼저 입을 열기 껄끄러운 그들 대신 말했다.

"제게 유리한 기사 써달라는 것도 아니고 순양전자 노리는 외국 자본 찬양해 달라는 사설을 부탁 드리려고 이 자리 만든 거 아닙니다."

"말 돌리지 말고 본론을 꺼내시죠. 개인적인 이야기가 뭐요?"

편집국장이 톡 쏘며 말했다.

"개인적인 사정으로 두 분은 이제 펜을 꺾으시면 어떨까요? 그만하면 펜대 잡은 손도, 원고지 노려보는 눈도 피로할 텐데 말입니다."

"뭐야? 보자 보자 하니까… 말이면 단 줄 알아?"

이번에는 편집국장이 발끈했지만, 주필은 오히려 차분했다.

"끝까지 들어 봅시다."

심지어 주필의 얼굴에는 옅은 미소까지 엿보였다.

'영감… 눈치 하나는 빠르군. 저러니 지금까지 살아남은 거겠지만.'

"펜대 놓고 원고지 멀리하면 우리는 뭘 해야 할 것 같소? 배운 거라고는 그게 전부인데?"

"학업 끝내고 스펙 탄탄하게 쌓았으면 취직해야죠. 언제까지 공부만 하실 생각입니까?"

편집국장은 혐오스러운 표정을 감추지 않았다.

"겨우 생각해 낸 게 고액 연봉을 미끼로 던지는 임원 자리요? 그런 게 모두에게 통하지 않는다는 걸 아직 모르니 어린애인 게지."

국장의 저 표정이 변할 때쯤 말투는 어떻게 변해 있을까?

"방금 공부 마친 사람이 고액 연봉과 임원 자리 바라면 한참 모자란 사람이죠. 전 비정규직 자리를 제안할 생각입니다만."

아무리 눈치가 없는 사람이라도 내 제안이 평범한 게 아니라는 건 알 것이다. 최대 신문사의 국장과 논설위원이 갈 만한 비정규직 자리는 하나뿐이다.

두 사람은 침을 꿀꺽 삼키고 서로 쳐다보기만 했다. 이젠 이들이 입을 열 때까지 웃으며 기다리면 된다. 먼저 입을 연 이는 편집국장이었다.

"그 비정규직 자리, 우리도 원하면 언제든 갈 수 있어요. 뭐 대단한 것인 양 착각하는 거 같아 말해 주는 거요."

"언론사 등에 업고 여의도 취직한 분들… 언론사 시다바리 아닙니까? 회사가 던져 주는 각본대로 말하고, 거수기 노릇하고, 시키는 대로 줄 서야 하고…. 그러니 언론인 출신 중에 중진 의원 보기가 하늘의 별 따기죠."

"좀 더 조사해 보셔야겠소이다. 중진 의원 많아요."

주필이 잔잔히 웃으며 말했다.

"그 중진 의원들이야 개인기로 성공한 사람들이죠. 국회의원 배지 달기 전부터 스타였잖습니까? 여의도에서 러브콜 잔뜩 받을 만큼요. 두 분이 그 정도 스타였다면 광화문이 아니라 이미 여의도가 직장이었을 겁니다."

둘은 붉어진 얼굴을 감추기 위해 얼른 술 한 잔을 털어 넣었다.

"회사에서 완전히 독립한 의원, 누구의 눈치도 보지 않으며 소신을 지키는 초선 의원 정도는 돼야 언론인 출신답다고 하지 않겠습니까?"

"국회의원 배지를 미끼로 본인에게 유리한 기사를 써달라? 광고로 기사를 사는 대신, 자리로 사겠다는 뜻입니까?"

"제 말, 허투루 들으셨군요. 가사 써달라고 한 적 없습니다. 펜대를 꺾으라고 했죠."

두 사람은 아직 내 말의 정확한 뜻을 이해하지 못했는지 미간을 찡그렸다.

"사표 쓰고 여의도 갈 준비나 하시라는 말입니다. 내년 총선 때 금배지 달게 해드리죠. 시시한 비례 대표가 아니라 당당한 지역구 의원으로 입성하게 해드리겠습니다."

국회의원 공천이라는 것은 오랜 기간 충성을 바쳐야 겨우 얻을 수 있는 대가다. 그마저도 누구나 얻을 수 있는 게 아니다. 언론사에서 피 터지게 싸워 살아남아야 하고 4년마다 돌아오는 선거 타이밍도 맞아야 한다. 마지막으로 빈자리가 나는 운도 따라줘야 한다. 그런데 일을 그만두는 조건으로 이 어려운 '여의도 입성'을 당장 내년에 이뤄주겠다고 약속했으니….

편집국장은 도무지 믿을 수 없다는 표정을 짓는 반면 주필은 웃음을 터트리며 말했다.

"일 잘하는 세무 공무원을 더 좋은 자리로 승진시켜 제거해 버렸던 옛 영국 부르주아 계급의 수법이군요. 역시 영민하십니다그려. 으허허."

"잘 아시네요. 그 당시 세무 공무원 중에 승진을 거절한 이는 없었습니다. 그들도 영민했던 거죠."

저 웃음은 제안을 거절할 때 나오는 웃음이 아니다. 영민한 영감이다.

괴롭히는 사람을 아주 멀리 보내 버리는 일은 언제나 통하는 방법이다. 하지만 그것만으로 해결되는 건 아니다.

"한성일보에 우리를 대신할 사람은 많아요. 그게 바로 오랜 역사를 지켜 온 회사의 저력입니다. 나 혼자 펜대를 꺾는다고 해서 칼날이 무뎌지지 않아요."

주필은 벤치에서 대기하는 후보들도 만만하지 않다고 말한다. 한두 명 어떻게 처리한다고 해서 해결될 일이 아니라는 뜻이다.

"한성일보의 저력은 바로 사람이라고 하셨으니 주필님이나 국장님을 대신하는 사람도 펜대를 꺾게 만들 겁니다. 수십 수백 명이라도 상관없어요."

"무모하시네. 여의도 의자 전부 손에 쥐었다고 착각하시는 거 아닙니까?"

듣고 있던 편집국장도 끼어들었다.

"펜대 꺾는 방법이 당근만 있다고 생각하세요? 채찍도 있습니다."

이놈들의 착각을 깨버려야 한다. 사람들은 은혜를 베푼 이에게 무릎을 꿇는 게 아니라, 두려운 이 앞에서 꿇는다.

"전 그리 너그러운 놈 아닙니다. 처음이니까 당근 내밀며 협상하는 것뿐입니다. 두 번째부터는 채찍 들고 협박할 겁니다. 두 분은 운 좋게도 첫 번째 대상이라 의원직을 제안하는 겁니다."

"그럼 우리가 그 제안을 거절하면…?"

"당연히 채찍 들고 협박하죠."

이제야 이들의 목소리가 떨리기 시작했다.

"그 채찍인 뭔지 말해 줄 수 있겠소? 명색이 언론인이라 호기심이 많아서…."

"두 분의 솔직한 자서전을 생각해 보십시오. 감추고 싶은 비밀 한두 개는 있을 것이고 세상에 드러나면 매장 당할지도 모르는 비밀 하나쯤은 있을 겁니다."

협박이 힘을 받으려면 가슴 철렁할 비밀 하나쯤은 흘리는 게 효과적이다.

"차인해, 박선미. 국장님은 이 이름이 낯설지 않겠죠?"

입사한 지 1년도 안 돼서 신문사를 그만둔 여기자의 이름이 나오자 편집국장은 하얗게 질려 버렸다.

"미국으로 유학 간 자녀가 하라는 공부는 안 하고 술과 마약에 찌들어 살다가 격리 치료받은 것도 숨겨야 하지만, 그런 자녀 앞으로 증여세한 푼 내지 않은 수만 평의 땅이 있다는 게 더 치명적이죠."

이번엔 주필의 안색이 변했다.

"내년에 여의도 입성하려면 이런 건 깨끗하게 해야 합니다. 제 제안을 받아들인다면 제가 지우개로 싹 지워 드리죠."

당근과 채찍 둘 다 통했는지 한동안 침묵만 흘렀다. 한참 만에 현실로 돌아온 편집국장이 입을 열었다.

"만약 우리가 그 제안을 받아들인다고 해도 공천을 어떻게 보장할 수 있습니까?"

기다렸던 말이다. 협상의 끝이 보인다.

"함께 식사하실 분을 초대했습니다. 익히 아시는 분일 테니 합석해도 어색하시지는 않을 겁니다."

호출 벨을 누르자 직원이 달려왔다.

"옆방에 식사 중이신 두 분 오시라고 해요. 식탁 세팅도 다시 하고."

직원이 나가기 무섭게 두 사람이 문을 열고 들어왔다.

"아이고, 오랜만입니다, 국장님."

두 언론인은 인사도 건네지 못할 만큼 놀란 것 같다. 여당의 원내대표와 유력한 차기 대권 주자의 복심이라고 알려진 실세가 나타났기 때문이다. 겨우 그들이 인사를 나누고 식탁에 웃음꽃이 필 무렵 공천에 관한 이야기를 꺼냈다.

"평택은 HW자동차 공장 지역이고, 거제도는 순양중공업의 본거지 아닙니까? 여당 번호 달고 두 회사가 움직이면 내년에 배지 다는 건 문제없겠죠?"

"속된 말로 작대기만 꽂아도 압승입니다. 공천이 곧 당선이죠."

여당 원내대표가 기다렸다는 듯 말했다.

"그럼 이 두 분이 평택과 거제도 지역구 공천받는 데 어려움이 있을까요?"

"아이고, 무슨 말씀입니까? 오히려 우리가 모시고 싶은 분들이지요."

원내대표의 말에 표정이 밝아지는 두 사람을 보며 말했다.

"더 필요합니까?"

그들의 대답이 필요해서 물은 게 아니다.

"이제 회사를 위해 일할 것인지, 자신을 위해 스스로 일할 것인지 잘 생각하시기 바랍니다."

스스로라는 말 속에는 두 사람뿐만이 아니라 나도 들어 있다. 날 위해 움직여야 그만한 대가를 받는다는 건 당연한 일이다. 눈치 빠른 언론인들이라 잘 알 거라고 믿었다.

"그럼 먼저 일어나겠습니다. 앞으로 한식구가 되실 분들끼리 좋은 말

쏨 많이 나누십시오."

의자를 밀고 일어나자 한성일보의 펜대 두 사람이 벌떡 일어나 머리를 숙였다. 영민하고 처세에 능한 놈들이다.

회사 지역구 의원은 매우 중요한 자리라 이학재 회장에게도 알려야 한다.

"의원 자리 던져 주고 입 막았다고?"

"입도 막았지만, 제 손발 역할도 자처하던데요?"

"의원 자리 몇 개나 된다고 남발하는 거냐? 현역 의원 관리가 더 중요한 거 몰라?"

이학재 회장은 난감한 표정이었다. 자동차와 중공업 지역의 의원은 집중 관리 대상인데 그 자리 의원을 바꿔 버리겠다고 하니 저런 표정이 나올 만하다.

"이거 한번 보십시오."

말 잘 듣는 애완견으로 변한 그들이 보낸 자료를 내밀었다.

"한성일보는 흥신소나 다름없어요. 큰아버지와 영준 형을 밀착 감시했다니까요. 사돈댁을 철저히 체크한 이유가 뭐겠어요?"

이 회장은 자료를 넘기며 피식 웃었다.

"어디서 갑자기 혼외자라도 나올까 봐 살핀 거군. 자기들 딸내미가 낳은 자식이 순양 재산을 차지해야 하니까."

"이거 영준 형이나 큰아버지께 던져 주면 그날로 이혼할 겁니다. 흐흐."

"그래서? 가정까지 박살 낼 생각이냐?"

이 회장은 못마땅한 눈빛이었다.

"누구 좋으라고요? 영준 형은 자식도 있겠다, 이혼하는 순간 화려한 돌싱 생활 즐길 생각에 만세라도 부를 텐데, 제가 왜요?"

"어째… 좀 짠하다. 너 화려한 싱글 생활이 그리운 거야? 벌써?"

"회장님, 그다지 안 웃기니 농담은 그만하시지요. 그리고 지역구 의원 너무 염려하시지 않아도 됩니다. 정치는 살아 숨 쉬는 생물 아닙니까? 내년 총선 전에 어떤 일이 생길지 아무도 모릅니다. 확실한 자리를 받았다고 생각하는 건 그 두 사람뿐입니다."

"이놈 보게. 자리 만들어 줄 생각이 처음부터 없었구나."

"원래 자기 스스로 똑똑하다고 믿는 놈이 다루기 쉽습니다. 총선 전까지 교통정리 해놓을 테니 안심하세요."

사실 그들이 준 자료는 꽤 쓸모 있다. 이런 자료를 계속 가져온다면 비례 대표 순번이라도 받아 주고 싶을 정도다.

"큰아버지가 최근에 자주 만나는 사람들 한번 보세요. 낌새가 보이지 않습니까?"

이 회장은 자료를 들춰 가며 명단을 확인했다.

"이 정권에 마지막 선물을 안겨 주려는 모양이다. 정부 요인 대부분을 만나고 다니는구나."

"기댈 곳이라고는 정권뿐이라는 말이기도 하죠. 민간에서는 우리 싸움이 더 격렬해지기만 기다릴 테니까요."

"돈 싸움으로는 밀린다는 걸 아니까 정권에 줄 서는 거다."

그의 얼굴이 조금 굳어졌다.

"승계 작업을 끝내더라도 공공기관을 확실한 우호지분으로 만들어야 하는데 자신 있는 건가? 민간 지분을 너무 무시하는데? 아예 접촉이 없어."

명단을 보며 계속 중얼거리는 이 회장을 진정시켰다.

"조금 더 기다려 보죠. 경준 형이 뭔가 알아내면 제게 알려 줄 겁니다."

"그래. 나도 여기저기 안테나 좀 세워 보마."

이 회장의 께름칙한 표정을 보니 나 역시 뭔가 찜찜하다. 큰아버지가 접촉한 명단에서 뭔가 이상한 낌새라도 보이는 걸까?

▲ ▲ ▲

"조 국장, 당신 뭐 하는 사람이야? 이거 필터링 안 했어?"

한성일보 편집국장은 회장실 문을 열고 들어가자마자 펄럭이며 바닥에 떨어진 신문을 주워야 했다.

"제가 전부 승인한 기사입니다만, 무슨 문제라도…?"

"뭐? 지금 몰라서 하는 소리야?"

조 국장은 큰소리 지르는 홍 회장보다 그의 곁에 앉아 있는 회장의 딸 홍소영이 더 신경 쓰였다.

"며칠간 강경 일변도라 잠깐 숨 고르기 하는 중입니다. 기획 기사니까 후속 보도 개념으로…."

"조 국장, 당신 지금 누굴 가르치는 거야?"

성질 더러운 기자들의 불평불만도 참아낼 만큼 인내심이 강한 조 국장이었지만 이번에는 참기 힘들었다. 아무리 사주의 딸이라고는 하지만 나이도 한참 아래인 어린 사람이 반말로 막말을 해대다니…. 재벌 사모님이 되더니 정말 안하무인이다.

조 국장은 홍소영은 쳐다보지 않고 회장을 향해 말했다.

"일본 자본이 동남아 산업을 장악한 걸 빗대어 후속 기사 나갈 겁니다. 미국 자본에 일본 자본의 그림자를 덧씌워 나가면 효과적일 테니까요."

편집국장의 설명이 끝나자마자 홍소영이 탁자를 탕 치며 소리쳤다.

"그걸 지금 변명이라고! 조 국장, 누구를 바보로 알아? 이건 숨 고르기가 아니라 아예 논조가 다르잖아! 오늘 기사는 미라클이 한국 경제에 도움을 줬다는 식으로 해석할 수도 있어. 도대체 이런 걸 끼적인 박 주필은 어디 있어? 출근도 안 한 거 아냐?"

'이런, 씨발… 아가리를 확!'

조 국장은 비록 입 밖으로 내지 못했지만, 표정마저 숨길 수는 없었다. 그의 일그러진 얼굴에 홍소영이 눈을 치켜뜨자 홍 회장이 입을 열었다.

"조 국장은 그만 나가서 박 주필 찾아서 멱살이라도 끌고 다시 와. 회사 방침 잘 따르던 자네들이 왜 이런 실수를 한 거야? 내일 조간 확실하게 꾸며. 숨 고르기니 뭐니 시답잖은 변명은 그만두고."

조 국장은 머리를 숙이고 회장실을 나왔다. 홍 회장이 서둘러 자신을 쫓아낸 이유를 조국장은 안다. 딸의 심한 말 때문에 수습하기 힘든 일이 터지는 걸 막기 위해서다.

조 국장은 또 하나의 사실을 깨달았다. 인간은 참으로 간사하다. 그동안 사주 집안의 사람들이 자신에게 잔소리를 퍼붓거나 질타한 적이 한두 번이었던가? 그럴 때마다 어떡하든지 실수를 바로 잡으려 노력했지 화가 난 적이 없었다. 정확히 노비의 마음이었다. 잘못 보여서, 또는 찍혀서 승진이 가로막히거나 요직에서 쫓겨날지도 모른다는 두려움만이 머릿속에 꽉 찼었다. 그런데 새로운 길이 보이고 그 길로 걸어갈 결심을 하자, 우러러만 봤던 홍소영이 싸가지 없는 부잣집 딸 그 이상도 이하도 아니었고, 존경에 마지않던 홍 회장은 사돈댁 눈치나 보며 돈이나 빼먹으려는 욕심 많은 늙은이에 지나지 않는다는 게 훤히 보였다.

만약 저놈들의 지원을 받아 국회로 갔다면 영원히 종살이를 면하지 못했을 것 아닌가? 물론 진도준의 힘으로 국회에 입성한다면 그놈의 종살이를 피하지는 못할 것이다. 그러나 이왕 종살이하는 거… 언론 사주보다는 순양가의 핏줄이며 재계 최고의 신성이라는 진도준이 낫지 싶었다.

편집국으로 돌아온 조 국장은 사회부 기자 중 베테랑 몇몇을 은밀히 불렀다.

"너희 지금 취재하는 거 애들에게 인계하고 이제부터 하나만 판다."

기자들의 눈이 번뜩였다. 엄청난 걸 물어왔든지 아니면 홍 회장의 지시가 틀림없을 거로 생각하기 때문이다.

"홍소영 알지?"

"당연히 알죠. 우리가 아는 홍소영이야 한 명뿐이지 않습니까?"

"그래. 걔 털어. 경찰 라인 전부 동원하고 선후배 다 호출해. 솜씨 좋은 두더지 사서 걔 뒤에 붙이고."

조 국장은 깜짝 놀라 입을 떡 벌린 기자들 앞에서 이를 갈았다.

"국장님, 제가 잘못 들은 거 아니죠? 우리 회사 홍 회장 딸, 그 홍소영 맞죠?"

이를 바드득 가는 국장 앞에서 사회부 기자들은 난처한 표정이었다. 하극상 정도가 아니라 역모다. 후폭풍을 감당할 수 없을 것이다.

"쫄지 마. 내가 책임진다."

"뭘 어떻게 책임진다는 말입니까? 국장님 설마…?"

월급쟁이가 윗사람을 들이받을 때는 마음의 준비가 끝났을 때다.

"회사 관두십니까? 어디 스카우트 제의받으셨어요?"

기자 한 명이 목소리를 낮추며 물었다.

"내년 4월에 취직한다. 너희들도 이제 내게 빨대 꽂아. 내가 옮기기 전에 정치부로 발령 내줄 테니까."

조 국장이 웃으며 말하자 기자들의 눈이 휘둥그레졌다.

"여, 여의도?"

"그래. 나랑 박 주필이 낙점 받았다. 여기도 길면 한 달이다. 흐흐."

"아이고, 감축 드립니다. 국장님. 이런 경사가…"

"그것 때문에 홍 회장님 뵙고 오신 겁니까? 가만, 아닌데? 그랬다면 홍소영을 털 이유가 없잖아."

기자들은 조 국장의 스폰서가 누군지 궁금해했지만, 조 국장은 밝히지 않았다. 아직은 때가 아니다.

"차차 알게 될 거다. 아무튼, 방향 확실하게 잡아. 너희들이 홍소영의 머리채를 잡아도 피해는 없을 거다. 알아들었지?"

▲ ▲ ▲

"우리의 거래는 어제 끝난 거로 알고 있는데… 못다 한 말이 남았습니까?"

"나이를 먹으니 싸우는 것보다는 손잡는 게 더 편합디다."

갑자기 나타난 한성일보 주필, 박만성은 이웃집 할아버지 같은 넉넉한 웃음을 보였다.

"우리, 손잡은 거 아닌가요? 저 혼자 착각한 겁니까?"

"손은 두 개라오."

손은 두 개라…. 빙그레 웃는 그가 던진 말의 진의가 뭔지 생각했다. 박 주필이 싸움을 피하고 싶은 사람, 내가 또 손을 내밀어야 할 사람.

이 양반 보통 아니다.

"주필께서 바쁘시겠군요. 가능하겠습니까?"

"가족보다 우선하는 게 가업 아니겠습니까? 고집부릴 일이 아니지요."

"일만 잘 성사된다면 저로서도 마다할 이유가 없습니다."

"그럼, 승낙하신 거로 알고 진행하겠습니다."

급히 가버리는 그의 뒷모습을 보며 또 한 번 느꼈다. 영민한 늙은이다.

▲ ▲ ▲

"이 친구가! 그걸 지금 말이라고 하는 건가?"

한성일보 홍 회장은 하루 종일 보이지 않다가 갑자기 나타난 박 주필이 엉뚱한 소리를 하자 어이가 없었다.

"고정하시고 잘 생각해 보십시오. 우리 한성일보가 패자의 편에 선 적이 있었습니까?"

"그래서? 진영기 부회장이 지는 싸움이라고?"

"처음부터 그랬습니다. 진양철 회장이 막내 손자를 앞세울 때, 어쩌면 승패는 정해졌는지 모릅니다. 다 뺏기고 겨우 남은 성 하나를 지키는 진영기 부회장과 그 성을 포위하고 연일 공세를 퍼붓는 진도준. 당연히 진도준이 유리한 상황입니다."

"이 친구야! 내 딸이라고! 사돈댁이란 말일세."

"그래서요?"

"뭐야?"

박 주필이 대수롭지 않게 말하자 홍 회장은 기가 찼다. 아무리 남의 집안일이라고 하더라도 이토록 쉽게 말할 수는 없다.

"다 망해 버린 집안의 맏며느리 노릇을 소영이가 할 것 같습니까? 진도준이 순양을 차지하는 순간 이혼 서류를 내밀 애 아닙니까? 회장님은 따님 성정을 모르십니까?"

반박하기 힘들었다. 젊을 때의 진영준이 개차반인 걸 알면서도 결혼한 건 진 회장의 장손이라는 이유 하나 때문이었다. 순양그룹의 안주인이 목표인 딸이 망한 집안의 맏며느리 노릇을 계속할 리 없다.

"한성일보는 3대째 내려온 가업입니다. 일본 강점기 때도, 전쟁에도, 군인들이 한강을 두 번이나 건넜지만 능숙한 처세로 살아남았어요. 그에 비하면 회장님의 가정사는 아무것도 아닙니다."

한참을 아무 말 없이 서성이던 홍 회장이 박 주필을 향해 말했다.

"자네는 이미 승패가 결정 났다고 생각하는구먼."

"역량이 다릅니다. 가장 많은 걸 물려받은 장남과 가장 적은 걸 물려받은 막내였습니다. 하지만 지금 모습을 보세요. 진도준이 가진 HW와 순양, 미라클의 진정한 규모는 아무도 모를 만큼 어마어마합니다. 화력에서 이미 끝났어요."

홍 회장의 마음이 움직이는 걸 확인한 박 주필은 가장 현실적인 말을 꺼냈다.

"진도준이 순양을 차지할 때를 생각하십시오. 우린 말라죽을 수도 있습니다. 특히 이 정권이 진행하는 종합편성채널을 확보해도 광고 편성이 불가능할 정도일 겁니다."

홍 회장은 종합편성채널을 떠올리자 한숨부터 나왔다. 언론사의 목줄은 독자도, 정권도 아닌 광고주가 쥐고 있다. 지금도 진도준이 뿌려대는 그 엄청난 광고비를 구경만 하느라 속이 쓰릴 지경이다. 종편채널에서도 지금과 같은 상황이 계속된다면 엄청난 적자는 불 보듯 뻔하다.

"그런데 갑자기 이런 말 꺼내는 이유가 뭐야? 자네도 그렇고 조 국장도 좀 이상하고…."

"진도준이 스카우트 제의를 했습니다."

"역시! 그랬구먼."

역시 조 국장보다 박 주필이 한 수 위라고 생각했다. 양자택일의 순간에 둘 다를 취하려는 박 주필은 개인의 이익만 계산하는 조 국장이 따라잡을 수 없는 사람이다.

"만약 내가 자네 제안을 거부하면 자네는 어찌할 생각인가? 저쪽에 붙을 건가?"

"거부하실 리 없잖습니까? 아닌가요?"

홍 회장은 웃으며 말하는 박 주필의 얼굴에 대고 고개를 가로젓기는 힘들었다.

▲ ▲ ▲

"아이고, 사돈. 신수가 훤하구먼. 결혼식 때 얼굴 잠깐 본 게 마지막이지? 내가 너무 무심했네."

"별말씀을 다 하십니다, 회장님. 아랫사람인 제가 자주 연락드려야 하는데…."

"아닐세, 아니야. 우리나라에서 가장 바쁜 사람인데 나 같은 늙은이까지 신경 쓸 겨를이 어디 있다고? 괜찮네."

언론인이라 그런 걸까? 아니면 갑의 위치인 광고주를 만나서 그런 걸까? 상대가 어떤 사람이든 간에 웃을 수 있는 사람이다.

"참, 오늘 조간 톱기사 봤는가? 내가 신경 단단히 쓰라고 지시했네만…."

한국 기업도 국제 경쟁에서 살아남으려면 변해야 한다. 더 이상 기업 사주의 이익을 위해서가 아니라 주주의 이익을 위해 노력해야 하며, 그러기 위해서는 설사 외국인이라 하더라도 능력만 된다면 최고 경영자 자리를 내주어야 마땅하다…. 화해의 몸짓치고는 낯간지러울 정도였다.

"아주 옳은 말씀을 하셨더군요. 하하."

나도 웃으며 낯간지러운 소리 정도는 할 수 있다.

한동안은 서로를 추어주며 낯간지러운 소리를 반주 삼아 식사만 했다. 기사만 봐도 알 수 있듯이, 이미 서로 손 내밀고 맞잡은 상황이다. 두말할 필요가 없다. 단지 저 늙은이가 내게 확답을 듣고 싶어 굳이 이런 자리까지 만든 것일 뿐이다.

"그런데 회장님, 오늘 기사 괜찮겠습니까? 큰아버지께서 많이 노여워하실 텐데요?"

"어쩌겠나? 늘 사이좋은 사돈 관계를 유지하는 게 그만큼 힘들다네. 하지만 딸을 둔 죄인 노릇만 하며 지내기에는 내가 짊어진 짐이 너무 커. 한성일보를 지키는 것이 좋은 사돈 관계 지키는 것보다 우선이니 말이야."

"그렇죠. 가업이 우선이죠."

홍 회장은 내 눈치를 보며 어렵게 말을 꺼냈다.

"어떤가? 이 늙은이가 물려받은 가업을 잘 키우도록 좀 도와주겠는가?"

들어야 할 말이 내 입에서 나오기를 기다린다.

"제가 무슨 힘이 있습니까? 언론의 사명을 다하다 보면 국민이 알아줄 것이고 독자가 보답하지 않겠습니까? 그럼 한성일보는 영원하겠지요. 아, 제가 정기 구독하겠습니다. 그리고 관계 계열사에도 지시하지요. 부서마다 한 부씩 구독 신청하라고 말입니다."

순간 홍 회장의 안색이 벌겋게 달아올랐다. 들어야 할 말이 아니라 속을 뒤집는 말이니, 아무리 가식적인 웃음으로 살아온 사람이라고 해도 감정을 숨기기 힘들었을 것이다.

"농담이나 할 때는 아닌 것 같은데…?"

"농담 아닙니다. 이 이상 제가 뭘 할 수 있을 것 같습니까?"

"진심인가?"

노려보는 그를 향해 미소 지었다.

"제가 할아버지께 배운 것 중 하나가 바로 적과 아군을 명확히 구분하는 것입니다. 아군이라면 배곯지 않도록 삼시 세끼 잘 챙겨 주고, 적이라면 곳간에 불이라도 질러서 당장 땟거리 걱정에 잠도 못 자게 만들어 버려야 한다고 말입니다."

"내가 적인가? 오늘 아침 신문을 보고도 그런 소리를 해?"

자존심 꺾어 가며 쓴 기사가 분명하다. 항복 선언이며 화해의 신호인데 그걸 무시해 버리니 꺾인 자존심에 소금 뿌린 셈이다. 얼마나 쓰라리겠는가? 노려보는 저 눈빛은 당연히 그럴 만하다.

"기사는 감사합니다만, 회장님의 따님은 제 형수입니다. 제가 꺾으려하는 사람의 아내죠. 우호적인 기사 한 줄로 바꿀 수 있는 관계가 아닙니다."

"내가 가업을 지키려 딸까지 버린 걸세. 그걸 모르겠나?"

"그게 아니라 망해 가는 사돈집에서 딸을 빼내 오시려는 거죠. 대신 그 자리를 차지할 저를 얻고 싶으신 거고요. 아닙니까?"

아직 주제를 모른다면 더 독한 소리를 들어야 한다. 아무 말도 못 하는 그에게 앞으로의 관계를 일러주었다.

"한성일보와 순양이 더는 사돈이라는 인척 관계가 아니면 저와 회장님은 남남입니다. 비즈니스가 아니라면 이렇게 웃으며 겸상할 기회는 없겠죠. 아, 물론 지금도 비즈니스로 만난 건 맞지만 엮인 게 있으니 애매하긴 합니다."

다물었던 그의 입이 조금 벌어지며 옅은 탄식이 나왔다. 딸이 이혼하지 않는 한 백날 우군이라고 말해 봤자 공허한 소리일 뿐이라는 걸 알아챈 것이다. 그리고 딸이 이혼하는 순간, 동맹이 아니라 주종 관계다. 광고주와 언론사, 갑과 을, 나눠 주는 자와 얻어먹는 자의 상하 관계만 존재한다.

"아직 어려서 그런가, 한성일보의 힘을 너무 무시하는구먼."

판을 깨자고 하는 협박이 아니라는 걸 안다. 조금이라도 더 동등한 위치가 되려고 안간힘을 쓰는 것이다.

"아직 제 힘을 모르셔서 마지막 남은 자존심을 세우시는 겁니다. 언제든 무제한으로 동원할 수 있는 돈과 제가 가진 순양 계열사 그리고 HW그룹. 이 힘으로 한성일보를 제외한 대한민국 모든 언론을 움직여 볼까요? 한성일보 혼자 외톨이가 되는 건 한순간일 겁니다."

다른 언론이 받아 주지 않는 기사는 한낱 낱말의 조합일 뿐 힘이 없다. 비슷한 논조의 기사가 줄을 이어야 여론을 움직이고 민심을 움직인다. 한성일보 혼자 특종이라고 떠들어 봐야 신뢰를 얻지 못한다. 독립언론이 힘을 못 쓰는 이유이기도 하다.

무제한의 돈이라는 말에 그가 눈을 크게 떴다. 뉴욕의 미라클 인베스트먼트가 누구 것인지 알려 준 것이고, 홍 회장은 이를 알아들었다.

"어차피 이혼은 피할 수 없을 걸세. 그럼 우리 한성일보와 순양은 인척 관계가 아니야. 이래도 더 필요한 게 있나?"

"그렇게 된다면야 제가 필요한 건 없습니다. 하지만 회장님께서 꼭 아셔야 할 것이 있습니다."

"그게 뭐지?"

"자기 일은 스스로 하자. 유치원생도 아는 거죠."

수저를 내려놓고 일어났다.

"누가 알려 줘서 될 일이 아닙니다. 깨달으시면 연락 주십시오."

식당을 나와 차에 올랐을 때 휴대전화가 울렸다.

홍 회장이다. 이 노친네도 영민한 것 같다.

"네, 회장님."

먼저 전화했지만, 쉽사리 입을 열기 힘든가 보다. 나도 아무 말 없이 전화기를 들고만 있었다. 꼭 해야 할 말은 그의 몫이다.

"…아무쪼록 우리 한성일보… 잘 부탁합니다."

▲ ▲ ▲

아침 신문을 펼친 홍소영의 손이 가늘게 떨렸다.

벌써 3일째다. 순양전자를 언급한 미라클의 레이첼은 별다른 행동 없이 미국으로 돌아가 버렸는데 한성일보는 3일째 특집 기사를 내는 중이다. 얼핏 보면 주식회사의 주인은 오너 가족이 아니라 주주라는 지극히 평범한 내용이지만, 행간에 숨어 있는 의미는 특정인을 겨냥한 것이다. 바로 그녀의 시댁이다. 시아버지와 남편은 아직 아무 말 없지만, 식탁에서 자신을 바라보는 눈빛은 분명 책임을 묻는 것이었다. 홍소영은 오늘, 아침 식사 대신 일반인들의 출근길에 합류했다.

누구보다도 일찍 출근하는 홍 회장은 아침부터 회장실 문을 박차고 들어오는 딸을 보자 걱정이 앞섰다. 혹시나 시댁에서 혹독한 질책을 받지는 않았나 싶어 마음도 조금 아팠다.

"이른 아침부터 무슨 일이냐?"

홍 회장은 짐짓 모르는 체하며 말했다.

문을 박차고 들어올 때와는 달리 홍소영의 목소리는 착 가라앉아 있었다.

"무슨 일인지는 아버지가 말씀해 주셔야죠. 대체 왜 이러시는 거예요?"

홍 회장은 눈치 빠른 딸이니 시치미 뗄 필요도, 돌려가며 말할 필요도 없다고 믿고 단도직입적으로 말했다.

"회사 방침이다."

"그러니까 그 방침이 뭐냐고요?"

"네 시댁보다 더 큰 광고주를 따르기로 한 거다. 회사를 위하는 일이니 네가 왈가왈부할 사안이 아니야."

"아버지는 사위까지 버리고 새파란 막내를 선택하신 겁니까?"

"새파란 애가 아니라 가장 큰 광고주다. 누가 보더라도 타당한 선택이야."

타당하다는 아버지의 말에 홍소영의 억눌렀던 분노가 터져 버렸다.

"그 타당한 선택을 할 때, 딸은 안중에도 없었나 보죠? 어떻게 이러실 수가 있어요!"

"기대하지는 않는다마는 혹시나 해서 묻는다. 시댁에서 뭐라고 하더냐? 따져 보라고 시키더냐?"

"아빠!"

홍소영은 어릴 때 말버릇이 나올 정도로 흥분했다.

"정말 내 생각은 눈곱만큼도 안 하셨죠? 아니, 외손주 생각은 안 나시던가요?"

"진정하고 그 정도로 끝내. 이건 일이다. 너도 시댁보다는 친정인 한성일보 걱정을 먼저 해야 하는 게 맞아."

부녀는 한동안 서로 노려보기만 했다. 먼저 입을 연 건 딸이었다. 그녀는 냉정을 되찾았고 아주 현실적인 본래의 모습으로 돌아왔다.

"계속 이렇게 나가시면 전 그 집에서 못 살아요. 그건 생각해 보셨어요?"

"더 심한 생각도 했다."

"네?"

"네 시댁이 그나마 남은 전자와 물산마저 뺏기면 과연 네가 그 집 맏며느리 노릇을 계속할까? 아니, 계속해야 하나…? 이런 생각 말이다."

홍 회장은 흔들리는 딸의 눈빛을 놓치지 않았다.

"얼굴 한 번 보고 결혼한 건 너다. 네가 10여 년을 진 서방과 살 맞대고 살면서 애를 둘이나 낳았지만, 너희 두 사람이 따뜻한 눈길 한번 주고받는 걸 이 애비는 본 적이 없다. 내가 잘못 본 게냐?"

그녀가 원했고 지금도 원하는 건 순양그룹의 안주인 자리다. 홍소영은 진영준이 매일 밤 여자들 향수 냄새를 풍기며 들어왔지만, 그것 때문에 화가 나지는 않았다. 물론 분통이 터질 만큼 참을 수 없는 일도 있었다. 고모가 백화점을 날려 먹었을 때, 건설과 중공업을 HW그룹이 차지했을 때는 정말 참지 못하고 남편에게 시아버지의 무능을 비난하는 말을 퍼부었다.

"이미 저울은 기울었어. 진도준 그놈은 돌아가신 진 회장이 낙점할 만큼 대단한 놈이다. 사돈은 진동기 부회장처럼 그룹에서 손을 뗄 거다. 네 남편도 마찬가지고."

나지막이 말하는 홍 회장은 딸의 모습을 살폈다. 버럭 소리 지르지 않는 걸 보니 그녀도 위기를 느끼고 있었던 게 틀림없다.

"내가 의리 지킨답시고 난파선 돛대를 붙들고 있다가는 넌 시댁과 친정이 한꺼번에 가라앉는 모습만 보게 되겠지. 그걸 바라는 게냐?"

연신 한숨만 내쉬며 앉아 있던 홍소영이 홍 회장을 똑바로 바라보며 말했다.

"아버지가 틀렸다면 어쩌실 거예요?"

"뭐?"

"전자와 물산을 뺏기지 않고 잘 지켜 내고, 대현자동차그룹처럼 두 회사를 바탕으로 계열사를 더욱 늘려서 예전의 기세를 되찾으면 어쩌실 거냐고요?"

"내 판단은 틀리지 않았어."

홍소영은 가방을 챙기며 일어섰다.

"부디 아버지가 옳은 판단했기를 바라요. 아니면 아버지는 딸자식 인생까지 망치게 한 셈이니까요. 그런데 아버지…."

홍 회장은 딸의 굳어 버린 표정에 심장이 덜컹했다.

"난파선 선장인 시아버지, 기관사인 내 남편은 이상하리만치 침착하고 평안해요. 이건 왜일까? 한번 알아보세요."

힘없이 돌아서서 나가는 딸의 뒷모습을 안쓰럽게 바라보던 홍 회장은 그녀가 남긴 마지막 말이 마음에 걸렸다. 지금 사돈댁은 평안하지 않은 게 정상 아닌가?

9장

링 밖으로 도망치는 적

"도대체 넌 한성일보를 어떻게 구워삶았어? 거긴 영원한 적군 아니었나?"

이학재 회장은 신문을 툭 던지며 말했다.

"세상에 영원한 적이 어디 있습니까? 주고받을 거 있으면 둘도 없는 친구인 척하는 거죠."

"넌 뭘 줬는데?"

"언론사에 줄 거라고는 광고 말고 또 있습니까? 참, HW그룹 광고, 이제는 적당히 나눠 줘도 됩니다."

"네가 받은 건 뭔데?"

"뻔하죠, 뭐. 이제 용비어천가를 부를 겁니다. 주인공은 제가 될 거고요. 흐흐."

"그 집도 이제 회오리가 한바탕 휘몰아치겠군."

"아시면서 뭘 그러세요? 무늬만 부부였는데. 어? 그러고 보니 영준이 형 좋아하겠는데요? 이제 돌싱 되면 세상 여자 다 가지려고 방방 뛰어다닐 테니…."

"영준이는 아직도 그러고 다니냐?"

이 회장은 한심한 듯 인상을 찌푸렸다.

"요즘엔 걸그룹 애들에게 빠져서 정신 못 차린다고 하더군요. 상준 형이 그러는데 우리나라 최고의 삼촌 팬이라고 기획사들이 극진히 대접한답니다."

"설마 요즘 광고 모델로 얼굴 내미는 애들, 영준이 손을 거쳐 간 거야?"

"아뇨. 요즘은 그렇게 노골적으로는 안 한다네요. 행사 뛰느라 몸 축나니까 보약이나 지어 먹이라고 기획사 사장에게 몇천만 원 툭 던져 주고 싱글 음원 비용이나 뮤비 찍으라고 몇억 던져 준답니다."

"사장에게? 여자애가 아니고?"

"네. 기획사 사장은 세금 한 푼 안 내는 캐시 들어오니까 좋아 죽는 거죠. 그러니까 신인 키우는 기획사는 영준 형에게 얼굴 비추려고 줄 선대요. 물론 걸그룹 애들에게는 용돈 주고 차 사주기도 하고요."

이 회장은 날 흘겨보기 시작했다.

"너 설마 그런 자료 모으냐?"

"매우 결정적인 거 두어 개는 쥐고 있습니다. 필요할 때 한성일보가 터트리면 형수가 좋아하겠네. 이혼 사유로 이보다 더 적당한 게 어디 있습니까?"

"친형을 그런 뒷조사하는 데 써먹다니. 너도 참 못돼 먹었어."

"그 업계에 있으니까 저절로 아는 거지 딱히 조사 같은 건 하지도 않았어요."

절반만 사실이다. 보통은 소문만 듣게 되지만 상준 형은 꽤 치명적인 소문일 경우에는 꼭 사실 확인까지 했다. 내가 부탁한 건 아니었지만 내게 도움이 될 거라고 생각해서 그러는 것이다. 우리 집안에서 형제끼리 돕고 사는 건 나와 상준 형뿐이다.

"그보다도 논의 드릴 게 좀 있습니다."

"말해."

"이번 저축은행 사태로 일곱 곳 정도가 문을 닫습니다."

저축은행은 1972년에 탄생한 상호신용금고의 다른 이름이다. 대기업 중심의 시중 은행을 대신해 '서민과 중소기업의 금융 편의를 도모하기 위해서' 탄생했지만, 돈이 서민과 중소기업을 위해 움직일 리가 없다.

2000년 중반부터는 부동산 프로젝트 파이낸싱(PF) 대출이 '황금알을 낳는 거위'로 떠오르며 저축은행은 전성기를 맞았다. 2010년 말 PF 대출은 17조 4000억 원에 달할 만큼 모든 돈은 부동산에 집중됐다. 하지만 승승장구하던 PF 대출은 부동산 경기가 위축되자 속절없이 무너졌다. 온갖 부실과 부정한 비리가 판을 치던 저축은행은 정부의 한참 늦어버린 조치로 최악의 상태를 맞이한 것이다.

가장 썩은 내가 나는 부분은, 영업 정지 하루 전, 거액을 예치한 큰손들은 예치한 돈을 전부 찾아서 유유히 사라지고, 이자 좀 더 받으려고 알토란같은 돈을 예금한 일반 서민들만 그 돈을 몽땅 날린 점이었다.

"우리와 상관없잖아. 혹시 순양금융이 거기 발 담갔어?"

"아뇨. 제가 푼돈 먹자고 손대겠습니까? 그게 아니라 순양생명과 증권에서 저축은행 부실 정리가 마무리될 때쯤 적당한 거 하나 인수하는 게 어떠냐고 하더군요."

이 회장은 잠깐 생각에 잠겼다.

"저축은행은 아무래도 급전 땡겨 쓰기 좋으니까 자동차나 건설, 중공업에서 필요할 것 같긴 합니다. 회장님께서 필요하다고 판단하시면 진행하려고요."

"너 이제 네 돈 안 쓰려고? 미라클이 우리 HW그룹의 저축은행이잖아. 호호."

"기회 있을 때 하나라도 더 챙겨 놓는 게 나쁘지는 않아서 드리는 말씀입니다. 굳이 그럴 필요 없다면….."

"진행하자. 언제까지 대주주 주머니만 믿고 있을 수는 없으니까."

"네. 그럼 인수 자금 절반은 HW그룹에서 내는 걸로 하겠습니다."

"뭐?"

이 회장이 눈을 동그랗게 떴다.

"가장 빈번하게 은행 돈 가져다 쓰실 분이 왜 그러세요? 투자도 좀 하세요."

"이야, 너도 이제 완전히 재벌 다 됐구나. 자기 돈 안 쓰고 회삿돈으로 불려 나가겠다, 이거지? 하하."

우리가 농담을 주고받으며 웃음을 터트릴 때 갑자기 전화가 울렸다.

"실장님. 지금 어디 계십니까?"

여의도 미라클에서 온 전화였다.

"왜요? 무슨 일 있어요?"

"임시 주주총회가 열린답니다. 여의도가 발칵 뒤집혔어요."

"진정하고 자세히 말해 봐요. 어디 말입니까?"

"순양물산입니다."

"뭐? 순양물산?"

너무 놀라 자리에서 벌떡 일어섰다. 순양물산이라는 말에 이 회장도 놀랐는지 눈이 커졌다.

"네. 안건은 합병이 분명하답니다."

"합병이라니? 순양물산이 어디와 합병한다는 거요?"

"그게…. 순양애드미디어와…."

순양애드미디어라면 광고 회사 아닌가? 전화를 끊고 나니 번개에 한 방 맞은 것 같이 얼얼했다. 진영준이 이 회사의 지분 대부분을 갖고 있다.

"회장님, 순양물산과 순양애드미디어를 합병한답니다. 곧 임시 주총이 열릴 거라고요."

"뭐? 애드미디어? 그게 말이 돼?"

말이 되는 방법은 딱 하나다. 순양물산 주식 한 주와 순양애드미디어 주식 1000주 정도의 비율로 합병하면 된다. 보통은 이런 복잡한 방법을 쓰지 않고 순양물산이 순양애드미디어의 주식 51퍼센트 이상을 매입해서 인수하는 게 정석이다.

나는 다시 전화를 걸었다.

"순양애드미디어 지분구조 빨리 파악해서 알려 줘요."

이 회장도 가만히 있지 않았다.

"아, 난데… 무슨 일 있어? 소문 돌던데? 물산이 어디 조그만 회사와 합병한다고 말이야. 뭐? 몰라? 야! 네가 그걸 모를 리가 없잖아! 이제 내 얼굴 안 볼 참이야?"

수화기에 대고 몇 번 소리를 지르더니 힘없이 끊었다.

"사실이란다. 순양물산 기획실 임원인데, 자기도 조금 전 주주총회 준비 공문 받았다고…. 까맣게 모르고 있었고, 철저히 비밀로 진행한 거 같다고 하는구나."

"이 건으로 주총까지 여는 거 보면…."

"합병 비율로 장난치는 거다."

"설마 1대 1 비율로…?"

"그러기야 하겠어? 그랬다가는 주가 폭락인데 주주들이 가만있지는 않을 거야. 높게 잡아도 1대 10이야."

위안하는 말일 뿐이다. 이건 순양물산의 지배력을 확실하게 하는 방법이니 분명히 1대 1 비율로 합병한다.

다시 전화가 울렸다.

"78퍼센트가 진영준, 10퍼센트는 진영기 부회장 소유입니다. 나머지는 순양애드미디어의 임원들이고요."

이런 젠장, 예상한 대로 100퍼센트 진영준 회사다.

"진영기 부회장이 안 될 일을 저지를 만큼 멍청한 사람은 아니다. 또 괜한 일을 벌여 소란을 일으킬 시점도 아니고."

"순양애드미디어는 문제없겠죠. 그런데 순양물산이 제 살 깎아 먹기 하는데 대형 기관에서 가만히 있을 리가 없는데…."

너무 어처구니가 없어서 계속 공허한 말만 내뱉다가 가까스로 충격을 털어 내고 정신을 차렸다. 이럴 때가 아니다. 큰아버지가 어디까지 손을 썼는지 확인해야 한다. 밖으로 달려 나가려는데 이 회장이 말했다.

"이건 저쪽 승인 없이는 불가능한 계획이다. 알지?"

"네. 제가 세종로를 맡을 테니 회장님은…."

"여의도는 내가 맡지. 빨리 움직이자. 주총을 무너뜨리는 게 가장 좋은 방법이다."

나는 순양 본관으로 돌아오자마자 장도형 부사장을 불렀다.

"금융감독원에 사람 풀어서 순양물산 합병에 대해 알아보세요."

"네? 물산 합병요?"

"진영기 부회장이 손을 쓴 거 같습니다. 순양애드미디어를 끌어들여 물산 지배력을 키우려는 속셈이에요."

"이런…!"

그가 눈살을 찌푸리며 이마를 탁 쳤다.

"뭡니까? 또 다른 게 있어요?"

"순양애드미디어가 유상증자한다고 했어요. 상장도 않은 회사고 개인 회사나 다름없는데 별 쓰잘머리 없는 짓 다 한다고 생각했는데…."

"그게 언제죠?"

"이틀 전인가 그렇습니다. 다시 확인하겠습니다."

주식 수를 왕창 늘리려는 거다. 그 주식의 양이 바로 순양물산 주식으로 변하는 거니까 말이다.

"여의도 증권가에 떠도는 찌라시까지 전부 확인해서 종합 보고하세요. 아시겠죠? 1차 목표는 합병 무산입니다."

"네, 실장님."

장도형 부사장이 비장한 표정으로 뛰어나가는 모습을 보며 호흡을 한 번 가다듬고 수화기를 들었다.

"수석님, 차 한잔합시다. 그 방에서. 지금 당장."

청와대 수석들에게 하나씩 내준 호텔 방에 먼저 도착해서 기다리고 있자니 10여 분이 지났을 즈음 경제수석이 호들갑을 떨며 들어왔다.

"아이고, 무서워라. 우리 실장님께서 왜 이리 화가 잔뜩 나셨을까."

"몰랐다거나 금시초문이라는 말은 마십시오. 청와대 몰래 가능한 일이 아닙니다. 아니, VIP는 모르실 수도 있지만, 최소한 수석님은 아셨을 겁니다."

"혹시 순양물산 때문에 이러시는 겁니까?"

"역시… 잘 아시네요."

경제수석은 난처한 듯 머리를 긁었다.

"민간 기업이 합병한다는 걸 우리가 나서서 못하도록 막을 수는 없는 일 아닙니까?"

"순양물산이 동네 구멍가게예요? 시가총액 15조가 넘는 기업입니다. 그런 회사가 움직이는 건 이미 사적인 영역을 넘어선 거죠. 정부가 눈감아 주겠다는… 아니, 적극적으로 협조하겠다는 언질도 없이 이런 말도 안 되는 일을 벌일 만큼 진영기 부회장이 바보는 아닙니다."

따지듯 퍼붓는 내 태도 때문인지 그의 얼굴에서 웃음기가 사라졌다.

"이거, 슬슬 마음 상하려고 합니다. 아직 하지도 않은 합병 건으로 따지는데… 내가 변명이라도 해야 합니까? 아니면? 주주총회 못하게 막아요? 경찰 투입하고 살수차 보낼까요?"

이놈이 건방을 떤다. 교체 없이 청와대에 4년가량 출근했으니 장관도, 국회의원도 실세라고 부추기며 꼬리를 흔들었을 테고, 경제수석이니 대기업 사장들과 겸상도 자주 했을 것이다. 이제 이놈에게는 재벌도 흔해 보이고 여기저기 널린 게 대기업이다. 더는 머리가 숙여지지 않는 게 어쩌면 당연할지도 모른다.

"수석님."

나를 노려보는 그를 향해 웃으며 말했다.

"진영기 부회장과 저 사이에 끼어 곤란한 거 잘 압니다. 이럴 땐 어느 줄을 탈까 고민하지 마시고 그냥 양쪽이 원하는 거 다 들어주면 됩니다. 서로의 이해가 상충할 때는 발 빼시고요. 괜히 힘자랑한답시고 양쪽을 이리저리 찔러 보다가는 더 곤란해져요."

"뭐요?"

"아, 더 조심해야 할 것은 당신이 저울의 무게 추라고 착각하는 겁니다. 엉뚱하게 선물 자루 둘러멘 산타 흉내 내지 말고 핸들 꺾는 대로 움직이면 됩니다."

그동안 예의를 잃지 않고 대했지만 그런 여유가 남아 있지 않았다. 지금은 상투를 쥐고 흔들든 수염을 뽑아 버리든 이놈을 내가 원하는 방향으로 틀어야 했다.

"내일 중앙 일간지 전면에 당신 얼굴 나오게 해드릴까요? 원한다면 방송사 저녁 뉴스도 괜찮고. 대통령 임기 말에 청와대 발목 잡은 경제수석. 내년 총선 때 퇴임 앞둔 대통령 방어를 위해 국회의원 배지 달고 직업 바꾸는 게 꿈일 텐데…. 어쩌나? 물거품 되게 생겼네."

"되지도 않을 협박할 생각이라면 접어. 지금까지 권력을 이긴 금력은 없어. 우리가 손가락을 들어 가리키면 국정원과 검찰이 움직인다고."

"과연 그럴까?"

내 입가의 비웃음을 확인한 그가 입술을 깨물었다.

"국정원? 거기 원장님, 오늘 점심 뭐 먹었는지, 누구랑 먹었는지 알아

맞혀 볼까?"

"뭐?"

"원장이야 대통령이 임명하지만, 실무진은 공무원이거든. 그들은 이 정권과 함께 퇴장할 원장보다는 그들의 노후를 책임져 주는 OB 모임인 음지회의 눈치를 더 봐. 그 음지회는 누구 돈으로 굴러가는지나 알아?"

그는 내가 국정원까지 손을 뻗쳤다는 걸 알자 입을 다물지 못했다.

"세상을 장악했다고 생각하지? 5년짜리 시한부 권력, 그마저도 1년 남은 권력 앞에 줄 설 놈이 있을 거 같아? 세상은 권력이 아니라 돈 앞에 머리 숙인 지 오래됐어. 청와대에 앉아 있으니 그걸 잠시 까먹은 거야?"

여전히 말을 못 하는 그를 불렀다.

"이봐요, 수석님."

그의 멍한 눈이 나를 향했다.

"사춘기 때 놀고 싶은 거 꾹 참고 죽을 만큼 공부해서 서울대 가고···. 아, 나도 알아. 할아버지 눈에 들려고 피똥 싸며 공부해서 서울대 법대 갔거든. 그리고 보니 당신이 내 선배네. 아무튼, 그런 동문 팔겠다는 말은 아니고···."

물 한잔을 마시고 그에게도 물잔을 건넸다.

"서울대 나와 타잔처럼 이 줄 저 줄 잡아가며 모시는 분 대통령 만들어서 청와대 들어가니까 신분이 바뀐 것 같아? 바닥에서 박박 기다가 이젠 바닥에서 꼬물꼬물 기어 다니는 벌레 같은 사람들 구경하고, 입만 열면 기자들이 우르르 따라붙으니까 이 나라의 진짜 권력자처럼 느껴져서 기분 좋지?"

그는 물잔을 잡고만 있을 뿐 입으로 가져가는 걸 이미 잊은 듯하다.

"그런데 신분 상승 그거? 그게 그렇게 쉽게 된다면 왜 신분이라는 말을 붙이겠어? 신분은 딱 두 종류야. 말 한마디로 상대를 시궁창에 처박을 수 있는 사람과 시궁창에 처박히지 않으려고 시키는 대로 다 하는 사람. 당신은 어디에 속해 있는 거 같아?”

이제 경제수석에게 현실을 보여 줄 시간이다. 스마트폰을 꺼내 스피커를 켜고 전화를 걸었다.

“지검장님. 자료 받으셨죠?”

“네, 실장님. 근데 이거 괜찮겠습니까?”

조금은 걱정스러운 목소리가 흘러나왔다.

“괜찮습니다. 포문은 검찰이 아니라 언론이 열 테니까요. 검찰은 재빠른 수사 착수라는 모양새를 지킬 겁니다.”

언론이 먼저 기사화한다는 걸 알자 지검장의 목소리는 한결 가벼웠다.

“알겠습니다. 그럼 방송 확인하고 수사 착수하겠습니다.”

“지검장님.”

“네.”

“청와대 수석이라 부담되신다면 덮으셔도 됩니다.”

“아닙니다. 이런 확실한 증거를 덮는 건 직무유기죠.”

통화를 끝내자마자 그가 소리쳤다.

“도, 도대체 무슨 자료야?!”

“언론과 검찰이 대단히 흥미로워할 자료지. 기억을 더듬어 봐. 뭘까? 아…! 한두 개가 아닐 테니 단번에 떠올리는 건 힘들겠지?”

자신이 마주한 현실이 어떤지 깨달은 그가 한숨을 내쉬며 말했다.

“도대체 원하는 게 뭐요? 이미 말했듯이 진영기 부회장이 진행하는 걸 내가 막기는 힘들어요.”

말투도 좀 더 공손해진 것 같다.

“그럼? VIP까지 승인한 거요?”

“모르겠어요. 어느 선까지 움직이는지….”

"대기업 합병을 경제수석이 모른다는 게 말이 된다고 생각해요?"

"사실이라니까! 난 혹시 모를 일을 대비해서 언론 브리핑 준비하라는 지시 받은 게 전부란 말이요. 나 모르게 움직이는 일에 괜히 호기심 보이면 안 되는 곳이라는 걸 잘 알잖소?"

"좋아, 그렇다 치고. 그럼 아는 건 뭐요?"

"난 그냥 인사 한번 한 게 전부요. 경제부총리와 밥 먹는 자리에 나와 앞으로 잘 부탁한다는 말만 하고 다른 말은 없었어. 그 뒤에 합병 소식 통보받았고."

"진영기 부회장이 직접 인사드렸다고? 설마…?"

부탁 따위를 위해 직접 얼굴을 비칠 사람이 아니다. 그 정도는 백준혁 비서실장 정도면 충분하다.

"아니, 진영준이 온 거요."

"진영준?"

"그렇소. 이제 그룹 경영은 자신이 책임진다며 큰소리 땅땅 치고 갑디다. 승계와 동시에 전면에 나서겠다는 뜻 아니겠소?"

"그럼 이번 합병 건으로 진영기 부회장은 모습을 보인 적 없고 진영준이 일일이 돌아다닌 겁니까?"

"아마도요. 그룹 지분 전부 물려줄 진영기 부회장은 이제 스스로 이빨 빠진 호랑이 신세라고 광고까지 합니다. 아들 키워 주려고요."

부모 노릇한다고 애쓰는 모습이 눈물겹다.

"수석님."

"네."

"아무래도 소문이 틀린 것 같군요."

"무슨 소문 말입니까?"

"수석님이 실세라는 소문. 실세치고 이런 중요한 일에 관여하지 못했다는 건 전례가 없을 겁니다."

"이봐요! 진 실장!"

발끈한 그가 다시 소리 질렀을 때 난 손을 가볍게 저었다.

"진정해요. 생각해서 하는 말이니…."

"뭐요? 생각? 나 참, 기가 차서…."

혀를 차는 그에게 웃으며 말했다.

"정권 말에 큰일 하나 벌였는데 거기서 빠진 겁니다. VIP는 아무래도 수석님과 같이 갈 생각은 없어 보이니 생각 잘해서 줄 갈아타세요. 힘든 일 있으면 언제든 말씀하시고. 힘닿는 데까지 도와드릴 테니까요."

그의 얼굴이 붉어졌다. 스스로 이미 느끼고 있었다는 뜻이다.

"험한 소리를 너무 많이 한 것 같아 미안합니다만 이해하세요. 나도 지금 다급하거든요. 하하."

웃으며 일어나자 그가 머리를 꾸벅 숙였다.

"아닙니다. 제가 너무 건방을 떨었습니다. 이 건은 제가 좀 더 알아보고 새로운 사실이 나오면 연락드리겠습니다."

"그래요. 참, 트렁크에 몇 상자 더 넣어 뒀습니다. 앞으로 돈 쓸 일 많을 텐데 부족하면 언제든 연락하세요."

다시 한 번 깊숙이 머리 숙이는 그를 두고 호텔을 나왔다.

이학재 회장이 여의도를 한바탕 휘젓고 얻은 소식은 그리 밝지 않았다.

"진영기 부회장이 모든 걸 던지고 얻은 거다. 다들 그간의 인연을 무시하지 못해 눈감아 주는 거라고 하더라."

이학재 회장은 심각한 표정으로 말을 이었다.

"이쯤에서 정리하는 게 어떠냐고, 전자와 물산 계열은 장자가 차지하는 게 우리나라 정서에 맞지 않겠느냐… 뭐 이런 의미였어. 찢어진 순양에서 잡음 나는 건 자기들도 불편하단다."

"그러니까… 하다 하다 동정여론까지 끌어들였다는 겁니까?"

"좋아하는 마음보다 더 무서운 게 불쌍하게 생각하는 동정심이다. 이건 제 주머니까지 열어 도와주고 싶은 감정이거든."

그놈의 장자 타령, 거기다 늙은 부회장의 읍소. 세상을 제 것인 양 호령하던 큰아버지가 이런 유치한 방법까지 동원할 줄이야.

"도대체 어디까지 손을 썼길래 합병을 자신하는 겁니까? 최소한 세 곳 이상의 기관은 무조건 손을 들어 줘야 가능한 거 아닙니까?"

이 회장은 서류 몇 장을 내밀었다.

"일단 지분 현황으로 분류해 봤다. 여론을 끌어올려 개미 주주들은 합병 찬성표로 만들 테고…."

"개미 주주 전부요? 가능하겠습니까?"

이 회장은 날 가리키며 말했다.

"이건 네 실수다. 개미 주주들이 저쪽으로 우르르 몰려가도록 명분을 준 게 너라고."

'내가? 내가 뭘 잘못했다고?'

집안의 막내가 재산을 차지하는 게 그 정도까지 국민 정서에 어긋나는 걸까? 그런 잡음이 나지 않도록 PI 전문가까지 고용해서 이미지를 만들었다. '순양가의 가장 뛰어난 천재적인 경영자!'라는 이미지가 얼마나 먹혔는지 여론 조사까지 여러 번 했다. 순양그룹의 경영자로 가장 적합한 인물은 누구인가? 이 질문의 대답으로 내 이름이 압도적이었다. 고령층은 누가 누군지도 모르니 장남이라고 대답했지만 말이다. 영문을 몰라 눈만 껌뻑이는 나를 보며 이 회장은 짧은 한숨을 쉬며 말했다.

"네가 레이첼을 통해 툭 던진 그 말, 그걸 이용하는 거다."

무슨 뜻인지 알겠다.

"설마 애국심이니 국부 유출이니 하는 것 말입니까? 그게 먹혀요?"

"일부는 먹히겠지. 하지만 순양전자 주식은 예금의 성격이 강해."

예금은 안전이 1순위다. 순양물산의 합병은 순양전자의 경영권 방어를 위한 일이니 순양전자도 변함이 없다.

"전횡을 일삼는 오너 가족보다는 전문 경영인이 전자를 맡으면 주가가 두 배는 뛸 텐데…."

"일반인들이 그런 걸 알면 순양그룹은 애초에 존재하지도 못했다. 각각 독립적인 회사만 존재했을 거야."

누굴 탓하겠는가? 이런 국민 정서 때문에 순양가, 대현가 같은 말이 나오고, 내가 순양그룹을 차지하더라도 모두 머리를 끄덕일 것 아닌가?

"그럼 개인 주주는 다 날리고… 기관 세 곳은…."

서류를 보자 저절로 이마에 깊은 주름이 패었다. 은행 한 곳은 순양전자의 주거래 은행이니 어쩔 수 없다 치더라도 나머지 두 곳은 이해하기 어려웠다.

"산업은행, 그리고 국민연금공단이라…."

"이제 알겠냐? 저들이 합병에 자신감을 내보이는 이유를?"

"하나는 확실하게 알겠군요. 누가 승인했는지."

이 회장은 고개를 저었다.

"승인이 아니라 묵인이다. 세종로나 여의도는 가타부타 단 한마디도 하지 않았을 뿐이야."

"책임질 일 만들지 않겠다는 거군요."

"그래. 국민연금공단이 소유한 순양물산 주식은 국민의 것인데 그 가치를 확 떨어트리는 일에 손을 들어 주는 거야. 누군가 나서서 문제 삼고 따지고 들면 곤란한 일이 한둘이 아니잖아."

다시 서류를 확인했다. 물산과 애드미디어의 합병을 전제로 한 지분 구조를 꼼꼼히 들여다보니 한숨이 나왔다.

진영준은 물산을 확실하게 장악한다. 그 말은 물산과 연계된 계열사를 장악한다는 뜻이며 순양전자 역시 손아귀에 넣는다는 말이다. 물론 전자와 연계된 다른 계열사 전체도 그놈의 주머니에 들어간다. 두 주력 회사를 손에 넣고 그놈 지분 100퍼센트의 자회사를 잔뜩 늘려서 전자와 물산의 주식을 흩어 버리면? 과연 되찾아올 기회가 남아 있을까?

어두워진 내 표정을 본 이학재 회장은 어렵게 입을 열었다.

"주주총회… 개판 쳐버릴까?"

전문 총회꾼 불러서 주주총회를 무산시켜 버리는 것쯤은 어렵지 않다. 하지만 시간을 좀 더 끄는 수단일 뿐, 완벽한 해결책이 아니다.

"소용없다는 걸 잘 아시면서…."

"시간도 벌고 합병을 묵인하는 놈들에게 압박을 주는 거지. 시끄러운 일이 벌어지는 걸 가장 꺼리는 게 정치하는 놈들 아니냐? 합병이 그들의 발목을 잡을 수도 있다는 걸 깨닫게 해주고…."

이 회장은 다시 한 번 내 눈치를 살피더니 조심스럽게 말했다.

"네가 가진 걸 써서 원점으로 돌리게 만드는 거야."

"내가 가진 거…? 아…!"

할아버지가 남긴 그 장부를 말하는 것이다. 그 장부에 이름 올린 사람들을 협박한다면 합병은커녕 주총도 열리지 못한다. 생각하지 않은 것도 아니다. 사실 가장 먼저 떠올린 것이 바로 그 장부였다. 하지만 유혹을 뿌리쳤다.

"그건 영원히 쓰면 안 됩니다. 그냥 기록으로 존재해야 하는 겁니다."

"이 정도 다급할 때라면 회장님도 쓰셨을 거다."

"아뇨. 할아버지도 저와 같은 생각이실 겁니다. 그 장부를 사용하는 순간 순양은 더 이상 순양이 아니게 됩니다."

"순양이 아니게 된다…?"

"우리만큼 다른 재벌들도 돈 뿌립니다. 하지만 언론에, 검찰에 그리고 국회에서 그들의 이름은 늘 오르내리지만, 우리 순양의 이름은 꽤 오래전부터 자취를 감췄어요."

"그게 기록으로만 존재해야 하는 이유냐? 절대 써먹지도 못하고?"

"네. 다른 재벌의 돈을 챙긴 사람들은 받은 돈 만큼만 도와줍니다. 하지만 순양은 다르죠. 절대 탈이 나지 않는다는 믿음, 해준 것 이상으로 챙겨 준다는 기대, 이것 때문에 자진해서 우리를 도와줍니다. 마치 미녀의 눈길을 한 번이라도 더 받기 위해 꽃다발을 안기는 사내들처럼."

"무슨 말인지는 안다만 전자와 물산을 잃어버리면 그게 무슨 소용이냐? 장부에 이름 올린 놈들은 너와 진영준을 크게 다르지 않다고 생각해. 남에게 뺏기는 게 아니라 회장님 핏줄이 나눠 가지는 모양새니까."

"제가 그룹을 전부 차지하는 게 끝이라면 장부를 썼을 겁니다. 하지만 그 뒤도 생각해야죠. 이 나라에서 영원히 순양으로 남아야 합니다. 그러려면 계속 미모의 여인으로 존재해야죠."

그제야 이 회장의 얼굴에 미소가 번졌다.

"회장님이 네게 장부를 물려준 건 참으로 현명하신 선택이라는 걸 새삼 깨닫게 되는구나. 진영기 부회장이나 영준이 놈이었다면 벌써 장부를 흔들고 다니며 온갖 무리한 요구를 다 했을 거다."

이 회장의 칭찬이 용기를 북돋웠지만, 여전히 답답했다. 이럴 때 먼저 해야 할 일은 부딪쳐 보는 것이다.

"그럼 한번 만나 볼까요?"

"누굴? 진영기 부회장?"

"아뇨. 영준이 형요. 두 주력사를 손에 넣고 뭘 하려는지 확인해야겠습니다. 도망치려는 건지 아니면 그걸 밑천으로 다시 판을 벌일지 말입니다."

"그거 확인해서 뭐하게?"

"도망치지 않고 다시 판을 깔도록 도발이라도 해야죠. 밑져야 본전 아닙니까?"

이 회장은 웃으며 일어서는 날 보며 말했다.

"아예 숨어 버리는 건 아닌지 그게 더 걱정이다. 살살해."

진영준은 찾아간 나를 보자마자 피식 웃었다.

"네가 직접 날 찾은 걸 보니 초조한가 보지?"

꽉 쪼그라들고 거기에 만족하는 주제에 승자 같은 표정이다.

"그렇게 발 빠른지 몰랐어. 이럴 줄 알았다면 발부터 묶어 뒀어야 하는 건데."

"헛소리나 하려면 돌아가고. 용건만 말해."

"정말 물산과 전자만 있으면 돼? 이런 식으로 나오면 국경에 담쌓는 꼴이라는 걸 모르지는 않을 텐데?"

"내 걱정은 접어 둬. 난 만족하니까. 특히 네가 직접 찾아와서 날 긁는 걸 보니 내 선택이 틀리지 않았다는 게 확실하다. 네가 다른 사람 열 받게 할 때는 늘 이유가 있었지. 흐흐."

이번은 아니다. 얕은꾀를 부린 이놈을 그냥 열 받게 하고 싶었다.

"이번에는 밥값 좀 했다고 들었는데, 직접 관계된 사람들 다 만나서 설득했다면서?"

"쉬운 일이지. 네가 금융 그룹, 백화점 그룹, 건설 중공업 그룹을 가졌고 내가 전자 물산 그룹을 갖겠다고 하니 모두 고개를 끄덕이더라. 누가 보더라도 내가 밀려난 장남으로 보이거든. 뭐… 사실이기도 하고."

많이 달라졌다. 한결 여유가 있어 보인다.

"힘들게 뛰어다니며 뒤집으려 하지 마. 그 사람들, 이구동성으로 말할 거다. 그 정도면 네가 충분히 가졌으니 욕심 그만 부리라고 말이야."

"나야 그렇다 치고, 전자와 물산만으로 만족하는 걸 보니 형은 마음 비웠나 보네. 내가 가진 거 탐나지 않아?"

"그다지. 흐흐."

도발에 넘어올 기미도 보이지 않았다. 씁쓸한 웃음이 아니라 약간의 아쉬움만 감도는 표정이었다.

"자동차는 조금 탐나지만, 나머지는 금방 채울 수 있어. 건설, 중공업, 증권, 백화점, 호텔… 고만고만한 거 널렸어. 인수해서 키우면 돼. 하지만 넌? 순양전자와 순양물산만 한 건 이 나라에 없어. 맨땅에 머리 박고 시작해야 하는데 가능하겠어? 진심으로 말리고 싶다. 돈만 날릴 거야."

'어쭈, 이젠 충고까지?'

이놈과 난 바라보는 곳이 다르다. 난 이놈이 가진 걸 다 뺏고 시궁창에 처박는 게 목적이지만, 이놈은 자신이 가진 걸 지키고 더 키우는 게 전부다. 진영준은 나를 링에 혼자 남겨 두고 내려갔고 체급과 종목을 바꿔 버렸다. 두 번 다시 판을 벌이지 않을 것이다.

"충고는 고마운데 주총부터 잘 끝내야 하지 않겠어?"

"왜? 막아 보려고?"

"이대로 구경만 하고 있기에는 내 손에 쥔 무기가 좀 많아서."

"자신 있으면 해보든지. 아버지와 내가 주주들에게 공들인 게 어느 정돈지 알면 그런 소리 못할 텐데…. 말리지는 않으마. 뭐라도 해야 마음 편하다면 그렇게 해야겠지."

갑자기 진영준은 상대하기 어려운 놈으로 변해 버렸다. 마음 비우고 싸울 마음 없는 놈의 멱살을 쥐고 흔들어 봤자 기운만 빠진다. 싸워야 할 상대는 이놈이 아니다.

"귀한 시간 내주셔서 감사합니다. 본부장님."

"아닙니다. 순양금융그룹의 실세이신 분이 뵙자고 하는데 냉큼 달려와야죠. 허허."

현완주 국민연금 기금운용 본부장은 장도형 부사장의 깍듯한 인사를 받으며 자리에 앉았다. 공손한 듯 들리는 말투지만 표정과 태도는 정반대다. 돈이 벼슬인 세상이다. 세계 3대 연기금 중 하나이며 무려 600조 원에 가까운 국민연금을 굴리는 자리의 수장이다. 오죽하면 '자본 시장의 대통령'이라고 부르겠는가? 국내 주식 보유 금액만 100조 원이 넘고 해외 주식도 마찬가지다. 채권이 300조, 기타 투자도 100조 원에 달한다. 현완주 본부장이 외국을 방문하면 최소한 장관급이 영접하며, 원한다면 그 나라의 국가 원수를 만나는 것도 어렵지 않다. 그런 그가 아무리 순양이라 해도 부사장인 장도형에게 머리 숙일 이유는 없었다.

술 한잔 나누며 식사하면서 가볍게 세상 돌아가는 이야기를 나누다 장도형 부사장이 어렵게 말을 꺼냈다.

"증권가가 떠들썩합니다. 이유는 잘 아시겠죠?"

"뭐 그리 대단한 일이라고…. 순양그룹 사람들에게는 큰일이겠지만 민간 기업이 합치고 찢어지는 일이야 다반사 아닙니까?"

"너무 기이한 합병이니 그런 게지요. 항공모함과 나룻배 아니, 뗏목 하나와 합치는 꼴 아닙니까? 순양물산 15퍼센트 지분의 국민연금이 찬성한다는 게 도저히 믿기지 않아서요."

"찬성이라니? 누가 그럽니까?"

"아닙니까?"

"아직 결정한 바 없어요. 우리 의견은 주총에서 밝힐 겁니다."

시치미 떼는 현완주 본부장의 얼굴이 굳었다.

"선수끼리 왜 이러십니까? 국민연금이 반대하면 해보나 마나한 안건인데, 진영기 부회장이 밀어붙이는 건 그만큼 자신 있다는 소리 아니겠어요?"

기금운용 본부장은 기금의 투자를 책임지기에 금융권 출신이다. 두 사람은 이 바닥에서 함께 뒹굴었던 과거를 공유한다.

"부사장님이야말로 왜 이러십니까? 뻔한 이야기 아니겠어요? 움직이는 사람이 있고, 난 그 사람 장단에 맞춘다는 걸 모르시고 묻는 겁니까?"

본부장의 언성이 높아진 건 그도 이 말이 안 되는 합병을 찬성하지 않는다는 의미다. 하지만 까라면 까야 하는 공무원이라 시키는 대로 움직이는 것이다.

"그러니까 누구 장단에 맞춰 주시는지 속 시원하게 말씀이라도 해주십시오."

한동안 침묵만 흘렀다. 참다못한 장도형 부사장이 말했다.

"청와대 지시입니까?"

"VIP가 이런 걸 지시할 사람으로 보입니까? 복심(腹心)이 움직이는 거죠."

"복심?"

VIP의 복심이라고 할 만한 사람은 딱 한 명이다. VIP의 친형인 국회의원.

"그분이 지휘하는 겁니다. 기획재정부, 보건복지부는 손발이 돼서 움직이고요."

대통령의 복심과 주요 부처의 수장이 나섰다면 더 물어볼 것도 없다. 합병은 성공할 것이다. 이렇게 무리한 일을 뒤에서 밀어줄 때, 공짜는 없다. 진영준 측은 분명 어마어마한 대가를 약속했을 것이다. 장도형 부사장이 조심스레 물으니 현완주 본부장은 목소리를 확 낮췄다.

"나도 들은 이야기라 확실한 건 아니요. 진영준이 중견 건설사 하나를 인수할 텐데… 그 건설사 지분을 나눈다고 들었어요. 더 자세한 건 나도 모르고."

진영준이 뺏긴 순양건설 대신 새로운 건설사 하나를 만드는 건 정해진 순서다. 그룹 계열사의 물량만 소화해도 운영에 무리가 없고 비자금 만드는 데 꼭 필요한 부분 아닌가?

자세한 건 모른다는 말로 한 발 뺐지만, 그리 망설이지 않고 뒤에서 오고 가는 거래를 털어놓는 현 본부장에게 장도형 부사장은 낮은 음성으로 말했다.

"본부장님. 아니, 현 선배. 혹시 때려치울 생각이십니까?"

"주총에 참석하는 건 내 후임 본부장이 될 거요. 이 건을 께름칙하게 생각하는 날 그대로 됐다가는 공든 탑이 무너질지도 모르니까."

투자사 출신으로 수백조를 주무르는 자리에 앉았지만, 고작 2억 남짓한 연봉으로 일한다. 수백조 운용 책임의 무게를 생각한다면 터무니없을 정도로 낮은 보수다. 공적인 책임감이 없다면 쉽게 앉기 힘든 자리다. 그래서 국민연금공단에서도 외부에서 운용 본부장을 모셔오는 게 항상 골칫거리라고 말한다. 그런 본부장이 사표를 던질 만큼 부당한 압력을 받고 있다. 혼란은 항상 반전의 기회를 깊숙한 곳에서 품고 있다.

장도형의 머리가 무섭게 돌아가기 시작했다. 진도준이라면 어떻게 했을까? 생각을 정리한 그는 진도준이라면 했을 말 하나를 던졌다.

"현 선배, 우리… 거래 하나 할까요?"

▲ ▲ ▲

"건설사? 고작 그거 하나로 수십, 수백조짜리 회사의 주인 자리를 내 췄다고요? 그럴 리가?"

기금운용 본부장을 만나고 온 장도형 부사장은 난감한 얼굴이었다.

"현 본부장이 아는 게 그것뿐이겠죠. 더 많은 뒷거래가 있을 겁니다."

"젠장, 그 양반들 원하는 거 내가 얼마든지 들어줄 수 있는데, 하필 큰 아버지와 거래하다니."

왜 그런지 알면서도 괜한 푸념 한번 해봤다. 그들과 전혀 다른 세대인 나보다는 함께 오랜 시간을 보낸 큰아버지가 추잡한 뒷거래를 하는 데 훨씬 더 믿음직스러웠을 것이다.

"실장님, 그래서 제가 거래를 제안했습니다."

"거래? 현완주 본부장 말입니까?"

"네. 그 양반은 이번 합병 건으로 자기 경력을 망칠 생각이 없어요. 주주총회 전에 물러날 생각입니다."

"현명한 사람이군요. 그래, 어떤 제안입니까?"

"스스로 사직서를 던지지 말고 끝까지 반대 의견을 고수해서 쫓겨날 때까지 버티라고 했습니다."

국민연금 기금운용 본부에서 합병에 대한 일치된 찬성이 나오지 않는다면 위원을 교체하는 수밖에 없다. 본부장이라고 해서 예외는 아니다.

"그래서요?"

"쫓겨날 때까지의 과정을 전부 기록하라고 했어요."

"녹취 말입니까?"

"녹취든 기록이든 유용한 증거가 될 수준으로 말입니다."

"끝장을 보자…?"

"이거 막으려면 소송뿐입니다. 주총은 정당한 절차지만 두 회사의 합병 비율은 증권 공시 규정 위반입니다. 합병 가액 산정 방법인 자산 가치, 수익 가치, 상대 가치 전부 세칙에 어긋나니까 승산 있습니다."

"진짜 그렇게 믿습니까? 부사장님?"

"그, 그건….."

대답하기 곤란한지 말을 더듬었다.

지금 합병이라는 탈을 빌려 쓴 싸움에 가담한 이들은 법 위에 존재하는 사람들이다. 소송이든, 언론이든 세상을 아무리 시끄럽게 만들어 봤자 그들이 짠 시나리오대로 세상은 굴러간다. 법을 손아귀에 쥔 사람들의 싸움, 이 싸움의 승자는 항상 그랬듯이 정권이 손을 들어 주는 쪽이다. 법 집행의 주체가 바로 정권이기 때문이다.

"질책 아닙니다. 잘하셨어요. 그럼 현 본부장이 원하는 건 뭡니까?"

"현재로서는 없습니다. 본부장 자리에서 쫓겨나면 좀 쉬고 싶다고 하더군요."

"충분히 쉬라고 하세요. 언제든 원하는 자리 내주겠다고 말씀하시고요. 그분의 기록이 누군가의 목을 조를 만큼은 되지 않겠습니까? 그 정도면 충분합니다."

누가 뒤에서 움직이는지 확인하자 맥이 탁 풀렸고 피곤이 몰려왔다. 눈을 감고 소파에 머리를 기대자 장도형 부사장은 슬그머니 일어나 자리를 비켜 주었다.

한참을 멍하니 있다가 과연 법으로 내가 할 수 있는 일이 어디까지인지 정확히 알고 판단해야 하기 위해 변호사들을 불렀다.

"일단 실장님께서 경영 참여를 목적으로 순양물산 주식 보유량을 공시해야 합니다."

"또한 순양물산과 이사진들에 대한 주주총회결의금지 가처분 소송을 제기하는 법적 절차에 착수해서 주총을 막아 봐야죠."

"하나 더 있습니다. 순양애드미어와 물산의 자산 가치가 너무 차이 나니까 순양물산이 자사주를 매각할 겁니다. 믿을 만한 곳에 넘겼다가 경영권 확보하면 다시 사들이겠죠. 다른 자회사나 계열사에서 말입니다."

변호사들이 쏟아 내는 의견을 듣고 되물었다.

"승산이 있어요?"

"우리 쪽 계산 결과는 이렇습니다. 불공정한 합병 비율로 인해 물산의 장부가치 7조 8000억 원을 진영준 개인에게 넘기는 꼴입니다. 우린 이걸 강조해야 합니다."

"그럼 저쪽에서는 어떤 논리를 펼 것 같습니까?"

"합병으로 인한 시너지 효과를 강조하겠죠. 순양애드미디어는 규모는 작지만, 순이익률이 엄청나니까요. 그리고 순양애드미디어가 보유한 다른 계열사 주식을 거론할 겁니다. 그 계열사와의 사업 연계가 원활해져서 얻는 가치 등등….."

변호사들의 말은 어차피 법정에서 울려 퍼질 공허한 숫자 놀음에 지나지 않는다. 이 정도로는 법 집행자들을 이길 수 없다.

그들을 내보내고 다시 혼자 남았다. 뭘 해도 성에 차지 않았다. 설사 모든 힘을 동원하고 법원을 구워삶아 가처분 소송에서 이기더라도 현상 유지가 전부다. 온갖 난리를 다 치고도 단 한 발자국도 나가지 못한다. 너무 비효율적이다.

'소 뒷걸음질 치다 쥐잡기.'라는 속담은 우연이나 요행을 말하는 거지만, 할아버지는 다르게 말했다. 무능한 사람에게 소만도 못한 놈이라고 했다.

"소도 한 걸음 움직일 때 쥐를 잡는다. 하물며 사람이라면 한번 움직일 때마다 뭐라도 건지든, 한 놈을 잡아 죽이든 해야 할 것 아니냐!"

막대한 비용과 인맥을 동원하고도 현 상태를 유지한다면 할아버지는 곧바로 멍청한 놈이라고 소리쳤을 것이다. 바로 그 음성이 귀를 울리는 듯한 착각이 들었을 때 일어났다.

'한 놈을 죽이고 뺏어야겠다!'

내 계획 아니, 지금은 생각이다. 내 생각을 다 듣고 난 후 이학재 회장
은 놀라기보다는 심각한 표정이 되었다. 그리고 한참 뒤에 짧은 물음을
던졌다.

"자신 있어?"

"잘 모르겠어요. 자신 있어서 시작하는 게 아니라 꼭 해내야 하는 일
이라고 생각합니다. 이 상태가 지속되면 그대로 굳을 뿐입니다."

"왜 그렇게 생각하지?"

앞으로 서브프라임이나 두바이 사태 같은 기회가 내 기억에 없기 때
문이며, 5년 만에 두 배로 커버릴 거대한 순양전자를 등에 업은 진영준
은 자신의 성을 더욱 굳건하게 만들 수 있기 때문이다. 이런 건 입 밖으
로 내지 못하니 나는 이 회장에게 다른 이유를 댔다.

"큰아버지와 영준이 형은 도망친 다음 돌아올 생각이 없습니다."

"네 생각대로 움직여지지 않고 한 발짝이라도 비끗하는 날에는 네 손
으로 저쪽 성을 쌓아 주는 꼴이 된다. 알지?"

"네. 그러니 자신 있다는 말을 못 하는 겁니다."

이 회장은 긴 한숨을 쉬며 말했다.

"시기는 언제로 잡을 거냐?"

"대선이 딱 1년 남았죠? 그러니까 내년 하반기부터 시작할 생각입니
다. 정권 교체기 때에는 공무원도 눈치 보느라 바쁘거든요. 구멍 뚫린
곳이 많을 겁니다."

"주총을 최대한 연기시켜야 하겠구나."

"네. 소송전으로 가야겠죠. 저들이 원하는 주총은 5, 6월에나 가능할

겁니다."

"거참, 줄타기도 보통 줄타기가 아니네. 꼭 져야 할 소송을 질질 끌어야 한다니 말이다."

만약 주주총회결의금지 가처분 소송에서 내가 이겨 버리면 큰일이다. 시체가 나와야 살인죄가 성립하듯이 주총은 열려야 하며 합병은 이뤄져야 한다. 그래야 사냥을 시작할 수 있다.

"이 줄타기는 그리 어렵지 않습니다. 뭘 해도 질 소송이니까요. 문제는 그다음이죠."

"결정적인 한 방이라…."

"큰아버지는 이번 합병 건으로 써먹을 수 있는 카드는 다 썼으니 이 빨 빠진 호랑이 신세입니다. 그분은 꼼짝 못하게 만들 수 있습니다."

"호랑이는 죽을 때까지 호랑이다. 너무 쉽게 생각하는 거 아니냐?"

"공적인 부분에서는 미약하나마 전화라도 한 통 돌릴 수 있겠죠. 하지만 사적인 부분이 터져 나오면 미약한 힘마저도 쓰지 못할 겁니다."

"사적인? 그게 무슨 뜻이지?"

이 회장은 이해하기 어려운지 미간을 찌푸렸다.

"그룹 전략팀 직원들이 제 눈과 귀 역할을 한 지 오래됐습니다. 우리 집안사람들이 무슨 짓을 하고 다니는지 제가 훤히 알아요."

"뭐?"

"아, 그 직원들은 자신들이 제 눈, 귀라는 걸 모릅니다. 그냥 밥 먹을 때, 술 마실 때 주절대는 내용이 고스란히 제게 들어오니까요."

말을 잊고 눈만 깜박거리던 이 회장이 신음 같은 소리를 흘렸다.

"아… 김윤석이가 그쪽 출신이지?"

"네. 하지만 진짜는 신석호 부장입니다. 저를 위해 일한 지 10년도 넘었어요."

"신석호? 그 친구는…?"

"네. 가장 오래됐죠. 그 덕분에 큰아버지 가족 담당 부장 아닙니까? 세상에 숨기고 싶은 내용이 산더미입니다. 전 결정적인 거 몇 개만 확보할 생각입니다."

이학재 회장은 기가 막힌 표정으로 말했다.

"그럼 영준이는?"

"다행히 이번 합병 건에서는 영준이 형이 전면에 나섰다고 하더군요. 소송으로 질질 끌면 또 나설 겁니다. 기회는 분명히 있어요."

"바보 같은 자식."

이 회장이 혀를 찼다.

"백 실장은 꿔다 놓은 보릿자루도 아니고… 인사만 하고 빠져야 하는데 직접 청탁하다니."

"자기 사람이라고 생각하지 않는 거죠. 회장님도 아시지 않습니까? 할아버지 돌아가시니까 두 큰아버지가 가장 경계한 분이 바로 회장님이십니다."

"그럼 또 한 번의 기회가 있겠네."

이 회장이 빙긋이 웃었다.

"네?"

"백 실장 말이다. 토사구팽 신세 아니겠어? 내가 가려운 데 한번 긁어줘? 어떻게 나오는지 보게?"

"그것도 좋겠네요. 하나는 확실합니다. 첫째 큰아버지나 영준 형이나, 사람 귀한 줄 몰라요. 백 실장, 지금쯤 분명히 마음 많이 상했을 겁니다."

백준혁 실장이 끝없이 충성하는 사람이라도 상관없다. 그는 아직 외부의 충격을 받은 적이 없어 관성의 법칙으로 충실할 뿐이다. 유혹받은 적 없는 충성심이 얼마나 견고할지는 충격을 줘야 확인할 수 있다.

"그런 사람이 배신하면 무섭게 변합니다. 회장님이 가장 잘 아시잖아요?"

"인간이 거기서 거기지 뭐. 욕심 채우고, 자존심 세우고, 쪽팔릴 일 없으면 마음 기울기 마련이다."

하나 더 있다. 상처가 있다면 상처를 달래야 하고, 상처를 달래는 가장 좋은 방법은 내 상처에 약 바르는 게 아니다. 나에게 상처 준 놈에게 똑같은 상처를 주는 것이다. 백준혁이 누구에게 가장 큰 상처를 입었을까?

▲ ▲ ▲

2012년은 선거의 해라고 할 만큼 지구촌 곳곳에서 선거가 치러질 예정이었다. 우리나라는 총선과 대선이, 미국, 러시아, 멕시코, 스페인, 프랑스 등은 대통령 선거가 기다린다.

하지만 한국의 새해는 소송 하나가 모든 이슈를 덮어 버리고 세상을 시끄럽게 해버렸다. 언론은 주주총회결의금지 가처분 소송을 '막내의 반란'이라든지 '막내의 역습'이라는 자극적인 카피를 뽑아내며 클릭을 유도했고 엄청난 광고 수익을 벌어들였다.

법정에서는 한국 최고의 두 법무법인이 진검승부를 겨뤘고, 법정 밖에서는 일방적인 싸움이 펼쳐졌다. 언론의 입장에서는 나나 영준 형이나 어차피 대형 광고주다. 양측의 비중을 비슷하게 다뤘지만, 내 사진만 실리면 클릭과 댓글이 폭주하니 여론전은 압도적인 승리였다.

"기업이 왕조는 아니죠. 적장자 승계 원칙이라는 게 현대 사회에 가당키나 합니까? 게다가 편법까지 동원해서 말입니다."

"하지만 진도준 씨 역시 한 핏줄 아닙니까? 외부에서 보기에는 왕조의 왕자들 싸움으로 보입니다. 진영준 씨와 진도준 씨 누구라도 차이가 없어요."

보기에는 핵심을 찌른 질문 같지만, 인터뷰라는 게 어차피 짜고 치는 고스톱이다.

"제가 그 자리를 차지한다고 한 적 없습니다. 전 편법을 넘어 불법에 가까운 합병을 반대하는 것일 뿐입니다. 순양물산의 주주로서 말이죠."

"순양물산 주주 중 소송까지 불사한 건 진도준 씨가 유일합니다. 그 이유가 그룹 승계와 관련 없다고 말씀하실 수 있으세요?"

준비한 답을 말하려다 멈칫했다. 좀 더 화끈하게 불을 지르는 게 나을 것 같다.

"제가 왜 순양물산을 원한다고 생각하시죠?"

짜고 치는 고스톱이라 할지라도 패를 잘못 낼 때도 있다. 이럴 때 필요한 건 순발력이다. 다행히 인터뷰하는 기자는 순발력이 있었다.

"그, 그야… 순양물산을 차지하면 순환출자구조 덕택에 순양전자까지 손에 들어오기 때문 아닐까요? 또한 전자가 가진 타 계열사 지분까지 덩달아 확보하니 말 그대로 호박이 넝쿨째…."

"그러니까 제가 왜 순양전자를 원한다고 짐작하는 겁니까? 전 순양그룹을 욕심내지 않습니다."

엉뚱한 답변에 오기가 발동했는지 기자의 질문에 날이 서기 시작했다.

"그럴 리가요? 원하지도 않는데 굳이 법정 소송까지 시작할 필요가 있을까요?"

"기자님."

난 웃으며 기자의 눈을 바라보고 말했다.

"세상 사람들이 아주 궁금해하는 게 있죠. 저 진도준이라는 놈은 투자의 귀재라고 하는데 과연 재산이 얼마나 될까…?"

기자는 침을 꿀꺽 삼켰다. 만약 내가 내 재산을 밝힌다면 그야말로 초특급 특종을 잡은 것이기 때문이다.

"포브스지에 이름 올리는 부호들이 타 기업을 차지하기 위해 소송 거는 거 보신 적 있습니까?"

"아, 아뇨."

"기업을 차지한다는 건 여러 이유가 있겠지만, 어차피 장사입니다. 노골적으로 말한다면 돈을 벌기 위해서죠. 세계적인 부호들은 투자를 위해 기업을 인수하지 규모를 키우려고 인수하지는 않습니다."

"그 말씀은 진도준 씨는 워런 버핏이나 빌 게이츠에 버금가는 부호라는 뜻입니까?"

"제가 여기저기 투자한 돈을 전부 회수하여 재산 목록을 만들면 포브스지에 이름 올린 부호들의 순위는 무조건 한 계단씩 내려갑니다. 단 한 명도 예외 없어요."

"호, 혹시… 제가 잘못 이해한 게 아닌가 해서 다시 질문합니다. 그러니까 세계 최고 부자라는 말씀이신가요?"

기자는 흥분을 감추지 못한 채 더듬거리며 말했다. 최고의 특종을 건졌으니 그럴 만하다.

"물론입니다. 아마 지금 1위의 두 배 정도 될걸요?"

답답해 하는 기자의 마음이 얼굴에 고스란히 드러났다. 그는 현재 세계 최고 부자의 재산이 얼만지 모른다.

"말이 엉뚱한 곳으로 흘렀는데… 핵심만 말씀드리겠습니다. 전 순양 전자나 물산을 탐낼 이유가 없어요. 단지 주주의 이익에 반하며, 세계적인 경쟁력을 가진 기업을 편법으로 장악하는 후진적인 방식이 마음에 들지 않을 뿐입니다. 비록 가족이라 할지라도…."

▲ ▲ ▲

"저 자식은 돈 자랑을 해도 꼭 저렇게 공개적으로 해요."

이학재 회장은 TV를 끄며 찻잔을 들었다.

"설마 저 보라고 TV 켜신 겁니까?"

"그럼? 난 이미 아는 건데 왜 보겠어?"

백준혁 실장은 피식 웃으며 담배를 꺼내 들었다.

"그래서요? 진도준이 돈 많은 게 저랑 무슨 상관입니까?"

"이 싸움의 결과가 뻔하다는 걸 알려 주려고."

"뻔하죠. 우리가 이깁니다. 승산 없었다면 시작도 하지 않았어요."

"자네, 큰 착각을 하는 게 아닌가?"

"착각이라뇨?"

"늑대가 도망치는 사슴 한 마리를 사냥하는 거야. 운 좋으면 살아남고 한 번만이라도 삐끗하면 잡혀 먹히지. 사냥에 실패한다고 해서 늑대가 죽진 않아. 이런 게 싸움인가?"

백 실장은 담배에 불을 붙였다.

"이 실장님. 진 회장님 흉내는 그만 내시고 용건만 말씀하시죠."

"같은 따까리 출신이니까 말하는 건데 주인 바뀌면 따까리도 은퇴야. 알지?"

"설마 저 꼬시는 겁니까? 토사구팽 피해서 밑으로 들어와라…. 이런 거냐고요?"

백 실장이 눈을 부라리자 이 회장은 웃으며 고개를 끄덕였다.

"말귀 잘 알아듣네."

"실장님!"

"내 밑으로 오라는 거 아니니 소리 지르지 마. 제안 하나 하려는 거야."

"무슨 제안요?"

"돌아가신 진 회장님께서 지분 다 나눠 주고 물러나셨을 때 진영기가 내게 처음 했던 말이 뭔지 아나? 숨만 쉬고 죽은 듯 지내라고 하더군.

그룹 일은 물론이고 외부에서 그 어떤 일도 하면 안 된다고. 이건 은퇴가 아니라 순장 당하라는 명령이었어."

모시던 주군이 죽으면 무덤에 함께 묻히는 노비. 그 명령을 주군의 아들이 했다. 백준혁 실장은 이미 은퇴한 주군인 진영기의 아들이 떠올랐다. 그는 어떤 명령을 내릴까? 멈추고 싶었지만, 이 질문이 계속 머릿속에 맴돈다.

"자네는 나보다 훨씬 젊어. 한창 일할 나이 아닌가? 숨만 쉬고 살 수 있겠나?"

"전 이 실장님처럼 진도준이 밑에서 살랑거리는 건 쪽팔려서 못 합니다만."

분명 비웃는 말이었지만 이학재 회장은 여전히 온화한 표정만 지었다.

"그래 보여? 자넨 도준이를 너무 몰라. 상전 놀음이나 하는 놈이 나이 서른에 혼자 힘으로 순양을 다 먹고 세계 최고의 부자가 될 수 있다고 생각하나?"

"그럼 아닙니까? 이 실장님은 진 회장님 대신 진도준을 모시는 것뿐입니다. 부인하고 싶어도 그게 현실입니다."

"내가 HW그룹 회장 자리에 앉은 뒤 단 한 번도 도준이에게 결재받은 적이 없는데? 아, 있긴 하다. 긴급 자금이 필요할 때 은행 대신 도준이에게 손을 벌렸지. 도준이는 다스리는 건 관심 없어. 정복만 할 뿐이지."

"그 말을 믿으라고요?"

"믿고 안 믿고는 자네 몫이고. 아무튼, 도준이는 칭기즈칸 같은 놈이야. 정복하고 그 땅은 다른 사람에게 획 던지고… 말하고 보니 그놈 늑대 맞네. 흐흐."

인상을 찌푸리며 바라보는 백 실장에게 이 회장이 말했다.

"자네도 손 닿는 사람 많잖아? 물어봐. 내 말이 거짓말인지."

"관심 없습니다. 아무튼 전 진도준을 위해 주총 막을 생각도, 합병 막을 생각도 없으니까 서로 시간 낭비 그만하는 게 어떻겠습니까?"

"오해하지 마. 난 전자와 물산은 관심 없으니까. 그건 도준이가 알아서 할 일이고."

"그럼 도대체 왜 만나자고 하신 겁니까?"

이학재 회장은 웃음을 지우고 진지한 표정으로 말했다.

"진영준이 자네를 순장하려고 할 걸세. 그때 잘 생각해 봐. 자네가 진정으로 하고 싶은 일이 뭔지. 그 일을 내가 도와줄 수 있겠다 싶으면 주저하지 말고 말해. 도와줌세."

생각지도 못한 말을 들은 백준혁은 얼어붙었다.

"따까리 마음은 따까리가 알지. 분명 자네도 하고 싶은 일이 생길 거야. 내가 회장 자리 앉아 보니까 인생이 꼭 한 길만 있는 건 아니더라고."

이학재 회장은 굳은 백준혁의 모습이 그리 낯설지 않았다.

▲ ▲ ▲

"내가 포브스지 확인했는데 세계 최고의 부자는 멕시코 사람이던데? 카를로스 슬림이라고 통신사 재벌이더라고. 75조 원."

"그래? 80조가 안 돼?"

"응."

와이프는 현실감 없는 숫자를 마치 시험 성적처럼 여기는 듯했다. 늘 시험과 등수에 얽매여 살던 공부벌레다운 태도였다.

"그런데 자기 재산이 1위의 두 배라고 했으니 150조라는 뜻이잖아."

"글쎄 개인 재산만 따져 보면 100조는 넘을 테고, 순양그룹을 포함하면 또 달라지지."

"그런데도 순양그룹 전부를 갖고 싶어?"

묻고 싶은 질문은 바로 이것이었나? 남편의 아등바등하는 모습이 안쓰러워 보였을까?

"순양그룹을 돈으로 본 적 없으니까. 그냥 인생의 목적이라고나 할까?"

아내는 순양그룹을 인생의 목적으로 삼은 이유는 묻지 않았다. 부부라 하더라도 바깥일은 서로 바라보는 곳이 다른 것이다. 그녀도 그녀만의 목적이 있다.

"집에 이야기할까? 합병 막아 달라고?"

아내가 내 눈치를 보며 매우 조심스레 입을 열었다. 소송이 시작된이상 그다지 날카롭지도 않고 크지도 않은 칼이지만 칼자루를 쥔 곳은 법원이다. 처가의 사법부 인맥이라면 큰 입김을 불어넣을 수도 있을 것이다.

"아니. 그냥 모른 척해."

"왜? 처가 도움은 싫다, 이거야?"

"천만에. 필요할 때는 내가 바짓가랑이 붙잡고 매달릴 거야. 합병은 내가 원하는 거야. 우리 막강한 장인어른 힘은 그 뒤에 필요하거든. 별난 사위 받아들인 대가를 톡톡히 치르실 거야. 하하."

"그럼 주총 막겠다고 소송 시작한 건 뭐야?"

그녀는 도무지 알 수 없는 남편의 속내를 궁금해 했다.

"전 국민이 뭔가 찜찜한 시선으로 순양의 속을 들여다보게 하는 거. 그거면 족해."

시작한 김에 아내에게 물었다.

"혹시 사법부는 이 합병을 어떻게 생각하는지 들은 거 있어?"

"소문만 무성해. 담당 판사 배정되면 소문이 사실로 변하겠지. 담당 판사 줄이 어느 줄인지 나오니까."

"소문은 어떻게 돌아?"

"합병을 방해하는 요소는 일찌감치 제거하라. 위에서 이런 지침 내려 왔다는 정도?"

사법부에 압력 넣을 힘이 있는 사람들 아닌가? 내 계획대로 된다면 판사 서넛은 옷 벗게 될 것이다.

"자긴 절대 이 건 맡으면 안 돼. 절대!"

"난 형사재판부 판사거든! 부인이 무슨 일하는지도 몰라? 법대 나왔 으면서?!"

▲ ▲ ▲

6월 1일, 서울중앙지법 민사합의부는 합병 금지 가처분 신청을 기각 했고 일주일도 지나지 않아 '순양물산 자사주 매각금지' 가처분 신청도 기각했다. 법원은 자사주 매각이 사회 통념상 현저히 불공정하거나 사 회질서에 반한다고 보기 어렵다고 판단했다. 기가 차는 것은 다시 일주 일도 지나지 않아 서울고법 민사부에서는 항고심도 끝내 버렸다는 것 이다. 당연히 주주총회 결의금지 및 자사주 매각금지 금지 가처분 신청 을 받아들이지 않았다. 이렇게 빠른 재판 진행은 찾아보기 힘들 정도다.

진영기 부회장과 진영준의 발걸음도 번개처럼 빨랐다. 7월이 되자마 자 순양물산은 임시 주주총회를 열고 순양애드미디어의 합병안을 가결 했다. 찬성표는 70퍼센트 가까이 됐으며 25분 만에 주주총회는 끝났다.

순양물산 2대 주주인 국민연금의 운용 본부장이 등장했지만, 현완주 가 아니었다. 순식간에 교체된 본부장은 기금운용 본부의 일개 기획실 장에 불과했던 사람이었다. 유례를 찾아볼 수 없는 파격 인사의 이유는 바로 시키는 대로 찬성표를 던질 허수아비로 제격이기 때문일 것이다.

주주총회가 끝났을 때 긴 한숨이 나왔다. 살을 내줬다. 이제 뼈를 취해야 한다.

"축하해. 순양전자, 순양물산 총괄 CEO 겸 회장님."

"나오지 않는 웃음 짜내느라 힘들겠다. 뭐… 축하 인사하러 온 손님을 박대할 수는 없지. 차라도 한 잔 줄까?"

"물이나 한 잔 줘."

"그래, 그거 딱이다. 물 먹었으니까 속이 타는가 봐? 흐흐."

진영준은 승리의 기쁨을 만끽하는 중이다. 더욱이 패자라고 여기는 내가 직접 나타났으니 기쁨은 배가 되었을지도 모른다.

"그래도 상관없잖아? 세계 제1의 부자. 개인 재산만 100조가 넘는 네가 이깟 회사 몇 개 더 먹으려고 용쓰는 게 어리석은 거지. 그런데…. 진짜야? 100조가 넘는다는 네 재산?"

"부러워? 그럼 내가 100조 줄 테니까 세계 1위 부자 놀이하며 살아. 대신 순양그룹 주식은 하나도 빠짐없이 날 주고. 어때?"

'한심한 놈!'

당황하는 이놈의 표정을 보니 한심할 뿐이다. 순양은 할아버지가 평생을 걸쳐 이룩한 권력이다. 법을 초월한 권력은 돈으로 환산하는 게 불가능하다. 진영준은 그 가치를 모르니 잠시나마 흔들리는 것이다.

"뭐, 난 언제든 바꿀 용의가 있으니까 생각 있으면 말해. 아무튼, 현실적인 이야기 할까?"

"현실적인? 아직 나와 할 이야기가 남아 있어?"

"많아. 일단 여기 순양 사옥에서 나가줘야겠어. 이 사옥은 순양건설 재산이고 전자와 물산, 다른 계열사는 임대료도 거의 안 내고 사용했거든. 이사부터 해야겠지?"

"뭐?"

"또 있어. 계열사 간 외상 거래한 거, 돈 빌려준 거 다 정리해야겠지?

계산해 보니까 4000억 정도 받아야 할 돈이 있더라고. 그거 정리해 줘.”

“야! 치사하게 그런 걸….”

눈살을 찌푸리며 말하던 그가 다시 비웃으며 말했다.

“그래, 비워 주지. 돈 정리도 깔끔하게 하고. 이런 식으로 분풀이라도 하고 싶겠지. 이해한다.”

“분풀이? 무슨 분풀이?”

“됐다. 이 정도 투정은 받아 주마. 돈 많은 우리 막내, 내가 잘 보여야지. 그래야 필요할 때 돈도 좀 빌릴 수 있지 않겠어?”

“착각하는 건 자유지만 좀 그러네. 난 형님이 전자를 먹기 위해 합병한 거… 오히려 반가운데?”

“그만해. 그렇다고 쿨하게 보이는 건 아니니까.”

“사실인데… 믿고 안 믿고도 자유지만, 잘 생각해 봐. 난 소송 외에는 아무것도 안 했어.”

진영준의 표정이 이제야 굳어지기 시작했다.

“주주들에게 의결권을 위임해 달라고 요청도 안 했고, 합병 반대의 타당성을 호소하지도 않았어. 형님은 소액 주주들에게 합병 동참을 호소하는 성명서도 발표하고 광고까지 했지? 하지만 난 단 한 명의 주주도 만나지 않았다고.”

눈을 깜빡거리며 기억을 더듬는 모습이다. 상대가 뭘 하는지보다 왜 아무것도 하지 않는지를 의심해야 하는 기본도 모른다.

“나도 합병 찬성파였으니까 가만히 있었던 거라고. 축하 인사도 진심이니까 내 진심을 고깝게 생각하지 마.”

이것이 선전 포고라는 걸 알아채지 못한 그를 두고 일어섰다.

“한 달 안에 방 빼고 계산도 다 해줘. 형님도 깔끔하게 새 출발하는 게 개운하지 않겠어?”

여전히 그간 내가 무엇을 했는지 기억을 되살려 보려 애쓰는 듯한 그에게 환한 웃음을 보였다.

▲ ▲ ▲

여당의 대통령 후보 경선은 요식행위일 뿐이었다. 강력한 대권 후보에게는 경선이 바로 대선을 향한 선거 캠페인의 일부분일 정도로 결과는 정해져 있고 그 결과는 틀리지 않을 것이다.

일찌감치 윤곽을 드러낸 여당 후보의 선거대책위원회는 막강한 진용을 자랑했다. 하지만 난 그들과의 접촉은 피하고 지금껏 단 한 번도 만난 적이 없었던 사람과 조촐한 저녁 자리를 준비했다.

"어서 오십시오. 검사장님."

조그마한 레스토랑의 문을 열고 조심스레 들어오는 한 사내를 향해 인사를 건네자 그는 황급히 머리를 숙였다.

"처음 뵙겠습니다. 황재안입니다."

고개 숙인 그를 보며 생각했다. 이자는 어디까지 알고 있을까?

"그리고 이젠 일개 변호사일 뿐입니다. 회사 그만둔 지 1년이나 됐는데…. 검사장은 옛날 말이죠."

"더 큰 도약을 위해 잠시 웅크리고 계신 거 다 압니다. 하하."

슬쩍 찔러 보며 그의 표정을 살폈다. 조금 놀란 것 같기도 하고, 당황한 기색도 비쳤다.

'벌써 이야기가 오고 갔구나.'

"이런, 제가 너무 앞서갔나요?"

"무슨 말씀이신지 잘… 그저 덕담으로 듣겠습니다."

깜짝 인사를 위해 철저하게 물밑으로 움직이는 게 분명했다. 실세 비서실장이 추대한 초대 법무부 장관이 될 사람이 바로 이자다. 철저한 공안 검사 출신이며 기획 수사의 달인이라고 소문이 자자했다. 엄청난 권력욕을 가졌다는 뜻인데 그가 검찰을 그만둔 것은 나도 이번에 알았다.

"혹시 레스토랑을 빌리신 겁니까?"

손님 하나 없는 실내를 둘러보며 그가 말했다.

"네. 조용히 드릴 말씀이 있어서요. 그리고 전 와인은 잘 모르지만, 이 집 와인이 좋다고 하더군요. 음식도 제법 맛납니다."

그의 표정이 밝아졌다. 와인을 좋아하는 그로서는 와인 리스트가 궁금할 것이다.

"한번 골라 보시죠."

와인 리스트를 펼친 그가 놀란 표정을 지었다. 가격이 적혀 있지 않았고 한 병에 수백만 원을 넘기는 와인만 적혀 있다. 그가 진정한 애호가라면 그 가치를 알 것이다.

"이건 좀 과한 것 같군요."

리스트만 보고 단번에 그 가치를 아는 것 보니 진짜 와인을 좋아하는 것 같다.

"검사장… 아니 변호사님. 인터뷰 안 보셨습니까?"

"네? 어떤… 아, 하하하."

그가 너털웃음을 터트리며 와인 리스트를 내려놓았다.

"괜한 생각을 했습니다. 세계 최고의 부자 앞에서 가격 걱정을 하다니. 허허."

내 손짓에 매니저가 달려왔고 그는 꽤 긴 이름의 와인을 주문했다.

"덕분에 오늘 혀가 호강하겠습니다그려."

천천히 와인과 더불어 식사하며 선거 이야기를 나눴다. 식사를 끝마칠 무렵 그에게 달콤한 말을 건네기 시작했다.

"전 확실한 승산이 점쳐지지 않으면 투자하지 않습니다. 그게 제 할아버지와 다른 점이죠."

"진 회장님께서도 확실한 투자만 하신 거 아닙니까?"

"아뇨. 할아버지는 먼저 투자하고 승산을 만드셨죠. 수단과 방법을 가리지 않고요."

"듣고 보니 차이가 크군요. 진 회장님이 가장 아끼신 분이라고 들었는데 성향이 다르다니, 의외입니다."

"이번엔 할아버지 방법을 따르려고 합니다. 좀 도와주시겠습니까?"

그가 고개를 갸우뚱했다.

"전 일개 변호사일 뿐입니다. 세계 제일의 부호도 하기 힘든 일에 도움이 되겠습니까?"

"물론입니다. 제가 돈으로 사고 싶은 게 있는데 파는 사람이 망설일지도 몰라서 말입니다."

"그런 게 있습니까?"

"네. 법을 사고 싶습니다."

"법? 아니, 그게 무슨…?"

"이미 아시겠지만, 우리 집안싸움이 좀 떠들썩합니다."

"그 싸움 끝난 거 아닙니까? 장손이 순양의 전자와 물산 계열을, 그리고 진도준 씨가 나머지 전부를. 전 그렇게 알고 있습니다만."

"그렇게 끝낼 것 같았으면 전 시작도 하지 않았을 겁니다. 진영기 부회장이 싸움을 피하려고 현 정권의 도움을 얻어 도망친 겁니다. 전 그들을 다시 싸움판으로 끌어들인 다음 변호사님의 도움으로 완전히 끝내 버릴 생각입니다."

황재안 변호사의 머리 굴리는 소리가 들리는 듯했다.

"임기 반년 남은 대통령과 진영기 부회장은 오래전부터 잘 아는 관계 아닙니까? 퇴임 전에 선물 하나를 던져 준 것에 불과합니다. 그리고 전 그걸 되돌릴 생각이고요."

"순양그룹의 60퍼센트를 차지하셨고 개인 재산도 세계 제일이신 분인데 아직 만족하지 못하신 겁니까?"

"제가 그런 쪽으로는 할아버지를 많이 닮았습니다. 전부가 아니면 성에 차지 않아요."

다시 생각에 잠긴 그를 향해 말했다.

"재벌 그룹을 공평하게 나누는 건 정치권의 관심사가 아닐 겁니다. 정치권에서는 재벌을 금고로 바라봅니다. 그럼 차기 정권은 누구를 금고로 사용하는 게 좋을까요?"

너무 노골적인 말이라 당황한 표정이었다.

"저기, 이왕 말씀하셨으니 하나 여쭙겠습니다. 도대체 원하는 게 뭡니까?"

드디어 기다리던 질문이 돌아왔다.

"순양전자그룹의 회장으로 취임한 진영준의 구속입니다."

"네?"

"뭘 그리 놀라십니까? 재벌 회장이 검찰청 포토라인에 서는 게 어제오늘 일도 아니고, 법정 구속된 회장도 드물지 않습니다."

예상치 못한 말이었는지 아니면 너무 황당한 말이라고 생각했는지 모르겠지만, 그는 아무런 반응을 보이지 못했다.

"대법원까지 가면 집행유예로 풀려날 겁니다. 그 정도 힘은 있으니까요. 단지 그동안 구속 상태로만 있으면 됩니다. 최소 6개월 이상."

"그, 그러니까 손발 묶어 두겠다는 목적이신 것 같은데 실세는 그의 부친인 진영기 부회장 아닙니까?"

"우리 같은 사람의 실권은 주식인데 이미 다 물려줬죠. 남은 건 영향력인데…. 그건 제가 무력화시킬 수 있습니다."

황 변호사는 한참을 노려보더니 조금 딱딱한 음성으로 말했다.

"어디까지 알고 있습니까? 그리고 어떻게 알았습니까?"

사실대로 대답하기 어려운 질문이다. 적당히 둘러대야겠다.

"우리 정보팀에서 이번 대선과 초대 내각을 분석한 결과입니다. 여당 후보가 이미지만 좋을 뿐 행정부를 구성할 능력은 부족하죠. 부족한 부분은 비서실장이 채워야 할 테고 황 변호사님은 그 비서실장과 깊은 인연이 있는 분 아닙니까?"

"순양이 왜 순양인지 알 것 같습니다. 대단하군요."

이 정도까지 이야기하는 건 그도 내 제안에 흥미를 느꼈다는 뜻이다. 정확히 말하면 내 돈이겠지만.

"혼자 결정할 문제가 아닙니다. 상의를 해야 할 사안입니다."

"물꼬는 제가 틔우겠습니다. 변호사님께서는 가장 잘하시는 걸 하면 됩니다."

"제가 잘하는 거라니요?"

"기획 수사. 아닙니까?"

황 변호사는 또 입을 다문다. 생각이 많은 사람이다. 그렇기에 여기까지 올라왔겠지만.

"물꼬를 틔운다고 하셨는데… 그게 뭘까요?"

"만사형통(萬事兄通), 상왕, 복심으로 불리는 현직 대통령의 형님입니다. 일단 그 사람 옷부터 갈아입히죠. 수의(囚衣)로 말입니다."

황 변호사 다음으로 만난 국회의원은 나를 보자마자 호들갑을 떨며 악수를 청했다. 그는 행시 출신으로 경제통이다.

"오랜만에 뵙습니다. 의원님."

"아이고, 우리 진 실장… 손 한번 만져 봅시다. 쳇복 많은 사람인 건 알았지만, 이 정도로 어마어마할 줄이야! 정말 놀랐어요."

"먼저 축하 인사부터 드려야겠습니다. 이제 봄날의 시작이군요."

최석환 의원은 손을 내저었다.

"봄날은 무슨, 가까스로 당선했는데…. 허허."

현 대통령의 반대파 여당 의원이다 보니 지난 총선 때 공천도 못 받았고 4년간 미국 위스콘신에서 유학이라는 이름으로 건너가 골프나 치며 허송세월했다. 물론 그 비용은 전액 내 주머니에서 나왔다. 하지만 그가 모시는 분이 여당의 강력한 대권 후보가 되자 깃발만 꽂아도 당선이라는 지역구에 공천 받았고 올해 4월, 다시 국회로 입성했다.

후보의 최측근이다 보니 국회 입성과 동시에 여당 의원들이 손을 비비며 그의 뒤에 줄서기 시작했고, 이미 최대 계파의 수장이 되어 버렸다.

"내가 진 실장 은혜는 잊지 않으리다. 백수생활 4년을 진 실장 때문에 호의호식하며 버틴 거나 다름없으니까 말이요."

"마음 쓰지 마십시오. 그보다 앞으로의 일을 말씀드리고 싶습니다."

"뭐든 말만 하시게. 있는 힘껏 발 벗고 나서겠네."

반짝이는 최 의원을 눈을 바라보며 말했다.

"이번 대선, 제가 책임지겠습니다. 필요한 자금 얼마든지 제공할 테니까 한계를 두지 마시고 마음껏 쓰십시오. 그리고 차기 정권에 대선 자금의 대가로 그 어떤 요구도 하지 않겠습니다. 대신 올해 그 대가를 미리 받고 싶습니다만."

대선 자금을 무제한 제공한다고 하자 최 의원은 환히 웃었고 대가를 원치 않는다고 하자 웃음이 사라졌다.

"도, 도대체 진 실장이 원하는 건 뭐요?"

최 의원은 종잡을 수 없는 내 태도에 무척이나 당황한 것이 틀림없다. 말까지 더듬는다.

"올해 연말까지 제 발걸음을 막지 마십시오. 차선 하나 다 비워 주시고, 무단 횡단하면 신호등도 바꿔 주시고, 흙길이면 아스팔트도 깔아 주십시오. 폭주하더라도 못 본 척해주시고요."

"폭주라니? 그건 또…?"

"검찰이 무리한 기소를 남발하고 언론이 원색적인 소재를 기사로 쓸 겁니다. 옐로페이퍼나 다름없겠죠. 대선 기사가 묻힐 수 있습니다. 일반인은 선거 이야기보다 자극적인 이야기를 더 좋아하니까요."

최 의원은 난감한 표정을 보였다. 선거가 아닌 다른 이슈가 두드러지는 건 바람몰이에 부정적이기 때문이다.

"대신 제가 큰 도움이 될 일 하나를 시작할 겁니다."

"큰 도움이라니요?"

"현 대통령의 인기가 바닥입니다. 같은 당이지만 정권 교체, 여당 내의 야당이라는 전략을 이미 쓰고 계시지 않습니까?"

"그렇습니다만."

현 대통령의 지지율은 단순히 레임덕 현상으로 설명하는 게 불가능할 정도로 낮다. 여론 조사에서 여당이 우세한 이유는 야당이 지리멸렬하기 때문이지 여권이 잘해서가 아니다. 게다가 현 대통령은 경쟁자였던 지금의 후보 측을 집권 기간 내내 탄압했기에 정권 교체라는 키워드를 선점해 버릴 수 있었다.

"제가 확실한 키 하나를 드리겠습니다. 현 대통령의 친형을 공격할 겁니다. 구경만 하시다가 적절한 시기에 등장하셔서 적절한 발표만 하시면 후보님은 현 정권과 확실히 다르다는 인식이 퍼질 겁니다."

"공격이라니…?"

"실형을 면하지 못할 겁니다."

"진 실장. 도대체 그렇게까지 해서 뭘 얻으려는 거요?"

"의원님이 모시는 후보가 대통령 취임식을 하시기 전에 제가 순양그룹 회장으로 취임하는 겁니다. 물론 전자와 물산까지 포함해서 말이죠."

최 의원은 놀라기보다 반가움이 묻어나는 표정이었다. 대통령과 순양그룹 회장이라는 최고의 동아줄 두 개를 한 번에 잡은 셈이기 때문이다.

마지막 차례로 만난 검찰총장은 내 요청에 우는소리를 늘어놨다.

"말년에는 몸조심해야 오래 사는데… 실장님은 아예 날 벼랑으로 확 밀어 버릴 생각이구먼. 허허."

"그 벼랑 밑에는 안전망이 있습니다. 두려울 게 뭐 있습니까?"

"번지 점프할 때 말이지, 발목에 줄을 매달아 놨다는 걸 알아도 발을 떼기 힘들다고 하더군."

검찰총장의 엄살은 생색내려는 수작일 뿐 거절할 생각은 없을 것이다. 이럴 때 다른 재벌처럼 강압적으로 누를 필요가 없다. 내게는 다른 재벌 놈들이 가지지 못한 강력한 무기가 있다. 바로 응석이다.

"선배님. 한참 어린 후배가 먹고살려고 아등바등하는 게 안쓰럽지도 않습니까? 좀 확실하게 밀어주십쇼."

"그걸 말이라고…! 한 나라의 3년 예산을 현찰로 쥐고 있는 사람이 할 말인가?"

"네? 제가요?"

"인터뷰 보다가 하도 기가 차서 찾아봤어. 필리핀 예산의 세 배더군."

총장은 한참 웃더니 수화기를 들었다.

"저축은행 자료 좀 갖고 와."

수화기를 내려놓은 검찰총장은 다시 깍듯한 태도로 물었다.

"그런데 어떻게 알았습니까? 여기 관계된 걸?"

"작년 저축은행 사태 때 괜찮은 거 하나 인수하려고 조사한 적이 있습니다. 그때 그 이름이 튀어나오더군요."

젊은 직원 한 명이 조심스레 들어와 자료를 건네주고 나갔다. 총장은 그 자료를 보지도 않고 내게 전했다.

"빼도 박도 못하는 증거네. 27억 좀 넘어요."

"묵혔습니까?"

"나도 최소한의 의리는 지켜야지요. 날 임명한 사람의 친형이니까."

"그만하면 최소한의 의리는 지킨 것 같습니다. 이제 터트리시죠? 여당의 대선후보 캠프에서 좋아할 겁니다."

"야당이 아니고?"

"현 정권과 각을 세우는 게 이번 대선 전략이니까요. 유권자들이 여당 후보가 마치 야당 후보인 것처럼 착각하는 게 유리하다고 판단한 겁니다. 공약을 보세요. 경제 민주화가 제일 앞에 있습니다."

"영리한데?"

"총장님도 현명하시잖습니까? 말을 갈아탈 때가 왔습니다."

"아이고, 진 실장. 너무 노골적이야. 으허허."

"편하시죠? 제가 점잔 떨지 않아서. 하하."

한바탕 시원하게 웃은 총장은 슬그머니 서류를 가리켰다.

"그런데 갑자기 그 양반을 왜 치려는 거요? 그다지 관계도 없어 보이는데?"

"시궁창에 빠진 사람과 협상하는 것만큼 쉬운 일은 없으니까요."

도무지 알 수 없다는 표정의 총장에게 미소만 보냈다.

▲ ▲ ▲

시작은 다섯 개의 차명계좌였다. 작년 저축은행 사태 때 영업 정지 하루 전날 빠져나간 돈을 수사하던 검찰은 특정인의 것으로 추정되는

차명계좌를 발견했고, 이 계좌의 실질 소유주는 여당의 중진 국회의원
이라고 발표했다.

전 재산을 날린 수많은 사람들이 분노했고 실명을 공개하라는 요구
가 빗발쳤다. 검찰은 당연히 실명을 언론에 흘렸으며 언론은 대선을 앞
두고 이보다 더 큰 폭탄은 없다고 생각했는지 모두 톱기사로 내보냈다.

『차명계좌의 실소유주는 여당 중진 의원이자 현직 대통령의 친형인
이상일 의원으로 밝혀졌습니다. 다섯 개의 차명계좌가 비자금인지 아
니면 개인 재산인지는 밝혀지지 않았으며, 검찰은 계좌의 자금 흐름을
추적 중이라고 발표했습니다. 이상일 의원은 곧 참고인 자격으로 검찰
로 출두할 예정이며 피의자 전환은 미지수입니다.』

검찰청 포토라인에 선 이상일 의원은 굳은 표정으로 기자들이 들이
미는 카메라 앞에서 짧은 한마디만 남기고 건물 안으로 사라졌다.

"정치권의 더러운 술수에 검찰이 놀아나는 겁니다."

하지만 이 말을 믿는 바보는 없었다.

그가 검찰청 조사실에 앉아 물 한 잔을 마시고 있을 때쯤 젊은 검사
하나가 들어와 머리를 꾸벅 숙였다. 검사의 목에 걸린 신분증을 확인한
이상일 의원은 피식 웃음을 터트리며 말했다.

"어이, 김지훈 검사. 나가서 지검장에게 전해. 평검사 보내서 기죽이
는 거 식상하니까 시나리오 들고 직접 오라고 말이야."

"저 지금 시나리오대로 움직이는 건데요? 시나리오상 오늘 등장인물
은 저 혼자입니다."

"뭐야?"

인상을 찌푸리며 소리 지르는 이 의원 앞에서 김지훈 검사는 보일 듯

말 듯 한 작은 미소를 지었다.

"오늘 대한민국 검사 중에 청와대 전화 받은 사람이 한둘이 아닙니다. 그런데 제게 별도의 지시 내린 사람은 총장님뿐이었어요. 다른 사람은 입도 벙긋 안 했습니다. 참, 총장님은 이렇게 말씀하시더군요. 오늘 참고인을 피의자로 만들지 못하면 제주도로 발령 내버린다고요."

이상일 의원은 자신의 예상보다 훨씬 더 복잡한 기획이라는 걸 깨닫자 속이 타들어 갔다.

"자, 시작해 볼까요? 아 참, 참고로 전 때려죽여도 제주도 안 갑니다."

김지훈 검사는 이를 악물며 자료를 펼쳤다.

"다섯 개의 차명계좌에 들어 있던 돈은 총 27억. 이 돈이 의원님 돈이라는 증거는 없어요. 분명히 뇌물이고, 엮인 사람 찾아보니 저축은행 행장 서넛과 대기업 이름 두 개가 나오더군요. 지금이라도 입증할 수 있고 영장 바로 칠 수 있습니다."

김지훈 검사가 증거를 들이밀고 하나하나 따져 물었지만, 이상일 의원은 입을 꾹 다문 채 아무 말 없었다. 한참 후, 김지훈 검사가 말했다.

"묵비권 쓰셨으니 저는 영장 치겠습니다. 혼자 떠든 게 억울해서 안 되겠어요."

마침내 이상일 의원도 입을 열었다.

"이 정도면 검찰이 쓸 자료는 충분할 테고, 카메라 끄고 이야기하지?"

그의 말이 끝나자마자 김 검사의 핸드폰이 울렸고 문자 하나가 찍혀 있었다.

[시작해.]

휴대전화를 확인한 김지훈은 천천히, 그러나 단호하게 말했다.

"옵션을 말씀드리죠. 뇌물 27억을 발표하고 저축은행을 다시 발칵 뒤집어 놓는 것."

"그리고?"

"7억이 들어 있던 통장만 뇌물로 처리하고 나머지는 의원님 재산이 맞다고 발표하는 것. 20억은 그냥 가지십시오. 대신 대국민 사과 같은 요식행위는 하셔야 합니다."

"그게 전부인가?"

"후자를 택하실 경우, 뇌물을 제공한 곳은 저축은행 빼고 대기업으로 해야 합니다. 이미 다 끝난 저축은행 사태를 다시 뒤집는 건 차기 정권에 부담이거든요."

이상일 의원은 반쯤 감았던 눈을 번쩍 떴다. 차기 정권이라는 말이 귀에 거슬렸기 때문이다.

"이거 지금 우리 후보가 기획한 건가?"

"차기 대통령은 누가 될지 이미 아실 테고, 우리가 아무리 사냥개라도 그쪽 캠프의 양해도 없이 현 정권을 물겠습니까? 선수께서 왜 이러시나?"

이 의원은 눈을 질끈 감았다. 떠오르는 태양이 지는 태양을 지워 버리려 작업하는 건 당연한 일이지만, 그 첫 표적이 자신이 될 줄은 몰랐다. 하지만 이어지는 젊은 검사의 말에 다시 눈을 번쩍 떠야 했다.

"7억 뇌물은 순양전자의 진영준이가 전해 준 걸로 발표할 겁니다. 그렇게 아십시오."

"뭐? 순양? 갑자기 그 이름이 왜…?"

"판 키우려면 순양 정도는 돼야 하지 않겠습니까? 그리고 순양 돈도 꽤 받았잖습니까? 못해도 수십억은 챙겼으면서 새삼스럽게…."

이상일 의원은 자신의 처지도 잊은 채 순양이 갑자기 등장한 이유를 생각하기 시작했다.

"우리 사위 표정 보니 오늘 마음 단단히 먹어야겠어. 굉장히 중요한 이야기가 나올 것 같은데?"

"네. 처가 덕 좀 보고 싶어 아버님만 모신 겁니다."

항상 사람 좋은 미소만 보이던 장인은 오랜만에 냉철한 판사 시절의 표정으로 변했다.

"청탁은 주로 검사에게 하는 거 아닌가?"

"그쪽은 이미 손봤습니다. 사실 고민 좀 했습니다. 곧바로 판사들과 접촉하려다 아무래도 아버님의 전화 한 통이 더 나을 것 같아서 말입니다."

"혹시 오늘 검찰 출두한 그 의원 때문인가?"

"네. 하지만 이상일 의원은 시작일 뿐입니다. 앞으로 더 많은 사람들이 기다리고 있습니다."

"그럼 시작은 누군지 알았고…. 중간 건너뛰고 마지막이 누군가?"

"순양전자 회장인 진영준, 제 사촌 형님입니다."

"역시… 자네의 모든 행위는 오로지 하나의 목적을 위해서군."

미소 짓는 장인의 표정에서 마음을 읽었다. 돈도 충분하고 순양의 60퍼센트를 차지했으니 싸움은 그만하고 편히 살라는 말은 하지 않았다. 그도 하나의 목적을 위해 살아 본 경험이 있는 분 아닌가?

"그래, 내가 전화 돌리면서 뭐라고 하면 되는가?"

"검찰에서 구속 영장을 칠 겁니다. 진영준은 물론이고 관계된 모든 사람의 영장을 기각하지 말고 발부해 주십시오."

"꽤 중량감 있는 사람들도 많겠지?"

"네. 현직 장관도 있을 겁니다."

내 말이 떨어지자마자 장인은 그 즉시 휴대전화를 꺼내며 말했다.

"오늘부터인가?"

"네."

곧바로 어디론가 전화를 건 장인은 크게 숨을 한번 들이쉬었다.

"아, 유 판. 오랜만이야. 그래그래. 나야 잘 있지. 학교 왔다 갔다 하며 신선놀음 중이야. 그런데 부탁 하나 함세. 아니… 어려운 일이니 부탁이라고 하는 거야. 청탁일 수도 있고. 자네에게는 부담이겠지만."

장인은 나를 향해 눈을 한 번 찡긋하며 통화를 계속했다.

"오늘 중앙지검에서 영장 하나 칠 거야. 따지지 말고 바로 발부해 주게. 누군지는 알겠지? 그래, 이상일 의원. 심사숙고하는 척하며 새벽쯤에 내주면 돼. 부탁함세."

통화를 끝낸 장인에게 머리를 숙였다.

"감사합니다. 아버님."

"잠깐만, 인사는 좀 있다 하게."

장인은 다시 전화를 걸었다.

"네, 숙부님. 갑작스럽지만 오늘 밤 집안 모임을 해야겠습니다. 단 한 명도 빠짐없이 참석했으면 합니다. 아… 아닙니다. 제가 큰일 날 일이 어디 있겠습니까? 별난 제 사위를 위해 우리 집안 모두가 힘을 써야 할 일이 생겨 버렸습니다. 하하."

오늘 밤, 대한민국 사법계의 주요 보직이 모두 모이게 생겼다, 나 때문에.

통화를 끝낸 장인이 나를 향해 말했다.

"이제 인사해도 돼."

나는 벌떡 일어나 허리를 숙였다.

"진심으로 감사드립니다. 아버님."

10장

질곡의 시간은
벼락처럼 끝난다

『지난 새벽, 법원은 이상일 의원의 구속 영장을 발부했습니다. 참고인 신분으로 검찰에 출두한 지 열한 시간 만에 피의자로 전환된 겁니다. 검찰의 이례적인 수사 속도에 정가의 촉각이 집중되고 있어 귀추가 주목됩니다.』

"저게 네가 한 일이라는 거냐?"

아버지는 TV를 가리키며 말했다.

"네. 전 이번이 마지막 기회라고 생각합니다. 합병 과정의 불법을 이용해 영준 형을 몰아내고 제가 순양 전체를 장악할 겁니다."

"어쩐지… 네가 합병을 적극적으로 막지 않는 게 이상하다고 생각했는데, 이러려고 그랬구나."

"지분은 영준 형에게 모두 넘어갔고 합병을 주도한 것도 영준 형입니다. 리스크는 크지만 해볼 만합니다. 전 이 싸움을 올해 안으로 끝낼 생각이고요."

"질곡의 시간은 벼락처럼 끝난다…"

아버지는 낮게 읊조리더니 담배 연기를 깊이 들이마셨다.

"끝은 벼락처럼 순식간에 일어나지만, 준비는 아주 오래 했습니다."

"안다. 그러니 벼락처럼 끝낼 수 있을 게다. 그래, 이 애비는 뭘 해주면 되겠냐?"

"저쪽이 시끄러울 때, 전 제 모든 걸 세상에 내보일 생각입니다."

"그 모습을 세상에 퍼트려 달라?"

아버지가 말 한마디에 담긴 본질을 순식간에 알아 버리니 대화는 쉽다. 아버지가 다른 길로 빠지지 않았더라면 내 최대의 경쟁자였을 것이다.

"네. 다른 언론도 다루겠지만 해봤자 뉴스 한 꼭지 분량일 겁니다. 긴 분량으로 살포할 곳은 아버지의 채널뿐입니다."

"편성부터 손봐야겠군."

대수롭지 않게 말하는 아버지에게 조심스레 말했다.

"제 측근들이 지저분한 큰집 이야기를 가져올 겁니다. 그것도 흘려주셔야 합니다."

"스캔들이군. 알았다."

아버지는 담배를 비벼 끄고 내 어깨를 쓰다듬었다.

"꼭 이겨. 하늘에서 재미있게 구경하고 계실 네 할아버지를 위해서라도."

▲ ▲ ▲

"아니, 그게 무슨 소리야? 이상일 의원이 왜 우리를 물고 늘어져?"

진영기 부회장은 백준혁 실장의 보고를 믿을 수가 없었다.

"백 실장. 이상일은 저축은행 건으로 끌려간 거 아니오? 차명계좌도 저축은행이라면서?"

진영준은 얼굴을 잔뜩 찌푸렸다. 이런 자질구레한 일까지 아버지와 함께 보고받는 이 상황이 마음에 들지 않았다. 은퇴한 아버지는 빼고 자신에게만 보고해도 되지 않는가? 아니, 아랫선에서 깔끔히 처리하고 이 따위 보고는 애초에 없어야 당연한 거 아닌가?

"검찰이 저축은행 뇌물 건은 덮고 7억으로 정리하는데… 출처가 순양이라고 그림 그렸답니다."

"이상일이가 멍하니 당해? 청와대는 뭐 하고 있는데?"

"총장이 나서서 온몸으로 막고 여당 대선 후보 캠프에서 이상일을 제물로 삼아 현 정권과 선 긋기를 한다는 시그널을 보냈습니다. 그러니 검찰과 법원에서 마음 놓고 두들겨 패는 거죠."

듣고 있던 진영준이 백준혁 실장에게 짜증을 확 냈다.

"이봐요, 백 실장. 도대체 그거랑 순양이 무슨 상관이라고…?"

백준혁은 아직도 전체 그림을 파악하지도 못하는 진영준을 보니 어이가 없었다.

"영준아."

진영기는 조용히 아들의 입을 막았다.

"넌 회사로 돌아가라. 이건 이 애비가 알아서 하마."

통통 부은 얼굴로 아들이 나가자 진영기가 급히 물었다.

"이거 도준이 놈이 움직인 거 맞지?"

"거의 확실합니다. 합병 진행 때. 국민연금 움직인 게 이상일 의원 아닙니까? 검찰에서 여론을 등에 업으려고 피해자 많이 나왔던 저축은행을 빌미로 이상일 의원을 엮은 겁니다."

"그럼 검찰 칼끝은…."

"영준이를 향하고 있습니다. 부회장님."

백준혁은 진영기 부회장의 눈빛에서 그의 생각을 읽었다. 이런 일이 처음은 아니다. 자주 써먹었고 구태의연하지만 늘 통하는 방법이 있다.

백준혁은 낮지만 단호하게 말했다.

"만일을 대비해 대타 알아보겠습니다만, 전 아닙니다. 전… 영준이를 대신해 휠체어 탈 생각은 없습니다."

"이, 이 친구가…! 내가 자네를 왜…."

"이 정도 압박이면 검찰이 계열사 사장 정도로 만족할 리가 없습니다. 아시지 않습니까?"

속내를 들킨 진영기는 아무 말도 못 했다.

"부회장님. 이학재가 제게 이런 말을 하더군요. 순장 당할 거라고. 그러면서 제게 자리를 제안했습니다. 부회장님 곁을 떠나는 조건으로 말입니다."

"뭐야?"

"걱정하지 마십시오. 배신하지 않겠습니다. 그리고 부회장님."

백준혁은 진영기 부회장을 지그시 바라보며 말했다.

"순장은 받아들이겠습니다. 하지만 옥살이는 못 합니다."

백준혁은 당황한 진영기에게 머리를 숙였다.

"검찰 상황 계속 파악해서 보고 드리겠습니다. 아마도 이 일이 제 마지막 업무가 되겠군요. 그럼."

▲ ▲ ▲

"공직자 기강 확립, 부정부패 척결, 경제 민주화를 위한 재벌과 거리 두기. 일타삼피 아닙니까?"

"진도준 그 친구, 어리지만 보통이 아니야. 투자의 귀재라고 하더니 제 할아버지를 쏙 빼닮았어. 기획도 아주 잘해."

"정권이 바뀌니까 순양의 주인도 바뀌는 게 나쁘지 않죠. 그 친구, 국민들에게는 영웅 대접받으니까 순양그룹 주인 자리에 앉아도 모양새도 그럴듯하고."

황재안 변호사와 최석환 의원은 구치소 접견실에서 이상일 의원은 없는 사람인 양 웃으며 담소를 나누었다. 지켜보던 이상일 의원이 기가 차서 한숨을 푹 내쉬자 황재안 변호사가 그를 향해 말했다.

"의원님, 2년으로 끊겠습니다. 3심까지 1년 정도 끌면 실제 1년만 고생하시면 됩니다. 어차피 은퇴하실 거 아닙니까? 마지막을 희생하신다 생각하고….”

“넌 뭐야? 넌 뭔데 여기 있는 거야?”

이상일 의원이 소리를 버럭 지르자 최석환 의원이 나섰다.

“아이고, 형님. 차기 정권 초대 법무부 장관이 될 사람입니다. 그러니까 이 친구 말은 믿으셔도 됩니다.”

“버, 법무부 장관? 다들 김칫국부터 한 사발씩 하는구먼.”

이상일 의원은 비꼬듯 말했지만 대선 승리는 의심할 여지가 없어 씁쓸하기만 했다.

“의원님, 동생이신 VIP도 받아들였습니다. 이런 쇼라도 하지 않으면 정권을 뺏길 수도 있습니다. 그것보다는 여당 집권이 낫지 않습니까? 야당이 정권을 가져가면 정말 여럿 다치게 됩니다.”

황 변호사가 공손한 태도를 보였지만 명령이나 다름없었다. 거절했다가는 동생을 믿고 저지른 자신의 비리가 전부 까발려질 것이다.

“형님. 이대로 갑시다. 보건복지부 장관하고 연금공단 이사장, 기금운용 본부장까지만 손보겠습니다. 다들 동의했으니 형님도 조용히 따르십시오. 소란 피워 봤자 달라질 건 없습니다. 어차피 형님도 순양물산 합병 때 두둑이 챙기지 않으셨습니까?”

“장관도…?”

“네. 이번 일 끝나면 진도준이 단단히 한 몫 챙겨 준다고 했습니다. 형님도 뉴스 봤죠? 100조가 넘는 현찰을 쥐고 흔드는 놈 아닙니까? 그놈이 말하는 ‘한몫’은 다른 재벌과는 단위가 다릅니다.”

대통령인 동생도 등 돌렸다. 이건 정치가 아니라 남의 집 재산 싸움에 휘말린 것이다. 문제는 그 남의 집이 한국 정치를 들었다 놨다 하는 것이다.

눈을 감고 한참을 생각하던 이상일 의원이 마침내 입을 열었다.

"떠들기 귀찮으니까 검찰이 서류 준비해서 오라고 해. 사인만 하고 끝내자고 해."

이상일이 포기 선언을 하자마자 두 사람의 얼굴에는 화색이 돌았다. 그 모습을 본 이상일은 과연 저 두 놈이 진도준에게서 돈을 얼마나 받아 처먹었는지 궁금하기까지 했다.

▲ ▲ ▲

『이상일 의원의 구속은 얼마 전 일어났던 순양물산과 순양애드미디어의 합병과 관련 있다는 소식입니다. 법정 소송까지 갔던 일인 만큼 많은 문제점이 있었고, 국민연금의 무리한 결정에 소액 주주들의 피해가 7조 원에 달한다는 평가도 있었습니다. 쉽게 말해서 재벌가의 경영권 방어를 위해 국민의 돈을 썼다는 이야기인데요. 검찰은….』

진영준은 TV를 끄고 신경질적으로 리모콘을 던졌다. 뉴스는 연일 순양물산 합병 건을 떠들었고 심심치 않게 자신의 이름도 오르내렸다. 알아서 처리한다던 아버지는 감감무소식이었고, 답답한 마음에 여기저기 전화를 돌려도 모두 피하기 일쑤였다. 부아가 치밀어 올라 자리에 가만히 앉아 있기도 힘들 때 아내인 홍소영이 들어왔다. 이미 집을 나가 한성일보가 운영하는 호텔에서 지내는 아내의 방문은 전혀 예상 밖이었다.

"왜 왔어?"

"나도 오기 싫었지만, 변호사에게만 맡기기에는 좀 껄끄러워서 왔어."

변호사라는 말에 아내가 회사까지 찾아온 이유를 짐작했다.

"껄끄러울 게 뭐 있어? 이혼은 변호사가 맡아서 서류만 처리하면 되는데?"

홍소영은 퉁명스러운 남편에게 봉투 하나를 휙 던졌다.

"애들은 내가 데리고 갈게. 순양은 물 건너갔지만 한성일보는 내가 가져야겠어. 이혼녀가 신문사 사장 되는 건 힘드니까 내 아들에게 그 자리 줄 거야. 어차피 당신은 순양에서 쫓겨날 테니까."

"뭐야? 이게 보자 보자 하니까…."

"흥분하지 말고 봉투나 확인해. 그리고 딴소리 말고 도장 찍어."

봉투 속에는 이혼 서류만 들어 있는 게 아니었다. 여러 장의 사진도 튀어나왔다. 사진을 확인한 그의 얼굴이 구겨졌다. 여자의 허리를 감고 호텔로 들어가는 사진, 자동차 뒷자리에서 젊은 여자와 짙은 애무를 나누는 사진이었다.

"이젠 내 뒤도 캤어? 그래서? 어쩌라고? 별거 중인데 뭐?"

"그건 일부래. 몇 년 동안 당신이 연예인들과 놀아난 증거가 수두룩하다네? 내가 그 사진 보고 알았어. 당신은 도준이 상대가 안 된다는 걸."

"누, 누가 이걸…? 설마 도준이 그놈이?"

"내일 변호사 보낼 테니까 서류에 도장이나 찍어 놔. 옆에서 부리는 놈이 누구에게 충성하는지도 모르고…. 쯧쯧."

홍소영은 한심한 눈길로 혀를 차며 일어섰다. 진영준은 사진을 다시 확인하며 사라진 그녀가 한 말을 되새겼다. 자동차 실내 사진은 분명 블랙박스 영상을 캡처한 것이다. 아내가 말한 곁에서 부리는 놈이 누군지 알 것 같았다.

"신석호… 이 개새끼가…."

인터폰을 눌러 소리쳤다.

"신석호 빨리 들어오라고 해."

몇 분 지나지 않아 신석호 팀장이 달려왔다.

"부르셨습니까? 회장님."

진영준은 그의 얼굴에 사진을 확 뿌렸다.

"이거 네가 한 거야? 엉?"

신석호 팀장은 바닥에 떨어진 사진을 주섬주섬 모아 테이블에 올려 놓으며 말했다.

"방금 인사과에 우리 팀 애들 전부 사직서 던졌습니다. 그동안 감사했고 지긋지긋했습니다."

"뭐? 지금 뭐라고 했어?"

진영준의 손이 부들부들 떨리기 시작했다.

"10년 치 자료가 내 손에 있습니다. 분풀이한답시고 괜히 애들 풀어서 우리 팀원들 해코지할 생각은 마십시오. 한국에서 얼굴 들고 못 다니게 해버릴 수도 있으니까요. 그럼."

진영준은 신석호 팀장이 자신을 향해 피식 웃으며 뒤돌아서 나가는 모습을 멍하니 보고만 있어야 했다. 현실인 것 같지 않았다.

▲ ▲ ▲

"네가 이 시간에 웬일이냐?"

진영기 부회장은 밤늦은 동생의 방문이 의외였다. 이 싸움에서 멀찍이 떨어져 방관만 하던 막내 아니던가?

"형님께 드릴 말씀이 좀 있어서 왔습니다."

"도준이 이야기라면 그냥 돌아가. 너랑은 할 말 없다."

"길게 이야기 안 하겠습니다."

진영기는 동생에게 눈짓했고 두 사람은 소파에 앉았다.

"그래, 할 이야기가 뭐냐?"

"형님은 나서지 않았으면 합니다."

"뭐야?"

"도준이가 제게 부탁한 게 있습니다. 형님과 형수 그리고 영준이 사생활을 까발려 달라는 것이었어요."

"뭐? 지, 지금 그게…."

"형수가 젊은 남자들과 해외여행 다니는 거, 형님이 젊은 여자 집으로 불러들이는 거, 영준이는 말할 것도 없고…."

"이… 이것들이 진짜…."

부끄럽기보다는 화가 치밀어 올랐다. 이젠 아예 바닥 싸움도 마다치 않겠다는 뜻 아닌가?

"제 손에 자료가 많습니다. 하지만 차마 이걸 방송으로 내보내는 것도, 기사 한 줄 쓰는 것도 못 하겠습니다."

"그래서? 네 아들에게 백기 들고 항복하라 이 말이냐?"

"아닙니다. 형님도 최선을 다해서 지켜야죠. 그거까지 제가 이래라저래라 할 생각은 없습니다."

"그럼 뭐냐? 밑바닥까지 들춰내서 협박하는 저의가 뭐냐 말이다!"

"검찰은 가족 두 명을 동시에 구속하는 걸 피합니다. 부부, 형제, 부자…."

진영기는 동생의 생각을 알아챘다. 자신이 선택할 수 있는 최후의 방법을 막으러 온 것이다.

"영준이 대신 형님이 검찰에 출두할 생각은 마십시오. 그때는 형님 손자가 학교도 못 다니게 만들어 버릴 겁니다. 그 외에는 뭐든 하십시오."

진영기는 할 말을 잃었다. 최후의 수단을 쓸 용기가 나지 않았다.

▲ ▲ ▲

"전 언론사 사장들에게 한 장씩 돌리고 함께 미국으로 갈 기자 두 명씩 붙여 달라고 하세요. 기자 숫자 파악해서 항공사에 전세기 하나 신청하고요."

"전용기는…?"

"기자들과 함께 이동할 겁니다. 거기 맞춰 준비하세요."

"네, 실장님."

"그리고 이번 미국행에는 신석호 팀장과 팀원들이 함께할 겁니다. 그렇게 준비하세요."

"네? 아… 알겠습니다."

김윤석 대리는 잠깐 당황했지만 이내 평정을 되찾았다. 굳이 말해 주지 않아도 내 생각을 읽어 냈나 보다.

"그리고 나 없는 동안에 김 대리도 여유 좀 즐기고. 요즘 너무 고생만 시켰어요."

"아닙니다. 이 중요한 시기에 여유를 부리다니요? 괜찮습니다. 실장님께서 회장실에 앉으시는 거 보고 휴가 내겠습니다."

"그때부터는 더욱 여유가 없을 텐데."라는 말은 하지 않고 미소만 지었다. 회장이 되고 완벽한 철옹성을 쌓으려면 얼마의 시간이 필요할까?

HW자동차의 조대호 사장과 전용기에 오르니 기자들의 시끌벅적한 소리가 들렸다.

"대통령 순방길보다 더 많이 모인 거 아냐?"

"제가 대통령보다 훨씬 더 많은 기삿거리를 제공하니까 당연하죠."

"떡고물이 아니라?"

우리 두 사람이 농담하며 일등석으로 들어서자 대기하던 신석호 팀장과 팀원들이 허리를 숙였다.

"이번 출장은 그간 고생한 여러분께 드리는 휴가의 성격이 짙습니다. 그리고 전 진영준 회장과 달리 의전에 크게 신경 쓰지 않으니까 모두 긴장 푸세요."

"감사합니다, 실장님. 그런데 기자들에게 뭐라고 한 말씀이라도 하셔야 할 것 같은데요? 실장님만 기다리고 있는데…."

신석호 팀장이 조 사장의 눈치를 보며 말했다.

"신 팀장이 대신 전해요. 보고 들은 것만 정확히 기사로 써달라고. 과대 포장은 바라지 않는다고 말입니다."

"알겠습니다."

신 팀장이 머리를 숙이고 나가자 팀원들도 모두 자리를 비웠다. 기자들은 절대 과대 포장 기사를 쓰지 못할 것이다. 정확한 사실만으로도 믿기 힘든 이야기가 시작될 테니까.

당연히 뉴욕으로 갈 줄 알았던 기자들은 우리의 목적지가 캘리포니아인 걸 알고 궁금증이 폭발했지만, 호텔 연회장에서 함께 저녁 식사할 때 등장한 두 사람 때문에 궁금증 대신 경악을 감추지 못했다.

"하워드! 이게 얼마 만이지?"

"기억 안 나면 구글에 물어보든지. 하하."

구글의 창업자인 래리 페이지, 세르게이 브린은 나를 힘껏 끌어안았고 기자들의 카메라 플래시는 쉴 새 없이 터져 나왔다. 기자들은 이들의 등장에 의문을 가질 틈이 없었다. 일단 사진부터 본사로 전송하고 낚시성 제목을 단 인터넷 기사부터 올릴 것이다. 지금부터 실시간 전송 싸움이다. 누가 더 많은 클릭을 유도하느냐에 따라 수익이 달라진다. 우리가 담소를 나누는 모습도 놓치지 않고 사진을 찍는 기자들 앞에 신석호 팀장이 나섰다.

"식사 후 정식 회견 시간이 있습니다. 그때까지 모두 카메라를 꺼주시죠. 아니면 귀국행 티켓을 받게 될 겁니다."

신 팀장의 협박에 기자들은 카메라를 내리고 우리의 식사가 끝나기만을 기다렸다.

식사 후 연회장에 준비된 단상에 우리 세 사람이 자리를 잡았다.

"자, 질문하시죠."

규모가 작은 언론사 기자들은 왜 진즉 영어를 배우지 않았을까 땅을 치며 후회하는 순간이었다. 미국 특파원들이 영어로 질문하며 선수를 쳤다.

"두 분과 진도준 씨의 관계를 말씀해 주십시오."

세르게이 브린이 마이크를 잡았다.

"우리가 차고에서 창업을 준비할 때 날개를 달고 등장한 천사가 바로 스무 살의 하워드였어요. 알고리즘 논문 하나만 보고 무려 3000만 달러를 파격적인 조건으로 투자했죠."

"하워드는 구글의 숨은 창업자라고 해도 과언이 아닙니다."

래리 페이지가 내 역할을 정확히 말했지만, 기자들의 관심은 오로지 돈이었다.

"그 파격적인 조건이란 게 뭐죠?"

"의결권은 우리에게 넘기고 경영 불간섭, 그리고 우리의 평균 지분만 요구했어요. 그 당시 3000만 달러라면 우리는 영혼이라도 팔았을 거예요. 하하."

"그, 그럼 지금 진도준 씨는 구글의 대주주라는 말씀입니까?"

"미라클 인베스트먼트가 6.8퍼센트의 지분을 갖고 있습니다."

미라클의 대주주가 나라는 건 이미 알려진 사실이다 보니 기자들은 구글의 주가를 검색하며 내 지분의 가치가 얼마인지 계산하기에 바빴다.

지금이야 10조 원 남짓하지만, 앞으로 몇 배나 뛸지 모르는 최고 기업의 대주주. 누가 한국의 대통령이 되느냐보다 더한 특종이 이 자리에서 터져 나오자, 기자들은 도저히 믿을 수 없다는 표정으로 탄성만 쏟아냈다. 창업과 투자에 관한 질문이 이어지고 옛날 전설과 다름없는 이야기가 쉴 새 없이 나왔다. 그때 예리한 기자 하나가 HW자동차의 조대호 사장에게 눈길을 돌렸다.

"혹시 조 사장님이 이 자리에 참석한 것이 구글과 관계있습니까?"

조 사장도 먼 길 날아온 보람이 있다. 그가 마이크를 잡고 천천히 말했다.

"구글의 비밀 프로젝트에 우리 HW자동차가 작게나마 역할을 맡았습니다. 오늘 그 계약을 위해 이 자리에 참석했습니다."

"자동차와 구글이라니, 쉽게 연결하기 어렵습니다. 좀 더 자세히 설명해 주시겠습니까?"

"말씀드린 대로 비밀 프로젝트입니다. 발표 시기는 구글에서 정할 겁니다."

이 기사가 나가는 순간 HW 주가는 폭등할 것이다. 하지만 아직 끝이 아니다. 내가 구글 주식으로 돈 자랑을 하기 위해 이런 쇼를 벌인 게 아니니까.

"향후 구글의 여러 하드웨어 개발 프로젝트에 순양전자의 부품 사용도 함께 논의할 예정입니다. 이것이 이번 미국 방문의 주목적입니다."

내가 마이크를 들자마자 기자들의 플래시가 다시 터져 나왔다.

"순양전자는 지금 진영준 회장이 맡고 있습니다. 혹시 두 분이 협의하신 겁니까?"

"진영준 회장이 지금 사업에 신경 쓸 겨를이 있겠어요?"

기자들의 웃음이 터져 나왔다. 검찰 소환을 앞둔 걸 기자들도 잘 안다.

"그럼 순양전자를 대신할 자격이라도⋯."

"자격이 중요합니까? 앞으로 얼마나 많은 수익을 창출할지 모르는 비즈니스입니다. 제가 좋은 결과를 가져가면 순양전자도 환영할 겁니다. 그리고… 제가 남은 아니지 않습니까? 하하."

내 말뜻을 알아챈 기자가 질문을 던졌다.

"혹시 진영준 회장의 빈자리를 노리시는 겁니까?"

"제가 뭐가 아쉬워서 빈집털이를 하겠습니까? 하지만 주주들이 굳이 원한다면 마다하지도 않을 겁니다. 솔직히 저 말고 있습니까? 그 빈자리를 채울 사람이?"

내일 신문 1면을 채울 기사가 그려졌다. 아마도 '순양가의 막내 진도준, 순양전자그룹의 회장직 도전 선언!' 정도가 되지 않을까?

두 번째 무대에는 한국 기자들이 발붙일 곳이 없었다. 이미 미국 언론들이 인텔사의 컨벤션 센터를 장악했기 때문이다. 기자들은 인텔사가 처음 들어 보는 이스라엘의 작은 기업을 인수하는 순간을 지켜보고 있었는데, 사실 왜 이곳에서 그런 모습이 연출되고 있는지 이유는 몰랐다. 이들이 확인한 건 인텔사가 정체도 파악하기 힘든 이스라엘의 기업을 무려 150억 달러, 우리 돈으로 15조에 인수했다는 사실이다. 물론 나를 따라다니는 기자들은 이미 조 단위의 숫자가 익숙해져 버렸는지 그리 놀라지 않았다.

그러나 오늘 계약의 당사자인 이스라엘 기업 모빌아이(Mobileye)의 창업자이자 CEO인 암논 샤슈아(Amnon Shashua) 박사가 등장해 잃어버린 동생이라도 만난 듯 나를 반가워하자 다시 셔터를 눌러댔다.

"…학교로 찾아와 대뜸 1500만 달러를 투자하고 사라졌죠. 하워드는 이 세상에서 가장 너그럽고 미래를 정확히 예견하는 투자자일 겁니다. 저도 하워드가 구글의 첫 투자자였다는 걸 어제 뉴스에서 보고 깜짝 놀랐어요."

"그럼 진도준 씨의 모빌아이 지분은 어떻게 됩니까?"

"60퍼센트. 10년 만에 100배의 수익을 올린 겁니다."

샤슈아 박사의 설명에 기자들은 내게 질문을 쏟아 냈다.

"진도준 씨, 투자의 기준이 뭔지 알려 주실 수 있습니까?"

"전 세상을 변화시킬 기업에는 파격적인 조건으로 투자합니다. 구글이야 이미 잘 아실 테고, 여기 모빌아이는 자동차의 미래를 바꿔 놓을 기업입니다. 그래서 HW자동차와 기술 계약을 할 겁니다. 이미 인텔의 인수 조건에 들어가 있습니다."

"HW그룹의 지주회사가 미라클이니 HW자동차도 진도준 씨 회사라고 봐도 무방합니까?"

"구조상 그렇습니다만, 아시다시피 전 전문 경영인 시스템을 좋아합니다. 순양도 금융 계열사에는 잔소리를 좀 많이 하지만 나머지 계열사는 성과 확인만 하는 정도입니다."

"혹시 HW그룹과 순양그룹의 통합도 생각하시는지요?"

"통합의 시너지 효과를 파악하는 중입니다. 조금이라도 효율이 올라간다면 당연히 해야죠."

내일 신문의 헤드라인은 'HW, 순양그룹 통합'이다. 또한 '진도준이 가장 신경 쓰는 회사는 전자와 자동차'라는 기사도 뜰 것이다.

"진도준 씨, 혹시 가장 높은 수익률을 기록한 투자는 어떤 게 있는지 말씀해 주시죠?"

"투자 가치가 아니라 단순한 금액만으로…?"

"네. 흥미 위주의 질문이라 좀 조심스럽긴 합니다만…."

흥미 위주의 질문이야말로 사람들이 가장 좋아할 뉴스 아닌가?

"아, 하나 있습니다. 파생상품에 투자한 게 있는데…. 일주일 만에 1300배 정도? 일본 증시에 투자했는데 지금은 얼만지 정확히 기억이 안 나네요. 몇 년 전 결산서에는 7조 몇천억 엔이라고 나와 있었는데…

그리 신경 쓰지 않아서요."

받아쓰는 것도 잊어버린 기자들을 보며 이 정도면 쇼는 성공이라고 확신했다. 일본 돈을 수십조 벌었다면 축구 한일전 승리보다 더 기분 좋은 뉴스 아니겠는가?

▲ ▲ ▲

동행한 기자들보다 더 많은 기자들이 인천공항에서 날 기다리고 있었다. 언론은 마치 구글이 한국기업인 양 기사를 써 재꼈고, 난 메이저리그를 제패한 박찬호나 추신수 대접을 받았다.

특히, 한성일보는 나와 진영준을 나란히 놓고 비교한 기사를 연일 내보내는 중이었다. 기사는 프로와 아마추어, 성인과 어린애를 비교하는 것보다 더 신랄하게 진영준을 깎아내렸다. 이래서 갈라설 와이프가 무서운 것이다. 독기를 품었다는 게 느껴질 정도였다.

이제 무대에 등장하기 위한 화장은 끝났으니 마지막 전투만 남았다.

"야! 난 버거워서 피똥 싸는데 넌 금의환향 놀음이냐?"

"평검사 주제에 어디서 건방을 떨어? 윗선에서 조율 다 끝냈는데. 널 스타 검사로 만들려고 내가 힘 많이 썼다."

저녁 때 집으로 찾아온 김지훈 검사는 괜한 엄살이었다.

"스타고 뭐고, 살 떨려 죽겠다. 모르는 전화가 빗발치고 집 앞에는 늘 사람들이 날 기다려. 꼭 누가 날 미행하는 것 같기도 하고. 이러다 테러라도 당하는 거 아닌지 몰라."

"허수아비를 테러하는 바보도 있냐? 담당 검사니까 회유하려고 그러는 거야. 언론이 지켜보며 생중계하는 거나 다름없으니까 법정에서 네가 구형을 낮게 해버리면 빼도 박도 못하거든."

겁먹은 동창 놈을 안심시켜야 했다.

"그리고 널 미행하는 사람들은 내 사람이야. 혹시나 해서 내가 붙였다."

김 검사는 한동안 눈을 깜빡거리더니 혀를 찼다.

"야! 네 사람들 뭐가 그리 아마추어야? 나도 미행을 눈치챘는데?"

"일부러 티 나게 따라다니는 거지. 그래야 함부로 접근 못 하니까. 좀 배워라."

이런저런 이야기를 나누며 긴장이 풀린 김지훈이 말했다.

"내일 진영준이 출두해. 이상일 의원부터 보건복지부 장관, 연금공단 이사장은 전부 구속했는데… 진영준이 구속 영장 떨어질까?"

"너 내 처가를 무시하냐?"

"아는데… 저쪽도 보통이 아니잖아."

"내가 더 보통이 아니야. 영장 담당 판사도 사람이다. 내가 가만히 지켜보고만 있었을 것 같아?"

"너 뇌물 멕였냐? 그 판사 꼿꼿하기로 소문났는데…?"

김지훈은 화들짝 놀랐다.

"대나무도 견디지 못하고 부러지는 무게가 있어. 돈으로 그 무게를 만들었다. 영장은 틀림없이 나와."

▲ ▲ ▲

저녁부터 새벽까지 진영준의 영장 실질 심사가 진행되는 동안 법원 앞에서는 수백 명의 사람들이 피켓을 들고 시위했다. 국민의 노후를 위해 모은 피 같은 돈 7조 원을 해먹은 놈을 꼭 구속하라는 요구였다. 물론 그들은 아버지가 준비한 엑스트라 배우들이었지만 꽤 그럴싸했다. 여론과 돈, 이미 구속된 사람들의 진술 등으로 진영준은 구속을 피할 길이 없었다.

새벽에 진영준이 구속됐다는 속보가 떴고, 이제 시작이다. 아직 법원의 최종 판결은 나오지 않았지만, 전세를 완전히 뒤집으려면 기다리고 있을 수만은 없다.

"물산의 합병 무효와 불법으로 취득한 진영준의 물산 주식에 대한 의결권 제한, 이 두 소송을 동시에 진행합니다. 한숨 돌릴 틈을 주면 안 됩니다."

"누구를 말씀하시는 겁니까?"

장도형 부사장이 조심스레 물었다.

"누구긴요? 전자와 물산의 임원들이죠. 그들이 진영기 부회장이나 진영준을 배신한다는 죄책감을 느끼지 못하도록 해야 합니다. 그래야 임시 이사회를 열어 절 대표이사로 추대하는 데 어려움이 없어집니다."

"그럼 주주총회는 어쩌실 생각입니까?"

자리를 함께한 변호사들은 이사회보다 주주총회를 더 걱정하는 것 같았다. 이사회에서 내가 대표이사로 선임된다 하더라도 주주총회에서 이사회를 해산해 버리면 무용지물이기 때문이다.

"절 끌어내리기 위한 이사회는 열리지 않도록 해야죠. 그래서 소송이 중요합니다. 아시겠어요?"

"네, 실장님."

변호사들은 긴장한 표정으로 대답했다. 이번 일이 실패로 돌아가면 모두 순양에서 쫓겨난다는 걸 안다. 그리고 성공하기만 하면 지금보다 더 화려한 인생이 펼쳐진다는 것도 안다. 변호사들이 물러나고 우병준 상무가 들어왔다.

"저쪽 상황은 어떻습니까?"

"매일같이 사장들과 임원들을 부릅니다. 진영기 부회장이 단속하는 게 분명한데…."

우 상무가 말끝을 흐렸다.

"그런데요? 뭔가 이상한 점이 있습니까?"

"아직 부회장님의 권력이 죽지는 않았습니다. 정부 인사들도 줄줄이 들락거립니다."

"그래요? 그 사람들 명단은?"

우병준 상무는 리스트 한 장을 내밀었다. 이름을 쭉 훑었고 종이를 찢었다. 확신이 더 굳어졌다.

"전부 떨거지들입니다. 큰아버지의 힘이 미치는 곳이 이 정도밖에 안 된다면 더 볼 것도 없습니다."

일단 한시름 놨다. 하긴, 눈치 하나로 먹고산 공무원들이 대세를 못 읽을 리 없다.

다시 장도형 부사장을 향해 말했다.

"순양전자가 지금 세 파로 나뉘어 있죠?"

"네. 진영준 회장이 구속되고 눈치 싸움이 한창입니다."

진영기의 수족과 진영준이 임원으로 끌어올린 유학파 신흥 세력, 그리고 휴대폰 사업을 일으켜 전자의 선두에서 달리는 사람들. 이들은 서로를 견제하며 항상 충돌했다.

"자리 한번 만드세요. 서로 으르렁대는 사람들 한자리에 모이면 그것도 볼만하지 않겠습니까?"

물산은 지분으로 먹고 전자는 이사회의 만장일치로 차지하면 될 것이다.

나는 순양 전자 세 계파의 대표격인 세 사람을 한자리에 불러 모았다.

"물산 합병 무효. 진영준의 주식 의결권은 재판이 끝날 때까지 제한될 겁니다. 임시 주총을 다시 열면 순양물산은 누구 손에 들어올 것 같습니까?"

찻잔을 앞에 둔 세 사람은 아무 말 하지 않았다.

"그런데 임시 주총 없이 이사회 결의로 대표이사에 취임할 생각입니
다. 제가 순양물산의 대표이사가 되는 걸 주주들이 싫어한다면 주총을
열어 절 해임하겠죠. 그런데 여러분들의 생각은 어떻습니까? 그런 주총
이 열릴 것 같습니까?"

그들은 여전히 말이 없었다.

"저도 진영준처럼 물산과 전자의 총괄 CEO가 될 것입니다. 같은 날,
같은 시간에 말이죠."

"말씀대로 될 것 같군요."

셋 중 가장 늙은 진영기의 사람이 말했다. 이들도 안다, 이미 대세가
기울었음을.

언론은 진영준을 국민의 피와 땀인 국민연금 7조 원을 깎아 먹은 천
하의 잡놈이며 복잡한 여자 문제로 이혼 당한 파렴치한으로 만들었다.
반면에 나는 세계를 누비며 거물들과 어울리는 글로벌 리더의 모습이
며 포브스지가 선정한 세계 최고의 부호로 띄워 줬다. 그러니 이들도 나
를 반대할 주주는 없으며 순양그룹의 회장이 되는 건 시간 문제일 뿐이
라고 생각할 것이다.

"그런데 지킬 수는 있습니까?"

아무리 힘이 빠졌다 해도 진영준은 집행유예로 풀려난다. 그 순간 진
영준은 의결권을 되찾고 다시 세력을 규합해서 매우 낮지만 물산을 되
찾을 가능성이 있다. 그렇게 되면 이들은 곧바로 배신자가 되는 것이다.
이것이 바로 이들이 걱정하는 점이다.

"제가 물산과 전자의 총괄 CEO가 되면 가장 먼저 두 회사가 보유한
물산, 전자 주식을 전부 매각할 겁니다."

세 사람은 깜짝 놀랐지만 굴러먹은 짬밥이 다르다. 어디로 팔아넘길지 눈치챘다.

"미라클이야 충분히 소화할 자금력이 있으니 가능하겠군요. 그럼 미라클이 전자와 물산을 지배하고, 전자와 물산이 나머지 계열사를 지배하니 굳건한 지배구조를 갖추는 셈이군요."

"그렇습니다. 지금 건설, 중공업, 백화점을 지배하는 구조와 똑같습니다."

순환출자구조를 수직구조로 바꾼다. 모든 재벌 총수들이 원하는 구조지만 돈이 없어 불가능한 방법이다. 세 사람은 이제 누군가 먼저 말을 꺼내기 바라면서 서로 눈치만 보기 시작했다. 이들의 어려움을 덜어 주고자 내가 먼저 말을 꺼냈다.

"이사회 때 만장일치로 날 추대하도록 임원들을 설득하세요. 조건 없이."

"네?"

"세 분에게 어떤 자리를 줄지, 아니면 아예 해임해 버릴지는 제가 순양전자를 차지하고 생각해 보겠습니다. 저와 거래할 생각이라면 포기하세요. 거래는 강자가 제안하는 겁니다. 여러분은 그런 자격이 없어요. 누가 더 강자인지는 여러분도 잘 아시리라 믿습니다."

내가 부려야 할 사람 중에 진정으로 나를 따르는 사람 외에는 힘으로 눌러야 한다. 거친 정글을 헤치며 높은 자리까지 올라온 이들 같은 능력자들은 타인을 존경하지도 않고 충성심도 없다. 이들에게 통하는 건 단하나, 두려움이다.

"내가 순양그룹 회장실, 바로 할아버지가 쓰시던 그 방에서 여러분을 다시 만나겠습니다. 그때 거래나 협상이 아닌 부탁을 하십시오. 여러분이 원하는 게 뭔지 들어는 보겠습니다."

이들의 눈에 서린 불안이 보였다. 많이 봤던 눈빛, 바로 사람들이 할아버지 앞에서 항상 보였던 그 눈빛이다.

▲ ▲ ▲

진영준은 구속된 지 정확히 3일 만에 연락이 왔다. 그동안 변호사들과 상의하며 기울어진 흐름을 실감했나 보다.

"지금 영준 형은 어디 있는데요?"

"네?"

진영준의 변호사는 화들짝 놀라며 더듬거렸다.

"구치소에 없는 거 아니까 괜찮아요. 시멘트 바닥에 등 붙이고 잘 사람이 아냐. 어디요?"

"구치소 근처… 모텔입니다."

변호사가 어렵게 털어놓았다.

"사람들 눈이 있으니까 급히 샀겠네. 변호사님 명의요?"

"네."

"갑시다. 안내하세요."

변호사의 차를 뒤따랐다. 김윤석 대리는 불안한 표정을 지우지 못했다.

"실장님, 괜찮겠습니까?"

"왜요? 모텔에서 내게 칼질이라도 할 것 같아서요? 지금 진영준의 목줄은 내가 쥐고 있습니다. 적당한 선에서 타협하자고 하는 게 전부니까 염려 말아요."

김 대리와 수행원들의 걱정을 뒤로하고 모텔 주차장으로 들어갔다.

"맨 위층에 계십니다, 그럼."

변호사는 고개를 꾸벅 숙이고 주차장의 자동차로 돌아갔다.

모텔 방문을 열자 긴급히 공수한 듯한 침대와 소파가 눈에 띄었다.

진영준은 이 지경이 됐는데도 편안한 잠자리를 포기하지 않았다.

"잘해 놓고 사네. 괜찮냐는 인사는 생략할게. 구치소 소장에게 얼마나 줬어?"

"좀 집어 줬다. 앉아."

이 사실을 들키면 구치소 소장은 파면이다. 하지만 평생 받을 월급과 연금의 수십, 수백 배는 챙겼을 테니 무슨 상관인가?

"복잡하게 하지 말고 1심에서 끝내자."

"그게 내 마음대로 되나?"

"네 처가, 쎄더라. 판사 새끼 이름이 전부 서 씨로 시작해. 담당 검사는 네 동문이고. 구형은 3년 때리고 난 초범이니까 판결은 1년 반, 집행유예면 끝나잖아."

"장인어른께 부탁하고 동기 놈에게 술 한잔 사고 그렇게 끝낸다 처. 난 뭘 얻지? 이 상황 만드느라 처바른 돈이 얼만 줄 알아? 본전 찾으려면 까마득해."

진영준은 꽉 다문 이 사이로 한숨을 한 번 쉬더니 천천히 말했다.

"전자는 그룹의 얼굴이니 네가 갖고, 물산만 계열 분리해서 내가 들고 갈게. 물산 밑에 계열사 대여섯 개만 붙여 줘."

이 자식, 판세를 확실하게 읽었다. 드라마틱한 역전타 같은 건 없으니 큰 결심을 했다. 진영준이 이런 결정을 내리기까지 변호사들이 얼마나 고생하며 설득했을지 짐작이 간다.

"그게 사흘 동안 생각한 최종 결론이야?"

"내가 더 이상 어떻게 해야 해? 하나도 남김없이 네가 다 가져가야 속이 시원하겠어?"

"아니, 그 정도로는 어림도 없지."

"뭐야?"

"큰아버지가 꽁꽁 감춰뒀던 비자금, 이번에 주식 매입하느라 거의 쓴 거로 알고 있어. 아닌가?"

"…"

대답이 없는 걸 보니 맞는 것 같다.

"그럼 형이 쥐고 있는 주식이 전부라는 이야기겠지? 물론 전자와 물산을 차지하면 투자한 비자금 정도야 쉽게 복구할 수 있을 거로 생각했을 거고."

"그냥 말해. 네가 원하는 건 뭐야?"

"형이 쥔 주식 전부 토해 내. 대국민 사과의 뜻으로 기증한다고 하면 법원도 정상 참작할 거야. 물론 기증은 내가 지정하는 재단으로 해야겠지? 그럼 1심 집행유예로 끝낸다. 이 모텔에서 이삼 주만 지내. 부를 여자 많으니까 시간은 금방 갈 거야."

"이, 이 새끼가 진짜…!"

"형이 가진 순양그룹 주식으로 살 수 있는 건 물산도 아니고 계열사도 아니야. 형량이 전부이고 시간은 덤이야. 명심해."

난 쿠션 좋은 소파에서 일어서며 침대 위에 뒹구는 휴대전화를 가리켰다.

"일주일 뒤에 물산과 전자의 임시 이사회가 열려. 내가 총괄 CEO로 취임할 거야. 내 제안은 딱 1주일 동안만 유효해. 이사회 끝나면 더는 제안 없어. 그리고… 이런 건 전화로 말해. 오라 가라 하지 말고."

온몸을 부르르 떠는 진영준을 보며 모텔 방을 빠져나왔다.

결국 1주일이 지나도록 진영준은 연락하지 않았다. 시간은 걸리겠지만 집행유예로 풀려날 수 있다는 걸 그놈도 알고 있다. 어차피 빠져나오지 못하는 그물에 걸린 놈이다. 진영준은 구치소에서 나올 때 다시 처리하면 되고 난 눈앞에 닥친 임시 이사회에 전력을 다해야 했다.

▲ ▲ ▲

순양그룹 대회의실에서 물산과 전자의 등기이사 30여 명이 나를 기다리고 있다. 순양 사옥 로비와 빌딩 주변에는 100여 명이 넘는 기자들이 결과가 나오기를 기다리며 진을 쳤고, 사원들도 초조하게 기다리고 있다. 로비 곳곳에 붙은 벽보는 이사들을 압박하는 데 한몫할 것이다.

〔우리는 진도준을 지지합니다. - 순양물산 순양전자 직원 일동.〕

이건 내가 시킨 일이 아니다. 직원들의 자발적 행동이었다. 사실 로비로 들어서며 이 벽보를 보는 순간 눈물이 핑 돌았다. 드디어 내가 여기까지 왔다. 입사해서 잔디나 깎던 과거가 떠올라서가 아니라, 내 손을 꼭 쥐고 돌아가신 할아버지의 얼굴이 떠올라서였다.

할아버지를 생각하고 있는데 뒤에서 귀에 익은 목소리가 들려왔다

"이놈아! 뭘 꾸물대는 거냐? 냉큼 올라가지 않고!"

내게 이놈 저놈 할 수 있는 사람은 단 한 명뿐이다.

"작은할아버지!"

주병해 할아버지가 지팡이를 짚고 나를 향해 환히 웃으며 서 있었다.

"어쩐 일이세요? 여기까지?"

"어쩐 일이긴? 오늘 네놈이 우리 형님 뒤를 이어 회장실에 입성하는 날 아니더냐? 내가 그 순간을 놓칠 리 있느냐? 순양의 공식적인 2대 회장이 나오는 순간인데!"

그렇다. 할아버지 외에 순양그룹 회장을 거쳐 간 사람은 없다. 오늘은 바로 내가 할아버지의 뒤를 이어 2대 회장이 되는 날이다.

대회의실 문을 열고 들어가자 이사들 모두 자리에서 일어나 허리를

숙였다. 그들은 나와 함께 나타난 주병해를 보며 놀란 표정을 지었다. 주병해는 인자한 표정으로 머리를 끄덕였다.

"저쪽 구석에 앉아 구경만 할 테니까 나 신경 쓰지 마라. 불편하면 말하고. 자리 비켜 줘?"

"아, 아닙니다. 고문님."

전자 사장이 황급히 손을 내젓자 주병해는 웃으며 자리를 잡았다. 등기이사들은 서로 눈짓을 교환하며 불편한 기색을 내비쳤다.

'나 때문은 아닐 테고, 주병해 고문 때문이 분명한데… 뭘까?'

회의실 상석의 빈자리에 앉자 이사회가 시작되었다.

"지금부터 순양물산, 순양전자의 임시 이사회를 개최합니다. 안건은 동사(同社) 총괄 CEO의 선임에 관한 건입니다. 이사들은 의견을 개진해 주십시오."

서로 눈치만 보며 아무도 입을 열지 못했다. 전자와 물산의 사장과 파벌을 이끄는 몇몇 임원들이 먼저 찬성한다는 의견을 내야 하는데 그들도 입을 다물고 있다.

'영감들, 튕기기는.'

항복 선언 직전의 마지막 침묵이지만 그다지 쓸모없다는 걸 이들도 잘 알 것이다. 나는 전자와 물산 사장의 얼굴을 번갈아 보며 빙그레 웃었다.

"두 분, 아직 계산 중입니까? 아니면 한 자락 남은 자존심을 제게 보여 주시는 겁니까?"

"아, 아닙니다."

두 사람은 갑자기 벌떡 일어나 손뼉을 치기 시작했다.

이를 신호로 30여 명의 등기이사들도 재빨리 일어나 박수를 쳤다.

"본 안건은 만장일치로 통과되었음을 선언합니다."

천천히 일어나 허리를 숙였다. 마지막 목표였던 두 회사마저 손에 넣었는데도 이상하리만치 덤덤했다. 허리를 펴자 어느새 내 곁에 다가온 주병해 고문이 등을 두드렸다.

"고생했다."

그의 짧은 한마디는 마치 할아버지가 내게 하시는 말씀 같았다.

그래, 정말 긴 시간 동안 고생했다.

▲ ▲ ▲

주병해 고문은 순양그룹 회장실에 발을 디디는 순간부터 이미 눈가가 촉촉이 젖어 들었다. 인생의 가장 화려한 순간이 떠올랐을까? 아니면 할아버지를 기억하는 걸까?

나는 천천히 발걸음을 옮겨 집무용 의자에 앉았다. 손때 묻은 팔걸이의 가죽이 주는 촉감은 마치 할아버지의 손길 같았다.

"어떠냐? 그 자리에 앉은 감상이?"

"그냥 그렇습니다. 뛸 듯이 기뻐야 정상인데 덤덤하군요."

"충분히 자격을 갖췄기 때문에 그럴 게다. 과분한 자리였다면 뛸 듯이 기뻤겠지."

주병해 고문은 중절모를 고쳐 썼다.

"네가 그 자리에 앉은 것도 봤으니 이제 내려 갈란다. 남은 일 다 마무리하고 한번 내려오너라. 우리 형님 산소도 용인으로 이장하고. 이제 나도 늙어서 그런지 묘지기가 버겁구나."

"오신 김에 좀 쉬시다 가시지요?"

후다닥 일어나 그를 잡았다.

"됐다. 보고 싶은 거 봤으니 더 볼일 없다."

"작은할아버지. 단지 그것뿐입니까?"

"응? 무슨 말이냐?"

"서울 오신 목적이 그게 전부는 아니신 것 같아서요."

"고놈 참, 눈치 하나는… 허허."

주병해 고문은 지팡이를 들어 밖을 가리켰다.

"이사회 때 혹시 삐딱한 놈 있으면 혼쭐을 내려고 왔어. 그리고 영기가 이사회에 난입하면 내가 그놈 입을 찢어 버릴 생각도 했고."

역시, 할아버지를 대신할 생각이었다.

"작은할아버지. 절 너무 허술하게 보시는 거 아닙니까?"

"뭐야?"

"제가 사람 풀어 큰아버지 집 주변을 에워쌌어요. 집 밖으로 못 나오십니다. 그리고 전자 임원들은 이미 제게 무릎 꿇었습니다. 오늘 이사회는 요식행위였어요. 하하."

깜짝 놀란 작은할아버지는 머리를 절레절레 흔들었다.

"독한 놈. 지 할애비 판박이구먼. 나 간다. 나올 거 없다."

그는 배웅하려는 나를 만류하고 회장실을 횡하니 나가 버렸다.

혼자 회장실에 남아 천천히 거닐며 할아버지의 손때 묻은 흔적을 하나하나 돌아보는데 인터폰이 울렸다.

"회장님. 계열사 사장들이 인사드리겠다며 기다립니다. 어떡할까요?"

회장님…. 이제 익숙해져야 할 내 호칭이다.

"전자와 물산 사장만 들어오라고 하시고 나머지는 다 돌려보내요. 취임식 끝나고 만나겠습니다."

인터폰을 끄자 기다렸다는 듯이 두 사장이 들어와 머리를 숙였다.

"축하드립니다. 회장님."

"인사는 나중에 하시고 빨리 처리해야 할 일부터 알려드립니다."

"아, 네, 회장님."

두 사람은 긴장한 표정으로 내 앞에 앉았다.

"전자 계열과 물산 계열이 보유한 사적 용도의 국내외 자산 전부를 처분합니다. 집, 별장, 전세기, 자동차, 각종 회원권 포함입니다. 집과 별장 내부의 모든 물품도 마찬가지입니다. 물품의 소유권을 주장하는 사람이 있으면 증빙하라고 하세요, 그 전에는 숟가락 하나, 슬리퍼 하나 밖으로 가져가지 못합니다. 기한은 3일 드립니다."

큰아버지 식구 전부를 집에서 쫓아내라는 지시를 이렇게 길게 말했다. 두 사람은 이 껄끄러운 지시에 자못 당황했지만, 피할 수 없다는 걸 안다.

"또 대대적인 계열사 감사를 시작할 겁니다. 그러니 임직원들이 동요하지 않도록 잘 다독이시고요."

이들은 두 번째 지시에 새파랗게 질렸다. 계열사 임원들의 비리를 파헤치겠다는 뜻 아닌가?

"놀라지 마세요. 저, 임원들까지 손댈 정도로 꽉 막힌 놈 아닙니다. 타깃은 딱 두 명, 진영기와 진영준입니다. 아시겠어요? 두 분의 협조 부탁합니다."

그룹을 차지하는 건 끝이 아니라 시작이라는 걸 이들도 짐작했을 것이다. 최종 목표는 진영기 부자의 파멸이다. 진양철 회장이 친형 진순철의 흔적을 지웠듯이 말이다.

"아, 네. 명심하겠습니다. 회장님."

"이 둘을 잘 처리하면 두 분께 회사를 맡길 겁니다. 이미 잘 아시죠? 전 경영에 깊이 개입하지 않습니다. 실적만 잘 내시면 아주 오랫동안 그 자리를 지키실 겁니다."

역시 월급쟁이에게는 자리 보전이 최고의 선물이다. 두 사장은 다시 환한 표정으로 돌아와 연신 머리를 숙이며 물러났다. 그들이 나가자마자 웃음을 터트리며 이학재 회장이 들어왔다.

"어쭈? 그 자리가 제법 어울리는데? 으하하."

"오셨습니까?"

자리에서 일어나려 할 때 그가 손을 내저었다.

"그냥 앉아 있어. 그 의자가 오랜만에 주인을 찾았는데 적응해야지."

"회장님도 이 방이 오랜만이시죠?"

그도 감회가 새로운 듯 천천히 둘러보며 입을 열었다.

"속보는 이미 떴더라. 축하 전화 많이 오지?"

"전화 차단했고 핸드폰도 꺼뒀어요. 급한 일부터 처리하고 인사는 천천히 받으려고요."

"가장 먼저 해야 할 일이 물산과 전자의 자사주부터 사들여야지?"

"네. 정식 공시 뜨면 바로 진행할 수 있도록 준비 다 해뒀습니다. 이번 주 내로 그룹은 수직 계열화로 될 겁니다."

"빠르네, 역시. 참 언론도 난리 났던데? 순양그룹의 새로운 선장. 낯 간지러울 정도로 칭송 기사가 쏟아져. 특히 한성일보에서."

"참 잔인하죠? 애 아버지가 쫓겨났는데 그렇게 만든 나를 칭송해야 한다니."

"일이니까. 잔인한 수모도 견뎌 내야지."

"이제 더한 수모를 겪을 겁니다. 당분간 한성일보와의 거래는 없을 테니까요."

"당분간?"

"네. 영준 형이 백기 들고 살려 달라고 할 때까지요. 영준 형도 자식 생각하면 백기 들겠죠."

"독한 놈. 구족을 멸하는구나."

"할아버지 방식이거든요."

이학재는 씁쓸히 웃었다. 한바탕 피바람이 불 것이라는 걸 알기 때문이다.

"계열사 정리는?"

"큰아버지나 영준이 형의 손을 탄 사람들은 싹 정리해야죠. 그들도 지금은 살아남기 위해 제게 머리를 조아리지만, 어쩌겠습니까? 왕이 바뀌었는데? 차라리 전부 사표 던졌다면 제 마음도 흔들렸을 겁니다."

"그냥 싹 정리해. 회장님이었다면 그렇게 하셨을 거다. 그리고… 하나 더 있어."

이 회장이 어렵게 말을 꺼냈다.

"네?"

"순양그룹과 HW그룹의 합병, 그리고 그 꼭대기에 앉을 진도준 회장. 그러기 위해서는 나도 정리해야 한다. 하하."

참으로 깔끔하고 철저한 사람이다. 정확한 시점에 모든 걸 내려놓는다.

"제 취임식 때 퇴임식을 같이 할까요?"

"냉정한 자식, 빈말이라도 붙잡아야 하는 거 아니냐?"

"붙잡는다고 결심을 바꾸실 분이었다면 제가 그토록 어렵게 모셨겠습니까? 괜한 투정까지 다 하시고. 그래, 이제 어떻게 하실 계획이십니까?"

이학재 회장은 어깨를 으쓱하더니 싱긋 웃었다.

"오세현이 놀러 오라더라. 너에게 모든 짐을 던지고 유유자적하게 사는 것도 나쁘지 않다고. 그 말이 맞는지 일단은 가볼 생각이다."

사람마다 다르다. 이학재는 죽을 때까지 일에 매달리며 머리를 써야 할 사람이다.

"리조트에서 지내시다 지겨우시면 다시 오십시오. 자리 하나 비워 놓겠습니다. 제가 늘 말동무 해드릴게요."

부회장 정도면 적당하려나?

"봐서."

이학재 회장은 벌떡 일어섰다.

"실무진 꾸려서 빨리 보내. 합병 논의해야지. 간다."

그는 조금의 미련도 보이지 않고 뒤돌아섰다.

이학재 회장이 나간 후 의자에 몸을 기대고 한숨 돌렸다. 이렇게 쉬는 것도 잠시뿐이다. 가장 효과적인 때를 놓칠 수는 없다. 전화를 들어 김지훈 검사를 찾았다.

"야! 연락도 안 되고 뭐 하는… 아니다. 먼저 축하부터 해야지. 감축드립니다. 순양그룹 회장님."

"축하는 천천히 하고 지금 급히 일 하나 해줘야겠다."

"일? 무슨 일?"

"진영준이 만나서 협박 좀 하고 와라."

▲ ▲ ▲

"회장님. 담당 검사가 찾아왔습니다."

"뭐? 그놈이 여길 어떻게 알고?"

"그게… 진도준의 말을 전하러 왔답니다."

진영준은 잠시 고민하다 머리를 끄덕였다. 회장이 된 놈이 무슨 말을 하고 싶은 걸까?

"역시, 재벌이 구치소에서 지낼 리가 없지. 이래서 구치소에 재벌만 들어오면 로또 맞았다는 소리가 나오는 거야."

"설마 이런 걸로 트집 잡지는 않겠지?"

"이 정도는 애교로 넘어가야지 별수 있겠어? 아무튼…."

김지훈 검사는 침대에 턱 걸터앉았다.

"뉴스 봤겠지? 도준이가 순양 전부 꿀꺽한 거?"

한참 어린놈이 말끝마다 반말을 해댔지만, 진영준은 끓어오르는 속을 눌러 참을 수밖에 없었다.

"용건만 말하고 가. 심부름꾼이 말이 많다?"

"오케이! 당신이 차명으로 사들인 순양물산 주식 4000억, 그 자금 출처가 회삿돈 빼돌린 거 맞지? 도준이는 오늘부터 계열사 탈탈 털어 4000억 횡령한 증거 찾는다고 하더라고."

"이것들이 진짜…."

"증거 찾으면 내가 그걸 100억씩 쪼개서 기소할 거야. 운 좋게 전부 집행유예가 된다 한들, 40번이나 기소할 수 있어. 그러니까 당신은 재판 받으며 인생 다 보내는 거야. 물론 구치소가 당신 집이 되겠지. 아, 다음부터 모텔은 얄짤없어. 시멘트 바닥에서 지내야 할 거다."

"이 새끼가… 지금 장난해?"

씩씩대는 진영준에게 김지훈은 소름 끼치는 웃음을 보이며 나지막이 말했다.

"크크크… 도준이가 이 말을 꼭 전하라고 하더라. 구치소 대신 네가 가진 그룹 주식으로 남은 인생을 사는 게 어떠냐고. 천천히 생각해."

진도준의 칼질이 절대 멈추지 않을 거라는 생각에 진영준은 소파에 털썩 주저앉았다. 그에겐 이제 일어설 힘도 없었다.

▲ ▲ ▲

지시한 일이 순조롭게 진행되는 걸 확인하니 여유가 생겼다. 그래서 내가 순양의 주인이 되었다는 걸 꼭 알려야 할 사람에게 찾아갈 준비를 시작했다.

인터폰을 눌러 비서를 호출했다.

"네, 회장님."

"전용기 준비해요. 지금 당장."

"네? 아, 네. 알겠습니다. 그런데 행선지는 어디라고 전할까요?"

"몰도바."

"모두 여기서 대기해요. 혼자 다녀올 테니까."

"회장님. 그건 좀…."

당황한 수행원들을 못 본 척하며 검은 비닐봉지를 들었다.

"괜찮아요. 여긴 사람의 왕래가 없어. 안전해."

김윤석이 앞으로 나섰다.

"회장님. 안 되는 거 잘 아시지 않습니까?"

간절한 그의 표정을 보자 한숨이 나왔다.

"그럼 내 뒤 10미터 밖에서 따라오도록. 이 정도면 되겠지?"

"네, 회장님."

10여 명의 수행원이 뒤따르는 가운데 발걸음을 옮겼다. 20년도 훨씬 더 지난 일이지만 어제 일처럼 생생했다. 호숫가로 가는 숲길마저 또렷이 기억났다.

그리고 펼쳐진 푸른 호수.

바로 그 장소에서 소주병을 따고 담배에 불을 붙였다. 기침이 났지만, 천천히 담배를 피웠다. 이런 내 모습을 보는 수행원들의 웅성거림도 어렴풋이 들린다. 그 소리마저도 숲의 소리 같다.

윤현우가 죽고 진도준으로 태어난 곳.

윤현우는 어디서 잠들었을까? 호숫가 숲일까? 아니면 차디찬 호수 바닥일까? 돌이켜보면 복수를 위해 살았는지, 순양그룹을 차지하기 위해 살았는지 구분하기 힘들었다. 머리에 총알이 박히는 악몽을 더는 꾸지 않았을 때가 그 경계선이 아니었을까?

담배를 비벼 끄고 소주를 부었다. 절반은 호숫가에, 절반은 호수에.

"이제 편히 자라. 이 정도면 억울했던 죽음의 한풀이는 충분히 한 셈이니까."

죽기 전에 했던 것처럼 한참 동안 푸른 호수를 바라보았다. 윤현우의 장례를 다 치른 것 같다. 이제 죽은 자는 잊고 산 자로 돌아가야겠다.

윤현우가 아닌 진도준으로….

〈끝〉

재벌집 막내아들 5

초판 1쇄 발행 2022년 11월 18일
초판 6쇄 발행 2024년 6월 20일
지은이 산경
펴낸이 이진영, 배민수
기획·편집 밀리&셸리
표지·본문 디자인 정현옥
마케팅 태리
펴낸곳 (주)테라코타 **출판등록** 2023년 1월 13일 제2024-000068호
주소 서울특별시 마포구 어울마당로 130 기린빌딩 3층 3604호
메일 terracotta_book@naver.com
인스타그램 @terracotta_book

ⓒ 산경, 2022
ISBN 979-11-979159-4-9 04810
　　　979-11-979159-9-4 04810 (세트)